Die Perlenzüchterin

DI MORRISSEY

Die Perlenzüchterin

Roman

Aus dem Englischen von
Alice Jakubeit

Weltbild

Die australische Originalausgabe erschien 2002 unter dem Titel
Kimberley Sun bei Pan Macmillan Australia, Sydney.

Besuchen Sie uns im Internet:
www.weltbild.de

Genehmigte Lizenzausgabe
für Verlagsgruppe Weltbild GmbH,
Steinerne Furt, 86167 Augsburg

Übersetzung: Alice Jakubeit
Umschlaggestaltung: Alexandra Dohse, www.grafikkiosk.de, München
Umschlagmotiv: Corbis, Düsseldorf
Gesamtherstellung: CPI Moravia Books s.r.o., Pohorelice
Printed in the EU
ISBN 978-3-8289-8688-6

2010 2009 2008 2007
Die letzte Jahreszahl gibt die aktuelle Lizenzausgabe an.

Für meine Mutter Kay Warbrook und ihre großartige Freundin Olga Parsey, und zum Gedenken an ihre Schwester Annette Hutchinson.

Für meine Tochter Gabrielle Morrissey und Gabrielles Großmutter Dorothy Morrissey – allesamt den Geist beflügelnde Frauen.

Prolog

In diesem entlegenen Teil des australischen Outback ist die Morgendämmerung die angenehmste Zeit des Tages. Noch war es nächtlich kühl, doch die ersten wärmenden Strahlen der Morgensonne kündigten bereits einen weiteren glühend heißen Tag an. Bald würde die verschwommen hinter der staubigen Windschutzscheibe erkennbare Buschlandschaft der Kimberleys einen gleißenden, scharf konturierten Anblick bieten. Das ehemals weiße Taxi aus Broome war über und über mit rotem Staub bedeckt, und der Fahrgast auf dem Beifahrersitz hatte trotz der Klimaanlage das Gefühl, statt Luft feinen Staub einzuatmen.

Bobby Ching, der fröhliche junge Fahrer, hatte seine Bedenken wegen der fürchterlichen Straßenbedingungen leichthin abgetan. Matthias Stern hingegen hatte Asphalt erwartet, oder doch wenigstens ordentliche Schotterstraßen. Aber er hatte schließlich selbst auf dem Weg zu einer wichtigen Verabredung das echte Outback sehen wollen. Er kam von so weit her. War solche Risiken eingegangen. Und nun schien alles von diesem Mann abzuhängen, der ausgerechnet auf einer Rinderfarm in der Kimberley-Region auf ihn wartete. Stern musste lächeln, als er wieder einmal an das ungewöhnliche Zusammentreffen verschiedener Umstände dachte, das ihn genau jetzt an diesen Ort geführt hatte. Diese Fahrt würde alle seine Probleme lösen.

Bobby sah, dass sein Fahrgast sich zurücklehnte, und verzichtete auf ein Gespräch. Sie waren schon vor Stunden in Broome abgefahren, um möglichst weit zu kommen, ehe es zu heiß wurde. Der Deutsche hatte mit Mr. Choy, dem Taxi-Eigentümer, ein ungewöhnliches Geschäft ausgehandelt: eine umständliche Fahrt zur Bradley-Farm, um das Benefizrennen zu sehen – und dort jemanden zu treffen. Das hatte Bobby neugierig gemacht. Doch sein Fahrgast hatte nicht darüber gesprochen, wen er treffen wollte, und warum.

Macht nichts, entschied Bobby. Nur der Auftrag zählt, und bei diesem gibt es eine Zulage, wenn alles gut geht. Ich danke euch, ihr Leute da draußen, dass ihr alle Flüge zur Bradley-Farm ausgebucht habt, dachte Bobby, sodass Matthias ein Auto mit mir als Fahrer mieten musste. Aber das macht ihn nicht arm. Der Mann scheint reichlich Geld zu haben. Forscht und lehrt an einer Universität in Stuttgart, irgendwas mit Kunst und Archäologie. Ist zwar eine lange Fahrt, aber ich werde ein bisschen frei haben, wenn wir da sind. Dann kann ich ein paar Bierchen mit meinen Kumpels zischen. Ach, das Leben kann so schön sein, wenn einem das Glück hold ist! Er begann zu summen, dann sah er wieder zu seinem Fahrgast.

Eigentlich ist er ja ganz nett. Sieht sehr deutsch aus. Helles Haar, blaue Augen, rötliche Gesichtsfarbe, übergewichtig, irgendwie schwammig, vermutlich Mitte fünfzig. Bisschen zu ernst für meinen Geschmack – hat über keinen meiner Witze gelacht. Aber vielleicht kommt er ja mit meinem Akzent nicht klar, überlegte Bobby. Hat mich gefragt, welche Sprachen ich spreche, und schien überrascht, als ich sagte, nur Englisch. Naja, das kommt davon, wenn man eine Mischung aus Chinese, Aborigine und Ire ist. Da erwarten die Leute alles Mögliche.

Schließlich regte Matthias sich wieder. »Erstaunlich«, sagte er erfreut. »Offenbar ist hier draußen jeder Sonnenaufgang spektakulär.«

»Sehen Sie sich gut um, Kumpel. Was Besseres finden

Sie nirgendwo.« Bobby deutete auf die rot-goldenen Bergketten in der Ferne, die gelbbraune, mit Spinifex-Horsten gesprenkelte Erde, ausgetrocknetes Grasland, Termitenhügel und die hohen, dürren Bäume, an denen sich beinahe jeder Zweig wie aus Verzweiflung krümmte.

Rechts oben am Himmel bewegte sich etwas, nicht allzu hoch, vielleicht ein Adler. Bobby sah hin. In diesem Augenblick schoss etwas auf der Beifahrerseite aus dem Busch, und im nächsten Moment erschütterte ein Aufprall den Wagen: Sie waren mit einem großen alten Känguru kollidiert. Es wurde auf die Motorhaube katapultiert, zertrümmerte die Windschutzscheibe und stürzte zurück auf die Straße. Das Auto geriet ins Schleudern, raste durch den niedrigen Busch und prallte gegen einen großen Felsen.

»Scheiße!« Bobby beugte sich zu Matthias hinüber. »Sind Sie okay? Passen Sie auf, die Glasscherben. Himmel, was für ein Schlamassel.« Er stieg aus und untersuchte das Känguru. »Der ist hinüber. Verdammt, und die Kiste auch. Mr. Choy wird ausrasten.«

Matthias kletterte auf der Fahrerseite hinaus. »Meine Tür hat sich verklemmt. Was machen wir jetzt? Wo kriegen wir Hilfe her?« Er blickte sich um, als suchte er nach einem Hinweisschild zu einer Werkstatt oder einer Telefonzelle.

»Wir bekommen schon noch Hilfe, Kumpel. So läuft das hier draußen. Sie müssen nur Geduld haben. Trotzdem, wir sollten nachsehen, was noch funktioniert, und was nicht.«

Zwei Stunden später waren sie immer noch dort, saßen auf der Schattenseite mit dem Rücken am Auto und kämpften gegen die zunehmende Hitze, die Fliegen und ein Gefühl der Isoliertheit an. Aus einer Plastikplane, die Bobby im Kofferraum gefunden hatte, und ein paar belaubten Ästen hatten sie ein kleines Sonnensegel gebastelt. Der Kühler war durch den Aufprall in den Motor geschoben worden, der dadurch nicht mehr zu gebrauchen war; Batterie und Radio waren ebenfalls zerstört.

»Ich kann es einfach nicht fassen: Wir stehen hier schon seit Stunden, und nicht ein Auto ist vorbeigekommen«, rief Matthias beunruhigt aus. »Sie wissen doch, wie wichtig es ist, dass ich rechtzeitig auf der Bradley-Farm eintreffe!«

»Heute wird schon noch jemand vorbeikommen. Das ist ein großes Ereignis, viele Leute fahren auf dieser Straße da hin. Keine Sorge.« Bobby sorgte sich mehr darum, wie er das Auto zurück zu seinem Chef bringen sollte. So ein Mist! Dabei hatte er gerade erst bei ihm angefangen.

Er schreckte aus seinen Gedanken hoch: Matthias holte seinen Fotoapparat aus dem Wagen und verkündete: »Ich mache einen Spaziergang.«

»Wozu? Da draußen gibt es nichts zu sehen.«

»Ich muss mich erleichtern. Und ich möchte ein paar Fotos machen.«

»Hey, aber keine Buschwanderung! Hüpfen Sie nur kurz hinter einen Strauch, aber entfernen Sie sich nicht weit vom Auto. Ist verdammt gefährlich hier draußen«, warnte Bobby.

»Gefährlich? Sie meinen, hier gibt es wilde Tiere?«

»Das auch, aber nicht so viele, dass Sie sich Sorgen machen müssten. Ich will bloß nicht, dass Sie sich verirren. Es ist erstaunlich, wie schnell man in dieser Landschaft die Orientierung verliert. Keine Anhaltspunkte, keine Spuren, nichts.«

»Nett von Ihnen, aber ich werde nur ein kurzes Stück gehen. Ich würde gerne ein paar Fotos schießen, mit denen ich meine Freunde zu Hause beeindrucken kann.« Er überquerte die Straße, wandte sich um, machte ein Foto vom Taxi und schlenderte dann in den Busch zu einem großen

Termitenhügel vor einem Baobab-Baum. »Sehr hübsche Motive«, rief er Bobby zu.

Die Unbekümmertheit des Deutschen sorgte Bobby, und er rief zurück: »Gehen Sie nicht zu weit! Seien Sie in spätestens einer Viertelstunde zurück, okay?« Dann legte er sich mit dem Kopf auf seine zusammengerollte Jacke und bedeckte das Gesicht mit dem Hut.

Matthias war fasziniert. Durch das Kameraobjektiv schien er einen anderen Planeten zu entdecken. Er schreckte eine prähistorisch wirkende Eidechse auf und jagte ihr nach. Schließlich erwischte er sie mit dem Fotoapparat, als sie aus sicherer Entfernung von einem überhängenden Zweig herablugte. Matthias ging noch etwas weiter, gab seinem natürlichen Bedürfnis nach und benutzte ein Stück Rinde, um Erde über den verschmutzten Fleck zu schaufeln – eine Geste des Respekts für das Land, dachte er grinsend.

Ein Vogelruf führte ihn zu einem anderen Baum und einem weiteren Foto, diesmal von einem farbenfrohen Papagei. Dann kehrte er um und stellte fest, dass es nichts gab, woran er erkennen konnte, in welcher Richtung die Straße lag. »Ah, da geht es lang, ganz sicher«, sagte er zu sich, als er eine weitere Eidechse erblickte, die vor ihm davonlief. Er nahm an, es handele sich um dasselbe Tier. Aber dem war nicht so …

Nachdem er eine halbe Stunde umhergewandert war, wurde ihm klar, dass er sich verirrt hatte. Er kletterte auf einen struppigen Baum, sah jedoch keine Spur von der Straße. Allerdings entdeckte er in einiger Entfernung eine Gruppe etwas höherer Bäume und steuerte darauf zu.

Die Sonne hatte in ihrer gleißenden Hitze nicht nachgelassen, als Bobby aufwachte. Seine Kleidung war schweißnass, und innerlich fühlte er sich völlig ausgedörrt. Er nahm die

Wasserflasche vom Vordersitz und trank in großen Schlucken. Dann sah er sich um und stellte fest, dass Matthias nicht da war. Er blickte auf die Uhr. Es war elf. »Mist!«, rief er. »Das hat mir gerade noch gefehlt, dass mir ein verdammter Tourist hier draußen verloren geht. Scheiße!«

Er lief ein Stück in den Busch hinein und rief: »Matthias!« Er rief erneut, erhielt aber keine Antwort. Bobby ging ein Stück weiter und rief nochmals: »Matthias? Matthias! Kommen Sie zurück. *Cooee!*«

»Keine Spur von dem Idioten!« Bobby lief zurück zum Auto, setzte den Hut auf und schraubte den Verschluss wieder auf die Wasserflasche. Von einem Baum brach er einen Ast ab und machte sich dann in die Richtung auf, in die Matthias gegangen war. Den Ast zog er durch den Staub, um eine Spur zu hinterlassen.

Zwei Stunden später war Bobby wieder am Auto – allein. Von Matthias keine Spur, und die Hitze war unerträglich. Er hoffte inständig, der Deutsche würde zurückfinden, oder es käme zumindest jemand vorbei, der ihm beim Suchen helfen konnte.

Matthias hatte ebenfalls immer wieder laut gerufen – vergeblich. Obwohl er mittlerweile völlig erschöpft war, lief er weiter. Er spürte, wie die Hitze ihm die Energie aussaugte. Gesicht und Nacken brannten. Seine Sportkappe reichte nicht als Schutz gegen diese unbarmherzige Sonne.

Wasser. Der Wunsch danach beherrschte seine Gedanken. Ein Glas Wasser. Er hatte eine Flasche beim Taxi zurückgelassen. Nun sah er sie genau vor sich, jedes Detail der sprudelnden Quelle auf dem Etikett. Plötzlich erblickte er ein Stück voraus einen Wasserlauf, ja, richtiges Wasser da drüben bei der Baumreihe. Er stolperte darauf zu, und der Wasserlauf verschwand …

Was mache ich hier eigentlich, in diesem gottverlassenen

Land? »Hilfe«, wollte er rufen, doch aus seiner trockenen Kehle kam kein Laut mehr. Die Welt begann sich zu drehen. Er stolperte zu einem Baum, wollte sich anlehnen und brach zusammen.

Was in Kuala Lumpur wie ein unkompliziertes Geschäft geklungen hatte, hatte ihn immer weiter auf die schiefe Bahn geführt. Wenn man an der Universität doch nur seinen Vertrag verlängert hätte! Er wäre womöglich nicht so rasch in Versuchung geraten, seine moralischen Grundsätze über Bord zu werfen. Letztlich hatte er alles sich selbst zuzuschreiben, doch jedes Mal, wenn er erneut der Versuchung erlag, schwor er sich, dies werde das letzte Mal sein. Nur dieses eine letzte Mal noch, das ihn aus dem Schlamassel ziehen würde, den er aus seinem Leben und seiner Karriere gemacht hatte. Er musste lediglich seinen Teil der Abmachung bei der Kontaktperson in den Kimberleys abliefern und zu gegebener Zeit ein wenig übersetzen.

Doch nun fühlte sich jeder Atemzug an wie der Luftstrom aus einem Hochofen. Er rappelte sich auf, fiel jedoch wieder hin. Er stemmte sich auf alle viere hoch und kroch ein Stück weiter.

Da, da hinten glänzt das Taxi. Nein. Jetzt ist es wieder weg. Die Erde reißt auf. Wird sie mich verschlingen? Ich rieche Wasser. Ich rieche Äpfel. Mutters Küche.

Er fiel flach aufs Gesicht und biss in Erwartung des Geschmacks von Apfelkuchen in die rote Erde. Er hustete, würgte und hob bestürzt den Kopf. Die Sonnenkugel loderte und blendete ihn. Er sah die einzelnen Sonnenstrahlen. »Ich hab's, Hajid. Wir können mit der Suche anfangen.«

Seine Lippen waren geschwollen. Keine Worte mehr. Er biss sich auf die Zunge, schmeckte salziges Blut. Arme und Beine von sich gestreckt, hilflos, wühlten seine Finger im Staub. Dann wusste er nichts mehr.

Kapitel eins

»Hast du wieder geweint, Lily?« Die Frau, die die Frangipani-Blüten von dem gepflegten grünen Rasen vor der Rezeption harkte, lehnte den Rechen an den Baum und ging zu Lily, die gerade aus dem Mietwagen stieg.

»Hallo, Blossom. Was für eine Frage. Das Flugzeug legt sich schräg, ich sehe die roten Felsen, die Farbe des Wassers, die Bucht, die Mangroven, die Blechdächer, und schon ist's um mich geschehen. Broome geht mir jedes Mal sofort unter die Haut.«

»Alle Jahre wieder, hm? Wann ziehst du endlich hierher, Lily?«

Sie betrachtete die elegante Frau in zitronengelber Leinenhose und cremefarbener Seidenbluse; das weiche dunkle Haar fiel ihr bis auf die Schultern. Kaum eine Falte im Gesicht, dabei muss sie fünfzig sein, dachte Blossom. Wie aus dem Ei gepellt. Und doch fügte Lily sich ins Broomer Leben ein.

»Ach, komm schon. Ich bin gerade erst angekommen. Erst schwimmen, dann ein Nickerchen. Und dann denke ich an morgen. Aber kein Stückchen weiter voraus.«

Blossom, die braun gebrannte, drahtige Frau, die für die Gartenpflege der Moonlight Bay Apartments zuständig war, holte Lilys Tasche aus dem Kofferraum. »Ich bringe sie hoch. Diane hat dich in deinem Stammapartment untergebracht. Die Tür ist offen. Ich hab dir ein paar Mangos hingelegt.«

»Du bist ein Schatz, Bloss. Danke. Es ist herrlich, wieder hier zu sein. Ich melde mich wohl besser an der Rezeption und sage dem großen Boss Martin guten Tag.«

Blossom lief bereits die Treppe hinauf, zum oberen Eckapartment. Mühelos trug sie Lilys Tasche. »Keine Hektik. Alle wissen, dass du heute Nachmittag ankommst. Gehst du heute Abend zu Paulines großer Eröffnungsfeier?«

»Ja. Aber zuerst muss ich mich ausruhen. Ich bin um fünf Uhr aufgestanden. Sydney scheint schon eine Ewigkeit her.«

»Für dich gilt jetzt die Zeit von Broome. Immer mit der Ruhe.«

»Ich werde mich ernsthaft bemühen«, erwiderte Lily ebenso entschlossen wie unbekümmert. Blossom legte die Tasche aufs Doppelbett. Sie war mit Mitte vierzig im Urlaub nach Broome geraten, hatte sich das Broome-Virus zugezogen, wie sie es nannte, und war geblieben. Sie trug Khakishorts, ein T-Shirt und feste Stiefel, aber um den Hals eine wunderschöne Perle an einer Goldkette. »Die ist neu«, sagte Lily und berührte die Perle ganz leicht. »Hast du dir was Gutes getan?«

»Klar, warum auch nicht? Jede Frau in Broome hat ein, zwei Perlen.«

»Ich bin gespannt, was Pauline sich hat einfallen lassen. Was ich über ihren Perlen- und Muschelschmuck gehört habe, klang wundervoll.«

»Die Party müsste eigentlich toll werden. Ich wünsche dir viel Spaß. Wenn du was brauchst, schrei einfach, Lily.«

»Mache ich. Danke, Blossom.«

Lily ging auf den Balkon, lehnte sich übers Geländer und nahm die Landschaft in sich auf. An der Roebuck Bay, einer glitzernden Fläche in Eisvogelblau und Türkis, die sich bis zum Horizont erstreckte, konnte sie sich nicht satt sehen. Milchig-weiße Wirbel bildeten sich zwischen den Mangroven, die den Rasen unter ihr säumten. Draußen in der Bucht ankerte ein Viehtransporter aus Indonesien, näher zum Ufer hin lagen private Kreuzfahrtschiffe und Jachten verstreut, und in der Ferne an der lang gezogenen Mole sah man ein Containerschiff aus Perth.

Unwillkürlich verglich sie, wie sie sich jetzt fühlte und wie damals, als sie vor sieben Jahren nach dem Tod ihrer Mutter zum ersten Mal hierher gekommen war. Wie allein sie sich gefühlt hatte! Doch hier hatte sie zu ihren familiären Wurzeln gefunden. Aus einem Impuls heraus hatte sie damals versucht, etwas über ihre Familiengeschichte in Erfahrung zu bringen. Den wenigen Anhaltspunkten im Nachlass ihrer Mutter war sie mühsam, aber mit Erfolg nachgegangen.

Es war eine ausgefallene Familie, die sie da zutage gefördert hatte. Aus den vergilbten Seiten eines alten Tagebuchs war eine ganz besondere Geschichte zum Leben erwacht. Lily versuchte immer noch, tiefer in die Vergangenheit dieser Familie vorzudringen, von deren Existenz sie lange Jahre nichts geahnt hatte. Sie hatte einige Zeit benötigt, um sich an den Gedanken zu gewöhnen, dass sie zu einem – wenn auch geringen – Teil eine Aborigine war. Und über die Jahre hatte sie bei ihren Besuchen in langen Gesprächen und bei gemeinsamen Erlebnissen vieles erfahren, wusste jedoch, dass es noch mehr zu entdecken gab. Auch ihre Aborigine-Großfamilie hatte sie allmählich als eine der ihren akzeptiert. Heute brachten sie sich gegenseitig Liebe, Respekt und Freundschaft entgegen. Sie akzeptierten die jeweiligen Schwächen und Stärken des anderen, hatten ihre Höhen und Tiefen – wie jede Familie. Dennoch war da immer noch die beunruhigende Tatsache, dass ihre dreißigjährige Tochter Sami von alledem nichts wissen wollte.

Nicht zum ersten Mal ging Lily auf, wie leer ihr Leben ohne ihre Familie all die Zeit gewesen war, wie viel ihr als kleines Mädchen und später als Frau entgangen war. Indem ihre Mutter nach ihren eigenen Träumen gestrebt und einen von der Familie unabhängigen Weg eingeschlagen hatte, hatte sie Lily um ganz gewöhnliche, jedoch ungemein wichtige Bausteine des Lebens gebracht: Verwandte und gemeinsame Erfahrungen – die starken Bande, die Menschen zusammenbringen. Einst voller Angst, sie könne dem Beispiel ihrer Mutter folgen und eine geschiedene Frau mit nur einer Tochter werden, besaß Lily nun eine bedeutsame Familiengeschichte, eine Bindung an einen Ort und an traditionsverbundene Menschen, die sie ihre Familie nennen durfte. Je mehr Lily über ihre Vergangenheit erfuhr, desto entschlossener war sie, diese mit der Gegenwart und der Zukunft zu verknüpfen. Bloß wie?

Das Läuten des Telefons unterbrach ihre Gedanken. Sie wusste, es würde Dale sein.

»Hallo, Darling. Ich dachte mir, du müsstest mittlerweile da sein. Wie geht's dir?«

»Gut, aber ich bin natürlich müde. Ich bin einfach nur froh, wieder hier zu sein.«

»Ich auch. Ich wünschte, du hättest mir erlaubt, dich abzuholen.«

»Der Flughafen ist doch nur zehn Minuten entfernt, und ich wollte ein Auto mieten. Außerdem, wenn du hier wärst, wäre an Ausruhen nicht zu denken.«

»Darauf kannst du wetten. Ich hab dich vermisst.«

»Also, wann wollen wir uns heute Abend treffen? Ich bin so aufgeregt wegen der Ausstellung. Es klingt, als wäre es die Gelegenheit, zu erfahren, wie es allen geht.«

»Stimmt. Es ist eine richtig große Sache geworden. Deine kleine Freundin hat sich ordentlich ins Zeug gelegt, hab ich gehört. Essen wir danach zusammen zu Abend?«

»Bist du mir böse, wenn ich abwarte, wie es mir geht? Vielleicht halte ich gar nicht so lange durch. Kommt Simon auch?«

»Nein, Cocktailpartys und Schmuckvernissagen, das ist nicht sein Fall. Ich hol dich um halb sieben ab.«

»Wunderbar. Bis dann, Dale.«

»Bis dann, du Prachtweib.«

Sie hatten sich vor sechs Monaten während Dales Jahresurlaub zum letzten Mal gesehen. Er war ein auf robuste Weise gut aussehender Mann von sechzig Jahren mit tiefschwarzem, modisch kurz geschnittenem Haar, in das sich nur hie und da ein Anflug von Grau mischte. Er war mittelgroß und kräftig, braun gebrannt, mit dieser wettergegerbten Haut, die man durch viel Arbeit an der frischen Luft bekommt. Er kleidete sich gut, wenn auch etwas konservativ. Lily fühlte sich wohl in dieser Beziehung, die sie in den letzten Jahren aufgebaut hatten. Einen Begleiter, Liebhaber und Freund in Broome zu haben, Zeit füreinander zu finden, das war eine willkommene Abwechslung gegenüber ihrem arbeitsreichen Beruf und dem Singleleben in Sydney.

Das weiche Licht des frühen Abends verlieh dem auffälligen rot-schwarzen Eingangsbereich von Pauline Despar Designs eine dramatische Note. In schlichten goldenen Lettern hieß es auf dem Schaufenster lediglich »Perlen und Muschelschmuck«. Der alte Perlenschuppen an der Dampier Terrace war in einen eleganten, kreativ gestalteten Ausstellungsraum umgewandelt worden, der den Zauber der hiesigen Perlenfischerei einfing. Passend zur Lage in Broome war der Raum mit Unterwassermotiven dekoriert: ein Teil eines Schiffswracks, das Modell eines Tiefseetauchers mit Helm, Hunderte prächtiger Muscheln, und die Wände waren mit glänzender blauer Seide ausgeschlagen. Der Wert der legendären Perlen aus Broome und der erlesenen Schmuckstücke aus irisierendem Perlmutt in den Schaukästen und an den schönen jungen Models ging in die Millionen. Das alles war das Werk einer jungen einheimischen Schmuckdesignerin.

Tiffany wäre grün und gelb vor Neid, dachte Bertrand Shears, der Geschäftsführer, als er nun bei der Eröffnung den Cocktailzirkus betrachtete. Für ihn war die Arbeit hier ein Traum. Als älterer Mann mit viel Erfahrung in der Leitung und Vermarktung von Großstadtgeschäften, als jemand, der Klasse zu schätzen wusste, fühlte er sich hier wohl. Die Tatsache, dass Broome zugleich seine Heimatstadt war, stellte eine Dreingabe dar. Es war an der Zeit, so argumentierte er, dass sich die rauen Seiten des alten Broome abschliffen und die Stadt den Tausenden von Touristen, die an diesen entlegenen Flecken an der westaustralischen Küste reisten, etwas mehr Stil bot. Lord McAlpine hatte Ende der 1980er-Jahre mit einem geschmackvollen Luxusresort am Cable Beach den Ton vorgegeben. Anfangs hatte man den britischen Aristokraten mit seinem Unternehmergeist als »verrückt« abgestempelt, doch sein Erfolg hatte das Attribut rasch in »geschäftstüchtig« umgewandelt. Heute stand Broome auf den Reiserouten der Highsociety aus aller Welt, und so sprangen die führenden Perlenunternehmen auf diesen Zug auf und eröffneten elegante Ausstellungsräume.

Doch Pauline war anders, und sie wurde heiß gehandelt. Alle Stücke, die bei der Vernissage keinen Käufer fanden, würde man in einem exklusiven Geschäft auf El Paseo im kalifornischen Palm Desert anbieten. Bertrand sah sich schon eines Tages zwischen den großen Juwelieren der Welt hin und her reisen, um Paulines Kreationen vorzuführen, die sich durch die begehrtesten Perlen der Welt auszeichneten. Und natürlich wusste er, dass Perlen den Edelsteinen im neuen Jahrtausend den Rang abliefen.

»Geschaffen von der lebendigen Natur, meine Liebe«, schwärmte Bertrand einer älteren Dame vor, die schwarze Kleidung und Diamanten trug. »Denken Sie nur an all die kleinen Geschöpfe, die da unten im Meer emsig einen Kern mit all dem himmlischen Perlmutt überziehen, damit diese glänzenden, dicken, runden Schönheiten entstehen. Eine jede ist einzigartig, etwas Besonderes, finden Sie nicht?«

»Wie viel kostet diese Halskette?« Sie deutete auf eine Kette mit großen glänzenden Perlen.

Bertrand blieb das Herz stehen, er musste kurz die Augen schließen. »Welch sicherer Geschmack. Sind sie nicht einfach überwältigend?«

»Ja. Wie viel, Bertrand?«

Er senkte die Stimme. »Gleichmäßig große Goldene wie die hier sind nicht leicht zu finden. Und die Schließe – rosafarbene Kimberley-Diamanten …«

»Wollen Sie sie nun verkaufen, oder nicht?«, unterbrach sie ihn mit dünnem Lächeln.

»Vierhunderttausend, Eleanor. Das ist ein traumhaftes Stück.«

»Das sehe ich. Legen Sie sie mir zurück.« Sie reichte ihm ihr leeres Champagnerglas. Bertrand machte dem Kellner ein Zeichen und hoffte, dass seine Hände nicht zitterten. Die millionenschwere Bauunternehmerin aus Perth verlagerte ihre Aufmerksamkeit vom Schmuck auf die Gäste. »Gott segne dich, Eleanor De Linde, du alter Drachen«, murmelte Bertrand leise, »du hast den Abend für mich gerettet.«

Mit Champagnergläsern in den Händen bewegten sich Lily und Dale ungezwungen durch das Gemisch aus vornehmer Broomer Gesellschaft und hochrangigen Besuchern aus anderen Bundesstaaten und dem Ausland. Lily tauschte mehrere Wangenküsse und kurze Hallos, ehe sie Paulines Blick auffing. Sie entschuldigte sich und ließ Dale mit dem Manager des Cable Beach Club und seiner Frau allein.

Pauline Despar, eine elfenzarte Person in einem schlichten weißen Kleid, trug eine schimmernde Halskette mit einem kunstvoll gearbeiteten Perlmuttanhänger in Form eines Walhais. Ihr dunkles Haar war zu einem Bob im Stil der 1920er-Jahre geschnitten, dazu hatte sie ein dramatisches Augen-Make-up aufgelegt. Sie ging Lily entgegen, und die beiden umarmten sich innig.

»Hallo, Lily. Es ist so schön, dich wiederzusehen. Ich bin froh, dass du es zu meiner Ausstellung geschafft hast.«

Lily küsste sie liebevoll. »Ich habe dir doch gesagt, dass ich komme, und ich halte meine Versprechen. Herzlichen Glückwunsch, Pauline. Du hast es geschafft. Ich wusste immer, dass du es schaffen würdest.« Lily fügte nicht hinzu, dass sie immer noch über den raschen Aufstieg des schüchternen jungen Mädchens staunte, das vor ein paar Jahren sein Studium abgebrochen hatte. Mit fünfundzwanzig die Eröffnung eines exklusiven Geschäfts zu riskieren, um die eigenen Kreationen ausstellen zu können, war ein gewaltiger Schritt.

»Papa hat mich unterstützt. Aber jetzt stehe ich auf eigenen Füßen – entweder ich lerne schwimmen, oder ich gehe unter«, vertraute sie der älteren Frau an.

»Du schwimmst auf einer großen Erfolgswelle, würde ich sagen.« Lily lächelte. »Dein Timing ist hervorragend, gute Perlen kommen jetzt international zur Geltung, und dein Perlenschmuck ist etwas ganz Neues. Natürlich werden andere versuchen, dich zu kopieren.«

»Sollen sie doch. Du weißt ja, ich habe so viele Ideen. Lily, dass ich dich vor drei Jahren kennen gelernt habe, dass du mich damals ermutigt hast, das hat den Ausschlag gegeben für meine Entscheidung, es einfach zu versuchen. Ich kann dir gar nicht genug danken.«

»Du liebe Güte, hoffentlich dachte dein Vater nicht, ich würde dich auf unverantwortliche Weise beeinflussen. Aber du hast bewiesen, dass die Entscheidung für deinen Lebenstraum richtig war. Bleib einfach mit beiden Füßen auf dem Boden der Tatsachen und behalt die Zahlen im Auge.«

»Du hattest völlig Recht, Lily. Papa versteht was von Zahlen. Ich habe einen ziemlich eindrucksvollen Geschäftsplan erstellt, und diverse große Unternehmen und Geschäfte haben mir angeboten, ich könnte für sie Schmuck entwerfen. Also habe ich mir gedacht, ich verkaufe besser gleich meine eigenen Sachen. Papa war ausnahmsweise mit mir einer Meinung und investiert in mich. Mein Bruder hält Papa für verrückt, er hält uns alle beide für verrückt, aber er wird sich noch wundern.«

»Du hast einen fantastischen Start erwischt. Deine Eröffnung ist großartig. Viel Glück, Pauline. Ich ruf dich morgen mal an, und dann treffen wir uns, wenn du nicht so gefragt bist, hm?« Lily deutete auf den Fotografen, der versuchte, die Aufmerksamkeit der Schmuckdesignerin zu erregen.

In der spektakulären Landschaft der östlichen Kimberley-Region in Westaustralien stand eine schlanke junge Frau neben ihrem Geländewagen am Rand einer unbefestigten Straße – in diesen Gegenden der armselige Ersatz für eine richtige Straße. Ihr Aussehen fiel auf: honigfarbenes Haar, große dunkle Augen, ein breites Gesicht mit einem seltenen, aber dann strahlenden Lächeln. Auf der Suche nach genau der richtigen Kombination von Farbe und Form ging sie ein Stück in den Busch hinein. Schließlich hob sie den Fotoapparat und nahm die heiße sienafarbene Erde und die fantastische Gestalt eines Baobab-Baums ins Visier, den knolligen Unterkörper, die knolligen Hüften, die schmale Taille und den Oberkörper, dessen nach allen Seiten hervorschießende dünne Arme am Himmel kratzten. Vor dem Hintergrund des strahlend blauen Himmels bot er einen herrlichen, wenn auch einsamen Anblick. Sie fragte sich, ob diese Landschaft schon vor Hunderten von Jahren so ausgesehen haben mochte.

Doch plötzlich drang das einundzwanzigste Jahrhundert in ihre Gedanken. Von ferne näherte sich rasch eine Staubwolke über die Piste, die unebene Arterie, die die weit auseinander liegenden Ländereien und Aborigine-Gemeinden mit der Zivilisation verband. Ein klobiger Kleinbus näherte sich rumpelnd, und Sami Barton zog sich das Musselintuch vors Gesicht, um es gegen den feinen roten Staub zu schützen. In dem Fahrzeug, eine Sonderanfertigung, saßen neun Touristen und erhaschten durch abgetönte Scheiben flüchtige Blicke auf das Outback. Der Fahrer bremste ab, doch Sami trat vor, lächelte und bedeutete ihm mit erhobenem Daumen, dass alles in Ordnung sei. Als der Bus sich entfernte, stieg Sami wieder in ihr Auto. Das Gefühl, völlig allein zu sein, war nun ruiniert. Sie sah auf den Beifahrersitz und grinste. »Touristen, Rakka. Man kann ihnen nicht entgehen, nicht mal hier draußen.«

Zwei Stunden weiter die Straße entlang fand sie einen geeigneten Platz für ein Nachtlager in der Nähe einer Reihe verkrüppelter Bäume. Sie zogen sich eine flache Sandfurche entlang, die in den seltenen Regenperioden vermutlich als Flüsschen durchging. Ein Stück abseits der Straße schlug sie ihr »Instant-Lager« auf: ein kleines Schutzzelt und einen Gaskocher. Selbst wenn sie ein Lagerfeuer machte, kochte sie ihre Mahlzeiten meist lieber auf dem Kocher. Es gab Grenzen für ihre Bereitschaft, zum *bushy* – Buschbewohner – zu werden. Sie glaubte, sie hätte an alles gedacht, zumal so viele Menschen ihren Rat angeboten oder sie davor gewarnt hatten, allein loszufahren. Doch so gut sie sich auch vorbereitet fühlte, so sehr war ihr bewusst, dass sie in einer außerordentlich verlassenen Gegend allein war.

Sobald das Abendlicht schwand, fiel die Temperatur,

und sie zog eine Jacke über. Die schmale Silbersichel des Neumonds erschien am Himmel. Für den überwältigenden Genuss eines Sternenhimmels fern jeder Stadt war es aber noch nicht dunkel genug. Nicht zum ersten Mal auf dieser Reise überkam Sami ein Gefühl von Einsamkeit und Angst vor dem Unbekannten. Sie wusste jedoch, dass diese Gefühle nicht nur von der fremden Umgebung geweckt wurden. Sami schien es, als triebe sie gegen besseres Wissen und gegen ihren Willen in eine Konfrontation mit einem Teil ihrer Herkunft, zu dem sie sich nie richtig bekannt hatte, von dem sie eigentlich auch nichts hatte wissen wollen. Sie spürte ganz intensiv, dass es in der Isoliertheit dieser minimalistischen Landschaft kein Entrinnen für sie gab. Hier draußen sprang ihr die Vergangenheit ins Auge.

In Augenblicken wie diesem suchte sie stets Trost bei ihrer Reisebegleiterin – einer drei Jahre alten roten Kelpie-Hündin namens Rakka. Sie war ihr eine ergebene Freundin, in ihren Augen konnte Sami nichts falsch machen. Rakka war klug und schützte Sami mit ihrem Leben. Hinter ihrer verspielten Art, dem freundlichen Gesicht und dem schlanken, aber kräftigen Körper verbarg sich eine Intelligenz, auf die Sami vertraute. Rakka besaß einen sechsten Sinn für Menschen, und wenn die Hündin angespannt und mit angelegten Ohren dicht neben Sami stand, wusste diese, dass jemand nicht vertrauenswürdig war.

Später, als Rakka nach einem einfachen Mahl am Lagerfeuer zu ihren Füßen lag, konnte Sami ihren Gedanken freien Lauf lassen. Immer deutlicher sah sie, welche Ironie in dieser Reise lag. Sie hatte sich ganz bewusst im Privatleben und Studium von der Aborigine-Problematik fern gehalten – und da war sie nun, unterwegs zu einer entlegenen Aborigine-Gemeinde, um etwas über ihre uralte Felskunst zu erfahren, als Forschungsassistentin ihres Professors und im Rahmen der Forschung für ihre eigene Doktorarbeit. Es war keine angenehme Aufgabe, und sie schien mit jedem Tag, den sie in diesem Teil des Outback verbrachte, komplizierter zu werden. Oft hatte sie das Gefühl, als blickte ihr jemand über die Schulter und in ihre Gedanken hinein. Und sie wusste, diese Empfindungen hingen mit einer Tatsache zusammen, die sie nur schwer akzeptieren konnte: der entfernten Blutsverwandtschaft mit den Ureinwohnern und dem Völkergemisch an der Kimberley-Küste.

Seit dem Tod ihrer Großmutter Georgiana und der ersten Reise ihrer Mutter Lily nach Broome hatte ihr Leben sich drastisch verändert. Sami war klar, dass ihre Mutter sich noch keinen festen Wohnsitz im Norden suchen mochte, weil sie hoffte, dass Sami wenigstens eine Zeit lang bei ihr in Broome leben würde. Doch Sami hatte diese Hoffnungen nicht genährt und ignorierte ihren fernen Verwandten.

Ihre Ururgroßmutter war eine Mischlingsfrau gewesen. Sami lehnte diese Verwandtschaft als zu entfernt und fremdartig für eine gesellschaftliche oder emotionale Bindung ab. Und Lilys tiefe Verbundenheit mit diesem Teil der Familie war zwischen ihnen zu einem Tabuthema geworden – beinahe von dem Tage an, an dem Lily Sami von den Neuigkeiten über ihre Familiengeschichte erzählt hatte. Die dreiundzwanzigjährige Sami hatte gerade von den Freunden erzählt, bei denen sie gewohnt hatte, während Lily jene erste bedeutsame Reise nach Broome unternommen hatte. »Die sind so cool. So witzig und so interessant. Eine ganz bunte Mischung – italienisch und vietnamesisch. Ich finde es einfach toll, wie sich bei denen die Kulturen im Essen, in der Religion und in den Bräuchen vermischen«, schwärmte sie.

»Du findest also unsere weiße, angelsächsische, protestantische Herkunft reichlich gewöhnlich?«, fragte Lily ruhig.

»Genau, total langweilig.«

»Und wenn du plötzlich eine interessante Familie haben könntest, wie fändest du das?«

Sami hörte einen seltsamen Unterton in der Stimme ihrer Mutter. »Wie zum Beispiel? Was soll die Frage? Du weißt, dass wir das nicht haben.«

»Sami, ich habe in Broome viel Neues über unsere Familie herausgefunden …«

»Du meinst außer dem berüchtigten Kapitän Tyndall und der schönen Olivia? Außer Opa Hamish und Großmutter Maria, die die liebe Oma Georgiana bekamen, die nie Oma genannt werden wollte. Das ist nicht gerade multikulti, Mami«, erwiderte Sami bissig.

»Sami, ich habe dir nicht die ganze Geschichte erzählt. Sie ist ziemlich … kompliziert«, sagte Lily sanft und schloss kurz die Augen, als ringe sie um innere Stärke für ihr Anliegen.

Als Sami den Gesichtsausdruck ihrer Mutter sah, begriff sie, dass das Gespräch ernst wurde. »Ich glaube, du erzählst mir lieber alles.«

Lily holte tief Luft. »Der erste Mensch, mit dem ich in Broome ein bedeutungsvolles Gespräch führte, war vermutlich eine alte Aborigine, die auf einer Sandbank angelte: Biddy. In dem Moment schien es mir nichts Besonderes, aber im Nachhinein gesehen war es ein Omen. Sie hatte für viele Familien in der Stadt gearbeitet, deshalb wusste sie viel über ihre Geschichte. Das fand ich faszinierend. Rate mal, für wen sie am längsten gearbeitet hatte? Für John Tyndall, meinen Urgroßvater. Dann ging ich zum Cable Beach Club und sah mir eine Kunstausstellung an. Auf einem der Bilder war das gleiche Motiv dargestellt wie auf dem Perlmuttanhänger, den ich nach dem Tod meiner Mutter unter ihren Sachen fand.«

»Das Weihnachten, an dem du mir den Ring mit der Perle geschenkt hast?«

»Der Ring gehörte Olivia. Die erste Perle, die ihr Perlenunternehmen *Star Of The Sea* gefunden hatte. Tyndall, Yoshi und Ahmed, sein malaiischer Gehilfe, hatten ihn für sie angefertigt.«

»Das hast du in ihrem Tagebuch gelesen?« Lily hatte Sami erzählt, dass sie Olivias Tagebuch im Historischen Museum in Broome gelesen hatte.

»Ja. Der Anhänger stammte von John Tyndalls makassarischer Geliebter Niah. Ihre Mutter war eine Aborigine – eine Bardi.«

»Seine Geliebte? Bevor er Olivia heiratete? Was passierte mit dieser Niah?«

»Tyndall und Niah hatten eine Tochter: Maya«, fuhr Lily fort. »Und auch Mayas Geschichte ist traurig und schön zugleich. Wie bei Niah ist es eine tragische Geschichte.«

Sami war wie betäubt. Das klang wie die Zusammenfassung eines Kitschromans. »Was hat das mit uns zu tun? Das war vor einer Ewigkeit.«

»Hab Geduld, Liebes. Ich war mir unsicher, wie du diese Neuigkeiten aufnehmen würdest. Es ist alles ein bisschen kompliziert, aber auch spannend«, sagte Lily. »Weil Maya zur Hälfte eine Weiße war, wurde sie von den Missionaren nach Perth geschickt und wuchs dort als weißes Kind unter dem Namen Maria auf.«

»Eines dieser Kinder aus den ›gestohlenen Generationen‹?

»In gewisser Weise war sie das wohl. Wie auch immer, Maya, die Tochter, die Niah mit Tyndall hatte, heiratete Olivias Sohn aus erster Ehe, Hamish Hennessy. So kamen die beiden Familien auf völlig ungewöhnlichem Wege zusammen.«

»Mami, das klingt wie die Handlung einer TV-Soap«, rief Sami. »Und ich hab das Gefühl, du hast noch ein paar Episoden auf Lager.«

»Nun ja.« Lily atmete tief durch. »Also, Hamish und Maya hatten eine Tochter: Georgiana. Von ihr, meiner Mutter, haben du und ich die Gene, durch sie sind wir blutsverwandt mit Tyndalls und Olivias Familien … all das ist ein Teil von uns.« Lily lehnte sich im Sessel zurück. Sie wirkte ein wenig ausgelaugt.

Sami sagte kein Wort. Sie war wie betäubt von dieser Enthüllung. Diese Verbindung zu den Aborigines gab es sicherlich, aber sie schien irgendwie unwirklich zu sein. Nein, dachte Sami, nicht unwirklich, bloß unwichtig. Das lag ewig zurück, die Verbindung war so indirekt. Ihr fiel es schwer, sich vorzustellen, dass ihre Großmutter auch nur im Mindesten etwas von einer Aborigine hatte.

Lily beobachtete das Gesicht ihrer Tochter und spürte eine wachsende Anspannung und Ungläubigkeit bei ihr. »Auch für mich war es erst mal ein Schock, Sami, als ich das alles in Olivias Tagebuch las und dabei entdeckte, dass John Tyndall ein Verwandter von mir war. Worauf ich bei meinem ersten Besuch dort nicht vorbereitet war, war die Begegnung mit Rosie Wallangou, der jungen Aborigine-Künstlerin, die ein Bild von dem Anhänger gemalt hatte. Olivia hatte ihr wegen der familiären Verbindung Geld hinterlassen. Als mir klar wurde, dass wir durch den Anhänger verbunden sind, habe ich sie noch einmal besucht und ihre Familie kennen gelernt, auch die alte Biddy.«

»Die alte Aborigine-Dame, mit der du gesprochen hast, als sie angelte?«

Lily lächelte schwach. »Liebes, ich weiß, das ist eine Menge Neues, das du erst mal verdauen musst. Tatsache ist aber, sie alle – auch die alte Biddy – sind durch alle möglichen Sachen mit uns verbunden – Blut, Heirat, Verwandtschaft, Haut und Umgang. Wir sind eine Familie.«

Wieder schwiegen sie beide, während Sami versuchte, diese außergewöhnlichen Neuigkeiten zu verarbeiten. Es war zu viel auf einmal. Als Einzelkind einer allein erziehenden Mutter mit einem unzuverlässigen, fern von ihr lebenden Vater hatte sie sich immer nach einer Familie gesehnt – jedoch nicht so einer.

»Das ist nicht meine Familie«, rief sie plötzlich, stand auf und raffte ihre Sachen zusammen. »Mit diesen Menschen habe ich nichts zu tun.«

Lily stand ebenfalls auf und wollte ihre Tochter umarmen, doch Sami riss sich los. »Bitte zieh keine voreiligen Schlüsse, Liebes. Bitte. Du brauchst da im Augenblick überhaupt nichts zu unternehmen, denk einfach drüber nach. Ich schäme mich nicht dafür, dass es in unserer Familie Aborigine-Blut gibt.«

»So einfach ist das nicht für mich, Mami«, explodierte Sami. »Die sind da irgendwo, jetzt. Es ist doch nicht so, als wäre das alles nur Vergangenheit und wir können da ach so verdammt liberal und ... politisch korrekt damit umgehen und so!«

»Wenn du sie erst kennen lernst ...«

»Ich will nicht, Mami. Ich will nicht mit Leuten herumhängen, mit denen ich nichts gemein habe, bloß weil mein Ururgroßvater ein Techtelmechtel mit einem Mischlingsmädchen hatte! Und sie wollen vermutlich auch nichts zu tun haben mit einem weißen Yuppie wie mir. Himmel, ich wünschte, du hättest mir das nicht erzählt.« Sie verschränkte die Arme in der Abwehrhaltung, die Lily so vertraut war.

»Ich wollte dir gegenüber ehrlich sein. Hätte ich es dir nicht erzählt, dann dürftest du wütend auf mich sein.« Lily versuchte, die Situation etwas zu entkrampfen. »Ich hab dich noch nie von dir selbst als Yuppie sprechen hören.«

»Du weißt genau, was ich meine. Ich bin weiß, gebildet, eine Akademikerin, verdammt noch mal. Mein Leben ist völlig anders als ihres, wir haben nichts gemeinsam. Womöglich erwarten sie von uns sogar noch eine finanzielle Unterstützung. Du weißt doch, wie sie sind: was dein ist, ist mein.«

»Sami, ich hätte nicht gedacht, dass du zu Klischees greifst. Falls es dich interessiert: Es geht ihnen finanziell sehr gut. Besonders Rosie. Aber du hast Recht: Ihr Leben ist völlig anders. Was nicht heißt, das eine sei besser als das andere.« Lily hob die Hände. »Sami, ich bedauere, dass du so reagierst. Ich weiß, das kam jetzt sehr überraschend, aber so schlimm ist es nun auch wieder nicht. Du kannst es ignorieren, oder auch annehmen. Ich habe mich entschlossen, es anzunehmen. Es ist deine Entscheidung. Sag mir einfach Bescheid, wenn du sie kennen lernen möchtest.«

Als Sami ihren Freundinnen nach Jahren totaler Geheimhaltung schließlich doch von ihrer Abstammung erzählte, machten deren begeisterte, ja, sogar neidische Reaktionen sie sprachlos. Sie wandte ein, wenn es deren eigene Familiengeschichte wäre, wenn sie diejenigen mit dem Aborigine-Blut wären, würden sie das vielleicht anders sehen. Es war ja schön und gut, sich politisch korrekt zu verhalten und sich für die landesweite Aussöhnungsdebatte zu interessieren, doch für Sami war es eine tiefe innere Zwickmühle, die sie selbst nicht recht verstand. Hätte sie anders empfunden, wenn man ihr gesagt hätte, sie sei ein Adoptivkind, fragte sie sich? Mochte es auch noch so verdünnt sein, infolge der Liaison ihres Ururgroßvaters floss das Blut einer Frau, die halb Aborigine, halb Makassarin gewesen war, in ihren Adern. Und in Broome existierten Verbindungen zu einer ganzen Gruppe von Aborigines, dem Küstenstamm der Bardi. Kapitän Tyndall war berühmt gewesen, ein erfolgreicher Perlenbaron, der ein kleines Imperium geschaffen, verloren und wieder aufgebaut hatte, von dem beinahe nichts geblieben war.

Sami wünschte oft, ihre Mutter hätte sich nicht auf diese Suche nach ihrer Vergangenheit begeben. Sie wollte das Erbe ignorieren, das ihre Mutter aufgedeckt hatte, doch es fühlte sich an wie ein kleiner Vulkan, der in ihrem Innern kurz vor dem Ausbruch stand. Das Bedürfnis zu wissen, dass sie irgendwo hingehörte, wurde immer stärker.

Sami versuchte sich einzureden, sie brauche keine »Familie«, sondern nur das Gefühl, an einen Ort zu gehören, der ihr etwas bedeutete. Denn im Vergleich zu ihren Freundinnen kam sie sich vor wie eine Zigeunerin – wurzellos, ohne jede Kontinuität. Ihren Vater kannte sie kaum. Er hatte sich von ihrer Mutter scheiden lassen und lebte nun in Amerika. Lily war zunächst in ein kleineres Haus und dann in eine Wohnung gezogen. Es war ein sehr praktisch ausgerichtetes Leben. Samis Freunde hingegen entstammten überwiegend Großfamilien, in denen man Jahrestage und Rituale pflegte, die Vergangenheit und die Zukunft feierte, indem man heiratete und die nächste Generation in die Welt setzte. Sami fand problemlos Anschluss an ihre Freunde und tauchte in deren Leben ein – ein zusätzlicher Stuhl am Tisch, ein weiterer Schlafsack auf Campingausflügen, geteilte Erfahrungen und Erlebnisse. Lily konnte aufgrund dieser Kontakte ihrer Tochter reisen, eine Auszeit von der Arbeit und der Rolle als Mutter eines Teenagers nehmen.

Erst jetzt erkannte Sami, wie einsam ihre Mutter gewesen war und dass sie vielleicht eben deshalb so an dieser neuen Großfamilie in Broome hing. Sie hatte kaum Kontakt zu Samis Vater in Amerika, und der Mann, in den Lily sich vor vielen Jahren verliebt hatte, war gestorben. Ihre Mutter hatte eine lockere Beziehung zu einem Mann in Broome, aber das war es nicht, was sie immer wieder dorthin zurück zog.

Als Sami der Reise in die Kimberleys zustimmte, wusste

sie, dass sie sich zu den ausufernden Familienbanden dort bekennen musste. Sie war mittlerweile reifer geworden und stand der Herausforderung, diese kuriose Verwandtschaft kennen zu lernen, etwas gelassener gegenüber. Lily hatte sie überredet, bei ihrer Rückfahrt aus den östlichen Kimberleys einen Abstecher nach Broome zu machen und für einen Kurzurlaub zu ihr in die Moonlight Bay Apartments zu ziehen.

Am nächsten Morgen war Sami schon vor Tagesanbruch wieder unterwegs und studierte die Skizze, die ihr als Karte diente. Sie suchte nach einer kleinen Abzweigung an einem Baum, an dem eine alte Kette und das rostige Rad eines Fahrrads hoch oben an einem Ast schaukeln sollten. Sami prüfte die Entfernung, fuhr noch einige Kilometer und entdeckte befriedigt den Baum mit dem Rad und daneben einen unebenen Weg.

Nachdem sie abgebogen war, sah sie sich die Landschaft vor ihr genau an. Himmel und Erde waren von ein und demselben fahlen Grau, gegen das sich Spinifex-Horste und struppige Bäume dunkler abhoben. Und dann sah sie etwas weiter rechts ein winziges Leuchten. Ein Feuer, ein Lager. Sie war beinahe da. Augenblicklich erfüllte sie die Vorahnung, dass ihr Leben, ihre ganze Welt sich verändern würde. Ab hier gab es kein Zurück mehr. Sami wurde erwartet. Sie kam mit einigen Kenntnissen in westlicher und östlicher Kunstgeschichte, einer Ausbildung in vergleichender Forschung und Erfahrung als Dozentin an ihrer Universität in Sydney. Hier jedoch war sie eine Novizin, die eine Arbeit erledigte, zu der sie ein Professor gedrängt hatte, der keine Ahnung von ihren persönlichen Verflechtungen mit dieser Aufgabe hatte.

Kevin Lean sah im Rückspiegel nach dem Wohnwagen. Die Spurrillen in der unbefestigten Straße sorgten für Erschütterungen, und der Wohnwagen holperte und bebte. Eine dicke Staubschicht hatte ihren Silver Fox in Rostrot gekleidet, doch Kevin genoss jede Minute ihres Abenteuers abseits des Asphalts. Seine Frau Bette war weniger begeistert. »Das macht mir ein bisschen Angst, Kev. Wann kommen wir wieder auf Asphalt?«

»Keine Sorge, Schatz. Ehe wir's uns versehen, sind wir auf der Farm. Noch eine Nacht im Wohnwagen, okay? Dann wieder Zivilisation.«

»Ein Gehöft inmitten von vierhunderttausend Hektar. Klingt für mich nicht nach dem Mittelpunkt des Universums. Aber ich bin froh, dass wir wenigstens den Silver Fox haben und nicht im Freien schlafen müssen.«

»Es werden vermutlich noch mehr Leute wie wir da sein. Das ist eine ganz große Sache.« Er blickte sich um. »Ein magisches Land, findest du nicht?«

Bette nickte. Als gesunde, energiegeladene Babyboomer mit Geld im Rücken hatten sie beschlossen, Kevins vorzeitigen Ruhestand mit einer Australien-Rundreise zu feiern, die etwas Spannung bot und viel Spaß versprach. Bette genoss ihre Traumreise, doch es gab auch bange Momente. Sie fand die Weite und Leere großer Teile des Landes beunruhigend. Zwar stimmte sie mit Kevin überein: Das Land war unglaublich schön, die Farben erstaunlich, die Tier- und Pflanzenwelt faszinierend. Doch sie war stets froh, wenn sie zu einem Campingplatz kamen und andere Menschen trafen. Zusammenzusitzen und Abenteuergeschichten auszutauschen war allemal besser, als sie tatsächlich zu erleben. Bette war ein echter Stadtmensch und vertrug den Busch nur in geringen Dosen. »Wir haben den ganzen Tag noch niemanden gesehen«, klagte sie.

»Naja, das ist so weit draußen nicht ungewöhnlich. Du

hast doch gesagt, auf der Gibb River Road sind dir zu viele Autos. Sag mal, was ist denn das da vorne? Hat da jemand eine Panne?«

»Kev, das ist ein Taxi!«, verkündete Bette ungläubig.

»Also, da soll mich doch …«, rief er und bremste gerade rechtzeitig ab, sodass er hinter dem staubbedeckten Taxi anhalten konnte. »Da drin ist niemand.«

»Doch, da ist jemand. Unter dem Wagen.«

Die beiden kletterten aus ihrem klimatisierten Geländewagen und taumelten, als die Hitze sie traf. Ein Mann kroch unter dem ramponierten Wagen hervor.

»Unfall gebaut, Kumpel?«, rief Kevin ihm zu.

»Ja, verdammtes Pech. Das und noch ein paar Komplikationen. Gott sei Dank sind Sie aufgetaucht. Ich hab schon gedacht, es kommt niemand mehr vorbei. Hier in der Gegend ist nicht viel Verkehr, trotz dem Großereignis auf der Farm.« Bobby versuchte, lässig zu wirken, doch er war erleichtert, dass der Geländewagen angehalten hatte. Ihm fiel auf, wie gepflegt und gut gekleidet die beiden waren. Kevin war groß und dünn, aber so gut in Form, als trainierte er regelmäßig im Fitnessstudio. Er hatte kurzes graues Haar und ebenmäßige Gesichtszüge; er klang gebildet, wie ein Anwalt oder irgendein Manager, fand Bobby. Seine Frau hatte Sommersprossen, ein offenes Lächeln und hellblonde Haare mit grauen Strähnen. Sie wirkte freundlich und warmherzig.

»Was ist passiert? Können wir helfen? Ich bin Kev Lean, das ist Bette.«

Sie gaben sich die Hand.

»Bobby Ching. Ich fahre einen Typ von Broome hoch zum Rennen. Heute Morgen sind wir mit einem verdammt großen Känguru zusammengestoßen. Mein Fahrgast hat sich für einen Toilettenstopp und 'nen kleinen Spaziergang verkrümelt und ist nicht mehr aufgetaucht. Ich hab nach ihm gesucht, bin so weit gelaufen, wie ich mich getraut habe. Aber ich laufe in dieser Affenhitze nicht da raus, ohne zu wissen, in welche Richtung.«

»Regel Nummer eins: immer beim Wagen bleiben«, sagte Bette, als zitierte sie aus dem Handbuch für sicheres Fahren im Outback, und Kevin zog eine Augenbraue hoch, um Solidarität mit Bobby zu bekunden.

»Ja, es war idiotisch von mir, ihn gehen zu lassen. Ich hab auch versucht, ihm klarzumachen, wie gefährlich das sein kann.« Bobby klang besorgt.

Kevin warf einen Blick unter das Taxi und sah, dass Bobby sich eine flache Mulde gegraben hatte, um sich vor der sengenden Sonne zu schützen.

»Haben Sie kaltes Wasser, Kumpel?« Bobby sah plötzlich erschöpft aus.

»Aber sicher. Kommen Sie, hinein in den Kühlschrank. Bette, hol die Wasserflasche aus der Kühlbox.«

»So, jetzt erzählen Sie uns mehr von Ihrem Fahrgast, und was passiert ist«, forderte Bette Bobby auf, während dieser trank und dann sein Gesicht benetzte.

»Er ist Deutscher. Wir wollten zum Rennen auf der Bradley-Farm. Als das Känguru gegen den Wagen geknallt ist, hat es den Kühler in den Motor gerammt. Keilriemen und Batterie sind kaputt, also gibt's auch keinen Strom und keine Funkverbindung. Ich wusste ja, dass wir einfach nur zu warten brauchten, aber Matthias musste unbedingt auf Wanderschaft gehen und ist nicht wiedergekommen.«

»Hat er Wasser dabei?«, fragte Bette besorgt.

»Nee. Er wollte nicht lange wegbleiben, und ich hab ihm gesagt, er soll nicht weit gehen. Das wollte er auch nicht, aber man verliert hier leicht die Orientierung. Er hat gesagt, er will fotografieren. Als er nach zwei Stunden noch nicht zurück war, hab ich nach ihm gesucht, wenigstens hier in der Nähe. Und wenn ich so drüber nachdenke: Seine

Mütze war für dieses Land auch total ungeeignet, nur so eine Kappe. Wir müssen ihn wirklich finden. Funktioniert Ihr Radiotelefon?«

»Ja, nur zu.« Kevin reichte Bobby das Gerät. Bette nahm unterdessen ihren Fotoapparat und machte ein Bild von dem gestrandeten Taxi. Das würde ein Highlight für ihren E-Mail-Newsletter an Freunde und Familie in Adelaide abgeben!

Bobby meldete sich bei Mr. Choy in Broome, informierte ihn kurz und beendete die Verbindung. Mit den Abschiedsfloskeln wechselte Bobbys Stimmung. Es war, als ob der Anruf ihn aus seiner hitzebedingten Benommenheit gerissen hätte. Er wandte sich an Kevin. »Der Boss sagt, wir sollen nach ihm suchen.«

»Wie fit war er denn, Bobby?«

»Nicht besonders, glaube ich. Ein bisschen übergewichtig, wahrscheinlich über fünfzig. Er hatte keine Ahnung, wie gefährlich es da draußen im Spinifex-Busch werden kann – wie die meisten Europäer und Japaner, die mal kurz einen Blick aufs Outback werfen wollen.«

»Wir verlassen die Straße nicht, wenn es nicht unbedingt sein muss, nicht bei dieser Hitze«, sagte Kevin. »Was meinen Sie, wie lange dauert es, bis Hilfe kommt?«

»Zu lange. Könnten wir vielleicht Ihren Wohnwagen abkoppeln und uns dann ein bisschen umsehen? Seine Aussichten sind schlecht, wenn er keinen Sonnenschutz gefunden hat.«

Bette berührte Kevin am Arm. »Ich weiß nicht, Schatz …«

Kevin musterte das unwirtliche Land jenseits der Straße. »Ich möchte kein Risiko eingehen. Falls wir eine Panne haben, uns in diesem Busch verirren, ich meine, ich will ja helfen, aber …«

»Hören Sie, er kann da sterben. Er ist schon den ganzen Tag da draußen. Bitte, Sie müssen helfen«, flehte Bobby.

»Natürlich. Dann mal los.«

Die beiden Männer fuhren in den Busch. Bette blieb am Straßenrand zurück, wo sie im Schatten der rasch aufgespannten Zeltplane saß. Der Staub, den das Auto aufwirbelte, hatte sich noch nicht wieder gelegt, da machte sie sich schon Notizen in ihrem Tagebuch. Das überschaubare Abenteuer war beunruhigend geworden. Sie malte sich die schrecklichsten Szenarien aus: Die Männer könnten den Geländewagen zu Bruch fahren, sich verirren oder ....

Kevin schossen ähnliche Gedanken durch den Kopf. So sehr er auf Abenteuer gehofft hatte, war er doch nie wirklich davon ausgegangen, dass so etwas geschehen könnte. Es war unglaublich, dass ein Mann, der sich einfach nur etwas den Busch ansehen wollte, tatsächlich verschwinden konnte. Der junge Bursche neben ihm schien zwar einigermaßen anständig zu sein und sich im Outback auszukennen, aber es gefiel ihm gar nicht, einfach so draufloszufahren, querfeldein, ohne Straße, ohne Orientierungspunkte oder auch nur die geringste Vorstellung von dem, was sie womöglich erwartete.

»Waren Sie schon mal hier draußen, Bobby?«

»Nicht abseits der Straße. Haben Sie einen Kompass?«, versuchte der zu witzeln.

Kevin blickte ernst drein. »Wir haben über ein GPS nachgedacht, aber ich habe nicht erwartet, dass wir die Straße verlassen würden. Ansonsten haben wir aber so ziemlich jedes denkbare Hightechgerät. Allerdings dienen die mehr dem Komfort.«

Bobby nickte. Ihm war aufgefallen, dass sie ein ziemlich teures Gefährt fuhren. Auch ihr Wohnwagen war nicht so einfach wie bei nomadisierenden Pensionären üblich. Vermutlich stieg das Paar nur auf erstklassigen Campingplätzen ab.

Kevin spähte nervös nach vorn auf die öde Landschaft.

»Ich finde, wir sollten lieber nicht zu weit fahren. Ich meine, wir wissen ja gar nicht, in welche Richtung er gegangen ist. Wer kommt denn aus Broome zu Hilfe?«

»Mein Cousin macht sich auf die Socken, sobald Mr. Choy ihn informiert hat. Er benachrichtigt die Polizei, und die werden wahrscheinlich jemanden in die Luft schicken. So eine Suche aus der Luft ist teuer, das machen sie nicht bei jedem Zipperlein. Es hat in den letzten Monaten zu viel falschen Alarm gegeben, oder Geschichten, wo Leute einfach mal auf Tauchstation gegangen sind. Die Leute geraten in Panik und rufen die Polizei, bloß weil sie auf der Bundesstraße liegen geblieben sind.«

»So wie ich das sehe, ist das hier nicht gerade eine Bundesstraße«, meinte Kevin. »Eher eine rote Staubpiste mitten durchs Nichts. Ich wette, das ist der reinste Morast, wenn's mal regnet. Und wenn es trocken ist, ist es ein schmaler Staubstreifen. Da muss man sich doch verlassen vorkommen.«

»Beängstigend für euch Stadtmenschen, was? Aber wenigstens erleben Sie das echte Outback, wenn Sie den Asphalt verlassen.« Bobby sah sich um. »Und man weiß nie, was einen erwartet, sobald man die ausgetretenen Pfade hinter sich lässt. Keine Route, keine Pläne, keine Leute. Sie sind ganz auf sich gestellt.«

»Das ist nicht sehr vernünftig – und außerdem ist es nicht sicher«, erwiderte Kevin steif.

»Ach, machen Sie sich keine Sorgen. Ich bin zum Teil ein Aborigine, ich weiß, was zu tun ist.« Bobby versuchte zu lachen, doch es klang, als wollte er sich selbst überzeugen.

Kevin fuhr vorsichtig, überrascht davon, dass das scheinbar flache Land voller Gräben und Flussbetten war. Er hoffte, Bobby werde sich merken, aus welcher Richtung sie gekommen waren. Er selbst konzentrierte sich ausschließlich aufs Lenken, um Steine, Felsen und stachelige

Sträucher zu umfahren. Mit zusammengekniffenen Augen spähte er durch die staubige, von einem Drahtnetz bedeckte Windschutzscheibe. Da deutete Bobby plötzlich nach vorn.

»Da drüben, ein bisschen nach rechts. Wo die Vögel kreisen. Bei den Bäumen!«

»Ich sehe nur unglaublich viel Spinifex«, meinte Kevin, als er das Lenkrad nach rechts drehte. Im nächsten Moment fuhren sie durch etwas, das wie ein schmales, sehr flaches ausgetrocknetes Flussbett aussah.

»Auf der anderen Seite, fahren Sie vorsichtig durch. Ich glaube, wir haben ihn gefunden.« Bobby machte sich bereit, aus dem Wagen zu springen.

Auf der anderen Seite der Sandrinne lag der Deutsche, dicht bei einem verkrüppelten Baum, dessen dornige Zweige sich gen Himmel reckten, als riefen sie um Hilfe.

»O Gott, ob er tot ist?«, fragte sich Kevin laut. Er betätigte die Hupe, um zwei riesige Vögel zu verscheuchen, die ganz in der Nähe ihre Kreise zogen.

Sekunden später machte er den Motor aus und ging zu Bobby und dem Deutschen. Matthias lag auf der Seite. Er sah aus, als schliefe er friedlich, wenn man von der rissigen roten Haut und dem blutigen, geschwollenen Mund absah. Bobby rollte ihn auf den Rücken und setzte ihn auf.

»Okay. Er atmet. Holen Sie Wasser, Kev. Er ist stark ausgetrocknet.« Er fühlte dem Mann den Puls. Schwach und unregelmäßig konnte er ihn tasten. »Das gefällt mir nicht. Vielleicht ist was mit dem Herzen.«

Kevin war entsetzt. »Wir hätten Bette mitnehmen sollen, sie hat ein bisschen Pflegeerfahrung!«

Bobby bemühte sich, Leben in Matthias' schwachen Körper zu bekommen. Beschwörend sprach er auf ihn ein, während er ihm die Brust massierte. »Komm schon, Kumpel, du schaffst es. Wir bringen dich hier bald raus. Ich will doch nicht, dass diese verdammten Adler dich zum Abendessen kriegen, das ist schlecht für den Tourismus. Komm schon!«

»Ich rufe die Fliegenden Ärzte«, stieß Kevin hervor, bemüht, sich nützlich zu machen, und stürzte in seinem Wagen ans Radiotelefon.

Matthias hustete, sein Kopf rollte hin und her und seine Augenlider flatterten. Bobby goss ihm Wasser in den Mund und über den Kopf. Sein Fahrgast reagierte, wenn auch benommen. Er war kaum bei Bewusstsein, konnte aber etwas Wasser schlucken. Schwach und zittrig streckte er Bobby eine Hand entgegen. Der nahm sie. »Alles in Ordnung, Kumpel, das wird schon wieder. Wir haben den Doc gerufen, sie ist bestimmt bald hier. 'n ziemlich heißer Doc noch dazu. Eine richtig nette Lady … blond, wie Sie.«

Als Kevin aus dem Wagen stieg, warf Bobby ihm einen besorgten Blick zu. »Haben Sie sie erreicht?«

»Ja. Aber wo zum Teufel sind wir?«

»Lassen Sie mich mit ihnen reden. Machen Sie hier weiter. Geben Sie ihm noch mehr Wasser … aber nicht zu viel auf einmal. Er atmet nur schwach.«

Kevin kniete sich in den Staub und hob den Kopf des Mannes an. Blutunterlaufene Augen starrten ihm ausdruckslos entgegen. Kevin zwang sich zu einem breiten Lächeln. »Tag, Matthias. Ich bin Kevin. Sie haben einen kleinen Spaziergang gemacht, was?«

»Ja«, bekam der heraus.

»Sie hätten sich klarmachen sollen, dass Sie hier nicht einfach auf Walkabout gehen dürfen. Das können hier nur die Aborigines, Kumpel.«

Bobby beendete das Gespräch und legte das Radiotelefon zurück. »Tragen wir ihn ins Auto. Wir haben Glück, die Fliegenden Ärzte haben ein Flugzeug ganz in der Nähe. Sie sollten in etwa einer Stunde hier sein.«

»Wie sollen sie uns hier draußen finden? Und wo sollen sie landen?«, fragte Kevin leicht skeptisch.

»Ich musste die Zeit totschlagen, als ich bei meinem Taxi festsaß. Da habe ich nachgesehen, wo ungefähr wir gestrandet sind. Wir sind nur circa fünf Kilometer von der so genannten Hauptstraße weg. Die finden uns. Fahren wir zurück zur Straße, da können sie besser landen.«

Kevin fuhr vorsichtig, aus Rücksicht auf den Mann, der neben Bobby auf dem Rücksitz zusammengesackt war. In den frischen Reifenspuren zurückzufahren, war nicht schwer. Sobald sie den Wohnwagen sahen, betätigte Kevin die Hupe, doch Bette hatte sie schon längst kommen hören. Sie war unendlich erleichtert, dass die beiden Männer zurück waren, und als sie Matthias sah, stürzte sie in den Wohnwagen, um ihren Erste-Hilfe-Kasten zu holen. Bobby holte eine Matte aus dem Kofferraum des Taxis und breitete sie unter der Zeltplane aus. Bald reagierte der Gerettete, zunächst nur ganz vage, aber es war ein gutes Zeichen. Er brachte sogar ein Lächeln zustande, als Bette sich um den schweren Sonnenbrand in seinem Gesicht kümmerte.

»Aloe-Vera-Salbe«, erklärte sie ihm, »fantastisch bei Sonnenbrand, und Ihrer ist ganz schlimm.« Sie erkannte mit einem Blick, dass ihr Erste-Hilfe-Kasten nicht die nötigen Medikamente zu bieten hatte.

Als die Fliegenden Ärzte sie gefunden hatten, war Matthias zwar bei Bewusstsein, doch es ging ihm noch sehr schlecht. Das Flugzeug schlitterte in einer kontrollierten, aber holprigen Landung über die unbefestigte Straße. Eine Frau mit einem Arztkoffer sprang heraus, sobald die Propeller stillstanden.

Nach einem kurzen Bericht von Bobby und einem knappen Nicken zu den Leans untersuchte sie Matthias und gab ihm eine Spritze. »Starke Dehydratation, Schädigung der Haut durch Sonnenbrand, Herz noch nicht wieder hundert Prozent, aber er sollte in Ordnung kommen. Sauerstoff haben wir an Bord; er fliegt mit uns zurück nach Broome.«

»Danke, Doc. Schade, dass er das Rennen verpasst!«, sagte Bobby.

Die Ärztin lächelte nicht. »Das ist typisch für euch aus Broome. Kommen Sie, helfen Sie uns, ihn an Bord zu bringen.«

Als sie die Bahre in das leichte Flugzeug hoben, versuchte Matthias, sich aufzusetzen.

»Meine Tasche, meine Sachen … ich muss los …«, keuchte er.

»Geht in Ordnung, Kumpel. Ich nehme alles für Sie mit nach Broome. Kommen Sie erst mal auf die Beine. Morgen oder übermorgen sehen wir uns bestimmt schon wieder, keine Sorge.«

Matthias sträubte sich, so gut er konnte. »Die Bradley-Farm, muss da hin …«

Doch der Pilot schlug die Tür zu, ehe Matthias noch mehr sagen konnte, und das Flugzeug startete.

»Was machen Sie mit dem Taxi?«, fragte Kevin. »Sie können gerne mit uns fahren. Wir wollen auch zu diesem großen Rennen auf der Bradley-Farm. Danach fahren wir zurück nach Broome. Wir wollen den Winter da verbringen.«

»Das wird Ihnen gefallen! Danke für das Angebot, aber ich leih mir lieber nur etwas Proviant und Wasser von Ihnen, wenn ich darf, und dann warte ich auf meinen Cousin. Kann ich ihn und Mr. Choy noch mal von Ihrem Radiotelefon aus anrufen? Ich möchte ihnen nur kurz sagen, was los ist.«

Der Anruf beruhigte Bobby. Er erfuhr, dass ein Reparatur- und Abschleppteam am nächsten Morgen bei ihm sein würde. Es dauerte nicht lange, bis der Wohnwagen wieder angekoppelt und die Leans reisefertig waren.

»Wir übernachten ein Stück weiter die Straße entlang, und morgen fahren wir dann weiter zur Bradley-Farm. Wenn wir zurück in Broome sind, besuchen Sie uns doch mal auf unserem Campingplatz – es ist der Buccaneer Caravan Park«, sagte Bette munter, als sie Bobby die Hand schüttelte. Sie war jetzt bester Laune; das Drama und sein glücklicher Ausgang hatten ihr Auftrieb gegeben.

»Mache ich. Sie haben was gut bei mir. Danke für Ihre Hilfe.«

»Ach, es war uns ein Vergnügen«, antwortete sie automatisch. Dann ging ihr auf, wie absurd das klang, und sie musste laut lachen.

»Willkommen im echten Outback«, meinte Bobby.

Als die Leans fort waren, spannte Bobby die Zeltplane, die sie ihm geliehen hatten, als Sonnenschutz auf. Dann baute er aus Steinen eine Feuerstelle, um sich einen Tee zu kochen und eine Dose Eintopf zu erwärmen, sobald die Sonne unterging. Er war erschöpft – nicht bloß müde, sondern völlig ausgelaugt. Wenn er ehrlich war, hatte er richtige Angst gehabt. Und auch gegen ein Gefühl von Versagen und Enttäuschung kam er nicht an. »Ich bin ein verdammter Pechvogel«, sagte er laut. »Jedes Mal, wenn ich etwas neu anfange, vermassele ich es. Wer wird mich wohl nach dieser Sache noch als Reiseführer engagieren?«

Er holte sein Bettzeug aus dem Kofferraum. Als er dabei Matthias' Rucksack beiseite schob, wurde er neugierig. Er wusste beinahe nichts über den Mann, der das ganze Drama ausgelöst hatte, außer dass er beim Rennen eine wichtige Verabredung mit jemandem hatte. Bobby hatte gemeint, dass das ein merkwürdiger Ort für eine Verabredung sei, doch Matthias war die Befragung ganz offensichtlich unangenehm gewesen. Bobby überlegte, ob Matthias'

Habseligkeiten ihm etwas über den Mann erzählen würden. Er öffnete kurzerhand den Rucksack und durchsuchte ihn. Nichts Ungewöhnliches, was die Kleidung betraf, außerdem eine Taschenlampe, Rasier- und Waschzeug, ein kleines Tagebuch voller Notizen auf Deutsch, Fotos, Schuhe zum Wechseln, Sandalen. Ganz unten fand sich ein in ein Handtuch gewickelter kleiner Holzkasten. In einer Zeit, in der alles in Plastiktüten gepackt wurde, erregte das gut verarbeitete Kästchen mit den eleganten Messingbeschlägen Bobbys Neugier. Er öffnete den Verschluss, und der Deckel ließ sich problemlos anheben.

Zum Vorschein kam ein Metallgegenstand, der seiner Meinung nach ein Anhänger sein konnte, irgendein Erinnerungsstück. Es war ein in Türkis eingefasstes Abbild der Sonne. In der Mitte befand sich eine Einlegearbeit aus Messing, vielleicht auch Gold, und von dort gingen sieben Strahlen aus, die in knospenähnlichen Gebilden endeten, fast wie Rosenknospen. Nachdem er eine Weile darüber gerätselt hatte, legte Bobby das Schmuckstück zurück in das Kästchen. Dann legte er sich auf dem Rücksitz schlafen.

Träumte er noch? So viele quälende Eindrücke und Bilder hatten ihn durch den Abend begleitet. Und jetzt sah ihn ein scheußliches Gesicht an, höhnisch und boshaft grinsend spuckte es ihn an. Gelbe Zähne und fauliger Atem. Die Spucke in seinem Gesicht machte Bobby auf einen Schlag hellwach.

Es war helllichter Tag. Ein Kamel hatte seinen Kopf durchs Fenster gestreckt. Auf seinen Schrei hin zog jemand das Tier weg. Stattdessen blickte ihn ein von der Sonne vertrocknetes menschliches Gesicht an.

»Alles in Ordnung, Kumpel?«

Bobby krabbelte aus dem Auto und entdeckte zwei beladene Kamele und vier Fohlen, die aneinander gebunden waren und von einem alten Mann geführt wurden. Bei näherer Betrachtung wirkte er weniger alt. Seine Haut war ledrig, mit Augen wie Datteln und einem schütteren Schnurrbart. Er trug einen Hut mit geflochtenem Hutband und einer kleinen Quaste.

»Mein Gott, ich hab hier draußen nicht mit Gesellschaft gerechnet«, sagte Bobby. »Sie sind der Kamelführer aus Broome, oder? Ich hab Sie am Cable Beach gesehen.«

»Ja, das stimmt. Ich bin Farouz.« Er machte eine kleine Verbeugung. »Brauchen Sie Hilfe?«

»Bobby Ching. Hilfe ist hoffentlich schon unterwegs. Ich hatte einen kleinen Unfall«, sagte Bobby lakonisch und erzählte ihm, was geschehen war. Dabei machte er Feuer, um sich seinen morgendlichen Topf Tee zu kochen.

»Ein ungewöhnlicher Unfall. Ein deutscher Tourist, sagten Sie?«

»Ja, Matthias Stern. Er war wirklich scharf darauf, zum Rennen auf der Bradley-Farm zu kommen. Er wollte dort jemanden treffen. Bestimmt ein Freund, der auch hier rumreist.«

»Sehr wahrscheinlich«, sagte Farouz, als wäre dieser Teil des Gesprächs damit für ihn abgeschlossen. »Ist Clarrie Ching Ihr Vater?« Bobby nickte, und Farouz lächelte. »Wir kennen uns. Ich hab früher Sachen für Clarrie befördert, Ausrüstung für die Bergleute, bevor er die Lastwagen gekauft hat. Arbeitet er noch?«

»Falls Sie es arbeiten nennen, wenn man den ganzen Tag in einem Büro vorm Computer hockt, ja.«

»Wir leben in einer sich rasch wandelnden Welt«, versetzte Farouz. Er trank seinen Tee aus und warf einen Blick zur Sonne. »Ich muss bald weiter. Ich werde den ganzen Vormittag über gehen, dann ein Lager aufschlagen, und in der Kühle des Abends weitergehen.«

»Haben Sie Ausreißer eingefangen?« Bobby deutete auf die Fohlen.

»Frische Zuchttiere. Jetzt sind wir unterwegs zu meinem Haus in den Dünen bei Broome. Sie sagen, Sie haben die Hilfe sicher organisiert?«

»Keine Sorge. Danke. Die Leute aus Broome sollten bald auftauchen. Das hab ich alles gestern Nachmittag organisiert.«

»Das könnte eine langsame Rückfahrt werden, wenn man Sie abschleppen muss.«

»Nicht so langsam wie Ihre Wanderung, Kumpel.«

Beide lachten und gingen hinüber zu den Kamelen. Farouz rückte das Gepäck zurecht, prüfte die Leinen und wollte gerade aufbrechen, als ein Muster, das in die verblichene Satteldecke eines Kamels gewebt war, Bobbys Aufmerksamkeit erregte. Es kam ihm bekannt vor.

»Was ist das für ein Muster auf der Decke, Farouz?«

Der alte Mann klopfte darauf, und eine kleine Staubwolke erhob sich. »Das ist aus der alten Heimat, Afghanistan. Danke für den Tee. Alles Gute, Bobby.«

»*Latscho drom.* Gute Reise, Farouz.«

Bobby goss den restlichen Tee in einen Blechbecher und setzte sich unter die Zeltplane, um über Matthias nachzudenken. Er dachte dabei auch an die sonderbare Sonne in dem Kästchen. Und da ging ihm auf: Das Schmuckstück, die Sonne mit ihren knospenden Strahlen, war beinahe identisch mit dem Muster auf der Satteldecke von Farouz' Kamel.

»Hol mich der Teufel«, sagte er erstaunt zu sich. »Was hat das nun wieder zu bedeuten?«

Kapitel zwei

Vor dem Hintergrund der im Indischen Ozean untergehenden Sonne hoben sich die Reihe der Kamele und der auf ihnen reitenden Touristen als schwarze Silhouetten ab. Ein Mann führte sie zu Fuß über die Rasenflächen am Rand des Resorts. Das absurde Rücklicht am letzten Kamel blinkte rot im spektakulären Sonnenuntergang.

Am berühmtesten Aussichtspunkt von Broome – der Sunset Bar des Cable Beach Club – versammelten sich Gäste, Touristen und Einheimische, während die Kamele vorüberzogen. Viele Zuschauer erhoben grüßend ihre Gläser, lächelten einander zu und beglückwünschten sich gegenseitig dazu, einen weiteren Tag im Paradies verbringen zu können.

Lily hob ihr Glas gekühlten Weißweins, hielt jedoch inne, um zu beobachten, wie der Wein im Licht des Sonnenuntergangs einen tiefen Goldton annahm. »So sind die Farben immer am schönsten: ein paar Wolken, an denen die Strahlen sich brechen, kein Wind. Der perfekte Abschluss für diesen Tag, findest du nicht?«

Dale beugte sich zu ihr hinüber. »Komm zurück, lebe hier. Du weißt, dass deine Wurzeln hier sind.«

Lily blickte aufs Meer hinaus und zögerte mit der Antwort. Versonnen streichelte sie die prachtvollen Perlen auf ihrer Leinenbluse. Die weich glänzenden Kugeln schienen das Licht einzufangen, sodass ihr Glanz einen satten, cremigen Goldrosaton annahm. »Ich habe in Sydney noch Verpflichtungen.«

»Gib sie auf, Lily. Nach so vielen Jahren kann es doch nicht mehr die höchste Erfüllung sein, ein medizinisches Labor zu leiten. Du bist noch nicht zu alt, um dir eine neue Existenz aufzubauen.«

Genau das hatte Dale Cavendish nämlich erfolgreich getan.

Er hatte seine Arbeit in der Baubranche in Mount Isa aufgegeben und war nach Broome gezogen, wo er zunächst Angeltouren ausrichtete. Dann war er ins Geschäft mit schweren Maschinen eingestiegen, und nun war er ein bedeutender Bauzulieferer. Er hatte sich hinter dem Cable Beach ein imposantes Haus gebaut und die erste Tourismus- und Erschließungswelle in Broome genutzt. Nun musterte er seine elegante Begleiterin. Mit Anfang fünfzig war Lily Barton schön, sanft und energiegeladen. Sie wirkte um Jahre jünger, doch ihre Augen ließen eine gewisse ruhige Weisheit erkennen. Sie war die Art Frau, bei der die Menschen sich wohl fühlen. Kaum hatte jemand sie kennen gelernt, wollte er auch schon die Bürde seiner Lebensgeschichte mit ihr teilen.

»Und womit, Dale? Allein stelle ich mir den Ruhestand nicht besonders unterhaltsam vor.« Sie sagte ihm nicht – und außer Sami hatte sie es auch noch niemandem gesagt –, dass sie vorzeitig in den Ruhestand gegangen war und eine freie Frau mit nicht unbeträchtlichen Rücklagen war. Lily wollte vermeiden, dass Dale oder jemand anders sie unter Druck setzte.

»Du musst nicht allein sein«, erinnerte er sie milde.

Lily lächelte. »Ich danke dir, Dale. Aber ich bin auch nicht völlig allein. Ich habe ja eine Tochter und eine ganz besondere Großfamilie.«

»Eine ziemlich abenteuerlustige Tochter. Wo ist Samantha?«

»Irgendwo draußen in der Wüste, in traditionellem

Stammesland. Schauplätzen alter Aborigine-Kunst auf der Spur, für ihre Forschung.«

»Allein?« Dale hob eine Augenbraue. Sein Interesse an Aborigines beschränkte sich auf das Sammeln guter indigener Kunst als Investition sowie die gelegentliche Teilnahme an Veranstaltungen in Broome, bei denen Aborigine-Kultur ausgestellt wurde.

»Sie ist ein sehr unabhängiger Mensch. Ich bin sicher, sie kommt hierher, wenn sie so weit ist. Sie hat ihren Hund und ein Satellitentelefon und meldet sich hin und wieder.«

Lilys vage Antwort verwirrte Dale etwas. Er wechselte lieber das Thema. »Also dann, zurück zum Hier und Jetzt. Essen wir zu Abend.«

»Danke für die Einladung, aber ich habe dir doch erzählt, dass ich Rosie und ihrer Familie versprochen hatte, sie zu einem Willkommensabendessen zu besuchen.« Sie beugte sich vor und gab ihm einen flüchtigen Kuss. »Erinnere dich, heute Abend nur ein Dämmerschoppen!«

»Na, dann noch einen Margaret River Verdelho, um die abendliche Kühle zu begrüßen«, erlaubte er sich grinsend.

»Dir gefällt nicht, was hier an neuem Gewerbe entsteht, stimmt's?«, fragte Rosie, als sie sich am Ende von Lilys erstem Tag in Broome auf der Veranda des wunderschönen alten Hauses niederließen.

»Die Touristen kommen doch nicht wegen der Hamburger nach Broome; allenfalls wegen des Biers der Broome Brewery. Sie wollen hier die Schönheit, die Strände, die historischen Stätten genießen. Und die hiesige Küche müsste ihnen eigentlich gut schmecken«, erwiderte sie. »Die Perlenfischerei hat die Stadt groß gemacht, was für Außenstehende immer noch faszinierend ist.«

»Es geht das Gerücht, dass einige der alten Bungalows vielleicht wegmüssen. Sie entsprechen den heutigen Bauvorschriften nicht mehr«, fügte Rosie hinzu und beobachtete Lily genau.

»Was? Sind die Leute vom Denkmalschutz schon dahinter gekommen? Sogar das Tourismusamt weiß, dass diese Häuser genau das sind, was die Leute sehen wollen!«

Rosie ergriff die Gelegenheit beim Schopf. »Und warum hilfst du nicht, diese Häuser zu schützen? Bleib hier und kämpfe für die gute Sache. Du könntest eine Menge für die Stadt tun. Aber wenn du damit Erfolg haben willst, musst du eine von uns sein, hier leben.«

»Planst du etwa schon meine neue Karriere?«, fragte Lily gutmütig.

»Lily, du hast doch selbst gesagt, wenn du dich aus dem Labor zurückziehst, willst du nicht gleich ganz aus dem aktiven Leben aussteigen und nur noch den lieben langen Tag auf der Veranda sitzen. Broome könnte deine neue Herausforderung werden. Schließlich hast du ein begründetes Interesse an dieser Stadt.«

Lily schwieg. Harlan, Rosies Mann, kam, um ihre Gläser nachzufüllen.

»Mehr Wein? Kaffee? Lizzie ist endlich aus der Badewanne heraus. Ich übernehme die Gutenachtgeschichte. Und Lily: Biddy möchte dich sehen, ehe du gehst!«

Sie lächelte den gut aussehenden Anwalt an. Sie sah ihn vor sich, wie er seiner Tochter eine Geschichte erzählte – ein amüsanter Kontrast zu seinen leidenschaftlichen Auftritten vor Gericht. Lily hatte sich so gefreut, als Rosie Harlan bei ihrer Ausstellung in New York kennen gelernt hatte. Er beharrte darauf, ihre Begegnung sei arrangiert gewesen. Außerdem waren sie in jenem Moment die beiden einzigen Aborigines aus den Kimberleys im Raum, wahrscheinlich sogar in ganz New York. Es sei Schicksal, scherzte er, und die schicksalsgläubige Rosie stimmte ihm zu.

Jetzt hatten sie eine liebenswerte fünfjährige Tochter, Lizzie, die von Tante Lily nach besten Kräften verzogen wurde.

Sie erhob sich. »Ich dachte, Biddy schläft schon. Dann gebe ich Lizzie jetzt einen Gutenachtkuss und gehe danach gleich zu Biddy. Und da ich zu Fuß hier bin, nehme ich noch ein Glas von diesem exzellenten Roten. Danke, Harlan.«

»Keine Hektik, Biddy döst zwischendurch immer mal ein. Aber manchmal lebt sie wieder in der Vergangenheit statt in der Gegenwart«, sagte Rosie. »An die Vergangenheit scheint sie sich oft deutlicher zu erinnern als an gestern.«

Biddy ging auf die neunzig zu, was für eine Aborigine, die ihr ganzes Leben hart gearbeitet hatte, eine ziemliche Leistung war, fand Lily. Wie viel Stadtgeschichte mochte mit ihrer Lebensgeschichte verknüpft sein? Biddy war als junges Bardi-Mädchen von der Küste zur Ausbildung in einen Konvent im Norden gekommen. Später hatte man sie dann für die weißen Herren, die Perlenfischer, in Broome arbeiten lassen. Rosie hatte ihre Berichte davon auf Band aufgenommen und später abgetippt. Erst als Biddy für Kapitän Tyndall gearbeitet hatte, fühlte sie sich als Teil einer Familie. Und in einer Familie kümmert man sich umeinander. Daher verbrachte sie ihre alten Tage in der Obhut ihrer Leute, in dem Haus, in dem Kapitän Tyndall und Olivia gewohnt und das sie geliebt hatten.

Das Zimmer war nur schwach beleuchtet – der Mond und eine Lampe spendeten ein sanftes, weiches Licht. Hier lauerten keine traurigen Schatten. Biddy war verhutzelt, ihre tiefschwarze Haut schien vom Alter verwelkt zu sein, doch ihre Augen strahlten, und ihr Mund kräuselte sich zu einem fast zahnlosen Lächeln, als sie Lilys Stimme erkannte.

»Schön, dass du wach bist, Biddy, Liebes.«

»Is' noch jede Menge Zeit zum Schlafen. Gehst bald weg?«

»Nein. Ich bleibe ein paar Wochen hier. Viel Zeit, dich zu besuchen, bevor ich nach Hause fahre.« Lily setzte sich in einen kleinen Korbsessel.

»Das hier dein Zuhause. Dein Land. Deine Leute. Du keine Stadtfrau. Lernst deine Geschichten?«

»Ich versuch's, Biddy. Wenn ich mich eingelebt habe, setze ich mich zu den Frauen. Manchmal fällt es ihnen schwer, sich mit weißen Verwandten zu unterhalten.«

»Alte Frauen da kennen dich. Kennen die Geschichten. Musst deinen Stamm kennen lernen, Lil.« Sie ergriff Lilys Hand, ihr Griff war immer noch fest. »Wo sein dein Mädchen, hm?«

»Sami arbeitet oben im Norden in der Wüste. Sie kommt hierher, Biddy.«

»Sie muss wissen, wer sie is'. Sie kennt sich nicht. Kannst nicht glücklich sein, wenn du nicht weißt, wer du bist.« Biddy hatte Recht, fand Lily. Solange man nicht weiß, wer man ist und wohin man gehört, kann man nicht wirklich glücklich sein. Vielleicht war das der Grund für Samis Rastlosigkeit. Sie hatte Angst, sich zu lange an einem Ort niederzulassen, weil sie sich sonst mit ihren familiären Wurzeln auseinander setzen müsste.

»Du bring das Mädchen her. Musst deine Leute kennen. Alle.« Biddy schloss die Augen. Die knochige Gestalt unter der Bettdecke schwieg. Lily streichelte der alten Frau die Hand.

Nach einer Weile sprach Biddy noch einmal, jedoch ohne die Augen zu öffnen. »Ich kann die Musik hören. Zeit für Tanzen und Singen. Schön hier in Schatten vom alten Baum. Tut gut, den Boden berühren. Sie unsere Mutter. Ich hör dich singen, Mutter ...« Ein leises Grunzen wurde zu einem klagenden Singsang – ein sanftes Auf und Ab wie die an- und abschwellende Flut um die Mangroven.

Rosie erschien in der Tür. »Sie ist jetzt woanders, Lil. Komm zurück auf die Veranda. Sie ist glücklich, es geht ihr gut.«

Das neue Pearl Luggers Museum, das den Besuchern einen Eindruck von Broomes Perlenfischerzeiten vermitteln sollte, befand sich dicht bei den Mangrovenwäldern, aber nur eine Häuserzeile abseits der Hauptstraße. Dort hielt sich Lily am nächsten Morgen hinter einer Gruppe Touristen auf, die sich alte Fotos von Loggern auf See und im Hafen sowie von den Perlenfischermannschaften neben enormen Muschelhaufen ansahen. Sie suchte die Fotos der Perlenbarone in ihren weißen Uniformen nach einem vertrauten Gesicht ab. Nach einem Blick in einen Schaukasten, in dem ein echter Taucheranzug mit Helm, eine frühe Schnorchelausrüstung und Sauerstoffflaschen ausgestellt waren, trat sie hinaus in den gleißenden Vormittag. Sie setzte Sonnenbrille und Strohhut auf, ehe sie zu den beiden wunderschön restaurierten Loggern hinübersah, die dauerhaft im Trockendock lagen.

»Lily! Willkommen.« Die fröhliche Stimme von ›Salty‹ Baillieu rief nach ihr. Der ehemalige Perlentaucher leitete jetzt das so genannte Perlenlogger-Projekt und gehörte zu den herausragenden Persönlichkeiten von Broome.

»Du weißt gar nicht, wie gut es sich anfühlt, wieder hier zu sein, Salty.«

»Ah. Das klingt, als hättest du immer noch das Heimat-Virus«, sagte er lachend.

»Mehr denn je, glaube ich«, sagte Lily schicksalsergeben. »Ich habe mir gerade den Vortrag und das Video angesehen. Sie vermitteln einen wunderbaren Einblick in die alten Zeiten.«

»Als Taucher wissen Dave und ich, wovon wir reden. Nicht, dass ich jemals so einen Helm aufgehabt hätte! Also, was hältst du von unserem Logger-Projekt?« Er deutete auf die beiden Schiffe.

»Wie schön, sie so sorgfältig restauriert zu sehen. Weißt du, als ich vor sieben Jahren zum ersten Mal nach Broome kam, war nicht ein einziger Logger zu sehen.«

Sie gingen den schmalen Anleger entlang, der hinter dem Museum und dem Büro in den Dampier Creek hineinragte.

»Habt ihr eine Eröffnungsfeier gemacht?«

»Ja. Ich wünschte, du wärst dabei gewesen. Wir hatten einige der letzten Helmtaucher hier. Sie haben die Flaggen auf den alten Loggern gehisst. Ich glaube, sie waren ziemlich gerührt, dass man die Schiffe so aufwändig restauriert hat.«

»Klingt sehr wehmütig.«

»Das war es auch, aber wir blicken in die Zukunft«, erwiderte er geschäftsmäßig. »Man muss mit der Zeit gehen, Lily.«

»Aber in der hiesigen Geschwindigkeit, hm?«, ergänzte Lily grinsend.

»Genau.« Der alte Seebär lachte. »Und? Wie lange bleibst du? Ich habe hier alles Mögliche zu erledigen, deshalb kann ich leider nicht zum Bradley-Rennen. Bill Reed hat ein Charterflugzeug organisiert. Du solltest mitfliegen – er würde sich sicherlich freuen. Das ist ein Ereignis, das man nicht verpassen sollte.«

»Ich melde mich bei ihm und schließe mich noch an. Ich sollte wirklich mal etwas Neues hier draußen erleben. Sobald ich in Broome bin, kann ich mich kaum noch überwinden, woanders hinzufahren. Es ist so schön, einfach hier zu sein.«

»Fahr doch zu einer der Perlenfarmen! Ich habe einen

Kumpel oben im Norden, der eine ganz hübsche Farm besitzt. Er ist auch ein Freund von Bill. Wir vereinbaren einen Besuch, wenn du magst.«

»Ein Rennen im Outback und eine Perlenfarm. Klingt gut! Tausend Dank.«

»Gern geschehen. Vielleicht können wir dich ja diesmal zum Bleiben überreden.«

Lily lächelte. »Wer weiß?«

Lily fragte sich, worauf sie sich wohl eingelassen hatte, als das Flugzeug mit Bill Reeds Reisegesellschaft an Bord über der Bradley-Farm kreiste, einer riesigen Rinderfarm im Nordosten der Kimberleys. Aus der Luft schien der Hof eine kleine Oase inmitten der ungeheuren roten Wüste zu sein. Auf dem sonst menschenleeren Gelände drängten sich nun Massen von Autos, Flugzeugen, Menschen, Vieh und provisorische Campingplätze – sowie das Zentrum des Interesses: eine Bühne inmitten einer frisch markierten Rennstrecke. Welch eine Schande, dass Dale auf Geschäftsreise war! Er würde das alles sicher genießen, dachte Lily.

Auf der anderen Seite des schmalen Mittelgangs saß Bill Reed, fit, braun gebrannt, wie üblich in makellos gebügelte Shorts und ein legeres Seidenhemd gekleidet. Sie hatte Bill auf ihrer zweiten Reise nach Broome bei einem Fest kennen gelernt.

Der frühere Perlenzüchter führte heute das Juweliergeschäft *Linneys of Broome* und war Lily ein guter Freund geworden. Durch Bill hatte sie höchst interessante Menschen kennen gelernt: sowohl aus allen Gesellschaftsschichten von Broome als auch Besucher aus aller Welt. Er beugte sich zu ihr und versuchte, den Motorenlärm zu übertönen: »Gut, dass wir in der Trockenzeit hier sind. In der Regenzeit ist die Farm von der Außenwelt abgeschnitten – die Furten sind unpassierbar, sobald der Durack und der

Pentecost River so richtig anschwellen. Das Postflugzeug kommt zweimal die Woche von Kununurra.«

»Wo sind wir denn?«

»Naja, würden wir weiter nach Westen fliegen, wäre die nächste große Stadt Wyndham, aber wir sind nördlicher. Fliegen ist viel einfacher als mit dem Auto zu fahren, die Piste wird reichlich holprig, wenn man von der Kalumburu Road runter ist.« Er blickte aus dem Fenster. »Sieht aus, als hätte sich da eine ziemlich große Menge angesammelt. Sie haben etwa tausend Leute erwartet, machen seit Monaten Werbung dafür.«

»Wo übernachten wir denn alle?«

»Da unten ist viel freies Gelände.« Bills rundes Gesicht verzog sich zu einem breiten Grinsen. »Wir übernachten in sehr komfortablen Zelten. Die Touristen übernachten auf dem Boden oder kommen mit dem Wohnwagen.«

Kevin und Bette, die kurz nach dem Start ihrer Rundreise von dem Bradley-Rennen gehört hatten, waren bei ihrer Ankunft doch ein wenig verblüfft. Das Ganze war deutlich besser organisiert, als sie erwartet hatten. *Jackaroos* – Farmhelfer – standen an der Zufahrtsstraße zur Farm und hielten den Ankömmlingen Eimer für Geldspenden und das Eintrittsgeld hin.

Eine attraktive *Jillaroo* – das weibliche Gegenstück zu *Jackaroo* – hieß sie willkommen und teilte ein Informationsblatt aus. »Alle Infos: wann es Essen gibt, das Programm, die kurze Hausordnung, an die Sie sich bitte halten, und wo die Klos sind«, verkündete sie fröhlich.

»Gibt es auch Duschen?«, fragte Bette zaghaft.

»Eigentlich nicht, Wasser ist hier immer ein Problem. Und springen Sie besser nicht in die Wasserlöcher, die Rinder haben sie verschmutzt. Manche stellen nach dem Abendessen Metallkanister in die Glut des Lagerfeuers, damit sie sich abends oder am nächsten Morgen mit warmem Wasser waschen können.«

»Und wie sieht es an der Klofront aus?«, fragte Kevin. »Wie viele Leute sind hier?«

»Wir schätzen, dass es jetzt um die fünfzehnhundert sind. Der Traktor war mit dem Erdbohrer für Zaunpfosten draußen und hat tiefe Löcher gebohrt, mit einer halben Vierundvierzig-Gallonen-Tonne als Sitz. Sie sind mit Sackleinen abgeschirmt, und auf jedem Klo hängt eine Sturmlaterne. Sie werden sehen, es ist einigermaßen komfortabel.«

»Hier erleben Sie das echte Outback«, ließ sich Bobby fröhlich vom Rücksitz vernehmen.

»Sieht ganz so aus«, erwiderte Kevin. Bobbys Cousin war mit seinen Kumpeln gekommen, um das Taxi zurück nach Broome zu holen. Sie hatten Bobby ein Stück gefahren, sodass er Bette und Kevin eingeholt hatte und nun doch mit ihnen zum Rennen fuhr.

»Matthias tat mir Leid«, hatte er ihnen erklärt, »die Verabredung beim Rennen klang so wichtig. Also habe ich mir gedacht, ich greife mir seinen Rucksack und schau mal, ob ich diesen Kumpel von ihm finde und ihm erklären kann, was Matthias passiert ist.«

Bette fand das sehr anständig von ihm, und sie freuten sich, dass er mit ihnen reiste.

»Mal sehen, ob die Kleine da den Kumpel von Matthias findet«, sagte Bobby, sprang aus dem Wagen und schenkte der *Jillaroo* sein strahlendstes Lächeln.

»Ich bin anstelle von 'nem Kumpel hier. Er liegt auf der Nase und kann nicht kommen. Er sollte hier jemanden treffen.«

Sie sah auf ihrem Klemmbrett nach. »Wir haben hier mehrere Freunde, die sich bei uns treffen wollen. Wie heißt er?«

»Weiß ich nicht. Mein Kumpel heißt Matthias.« Er

musste nachdenken, dann fiel ihm Matthias' Nachname wieder ein. »Stern. Ja, genau.«

Sie blätterte die Zettel an ihrer Mappe durch. »Ah ja, da ist eine Nachricht für einen Matthias Stern. Wenn Sie sich mit seinem Freund treffen wollen, sollten Sie Ihre Sachen zur Nordwestseite der Piste schaffen. Das ist ganz in der Nähe von der Stelle, wo die Rodeoleute ihre Lager aufgeschlagen haben.« Sie wandte sich Bette und Kevin zu. »Wir bitten die Fahrzeuge mit dem ganzen modernen Firlefanz, da rüberzufahren und sich auf die ebene Fläche zu stellen, hinter dem großen Lagerfeuer.« Sie deutete mit der Hand zum Lagerfeuer, und Kevin nickte. »Lassen Sie sich ruhig Zeit beim Einrichten. Heute Abend gibt es Abendessen und dann ein Rodeo. Das Kamelrennen und das Kricketspiel sind morgen, das große Konzert morgen Abend, und am Morgen danach gibt's Katerfrühstück und Abschied. Viel Spaß.«

Bobby holte seine kleine Tasche und Matthias' Rucksack aus dem Auto und lächelte den beiden zu. »Danke fürs Mitnehmen! Wir laufen uns hier bestimmt noch mal über den Weg.«

»Wohl wahr. Übrigens, wir machen uns wahrscheinlich schon ganz früh wieder auf nach Broome, bald nach diesem Katerfrühstück, falls Sie eine Mitfahrgelegenheit nach Hause suchen.«

»Bis dahin ist doch noch viel Zeit!«, sagte Bette. »Wir wollen uns erst mal amüsieren, Pläne machen können wir später. Er will immer schon bei Tagesanbruch unterwegs sein.« Sie stupste ihren Mann spielerisch in die Rippen.

»Hört, hört! Die größte Termin- und Routenplanerin weit und breit.«

Bobby lachte. »Hier draußen gelten andere Regeln! Wenn man die Grenze zu den Kimberleys überschritten hat, verändert sich einiges. Bis dann.«

Er wanderte zwischen den Campern umher, die ihre Zelte aufstellten und ihre Sachen sortierten, mit einem Drink auf Klappstühlen saßen, plauderten und sich auf die Festivitäten vorbereiteten. Es wirkte wie eine Mischung aus Trainingslager, ländlicher Rennveranstaltung und Pfadfindertreffen. Bobby fand es bizarr, dass jenseits der Farmgebäude Hunderte und Aberhunderte von Kilometern gar nichts kam. Hier draußen waren sie nur ein winziges Staubkorn auf einer sehr leeren Landkarte.

In dem Bereich, von dem die junge Frau gesprochen hatte, stieß er schließlich auf ein Zelt, das abseits aller anderen stand und ein großes Schild trug: »Matthias Stern«.

Er steckte den Kopf hinein. Ein Schlafsack mit Kopfkissen und ein großer Rucksack lagen in einer Ecke, sodass genügend Raum für einen weiteren Schlafplatz blieb. Bobby ließ sein kleines Bündel und Matthias' Rucksack fallen und warf noch einen kurzen Blick auf den anderen Rucksack. Sämtliche Reißverschlüsse waren mit kleinen, aber festen Vorhängeschlössern gesichert. Er gehörte offenbar einem Reisenden, der gelernt hatte, vorsichtig zu sein.

Bobby trat wieder ins Sonnenlicht und fand sich Auge in Auge mit einem älteren Mann wieder. Er lächelte und streckte seine Hand aus. »Tag, Kumpel, ist das Ihr Zelt?«

Seine ausgestreckte Hand wurde übersehen. »Allerdings. Ich erwarte einen Freund. Was haben Sie da drinnen gemacht?«

Der Mann sprach mit einem Akzent, den Bobby nicht einordnen konnte. »Ja. Ich kenne Ihren Freund. Matthias Stern. Ich habe gerade 'n paar von seinen Sachen im Zelt abgeladen. Und meine eigenen. Ich habe leider schlechte Neuigkeiten für Sie, Kumpel. Er hatte einen kleinen Unfall.«

»Einen Unfall? Wie denn, was ist passiert? Wie schlimm ist es?« Seine Augen verengten sich, und Bobby begriff, dass der Mann ihn argwöhnisch musterte. Er trug ein weißes Nehru-Hemd über einer langen, legeren Baumwollhose. Der stämmige, muskulöse Mann, der an die fünfzig sein mochte, hatte olivfarbene Haut, den Kopf rasiert und trug einen dunklen Spitzbart.

Auf Bobby wirkte er deplatziert zwischen den anderen Campern.

»Er liegt in Broome im Krankenhaus. Aber er kommt bald wieder auf die Beine. Ich heiße Bobby Ching. Ich komme aus Broome, und Matthias hat mich und mein Taxi für die Fahrt hierher angeheuert. Ich dachte, das Mindeste, was ich tun kann, ist, Ihnen Bescheid zu geben.«

Für einen Augenblick herrschte Schweigen, während der Mann die Neuigkeit verdaute. Dann entspannten sich seine Gesichtszüge ein wenig. »Bitte setzen Sie sich und erzählen Sie mir alles genau. Ich muss mich für meine erste Reaktion entschuldigen. Ich bin Hajid.« Sie gaben sich die Hand und setzten sich auf einen Baumstamm ganz in der Nähe.

»Unterwegs hierher sind wir mit einem Känguru zusammengestoßen, und dabei ist mein Taxi kaputtgegangen. Unklugerweise ist Matthias dann losgezogen, sich ein bisschen im Busch umzusehen. Er wollte partout nicht auf mich hören. Er hatte Glück, dass er da draußen nicht umgekommen ist.«

Hajid hörte aufmerksam zu. »Er ist einfach losgelaufen? In der Wüste?« Er dachte einen Augenblick nach. »Ja. Ich kann mir gut vorstellen, dass er so etwas macht.«

»Tja, na ja, man verliert da draußen leicht die Orientierung. Unser Funkgerät war auch hin, also konnten wir niemanden anrufen. Er war fest entschlossen, hierher zu kommen und Sie zu treffen. Wie gesagt, ich dachte mir, das Mindeste, was ich für ihn tun kann, ist, Sie zu informieren. Sind Sie alte Freunde?« Bobby erhielt keine Antwort.

»Wo ist denn seine persönliche Habe?«

»Oh, ich habe seine Tasche.« Bobby deutete auf das Zelt. »Ich gebe sie ihm zurück, wenn ich in ein paar Tagen wieder nach Broome komme.«

»Es ist sehr freundlich von Ihnen, so weit zu fahren, um mir das zu sagen.« Der Mann entspannte sich und lächelte zum ersten Mal. »Kennen Sie Matthias gut? Haben Sie sich viel unterhalten?«

»Nee. Ich habe ihn in einer Kneipe kennen gelernt. Wir haben ein bisschen geredet, und als ich ihm erzählte, dass ich Taxi fahre, hat er mich für die Fahrt hierher gebucht. Wird ihm Leid tun, dass er das alles hier verpasst, sieht wie eine ziemlich große Sache aus.«

»Offenbar.«

Hajid wirkte wie ein Geschäftsmann. Bobby fielen eine teure, kunstvoll gearbeitete Uhr, ein großer goldener Ring und eine goldene Halskette auf. Er versuchte, ihm eine Nationalität zuzuordnen. Grieche? Araber? Pakistani? Ja, das schien der Sache näher zu kommen. »Und Sie, sind Sie Tourist? Auf Urlaub?«, fragte er.

»In gewisser Weise. Bleiben Sie zum Rennen und zum Konzert?«

Bobby bemerkte den Themawechsel und antwortete gedehnt: »Na ja, jetzt, wo ich einmal hier bin …« Dann zuckte er mit den Achseln. Mit einem Mal verstand er selbst nicht mehr so recht, was er hier eigentlich suchte. »Matthias wollte Sie offenbar unbedingt hier treffen. Reisen Sie zusammen?«

Hajid zögerte und suchte nach den passenden Worten. »Wir arbeiten zusammen. Ich erfuhr an der Universität in Stuttgart von ihm. Wir haben uns in Malaysia kennen gelernt.«

»Ach, dann haben Sie auch was mit Archäologie zu tun?«, fragte Bobby lächelnd.

»Sozusagen. Wir planten eine kleine Expedition. Aber das muss jetzt vielleicht warten.«

»Oh, aber es geht ihm bald wieder gut«, versicherte Bobby Hajid. »Fahren Sie auch nach Broome?«

»Ich denke nicht. Wir werden uns neu verabreden müssen. Und jetzt könnten Sie mir vielleicht etwas über das Geschehen hier erzählen!«

Bobby fand rasch heraus, dass im Zentrum dieser riesigen Rinderfarm an diesem Wochenende so viel Trubel herrschte wie in einer größeren Stadt zum alljährlichen Stadtfest. Er traf unentwegt Bekannte, Leute aus der gesamten Kimberley-Region und von der Küste. Die Veranstaltung fand jedes Jahr statt, um Geld für den Royal Flying Doctor Service – die Fliegenden Ärzte – zu sammeln. Und sie gab den Menschen aus den weit verstreuten Gemeinden und den abgelegen lebenden Viehzüchterfamilien Gelegenheit, zusammenzukommen und sich zu amüsieren. Aufgrund der Entfernungen, die man dabei zurücklegen musste, waren solche gesellschaftlichen Ereignisse selten und zogen – kaum überraschend – bald auch Touristen an. Alle Gäste gingen großzügig mit ihrem Geld um, denn sie wussten, es war für eine allseits geschätzte Organisation bestimmt.

Lily hatte sich seit Monaten nicht so angeregt gefühlt. So viele Ereignisse auf einmal erforderten ihre gesamte Aufmerksamkeit. Erfreut hatte sie festgestellt, dass sie ein komfortables Zelt in einem Halbkreis anderer Zelte bewohnte, die bei einem überdachten Speisebereich um ein Lagerfeuer standen. Sie waren deutlich besser untergebracht als viele Camper, die lieber unter freiem Himmel schliefen. Darüber hinaus gab es noch Gäste wie Kevin und Bette, die ihren Wohnwagen aufstellten und es sich trotz des fehlenden Stroms und der eher primitiven Waschgelegenheiten gemütlich machten.

Das geschäftige Treiben, die Tiere, die bevorstehende Veranstaltung mitsamt ihren Überraschungen und Gefahren erinnerten Lily daran, wie sie als Kind durch den Zirkus gestöbert war. Hunde hatte man an Bäume und Lastwagen gebunden, und in der Nähe waren ein Dutzend Kamele in einen Pferch gesperrt. Ihre Renngeschirre hingen über einem Geländer. Ein paar Meter weiter stieß sie auf Bills Truppe, die ein gediegenes Picknick mit Tischen und Stühlen auf die Beine gestellt hatte, bei dem auch ein weißes, mit Eukalyptusblättern dekoriertes Tischtuch, ein Sektkühler und gute Gläser nicht fehlten. Das erinnerte sie an die Picknicks beim Melbourne Cup, und die Gegensätze ließen sie laut auflachen.

»Ich freue mich schon auf das Konzert. Einfach sagenhaft, dass sie Yvonne Kenny dahaben. Nett von ihr«, sagte Judy, eine Immobilienmaklerin, die mit Lily hergeflogen war.

»Ich gehe davon aus, dass das Kamelrennen einer der Höhepunkte ist«, verkündete Steve, der Gastronom aus Broome. »Da kann jeder gewinnen – die Regeln sind allen ein Rätsel. Einfach entzückend.«

»Nun, dann hat es natürlich keinen Sinn zu wetten, oder?«, fragte Lily.

»Na, was glaubst du denn? Darum geht es doch hier!«, sagte Steve lachend. »Dass du deine Moneten rausrückst.«

»Alles für die gute Sache.«

Die zwei Tage waren vom Frühstück bis zum Abendessen durchorganisiert. Die Kricketmannschaften bestanden aus Männern von Rinderfarmen aus der Gegend. Das Rodeo hatte abenteuerlustigte Amateure und Profis aus dem gesamten Nordosten angelockt. Alle freuten sich auf das große Konzert, bei dem die weltbekannte australische Sopranistin Yvonne Kenny singen würde, um den Flying Doctor Service zu unterstützen. Sie war am Vortag eingeflogen worden und wohnte auf der Farm. Danach würde sie in Perth ein Konzert geben und von dort zurück nach Europa fliegen.

Als Lily am zweiten Morgen mit einem dampfenden Becher Tee vom großen Lagerfeuer zurückkehrte, entdeckte sie zu ihrer Überraschung Bobby Ching.

Er begrüßte sie mit einem breiten Grinsen. »Hey, Lily, wie geht's? Ich habe gehört, du bist wieder in Broome. Hätte ich mir denken können, dass du hier oben bei den vornehmen Leuten schläfst.«

Lily mochte den gescheiten jungen Mann, den sie ein paar Jahre zuvor kennen gelernt hatte. Pauline hatte ihn ihr vorgestellt: ein Mann mit hochfliegenden Plänen, der jederzeit eine Gelegenheitsarbeit übernahm. »Bobby! Das ist mal ganz was anderes, macht aber unglaublich Spaß. Ich bin mit Freunden aus Broome hier. Ich wusste gar nicht, dass du auch kommen wolltest.«

»Ja, weißt du, das ist eine lange Geschichte. Ich vermute, ich bin hier, weil ich einem Kunden helfe, meinem Fahrgast. Ich schlafe hier bei einem Typen, der ein bisschen komisch ist.«

»Ach, wieso denn?«, fragte Lily, während sie gemeinsam zum Essbereich gingen, wo Koteletts, Würstchen und Eier zubereitet wurden.

»Er ist sein Kumpel, die beiden sollten sich hier treffen. Aber unterwegs hat's meinen Fahrgast so übel erwischt, dass man ihn nach Broome zurückfliegen musste.«

Bobby beschloss, die Geschichte abzukürzen.

»Ich bin hergekommen, um das seinem Freund, diesem merkwürdigen Ausländer, zu erklären. Das ist einer, der lieber für sich bleibt. Ich weiß nicht, was zum Teufel der hier will. Läuft immer allein rum«, meinte Bobby nachdenklich. »Ich meine, der ist irgendwie komisch, unheimlich.«

»Das klingt alles etwas verworren. Hast du versucht, mit ihm zu reden?«

»Mehr oder weniger. Aber er wechselt immer das Thema. Hängt die ganze Zeit im Zelt rum, als ob er auf jemand wartet. An den Veranstaltungen hier scheint er nicht sehr interessiert zu sein.«

»Vielleicht ist er schüchtern? Vielleicht ist sein Englisch nicht so gut?«

»Nee. Sag mal, Lily, vielleicht hast du ja mehr Glück. Der Typ ist irgendwie gerissen. Oder er mag einfach keine Mischlinge? Vielleicht denkt er, ich würde ihn nicht verstehen. Kannst du nicht mal mit ihm reden? Bitte.«

»Worüber? Was möchtest du denn wissen, Bobby?«

»Weiß nicht. Kommt mir vor, als ob er mich immerzu beobachtet. Ich kann mir nicht vorstellen, weshalb er und Matthias sich treffen wollten. Wenn ich zurückfahre und zu Matthias gehe, möchte ich ihm was sagen können … ich meine, ich habe versucht zu helfen, aber jetzt sieht's so aus, als wär's reine Zeitverschwendung. Ich bekomme einfach nicht raus, warum die beiden sich treffen mussten.«

»Bobby, ich würde dir schon gerne helfen, aber ich weiß gar nicht recht, was du von mir erwartest«, entgegnete Lily. Als sie Bobbys Miene sah, fügte sie fröhlicher hinzu: »Na ja, ein bisschen freundlich zu sein, kann nicht schaden. Stell mich doch einfach vor.«

Als nach dem Mittagessen die Vorbereitungen für das Kamelrennen liefen, stellte Bobby Lily und Hajid einander vor. Er entschuldigte sich umständlich dafür, dass er Hajids Nachnamen nicht kannte, doch der ging auf diesen Wink nicht ein. Bobby murmelte daher eine Höflichkeitsfloskel und ließ die beiden allein.

Sie plauderten über die Volksfestatmosphäre auf dem Gelände, die Gegend und die bemerkenswerten Vorbereitungen für das Rennen. Hajids Englisch war so makellos wie seine Manieren, doch er gab nichts von sich preis. Es war ein routinierter Smalltalk. Bobby hatte Recht: Hajid hatte etwas Eigenartiges an sich. »Sie tragen einen ungewöhnlichen Namen«, bemerkte sie beiläufig. »Woher in Europa stammen Sie denn?« Auch sie hatte seinen Akzent nicht einordnen können.

Hajid lächelte flüchtig. »Ich habe an vielen Orten gelebt, meine liebe Dame.«

Als er dies nicht weiter ausführte, fragte Lily: »Ist Ihre Familie oft umgezogen, oder ist das geschäftlich bedingt? Machen Sie hier Urlaub?«

Er antwortete nicht, sondern musterte sie leicht amüsiert.

Lily setzte nach. »Wie ich gehört habe, wollten Sie sich hier mit einem Freund treffen. Bobby hat mir erzählt, dass er einen Unfall hatte. Was für ein Pech.«

»Unfälle kommen nun einmal vor, fürchte ich.«

»Dann werden Sie ihn wohl in Broome treffen?«

Hajid zögerte, nun wirkte er ein wenig verärgert. Dann setzte er ein schmales, unangenehmes Lächeln auf. »So viele Fragen. Ist das eine Eigenart der Australier?«

»Möglicherweise einfach nur eine weibliche Eigenart«, antwortete sie leichthin. Sie empfand ihn als irritierend und schwer greifbar. »Wir sind neugierige Geschöpfe.«

»Ich glaube, das ist den Frauen in aller Welt gemein«, stimmte er ihr lächelnd zu. »Ich bin geschäftlich in Australien und habe die Gelegenheit genutzt, etwas über das Wesen dieses Landes zu erfahren. Und ehe Sie mich fragen, in welchen Geschäften«, er neigte leicht den Kopf, und Lily errötete, »ich bin Kunsthändler und habe mir eine Auszeit genommen.«

Lily hätte gerne gewusst, mit welcher Art von Kunst er handelte, doch ihre aufdringlichen Fragen wurden ihr allmählich peinlich. Unvermittelt entschuldigte sich Hajid, als er sah, wie Bobby einem Reiter mit seinem Kamel half und Kevin und Bette das Ganze auf Fotos festhielten.

»Ich bin sicher, wir finden eine Gelegenheit zu einem weiteren Gespräch.« Er eilte zu seinem Zelt.

Lily schlenderte zu Bobby und sah ihm beim Satteln zu. Bobby hob fragend eine Augenbraue. »Dein Freund ist Kunsthändler«, sagte sie. »Mehr habe ich nicht herausgefunden. Er ist entweder sehr geschickt, sehr diskret oder sehr ausweichend.« Dann entschied sie: »Eigentlich kannst du alle drei ankreuzen.«

»Tja, das haben er und Matthias gemeinsam«, meinte Bobby. »Matthias hat Archäologie gelehrt, und auch Kunst, glaube ich.«

»Sag mal, verstehst du was von Kamelen?«, fragte Lily. Bobby rang mit dem Kamel, das sich offensichtlich nicht satteln lassen wollte.

»Nicht viel. Das sind vielleicht Scheiß-Tiere!«

»Das kannst du laut sagen«, stimmte Luke zu, der junge Mann, der das Tier reiten wollte. »Wir brauchen noch ein paar Jockeys. Willst du's mal probieren, Bobby? Oder deine Freundin hier? Sie müssen einfach nur aufsitzen und nicht loslassen. Die gehen ab wie der geölte Blitz, wenn sie sich einmal in Bewegung gesetzt haben. Ich habe hier ein ganz sicheres Ding, und der Jockey bekommt ein Preisgeld.«

»Um Gottes willen, nein!«, rief Lily lachend.

»Wie viel? Wenn ich gewinne?«, fragte Bobby ernst.

»Bobby, du willst doch nicht wirklich mitreiten?«, fragte Lily.

»Einen Hauptgewinn könnte ich gut vertragen. Ich glaube nämlich nicht, dass ich noch einen Job als Taxifahrer habe, wenn ich zurückkomme«, entgegnete er. »Vielleicht muss ich wieder auf einem Logger unterkommen.« Er wandte sich an den Viehhüter. »Ist das alles, was man tun muss, sich einfach fest halten? Und was ist bei Kamelen ein sicheres Ding?«

Lily schüttelte den Kopf. »Bobby, du bist unverbesserlich. Ich gehe frühstücken. Bis später.«

»Setz ein paar Scheinchen auf mich, Lily«, rief er ihr hinterher. Lily hob zustimmend die Hand. Sie glaubte nicht, dass er wirklich mitreiten würde.

Doch als die Jockeys und ihre Tiere sich später für den Start aufstellten, saß Bobby zu ihrer Verblüffung auf einem schlaksigen, stellenweise kahlen Kamel und wirkte leicht besorgt. »Nummer sechsundzwanzig« war mit Farbe auf das Hinterteil des Tieres gemalt.

Die Kamele wurden von einem Seil, das man vor ihnen aufgespannt hatte, zurückgehalten. Als sie grob in einer Reihe standen, wurde eine Kuhglocke geschlagen, die beiden Männer zu beiden Seiten der Rennstrecke ließen das Seil fallen, und die Kamele drängten unter dem Jubel der Menge vorwärts, von ihren Reitern hektisch angetrieben. Die Rennstrecke besaß keine Einfassung, und mehrere Kamele kamen auf Abwege, darunter auch die Stute, an der Bobby sich festklammerte. Er hatte keine Gewalt über das Tier. Das Kamel schien sich unsicher zu sein, wohin es eigentlich laufen sollte, und wurde langsamer, sodass andere es überholen konnten. Dann jedoch schien bei der Stute ein Schalter umgelegt worden zu sein, mit einem Satz jagte es davon, den Hals gestreckt, und hielt pfeilgerade auf die Ziellinie zu. Bobby warf einen Blick zurück auf das Chaos hinter ihm, begeistert, dass er der Meute voraus war, doch zugleich voller Angst, er könnte aus dieser Höhe und bei dieser Geschwindigkeit hinunterfallen.

Und dann sah er, wieso sein Reittier es so eilig hatte. An der Ziellinie stand ein Junge mit ihrem Fohlen. Bobby saß auf dem Rücken einer verzweifelten Mutter, die zur Rettung ihres Sprösslings eilte. Er gewann das Rennen, doch sein besorgtes Reittier verweigerte sich allem Flehen, sich hinzuknien, und blieb stur neben seinem Fohlen stehen. Bobby musste über Lukes Schultern auf den Boden klettern, um den Siegerpreis in Empfang zu nehmen.

Es gab einige gutmütige Rufe aus dem Publikum, die Sache mit dem Fohlen sei unlauterer Wettbewerb, doch Bobby war in Hochstimmung, weil er gewonnen hatte, und genoss den Sieg des absurden Rennens. Er winkte Kevin und Bette zu, die Geld auf ihn gesetzt und ihn ununterbrochen angefeuert hatten.

Zurück im Zelt, um sich vor dem Abendessen zu waschen, stellte er überrascht fest, dass Hajids Habseligkeiten fort waren. Matthias' Rucksack ebenfalls.

Beim Essen erfuhr er, dass einige Leute mit einem Versorgungsflugzeug abgereist waren, das zusätzliches Bier und Rindfleisch geliefert hatte, weil mehr Besucher als erwartet gekommen waren. Als Bobby Lily gegenüber Hajids überraschende Abreise erwähnte, sagte sie ihm, er solle sich keine Sorgen machen. »Er fliegt offensichtlich nach Broome, um Matthias zu treffen. Du hast getan, was du konntest. Es ist nicht deine Schuld, dass er so wenig entgegenkommend war.«

Bobby blickte immer noch besorgt drein. »Das Komische ist ... ich sage das nur ungern, aber meine Sachen waren durcheinander. Sieht aus, als hätte sie jemand durchsucht.«

»Fehlt denn etwas?«, fragte Lily. »Vielleicht solltest du das melden.«

»Nein, da war nichts Wertvolles dabei. Meine Brieftasche ist hier.« Er klopfte sich auf die Gesäßtasche.

Doch am späteren Abend klagten weitere Gäste, ihnen würden Dinge fehlen oder ihr Gepäck sei durchwühlt worden.

Bill nahm Lily unauffällig beiseite. »Offenbar haben ein paar von den Blagen hier aus der Gegend ein bisschen was geklaut. Die Organisatoren wollen das nicht an die große Glocke hängen, aber man hat die Kinder in ihrem Lager erwischt, und jetzt ist die ganze Beute am Farmhaus.«

Lily schüttelte den Kopf. »Ich kontrolliere lieber mal meine Sachen.«

»Ich glaube, es war eher eine Mutprobe als ernst gemeinter Diebstahl. Sie haben irgendwelchen Schnickschnack geklaut, der ihnen gefiel. Hoffentlich stauchen ihre Erzeuger sie so richtig zusammen, damit ihnen das eine Lehre ist.«

Lily traf Bobby zufällig bei der hell erleuchteten Veranda des Farmhauses. Von ferne war das Summen des Generators zu hören. Die Frau mit dem Klemmbrett, die überall zu sein schien, machte sich Notizen und hakte Gegenstände ab, auf die jemand Anspruch erhob.

»Ich glaube nicht, dass mir was fehlt, aber ich werde trotzdem mal nachsehen«, sagte Bobby eher neugierig als besorgt.

Unter den gestohlenen Dingen – darunter bunte T-Shirts, Taschenlampen und Zigarettenschachteln – befand sich eines, das sich auffällig von den anderen Sachen unterschied: ein Holzkästchen mit Messingbeschlägen. Bobby stieß Lily an und flüsterte ihr ins Ohr: »Das Kästchen da, das gehört Matthias. Es war in seinem Rucksack.« Es musste geklaut worden sein, ehe Hajid sich mit dem Rucksack aus dem Staub gemacht hatte. Bobby nahm es und meldete seinen Anspruch an, und man notierte ordnungsgemäß seinen Namen.

»Was ist da drin, Bobby?«, wollte Lily wissen.

»Wenn ich bloß wüsste, was das ist.« Er öffnete das Kästchen und zeigte ihr die seltsame Metallsonne. »Irgendein Schmuckstück.«

Lily nahm die Sonne in die Hand und drehte sie um. »Wunderschöne Arbeit. Sieht alt aus.«

»Er muss das auf seinen Reisen aufgegabelt haben. Ich bringe es ihm zurück nach Broome«, sagte Bobby, als sie zurück zum Campingbereich gingen. »Ich bekomme ein ganz schlechtes Gefühl, wenn so was passiert. Die Kids hier draußen fallen durchs Raster. Wahrscheinlich hab ich Glück gehabt, dass mein Vater so streng war. Auch wenn es mich jetzt 'n bisschen nervt.«

Lily sah den jungen Mann neben sich an. »Sag mal, Bobby, wie siehst du dich selbst? Deine Herkunft. Siehst du dich als Chinesen, als Aborigine oder als europäischen Aussie?«

»Alles gleich stark, denke ich. In erster Linie bin ich mal aus Broome.« Er lachte. »Gibt in der Gegend 'ne Menge Leute wie mich. Du kennst doch die Definition von ›Verwirrung‹?«

Lily schüttelte den Kopf.

»Vatertag in Broome! Nein, im Ernst, deshalb mag ich keine großen Städte. Die Leute da wollen dich in eine Schublade stecken. Du natürlich nicht, Lily«, fügte er beschwichtigend hinzu.

Lily wechselte das Thema. »Die Kinder hier wirken tatsächlich etwas verloren. Sie leben nicht vollständig nach ihren Traditionen, aber sie erhalten auch nur zum Teil eine weiße Erziehung.«

»Vermute mal, sie sind nicht dran interessiert. Sie gehen lieber angeln, wollen 'n bisschen Geld für Essen und irgendwelchen Plunder. Die denken nicht viel weiter als bis morgen«, meinte Bobby. »Ich hab 'ne Schulausbildung. Ich bin geschickt mit den Händen, kann Sachen reparieren und so.«

»Was glaubst du, wie würden sich die Jungs, die hier Dummheiten machen, in einer regulären Schule unten in Perth machen?«

»Sie würden es hassen«, sagte Bobby rasch. »Sie würden

ausreißen. Sie würden nur in Spielhallen gehen, Videos gucken, Pizza essen. Das ist das Beste, was die Weißen ihnen ihrer Meinung nach zu bieten haben.«

»Nicht gerade romantisch, was?«, meinte Lily. Dann fügte sie in bestimmtem Tonfall hinzu: »Aber ich bin überzeugt, dass Bildung der Schlüssel zur Lösung ihrer gesellschaftlichen Probleme sein wird.«

»Hier oben haben wir eine Menge Schulen, aber manche sind besser und manche schlechter«, meinte Bobby. Er zuckte mit den Achseln. »Man lernt auch was, wenn man nicht zur Schule geht. Ich meine, in der Schule habe ich nicht gelernt, wie man ein Kamel reitet.«

Lily lachte. »Dein Gesicht war ein Bild für die Götter. Du hast dich an das Tier geklammert, als ob du um dein Leben fürchtest.«

»Mannomann, diese Kamelmami wollte erst stehen bleiben, als sie bei ihrem Kleinen war. Und wenn das in Darwin gestanden hätte, wären wir immer noch unterwegs.« Er grinste. »Vielleicht sollte ich meinen Gewinn mit Luke teilen, das ist der Typ, der sie gesattelt hat. Er hatte die Idee, ihr Fohlen hinter der Ziellinie aufzustellen.«

»Ich bin sicher, er hat auf dich gewettet. Ich übrigens auch.«

»Tatsache? Ich hoffe, du hast tüchtig abgesahnt, Lily.«

»Es ging. Ich hab das Geld den Fliegenden Ärzten gespendet.«

»Oh. Meinst du, das sollte ich auch tun?«, fragte Bobby zögerlich.

»Nein. Du hast es offen und ehrlich gewonnen. Die Preise wurden von ein paar Leuten und Firmen gespendet. Du hast es dir verdient, also behalte es auch.«

Er blickte erleichtert drein. »Ich bin im Augenblick ein bisschen knapp bei Kasse. Mein Papa will mir nicht mehr unter die Arme greifen, es sei denn, ich trete in seine Firma ein.« Er rümpfte die Nase. »Computer und Frachtbeförderung sind nicht mein Ding.«

»Welche Arbeit hat dir denn bisher am besten gefallen, Bobby?«

»Ach, die Arbeit auf der Perlenfarm. Da hab ich alles gemacht, vom Reinigen der Muscheln bis zur Arbeit auf den Loggern. Ich hab sogar in der Küche gearbeitet und geholfen, die Boote zu reparieren, wenn sie aufgelegt wurden. Die Mädchen waren natürlich auch nett, viele waren nur für die Saison da. Am besten gefiel mir aber, dass ich auf dem Wasser war, in der Nähe der Boote und der Schuppen. Der Geruch, das Salz, was auch immer, das hat es mir angetan.«

»Und die Perlen?«

»Ach, klar es ist aufregend, wenn eine besonders dicke gefunden wird, oder wenn die Ausbeute sehr groß ist. Aber mir gefiel das Ganze.«

»Und warum bist du dann nicht dabeigeblieben?«

Bobby zuckte mit den Achseln. »Weil ich ein Idiot war. Ich habe mich da mit ein paar Typen rumgetrieben. Einmal haben sie sich ordentlich die Kante gegeben, und deshalb sind wir nach unserer Woche Urlaub nicht zurück zur Farm gekommen. Und sie haben ein Boot geschrottet. Ich habe versucht, sie davon abzuhalten und das Boot zu retten. Aber wer hätte mir wohl geglaubt? Ich habe ja einen Hang dazu, die Dinge zu vermasseln. Und mein Papa glaubt mir nicht, dass es nicht meine Schuld war.«

»Wie bei diesem Unfall mit dem Taxi, hm? Und dann geht auch noch dein Fahrgast auf Wanderschaft«, fügte Lily hinzu.

Er lächelte schwach. »In einem früheren Leben muss ich einen Chinesen umgebracht haben.« Sie kamen zu Lilys Zelt, und er berührte ihren Arm. »Aus mir wird schon noch was.«

»Aus dir ist schon was geworden, Bobby. Gib dich nicht auf. Bis nachher.«

Lily stand früh auf, packte ihre Tasche und räumte das Zelt auf. Außer ihr waren noch nicht viele Menschen wach; am Abend zuvor war es spät geworden. Niemand wollte ins Bett – der Klang von Yvonne Kennys Stimme, die in der Abendluft gen Himmel gestiegen war, hatte alle verzaubert. In Bills Truppe war man sich einig gewesen, dass die Oper und das Outback eine magische Verbindung ergaben. Nun wurde das Lagerfeuer für den Morgentee wieder zum Leben erweckt. Einige Frühaufsteher sprachen schon kleinen Blechbechern mit Rum und heißer Milch zu. Rinderrippen warteten darauf, dass man sie für das Katerfrühstück auf den Grill warf. Lily beschloss, einen Spaziergang zu unternehmen.

Ein Schwarm schwarzer Kakadus, der sich von einem Baobab-Baum erhob, unterbrach die morgendliche Stille. Die Farbe des Himmels wechselte von weichem Amethyst zu kräftigem Blau. Es war angenehm kühl, eine schwache Brise wehte, doch die bevorstehende Hitze deutete sich bereits an. Lily hatte das Lager bald hinter sich gelassen und ging einen Weg entlang, der zu einem großen Wasserloch führte. Eine Bergkette in der Ferne schien den riesigen Besitz rundum zu umarmen. Etwas näher erstreckte sich ein niedriger Bergkamm, unter dessen Überhängen sich Höhlen zu verbergen schienen. Die aufgehende Sonne verzauberte die nüchterne Felswand: Sie spielte mit ihren Formen, Lichtverhältnissen und Farben und schuf so ein sich beständig veränderndes Kunstwerk.

»Wunderschön, nicht wahr?«

Die leise Stimme hinter ihr ließ Lily herumfahren. Ein hoch gewachsener junger Mann von vielleicht Anfang dreißig saß auf einem Baumstamm, teils im Unterholz verborgen. Er hatte rotblondes Haar, das ihm ins Gesicht fiel, ein breites Lächeln und grüne Augen. Er war auf eine lässige Art außerordentlich attraktiv. Lily konnte sich gut vorstellen, was geschah, wenn er eine Szene-Bar in Sydney beträte. Er stand auf und schob sich die Haare aus der Stirn. »Jetzt ist die beste Tageszeit.«

Lily fasste sich wieder. »Ja, das stimmt. Ich stehe gern früh auf, wenn ich hier draußen bin. Fern von der Stadt. Wenn ich in Sydney bin, verschlafe ich.«

»Ja, das kenne ich.« Er lachte. »Ehrlich gesagt bin ich gar nicht ins Bett gekommen, gehöre ich dann eigentlich überhaupt zu den Frühaufstehern? Ich bin Timothy Hudson – Tim.« Er ging auf sie zu.

Lily schenkte ihm ein herzliches Lächeln und streckte die Hand aus. »Lily Barton. Ich habe mich hier fantastisch amüsiert. Und Sie?«

»Hey, man kann ja kaum anders.« Sie gaben sich die Hand, und als Lily ihm in sein freundliches, attraktives Gesicht sah, mochte sie ihn auf Anhieb. Manchmal muss man jemanden erst kennen lernen, und manchmal weiß man sofort, ob man jemanden mag oder nicht. »Das war eine großartige Heimkehr für mich.«

»Sie sind hier zu Hause? Wo sind Sie denn gewesen?«, fragte Lily. »Gehen wir ein Stück?« Sie begannen, das Wasserloch zu umrunden.

»Geboren bin ich in Albany, aufgewachsen in Perth. Die meiste Zeit war ich irgendwo im Westen. Aber die letzten Jahre habe ich in Indonesien gearbeitet. Ich war gerade erst wieder in Broome aufgeschlagen und dachte mir, dass ich diese Party nicht verpassen darf. Nur Aussies können so was veranstalten.«

»Aha, Sie wollten sich also eine Kulturtransfusion holen, um sich ihrer nationalen Identität zu vergewissern. Zwanglos, aber doch durchorganisiert, wilde, harte Trinker und Cocktailgesellschaft, Didgeridoo am Lagerfeuer und Operngesang unter Sternen«, fasste Lily zusammen.

»Ich hab da drüben ziemlich wilde Zeiten erlebt. Aber Sie haben Recht – kulturell gesehen war das nicht mein Zuhause. Das hier fühlt sich vertrauter an, selbst für einen Stadtmenschen.«

Lily nickte zustimmend und machte eine ausholende Handbewegung. »Schauen Sie doch – es ist großartig, magisch.«

»Und keine Menschenseele in Sicht. Dieses Gefühl von Weite und Leere habe ich in Asien vermisst, den Frieden …«

»Ach je, es tut mir Leid, dass ich Ihren Frieden, ihre Meditation gestört habe«, sagte Lily rasch.

Der junge Mann warf ihr einen kurzen Blick zu. »Manchmal ist Gesellschaft trotzdem willkommen, wenn es die richtige ist.« Schweigend gingen sie einige Schritte, dann sagte er leise: »Die Stille, das ist noch etwas, was ich vermisst habe.«

In dem Augenblick flogen unter lautem Kreischen zwei Kakadus über sie hinweg. »Ruhe!«, brüllte Tim und schüttelte die Faust. Sie mussten beide lachen.

»Also, was haben Sie jetzt vor? Bleiben Sie länger in Broome?«, fragte sie.

»Ich hoffe schon. Kennen Sie Broome gut?«

»Ich lerne es immer besser kennen.«

Tim lächelte. »Sie leben dort?«

»Ich denke darüber nach«, meinte Lily. »Was haben Sie in Indonesien gemacht?«

»Ach, ich habe zuerst bei einem kleinen Hilfsprojekt mitgearbeitet, regierungsfinanzierte Arbeit. Nichts Spektakuläres. Dann habe ich dort für ein privates Unternehmen gearbeitet. Es hat mir Spaß gemacht, aber ich habe wohl Heimweh bekommen.«

Lily hob einen Stein auf, musterte ihn genau und warf ihn dann ins Wasserloch. Sie betrachteten die konzentrischen Wellen.

»Und was machen Sie in Broome?«, fragte er, als sie ihren Spaziergang wieder aufnahmen.

»Ich sehe mich um, versuche, den Ort ein wenig besser zu verstehen«, antwortete Lily absichtlich vage. »Dieser Teil Australiens ist völlig faszinierend, finden Sie nicht auch?«

»Dagegen lässt sich nichts sagen.« Tim ließ ein schelmisches Grinsen aufblitzen.

Sie gingen weiter, und plötzlich merkte Lily, dass sie Hunger hatte. »Unter normalen Umständen fände ich Rum und Rippchen zum Frühstück ja nicht sehr verlockend, aber jetzt klingt es fantastisch. Sollen wir?«

Gemeinsam kehrten sie ins Lager zurück.

Kapitel drei

Der Mond stand hoch am Himmel und spiegelte sich schwach im ruhigen Wasser der Roebuck Bay. Auf dem Balkon ihres Apartments ging Lily durch den Kopf, dass die Anlage den passenden Namen trug: Moonlight Bay – Mondscheinbucht. Jedes Mal, wenn sie nach Broome kam, stieg sie in dem blassrosa Komplex ab. Die Flut hatte die Mangroven überschwemmt, sodass die Wipfel der gedrungenen Bäume wie kleine grüne Inseln auf dem Wasser schwammen. Mangroven und Mondschein. Lily empfand es als entspannend, hier zu wohnen. Das ruhige Gelände mit dem entzückenden Pool und das komfortable, geräumige Apartment gefielen ihr. Sie hatte die Vorschläge, sich ein Haus in Broome zu kaufen, in den Wind geschlagen, obwohl die Preise stiegen. Vermutlich hatte sie einen gewissen Anspruch auf das alte Familienheim, Tyndalls und Olivias prächtiges Haus, von dem aus man ebenfalls einen Ausblick auf die Bucht hatte. Doch dort hatten sich Rosie und Harlan eingerichtet, und das freute Lily.

Sie war froh, dass sie diese stille Zeit für sich allein hatte. Es gab viel zu bedenken. Die letzten Wochen waren so ereignisreich gewesen, dass sie das Gefühl hatte, kurz vor einer emotionalen und intellektuellen Überlastung zu stehen. Sie sehnte sich danach, all das, was sie gesehen und erfahren hatte, zu sichten.

Am nächsten Tag saß Lily auf der Terrasse ihres Lieblingscafés auf der Carnarvon Street. Sie wartete auf Pauline

Despar, die schließlich mit gequälter Miene eintraf. »Tut mir Leid, dass ich zu spät bin, aber im Augenblick ist es der reine Wahnsinn. Ich werde niemals rechtzeitig fertig für diese Ausstellung in Amerika.«

»Was ist denn mit den Stücken, die du bei der Eröffnung gezeigt hast? Sind die alle verkauft?«

»So gut wie.« Pauline lächelte. »Bertrand ist außer sich. Und jetzt müssen wir eine Kollektion für Palm Desert zusammenstellen. Wir werden es schaffen. O Gott, ich brauche einen Schuss Koffein.« Sie deutete auf Lilys leeres Glas. »Noch einen Latte?«

»Warum nicht? Eisgekühlt. Danke, Pauline.«

Lily beobachtete, wie die schlanke junge Frau auf dem Weg zur Bar anderen Gästen zunickte oder stehen blieb, um mit ihnen zu plaudern. Sie war beliebt, eine Einheimische, die ihr Glück machte, und Lily freute sich für sie. Wie unglücklich war Pauline gewesen, als sie sich vor Jahren auf einem Flug von Perth kennen gelernt hatten! Unterwegs und in den darauf folgenden Wochen in Broome hatte Pauline Lily beim regelmäßigen Morgenkaffee ihre Lebensgeschichte erzählt. Es war der Beginn einer engen Freundschaft, die den Altersunterschied zwischen ihnen nicht gelten ließ.

Paulines Mutter war gestorben, als Pauline zwölf war. Ihre Eltern hatten in Broome gelebt, aber der Vater war nach dem Tod nach Perth gezogen. Ihr Vater und ihr Bruder standen sich aufgrund des gemeinsamen Interesses am Familienbetrieb, einem Konstruktionsbüro, sehr nahe. So hatte sie immer das Gefühl, keinen Platz in der Familie zu haben. Das Wohnheim in Perth war auch keine glückliche Erfahrung, weil es sie nicht in die akademische Welt, sondern zur Kunst hinzog. Sie brach das Studium ab und zog nach Broome, wo sie auf einigen Perlenfarmen arbeitete. Dann ging sie zurück nach Perth, um einen Designkurs zu absolvieren. Lily war für sie eine Mutterfigur oder Mentorin, und sie gestand ihr ihren geheimen Traum: originellen Perlenschmuck zu entwerfen.

Lily hatte ihrerseits über Samantha gesprochen. Sie hatte Pauline erzählt, dass Sami Geisteswissenschaften studiert habe, seither jedoch zögere, sich der realen Welt zuzuwenden. Lily wünschte, Sami würde den Elfenbeinturm verlassen und es Pauline gleichtun.

Pauline fragte Lily oft um Rat und stellte fest, dass sie Lily ihre Gefühle und Ideen anvertraute, wie sie es zuvor bei keiner anderen Frau gekonnt hatte. Lily wiederum merkte, dass sie bei Pauline ihrer Enttäuschung über Samis Ablehnung der familiären Verbindung nach Broome Luft machen konnte. Pauline schrieb Lily hin und wieder, Lily rief Pauline mehrmals im Jahr an. Bei ihrem letzten Telefonat hatte Lily Pauline erleichtert erzählt, dass Sami für ein konkretes Forschungsprojekt auf dem Weg nach Westen war, in die Wüste. Sie war begeistert von Paulines Plänen gewesen und hatte ihr geraten, ihren Vater um Unterstützung zu bitten.

»Wird Bertrand das Geschäft führen, solange du weg bist?«, fragte Lily, als Pauline zurückkam.

»Ja. Die gute alte Haut. Er sorgt sich wegen der Preise der Perlengroßhändler und wegen dem Zeug aus China und Indonesien, das den Markt überschwemmt. Er mag den legendären traditionellen Perlenschmuck lieber. Meine Entwürfe sind ihm ein bisschen zu modern.«

»Wer ist euer Lieferant?«

»Ach, wir arbeiten mit den kleineren Firmen, die großen Ernten der Großproduzenten gehen direkt nach Übersee. Das Exportgeschäft hat einen Umfang von vielen hundert Millionen Dollar. Perlen aus Broome sind etwas Exklusives, absolute Spitzenware.«

Lily meinte nachdenklich: »Ich wüsste gerne, was mein Urgroßvater heute von der Branche halten würde.«

»Kapitän Tyndall? Der ist ja eine Legende. Was ist eigentlich mit seinem Perlenunternehmen geschehen?«

»Mit Star of the Sea? Ach, das gibt es nicht mehr. Nach Olivias Tod gab es niemanden, der es führen konnte, und die Perlenfischerei kam in den 50er-Jahren in die Krise.«

»Das waren lange harte Jahre«, meinte Pauline. »Und dann war da doch diese schreckliche bakterielle Infektion, die die Austern Mitte der 80er-Jahre beinahe ausgerottet hätte. Ich habe meine Hausaufgaben gemacht.« Sie grinste. »Im Augenblick ist es unmöglich, in die Perlenzucht einzusteigen, weil die Branche so strenge Auflagen hat, um die Naturperlen nachhaltig zu schützen. In ganz Westaustralien gibt es nur sechzehn Konzessionen.«

»Ich habe mich oft gefragt, was wohl aus den alten Pachten und den Camps geworden ist«, sinnierte Lily. »Wenigstens das Haus ist noch intakt, aber die Schuppen am Hafen sind alle abgerissen worden.«

»Warum forschst du nicht bei der Historischen Gesellschaft nach? Die haben Aufzeichnungen über sämtliche Flotten. Ich bin sie durchgegangen, weil ich wissen wollte, in wessen Schuppen ich mein Geschäft habe.«

»Ich glaube, das mache ich«, sagte Lily. »Die gute alte Val kann mir bestimmt die Aufzeichnungen für Star of the Sea heraussuchen. Vielleicht lese ich auch Olivias Tagebücher noch einmal. Ihre Geschichte hat mich so mitgerissen, da habe ich manche Details gar nicht mitbekommen, zum Beispiel, wo genau am Ufer Tyndall seine Schuppen hatte. Aber gut, ich lasse dich lieber wieder an die Arbeit gehen. Ich weiß doch, wie beschäftigt du bist. Komm vorbei, bevor du in die Staaten fliegst. Und ich würde furchtbar gerne einen Blick auf die Kollektion werfen, die du mitnimmst.«

»Geht in Ordnung, Lily. Während wir uns hier unterhalten, arbeiten die Jungs hart.« Zwei Goldschmiede schliffen und polierten Paulines Entwürfe und fassten ihre traditionellen Stücke. Sie arbeiteten in einem einfachen Blechschuppen im Industriegebiet, während Pauline ein winziges Designstudio an der Rückseite ihres Geschäfts besaß. Mit fünfundzwanzig erwies sie sich bereits als tüchtige Geschäftsfrau, nicht nur als kreative Designerin.

Auf den Kaffeeklatsch folgten ein paar Bahnen Schwimmen vor dem Essen, was Lily umso mehr genoss, als sie die einzige Schwimmerin im Pool der Moonlight Bay Apartments war. Für gewöhnlich sorgten der Arbeitsbeginn oder bei Touristen der Terminkalender dafür, dass sich der Pool bald nach dem Frühstück leerte. Nach ein paar Bahnen drehte sie sich auf den Rücken, ließ sich treiben und beobachtete die Seeadler, die hoch über der Bucht ihre Kreise zogen. Sie schloss die Augen und tauchte in die Vergangenheit ab.

Im Nu sah sie sich in den alten Zeiten auf dem unordentlichen Deck eines Loggers, und ein machtvolles Déjà-vu-Gefühl stellte sich ein. Lag es daran, dass sie von Olivia so viel über den Existenzkampf in der Perlenfischerei gelesen hatte? Oder floss in ihren Adern ein wenig von dem Seefahrerblut ihres Urgroßvaters? Dieses Gefühl von Nostalgie, in die sich ein wenig Aufregung mischte, verblüffte Lily. Sie wünschte, sie könnte zurückgehen in die Blütezeit der Perlenfischerei, als die Flotte des Star of the Sea die beste Flotte der Bucht gewesen war. Sie dachte an die Tragödien und die Erfolge des Unternehmens, die nun beinahe vergessen waren. Wo war die legendäre Muschel, in der sternförmig angeordnet sieben Perlen lagen? Sie hatte das Unternehmen finanziell abgesichert, nach ihm war es benannt worden. Diese legendäre Muschel war eines der ganz großen Stücke, die Australien hervorgebracht hatte. Von der Natur auf dem Meeresboden vor Broome erschaffen, war sie an einen indischen Maharadscha verkauft worden.

So viele Perlen waren zu persönlichen Schätzen geworden, ob sie einzeln als Anhänger an einer Kette hingen, in einen Ring gefasst oder zu einer schlichten Kette aufgereiht waren. Für die Frauen, die sie geschenkt bekamen, sich selbst schenkten oder deren Erbstück sie waren, waren sie so kostbar wie die Perle des Maharadschas. Niemals verloren Perlen ihre Schönheit, ihre Anziehungskraft als »Tränen des Mondes«.

Seit Lily die Halskette mit dem Anhänger im Nachlass ihrer Mutter entdeckt hatte, übten Perlen eine Faszination auf sie aus. Je mehr sie nun von Besuch zu Besuch über die Vergangenheit wie auch die Gegenwart erfuhr, desto stärker wurde in ihr der Wunsch, sich weiter in dieses faszinierende Geschäft zu vertiefen. Denn ein Geschäft war die Perlenfischerei, auch wenn Leidenschaft unbedingt dazu gehörte. Die Produktion von Autos, Keksen, Computern, was auch immer, konnte nicht mithalten mit der Magie einer mit Seepocken besetzten Perlauster, in deren Fleisch sich eine perfekte, strahlende Perle verbarg.

Das Geräusch des Rasenmähers, den Blossom anwarf, riss Lily aus ihrer Traumwelt.

Nachdem sie den Tag damit verbracht hatte, sich auf ihre Umgebung einzustellen, saß Sami mit untergeschlagenen Beinen am Lagerfeuer. Sie fühlte sich fehl am Platze und war mehr als nervös. Die anderen saßen ruhig da, aßen von Blechtellern und tranken schwarzen Tee aus Bechern. Sie warf noch einen Blick auf ihre vom Feuer beleuchteten Gefährten. Goonamulli, der rangälteste Hüter dieses Landes, mochte an die siebzig sein, mit ergrauendem Haar und strenger Miene. Sein Englisch war schwer zu verstehen, doch seine Kleidung verblüffte Sami: Jedes einzelne Kleidungsstück wies ein Logo eines Sportvereins auf. Unter seiner abgetragenen Baseballkappe lugten drahtige Locken hervor. Gideon, sein Enkel im Teenageralter, »lernte das Gesetz«. Er war ehrerbietig und schüchtern und mied den direkten Blickkontakt mit Sami.

Bridget, ihre Beraterin in Kulturfragen, die im Fachbereich Anthropologie an der Curtin-Universität in Perth arbeitete, war in dieser Umgebung ganz entspannt. Dies war das Land ihrer Vorfahren. Sie war eine von ihnen, konnte sich aber dennoch mit Sami über Freud und Leid des Akademikerlebens austauschen. Bridget war vierzig, geschieden, hatte dunkle Augen und drückte sich sehr klar aus. Inoffiziell war sie im Lager, um Sami in ihrer Welt zu begrüßen. Offiziell würde sie die Fotos machen, mit denen die verschiedenen Schauplätze, die sie besuchen wollten, dokumentiert wurden.

»Es ist ein faszinierender Ort, einige der Galerien sind ziemlich umstritten«, brach Bridget das Schweigen.

»Warum denn?«, fragte Sami nach.

Bridget dachte einen Augenblick nach. »Ich lasse dich lieber deine eigenen Schlüsse ziehen. Sprich mit Palmer darüber, er hat ein paar interessante Theorien. Unsere Leute sind damit nicht unbedingt einverstanden. Aber es ist eine interessante Debatte.«

»Wann kreuzt Dr. Palmer denn auf?«

»Mal sehen, er ist launisch. Ein bisschen unberechenbar, aber auf vielen Gebieten außerordentlich gebildet. Sein Spezialgebiet ist Archäologie, aber der Anthropologie und der Umwelt gilt sein besonderes Interesse. In mancher Hinsicht hat er etwas von einem Renaissancemenschen. Er kann einerseits richtig anpacken und dann wiederum eine fantastische Vorlesung oder einen tollen Vortrag halten. Aber ich glaube, er ist eher draußen im Busch zu Hause als in den heiligen Hallen der Gelehrsamkeit.« Sie wandte sich an den alten Mann. »Palmer ist ein guter Mann, was, Goonamulli?«

Der brummte: »Manchmal er erzählt gute Geschichten. Manchmal er erzählt Quatsch … Universitätsgeschwätz.«

Bridget lachte. »Da hast du's. Palmer in zwei Sätzen.«

Rakka schlief dicht bei Sami, und sie war dankbar für den warmen Körper neben sich. Die Hündin hob in dieser Nacht mehrmals den Kopf und knurrte leise. Sami vermutete Tiere in der Nähe und tätschelte Rakka beruhigend den Kopf. Der Lagerplatz war zwar abgeschieden und schlicht, aber komfortabel. Gideon hatte sich als Letzter aufs Ohr gelegt und zuvor noch ein Holzscheit aufs Feuer geworfen, das nun sanft glimmte. Die vier hatten sich mit ihrem Bettzeug rund ums Lagerfeuer gruppiert, ein Stück entfernt von ihren drei kleinen Zelten und dem behelfsmäßigen Schattenunterstand mit Klapptisch und -stühlen. Ganz in der Nähe gab es einen Fluss, doch Sami hatte zum Waschen und Zähneputzen einen Eimer Wasser benutzt, den Gideon ihr gebracht hatte. Etwas weiter entfernt befand sich hinter einigen dichten Büschen ein tiefes Plumpsklo – ein Loch im Boden, über dem auf Baumstümpfen ein alter Toilettensitz aus Plastik balancierte. Das Klo war an drei Seiten durch Sackleinen abgeschirmt, das man an Büschen befestigt hatte. Die vierte Seite blieb offen und bot einen großartigen Ausblick auf die nahen Bergketten.

Als Sami am nächsten Morgen erwachte, fühlte sie sich für eine Nacht auf dem Boden erstaunlich erfrischt. Goonamulli lag noch in sein Bettzeug gehüllt, Bridget in ihrem Schlafsack. Gideon war bereits auf, jedoch nirgends zu sehen. Das Feuer war sehr weit heruntergebrannt, von daher vermutete Sami, Gideon sammele Holz. Leise nahm sie ihr Handtuch und ihren Badeanzug und machte sich mit Rakka auf den Weg zum Fluss.

Das erste Licht des Tages schimmerte perlmuttfarben. Noch lag Tau auf den silberrandigen Blättern und die Luft war frisch, doch sie wusste, mit dem Sonnenaufgang würde die Temperatur rasch steigen.

Bald traf sie auf Gideon, der in einer Schlinge Holz trug. Er lächelte ihr schüchtern zu. »Platz zum Schwimmen und Waschen da lang.« Er deutete in die Richtung. »Heiliges Wasser da lang. Da geh nicht rein.«

»Danke, Gideon. Ich helfe dir mit dem Frühstück, sobald ich zurück bin.«

»Okay.« Er tätschelte Rakka und setzte seinen Weg fort.

Rakka tollte voran. Sobald sie den klaren, breiten Fluss erblickte, stürzte sie durchs Schilf und platschte ins Wasser. Sami entdeckte ein Seil, das von einem überhängenden Baum herabhing, und einen Baumstamm, der vom Ufer ins seichte Wasser hineinragte. Man konnte bequem darauf sitzen oder davon ins Wasser springen. Sami zog ihren Trainingsanzug aus und ihren Badeanzug an. Dann balancierte sie den Baumstamm entlang. Rakka war weniger vorsichtig. Sie drängelte an Sami vorbei und brachte sie aus dem Gleichgewicht, sodass ihr Frauchen in den Fluss fiel. Sami sog scharf die Luft ein, als sie die plötzliche Kälte spürte. Begeistert von diesem Spiel, sprang Rakka ihr hinterher. Gemeinsam planschten und spielten sie und freuten sich an diesem Augenblick vollständiger Freiheit.

Sami schwamm ein Stück den Fluss entlang. Sie genoss die Stille. In der Mitte war der Fluss tief, doch sie zog ihn den sumpfigen flachen Gewässern vor, in denen der Boden unter Seerosen verborgen war. Ein Spitzschwanzamadinenpaar flatterte aus den Büschen am Wasserrand zu den Eukalyptusbäumen am Ufer. Mehrere große Felsen ragten aus dem Wasser und bildeten einen seichten Tümpel. Sami schwamm hinein, setzte sich auf einen der Felsen, betrachtete die Landschaft und genoss den morgendlichen Gesang der Vögel.

Rakka planschte am Ufer. Plötzlich hob sie den Kopf und knurrte. Sie sah zu Sami hin und bellte.

»Was ist denn, Rakka?« Sami kletterte aus dem Fluss ans Ufer. Da hörte sie ein seltsames Geräusch – ein Gewinsel oder Geheul. Weinte da jemand? Tier oder Kind? Rakka legte den Kopf schräg, unsicher, was der Krach zu bedeuten hatte. Sie standen beide da und lauschten. Da war es wieder, näher und lauter. Diesmal war es unverkennbar. Sami warf Rakka einen ungläubigen Blick zu. Die hatte die Ohren aufgestellt und sah verdutzt drein. Sami lachte plötzlich auf. »Nein, das kann nicht sein. Unmöglich.«

Doch das Geräusch war eindeutig. Das Heulen eines Dudelsacks, das einen nicht mehr losließ: eine fröhliche Interpretation von »Scotland the Brave«. Der Musikant, ein Weißer, kam durch die Bäume auf sie zu. Er war groß und hager, sicherlich schon über fünfzig, schätzte Sami. Er trug Stiefel, Jeans, ein kariertes Hemd und einen abgetragenen *stockman's hat* aus Leder – die australische Variante des Cowboyhuts. Unrasiert, die Backen mächtig aufgeblasen, sah er sehr zufrieden mit sich aus.

Der Anblick der jungen Frau im Badeanzug mit einem tropfnassen Hund schien ihn nicht aus der Fassung zu bringen. Er ging auf sie zu, blieb stehen, beendete den Refrain und nahm das Anblasrohr aus dem Mund. Den Dudelsack unterm Arm nahm er schwungvoll den Hut ab und machte eine Verbeugung. »Morgen, Miss. Irgendwelche besonderen Wünsche?«

»Ich fürchte, mir fehlen die Worte.« Umso mehr, als sie ihn jetzt richtig sehen konnte: Der Mann sah Robert Redford in *Jenseits von Afrika* verblüffend ähnlich, bis hin zu den blauen Augen und dem leicht schiefen Lächeln.

»Machen Sie sich nichts draus. Ich bin Ted Palmer, und Sie müssen unsere verehrte Doktorandin sein – ›Heilige Botschaften in der Stammeskunst: Eine Neuinterpretation religiöser Ausdrucksformen in traditioneller Kunst und Kunsthandwerk.‹ Das ist mal eine Dissertation, die Einsatz erfordert.«

Es schmeichelte Sami, dass er das Thema ihrer Doktorarbeit kannte. »Ich hoffe auf ein wenig Erleuchtung und Hilfe von Ihnen, während ich hier bin.«

»Deswegen bin ich ja da – allerdings auch, um meine eigene Arbeit über die Felsbilder voranzutreiben. Eine sagenhafte Welt wartet hier auf Sie, Sami. Und in Bridget und Goonamulli haben wir wunderbare Führer. Genauer gesagt, philosophische, kulturelle und spirituelle Führer. Vermutlich wären wir ohne Goonamulli hier im Busch allerdings auch komplett verloren. Gehen wir zum Frühstück.« Er begann, »On the Bonnie, Bonnie Banks of Loch Lomond« zu spielen, und schritt voran. Als sie am Baumstamm vorbeikamen, schnappte Sami sich Handtuch und Kleidung. Rakka folgte ihnen behutsam – sie hatte entschieden, dass der Mann nicht bedrohlich war.

Als Palmer das Lager erreichte, beendete er das Lied mit einem schwungvollen Akkord. Bridget und Goonamulli waren mittlerweile auch wach und das Wasser im Topf kochte auf einem Feuer. Gideon und sein Großvater grinsten breit, Bridget applaudierte. »Was für ein Auftritt, Palmer. Du schießt mal wieder den Vogel ab. Wo kommst du jetzt her? Bist du gelaufen, Fahrrad oder Auto gefahren, geflogen oder auf einem Kamel geritten?«, fragte sie. »Bei dir weiß man nie.«

Während die anderen sich begrüßten, ging Sami sich ankleiden.

»Eben jetzt komme ich auf meinen zwei linken Füßen. Das Auto hat gestern Abend so gegen zehn den Geist aufgegeben.« Der Wissenschaftler legte den Dudelsack ab und kauerte sich ans Feuer. »Anders ausgedrückt, ich bin völlig erledigt. Was gibt's zum Frühstück?«

Gideon reichte ihm einen Becher. »Trink einen Tee. Großvater hat Buschbrot gebacken.«

»Soweit ich mich erinnere, würde Goonamullis Buschbrot sogar einem Flusspferd im Halse stecken bleiben. Ach, gib her.«

»Wir haben auch Koteletts und Tomaten«, meinte Gideon.

»Später müssen wir dein Auto holen«, sagte Bridget. »Goonamulli ist der beste Buschmechaniker.«

»Ich glaube, es kriegt nicht genug Saft. Hat irgendwas mit der Kraftstoffleitung zu tun. Aber ich habe lauter Leckereien auf dem Rücksitz – alle deine Lieblingssachen, Goonamulli: eingemachte Rote Bete, Sirup, Erdnüsse.«

»Fein«, sagte Bridget, und der alte Mann nickte zum Dank.

Palmer trank seinen Tee und sah zu Samis Zelt. »Und, wie kommt die Prinzessin aus der akademischen Welt zurecht?«

»Prima. Denk dran, sie ist erst gestern angekommen. Heute Vormittag nehmen wir die Schlucht in Angriff.«

Goonamulli sprach leise. »Sie gehen in Geist-Heimat.«

Überrascht sahen Palmer und Bridget den alten Mann an. »Du magst es nicht, wenn Weiße dorthin gehen«, sagte Bridget.

»Sie hat gleiche Verwandtschaft. Sie eine von uns. Offenbar ohne zu wissen. Sie kommen hierher für Arbeit mit dir, aber sie muss ihre Geschichte lernen. Ich das träumen. Gestern Nacht«, sagte er, und sie widersprachen ihm nicht.

»Na ja, dann hoffen wir mal, dass die Kleine anders ist«, meinte Palmer. »Diesen Nachwuchswissenschaftlern wird immer schlecht, oder sie bekommen es mit der Angst zu tun, oder sie langweilen sich. Viele schreiben ihre Doktorarbeit nie zu Ende. Das ist eine ziemliche Durststrecke – erst die Forschung, dann das Schreiben.«

Bridget sah hinüber zu Sami, die nun in Shorts, T-Shirt und Wanderschuhen mit Rakka zum Feuer kam. »Weißt du, ich glaube, die hier ist anders.«

Bei ihrem ersten Besuch in Broome war Lily zu der Überzeugung gelangt, dass der alte Teil der Stadt ein wunderbares Pflaster war, um Menschen zu beobachten. Im Lauf der Jahre merkte sie, wie dieses einfache Vergnügen sie immer mehr fesselte. Ihre anfängliche Verlegenheit, wenn jemand sie beim Anstarren ertappte, hatte sie rasch überwunden. Ein entspanntes Lächeln war bisher noch immer mit einem Lächeln erwidert worden. Die Vermischung der Ethnien, die verschiedenen Hautfarben, Kleidungsstile, Sprachen und Akzente sowie die Art, wie die Menschen sich bewegten und miteinander umgingen, wenn sie sich grüßten, bereicherten jeden Besuch in Broome.

Überall erinnerten Dinge an Broomes Vergangenheit. Hier wurde Lily bewusst, dass sie sich am Rand befand – des Indischen Ozeans und damit auch am Rand des Kontinents. In der einen Richtung lag, gar nicht so weit entfernt, Asien, und in der anderen Richtung gähnte die unendliche Weite des Outback. Noch weiter entfernt war »der Osten« – die andere Seite Australiens. Sie schien ferner zu sein als die Inseln auf dem Weg nach Asien.

Von den Moonlight Bay Apartments bergab lag hinter einem gepflegten Park das Continental Hotel, wo sie beim ersten Mal in Broome abgestiegen war. Heute verdeckten Modernisierungsmaßnahmen die klassischen Linien des alten Hotels. Ganz in der Nähe stand an einer Ecke ein leer stehendes, rostendes Wellblechgebäude, in dem sich in den 1920er-Jahren Ausstattungslager und Geschäft eines Perlenbarons befunden hatten. Hier hatten die Mannschaften alles, was sie benötigten, auf Pump gekauft. Bezahlt hatte man nach einer Schicht auf See. Lily war viele Male daran vorbeigegangen, hatte durch die zerbrochene Scheibe geschaut und den traurigen, schalen Geruch nach Salz, verrottenden Krabbenfallen aus Bambus und altem Tauwerk in sich aufgenommen. Ein Stück weiter befand sich das alte Zollhaus, in dem heute die Historische Gesellschaft und das Historische Museum ihren Sitz hatten.

Nach einer Dosis Menschenbeobachtung beim Morgenkaffee holte Lily ihre Post und wollte eigentlich am Cable Beach surfen. Doch einer Laune folgend kehrte sie auf halber Strecke um und fuhr zum ersten Mal die Chapple Street entlang. Auf der einen Straßenseite wurden Mehrfamilienhäuser gebaut, auf der anderen hatten einige der alten Wellblechhäuser überlebt. Noch ein kurzes Stück weiter die Straße entlang, und der neue Asphalt mündete in einer unbefestigten Straße, die wiederum in einer Sackgasse aus Schlick und Mangroven endete. Auf der anderen Seite der Schlammzone standen weiter den Creek entlang zwei Kokospalmen. Gerade und hoch wie Fahnenstangen wuchsen sie neben einer kleinen Wellblechbaracke mit einem verrottenden Holzdingi inmitten von Unkraut und Gras. Das Gelände wirkte vernachlässigt und verlassen, wenn man von dem Kombi, der in der Nähe des Häuschens parkte, und der neuen Mülltonne neben der Verandatreppe absah. Im Schlick des Wattbodens sah Lily die Reifenspuren des Wagens, die zur Baracke führten. Neugierig fuhr sie über das stoppelige braune Gras und lenkte ihre Räder vorsichtig in die Furchen im Schlamm.

Es schien unwirklich, dass sich nur ein paar Straßen weiter eine geschäftige Stadt befand – das klimatisierte Paspaley-Einkaufszentrum, die stets überfüllte Post, die Straßen voller Touristen und Einheimischer, die ihren Geschäften nachgingen. Und hier stand ein Überbleibsel aus der Vergangenheit, das die Verwüstungen durch Zeitläufte und Stadtentwicklung überlebt hatte. Als sie näher kam, sah sie einen Hund im Kombi und bemerkte, dass das Häuschen Gardinen hatte. Ein Garten war angelegt worden und jemand hatte Kisten mit Angelausrüstung, Seilen und Werkzeugen ordentlich in einem Schuppen verstaut. Das Gelände sah bewohnt aus – vielleicht ein Ferienhaus. Sie parkte neben dem Kombi und stieg aus. Der Hund beachtete sie gar nicht, und so ging Lily ums Haus herum zur Vorderseite, die auf den Creek hinausging.

Eine Aufschleppe verlief vom ungemähten Rasen in den Creek hinein. Die Ebbe hatte die Fahrrinnen freigelegt, auf denen kleine Boote durch die Mangroven zur Bucht fahren konnten. Ein behelfsmäßiger Grill aus großen Steinen sah aus, als werde er häufig benutzt. Lily wandte ihre Aufmerksamkeit wieder dem Haus zu. Es hatte eine wackelige Veranda mit einem morschen Korbstuhl. Wer auch immer hier leben mochte, er aß gerne Fisch – Angelruten und Spulen lehnten neben dem Eingang. Alles war sehr friedlich, die einzigen Geräusche waren die des Wassers und die Schreie der Wattvögel. Auf der Treppe rief sie: »Jemand zu Hause?«

Ein Mann kam heraus. Als er Lily sah, fuhr er sich mit der Hand durch seinen zerzausten kurzen schwarzen Haarschopf, in dem vergeblichen Versuch, etwas Ordnung hineinzubringen. Er mochte vierzig Jahre alt sein, war trotz eines Bäuchleins von athletischer Statur und trug Shorts und ein legeres Hemd. »Morgen.« Er lächelte. »Traumhafter Tag. Was kann ich für Sie tun?«

»Ich habe mich nur umgesehen und konnte nicht widerstehen, ich musste meine Nase mal hier reinstecken. Es gibt in Broome nur noch so wenige von diesen alten Häusern. Ich hoffe, es macht Ihnen nichts aus.«

»Nö. Machen sich nicht viele Leute die Mühe, diesen Schlammstreifen zu überqueren, ich werde also nicht oft gestört«, entgegnete er liebenswürdig. »Sind Sie auf Besuch hier?«

Lily grinste. »Meine Besuche werden immer länger. Ich bin so oft hier, dass ich mich allmählich wie eine Einheimische fühle.«

»Geht mir genauso«, sagte er und hockte sich auf die oberste Stufe.

»Sie leben nicht hier?«

»Das ist das Haus von meinem Onkel. Ich lebe in Melbourne und nehme gerade meinen Jahresurlaub – angeln, faulenzen, mich herumtreiben.«

»Wer ist denn Ihr Onkel?«

»Tamerah. Das Haus hat seinem Großvater gehört. Oder seinem Chef, so genau weiß ich das nicht mehr. Ist schon lange her. Aber alles ganz legal«, fügte er rasch hinzu, als wollte er jeden Verdacht, er könne ein Hausbesetzer sein, zerstreuen.

»Diese Gegend ist getränkt mit Geschichte«, sagte Lily beiläufig. »Meine Familie hat auch Verbindungen hierher. Haben Sie von Kapitän Tyndall gehört?«

»Nicht, dass ich wüsste. Ich bin in Melbourne aufgewachsen. Bin da unten bei der Polizei. Ich mache hier Ferien, seit ich ein kleines Kind war. Als mein Onkel starb, hat er mir das alles hinterlassen.«

»Es ist schön, auf ein Haus zu stoßen, das seit damals nicht verändert worden ist. Es hat so viel …«, Lily suchte nach dem passenden Wort, »Charme.« Sofort ging ihr auf, wie eigenartig und unzureichend die Bezeichnung für dieses besondere kleine Haus war. Um davon abzulenken, fügte sie hinzu: »Historische Bedeutung hat es sicher auch.«

»Dazu kann ich nichts sagen.« Er lachte in sich hinein. »Möchten Sie eine Tasse Tee? Kommen Sie doch rein. Im Flur hängen ein paar alte Bilder. Die können Sie sich ansehen, wenn Sie was für Geschichte übrig haben. Ich heiße übrigens Ross Tamerah.«

»Herzlich gerne, vielen Dank. Ich bin Lily Barton.« Sie betrat die ausgebleichte, verwitterte Veranda. Das Haus musste seit mindestens siebzig oder achtzig Jahren hier stehen. Es war einfach geschnitten: Die Zimmer gingen von einem Flur ab, der von der vorderen zur hinteren Veranda verlief. Es gab ein Schlafzimmer, eine kleine Küche mit einem kleinen Esstisch, ein Wohnzimmer und ein Bad, in dem auch Waschbottiche und eine alte Waschmaschine standen.

Ross sah Lilys neugierige Blicke. »Es ist ziemlich schlicht. Wieso soll ich es aufpeppen, wenn es monatelang leer steht? Ich wundere mich jedes Mal, dass keine Vandalen einziehen. Ein-, zweimal haben Leute den Grill benutzt. Dagegen habe ich nichts. Die Bucht direkt vor der Tür ist ein gutes Angelgewässer.«

»Sie bringen also einen frischen Fisch zurück und legen ihn gleich auf den Grill?«

»Yep. Dann sitze ich hier mit einem kühlen Bierchen und beobachte den Sonnenuntergang. Besser als der Cable Beach.« Er lachte, und Lily fiel in das Lachen ein.

»Eindeutig vier Sterne«, bekräftigte sie heiter.

Ross stellte Tassen bereit und goss heißes Wasser in eine angeschlagene Emaille-Teekanne. »Mich haut das einfach um. Meine Frau, na ja, meine Ex-Frau, fand es hier grässlich. Zu primitiv. Wenn ich kann, nehme ich aber meinen Sohn mit.«

»Ich wette, dem gefällt es hier.«

»Da können Sie Gift drauf nehmen. Genau wie mir früher, wenn Onkel Jamal mich mitnahm. Ist eine schöne Familientradition.«

Lily besah sich die Fotos im Flur. Teilweise waren sie mit modrigen braunen Flecken bedeckt. Sie erkannte aber typische Szenen aus dem alten Broome: Logger, Mannschaften, Schuppen und Muschelhaufen. Auf einem Foto stand ein asiatisches Paar in traditioneller Kleidung vor dem Continental. Ein anderes zeigte dasselbe Paar – diesmal hielt die Frau einen Säugling –, wie es sehr förmlich für ein Studioporträt posierte.

»Die sind großartig. Solche Fotos sollten sie hier in den Motelzimmern aufhängen, statt der ewig gleichen Drucke von Paradiesvögeln und Hibiskusblüten.«

»Ja. Vermutlich sollte ich was unternehmen, sie sehen ein bisschen unappetitlich aus. Es wäre eine Schande, wenn sie einfach so verblassen, schätze ich. Ich weiß nicht mal, wer die Leute auf den Fotos sind.«

»Vielleicht geben Sie sie der Historischen Gesellschaft? Sie würden die Aufzeichnungen über die Stadt gut ergänzen. Wissen Ihre Eltern vielleicht, wer die Leute auf den Fotos sind?«

»Nur meine Mutter lebt noch. Ich frage sie am besten mal. Tee ist fertig! Nehmen Sie Milch? Zucker?«

»Nur Milch. Danke.« Lily wollte gerade wieder in die Küche gehen, da erregte das letzte Foto ihre Aufmerksamkeit. »Wow! Darf ich mir das hier mal näher ansehen?« Das gerahmte Zeitungsfoto zeigte einen Perlenbaron und seine Mannschaft, die vor dem Hintergrund eines Schoners am Ufer standen. »Das ist mein Urgroßvater, Kapitän Tyndall, den ich vorhin erwähnt habe.« Sie las die Bildunterschrift. »Perlenunternehmer Kapitän John Tyndall und seine Mannschaft von der *Shamrock* mit der Rekordausbeute: fünfzig Tonnen Muscheln.«

»Onkel Jamal und sein Vater haben auf den Loggern gearbeitet. Sie waren Kupanger. Diese Seite der Familie stammt aus Indonesien, Malaysia, Sulawesi, von irgendwo da her. Jamal hat eine Aborigine geheiratet.«

»Vielleicht hat der Vater Ihres Onkels bei meinem Urgroßvater gearbeitet!«

»Gut möglich. Zwischen allen alten Familien in Broome

gibt es irgendeine Verbindung.« Ross reichte ihr einen Becher Tee. »Und vermutlich auch ein paar Leichen im Keller oder außerhalb des Ehebetts produzierte Nachkommen.«

»Das ganz sicher«, stimmte Lily zu.

»Wie auch immer, meine Mutter landete schließlich in Melbourne. Ihre Eltern stammten aus Indien und Europa. Wissen Sie, ich glaube, sie wollten sich verbessern. Und sie ist nicht allzu glücklich darüber, dass ich immer noch hierher komme. Sie sagt zwar nicht viel dazu, aber …«

Lily ließ den unbeendeten Satz ein Weilchen in der Luft schweben, sah sich die alte Fotografie noch einmal an und sagte dann sanft: »Das klingt, als wäre Ihr Herz hier, nicht in Melbourne.«

»Stimmt.« Er seufzte. »Das Problem ist, dass man nun mal seine Brötchen verdienen muss. Ich hätte nichts dagegen, mich hier oben nach einer anderen Arbeit umzusehen.« Er zuckte mit den Achseln und lächelte schwach. »Ich muss bloß den Mumm aufbringen, zwanzig Jahre Sicherheit bei den Cops in den Wind zu schießen, für wer weiß was.«

»Das geht uns allen manchmal so«, meinte Lily. »Wir neigen dazu, einfach weiterzuleben und nicht in die dunklen Ecken zu schauen.«

»Oder man steht eines Morgens auf und verändert – bingo! – sein Leben«, sagte Ross, und in seinem Tonfall schwang etwas mit, das Lily vermuten ließ, er könne genau das tun.

Sic plauderten noch ein wenig über Angeln, Krabbenfang und die schöne Zeit vor dem Tourismusschub.

»Ich gehe auf Schlammkrabben, habe aber bisher nicht viel Glück gehabt. Mir fehlen wohl die Ortskenntnisse.«

»Ich habe Freunde, Einheimische, die Sie vielleicht zu ihren Lieblingsplätzen mitnehmen würden«, sagte Lily und dachte dabei vor allem an Bobby Ching. »Ich frage sie.«

»Hey, das wäre super. Sagen Sie ihnen, sie sollen vorbeikommen. Und Lily, Sie haben Recht, was die alten Fotos angeht. Ich kümmere mich demnächst darum und gebe sie diesem Museum.«

»Ich will gerade zur Historischen Gesellschaft«, meinte Lily. »Wenn Sie mögen, sage ich Val, dass sie damit rechnen kann.«

Er begleitete sie hinaus zum Auto.

»Ich bin froh, dass Sie vorbeigekommen sind, Lily. Denken Sie bitte bloß an die Tipps zur Lösung des Schlammkrabbenmysteriums!«

»Sie werden mitten in der Nacht einen anonymen Anruf erhalten«, erwiderte Lily.

Bobby wartete, während die Rezeptionistin im Krankenhaus ihre Papiere durchsah.

»Es tut mir Leid. Matthias Stern wurde vor ein paar Tagen entlassen.« Sie nahm Bobbys nächste Frage vorweg: »Wir haben keine Kontaktadresse hier in Broome. Sie wissen ja, wie Touristen sind.«

»Trotzdem merkwürdig. Ich habe ein paar von seinen Sachen. Habe ihm gesagt, ich würde sie ihm bringen. Sind Sie sicher, dass niemand etwas weiß?« Er schenkte der Schwester sein strahlendstes Lächeln. »Kann man herausfinden, wer an seinem Entlassungstag Dienst hatte? Vielleicht weiß derjenige etwas.« Bobby machte sich immer noch Sorgen, weil Hajid mit Matthias' Tasche verschwunden war. Er wollte sichergehen, dass Matthias und Hajid auch wie geplant Verbindung aufgenommen hatten.

»Ich werde mal sehen, was ich tun kann. Ich sehe im Dienstplan nach.«

Sie kehrte mit einer jungen Krankenschwester zurück. »Hi. Ich erinnere mich an Ihren Freund. Der Deutsche, nicht wahr?«

»Genau. Hat ihn jemand abgeholt? Oder hat er sich selbst entlassen?«

»Von beidem etwas. Soweit ich mich erinnere, lag er ganz entspannt im Bett und las. Dann bekam er einen Anruf, und das hat ihn total aus der Fassung gebracht. Im nächsten Moment hat er sich überschlagen, um so schnell wie möglich aus dem Krankenhaus zu kommen. Er sagte, er müsste weg.«

»Haben Sie gesehen, mit wem er weggegangen ist?«

»Nein, ich musste mich um andere Patienten kümmern.«

»Sie wissen also nicht genau, ob er in Begleitung war? Oder allein weggegangen ist?«

Die Schwester schürzte die Lippen. »Ich habe keine Ahnung. Wenn er alles unterschrieben und seine Rechnung bezahlt hat, bevor er ging, dann war's das, fürchte ich.«

»Trotzdem danke. Ich bin froh, dass es ihm gut ging.«

Als Bobby das Krankenhaus verließ, war er immer noch verdutzt. Offenbar war der Sonnenanhänger nicht viel wert. Oder Matthias hatte noch gar nicht gemerkt, dass in seiner Tasche etwas fehlte. Falls er die überhaupt bekommen hatte. Hatte er Hajid getroffen? Bobby ging zurück zu dem Motel, in dem er Matthias abgeholt hatte, doch dort wurde er nicht mehr als Gast geführt.

Er beschloss, das geheimnisvolle Holzkästchen zu Hause zu lassen, und hoffte, Matthias werde wieder auftauchen, damit er es ihm endlich zurückgeben konnte. Und vielleicht war es ja gar nicht so wichtig. Jedenfalls war das nicht mehr sein Problem. Er hatte Dringenderes zu tun – eine Verabredung mit seinem Vater in dessen Büro, auf die Bobby überhaupt keine Lust hatte. Wieder so eine »Warum hast du's wieder vermasselt?«-Fragestunde, dachte er.

Kapitel vier

Das Wasser war jadegrün, massive jaspisfarbene Felswände ragten in den Himmel. Über zerklüftete Felsstürze begannen sie den Aufstieg. Das Gras schnitt ihnen in die Haut, dornige Zweige kratzten, und Ranken hefteten sich an Beine, Haar und Kleidung. Sami schlug sich das Knie an einem schartigen Felsen auf, doch sie konzentrierte sich ohne einen Schmerzenslaut darauf, Halt für Hände und Füße zu finden. Die Augen richtete sie stets auf einen Punkt etwa einen Meter vor sich. Es war windstill. Und atemberaubend heiß. Feucht. Sie war schweißgebadet, als wäre sie in der Sauna. Bis auf den einen oder anderen lauten Atemzug, knackende Zweige oder losgetretene Steine war alles still. Die Wände der Schlucht rückten näher zusammen, je weiter sie bergauf kletterten. Sami traute sich nicht, hinab in die kühle Tiefe zu blicken.

Allmählich wurde der Pfad zu einem Gesims hin ebener. Eine Schar Kakadus stürzte unter schrillem Kreischen an ihnen vorbei. Sami machte eine Pause, um sich den Schweiß aus dem Gesicht zu wischen, rückte den Hut zurecht und kletterte weiter den Hang am Rand der Schlucht hinauf. Goonamulli ging voran, dahinter Palmer und Bridget, und Sami bildete die Nachhut.

Palmer wandte sich zu ihr um. »Sind Sie okay? Greifen Sie nicht in diese Grasbüschel, an den messerscharfen Halmen würden Sie sich die Hände zerschneiden. Hier.« Er reichte ihr den Ast, der ihm als Wanderstock diente. »Nehmen Sie den hier. Wir haben den Steilhang bald geschafft.«

Dankbar stellte Sami fest, dass der stabile Stock das Gehen ein wenig erleichterte. Jetzt, da sie sich sicherer fühlte, konnte sie sich auch ein wenig in der Schlucht umsehen. Wenn sie ganz scharf hinsah, erkannte sie schattige Stellen: Höhlen und Felsüberhänge.

Sie erreichten das Gesims und kletterten darüber zu einem hohen Felsüberhang nur wenige Meter über ihnen. Goonamulli blieb stehen, wandte sich an Bridget und redete in der lokalen Aborigine-Sprache mit ihr. Bridget stellte ihren Rucksack ab, und die anderen folgten ihrem Beispiel. »Wir müssen ein paar Dinge für eine Zeremonie zusammensuchen«, erklärte sie. »Bleibt dicht bei uns.« Sie brach einige kleine, belaubte Zweige von einem Busch in der Nähe ab und legte sie auf die toten Zweige, die Goonamulli aufgehäuft hatte.

»Eine Rauchzeremonie«, sagte Bridget, »um die Gegend zu reinigen und uns den Ahnengeistern anzukündigen. Wir sind sicher vor ihnen, solange wir ihnen unseren Respekt erweisen und bei jemandem sind, der hierher gehört.«

»Ihnen?«, fragte Sami nach.

»Den Ahnengeistern, den Schöpferwesen der Traumzeit.«

»Oh«, war alles, was Sami dazu einfiel. Sie kam zu dem Schluss, dass dies eine ähnliche Bedeutung hatte wie das Ausziehen der Schuhe vor einer Moschee, das Bedecken des Kopfes oder Verbeugen in einem Gotteshaus.

Die Blätter rochen angenehm, und der Rauch wehte, von Bridget mit dem Hut gefächelt, von ihnen weg. Goonamulli stimmte einen minutenlangen Sprechgesang an, lauschte dann, als erwarte er eine Antwort, und nickte schließlich, als der Rauch hinwegtrieb. Jetzt konnten sie das letzte kurze Stück zum heiligen Felsüberhang hinaufklettern. Als sie sich gerade in Bewegung setzen wollten, berührte Palmer Sami am Arm. »Sie können sie nicht sehen, aber wir haben gerade eine Grenze überschritten, eine Zeitgrenze, wenn Sie so wollen. Das hier ist heiliges Land, und wenn man diesen Ort würdigen und verstehen lernen will, ist es am besten, man stellt das westliche Denken eine Zeit lang ab.«

»Und wie macht man das?«

»Fragen Sie nicht, wie oder warum. Seien Sie einfach nur. Seien Sie intuitiv, für alles offen. Das ist alles.«

»Das ist nicht gerade eine wissenschaftliche Herangehensweise«, bemerkte Sami.

»Ach, beobachten kann man nicht nur mit den Augen. Hier haben Sie die Gelegenheit, etwas in sich aufzunehmen, etwas zu respektieren, das wir nicht vereinnahmen dürfen. Wir genießen das Privileg, dass man uns etwas zeigt und wir diese Erfahrung machen«, sagte er mit sanfter Stimme.

Sami nickte. »Ich glaube, ich verstehe.«

Die Felswand unter dem Überhang wich zurück. Sami betrat eine kühle Höhle, in der ein Dutzend Personen ihr Lager aufschlagen konnten. Sie sah sich um. Als ihr Blick auf die Rückwand des Überhangs fiel, hielt sie den Atem an. Eine ganze Schar Figuren und Tiere bedeckte die Sandsteinwand. Einige waren verblasst, doch bei anderen war das leuchtende Ocker noch erhalten. Am meisten verblüffte Sami, wie lebendig diese Kunst wirkte. Die stark vereinfachten Figuren, Menschen- und Tiergestalten, schienen bei einem freudigen Tun eingefangen worden zu sein. Sie tanzten, kopulierten, jagten, scheinbar ohne Einmischung und Interpretation eines sich seiner selbst bewussten Künstlers. Ehrfürchtig stand sie da, dann fiel ihr auf, dass die anderen sie beobachteten.

Bridget lächelte. »Und?«

Sami bemühte sich, ihren ersten Eindruck in Worte zu fassen. »Es wirkt alles so spontan. Als hätte man einen

Schnappschuss von ihnen gemacht. Obwohl der Stil stark vereinfachend ist, scheinen die Bilder das innerste Wesen der Figuren einzufangen. Ich kann es nicht erklären«, schloss sie matt.

»Müssen Sie auch nicht. Das bringt es schon ziemlich auf den Punkt«, sagte Palmer befriedigt. »Es ist das spirituelle Wesen, was man hier eingefangen hat. Das ist kein Realismus.«

Bridget führte die Erklärung fort. »In den Wandjina-Felsmalereien haben sich die großen Schöpfergeister selbst in den Fels gemalt, sie wurden nicht von Sterblichen gemalt. Wandjina ist der Schöpfergeist, der über die junge Erde wanderte und die Landschaft formte. Diese Bilder kamen später, als die Geister zu Menschen wurden und tanzten, sangen und jagten und sie sich mit ihren Malereien in die Gegenwart und die Zukunft fortschrieben.«

»Diese Vorstellung kann schwer fassbar sein, besonders, wenn Leute wie ich daherkommen und Felsproben datieren und Zeitspannen, Zeitalter und Entwicklungschronologie feststellen wollen«, warf Palmer ein.

»Und wie kommen Sie mit der zweigleisigen Interpretation zurecht?«, wollte Sami wissen. »Der intuitiven und der wissenschaftlichen?«

»Es kommt der Augenblick, da kapituliert man und vertraut auf das große Ganze. Dann ergibt es allmählich einen Sinn. Lassen Sie sich Zeit, Sami. Falls es Sie überhaupt interessiert«, fügte er noch hinzu.

Goonamulli sprach mit Bridget, die sich an Sami wandte. »Ich soll dir ein bisschen mehr über das Heilige erzählen, das für uns bedeutet, dass wir in spiritueller Hinsicht ewig leben.«

»Es ist ein totemistisches System«, warf Palmer ein.

»Es bedeutet schlicht Einheit«, sagte Bridget. »Die Einheit aller lebenden Wesen und der Naturkräfte, die alles im

Leben beeinflussen, vom Glauben über Zeremonien bis hin zu Verhalten, Philosophie und Mythologie. Alles ist durch die Zeit verbunden, wie in einem Kreis. Wir sind ein Teil des Landes, gehen wieder ins Land ein und werden wieder geboren.«

»Das scheint mir ein enorm umfassendes Weltbild zu sein«, meinte Sami. »Auf Anhieb erst mal wirklich schwer zu verstehen.« Bis jetzt hatte sie Bridget für eine praktische, berufstätige Frau gehalten, die zufällig auch Aborigine war. Ihre Erklärungen zu den Malereien offenbarten aber ihre spirituelle Prägung und ihr Wissen darüber.

»Ich stelle es mir so vor: Wo wir geboren werden, das prägt uns. Wo wir beschließen zu sterben, bekräftigt, wer wir sind.«

Nun sah Sami, dass Bridget in zwei Welten funktionierte, zwei Denkweisen folgte, zwei Arten hatte, das Leben anzugehen. »Denkst du im Alltag darüber nach?«, fragte sie.

»Manchmal. Meist ist es einfach ein Teil von mir, von der, die ich bin. Ich bin mir meiner Kultur intensiver bewusst, weil ich in diesem Bereich arbeite. Und apropos arbeiten – das sollten wir jetzt auch tun.«

Während Bridget, Goonamulli und Palmer sich auf einen Abschnitt der Wand konzentrierten, betrachtete Sami die Bilder genauer. Besonders eines fesselte ihre Aufmerksamkeit. Es stellte ein kleines Boot dar, in dem fünf Strichmännchen saßen und Gegenstände hielten, die wie Paddel aussahen. »Das ist ja erstaunlich … sind das Leute hier aus der Gegend? Wir sind doch weit weg vom Meer«, rief sie.

»Das Interessante daran ist, dass die Felsmalereien nur selten Alltagsereignisse festhalten, eher die heiligen Dinge«, entwickelte Palmer seine Theorie. »Die Reisenden müssen also einen tiefen Eindruck hinterlassen haben.«

»Wir wissen, dass es an der Küste einen präeuropäischen

Kontakt mit Südostasien gab – Trepanghändler aus Makassar und dergleichen. Aber das hier ist viel älter. Darüber wird heiß debattiert«, meinte Bridget.

»An anderen Stätten kommt eine hundeähnliche Gestalt vor, aber mit Streifen, wie ein Beutelwolf. Das war, ehe die Dingos in der Aborigine-Kunst auftauchten.«

»Der Tasmanische Tiger?«, fragte Sami nach.

»Ja. Und da sind Gestalten mit großen, grinsenden, herzförmigen Gesichtern. Sehr merkwürdig«, meinte Palmer.

Bridget nickte zustimmend. »Das macht diese Arbeit so faszinierend.«

»Das können wir vielleicht nach dem Abendessen besprechen«, regte Palmer an. »Die uralte Geschichte der Aborigines im Kontext der weißen Anthropologie zu erklären und um Anerkennung dafür zu werben, das ist eine echte Herausforderung.«

»Und nicht nur das alte Zeug«, fügte Bridget hinzu und steckte ihr Notizbuch und ihren Stift ein. »Die jüngste Geschichte bietet sogar noch mehr Herausforderungen. Na dann. Lasst uns weiterziehen zur nächsten Stätte.«

Goonamulli fing Samis Blick auf. »Du kommen und sehen Land der Geister. Lernst mehr.«

Nach mehreren Stunden in der Höhle zogen sie weiter. Diesmal ging Sami vorn neben Goonamulli. Sie gewöhnte sich allmählich an seinen Akzent und sein gebrochenes Englisch und hörte aufmerksam zu, wenn er auf Orientierungspunkte und scheinbar unwichtige Dinge der Umgebung hinwies, die jedoch von Bedeutung waren. Unter seiner Anleitung zogen die physischen Details der Landschaft ihren Blick ganz anders auf sich als zuvor. Es war, als müsse sie ins Innere der Dinge schauen, um ihre Bedeutung lesen und erkennen zu können.

Auf einem großen, flachen Felsen oberhalb der Schlucht nahmen sie ihr Mittagessen ein: Buschbrot, gepökeltes

Rindfleisch und die letzten der überreifen Tomaten vom Frühstück. Im Laufe der Zeit hatte der Wasserfall, der während der Regenzeit in den Fluss tief unter ihnen stürzte, abgerundete Kanäle in der Felswand ausgehöhlt. Das ausgetrocknete Flussbett und das Felssims neben dem Wasserfall verkörperten eine Respekt einflößende Zeitlosigkeit. Die Vorstellung, das ungeheure Alter dieses Schauplatzes berechnen zu wollen, wurde plötzlich absurd. Es reichte, wenn man sich bewusst machte, dass dies alles etwas ganz Besonderes an sich hatte. Dass es immer so gewesen war und – hoffentlich – auch immer so sein würde.

»Wann hast du zum ersten Mal das Meer gesehen«, fragte Sami Goonamulli.

»Ach, kleiner Junge erstes Mal. Richtung Broome. Hinter Missionsstationen an der Küste. Großes Meer.« Er grinste und deutete dann auf die ferne Bergkette. »Das alles: Teil von großem Meer. Gondwana-Meer. Wie großes Riff, aus kleinen scharfen Steinen gemacht. Muscheln immer noch da, im Fels. Alles Land verändert in großer Flut. Viele alte, alte besondere Orte jetzt unter dem Meer.«

»Flut – wie in der Bibel?«, fragte Sami Palmer.

»Es gibt da eine Menge Analogien zur christlichen Religion, wenn man bereit ist, sie zu akzeptieren.« Er aß sein Buschbrot auf.

Bridget nahm den Faden auf. »Es gibt Geschichten über die Menschen vor der Eiszeit, als alle Inseln und das Festland vereint waren. Die Sonne, die Sterne und der Mond lebten alle auf der Erde, bevor sie in den Weltraum gingen. Deshalb sind wir immer mit den Sternen verbunden, durch die Milchstraße, die wie eine Brücke ist.«

»Es gibt viel zu lernen«, gestand Sami ein. Offensichtlich hielt in der Aborigine-Kultur alles um sie herum – Dinge, die sie für selbstverständlich gehalten, an die sie keinen Gedanken verschwendet hatte – eine Geschichte oder eine

Lektion bereit. Das war faszinierend, besonders, wenn man es selbst erlebte, statt nur darüber zu lesen oder eine Vorlesung zu hören. Sie sah zwar nicht, was dieses Bewusstsein mit ihrem Leben oder ihrer Forschung zu tun hatte, aber die Expedition war dennoch ein Genuss.

»Vieles ist verloren gegangen, etliches werden wir nie wissen«, meinte Bridget. »Das gilt nicht nur für Wissen oder überlieferte Geschichten. Auch Gegenstände sind verloren gegangen. Wir haben Funde gemacht, die ganzen Kunstmuseen entsprechen – und sie wieder verloren.«

Palmer wechselte ein paar leise Worte mit dem Aborigine-Ältesten, dann wandte er sich an Sami. »Ich denke, die nächste Fundstätte wird Sie faszinieren. Dort arbeiten wir. Wir haben allerdings noch ein gutes Stück zu wandern.« Er schenkte ihr ein herzliches Lächeln. »Sie halten sich sehr gut.«

Sie verließen die Schlucht und kamen auf offenes Gelände, wo sich kleine Palmen und einzelne Felsblöcke über das hohe Gras erhoben. Stellen, an denen Spinifex mit seinen scharfen Halmen wuchs, umgingen sie. Dann erreichten sie einen schmalen Spalt im Boden, der immer breiter und tiefer wurde, bis er eine sehr enge Schlucht bildete. Der Pfad führte darum herum und endete an einem Steinhaufen. Goonamulli zeigte ihnen die Öffnung, die sich dort befand: gerade groß genug, um hineinzukrabbeln.

»Da wollen wir rein?«, rief Sami. »Ist das denn sicher?«

»Ziemlich sicher«, beruhigte sie Palmer. »Man kommt in eine Höhle, die mitten durch diesen Hügel da vor uns geht. Auf der anderen Seite gibt es reichlich Tageslicht. Aber im Tunnel ist es ein bisschen dunkel, und wir müssen kriechen.«

Goonamulli kroch voran, dann folgte Palmer mit einer Taschenlampe. Danach kamen Sami und hinter ihr Bridget, ebenfalls mit einer Taschenlampe. Sami krabbelte auf allen vieren im flackernden Taschenlampenlicht und verlor rasch jedes Gespür für den Raum – dafür, wo oben und unten war. Es roch erdig, und sie geriet außer Atem, begann zu keuchen. So muss sich Klaustrophobie anfühlen, dachte sie und versuchte, ein aufkommendes Panikgefühl zu beherrschen.

Palmer schien ihre Angst zu spüren. »Fast da, Sami. Vor uns sind Luft und Licht. Zählen Sie einfach jedes Mal laut mit, wenn sie eine Hand vorsetzen. Folgen Sie mir, wir sind gleich da.« Seine Stimme klang heiter und verlässlich, das beruhigte sie. Fünf Minuten später kamen sie in einer hellen, luftigen Höhle an, und Palmer half ihr auf die Füße. »Es ist die Mühe wert. Sehen Sie sich um.«

Sonnenlicht strömte durch einen schmalen bogenförmigen Spalt herein, der sich quer über die Decke zog, und beleuchtete die Höhle. An einer Seite befand sich eine riesige Felssäule, und als Sami um sie herumging, entfuhr ihr ein Keuchen. Der Höhleneingang rahmte den strahlend blauen Himmel wie ein gewaltiges Bild ein. Niemand sprach – als erfordere die Situation Schweigen. Seite an Seite gingen alle auf diesen steinernen Bogen zu. Dabei veränderte sich die Aussicht: Der Himmel wich einem atemberaubenden Panoramablick auf Tal und Flussbett, das momentan nur aus einer Reihe tiefer Wasserlöcher bestand. Am Höhleneingang blieben sie stehen. Ein Schritt weiter, und sie würden abstürzen.

»Mein Gott!«, entfuhr es Sami.

»Hübsche Aussicht, was?«, meinte Palmer beiläufig. »Von da unten würden Sie den Eingang niemals entdecken. Das ist ein fantastisches Versteck, wenn man nicht gefangen werden will. Ich frage mich, wie es wäre, hier Dudelsack zu spielen!«

Bridget stieß ihn in die Rippen. »Du bist unverbesserlich, Mann. Wirklich. Komm, Sami, guck dir an, woran wir arbeiten.« Sie gingen zurück in die Höhle und kletterten über Felsen zu einer der zahlreichen Wände mit Kunstwerken. Vielleicht war es Sami nicht sofort aufgefallen, weil sie Malereien erwartet hatte: Die Wände waren mit Felsgravierungen bedeckt. Es handelte sich überwiegend um geometrische Muster. Als sie genauer hinsah, fiel ihr auf, dass alle Muster Variationen eines Sonnenmotivs darstellten.

»Wir nennen sie die Sonnenhöhle«, sagte Bridget, als hätte sie Samis Gedanken gelesen.

Sami nickte und beugte sich vor, um mit der Hand über die tiefen Linien der Gravierung zu fahren. Sie meinte, ein schwaches Prickeln in den Fingern zu verspüren, als sie die uralte Arbeit sacht berührte. »Wie alt sind die?«, fragte sie leise.

Palmer antwortete in professoralem Tonfall: »Im Grunde gehören sie zu den ältesten Beispielen prähistorischer Kunst weltweit. Altsteinzeit.«

»Das ist eines der Ziele unserer Untersuchung: das geologische Alter zu ermitteln und hoffentlich ein ganzes Bündel anthropologischer Fragen zu beantworten«, fügte Bridget hinzu. »Die ältesten Felsen in der Kimberley-Region sind fast zwei Milliarden Jahre alt.«

Goonamulli berührte eines der in den Fels geritzten Sonnensymbole. »Mutter Sonne bleibt hier auf Mutter Erde. Sie kennt viele Geheimnisse.« Er tippte sich an die Schläfe, um anzudeuten, dass auch er die Geheimnisse kenne.

Sami deutete zum Himmel. »Und wer ist dann die Sonne da oben?«

»Das Tochter Sonne. Heute Abend erzählen wir dir mehr Geschichten«, entgegnete Goonamulli.

»Abends am Lagerfeuer, nach dem Essen, ist die Zeit der Geschichten«, meinte Palmer leichthin. »Und jetzt sollten wir was tun für unser Geld und ein paar Fotos machen und Proben nehmen.«

Bridget wühlte in ihrer Tasche nach Fotoapparat und Stativ. Dann reichte sie Palmer und Sami einige kleine Gläser mit unbeschriebenen Etiketten. »Wir nehmen Proben vom Boden, von den Wänden und den Farben. Die wissenschaftliche Hightecharbeit spielt sich dann unten im Süden ab, hier brauchen wir nur einen Löffel und ein Taschenmesser.«

Die drei arbeiteten schweigend, während Goonamulli mit untergeschlagenen Beinen am Höhleneingang saß und hinausblickte auf die ferne Landschaft. Sami hielt die Gläser, während Bridget und Ted Palmer sorgfältig Proben abkratzten oder ausgruben, vermaßen, sich Notizen machten und Fotos schossen. Ihre Gedanken schweiften ab, sie kam nicht dagegen an: Wie mochte es wohl zu der Zeit gewesen sein, als diese Gravierungen entstanden waren? Das Gravieren der Sonnen musste eine quälend langsame Arbeit für die Menschen gewesen sein, die vor Tausenden von Jahren ihr Leben nach ihren Ritualen und Bräuchen ausgerichtet hatten. In dieser stillen Galerie war von ihrer Zivilisation nicht mehr geblieben als kleine Felsritzereien, deren Bedeutung den Wissenschaftlern ein Rätsel war. Für Goonamulli waren sie Teil des Träumens, ein Teil von ihm.

Als Sami an diesem Abend in ihrem Schlafsack lag, blickte sie zur Milchstraße empor. Sie wirkte sehr nahe, da der Himmel vollständig klar war. Ein ferner Satellit bewegte sich als winziges Pünktchen über den Himmel, Sternschnuppen blitzten auf, die Sternbilder waren ganz deutlich zu erkennen. Es war ein Ehrfurcht gebietender Anblick. Hier verstand sie, wieso die Menschen von den Sternen fasziniert waren, von dem Gefühl, nur ein verschwindend kleiner Teil des Universums zu sein. Durch Goonamullis Geschichten über die Verbindung zwischen der Erde, den Sternen, den Planeten und der Sonne waren die Galaxien draußen im Weltraum näher gerückt. Zum ersten Mal fühlte Sami sich nicht als einsamer Punkt auf einem Planeten, sondern als Teil des Kosmos, der von Bedeutung war und Kontinuität besaß.

Stück für Stück versuchte sie, dieses Weltbild zu verstehen, in dem alles eine Bedeutung hatte bis hin zu dem Glauben, dass alles mit einem Ort in Verbindung stand, an den es gehörte. Sie war hier nicht zu Hause und hatte dennoch das eigentümliche Gefühl, es zu sein. Es war ein sonderbares, aber auch tröstliches Gefühl, und allein dafür hatte die Reise sich gelohnt. Sie war nun Teil dieser unglaublichen Erfahrung und hatte heute unfassbare Dinge gezeigt bekommen. Doch sie war zugleich froh, dass Palmer da war. Er stammte aus ihrer Welt.

Am nächsten Morgen bauten sie das Lager ab und machten sich wieder auf den Weg. Palmer trat im wörtlichen Sinn in den Hintergrund. Er und Goonamulli wurden nämlich in den hinteren Teil des Geländewagens verbannt, wo sie zwischen den Ausrüstungsgegenständen hin- und hergeworfen wurden, während Bridget fuhr und über den Motorenlärm hinwegbrüllte. »Was hältst du von dem, was du gestern gesehen hast?«

»Hier draußen gibt es jede Menge Kunst. Und sie scheint in den Alltag integriert zu sein. Diese Expedition ist hundertmal besser als ein Hörsaal.« Sami dachte kurz nach. »Es ist anders, als wenn man in ein Kunstmuseum geht und das alte Zeug an den Wänden hängen sieht. Es tritt einem hier direkt gegenüber. Ich hatte wirklich das Gefühl, da waren Geister – die alten Künstler –, was auch immer, die nach mir griffen.«

»Und was haben sie dir gesagt?«

»Ich weiß nicht genau.« Sami spielte an den Knöpfen ihres Hemdes. »Wirklich. Das ist meine erste Erfahrung mit alldem. Ich versuche noch, mir einen Reim darauf zu machen.«

»Schön. Es wird sich bei dir festsetzen, und du wirst die einzelnen Stückchen finden, die du kennen musst.«

»Goonamulli sagt immerzu, ich muss mehr über mein Land lernen. Wie meint er das?«

Bridget antwortete nicht gleich, weil sie sich auf das Fahren auf dem unebenen Pfad konzentrierte. Schließlich sprach sie, aber so leise, dass Sami sie nur schwer verstehen konnte. »Goonamulli meint, dass du deine Pflichten gegenüber deinen Leuten erfüllen musst – gegenüber deiner Familie und dem Land, aus dem sie stammt.«

Sami antwortete nicht, sondern rutschte nach hinten. Wie konnte der alte Mann von ihrer Familie wissen? Das Gespenst, das sie verfolgte – das Wissen ihrer Mutter um die Familiengeschichte –, da war es wieder. Ohne darum gebeten zu haben, war Sami erneut damit konfrontiert.

Es war beinahe hell. Lily öffnete die Balkontür und blickte auf die silbern schimmernde Bucht. Wie sie es liebte, so nahe am Meer zu sein! Ihr Sternzeichen war Fisch, und die Nähe des Wassers war Balsam für ihre Seele. Sie wurde es nie leid, die Farben, Stimmungen und Gezeitenwechsel des Wassers zu beobachten. Es flutete vom Indischen Ozean in die Bucht, durch die Mangrovenwälder und über das Watt, um zuletzt sanft gegen das Ufer um die Apartmentanlage herum zu plätschern.

Im Wasser entlang dieser Küste lagen hässliche Kreaturen verborgen, die Männer in den Tod lockten: die schlammfarbene, mit Seepocken besetzte Auster Pinctada maxima. Doch im Inneren der tellergroßen Muschel brachte die Natur die prachtvollsten, exquisitesten, schönsten Perlen der Welt hervor.

Aus einem Impuls heraus zog Lily Badeanzug und Sarong über und legte die prächtige Perlenkette ihrer Großmutter an. Warm berührten die Perlen ihre Haut, als wären sie lebendig. Barfuß ging sie zum Auto; sie wollte am Cable Beach in den Tag hinein schwimmen. Dort würden die alten Perlen für kurze Zeit in ihre Wasserheimat zurückkehren.

Es herrschte kaum Verkehr. Enyas einschmeichelnde Stimme erfüllte das Auto. Alles war friedlich, dennoch hielt sie Ausschau nach grasenden Kängurus, die ihr vors Auto hüpfen könnten. Im nächsten Augenblick schrak sie zusammen. Scheinbar aus dem Nichts tauchten hinter ihr zwei Wagen auf und lieferten sich mit aufheulenden Motoren ein Wettrennen. Ein alter roter Kombi mit drei jungen Aborigines wurde verfolgt von einem grünen Ford Falcon, in dem zwei grinsende, laut brüllende weiße Jungs mit Bierdosen saßen.

Die Straße war nicht breit genug für drei Autos, deshalb wich sie auf den Seitenstreifen aus. Bei dem Versuch, den Wagen unter Kontrolle zu bringen, wirbelte sie rote Erde und Schotter auf. Obwohl sie sich auf ihr eigenes Fahren konzentrierte, bekam sie aus dem Augenwinkel mit, wie der grüne Wagen den roten anstieß und dass dessen Heck gefährlich hin- und herschwang, als die beiden um eine Kurve verschwanden.

Lily hatte dem Drang, abrupt zu bremsen, widerstanden. Nun kam sie zum Stehen. Alles war wieder still, doch ihr Herz schlug ihr bis zum Halse. Sie atmete mehrmals tief durch. Die Straße war leer. Langsam setzte sie ihren Weg zum Cable Beach fort. War das nun freundschaftliche Rivalität gewesen, einfach gute Stimmung, noch befeuert durch Alkohol? Oder war die Situation zwischen den beiden anderen Autos bedrohlich?

Nach der nächsten Kurve ging alles im Zeitlupentempo ineinander über. Aus einem explodierten Kühler stieg

Dampf auf. Die beiden Autos waren zusammengestoßen; eines stand hinter dem Randstreifen in den Büschen, das andere auf der Gegenfahrbahn. Der rote Wagen war ihr am nächsten. Ein Stück die Straße entlang sah sie eine Gestalt aus dem anderen Fahrzeug taumeln.

Sie fuhr an den Straßenrand und rannte stolpernd zum roten Auto. Ein gebrochener Arm hing aus dem Fenster; weiße Knochen traten zutage. Auf der anderen Seite stand die Tür offen, und ein junger Mann lag ausgestreckt auf der Erde. Noch ehe Lily ihn erreichte, hatte sie das Gefühl, als griffen Klauen nach ihrer Kehle. Als sie den Mann herumdrehte, sah sie in das aufgeschürfte, blutende Gesicht von Eugene. Sie kannte den jungen Aborigine von seinen Besuchen bei Rosie und Harlan. Seine Lider flatterten und öffneten sich. Der Blick war glasig, doch er war bei Bewusstsein. Und er schien sie zu erkennen.

»Versuch, still zu liegen. Spürst du deine Beine? Deinen Arm?« Er deutete auf seine Hüfte und stöhnte schwach. Das Bein seiner Jeans war rotgetränkt. »Lieg still, atme tief. Du kommst wieder in Ordnung. Ich muss nach den anderen sehen.«

Der Junge mit dem schwer verletzten Arm, der gefahren war, versuchte gerade, durch die Beifahrertür auszusteigen. Sie beugte sich zu ihm und half ihm hinaus. Er sank neben dem Wagen zu Boden und wiegte seinen verletzten Arm.

Lily rannte die Straße hinab zum anderen Auto. O Gott, warum kam denn niemand vorbei? Es war kurz vor Tagesanbruch, sicher waren noch mehr Menschen so früh hier unterwegs. Bitte, lieber Gott, lass niemanden zu schlimm verletzt sein, dachte sie. Bitte, lieber Gott, lass diesen Wagen nicht in Flammen aufgehen. Der Geruch von Benzin, von Bier und Blut schlug ihr entgegen.

»Lady. Lady, Hilfe ...«

Einer der Jungen war aus dem Auto gestiegen. Sie beugte

sich hinein, um den halb bewusstlosen Beifahrer herauszuziehen. »Ach, herrje. O nein.« Lily erkannte Simon, Dales Sohn.

Aus der Gegenrichtung kam ein Auto und hielt an. Plötzlich befand sich ein Mann an ihrer Seite und half ihr, Simon aus dem Auto zu ziehen und auf die Straße zu legen.

»Ich habe ein Handy und rufe Hilfe. Wir sollten herankommende Autos warnen.« Er eilte zu seinem Wagen.

Rasch untersuchte sie Simon, fühlte ihm den Puls und zählte dabei laut seine Lebenszeichen auf: »Hoher Blutdruck, kräftiger Herzschlag. Hat nicht viel Blut verloren. Er schafft es. Hoffentlich keine ernsthaften inneren Verletzungen. Sie können sich alle bewegen, also keine Wirbelsäulenverletzungen.«

Der andere Junge saß nun am Straßenrand, den Kopf in die Hände gelegt, zitternd. Lily rannte zurück zum roten Wagen. Zwei Jungen beugten sich über Eugene. »Er blutet schlimm, Lady.«

»Habt ihr ein Messer?«

Einer von ihnen zog ein Taschenmesser aus dem Gürtel, ließ es aufschnappen und reichte es ihr. »Was werden Sie tun?« Eugene blickte ängstlich.

»Die Blutung stoppen. Eine Arterie ist durchtrennt.« Sie schnitt das Bein seiner Jeans auf. Eine tiefe, klaffende Wunde kam zum Vorschein. Lily riss sich den Sarong vom Leib und band ihn fachgerecht um die Wunde, wobei sie den Druckpunkt fest presste, um die Blutung zu stillen. »Seid ihr okay?«

»Bisschen wackelig. Diese Arschlöcher haben uns gejagt. Einer hatte ein Gewehr. Ich dachte, die wollten uns erschießen.«

»Haben uns von der Straße gedrängt. Wir hatten Angst«, fügte Eugene hinzu.

»Geh, stell dich ein Stück die Straße hinab auf und wink

allen Autos, sie sollen langsam fahren«, wies sie einen der Jungen an.

»Vielen Dank für Ihre Hilfe.«

»Ich wollte früh schwimmen gehen. Ein Glück, dass ich vorbeigekommen bin, hm?«

Eugene nickte und schloss die Augen. »Mein Bein tut weh.«

»Was war denn los? Wart ihr Jungs einen trinken?«

»Nee. Ich und Wally und Joe, wir waren angeln. Haben 'n großen Mondfisch gefangen. Waren gerade auf dem Weg nach Hause, da sind diese Hirnis hinter uns auf der Straße aufgetaucht.«

»Sie haben Bierdosen nach uns geworfen, dann haben sie versucht, uns von der Straße zu drängen. Als wir sahen, dass einer von denen 'ne Knarre hatte, haben wir auf die Tube gedrückt«, sagte der andere.

Der Mann, der zum Helfen angehalten hatte, kam zurück und warf einen Blick auf Eugene. »Polizei und Krankenwagen sind unterwegs. Himmel, was für ein Schlamassel. Woher wussten Sie so genau, was zu tun ist?«

»Ich habe vor einer halben Ewigkeit mal einen Erste-Hilfe-Kurs gemacht. Wie geht's den anderen?«

»Einer steht unter Schock, der andere ist nicht ganz da, aber so schlecht sieht er nicht aus. Die beiden hier bei Ihnen scheinen okay zu sein, und bei dem dritten Jungen haben Sie offenbar auch alles unter Kontrolle. Ein Glück, dass Sie zur Stelle waren.«

»Es besteht immer die Gefahr innerer Verletzungen«, murmelte Lily. Sie sah zu Eugene hinunter und dachte an Simon.

»Ich bin auf dem Weg nach Perth. Das hier hat mir gerade noch gefehlt, gleich nachdem ich losgefahren bin. Wollten Sie schwimmen gehen?«

Lily wurde sich plötzlich bewusst, dass sie nur einen

Badeanzug und eine dazu völlig unpassende Perlenkette trug. »Ja. Das Schreckliche ist, ich kenne zwei der Jungen. Einen in jedem Auto.«

»Ach du Scheiße. Diese dummen Jungen. Alkohol- und Geschwindigkeitsrausch, ist doch immer dasselbe.«

»Die Jungen hier waren angeln. Sie sagen, die anderen Jungs haben sie von der Straße gejagt«, berichtete Lily, der allmählich klar wurde, welche Folgen dieser Vorfall haben konnte. »Die weißen Jungs hatten Bier und ein Gewehr.«

Der Mann warf einen Blick zurück zum grünen Auto. »Und wem wird man wohl glauben? Ich habe nichts gesehen. Ich will da auch nicht hineingezogen werden. Na ja, ich habe getan, was ich konnte. Die Cops müssten jetzt gleich hier sein, und ich habe eine lange Fahrt vor mir. Viel Glück.«

»Einen Augenblick, wie heißen Sie? Können Sie nicht warten, bis die Polizei oder der Krankenwagen hier ist?« Lily wurde lauter. Sie hatte das Gefühl, dass hier etwas Ungeheuerliches geschah.

»Ich habe meinen Teil getan. Wie gesagt, ich habe einen weiten Weg und einen langen Tag vor mir. Die richtigen Leute sind jetzt jeden Augenblick da, das ist mal sicher.« Er ging auf sein Auto zu, blieb dann noch einmal stehen und drehte sich zu Lily um. »Wissen Sie, dieses kleine Straßenrennen zwischen Schwarzen und Weißen ist ziemlich typisch für das, was hier in der Gegend die ganze Zeit unter der Oberfläche brodelt. Die Leute versuchen, es unter den Teppich zu kehren, und sind dabei ziemlich erfolgreich. Aber das wird immer wieder ausbrechen, wie heute. Es geht gar nicht anders.« Er stieg in sein Auto und fuhr davon, ohne zurückzublicken.

Lily war wie betäubt von dem Verhalten des Mannes, doch als Eugene sich ächzend aufsetzen wollte, wandte sie ihm wieder ihre Aufmerksamkeit zu. »Ich habe dich bei

Rosie gesehen, als du Biddy besucht hast. Du heißt Eugene, nicht wahr?«

»Ja.«

»Nur ruhig, Eugene. Halt durch, Hilfe ist unterwegs.« Sanft streichelte sie ihm übers Gesicht, dann legte sie seine Hand auf dem Druckverband über ihre Hand. »Lass deine Hand hier liegen, drück einfach leicht darauf. Ich muss mal nach den anderen sehen.«

Der weiße Junge, der am Straßenrand gesessen hatte, war in die Büsche gelaufen. Simon stand mühsam auf. »Verdammte dämliche Abos. Die dürfte man nicht hinters Steuer lassen.«

»Simon, jetzt mal halblang. Was ist denn passiert?« Lily riss sich zusammen.

Er zögerte mit der Antwort und sah sich nach seinem Kumpel um. »Ach, Keith hatte ziemlich ... war ziemlich geladen. Wir waren mit ein paar Mädels unterwegs und auf dem Weg nach Hause. Haben unterwegs diese Typen gesehen, die hatten uns den Stinkefinger gezeigt oder so was, und da ist Keith ausgerastet.«

»Wer hatte ein Gewehr?«

»Ich nicht.«

»War da ein Gewehr?«

»Weiß nicht. Ich war besoffen. Er ist gefahren.« Simon war mürrisch. »Schätze, Papa wird stinksauer sein.«

Lily wollte gerade etwas erwidern, als noch ein Auto anhielt, und plötzlich waren überall Menschen, ein Abschleppwagen, ein Krankenwagen, die Polizei. Die ersten Sonnenstrahlen tauchten die Szenerie in grelles Licht. Lily schloss kurz die Augen, sehnte sich nach der friedlichen Stille des ersten fahlen Lichts zurück und wünschte, sie hätte den Vorfall nur geträumt.

Sie gab der Polizei ihren Namen und einen Kurzbericht und erklärte sich mit einer späteren Vernehmung einverstanden. Dann stieg sie wieder ins Auto. Der Tag hatte nun eine tiefe Narbe.

Der arme Dale. Arme Jungs. Sie hätte jetzt gerne mit Sami gesprochen. Doch zuallererst sollte sie wohl Dale aufsuchen. Er war so glücklich gewesen, dass Simon für sechs Monate nach Broome gezogen war. Er hatte seine Ausbildung zum Bautechniker abgeschlossen und sollte bei Dales neuestem Projekt – der Lieferung von Baumaterialien und Ausrüstung für den Bau einer kleinen Wohnsiedlung – praktische Erfahrungen sammeln. Dale hatte gehofft, Simon werde dabeibleiben und in seiner Firma arbeiten.

Simon war einige Jahre jünger als Sami, aber Dale und Lily hatten gehofft, dass die beiden sich gut verstehen würden. Nach ihrer ersten kurzen Begegnung in Sydney, einem gemeinsamen Abendessen, waren die beiden aber nicht mehr aneinander interessiert. Lily hatte es diplomatisch so erklärt, dass die beiden viel zu unterschiedlich in Alter und Interessen seien. Sie wollte Dale nicht erzählen, dass Sami sich energisch gegen alle Versuche wehrte, sie in irgendwelche trauten Familienbande einzubeziehen. Simon war ähnlich erleichtert, dass er nicht gezwungen mit Lily und Sami Konversation machen musste. Doch trotz aller familiären Distanz wollte sie in dieser Situation verhindern, dass die örtliche Polizei bei Dale erschien und ihn von der Beteiligung seines Sohnes an einem Autounfall in Kenntnis setzte.

An der langen Auffahrt, die hinter dem Strand zu Dales Haus führte, hielt sie an. Sie wühlte in ihrer Strandtasche und förderte ein altes T-Shirt mit einem Greenpeace-Slogan darauf zutage. Besser als nichts, dachte sie, zog es an und fuhr zum Haus.

Verschlafen öffnete Dale ihr die Tür. »Lily, was für eine nette Überraschung! Warum bist du nicht reingekommen und hast mich im Bett geweckt?« Dann bemerkte er ihre gebräunten Beine, das T-Shirt und die Perlenkette. »Schwimmen?«

»Dale, lass uns reingehen und einen Kaffee trinken. Ich muss dir etwas erzählen.«

»Um diese Uhrzeit? Was ist los?« Er hörte die Sorge in ihrer Stimme.

Sie ging zu ihm und fasste ihn an den Schultern. »Es ist alles in Ordnung, aber es geht um Simon. Er hatte einen kleinen Unfall.«

Erschrocken zuckte er zurück. »O Himmel, wo denn? Wie schlimm?«

»Es geht ihm gut. Er wird gerade im Krankenhaus untersucht, vermutlich reine Routine. Es waren noch andere daran beteiligt, aber Simon geht es gut.« Den letzten Satz sprach sie betont langsam.

»Woher weißt du das alles? Wo warst du?«

»Ich war auf dem Weg zum Cable Beach, zum Schwimmen, der Unfall ist fast unmittelbar vor meinen Augen passiert. Er und ein Kumpel sind mit drei jungen Aborigines zusammengestoßen. Einer von ihnen ist Eugene. Er ist schwer verletzt. Der andere hat eine Armverletzung.«

»Wo ist Simon? Hast du mit ihm gesprochen?«

»Natürlich. Ich wollte nicht, dass du es von jemand anderem erfährst und in Panik gerätst.« Wie aufs Stichwort klingelte das Telefon hinter ihm. Lily ging in die Küche, um Kaffee zu kochen.

Kurz darauf kam Dale langsam hinterher. »Das war Simon. Man behält sie zur Beobachtung dort, und für eine Aussage bei der Polizei. Er sagte, die anderen Burschen seien schuld gewesen. Er hatte noch ein paar deftige Kommentare, also kann es ihm nicht so schlecht gehen.«

»Dale, sie haben mich überholt. Nach dem, was ich gesehen habe, und was Eugene mir erzählt hat, könnten Simon und sein Kumpel im Unrecht sein.«

»Ach, Bockmist. Bloß weil du Eugene kennst, musst du dich nicht auf seine Seite schlagen. Aber du bist ja auch ein bisschen einäugig, wenn es um unsere schwarzen Brüder geht, nicht?« Er knallte die Schranktür zu, nachdem er zwei große Tassen herausgenommen hatte.

»Dale, bitte! Trink deinen Kaffee und dann besuch Simon. Ich fahre nach Hause.« Sie wollte Rosie bitten, Eugenes Familie anzurufen und ihr zu erzählen, was geschehen war. Aber das erwähnte sie lieber nicht. »Wir reden dann später«, sagte sie leise.

»Lily, es tut mir Leid. Danke, dass du hergekommen bist«, sagte Dale matt.

Sie nickte und stieg ins Auto. Auf dem Rückweg kreisten ihre Gedanken um das Geschehene. Und sie sah vor sich, wie Simons Freund aus dem Wagen gestiegen und in die Büsche an der Straße gegangen war. Er hatte etwas getragen. Eugene hatte von einem Gewehr gesprochen. Dale hatte ihr erzählt, dass Simon einen Waffenschein für die Jagd hatte ... Lily war überzeugt, dass Simon und sein Kumpel das Gewehr versteckt hatten, ehe die Polizei eintraf. Und wenn sie an Dales gelegentliche Anspielungen dachte, konnte es sein, dass sie außerdem Drogen beseitigt hatten. Zu Hause rief sie als Erstes bei der Polizei an. Dann meldete sie sich bei Rosie.

»Das ist ja furchtbar«, seufzte Rosie. »Eugene ist ein reizender Junge. Er lebt bei seiner Großmutter Dolly und arbeitet in Teilzeit am Vogelobservatorium. Dolly und Biddy sind verwandt.«

Während Lily sich eine Tasse Kaffee bereitete, verfluchte sie Simon und dachte über Dales Reaktion nach, als sie mit ihm über den Unfall sprechen wollte. Natürlich war er wegen seines Sohnes bestürzt, doch Lily erkannte, dass sie nicht auf der gleichen Seite standen, wenn es um Aborigine-Fragen ging.

KAPITEL FÜNF

Lily hatte Saltys Vorschlag aufgegriffen, Damien Lakes Perlenfarm zu besichtigen.

Bei ihrer Ankunft fand sie, dass die Farm auf den ersten Blick eher wie eine Ferienanlage aussah als wie die Zentrale eines komplexen Aquazuchtbetriebs. Die adretten Arbeitsschuppen am Ufer, die Wartungs- und Bootsschuppen, die Mitarbeiterquartiere und Gemeinschaftsräume waren allesamt mit schattigen Veranden mit Blick auf die atemberaubende Weite der Red Rock Bay ausgestattet. Eine große Barkasse schaukelte sanft an ihrem Liegeplatz, und zwei Delphine schwammen wie aufs Stichwort ganz dicht an der Küste vorbei. Alles strahlte eine entspannte Atmosphäre aus.

»Das ist ja ein Paradies, Damien«, rief Lily. »Viel schöner, als ich es mir vorgestellt hatte. Vielen Dank, dass Sie mich herkommen ließen!«

»Man kann sich einen Ort nicht richtig vorstellen, ohne ihn mit eigenen Augen gesehen zu haben. Ohne die ewig wechselnden Aussichten und Geräusche erlebt zu haben«, sagte er. »Ich habe es genossen, wie sich alles aus Zelten und Wohncontainern zu dieser Anlage entwickelt hat. Es ist ein Geschäft, aber es ist auch eine Leidenschaft.«

»Sicherlich nicht ohne Probleme?«

Damien lächelte. »Ach ja, Probleme – mit den Mitarbeitern, mit den Muscheln, mit den Motoren et cetera. Aber irgendwie lässt sich das hier leichter ertragen als alles, was einem in einem Stadtbüro unterkommt.«

»Das muss viel Arbeit gewesen sein – bis dieser Traum Wirklichkeit geworden war.«

»Man muss zäh sein und darf niemals den Humor verlieren, sonst kommt man als Perlenunternehmer nicht weit«, meinte er lachend. »Es ist ein Familienbetrieb, und unsere Mitarbeiter sehen wir gern als Teil dieser Familie. Wir haben uns schon eigene Aussie- und Kiwi-Operateure herangebildet, als überall noch japanische Spezialisten am Werk waren. Das Einsetzen der Kerne war ein ganz großes Geheimnis, etwas, das nur im Verborgenen erledigt wurde.« Damien und Lily verließen das Büro.

»Es liegt an den großen Austern hier oben, dass Perlen aus Broome so einzigartig sind, oder?«

»Ja, die Pinctada maxima. Aber entscheidend ist die Umgebung hier, das klare Wasser. Das da.« Er deutete auf die glitzernde Bucht.

Damien führte Lily zu einem Gästezimmer, das dem Büro angegliedert war. »Und jetzt zurück in die reale Welt. Sie wollen sich bestimmt erst einmal einrichten. Und ich werde mal Präsenz bei der Truppe zeigen.«

Lily verschob das Auspacken, um die Aussicht noch etwas zu genießen. Über allem lag ein Zauber, dem man sich nicht entziehen konnte. Die Delphine setzten ihre Vorführung nun ein Stückchen weiter draußen fort, und am Himmel kreisten träge die Seevögel. Unten in der Nähe der großen Bootsrampe gesellte Damien sich zu einigen Arbeitern. Die Männer und Frauen beluden gerade lachend und witzelnd eine Barkasse mit Drahtgestellen, in denen sich Muscheln mit frisch eingesetztem Kern befanden. Damien war zusammen mit seinem Vater Ron Eigentümer der Farm, und gemeinsam deckten sie fast alle anfallenden Bereiche des Geschäfts ab.

Eine der Frauen, die mit den Tauchern auf den Booten arbeiteten, bot an, Lily herumzuführen. Sie zeigte ihr den

Kühlschrank im Speisesaal, in dem Früchte, Joghurt und kalte Getränke lagerten. »Greifen Sie einfach zu«, meinte sie heiter. »Das ist hier draußen so üblich.« Als sie zu einem Rundgang durch die ausgedehnten Anlagen aufbrachen, fragte sich Lily, was Tyndall und Olivia von diesem hoch entwickelten Betrieb gehalten hätten. Auch diesem Unternehmen lag eines zugrunde: die atemlose Freude, wenn eine exquisite, makellose Perle aus dem feuchten Gewebe dieser einzigartigen Austern glitt.

Als die Barkasse beladen war, rief Damien Lily. Sie durfte ihn auf einer Fahrt hinaus in die Bucht begleiten. Dort würde man die Drahtgestelle mit den Austern an lange Leinen hängen, die zwischen Bojen gespannt waren. Unterwegs erhielt Lily einen raschen, aber detaillierten Bericht über den Farmalltag. Sie lernte aus erster Hand, wie viel geduldige, spezialisierte Arbeit sich hinter dem Hochglanzmarketing der Branche verbarg. Die Mitarbeiter nahmen eine Schlüsselstellung ein: Sie mussten miteinander auskommen, und jeder musste das Gefühl haben, Teil eines Ganzen zu sein. Dennoch war die Fluktuation unter den jungen Arbeitskräften hoch. Es war harte körperliche Arbeit, und die Arbeitstage waren lang. Für einige war es Saisonarbeit, zudem in isolierter Lage, auch wenn die meisten alle zwei, drei Wochen einige Tage frei hatten, in denen sie nach Broome zurückkehrten und »die Sau rausließen«.

Für Lily war es eine ganz neue Welt. Bisher hatte sie nur gewusst, wie die Perlenfischerei früher gehandhabt wurde. Und sie war über die gesellschaftlichen Aspekte der aktuellen Perlenszene bestens im Bilde. Doch dies hier war ganz anders, und Lily fand es faszinierend und anregend. Das sagte sie auch Damien. Der lachte und erinnerte sie daran, dass in ihren Adern schließlich Kapitän Tyndalls Blut floss!

Abends saß sie mit den jungen Mitarbeitern zusammen,

die soeben aus ihrem einwöchigen Urlaub zurückgekehrt waren und nach dem Essen noch ein Bier tranken. Lily lauschte ihren unterhaltsamen, manchmal dramatischen Geschichten und dem gutmütigen, kameradschaftlichen Gefrotzel. Die meisten gingen früh schlafen, denn sie würden mit der ersten Schicht um fünf Uhr morgens hinausfahren, zum Frühstück um sieben Uhr zurückkommen und dann ihre anderen Aufgaben in Angriff nehmen.

Lily hatte einige Quartiere gesehen. Ihr war aufgefallen, dass überall Muscheln, Korallen, Treibholz, Gräser und Samen herumlagen – von den Mitarbeitern selbst gesammelt. Das Meer, die Landschaft, die ungezähmte Küste, die Unwägbarkeiten und die Gefahren eines Wetterwechsels verfehlten ihre Wirkung nicht. Manche hatte das Geld hergelockt, die Hoffnung auf Vergnügen, Abenteuer, die Flucht aus dem Alltag, womöglich gar auf eine Liebesaffäre. Aber egal, was sie zur Perlenzucht getrieben hatte: Wenn sie wieder gingen, nahmen auch die Abgebrühtesten unter ihnen Erinnerungen mit. An den Rhythmus der Teamarbeit auf einem schlüpfrigen Deck, an einen perfekten Sonnenuntergang, an den Fang eines enormen Fisches oder an friedliche Augenblicke in einer Hängematte zwischen zwei Palmen. Die Perle aus der letzten Ernte, die jeder von ihnen am Ende der Saison erhielt, sollte sie an dieses Leben erinnern. Eins wusste Lily: Wenn sie jung und fit wäre, würde sie genau hier arbeiten wollen!

Damien fasste es in wenige Worte, als sie entspannt bei einem Drink den Mond aufgehen sahen. »Eine Perle zu erzeugen, die einmal ein Erbstück sein wird, ist fast ein Geburtsvorgang. Sie ist wie durch eine Nabelschnur mit dem Mond und den Gezeiten verbunden.«

»Tränen des Mondes«, sagte Lily sanft. »Jetzt verstehe ich das alles besser.«

Am nächsten Morgen machte Lily sich früh zu einer Erkundung der Bucht auf, in der die Farm lag.

Nach beinahe fünf Kilometern kam sie zu einer Stelle, an der die Bucht sich krümmte, und hatte das Gefühl, über Gelände zu gehen, auf dem viele Jahre niemand mehr gelaufen war. Dann kam sie zur Mündung eines breiten Creeks. Am Rand einer Düne stieß sie auf rostige Dosen, eine mit Steinen eingefasste Feuerstelle und leere Flaschen. Daneben lagen eine verhedderte Angelschnur, ein kleiner Haufen Muscheln und ein verrottetes Paddel. Entweder ist dies ein Angelplatz, dachte sie, oder der Lieblingsplatz von jemandem. Als sie sich zum Creek umwandte, hörte sie prompt das Stottern eines Außenbordmotors, und dann kam ein leichtes Motorboot aus Aluminium in Sicht. Es verlangsamte die Fahrt, und der Aborigine am Ruder winkte und rief: »Alles in Ordnung, Lady? Haben Sie sich verirrt?«

»Alles in Ordnung. Ich wohne hier bei Freunden.«

»Nur zu Besuch, was?« Er stellte den Motor ab und steuerte näher heran.

»Genau.«

Er tat ein bisschen überrascht, jemanden wie Lily um diese Uhrzeit hier zu treffen. »Gehen Sie den Fluss da rauf. Ist nicht weit.« Er deutete mit dem Daumen über die Schulter. »Fragen Sie nach Mr. George. Er's der Boss.«

Ehe Lily ihn fragen konnte, von wem oder was Mr. George der Boss war, hatte der Mann den Motor wieder angeworfen, winkte ihr zu und steuerte hinaus auf die Bucht.

Nach etwa zwanzig Minuten blieb Lily stehen, gebannt von dem Anblick, der sich ihr bot. Sie hatte zweifellos ein Perlenfischerlager vor sich, allerdings ein ziemlich heruntergekommenes. Baufällige Gebäude und behelfsmäßige Schuppen, ein unübersichtlich angelegtes altes Wohnhaus mit schiefer Veranda, eine Ansammlung von Booten und Ausrüstungsgegenständen, Haufen von Austernnetzen und Tauen – das alles wirkte wie ein Filmschauplatz für eine Geschichte von Somerset Maugham. Doch dann hielt Lily den Atem an. Teilweise hinter Mangroven verborgen, lag ein alter hölzerner Logger im Schlick auf der Seite. Ein Logger wie die, die sie auf alten Fotografien und hübsch restauriert im Pearl Luggers Museum in Broome gesehen hatte!

Auf Lily wirkte das Schiff wie eine müde alte Dame, die sich ausruhte, sich vielleicht ihrer lebhaften Jugend erinnerte, als sie übers Meer gejagt war und über fernen Muschelfeldern gedümpelt hatte. Wie in einer Rückblende sah Lily den Logger auf See: das Deck mit Muscheln beladen und Tyndall lachend am Ruder. Yoshi in seinem Taucheranzug, der sich den schweren Helm aufsetzte, und den bereitstehenden Signalmann Ahmed, der dabei zuschaute.

»Ahoi! Suchen Sie jemand? Kommen Sie her.« Ein alter Mann in Shorts und verwaschenem Hemd winkte von der Veranda des Hauses aus. Ein Hund sprang auf Lily zu.

»Hallo! Ich bin Lily Barton. Sind Sie Mr. George?«

»David George, zu Ihren Diensten, aber Sie können mich Dave nennen. Wo kommen Sie denn her?« Sie gaben sich die Hand. Er musste über siebzig sein, war unrasiert, schlank und hatte eine muntere Stimme mit leichtem britischem Akzent, dazu ein fröhliches Lächeln. Aber seine blassblauen Augen sahen müde aus, und Lily fiel auf, dass er sich steif bewegte.

»Ich habe mich früh aufgemacht, weil ich die Gegend erkunden wollte, ehe es zu heiß wird. Ich komme von der Lake-Farm.«

»Möchten Sie einen Schluck Wasser? Bei uns kommen nicht oft Fremde vorbei.«

»Das kann ich mir vorstellen.« Lily nahm den Hut ab

und setzte sich in einen alten Korbsessel auf der Veranda, während Dave kaltes Wasser aus der Küche holte.

»Danke. Ich habe nicht lange gebraucht, bis ich meine kleine Wasserflasche leer hatte«, meinte sie. »Nächstes Mal bin ich klüger und nehme eine größere Flasche mit.« Sie nahm einen tiefen Schluck. »Ah, das tut gut. Genauso wie der Anblick Ihres Besitzes. Fantastisch!«

»Das kommt drauf an. Für dreißig Jahre Arbeit haben wir hier nicht viel vorzuweisen. Ein paar gute Saisons sind in 'ner ganzen Serie schlechter untergegangen – Stürme, ein, zwei Zyklone. Die Zeit hat mich überholt; das Kapital, um mit den großen Betrieben konkurrieren zu können, wurde zu teuer.« Er hielt inne, dann fügte er gleichmütig hinzu: »Wohlgemerkt, ich habe nicht aufgegeben. Ich bin immer noch hier.«

»Irgendwann hat man sie im Blut, die Perlenzucht.«

»Sie kennen sich damit aus?«

»Ein bisschen. Ich habe mich aus historischem Interesse und familiären Gründen damit beschäftigt.« Ehe Dave weiterfragen konnte, sah Lily sich nach dem alten Logger um und fragte: »Was wissen Sie über den Logger da?«

»Ach, die *Georgiana.* Die könnte Ihnen Geschichten erzählen!«

»Haben Sie *Georgiana* gesagt?« Lilys Stimme war nur mehr ein Flüstern. »Meine Mutter hieß so.«

Dave George lehnte sich zurück und musterte sie schweigend. Dann sagte er: »Und sie hatte Verbindungen zu Kapitän Tyndall.«

Es war keine Frage.

Lily nickte, und beide blickten wieder zum Logger. Dann fuhr der Perlenunternehmer fort: »Ich hab mich schon gefragt, wann jemand aus der Familie auftauchen würde. Ja, das ist eins von Tyndalls Schiffen.«

Lily bemühte sich, ihrer Gefühle Herr zu werden. »Und

es gehörte einst zu Star of the Sea, dem Unternehmen von Kapitän Tyndall?«

Der Mann nickte und beobachtete sie aufmerksam.

»Ich bin seine Urenkelin.«

»Also, so was!« Er grinste, ergriff ihre Hand und drückte sie fest. »Sie waren schon lange nicht mehr im Geschäft, als ich hierher kam und hoffte, ein Vermögen zu machen. Ich habe die Farm aus der Vermögensmasse gekauft. Sonst schien sie niemand haben zu wollen. Ich war entweder zu früh oder zu spät dran im Perlengeschäft. Ehrlich gesagt mache ich das jetzt auch mehr als Hobby, nicht wie Star of the Sea. Die waren in Broome gut etabliert: Camps entlang der Küste, diese Anlage hier, und sie haben noch ein paar mehr ausprobiert.«

»Er war seiner Zeit voraus, denke ich«, meinte Lily, immer noch bemüht, die Neuigkeit zu verarbeiten.

»Und großzügig. Er hat sich um seine Leute gekümmert. Ich hab mich auch ein bisschen mit der Lokalgeschichte befasst.« Dave grinste stolz. »Schätze, die beiden, die ihm am nächsten standen, waren Yoshi, der Taucher, und Ahmed, sein zweiter Mann. Loyal waren die. Einer von Ahmeds Verwandten ist sogar immer noch im Besitz des originalen alten Camps.«

Lily machte ein überraschtes Gesicht. »Das wusste ich nicht. Wo ist das?«

»Ach, das macht nicht viel her, meine Liebe. Es ist nur ein alter Schuppen, den Tamerahs Familie behalten hat. Ich glaube, die meiste Zeit steht er leer. Er liegt hinter der Stadt mit Blick zur Bucht, wie die ganzen Camps früher. Sie haben damals einfach die Mangroven gefällt, die Logger ans Ufer gezogen und ihre Basiscamps aufgeschlagen.«

»Ich kenne das Haus«, sagte Lily mit schwacher Stimme. »Ich war zufällig dort und habe Ross Tamerah kennen gelernt. Es gehörte seinem Onkel.«

»Da haben Sie's. Broome ist 'ne geschichtsträchtige Stadt.« Dave erhob sich steif. »Ich vermute, sie würden sich jetzt gern mal umsehen.«

Lily fühlte sich etwas schwach. Lag es an der Hitze, dem langen Spaziergang, oder war es die Tatsache, dass sie hier einfach so in die Welt ihres Urgroßvaters hineingeschlendert war? Ihr Herz raste. »Ja, Dave. Gern. Das wäre wirklich sehr freundlich.« Sie musste Tränen unterdrücken. »Bitte entschuldigen Sie, wenn ich ein bisschen rührselig wirke, aber, na ja, es ist etwas ganz Besonderes.«

»Ach, das ist schon in Ordnung, meine Liebe. Nehmen Sie Ihren Hut, und wir machen die Runde. Wird ohnehin Zeit, dass ich nachsehe, was die Jungs in den Schuppen anstellen.«

Eine Stunde lang wanderten sie über das Grundstück und besuchten die Hand voll Arbeiter, die sich um die Muscheln kümmerten, denen gerade ein Kern eingesetzt wurde oder die an einem Drahtgestell befestigt wurden. Trotz des ziemlich heruntergekommenen Zustands vieler Gebäude funktionierte der Betrieb reibungslos und effizient.

Dave war unverkennbar stolz auf diesen Teil der Farm. »Das hier ist das Kernstück von allem«, erläuterte er Lily. »Was hier passiert, setzt mich immer unter Strom – in diese erwartungsvolle Stimmung bei jeder Ernte.«

Lily konnte sofort etwas mit seinen Worten anfangen. Auch sie war fasziniert von dem, was um sie her auf eine Art und Weise geschah, die sich deutlich von dem unterschied, was sie auf der Lake-Farm gesehen hatte. Dies hier ging sie persönlich an. Irgendwie spürte sie, dass es Teil ihrer Vergangenheit war. »Glauben Sie, Sie werden diese Farm noch lange betreiben, Dave?« Sie bemühte sich sehr, es wie eine beiläufige Frage klingen zu lassen.

»Nee, glaube ich nicht, Lily. Sehen Sie sich doch um, es

ist viel Arbeit, und die Konkurrenz ist groß. Heute läuft das alles über Hightech und Marketing. Wohlgemerkt, den Austern hat das keiner gesagt.« Er lachte in sich hinein.

»Wenn Sie ein bisschen Geld in der Hinterhand hätten, würden Sie das alles noch einmal machen?«, wollte Lily wissen.

»Da können Sie Gift drauf nehmen. Das Wasser da draußen ist reich an Nährstoffen. Wenn man sie da draußen im klaren Wasser der Bucht halten kann, erzeugen sie Perlen, die einer Königin würdig wären.«

»Also?«

»Ich bin kein junger Hüpfer mehr. Es ist schwer, mit den Zahlungen nicht in Rückstand zu geraten, die Jungs zu halten, die Boote und die Ausrüstung zu warten. Mein Betrieb ist klein. Ich hab eine ganz hübsche Menge Muscheln da draußen hängen, seit zwei Jahren. Wer weiß, was die bringen …« Er blickte zum Creek, der zur Bucht führte. »Das soll nicht heißen, dass ich früher keine großen Träume gehabt hätte. Kapitän Tyndall hat mit einem Schiff angefangen.« Er wandte sich Lily zu, als sie zum alten Logger gingen. »Und Sie sehen sich also nur um?«

»Das ist eine lange Geschichte. Seit Jahren komme ich jetzt immer wieder nach Broome, seit ich von meiner Familiengeschichte erfahren habe, und von der Verbindung hierher … und zu den Perlen. Jede Reise scheint mich länger hier festzuhalten.«

Dave George tätschelte ihr freundschaftlich den Rücken. »Ich weiß genau, wie Ihnen zumute ist. Es ist erstaunlich, wie viele Menschen sich mit dem Broome-Virus anstecken.«

Als sie den Logger erreichten, schwiegen sie voller Respekt vor dem alten Schiff. Lily verschlang es mit den Augen. »Wunderschön. Wirklich wunderschön«, sagte sie leise.

Er ratterte die Statistik herunter. »Die Breite über Planken beträgt ein Drittel der Schiffslänge – sie ist gut achtzehn Meter lang. Sehen Sie den schweren Kiel? Der bremst die Strömung, wenn Taucher darunter arbeiten. Und diese stabilen Spanten sind wie ein Weinglas gekrümmt, sodass sie im Schlick auf der Seite liegen kann. Schätze, damals haben die Schiffsbauer keine Pläne gezeichnet, sondern nur eine Art grobe Skizze.«

»Und das Holz?«

»Jarrah. Queensland White Beech, die Masten Douglasie, Kajeputbaum.«

»Stimmt es, dass unter dem Fockmast immer eine Silbermünze liegt?«

»Yep. Seeleute sind ein abergläubischer Haufen. Schade, dass wir es uns nicht leisten konnten, sie wieder auf Vordermann zu bringen. In dem alten Mädchen ist nämlich immer noch Leben.«

»Da bin ich mir sicher«, sagte Lily. »Ganz sicher. Übrigens, wie heißt Ihre Farm?«

»Der Name ist nicht sehr originell. Ich hatte gehofft, etwas von Tyndalls Glück würde auf uns abfärben – sie heißt Star Two.«

Zwei Stunden später schüttelte Lily dem alten Mann die Hand. Sein Angebot, sie zu Damien Lakes Farm zurückzufahren, lehnte sie höflich ab. Sie sagte, sie würde den Spaziergang genießen. Er beharrte nicht auf dem Angebot, weil er vermutete, Lily brauche den Spaziergang, um die Neuigkeiten zu verarbeiten. Als sie zu dem holprigen Pfad zurückging, der sich durch die Dünen schlängelte, fuhr Dave George sich mit der Hand über sein stoppeliges Kinn. Da geht eine Frau, die vieles auf dem Herzen hat, dachte er.

Es war stickig, kein Lüftchen wehte, und das vom weißen Sand reflektierte grelle Licht blendete Lily. Zurück am Ufer der Bucht erspähte sie einen Baum, der halbwegs Schatten spendete. Sie setzte sich darunter, um nachzudenken. Plötzlich fühlte sie sich ausgelaugt, weniger von der Hitze und der körperlichen Anstrengung als vielmehr von dem überwältigenden Einblick in ihre ferne weiße Familie. Hier zwischen diesen Dünen und dort draußen auf dem Meer hatte ihr Urgroßvater gearbeitet und geträumt. Wahrscheinlich hatte er oft über die Bucht geblickt und sich gefragt, ob in ihren Tiefen ein Vermögen auf ihn warten mochte. Natürlich besaß Kapitän Tyndall damals ein blühendes Unternehmen in Broome, und die Red Rock Bay musste ein Wagnis gewesen sein, doch immerhin war die Farm noch da und produzierte Perlen. Ihre abstrakte Suche nach der eigenen Identität war wieder einmal mehr ein Stück greifbare Realität geworden.

Unvermittelt überflutete sie eine Vision als Folge der Eindrücke, die auf sie eingestürmt waren, nachdem sie den Logger und das Lager erblickt hatte. Die Vision hielt eine einfache, aber Schwindel erregende Botschaft für sie bereit: Tritt in seine Fußstapfen!

Der Gedanke ließ sie vor Schreck erbeben. In seine Fußstapfen treten – bist du wahnsinnig? Du warst wohl zu lange in der Sonne! Nein, schieb die Idee nicht so leichtfertig beiseite. Denk darüber nach. Natürlich wäre es ein Problem, wo ich so viel Geld auftreiben soll. Natürlich habe ich keinen blassen Schimmer, was man mit Perlen eigentlich genau macht – abgesehen davon, dass man sie tragen kann. Und so ziemlich alle werden mich für verrückt halten. Ach, und Tyndall hatte die wunderbare, verwegene Olivia, die ihn unterstützte. Was hatte sie ihm geraten? Sie hatte ihn stets ermutigt! An wen kann ich mich wenden, fragte sie sich. Wer wird meine Vision teilen? Und das Engagement, um sie Wirklichkeit werden zu lassen?

Gedankenverloren fuhr Lily mit der Hand durch den

Sand. Erst als ihre Finger auf etwas Hartes trafen, merkte sie, was sie tat. Sie grub ein bisschen tiefer und zog eine Perlmuschel aus dem Sand. Innen glänzte die Oberfläche noch immer silbrig. Überrascht schüttelte sie den Kopf und sah die Muschel fragend an. Wie bist du hier unter diesen Baum geraten? Reiner Zufall, oder doch mehr als das? Ein Zeichen?

Die Berührung der Muschel beschwor eine lebhafte Erinnerung an den Tag in ihr herauf, an dem sie Olivias wunderschöne Perlenhalskette als kleines Mädchen zum ersten Mal trug. Sie hatte die wunderbaren schimmernden Perlen sofort ins Herz geschlossen. Auf ihrer Haut schienen sie zum Leben zu erwachen, glänzten, atmeten, glühten vor Leben. Und doch hatte ihre Mutter sie versteckt. Lily wusste, dass sie rechtmäßig ihr selbst und nicht ihrer Mutter gehörten. Sie hielt jene kurze, strahlende Erinnerung an Olivia in Ehren – an eine elegante, große alte Dame, die ihr die Perlen um den Hals gelegt hatte. Damals als Kind war Lily entzückt gewesen, dass die Kette ihr bis zu den Knien reichte. Doch Georgiana hatte sie dort im Garten in Perth gefunden und gesagt, sie sähe albern damit aus. Dann hatte sie ihr die Kette abgenommen. Einen Blick und ein Flüstern hatten Lily und Olivia bei ihrer einzigen Begegnung noch ausgetauscht, und so wusste Lily, dass diese Perlen für sie bestimmt waren. Sie trug sie nun so oft wie möglich.

Mehr denn je war Lily besessen von ihrer Entstehungsgeschichte – dem Wissen, dass sie von dieser Küste stammten, aus diesem Gewässer, mühevoll von Tyndall gesammelt. Sie versuchte, sich die Erregung über den Fund auch nur einer solchen Perle vorzustellen.

Die Orientierungslosigkeit in ihrer momentanen Situation ohne jede Herausforderung und ohne Ziel – nun löste sie sich auf wie Nebel im Sonnenschein. Sie war über fünfzig, von ihrem Posten in Sydney in den Ruhestand getreten, und alle dachten, sie werde sich ein ruhiges Leben machen. Es galt als selbstverständlich, dass die Zeit der großen Leidenschaften – sei es nun in der Liebe oder beruflich – hinter ihr lag. Lily beschloss, alle eines Besseren zu belehren. Und sie wusste auch schon, wie! Es war beängstigend, einen solchen Schritt auch nur zu erwägen. Sie musste alles genau durchdenken, darüber schlafen. Vielleicht käme ihr diese Idee im modernen komfortablen Apartment in Broome wie ein verrücktes, wunderschönes Luftschloss vor. Doch sie wusste, dass sie niemanden fragen konnte; die Entscheidung lag allein bei ihr.

Lily stand auf und stapfte die menschenleere Küste entlang zurück. Vor ihrem inneren Auge blitzten ununterbrochen Bilder der Star-Two-Farm auf, von der gestrandeten *Georgiana* und von Tyndalls Porträt im alten Haus in Broome. Jetzt schienen seine blitzenden Augen ihr zu sagen: »Trau dich doch!«

Sami hatte seit Wochen nicht mehr so viel gelacht. Sie und Palmer unternahmen einen Morgenspaziergang. Rakka rannte voraus. Sie genoss jeden Augenblick dieses Abenteuers im Freien – mit Ausnahme des einen Mals, als man sie als »Wache« am Lager zurückgelassen hatte. Sami hatte sich daran gewöhnt, dass Palmer zu beinahe jeder Tageszeit Dudelsack spielte, bevorzugt am frühen Morgen und Abend. Wenn Palmer nicht gerade den Dudelsack malträtierte oder klassische Melodien summte und dabei ein imaginäres Orchester dirigierte, redete er. Nie war er um ein Thema verlegen.

Er sprach über seine schottische Mutter – »eine keltische Märchenkönigin« – und ihre Familie; über das Aufwachsen bei einem dickschädeligen Aussie-Vater. »Ich wuchs mit Märchen, Legenden und Limericks auf. Das ist einer der Gründe, weshalb ich die Geschichten und die Überlieferungen der Aborigines mag. Die Wissenschaften des weißen Mannes sind lange nicht so poetisch wie deren Geschichten«, sagte Palmer zu Sami.

»Zum Beispiel?«

»Sie erzählen mir, dass die Höhlen, die wir gesehen haben, einst Wolken waren. Sie sind jetzt zu Wolkensteinen geworden, um das Innere der Höhlen zu schützen.«

»Sind die Felsbilder eigentlich dein Spezialgebiet?«

»Eigentlich nicht. Aber das ist das Schöne an der Anthropologie: Unter diesen Hut kann man fast alles bringen!«

»Du kannst also Wesen, Wissenschaft und Kultur des Menschen betrachten«, meinte Sami. »Mein Ziel ist es, Kunst zu studieren, das heißt, zeitgenössische und alte Kunst.«

Sami konzentrierte sich auf den unebenen Weg, und Palmer betrachtete ihr Profil. »Und dir ist nie in den Sinn gekommen, Felsritzungen in einer entlegenen Höhle könnten als bedeutsame Kunst gelten?«

»Dr. Palmer, stellen Sie mich auf die Probe?«, fragte sie in übertrieben defensivem Tonfall. Er musste lächeln. Nachdenklich fuhr sie fort: »Ein berechtigter Einwand, natürlich. Ich wünschte, du wärst einer meiner Dozenten gewesen.« Nach einer kurzen Pause sagte Sami: »Ich muss zugeben, dass ich diese sehr rohen, primitiven Höhlenmalereien und die Sonnenreliefs als außerordentlich ergreifend und beeindruckend empfunden habe.«

»Aber als Weiße können wir ihre wahre Tiefe nicht ermessen. Sicher, wir können uns Farbe und Form ansehen und über ihre Bedeutung rätseln, aber die Geschichte dahinter werden wir nie kennen. Nur das, was uns diejenigen sagen, die Bescheid wissen«, entgegnete Palmer lakonisch. Sami warf ihm einen kurzen Blick zu. Er fing ihn auf und zuckte mit den Achseln. »Man kann nicht hier draußen leben, ohne sich der Bedeutung der überlieferten Geschichten und Glaubensüberzeugungen bewusst zu werden. Für Bridget, die alten Männer und Rosie Wallangou gehört das zum täglichen Leben. Bei ihnen allen schnappe ich kleine Fetzen Wissen auf.«

Sami wusste durch ihre Mutter von ihrer Verwandten Rosie und hatte Fotos von ihr gesehen. Rosie hatte Sami sogar geschrieben. Sie nahm an, dass Palmer nicht viel über ihre Herkunft wusste, doch vorsichtshalber gab sie ihrem Gespräch eine andere Richtung.

»Es mit eigenen Augen zu sehen, ändert wirklich alles«, sagte Sami. Sie versuchte immer noch zu begreifen, warum die Felsmalereien und -reliefs sie so tief beeindruckt hatten. »Ich habe im westlichen Sinne nach spirituellen Elementen in der Kunst gesucht. Abbildungen heiliger Figuren, Symbole, Kultstätten und so weiter. Die Höhlen sind sehr spirituelle Orte, und trotzdem kennen nur wenige Menschen ihre Lage oder ihre Bedeutung.« Ihr war klar, dass sie sich noch einmal eine Zeit lang einfach in die Höhle setzen und die Malereien auf sich wirken lassen musste, um auszuloten, wie sie ihre Arbeit angehen wollte.

»Es hängt alles zusammen. Die Schöpfung von Kunst – obwohl das eigentlich nicht die richtige Interpretation ist. Diese Bilder wurden nicht als Kunst in dem Sinne, wie wir sie verstehen, geschaffen. Sie sind eng verknüpft mit dem Land, den Menschen, ihrer Geschichte, sie sind alle eins.«

»Und wie soll ein Außenstehender je die Tiefe des kulturellen Ausdrucks der Aborigines verstehen? Man fühlt sich als Eindringling.«

»In der Aborigine-Kunst gibt es immer noch eine Schicht darunter, eine innere Geschichte, einen verborgenen Herzschlag. Vielleicht sogar noch mehrere Schichten. Sogar ein Typ, der ein unfertiges Bild für ein paar Kröten verkauft, damit er sich was zu trinken besorgen kann, glaubt daran. Wenn du in Broome bist, sprich doch mit Rosie in der Little Street Gallery. Sie ist eine Einheimische und weiß viel.«

»Was wir hier draußen gesehen haben, ist ganz offensichtlich sehr, sehr alte Kunst. Das moderne Zeug ist doch unglaublich kommerziell, oder?«, fragte Sami.

»Ein paar zeitgenössische Aborigine-Künstler fassen gerade Fuß auf dem internationalen Kunstmarkt«, entgegnete Palmer. »Wichtig ist das vor allem, weil dadurch in der großen weißen Welt ein Bewusstsein geschaffen wird. Mit Respekt und Genehmigung der Gemeinschaft angefertigt, sendet sogar eine Reproduktion auf einem einfachen T-Shirt eine Botschaft in die Welt. Die Menschen überall sehen, dass wir Australier ein ganz besonderes kulturelles Erbe haben, das sich anzusehen lohnt. Ende der Predigt.«

Sie schwiegen eine Weile. Sami verdaute ihre Gefühle und Palmers Erläuterungen. Dann sagte sie: »Es ist, als würden alle diese Bilder ein Geheimnis hüten. Die Leute kaufen ein Bild und hängen es sich an die Wand, dabei haben sie keine Ahnung, was unter der Farbe liegt.« Diese Worte brachten die nebulösen Gedanken, die ihr durch den Kopf schwebten, nicht klar zum Ausdruck. »Und eines Nachts erwacht das Bild vielleicht zum Leben oder es beginnt zu pulsieren oder zu singen. Nur eine bizarre Idee, aber, ich meine, würden sie diese innere Geschichte je wirklich verstehen?«

»Wollen sie das denn? Müssen sie es? Manchen Leuten gefällt die äußere Form, und das reicht.« Er suchte ihren Blick. »Irgendetwas sagt mir, dass du unter die Oberfläche gelangen willst.« Als Sami nicht antwortete, begann er zu pfeifen. Und bei sich dachte er, dass dies eine junge Frau mit vielen Fragen war. Im Gegensatz zu den vielen anderen jungen Frauen, die er unterrichtete, schwatzte Sami nicht über ihr Privatleben, redete nicht über ihre Forschungsarbeit, ihre zukünftige Arbeit oder überhaupt über ihre Pläne. Sie war unverkennbar intelligent, gut erzogen, doch hinter ihrer höflichen Fassade lag eine Reserviertheit, die er nicht verstand. Er hatte gespürt, dass sich in den alten Höhlen nicht nur ein akademisches Interesse in ihr geregt hatte. Der Anblick hatte sie emotional berührt, und zwar unerwartet und heftig.

Ted Palmer erinnerte sich an die Zeit seiner Doktorarbeit. Es war eine anstrengende Zeit gewesen. Er hatte viele Doktoranden aufgeben, verschieben, depressiv oder manisch werden sehen. Obschon geschieden und kinderlos, war er doch ein Mann, zu dem junge Leute eine gute Beziehung aufbauten. Vielleicht lag es daran, dass er junge Menschen genauso behandelte wie seinesgleichen, die um die fünfzig waren. Palmers Meinung zufolge bestand die Welt aus Ebenbürtigen. Er hielt jeden Menschen, den er traf, für intelligent und mitfühlend und behandelte ihn dementsprechend – bis sich eventuell dessen Dummheit erwies. Er kam zu dem Schluss, Sami sei wie eine noch fest verschlossene Blütenknospe. In der Sonne der Kimberleys würden sich ihre Blütenblätter entfalten.

Er sang leise vor sich hin, während sie weitergingen. Nach einiger Zeit sah er, dass ihre Kinnpartie sich entspannte, daher fragte er sie: »Macht es dir Spaß?«

Sie sah ihn überrascht an. »Spaß? Ich versuche, das alles zu verarbeiten, und frage mich, wie es sich auf meine eigenen Forschungen auswirkt. Es ist völlig faszinierend, aber auch verstörend.«

Zufrieden lächelnd trat Palmer einen Schritt zurück. »Na, dann warte ab, bis du nach Broome kommst. Das ist Spaß.«

Lily war zurück in Broome, doch sie konnte die Gedanken an die Star-Two-Farm und ihr Gespräch mit dem alten

Dave ebenso wenig abschütteln wie die Stimmung, in die das alles sie versetzt hatte. Sie saß auf dem Balkon und sah der Flut zu. Und auf einmal wurde ihr alles klar. Warum hatte sie das nicht schon früher erkannt? Die bemerkenswerte Übereinstimmung zwischen dem Verhalten von Georgiana, die Broome und ihre familiären Bindungen dorthin abgelehnt hatte, und dem von Sami, Georgianas Enkelin. Sie stand auf, entschlossen, nicht weiter über Sami und die Spannungen zwischen ihnen nachzudenken. Hungrig beschloss sie, essen zu gehen, in irgendein kleines Restaurant in der Nähe. Dale hatte zwei Nachrichten auf ihrem Handy hinterlassen, auf die sie nicht geantwortet hatte. Er wollte, dass sie zum Abendessen zu ihm nach Hause kam, doch Lily war an diesem Abend nicht danach. Durch ihren Kopf wirbelten Ideen und Träume, die sie Dales Pragmatismus nicht ausliefern wollte. Außerdem lebte er so weit außerhalb, dass sie bei ihm übernachten müsste. Hin und wieder Sex mit einem attraktiven, liebevollen Freund zu haben war zwar ganz schön, doch in dieser Nacht wollte Lily allein sein.

Sie entschied sich für das Café am Town Beach, in der Nähe des Campingplatzes. Nach dem Spaziergang im Abendlicht dorthin war sie wieder völlig entspannt. Lily suchte sich einen kleinen Tisch mit nur einem Stuhl auf der Terrasse mit Meerblick aus. Dann ging sie hinein, um zu bestellen. Sie studierte gerade die Schiefertafel mit der Speisekarte, als das Mädchen hinter der Theke einem Gast das nepalesische Ziegencurry beschrieb.

»Klingt gut, das probiere ich«, sagte der Gast.

Die Stimme klang irgendwie bekannt. Lily drehte sich um. Neben ihr stand Tim Hudson, der junge Mann, den sie an ihrem letzten Morgen auf der Bradley-Farm kennen gelernt hatte. »Jetzt sehen wir uns bei Sonnenuntergang statt bei Sonnenaufgang wieder«, verkündete sie munter.

»Na, hallo! Schön, Sie wiederzusehen, Lily. Lily Barton, stimmt's?«

»Genau. Also, Tim, Sie wagen sich an das Ziegencurry?«

»Möchten Sie mir Gesellschaft leisten, oder essen Sie mit Freunden?«

»Nein, nein, ich bin allein.« Sie wandte sich an die Bedienung. »Machen Sie zwei Currys daraus. Mit sämtlichen Beilagen.«

Tim zog sich einen Stuhl an Lilys Tisch und schenkte ihr aus der Flasche, die er mitgebracht hatte, ein Glas Wein ein. »Ein Curry kann ich nicht ohne einen guten Roten essen.« Lily nickte. »Also, was haben Sie seit dem Rennen getrieben?«

»Ein paar Erkundungen. Und Sie?«

»Erkundungen geplant. Ich war erst einmal hier«, sagte er. »Aber es gefällt mir. Broome ist besser als viele andere Orte, an denen ich gewesen bin.«

»Es muss eine ziemliche Umstellung für Sie sein, nach der Zeit im Ausland. Sie waren in Indonesien, nicht wahr?«

»Ja, das stimmt.«

»Und wonach suchen Sie jetzt?« Die Frage war heraus, ehe Lily darüber nachdenken konnte. Seit sie nach Broome zurückgekehrt war, stellte sie sich selbst unaufhörlich diese Frage. Es war ihr etwas peinlich, dass sie auch Tim damit überfallen hatte. Doch der antwortete ungerührt: »Ich prüfe allerlei Möglichkeiten. Keine Jobsuche im eigentlichen Sinne.«

»Das heißt?«

Nachdenklich nahm er einen Schluck Wein. »Nun ja, ich habe da ein paar Leute an der Hand, die hier in der Gegend vielleicht investieren wollen. Ich soll etwas finden, das sich dafür eignet.«

»Oh, was denn zum Beispiel?«, fragte Lily nach.

»Alles Mögliche. Ich habe Erfahrung in verschiedenen Bereichen, aber mein letzter Job in Indonesien war die Leitung einer Perlenfarm. Auf Roti. Eine interessante Insel – in mancherlei Hinsicht.«

Lily versuchte, die Fassung zu bewahren und unternahm als unterstützende Maßnahme eine größere Attacke auf den Wein als üblich. Als sie ihr Glas abstellte, schenkte Tim ihr nach. »Danke«, sagte sie und holte tief Luft. »Ich will Ihnen erzählen, wo ich war und was ich vorhabe.«

Sie berichtete von ihrem Besuch auf der alten Perlenfarm, welche Verbindung zu ihrer Familie bestand und wie sie auf die verrückte Idee gekommen war, dort einzusteigen.

Tims zunächst verblüffte Miene wich einem skeptischen Stirnrunzeln, an dessen Stelle jedoch rasch ernsthafte Konzentration trat. Als sie endete, brach er in Lachen aus. »Ich glaub's einfach nicht!«

Lily ignorierte seinen Ausruf. »Ich weiß nichts über die Aussichten der Star Two, außer, dass es eine große geschichtsträchtige Pacht ist. Dave George würde vielleicht gerne aussteigen oder aber als dritter Partner dabeibleiben, wenn ich das Geld aufbringen könnte, mich einzukaufen.«

»Dritter Partner?«, fragte Tim mit erhobenen Augenbrauen. »Schlagen Sie mir gerade vor, dies als die Gelegenheit in Erwägung zu ziehen, nach der ich gesucht habe?«

Die Kellnerin brachte Schüsseln mit Reis, einen Topf mit dampfendem Curry und kleine Beilagenschälchen. Sie bedienten sich, ehe sie ihr Gespräch fortsetzten. »Lily, ich bin Geschäftsmann. Und in diesem Fall bin ich beauftragt, ein Geschäft aufzutun, das Potenzial und gute Aussichten hat, keinen Traum.«

»Sie sind hier in Broome! Was könnte mehr Aussicht haben als Perlen?«

»Wenn Sie tausend Mitarbeiter, mehrere Farmen und die neuesten Schiffe mit allem Drum und Dran haben, dann sieht es gut aus«, konterte er.

Lily beugte sich vor. Den köstlichen Duft ihres Currys ignorierte sie. »Aber Sie suchen doch im Augenblick gar nicht nach einem Millionen-Dollar-Geschäft, oder? Wie wäre es mit etwas Kleinem mit enormem Potenzial? Mit den richtigen Leuten, etwas Fantasie und Leidenschaft könnten wir es hinbekommen, glaube ich.«

»Wir?«

»Kommen Sie, Tim, fahren Sie wenigstens einmal hin und sehen es sich an. Wir haben uns nicht ohne Grund heute Abend hier getroffen.« Sie leerte ihr Glas, ihre Augen blitzten.

»Sicher, der Grund war ein leckeres Curry, und das wird gerade kalt!« Sie begannen mit ihrem Essen und tauschten dabei genüsslich Meinungen und Witze über die Lokalszene und über Leute aus, die sie getroffen hatten. Als sie beim Kaffee angelangt waren, wussten beide, dass eine Fahrt zur Red Rock Bay unumgänglich war.

Zurück in ihrem Apartment, machte Lily sich bettfertig. Dann ging sie im Zimmer auf und ab, bis sie schließlich den Fernseher anstellte. Auf dem Lokalsender lief die *Mary G Show*, und normalerweise brachte die so genannte Königin der Kimberleys sie mit ihren treffenden, witzigen Bemerkungen zum Lachen. Doch an diesem Abend konnte die beliebte Aborigine-Comedy-Show Lilys Aufmerksamkeit nicht fesseln. Sie ging hinaus auf den Balkon und lauschte dem Tschuk-tschuk eines Geckos, der an der Mauer haftete, dem Gelächter aus einem Apartment auf der anderen Seite des Rasens, und dem Planschen eines späten Schwimmers im Pool. Harmlose, vertraute Geräusche. Als sie den Blick hob, sah sie das silbrige Wasser der Roebuck Bay, die sich bis zum Horizont erstreckte. Im Süden blinkten die

Lichter der Jachten, und unterhalb der gepflegten Rasenflächen der Moonlight Bay Apartments schwappte das Wasser in schnellem Rhythmus durch die Mangroven. Wenn die Regenzeit und die Zyklone kämen, würde das nicht mehr so harmlos wirken. Im Schlick der Mangrovenwälder lagen Skelette von Loggern, Symbole einer Branche und einer ganzen Ära.

Konnte sie den Traum, den auch ihr Urgroßvater und seine geliebte Olivia gehegt hatten, wieder auferstehen lassen? Konnte sie selbst noch einmal ein neues Leben beginnen? Eines, mit dem ein hohes finanzielles Risiko, die Lösung ihrer früheren Bindungen und womöglich gar die Entfremdung von ihrer Tochter verbunden waren? Es gab nur einen Weg, das herauszufinden ... Lily beschloss, es auszuprobieren – falls sie Dave George, Tim und seine Investoren dazu bringen konnte, sich zu beteiligen.

Sie war selbst überrascht gewesen von der Eingebung, Tim ihren Vorschlag zu unterbreiten. Aber es hatte sich richtig angefühlt. Sie würde einfach ihr Bestes geben. Blitzartig hatte sie erkannt, dass tief in ihr eine Frage unbeantwortet bliebe, wenn sie es nicht versuchte. Und dann würde sie eine verbitterte alte Frau werden. Sie atmete tief durch, ging hinein und fiel in einen traumlosen Schlaf.

Kapitel sechs

An einem späten Samstagvormittag fuhr Sami zum ersten Mal nach Broome. Sie bemühte sich, nicht aufgeregt zu sein. Um die Sehenswürdigkeiten und Eindrücke auf der Frederick Street auf sich einwirken zu lassen, fuhr sie langsam, während sie sich dem Stadtzentrum näherte. Smaragdgrüne Rasenflächen, Streifen kahler roter Erde am Rand des Asphalts, eine junge Aborigine mit Kinderwagen. Ein älterer Mann, der einen Sonnenschirm über sein kahles Haupt hielt und gemessenen Schrittes ging, als sei es zu heiß für Eile. Eine Gruppe herumtollender Kinder auf Fahrrädern, die die Hitze ignorierten. Das verrückte, bunte Wandgemälde auf einer Ziegelmauer, an der ein Schild verkündete, dass es sich um das Gefängnis von Broome handelte. Die Schar von Besuchern, die sich am Gefängniseingang drängelten. Dann erblickte sie durch hohe Baobab-Bäume und Palmen hindurch einen grandiosen, eleganten weißen Bau, über dessen Tür »Gericht« stand.

Auf den Rasenflächen um das Gerichtsgebäude herum fand der wöchentliche Trödelmarkt statt – ein farbenprächtiges Gewimmel, das sofort Samis Aufmerksamkeit fesselte. Sie schaltete herunter, nahm die nächste Abzweigung und rollte auf den Rasenstreifen, auf dem wildes Parken anscheinend zum guten Ton gehörte. Warme Luft, hundert verschiedene Düfte, Gelächter, blauer Himmel, lebhaftes Treiben und Musik umfingen sie. Vielleicht war sie so aufgeregt, weil sie schon so viel über Broome gehört hatte? Weil sie endlich angekommen war, weil sie etwas mit dieser

Stadt verband? Aus welchen Gründen auch immer, sie spürte, wie sich ihre Stimmung hob und stellte fest, dass sie wildfremden Menschen zulächelte – die zurücklächelten.

Kevin und Bette waren ebenfalls auf den Markt gegangen, um ihre Vorräte an Obst und Gemüse aufzustocken. Während sie noch an einem Stand auswählten, tauchte Bobby Ching auf. »Hallo. Wie geht's?«

»Hey, Bobby. Wir strotzen vor Gesundheit, danke der Nachfrage«, antwortete Kevin.

»Es macht richtig Spaß, hier einzukaufen, es ist so entspannend«, meinte Bette. »Und was gibt's Neues bei Ihnen, Bobby? Fahren Sie noch Taxi?«

»Nein, ich habe einen neuen Job. Ich habe einen Typ wiedergetroffen, den ich beim Rennen kennen gelernt hatte – er hat mich als so eine Art Reiseführer angeheuert.«

»Fantastisch, gratuliere!«, sagte Kevin. »Sie müssen uns unbedingt zeigen, wo hier gute Angelplätze sind. Wo können wir Sie finden, Bobby?«

Bobby nahm eine Visitenkarte aus der Brieftasche. »Ach, es kann sein, dass ich mit Tim unterwegs bin. Die Adresse hier ist das Büro meines Vaters, unten an der Bäckerei. Da können Sie mir eine Nachricht hinterlassen. Sind Sie noch auf dem Buccaneer Caravan Park?«

»Ja, es gefällt uns gut da. Wir leben uns langsam ein«, meinte Kevin augenzwinkernd zu Bobby. »Bette hat schon ein Kräuterbeet angelegt!«

Sami band Rakka im Schatten einer Palme an und schlenderte an den Ständen vorbei. Sie blieb stehen, um einer Reggae-Band zuzusehen, und staunte über die Mischung aus elektrischen Gitarren, Didgeridoo und Steeldrums. Sie probierte frisch zubereitete asiatische Gerichte, kaufte einen antiken Strohhut und einen Luffaschwamm. Der Verkäufer beteuerte, der Badeschwamm stamme aus lokalen Gewässern! Schließlich kaufte sie eine leuchtende tropische Orchidee in einem Topf und eine Tüte Mangos. Zufrieden mit ihren Einkäufen holte sie Rakka ab, kehrte zum Auto zurück und folgte dem Verkehrsstrom ins Stadtzentrum.

Unterwegs fielen ihr Plakate von Musikgruppen auf, sie sah, dass es im Plattenladen Chinatown Music ein Internet-Café gab, und erblickte mehrere Cafés, die so aussahen, als könnte man dort von Sojakaffee oder Löwenzahntee gehört haben. Dann passierte sie die Ausstellungsräume des eleganten Perlenschmuckgeschäfts Paspaley Pearls, den Radiosender ABC, der neben einem schicken Restaurant residierte, und direkt daneben den Kimberley Bookshop – die Buchhandlung. Hier konnte man es aushalten, fand sie. Sami blieb einige Minuten stehen, um die Passanten zu beobachten und einen Blick auf die kleine Straßenkarte zu werfen. Die Hamersley Street war nur fünf Minuten entfernt. Eigentlich schien hier alles nur fünf Minuten entfernt zu liegen …

Sami fuhr am Mangrove Hotel vorbei, parkte in der Auffahrt der Moonlight Bay Apartments, blieb aber noch im Wagen sitzen. Sie hatte ihrer Mutter nicht gesagt, wann genau sie ankommen würde, nur »irgendwann diese Woche«. Lily wusste, wie Reisen im Outback verliefen. Die Zeit gewann eine andere Bedeutung, das Unerwartete traf gewöhnlich ein und führte zu Verzögerungen im Zeitplan.

Es war eine lange Fahrt gewesen, seit sie sich von Palmer und Bridget getrennt hatte. Was sein Fahrzeug betraf, war Palmer außerordentlich lässig gewesen, doch Samis Auto hatte er genauestens überprüft. Er wollte sichergehen, dass sie mit allem ausgerüstet war, ehe sie sich auf den Weg machte. Die lange Fahrt gab ihr endlich die Zeit, die sie für sich benötigte. Sie musste über vieles nachdenken – die Felsbilder, die Weite der Kimberley-Region, Goonamullis

Geschichten, die intensiven Gespräche mit Bridget und Palmer. Wie sie das alles in ihre Dissertation einarbeiten sollte, war für sie im Augenblick zweitrangig gegenüber den Auswirkungen auf ihr Privatleben. Die Zeit für die jahrelang hinausgezögerte Konfrontation mit der Vergangenheit war gekommen. Sie war in Broome, ihre Mutter war hier, sie konnte sich vor der Begegnung mit ihrer Aborigine-Verwandtschaft nicht mehr drücken. Sami hatte beschlossen, dass dieser Aufenthalt in Broome eine Art einmalige Abrechnung mit ihrer Vergangenheit werden sollte. Sie würde es hinter sich bringen, ihre Mutter glücklich machen und weiterziehen.

Sie stieg aus und fragte an der Rezeption nach Mrs. Barton. »Ich glaube, die ist draußen in Coconut Well. Möchten Sie eine Nachricht hinterlassen?«

Sami zögerte. »Ich habe hier ein Geschenk für sie, eine Topfpflanze. Die möchte ich nicht im heißen Auto lassen.«

Die Rezeptionistin schickte sie zu einem Eckapartment im Obergeschoss, damit Sami die Pflanze dort vor die Tür stellen konnte. Unterwegs, beschloss sie, wollte sie sich rasch auf dem Gelände umsehen. Sie öffnete ein Tor und überquerte den Rasen, um einen Blick auf die wunderbare Bucht zu werfen. Dann wandte sie sich Richtung Swimmingpool, blieb jedoch wie angewurzelt stehen, als eine lange magere Eidechse mit gekrümmtem Schwanz unter einem niedrigen Busch hervorschoss, abrupt im Laufen innehielt und sie anstarrte. Sami hatte plötzlich das Gefühl, etwas Unbefugtes zu tun.

»Die tut Ihnen nichts«, ließ sich eine freundliche Stimme vernehmen, und eine braun gebrannte Frau kam auf Sami zu. »Hier gibt's Dutzende davon. Wir nennen sie Ta-ta-Eidechsen.«

»Ta-ta wie ›Auf Wiedersehen‹?«

»Genau. Passen Sie auf.« Unvermittelt ging sie auf die Eidechse zu. Die richtete sich auf, winkte mit der Vorderpfote und flitzte davon. Die beiden winkten ihr hinterher.

»Wie süß«, lachte Sami. »Arbeiten Sie hier?«

»Ja. Ich bin Blossom. Na ja, das ist mein Name hier in Broome. Ich bin hier der Platzwart.«

»Ihr Name hier in Broome?«

»Ich bin vor acht Jahren mit einem langweiligen Namen hier angekommen, habe ein neues Leben entdeckt und beschlossen zu bleiben. Ich bin ein neuer Mensch geworden, also habe ich mir auch einen neuen Namen zugelegt.«

»Klingt logisch«, sagte Sami lächelnd. Sie musste zugeben, dass der Name hervorragend zu der Frau passte.

»Es verschlägt viele Leute wie mich hierher, die sich am Ende kaum noch vorstellen können, wieder abzureisen. Broome geht einem unter die Haut. Und Sie machen hier Ferien? Ich habe Sie noch nie hier gesehen.«

»Ich bin zu Besuch. Meine Mutter wohnt da oben.« Sami zeigte auf den Balkon von Lilys Apartment.

»Ach, dann sind Sie Lilys Tochter! Wann sind Sie angekommen?«

»Gerade eben. Ich habe gehört, sie ist gar nicht da, also werde ich wohl einfach warten.«

»Ach, man wird Sie reinlassen. Ihrer Mama macht das bestimmt nichts aus. Und?« Blossom musterte Sami. »Wie war's im Busch?«

»Du meine Güte, Neuigkeiten verbreiten sich hier aber schnell.« Sami sprach freundlich, doch sie war ein wenig verärgert, dass offenbar jeder über ihre Angelegenheiten im Bilde war.

»Ich plaudere öfter in aller Herrgottsfrühe mit Ihrer Mutter. Sie bekommt von mir Mangos aus meinem Geheimvorrat für ihr Frühstück.«

»Ich habe gerade auf dem Markt eine Tüte gekauft!«

»Mangos kann man nie genug haben. Freut mich, dass Sie sich gleich mitten hinein ins Marktgetümmel gestürzt haben. Wenn ich was für Sie tun kann, lassen Sie's mich wissen.«

»Da wäre wirklich etwas. Ich reise mit meiner Hündin. In so entlegenen Gegenden wollte ich nicht ganz allein sein, deshalb habe ich meine beste Freundin mitgenommen. Haben Sie eine Idee, wo ich sie hier lassen kann? Vielleicht finden sich später Freunde oder Verwandte, die sich um sie kümmern, wenn meine Mutter zurückkommt.«

»Kein Problem. Beim unteren Balkon, direkt unter dem Apartment Ihrer Mutter, ist ein Werkzeug- und Lagerschuppen. Da ist es kühl, da können Sie ihr ein Lager machen. Was für eine Rasse ist es denn? Hält sie es ein Weilchen allein aus?«

»Rakka ist ein Australian Kelpie, klug und gut erzogen. Ich wusste, dass es die Reise umständlicher machen würde, aber ich wollte sie nicht allein lassen. Sie ist mein bester Kumpel.«

»Das verstehe ich gut. Hören Sie, falls es Probleme gibt, kann sie auch bei mir bleiben. Ich habe einen eingezäunten Garten und eine fette alte Katze, die ihr aus dem Weg gehen wird.«

»Ach, das wäre toll. Vielen Dank, Blossom.«

»Keine Ursache.«

Eine Stunde später saß Sami entspannt auf Lilys Balkon, aß eine Mango und las die aktuelle Ausgabe der Wochenzeitung Broome Advertiser. Da wurde die Eingangstür geöffnet. Lily quietschte, zunächst vor Schreck, dann vor Entzücken. »Sami! Menschenskind! Warum hast du mir nicht gesagt, dass du heute kommst?«

»Ich wollte dich überraschen.« Sie schlenderte hinein, um ihre Mutter zu umarmen.

»Na, das ist dir auch gelungen. Herrje, es ist so schön,

dich hier zu sehen.« Lily drückte ihre Tochter fest an sich. Sie hielten sich an den Händen, dann ließen sie los und sahen einander an. »Ach, du siehst großartig aus, die Kimberleys scheinen dir gut getan zu haben!«, sagte Lily mit der Befriedigung und dem Stolz einer Mutter.

»Du siehst auch ziemlich gut aus, Mami. Um genau zu sein, wie das blühende Leben!« Lily wirkte beinahe kokett, sehr zufrieden mit sich, und Sami fragte sich, ob die Liebesaffäre mit Dale enger geworden war.

Lily drückte sie erneut an sich. »Ach Gott, wo fange ich an? Seit wann bist du hier? Hat man dich gleich reingelassen?«

»Blossom hat alles in die Hand genommen.« Sami deutete auf die Pflanze auf dem Esstisch. »Ich hatte auf dem Markt ein kleines Geschenk für dich erstanden«, sagte sie beiläufig.

»Sami, die ist ja wunderschön! Und noch mehr Mangos, prima.«

»Ich habe schon gehört: Blossom versorgt dich damit.«

»Sie ist großartig. Und jetzt setze ich mal Teewasser auf. Ich will alles ganz genau wissen!«

»Mir ist es zu heiß für Tee, trotz der Klimaanlage. Wie wär's mit Schwimmen?«, entgegnete Sami. Sie war noch nicht bereit, sich einem Intensivaustausch mit ihrer Mutter zu stellen. Auch wenn ihr klar war, dass Lily sich genau das wünschte.

Nachdem Lily Rakka geknuddelt hatte, paddelten sie und Sami im großen Pool. Lily war froh, dass sie ihn für sich allein hatten. Wie immer, wenn sie nach einer Trennung wieder zusammenkamen, gab Sami sich betont lässig, beinahe abweisend. Lily hatte gelernt, dass man sie nicht drängen durfte. Ihre Tochter taute erst allmählich auf, als müsse sie zunächst das Terrain sondieren, ehe sie sich öffnete und ihre Gefühle mitteilte. Lily fragte sie nach ihren

Studien, den Freunden, ihren Eindrücken im Landesinneren und von den Menschen im Outback. Allmählich näherten sie sich den Kernfragen.

»Was hast du für Pläne?«, fragte Sami.

»Für unsere gemeinsamen Tage? Eigentlich keine. Wenn man hier ist, entwickeln sich die Dinge von selbst.«

Sami warf ihrer Mutter einen skeptischen Blick zu. Lily war die geborene Organisatorin! »Und was entwickelt sich so?«

»Nun ja, ich dachte, heute Abend könnten wir essen gehen. Ich habe ein paar Freunde angerufen, die du bestimmt mögen wirst …« Lily brach ab, als Sami laut herausprustete. Dann fiel ihr der Widerspruch selbst auf und sie bespritzte ihre Tochter fröhlich mit Wasser. »Okay. Aber es ist ganz informell. Ich wollte sowieso hin. Im Hotel findet ein Konzert statt, die Musik soll großartig sein.«

»Und wer sind diese Freunde?« Sami hoffte, sie müsste sich nicht gleich mitten in die Familie stürzen. »Ich möchte nicht gleich vor Charme sprühen müssen nach der langen Fahrt. Heute morgen um vier bin ich von meiner letzten Zwischenstation aufgebrochen.«

»Mach nach dem Mittagessen ein Nickerchen. Und bei einem Konzert musst du keine Konversation betreiben. Lehn dich einfach zurück und genieß es.«

In der Dämmerung schlenderten Sami und Lily in die Stadt. Als sie in der milden Abendluft den Kennedy Hill hinuntergingen, hakte Lily Sami unter. Es bewegte sie tief, dass Sami bei ihr war. Sie waren schon lange nicht mehr gemeinsam abends ausgegangen. Es gab so viel, was sie mit jemandem besprechen musste, aber noch war es zu früh, Sami von ihren Plänen zu erzählen. Am Vortag hatte sie mit Dale zu Abend gegessen, war über Nacht geblieben und erst morgens gefahren. Es war sehr angenehm gewesen, doch als sie begonnen hatte, über ihre Fahrt zur Red Rock Bay und die Begegnung mit Dave George auf der Star-Two-Farm zu sprechen, hatte er abwehrend die Hand erhoben.

»Lily, hör auf. Denk nicht mal drüber nach.«

»Du weißt doch gar nicht, was ich sagen will.«

»Ich kann's mir denken. Es steht dir ins Gesicht geschrieben, ich hör's an deiner Stimme. Du wirst deine Moneten verlieren.«

»Ich weiß gar nicht, ob sie zum Verkauf steht«, wich sie aus.

»Gut. Hör zu, wenn du was suchst, wo du dein Geld reinstecken kannst, Zinsen bekommst, was auch immer, dann höre ich mich für dich um. Ich möchte dich zu gerne hier behalten!«

»Wie du schon unzählige Male erwähnt hast«, entgegnete Lily. Diese Reaktion hatte sie ja vorausgeahnt, rief sie sich in Erinnerung.

Lily beschloss, es dabei zu belassen. Sie wollte Dales Gefühle nicht verletzen. Da sie außerdem wusste, wie launisch er sein konnte – besonders nach ein paar Drinks –, erwähnte sie Tim und seine etwaige Beteiligung erst gar nicht. Lieber wartete sie ab, was Tim von der Idee hielt, wenn er nach Broome zurückkehrte. Sie genoss Dales Gesellschaft und schätzte seine nüchterne Herangehensweise in praktischen Dingen. Doch Frauen gegenüber vertrat er eine eher konservative Haltung. Über die Gleichberechtigung der Frau riss er vor allem Witze. Denken in großen Maßstäben, knallhartes Management und aggressive, riskante Geschäfte seien Männersache. Die meisten Frauen, so argumentierte er gern, seien dafür nicht geschaffen. Es gebe im Bigbusiness zwar einige Möglichkeiten für Frauen, aber nicht an vorderster Front. Lily beschloss, sich gründlich vorzubereiten, ehe sie ihn um Rat fragte oder ihm erzählte, was sie vorhatte.

Im Roebuck Hotel war es voll. Am Eingang zum Biergarten bedachte ein kräftiger Türsteher jeden Gast mit einem Blick, manchen auch mit einem Lächeln und einem Augenzwinkern. Lily reichte ihm die Eintrittskarten. Die Palmen im Biergarten waren mit grünen Lampions geschmückt, und unter ihnen wogten die Menschenmassen auf der Suche nach einem Platz mit Blick auf die Freilichtbühne.

Pauline Despar winkte sie zu sich. »Lily, hier drüben. Wir haben es geschafft, Plätze freizuhalten – gegen eine große Übermacht. Hi, du musst Sami sein. Ich bin Pauline, das ist Gaye, sie betreibt Chinatown Music. Und das ist Rosie.«

Sami nickte und lächelte allen freundlich zu, doch zwischen ihr und Rosie hing etwas Besonderes in der Luft, etwas Tieferes, das nicht leicht zu benennen war. Cousine Rosie – in einen auffälligen Seidenkaftan mit Aborigine-Motiv gekleidet – beugte sich zu ihr und gab ihr ein Küsschen. »Ich freue mich, dich kennen zu lernen, Sami. Willkommen. Das Konzert wird dir gefallen. Kerrianne Cox hat eine fantastische Stimme.«

Es war alles sehr unkompliziert, und doch berührte die Begrüßung Sami auf eine Weise, die sie für einen kurzen Augenblick aus dem Gleichgewicht brachte. Rosie gehörte zur Familie, zur Aborigine-Seite der Familie. Der erste Kontakt.

Doch dieser Gefühlsaufruhr war nicht von Dauer. Die Sitzordnung wurde geändert, Getränke wurden um den Tisch verschoben. Es entfaltete sich ein kurzes Gespräch über die Menschenmenge, die Veranstaltung und das vor ihnen liegende Konzert. Sami war erleichtert, dass das Stühlerücken Pauline zwischen sie und Rosie platziert hatte. Lily hatte den kurzen Wortwechsel zwischen ihrer Tochter und Rosie genau beobachtet. Nun fing sie Samis

Blick auf. Lily sah sofort, dass ihre Tochter über die Begegnung bestürzt war. Rasch nickte Lily ihr beruhigend zu, doch ehe Sami reagieren konnte, nahm Pauline sie in Anspruch. »Kennst du Kerriannes Musik?«

»Äh, nein. Wo kommt sie her?«

»Sie kommt gerade von einer Tournee aus den USA zurück, aber sie ist von hier. Heute Abend lanciert sie ihre neue CD. Da drüben ist ihre Familie.« Pauline deutete auf eine Gruppe, die dicht an der Bühne mehrere Tische besetzte. Darunter befand sich auch ein weißhaariger Mann. »Der alte Bursche da ist ihr Großvater. Er wollte, dass sie Politikerin oder Rechtsanwältin wird und ihrem Volk hilft, aber Kerrianne spürte, dass sie mit ihrer Musik mehr ausrichten kann. Ich denke, heute weiß ihr Großvater, dass sie mit ihren Liedern mehr Menschen erreicht, als wenn sie vor Gericht oder auf einer Apfelsinenkiste stehen würde.«

Gaye fiel ein: »Ihre Lieder wirken, und sie verkaufen sich. Sie wird es noch weit bringen, denke ich. Und ich habe eine Menge Kunden, die sie rückhaltlos unterstützen.«

Ohne große Umstände betrat eine junge Frau mit einer Gitarre die Bühne. Sie trug eine lange schwarze Hose und eine leuchtend rote Jacke über einem schwarzen T-Shirt. Ihre Haare waren ganz kurz geschnitten, sie war groß und muskulös. Sami schätzte sie auf etwa ihr eigenes Alter. Kerrianne hieß sie alle willkommen – besonders herzlich ihre Familie – und stellte die Band vor. Dann hob sie die Gitarre und stürzte sich in ihr erstes Lied.

Nach etwa der Hälfte stupste Pauline Sami an. »Was hältst du von ihr?«

»Sie ist toll.«

»Wir müssen unbedingt die CD kaufen«, flüsterte Pauline zurück. »Ein bisschen wie Tracy Chapman.«

»Ich finde eher, wie Aretha Franklin.«

Nach der Pause rief Kerrianne ihren Großvater und drei schüchterne kleine Jungen, die mit ihr singen sollten, auf die Bühne. Sie stellte den Leuten ihren kleinen Bruder, ihren Neffen und ihren Cousin vor. Dann wandte sie sich an ihren Großvater: »Dieses Lied ist für dich. Ich danke dir, dass du meine Berufung anerkannt hast und mir jetzt deinen Segen gibst.« Sie wandte sich wieder ans Publikum. »Ich bin auf meine Art auch eine Menschenführerin, denn ich habe gesehen, dass meine Songs nicht nur unser Volk, sondern alle möglichen Leute inspirieren und berühren. Großvater weiß das jetzt, denn er hat mich bei der Arbeit gesehen und mir seinen Segen gegeben. Und er hat mir gesagt: ›Vergiss nie dein Volk, vergiss nie, wer du bist, und vergiss nie, nach Hause zu kommen.‹«

Sie stellte den kleinen Jungen das Mikrofon richtig ein. Die Knirpse standen schüchtern mit den Händen in den Hosentaschen da, neue T-Shirts hingen über den Hosen, die Baseballkappen trugen sie verkehrt herum. Sie starrten auf ihre Schuhe. Doch als sie beim Refrain angelangt waren, genossen sie ihren Auftritt, grinsten beim Singen und wiegten sich in den Hüften.

Am Ende des Liedes jubelten alle, während der stolze Großvater die widerstrebenden Jungen von der Bühne führte. Nach den Zugaben gab es einen kleinen Ansturm auf den rückwärtigen Teil des Biergartens, wo an einem Tisch die CDs verkauft wurden. Lily gab Sami Geld. »Bitte besorg mir auch eine. Ich habe das Gefühl, das ist ein gutes Omen – unser erster Abend zusammen in Broome.«

Gaye blieb bei Lily, während Pauline und Sami sich für die CDs anstellten, und Rosie ging an die Bar, um eine neue Runde Getränke zu holen.

»Bleibst du zur nächsten Gruppe?«, wollte Gaye wissen. »Das ist ziemlich wilde Reggae-Musik.«

»Ich trinke noch ein Glas, und dann mache ich mich auf

den Weg, denke ich. Aber ich bin mir sicher, Sami wird noch bleiben wollen«, antwortete Lily.

»Dann fahre ich dich nach Hause, ich habe die Band gestern schon gesehen«, meinte Gaye. »Ich habe morgen früh eine Yogastunde.«

Lily küsste Rosie und Pauline zum Abschied und drückte Sami. »Bis nachher, Gaye fährt mich nach Hause.«

»Könntest du für mich nach Rakka sehen, Mami?«

»Natürlich. Sami hat ihre Hündin bei sich«, erklärte sie Gaye.

Rosie berührte Sami am Arm. »Wir kümmern uns um deinen Hund, solange du hier bist, wenn du willst. Wir würden das gern tun. Im alten Haus ist genug Platz. Sie kann auf der Veranda schlafen.«

Sami zögerte. Ihr fiel wieder ein, dass Blossom ihr bereitwillig ihre Hilfe angeboten hatte. Doch dann fand sie es einfacher, wenn die Hündin in der Familie bliebe. In der Familie … die volle Bedeutung dieses Gedankens lähmte ihr ein, zwei Sekunden die Zunge. Dann riss sie sich zusammen und nickte. »Das wäre großartig, Rosie. Vielen Dank. Sie ist gut erzogen. Tagsüber nehme ich sie, wenn ich irgend kann.«

»Bring sie morgen vorbei, wenn du mit deiner Mutter zum Mittagessen kommst. Dann kann ich sie der ganzen Familie vorstellen.«

Als die anderen gegangen waren, sah Sami Pauline bedrückt an. »Das haben sie ja prima hinbekommen. Ein dahingesagter Satz, und schon steht mir morgen das große Familientreffen bevor«, versuchte sie zu scherzen, doch sie war nervös. Ihr graute davor, der ganzen Sippe vorgeführt zu werden.

Pauline spürte, wie unruhig Sami war, entschied sich aber gegen jedes weitere Wort darüber. »Trinken wir noch was, wir gehen zu Fuß nach Hause.«

Während des nächsten Auftritts gab es kaum Gelegenheit zum Gespräch, und danach traf Pauline eine Gruppe von Freunden – Personal von der Kuri-Bay-Perlenfarm auf Urlaub –, in Feierstimmung. Um ein Uhr morgens gingen Pauline und Sami, allen Überredungsversuchen der anderen zum Trotz. Sami war müde. »Ich muss gestehen, ich bin ganz froh, den Dezibelwerten da drinnen zu entgehen, auch wenn die Musik toll war!«

»Richtig, du warst ja draußen im Never-never-Land. Der heutige Abend muss ein kleiner Kulturschock für dich gewesen sein«, sagte Pauline mitfühlend.

»Nicht so schlimm wie morgen.«

»Du hast Rosie doch schon kennen gelernt, die ist schwer in Ordnung. Was ist denn schon groß dabei? Deine Mutter hat mir eure Familiengeschichte erzählt, bist du darauf nicht stolz? Tyndall ist die reinste Legende. Ich wünschte, ich hätte auch einen Perlenunternehmer in der Familie.«

»Du arbeitest auch in der Perlenbranche und lebst in Broome. Die Leute in Sydney beurteilen solche Verbindungen nicht immer positiv.«

Pauline warf Sami einen fragenden Blick zu. »Du meinst die Sache mit der Aborigine-Familie?«

»Genau. Ich dachte, ich wäre ziemlich liberal und offen für alles, und jetzt – peng! – habe ich gemerkt, dass ich nicht wollte, dass irgendjemand von meinem Aborigine-Blut weiß.«

»Warum? Was hat das ›Peng‹ ausgelöst?«

»Ich habe nicht das Gefühl, dass ich einen echten Anspruch auf diese Kultur habe. Und ehrlich gesagt sind auch einige meiner ach so liberalen Freunde an der Uni tief drinnen ziemliche Rassisten. Klar, sie würden Kerrianne für eine super Sängerin halten, sie sind für die Aussöhnung auf die Straße gegangen und haben Petitionen unterschrieben und treten politisch ganz korrekt für den Dialog zwischen den Kulturen ein – aber mit einer ganzen Meute von denen leben? Eine von denen heiraten? Einen adoptieren? Eigentlich lieber nicht, danke. Das ist ein ziemlicher Ballast, wenn man auch nur entfernt in den Ruf kommt, man hätte Aborigine-Blut.«

»Ich denke, für Leute, denen man es auch ansieht, ist es noch schwerer«, bemerkte Pauline ruhig. Als Sami darauf nicht reagierte, fragte sie: »Wie war's draußen in der Wüste?«

»Erschütternd«, antwortete sie prompt. »Ich muss noch einmal hin. Bridget hat mir noch von anderen Bildern erzählt, die ich sehen muss. Bridget ist eine Aborigine, die auch an einer Universität arbeitet. Das wird eine zusätzliche Dimension in mein Uni-Projekt bringen.«

Pauline hätte gern der Bedeutung von »erschütternd« nachgespürt, doch sie hielt sich zurück. »Was geschehen soll, wird geschehen, schätze ich«, sagte sie leichthin. Sie wusste nicht recht, was sie als Nächstes sagen sollte, doch Sami nahm ihren Faden wieder auf.

»Ich glaube nicht, dass es einen Donner- oder Blitzschlag geben wird, der mit einem Mal Licht in meinen Gefühlswirrwarr bringen könnte«, meinte Sami. Sie wollte das Thema wechseln. »Ich werde ja merken, wie's beim Mittagessen läuft. Also, wann bekomme ich deinen Schmuck mal zu sehen?«

»Jederzeit, komm einfach vorbei. Ich zeige dir die Stücke, die ich für Kalifornien entworfen habe. Wir könnten uns morgen am späten Nachmittag zu einem Sundowner am Cable Beach treffen.«

»Super. Gerne. Und was für Glanzpunkte hat Broome sonst noch zu bieten, die ich mir keinesfalls entgehen lassen darf?«

»Jede Menge. Halt dich an mich.«

»Das werde ich.« Und Sami meinte es auch so. Sie mochte Pauline, und es war großartig, eine Gleichaltrige zu haben, mit der sie reden konnte. Ihr war nur nicht ganz wohl bei dem Gedanken, dass Pauline und ihre Mutter sich so nahe standen. Sie hoffte, Pauline werde Lily nicht von ihrem Gespräch erzählen.

»Hallo, Lily, ich bin's, Tim. Ich bin auf der Star Two. Ich will jetzt gar nicht lange reden, ich telefoniere von Daves Telefon ...«

»Tim! Wie läuft's? Was halten Sie davon?« Lily nahm das Telefon mit hinaus auf den Balkon, denn Sami schlief noch.

Seine Antwort fiel vorsichtig aus, und Lily begriff, dass Dave oder jemand anderer von der Farm in Hörweite sein musste. »Hier gibt es viel zu sehen. Dave ist sehr gastfreundlich. Ich bleibe die Woche über hier. Bobby ist zurückgefahren.«

»Sie finden also, es ist der Mühe wert, sich dort richtig umzusehen? Wenn Sie eine ganze Woche bleiben.« Sie blieb hartnäckig.

»Ja, ich denke schon. Stellen Sie es sich als eine Art Urlaub vor«, antwortete er ausweichend.

Lily beschloss, nicht weiter zu bohren. »Wenn Sie wollen, komme ich und hole Sie ab. Geben Sie mir Bescheid. Ich möchte mich auf jeden Fall auch noch einmal umsehen.«

»Verstanden. Danke, Lily. Ich wollte nur nicht, dass Sie denken, ich wäre zurück nach Indonesien geschwommen.«

»Danke. Alles Gute, Tim.«

Sami hatte von dem Telefonat nichts mitbekommen, und Lily war froh darüber. Wahrscheinlich wäre sie mit der ganzen Sache herausgeplatzt, und das wäre noch zu früh gewesen. Doch es war nicht leicht, ihre Erregung und Unruhe angesichts der Idee, dass sie vielleicht ins Perlengeschäft einstieg, zu unterdrücken.

Sami zog ihre Bahnen durch den Pool, während einige Langschläfer sich unter Strandschirmen auf Liegen ausstreckten. Sie schwamm mit regelmäßigen, kräftigen Zügen und hatte bald jedes Gespür für Zeit und Raum verloren. Die grünen Kacheln am Poolboden glitten unter ihr vorbei. Sie hatte das Gefühl, über einer gewellten grünen Landschaft dahinzufliegen. Wenn sie zum Atmen über die Schulter blickte, sah sie nichts als Palmwedel. Sie hatte ihren Rhythmus gefunden und wünschte, sie könnte immer so weiterschwimmen. Doch das Familien-Mittagessen rückte bedrohlich näher.

Zwar lag das Haus nicht weit von den Apartments entfernt, doch Lily fuhr mit dem Auto, weil es so heiß war und sie Taschen mit Essen, Getränken und Mitbringseln für die kleine Elizabeth und Rakka dabei hatten.

Sami war angesichts des wunderschönen alten Hauses mit dem Gitterwerk an den Veranden und der herrlichen Lage inmitten eines Gartens mit hohen Bäumen sprachlos. Lily erinnerte sich daran, welche Gefühle der erste Anblick des Hauses bei ihr ausgelöst hatte. »Prachtvoll, nicht wahr?«

»Es lässt dein Apartment in Sydney ein bisschen langweilig aussehen«, meinte Sami.

»Sämtliche neuen Häuser in Broome sollte man in diesem Stil erbauen – praktisch, kühl und so entzückend. Wenn ich hier ein Haus bauen würde, hätte ich gern eine kleinere Ausgabe von diesem hier. Die Lage und die Aussicht sind natürlich einmalig.«

Sami sah ihre Mutter scharf an. »Denkst du vielleicht darüber nach, hier zu bauen?«

»Wer weiß? Irgendwo muss ich mich ja zur Ruhe setzen«, bekam sie zur Antwort. »Aber da besteht keine Eile.« Lily war erleichtert, als Harlan in der Tür erschien.

»Braucht ihr Hilfe?«, rief er.

»Ja, bitte.« Lily öffnete die Tür zum Rücksitz und Rakka sprang heraus, rannte auf Harlan zu, als wäre er ein alter Freund, und wurde mit Tätscheln und Kraulen hinter den Ohren belohnt.

Er kam zum Auto und schüttelte Sami die Hand. »Ich bin Harlan, Rosies Mann. Willkommen.«

»Schön, dich kennen zu lernen. Du bist Anwalt, stimmt's?«

»Hier in der Gegend bin ich eher als Lizzies Vater bekannt.«

In diesem Augenblick schoss ein kleines Mädchen mit lockigem Haar aus der Tür und blieb auf der obersten Stufe stehen. Sie beäugte Sami kurz, dann hopste sie die Treppe herunter zu Lily. »Lizzie Geschenk, Tante Lily.«

»Also Lizzie, das ist nicht sehr nett von dir. Gib Tante Lily und deiner Cousine Sami erst mal einen Kuss«, sagte ihr Vater streng.

Sami ging vor der Kleinen in die Hocke. Die war ganz still geworden und hatte die Hände hinter dem Rücken versteckt. »Hallo, Lizzie.«

Das Kind rührte sich nicht, sondern sah Sami aus dicht bewimperten dunklen Augen ernst an. Sami sah ihrerseits in das runde Gesicht mit dem süßen Herzmund und der kräftigen Nase, deren Nasenflügel geweitet waren. Wie von einem Heiligenschein wurde Lizzies Gesicht von glänzenden schwarzen Locken eingerahmt. Sie hatte lange Finger mit von Natur aus rosigen Nägeln. Lizzie löste ihre Hände voneinander und berührte mit einem Finger neugierig Samis Nase.

Die zuckte, und Lizzie kicherte. Dann kam sie wohl zu dem Schluss, dass sie ihre Cousine mochte, denn sie warf

Sami die Arme um den Hals und umklammerte mit ihren staksigen Beinchen ihre Taille. Sami drückte sie fest an sich, roch ihr Haar, spürte eine Wange an ihrem Hals, und eine Woge der Zuneigung überkam sie. Sie hatte sich immer nach Geschwistern gesehnt. Sami drückte sie noch einmal und richtete sich dann auf. »Na, dann zeig mir mal euer Haus. Und sag meiner Hündin Rakka guten Tag. Ich würde mich sehr freuen, wenn du dich auch ein bisschen um sie kümmerst.«

Das Mädchen tätschelte den Hund vorsichtig, und eine feuchte Nase rieb sich an seinem Hals. »Na, siehst du, jetzt seid ihr Freundinnen«, verkündete Sami, und Hand in Hand gingen die beiden ins Haus.

Zuerst sah Sami einfach nur viele Menschen, einen bunten Haufen verschiedener Hautfarben und Nationalitäten, Altersstufen und Erscheinungsbilder. Und plötzlich kam sie sich vor wie eine Ausländerin. Doch schon eilte Rosie herbei und umarmte sie kurz. »Komm, ich möchte dir Jimmy Pike und seine Frau Pat Lowe vorstellen. Sie machen sich heute Nachmittag nach New York auf. Wir mussten nur in letzter Sekunde noch ein paar Kleinigkeiten für Jimmys Ausstellung erledigen.«

Sami schüttelte dem berühmten Maler die Hand. »Ich fühle mich geehrt, Sie kennen zu lernen. Ich schätze Ihre Arbeit sehr. Und ich kenne auch Ihre Kinderbücher«, fügte sie, zu Jimmys Frau Pat gewandt, hinzu. »Werden Sie noch mehr schreiben?«

Pat, eine Engländerin, deren britische Aussprache immer noch schwach durchschien, machte ein erfreutes Gesicht. »Wir arbeiten immer an mehreren Dingen gleichzeitig. Wenn wir diese Ausstellung hinter uns haben, können wir uns wieder unseren anderen Projekten zuwenden, und vielleicht sogar dem Garten.«

Harlan kam, um Lizzie zu holen. »Pat hilft auch viel in

der Leitung von Environs – das ist unsere örtliche Umweltschutzgruppe. Kommt raus auf die Veranda, da stehen Getränke und Essen bereit. Ach, und Sami: Wir freuen uns, Rakka bei uns zu haben, wir haben sie schon alle ins Herz geschlossen. Solange du hier bist, kümmern wir uns gerne um sie.«

»Das ist wirklich lieb von euch. Ich sehe schon, sie fühlt sich wie zu Hause.« Sie sah Rakka auf die Veranda hinaustrotten.

»Rakka hat da draußen ihren eigenen Sessel«, erklärte Harlan. »Früher war das Lizzies.«

Lily war in der Küche. Sami beeilte sich nicht, auf die Veranda zu kommen. Sie blieb immer wieder stehen und sah sich Bilder, Fotos, Kunst und Gegenstände aus den alten Perlenfischertagen an. Ein Gegenstand erregte ihre Aufmerksamkeit besonders, und sie sah ihn sich näher an. Auf einem Bücherregal stand ein kleines hölzernes Schiff in einem Glasgehäuse – eine schlichte Nachbildung eines Loggers.

»Da hast du einen der wertvollsten Gegenstände in diesem Haus gefunden«, sagte Rosie hinter ihr sanft.

Sami schrak zusammen. »Ach, ich fand das einfach nur süß. Es ist eher ein Spielzeug als ein Kunstwerk, oder? Bestimmt sind einige der Gemälde viel wertvoller?« Sie deutete auf die alten Rindenbilder und einige modernere, deren Stil sie erkannte.

»Es kommt darauf an, wie man wertvoll definiert. Ja, diese Gemälde von Rover Thomas, Emily Kngwarreye, Queenie Mackenzie, Jack Britten, Helicopter und das da von Freddie Timms würden gute Preise erzielen. Ich sammele seit Jahren. Aber der kleine Logger da ist in meinen Augen unbezahlbar – er hat Maya gehört. Ihr Vater, John Tyndall, hatte ihn ihr geschenkt.«

»Hat er ihn gemacht?«

»Nein, seine rechte Hand, Ahmed. Und das macht ihn zu etwas Besonderem. Olivia erzählt in ihrem Tagebuch die Geschichte von Ahmed und Tyndall – was für eine Freundschaft! Ein Glück für uns, dass Mayas Logger die Zeiten überdauert hat.« Rosie reichte Sami eine Schüssel Salat. »Hier, stell die bitte auf den Verandatisch und nimm dir was zu trinken!«

Sami warf noch einen letzten Blick auf das kleine Schiff. Es stellte eine greifbare Verbindung zur Vergangenheit dar, und vor ihrem inneren Auge sah sie, wie Georgianas Mutter, die Halb-Makassarin, mit dem Schiff spielte. Dass Georgiana damit gespielt haben sollte, konnte sie sich hingegen überhaupt nicht vorstellen.

Auf der Veranda mit der atemberaubenden Aussicht über die Bucht war es still. Weit und breit wies hier nichts auf das Broome des einundzwanzigsten Jahrhunderts hin. Das Haus fühlte sich solide an, die glatten Dielen hatten mit dem Alter eine weiche Färbung angenommen, an einem Ende der Veranda schienen Lichtsprenkel durch die Lücken im Gitterwerk, und aus dem Garten wehte der Duft der Blumen heran. Es war alles so friedlich! Man spürte, dass dies immer ein glückliches, liebevolles Heim gewesen war.

»Wer du sein, Mädchen?«

Sami fuhr herum, die krächzende Stimme hatte sie erschreckt. Die Aussicht hatte sie so gefesselt, dass sie die alte Dame in einem Sessel am anderen Ende der Veranda nicht bemerkt hatte. Hinter ihr stand die Flügeltür zu einem Schlafzimmer offen. Die Frau war eine verhutzelte Aborigine, die mit Spinnenfingern eine Baumwolldecke auf ihren Knien gepackt hielt. Sami ging auf sie zu. Das musste Biddy sein. Verunsichert fragte sie sich, worüber sie mit ihr sprechen sollte. »Ich bin Samantha, Lilys Tochter.«

Die alte Dame musterte sie scharf mit ihren kleinen,

strahlenden Augen, dann öffnete sie einen Mund voller Zahnlücken und lächelte. »Na, Mädchen, wird auch Zeit, dass du nach Hause kommst, Biddy besuchen.«

»Na ja, eigentlich ist mein Zuhause in Sydney, Biddy. Aber es ist schön, in Broome zu sein … und dich kennen zu lernen.« Sami wusste nicht weiter.

Die alte Dame rührte sich nicht, doch mit ihren zusammengekniffenen Augen schien sie direkt in Samis Gedanken zu blicken. »Und warum du gehen los, Kimberley-Kunst angucken, hm?«

»Oh. Du weißt von meiner Reise.« Biddy hörte noch bestens, und ganz offensichtlich hielt sie sich über die Gespräche um sie herum auf dem Laufenden. »Ich studiere alle möglichen Formen von Stammeskunst, heiligen Botschaften und Symbolen.«

»Gut, du lernen die Geschichten. Das sein deine Geschichten von vor langer Zeit.«

»Das wird mir langsam klar, Biddy«, versicherte ihr Sami. Aber innerlich sträubte sie sich dagegen, dass die alte schwarze Dame Sami zu ihrer Familie zählte. »Es gibt noch viel zu lernen, ich muss bald noch einmal zu den Felsgalerien zurück.«

Biddy zog die Decke hoch, nahm die Füße von einem Schemel und bedeutete Sami, sich darauf zu setzen. »Diese Geschichten wichtig für Leute von Universität, für alle Leute. Unsere Traumzeitgeschichten sagen uns, wo wir herkommen, was wir tun müssen, warum alles so sein. Berg, Fluss, Felsen, warum die da sein. Geschichten leben mit uns, sagen uns, wer wir sind.«

»Du hast ja so Recht, Biddy«, sagte Sami, bemüht, nicht herablassend zu klingen. »Kann ich dir etwas zu trinken holen?«

Biddy ignorierte das. »Musst deine Geschichten kennen, Mädchen. Dann du können deinen Kindern erzählen. Du gehen rauf an die Küste, reden mit alten Frauen. Vielleicht wir gehen zusammen, du und ich, hm?« Sie lachte.

Doch Sami lachte nicht mit.

Zum einen überraschte sie die Tatsache, dass diese alte Dame von einer gemeinsamen Kultur ausging. Biddy erwartete von Sami nicht nur, dass sie dies anerkannte, sondern auch, dass sie lernte und daran teilnahm.

Und zum anderen hatte Sami das komische Gefühl, dass Biddy wirklich meinte, sie sollten zusammen eine Reise unternehmen. Als sie die Stimme ihrer Mutter hörte, war sie erleichtert.

»Also habt ihr euch endlich kennen gelernt. Ich habe dir ja gesagt, dass Sami kommen und dich besuchen würde, Biddy.« Lily küsste Biddy auf die Stirn.

»Hat lange genug dafür gebraucht«, schnaubte Biddy. »Hol mir was von dem roten Zeug zu trinken, Lily, ja?«

Sami sprang auf und ging zum Büfett. »Der rote Likör, nicht der Merlot«, rief Lily.

Harlan nahm Sami zur Seite. »Soll ich dich herumführen? Das Haus und das Grundstück sind wirklich schön.«

Sie lächelte ihn dankbar an, weil sie wusste, dass er ihr eine kurze Auszeit anbot. »Gerne. Danke.«

Schweigend gingen sie durch den Garten und genossen die Ruhe dort. Dann deutete Sami auf das ordentliche Gemüsebeet. »Wer ist der Gärtner?«

»Keiner von uns, fürchte ich. Wir haben zu viel zu tun. Rosies Onkel und Neffe sind sehr stolz darauf, sich um den ›Garten des Kapitäns‹ zu kümmern.« Er warf ihr einen viel sagenden Blick zu. »An Sippschaft herrscht hier kein Mangel. Wir können ein Cricket-Team bilden, eine Cheerleader-Truppe, stellen im Handumdrehen die Speisung der Fünftausend auf die Beine und die Babysitter kommen uns zu den Ohren raus. Hier ist immer was los. Und so schön das ist, mir ist die Zeit allein mit Rosie und Lizzie besonders kostbar. Immer übernachtet jemand bei uns, Besucher von überall her, Künstler, eine Zeit lang waren wir sogar eine Touristenattraktion, als irgendein Oberschlauer auf die Idee kam, eine Busrundfahrt zu organisieren. Dem musste ich einen Riegel vorschieben.«

»Es ist sicherlich nicht witzig, wenn man morgens in Pantoffeln zum Gartentor schlurft, um die Zeitung zu holen, und dabei angeglotzt wird«, bemerkte Sami.

»Ungefähr so war das. Dein Ururgroßvater ist hier in der Gegend eine Legende.«

Sami sah den gut aussehenden Mann neben sich an. »Und wie war es für dich, in diese Familie einzuheiraten?«

»Wenn man Rosie lieben will, muss man auch ihre Familie lieben.« Er wollte noch etwas sagen, überlegte es sich jedoch anders. »Kennst du die Geschichte von den Tränen des Mondes? Rosies Bild?«

»In etwa.«

»Ein andermal. Es wird dir wahrscheinlich schon alles zu viel. Wie kommst du denn zurecht?«

»Ganz gut, glaube ich. Ich finde bloß alles ein bisschen … fremd. Biddy hat allerdings ein paar deutliche Sätze gesagt.«

»Manchmal scheint sie nicht mehr ganz da zu sein, ein andermal bekommt sie wieder jedes Wort mit. Sami, nimm dir so viel Zeit, wie du brauchst. Ich weiß, wie viel es deiner Mutter bedeutet, dass sie ihre Familie gefunden hat. Aber lass dich nicht unter Druck setzen. Falls du mal einen Kaffee möchtest, wenn du in der Stadt bist, ruf mich einfach an. Wenn ich nicht bei Gericht bin, habe ich Zeit für dich. Rosies Galerie hat immer etwas von einem fröhlichen Irrenhaus. Betrachte mich also als so etwas wie ein objektives Ohr.«

»Das ist wirklich nett, Harlan. Danke, ich weiß das zu schätzen.«

»Lass uns den Rundgang durchs Haus machen. Es ist beinahe so interessant wie das Historische Museum.«

Das Mittagessen war eine zwanglose Angelegenheit und zu Samis Überraschung vergleichsweise stressfrei, doch sie war froh über Pats und Jimmys Gegenwart. Die beiden waren interessant und unterhaltsam, es gab also viele Neckereien und Witze. Zwei junge Mädchen, die ebenfalls zur Großfamilie gehörten, kümmerten sich um Biddy, die lieber im Bett essen wollte.

Später fragte Rosie beim Kaffee: »Irgendwelche Pläne für heute Nachmittag, Sami?«

»Ja, ich treffe Pauline am späten Nachmittag zum Schwimmen und auf einen Drink, draußen am Cable Beach.« Sie warf ihrer Mutter einen Blick zu, unsicher, ob diese Antwort in Ordnung ging.

»Eine gute Idee«, meinte Lily. »Ich bleibe noch ein Weilchen hier, nimm das Auto, ich laufe dann zurück.« Lily warf ihr einen liebevollen Blick zu, der besagte: Du hast dich gut geschlagen.

»Kann ich dir helfen, Rosie?«, bot Sami an, obwohl sie am liebsten sofort geflüchtet wäre.

Rosie winkte sie hinaus. »Hier sind überall Helfer. Geh du und triff dich mit Pauline. Und Sami, ich freue mich wirklich sehr, dass du gekommen bist!« Ihre Augen hielten einander kurz fest, in einem offenen, ehrlichen Blickaustausch.

»Ich freue mich auch.« Und das meinte sie auch so, fiel ihr auf. Die lockere Art der Zusammenkunft hatte eine emotional vorbelastete, schwierige Situation entspannt gestaltet. Doch Sami ging nun einiges durch den Kopf. »Biddy schläft, sag ihr nachher bitte von mir auf Wiedersehen.« Sie küsste Lily, tätschelte Rakka und ging.

Pauline hatte einen ruhigen Tisch gefunden und eine große Margarita vor sich stehen.

»Deine ist schon unterwegs. Ich dachte, du hättest vielleicht gerne etwas, das es in sich hat.«

Sami ließ ihre Tasche fallen und schob sich die Sonnenbrille auf die Stirn. »Gute Idee.«

»Also, wie war das Familienessen?« Pauline wusste, sie durfte nachfragen.

»Okay. Glaube ich.« Sie starrte auf den Strand hinaus. »Ich bin mir nicht sicher.«

»Du klingst durcheinander.«

»Ja, ich denke, das ist das richtige Wort.« Sie dachte kurz nach.

»Aber?«, soufflierte Pauline.

»Es war das reinste Wechselbad. Einmal denke ich, ich bin mit einem Haufen netter Leute zusammen – die kleine Lizzie fand ich wirklich süß –, und im nächsten Augenblick trifft mich alles auf einmal, und ich stürze ab. Es war nicht so schlimm wie erwartet. Da waren noch andere Leute, und alles Mögliche ist passiert, alles sehr zwanglos. Dadurch war es eher ein lockeres gesellschaftliches Beisammensein.«

»Gesellschaftlich. Keine Familienangelegenheit.«

»Pauline, es ist nicht so einfach für mich. Ich meine, ich guck mir die alte Biddy an – wenn man sie nicht kennt, sieht sie aus wie eine von den alten Aborigine-Frauen, die auf dem Kennedy Hill unter den Bäumen oder unten am Anleger sitzen, oder vor dem Continental!«

»Und du glaubst, du bist darüber erhaben, ja? Hör mal, Sami, die Mutter meiner besten Freundin war Alkoholikerin. Eine Säuferin. Aber sie war weiß und hatte Geld. Die Cops haben sie aufgelesen und nach Hause gebracht, und dann haben sie die Tür zugemacht, und keiner hat was gesagt. Ihre Freunde haben es nie erfahren, oder falls doch, dann haben sie nicht darüber gesprochen. Wo liegt der Unterschied? Das eine ist ehrlicher, das ist alles.«

»Vermisst du deine Mutter?«, fragte Sami leise.

Pauline zuckte mit den Achseln und lächelte gequält. »Deine Mutter ist für mich eine bessere Freundin oder Mutterfigur als irgendjemand in meiner Familie.«

»Ihr habt euch kennen gelernt, als sie zum ersten Mal hier war, stimmt's?« Sami hatte nur zerstreut zugehört, als Lily damals von Pauline erzählt hatte. »Sie hat nicht viel über deine Familie erzählt. Vermutlich wollte sie dein Vertrauen nicht missbrauchen.«

»Das ist schon in Ordnung.« Auch Pauline wollte von diesem Thema abkommen.

Ohne es auszusprechen, erkannten beide an, dass zwischen ihnen ein Band bestand. Pauline hoffte, dass Sami die Nähe zwischen ihr und Lily nicht übel nahm.

Sami war erleichtert, dass ihre Mutter in Broome jemanden hatte, den sie bemuttern konnte. Es befreite sie von dem Druck, so lange zu bleiben wie ihre Mutter.

»Also«, fragte Pauline, »wie sieht dein Zeitplan aus? Bist du frei und ungebunden, oder musst du die ganze Zeit an deiner Dissertation arbeiten?«

»Ich kann es mir einrichten. Ich habe immer noch Monate Zeit, um die Recherche zu beenden und die Arbeit zu schreiben. Das Dumme ist, ich dachte, ich hätte soweit alles fertig, und jetzt finde ich neue Gesichtspunkte, die zu erforschen wären.«

»Gehört das denn nicht dazu? Ich finde das so klug von dir, eine Diss zu schreiben«, meinte Pauline.

»Es ist spannend. Die große Frage ist nur, was ich hinterher mache. Mir sind im Gegensatz zu dir weder Job noch Karriere sicher.«

»Deine Mutter hat mich dazu angeregt. Sie hat mir gesagt, ich soll meinen großen Traum verwirklichen. Sie wird auch für dich da sein, wenn du sie brauchst. Das weiß ich.«

»Hmm. Ich hoffe nur, meine Mutter analysiert nicht jede Sekunde des Mittagessens, wenn ich zurückkomme«, seufzte Sami.

»Du brauchst Ablenkung«, erklärte Pauline. »Trink aus, und dann stelle ich dich ein paar Freunden vor. Da drüben.« Sie deutete zum Strand.

Als sie auf dem Gipfel der Dünen ankamen, sah Sami in einer geschützten Senke ein kleines Lager mit einer Hütte, in der offensichtlich jemand wohnte, und zu ihrer Verblüffung ein Dutzend Kamele in einem großen eingezäunten Pferch.

»Komm mit«, rief Pauline. Sie hielt auf die kleine Hütte zu, die sich an den Rand der Dünen schmiegte. »Jemand zu Hause?«

Ein alter Mann öffnete die Fliegentür und kam heraus. Er war drahtig, sonnengebräunt und so dünn, als hätte die jahrelange Sonnenbestrahlung sämtliches Fett verbrannt. Seine dunklen Augen glänzten, und er trug einen leuchtend roten Fes auf dem dunklen Haarschopf. Ein bestickter Bolero saß über einem ausgeblichenen blauen Arbeiterhemd. Er führte die Hände am Kinn zusammen und vollführte eine kleine Verbeugung.

»Das ist Farouz, unser Kamelführer. Berühmt für seine Kamelritte bei Sonnenuntergang über den Cable Beach. Farouz, das ist meine Freundin Samantha.«

»Willkommen, meine Damen. Wie läuft das Geschäft, Pauline?«

»Es brummt. Ich schicke ein paar Stücke nach Amerika. Wie findest du das?«

»Ausgezeichnet.« Er strahlte. »Möchtet ihr heute Abend mitreiten? Ich habe ein Kamel frei. Wir reiten bald los.«

»Danke, Farouz, gern. Können wir helfen?«

»Wenn ihr wollt. Aber Bobby ist hier und hilft mir. Kommt.«

Zu ihrer Überraschung sah Sami, wie Bobby Ching, den sie bei dem Konzert am Abend zuvor flüchtig kennen gelernt hatte, ihnen zuwinkte.

»Vorsicht, sie spucken«, sagte er.

»Ich wusste gar nicht, dass du hier arbeitest«, meinte Pauline verblüfft. »Das ist Sami, ich glaube, ihr habt euch gestern Abend schon gesehen.«

Bobby nickte. »Hi. Ich helfe Farouz nur ein bisschen. Also, welches Kamel möchtet ihr reiten?«

»Das sanfteste«, bat Sami.

»Eines, das nicht beißt«, sagte Pauline.

Sie sahen zu, wie Farouz mit wenigen Griffen die Kamele sattelte und sie zu einer Koppel zusammenband, wobei er sachte mit ihnen redete. »Was sagt er da?«, wollte Sami wissen.

»Er spricht Farsi mit ihnen«, antwortete Bobby. »Farouz ist ein Nachfahre der afghanischen Karawanentreiber, die mitgeholfen haben, das Outback zu erschließen. Mein Vater erinnert sich noch, dass ein paar von ihnen immer noch hier in der Gegend arbeiteten, als er ein kleiner Junge war.«

Farouz befahl einem Kamel sich hinzusetzen. Es faltete seine langen Beine unter seinem schweren Körper zusammen. Dann rief er die jungen Frauen und ließ sie in den Doppelsattel klettern, Sami vorn, Pauline dahinter. Das Kamel kam schwankend wieder hoch, und die Frauen quietschten. Farouz reichte ihnen Schutzhelme. »Nur vorsichtshalber. Vorschriften. Und jetzt holen wir die Touristen ab. Euer Kamel heißt Amsara.«

»Haben alle Kamele Namen?«, fragte Sami.

»Sie haben alle Namen aus der persischen Dichtung. Zu jedem Namen gibt es eine Legende. Es sind wunderschöne

Geschichten. Eines Tages möchten Sie vielleicht einmal eine hören«, schloss Farouz höflich, während er den Pferch öffnete und sie hinausführte.

»Hey, habt ihr die Geschichte von dem Kamelrennen auf der Bradley-Farm gehört?«, fragte Bobby und berichtete von seinem Sieg.

»Ich hoffe, in dieser Meute gibt es keine reizbaren Mütter«, versetzte Pauline.

Sami lachte, doch in Gedanken war sie beim Thema Geschichten – den Geschichten ihrer Familie, den Geschichten, die Goonamulli ihr erzählt hatte, den Geschichten, auf die Biddy angespielt hatte, den Geschichten hinter den Menschen, die sie in Broome kennen gelernt hatte. Und nun versprach ihr der alte Kamelführer weitere Geschichten aus der fernen Heimat seiner Vorfahren.

Kapitel sieben

Als Sami sich auf den Gang ihres Kamels eingestellt hatte, saß sie recht bequem. Am Hinterteil des Tieres vor ihm angebunden, trottete es über den festen feuchten Sand am Rande des Wassers. Farouz hatte den Touristen einen kurzen Abriss über die Geschichte der afghanischen Kamelführer gegeben. Er hatte erzählt, wie sein Großvater nach Australien gekommen war, um sich um eine Gruppe von Kamelen zu kümmern, die die Regierung von South Australia damals eingeführt hatte. Danach konnte Sami ermessen, wie sehr Entdecker wie Burke und Wills sowie die frühen Händler und Viehhüter auf die Kamele angewiesen waren, wollten sie mitsamt ihren Vorräten durch das unwirtliche Outback gelangen.

»Ich hatte völlig vergessen, was für ein verrücktes Gefühl es ist, auf einem Kamel zu sitzen«, meinte Pauline.

»Ich dachte gerade, so ein Kamel wäre auf einigen dieser Bergkämme draußen im Wandjina-Land sehr nützlich«, sagte Sami.

»Was du von deiner Reise erzählt hast, klingt unglaublich. Vielleicht sollte ich das nächste Mal mitkommen.«

Sami wandte sich zu Pauline um. »Du warst noch nicht da? Es würde dir gefallen. Diese Kunst ist etwas Außergewöhnliches.«

»Sami, begreifst du überhaupt, was für ein Glück du hast? Dass du überhaupt da warst, und dann noch mit einem Hüter und Leuten, die dir vieles erklären können, die dir helfen, die Erfahrungen zu verarbeiten.«

»Du hast Recht.« Sami dachte darüber nach. »Besonders, was die Erfahrungen angeht. Ich bin mit der verstandesorientierten Einstellung einer Akademikerin hingegangen. Aber dann habe ich in den Höhlen mehr begriffen, indem ich einfach dagesessen und mir die Bilder auf der Felswand angesehen habe, als durch kluge Fragen. Und Goonamullis Geschichten waren phänomenal – als ich mich erst mal auf seinen Akzent und seine Ausdrucksweise eingestellt hatte.«

»Farouz kann großartige Geschichten erzählen«, meinte Pauline. »Da sind wir. Ich bin froh, wenn ich von diesem Biest runterkomme. So langsam werde ich seekrank.«

»Komm, trink was mit uns, Bobby«, schlug Pauline vor, als der letzte Tourist sie fotografiert hatte und gegangen war.

»Ich würde ja gern, aber ich habe Farouz versprochen, dass ich ihm helfe.« Er sah enttäuscht aus, doch dann hellte seine Miene sich auf. »Sagt mal, wie wär's mit Krabbenfangen nächste Woche? Ich will mit Eugene los, er weiß alles über die Geheimplätze an den Creeks am anderen Ende der Bucht.«

»Da hätten wir mal eine typische einheimische Aktivität für dich, Sami«, meinte Pauline. »Völlig untouristisch. Ich würde auch gern mitkommen, aber ich habe wegen der Ausstellung zu viel zu tun.«

»Wie wär's, Sami? Deine Mutter liebt Schlammkrabben.«

Sami erstarrte. Alle schienen ihre Mutter bestens zu kennen, dabei lebte sie nicht einmal hier! »Ich weiß nicht.«

»Dann schicke ich Eugene eben mit ein paar Krabben zu euch«, sagte Bobby entgegenkommend.

»Sami, geh mit«, drängte Pauline. »Es wird dir Spaß machen.«

»Gib mir einfach Bescheid, wenn du deine Meinung änderst. Und jetzt helfe ich lieber Farouz beim Absatteln. Bis dann.« Bobby ging zurück zu den Kamelen.

Die Frauen riefen Farouz einen Dank zu. Der grüßte zurück. »Kommt vorbei, wann immer ich einen Sattel frei habe.«

Ein paar Tage später saßen Lily und Sami auf ihrem Balkon beim Frühstück. Da kam Blossom vorbei und rief vom Rasen zu ihnen herauf: »Noch mehr Mangos! Fangt!« Sie warf eine Tüte zu Sami hinauf.

»Danke, Blossom! Hey, morgen gehe ich zum Krabbenfangen. Ich bringe dir als Gegenleistung eine Schlammkrabbe mit!«, bedankte sich Sami.

Blossom zeigte ihr den erhobenen Daumen. »Ich liebe Schlammkrabben. Hoffentlich fängst du welche! Die Kerlchen können ganz schön durchtrieben sein.«

»Ich bin unter Fachleuten. Komm am Freitagmorgen vorbei!«

Als Sami sich wieder vor ihr Müsli setzte, fragte Lily: »Mit wem gehst du denn zum Krabbenfangen? Das kann viel Spaß machen, wenn man weiß, wie's geht.«

»Bobby Ching hat mich eingeladen. Erst wollte ich nicht mit, aber Pauline meinte, es würde mir gefallen. Eugene hat ein kleines Aluboot und kennt sämtliche Creeks in der Bucht.«

»Ach, das wird Dollys Enkel sein! Eugene war vor kurzem in einen Autounfall verwickelt, aber seine Verletzungen heilen sehr schnell«, sagte Lily. Als Sami lachend den Kopf schüttelte, blickte sie erstaunt drein.

»Gibt es irgendjemanden in Broome, den du nicht kennst oder der dich nicht kennt?«

Lily strich hausgemachte Marmelade vom Markt auf ihren Toast. »Dolly ist eine der Ältesten, die ich jedes Jahr sehe, wenn ich an der Küste die alten Leute besuche.« Sie biss in ihren Toast und mied Samis Blick. Die gab keinen Kommentar dazu ab, weil sie fürchtete, ihre Mutter würde ihr dann einen gemeinsamen Ausflug dorthin aus den Rippen leiern. »Sag mal, habt ihr noch Platz im Boot?«

»Ich weiß nicht, Mami«, entgegnete Sami zögerlich. »Ist das denn was für dich?«

»Nicht doch, nicht für mich. Ich koche lieber, was du fängst. Nein, ich habe kürzlich jemanden kennen gelernt und ihm versprochen jemanden zu finden, der ihn zu guten Krabbenplätzen führt. Das heißt, wenn Ross nicht schon wieder in den Süden zurück ist.«

»Ich frage Bobby mal. Wer ist dieser Ross denn?«

»Ein Polizist, der eigentlich in Melbourne lebt. Aber er hat das alte Häuschen seines Onkels etwas außerhalb von Broome geerbt. Er ist ein netter Kerl.«

»Okay. Ich sage Bobby, wo Ross wohnt, und wir fragen ihn, ob er mitkommen möchte. Und was machst du heute?«

»Dies und das«, antwortete Lily unbestimmt. »Mit einem Freund Kaffee trinken. Und du?«

»Ich mache mit Rakka einen langen Spaziergang, und dann gehe ich in die Bibliothek, ein bisschen arbeiten.«

Die Krabbenexpedition setzte sich bei Sonnenaufgang von einem schmalen Strand beim Hafen aus in Bewegung. Ross war begeistert gewesen. Die vier verteilten ihr Gewicht gleichmäßig in dem leichten Aluminiumboot. Eugene saß im Heck beim Motor. Sie sausten über die Bucht, durch eine Fahrrinne, die in einen der mangrovengesäumten Creeks führte. Sami blickte zurück zum Ufer und erkannte das rosafarbene Gebäude der Moonlight Bay Apartments und daneben das elegante weiße Mangrove Hotel. Zum ersten Mal konnte sie sich die Route der Perlenlogger vorstellen, wenn sie von hoher See in die weite Roebuck Bay und dann in die Priele gesegelt waren, welche die Mangroven zum Ufer hin durchzogen. Eugene suchte das Ufer ab. Als er eine schmale Öffnung sah, stoppte er den Motor. Sie glitten in flaches, schlammiges Wasser, sprangen aus dem Boot und zogen und schoben es auf den Schlick. Eugene und Bobby teilten die wichtigsten Ausrüstungsgegenstände aus: lange Metallstäbe mit einem Haken an einem Ende, dicke Handschuhe und für jeden einen Jutesack.

Ross fand die erste Krabbe. Sie war so groß wie ein Essteller und schiefergrau wie der Schlamm. Als er ihr hinterherjagte, glitt er aus, und die Krabbe versteckte sich in den Mangroven. Man fing sie schließlich doch mit dem Stab und steckte sie in einen Sack. Von diesem Augenblick an bekam die Aktion etwas von einem Wettbewerb. Rufe und Gelächter begleiteten jeden Erfolg oder Misserfolg.

Es war witzig. Sami bekam Spaß an der Sache und setzte einer flüchtenden Krabbe nach, stolperte und stürzte. Sie wollte wieder aufstehen, steckte aber bis zu den Knien im Schlamm fest. Als Sami merkte, dass die anderen sie nicht sahen, geriet sie in Panik. Verängstigt schrie sie: »Bobby, Ross, Eugene!«

Bobby erreichte sie als Erster. Er benutzte seinen Stab als Stütze. »Alles in Ordnung, Sami, strampel nicht so, du machst es nur schlimmer.« Er packte sie unter den Achseln, und mit einem saugenden Geräusch zog sie zuerst eines ihrer Beine aus dem Schlick, dann das andere. Als sie auf festerem Boden standen, wo Mangrovenwurzeln sprossen, rümpfte Sami die Nase. »Gott, dieses Zeug stinkt!« Sie lächelte schief. »Danke, Bobby. Jetzt ist mir klar, warum ich alte Sachen anziehen sollte!«

»Kein Problem. Du trocknest ja wieder«, erwiderte er mit einem Blick auf den glitschigen Schlamm auf ihrem T-Shirt und ihrer Jeans. Doch innerlich verfluchte er sich. Wieso gab es jedes Mal, wenn er etwas organisierte, Probleme? Wenigstens nahm Sami die Sache mit Humor!

Eugene war ein meisterhafter Krabbenfänger. Mühelos schnappte er Krabbe auf Krabbe, während die anderen wild um sich schlugen und ihnen mehr entwischte, als sie fingen. Als Sami ihre erste Beute gefunden, gestellt und gefangen hatte, empfand sie ein Hochgefühl. Schließlich verkündete Eugene, sie würden an eine andere Stelle fahren. Die Bucht entlang tuckerten sie zu einer kleineren, sandigen Bucht, umgeben von roten und bronzefarbenen Felsen.

Unter den Felsen am Wasserrand stöberten sie einige kleine Krabben auf, die sich in Felsspalten verbargen. Um sie zu fangen, mussten die vier sich auf den Boden legen und die Krabben mit den Metallstäben aus ihren Verstecken treiben. Eugene hatte eine kleine Taschenlampe dabei, doch meistens stocherten sie aufs Geratewohl in den Spalten. Die Krabben klammerten sich mit aller Macht an den Fels.

»Wenn sie so kämpfen, dann ist es nur fair, dass ein paar gewinnen«, meinte Bobby, nachdem sie einige erbeutet hatten.

»Geht doch nichts über einen kleinen Kampf«, meinte Ross. »Wie beim Barramundiangeln.«

»Ich kenne ein paar gute Barramundiplätze. Soll ich dich beim nächsten Mal mitnehmen?«, fragte Bobby.

»Super. Ich bin dabei.«

»Wie lange bleibst du denn noch, Ross?«, fragte Sami. Sie konnte ihn sich nur schwer mit Uniform in Melbourne vorstellen. Er wirkte so … typisch Broome eben.

»O bitte, verdirb mir nicht den schönen Morgen! Ich mag gar nicht daran denken, dass ich in die Betonwüste zurückmuss!«

Sami lächelte ihm zu, während sie und Eugene ein kleines Feuer entfachten, um Tee zu kochen.

»Na ja, um ehrlich zu sein, denke ich darüber nach. Ziemlich viel.«

»Übers Zurückgehen?«

»Nee, übers Bleiben.«

»Ach. Geht das denn?«, fragte sie. »Was ist mit deiner Arbeit? Oder deiner Familie?«

Er zuckte mit den Achseln. »Das sind gar nicht die Hindernisse. Das größte Hindernis bin ich selber ... Die Frage, ob ich bereit bin, mich in ein ganz neues Leben zu stürzen.«

»Das verstehe ich gut. Ich glaube, meine Mutter steckt gerade im gleichen Dilemma. Ich schätze, es geht darum, eine Gelegenheit zu finden oder sie sich selbst zu schaffen.«

»Genau, aber wenn ich warte, bis sich eine Gelegenheit für einen guten neuen Job ergibt, verliere ich womöglich den Mut, einfach zu kündigen und herzuziehen.«

Sami dachte nach. Wie mochte es wohl sein, eine sichere Stelle aufzugeben und an einen Ort wie Broome zu ziehen, wenn man eine Familie ernähren musste? »Ich sehe, was dich daran reizt. Ich meine, sieh dich um!« Mit einer weit ausholenden Geste wies sie auf die Landschaft. Dann saßen sie schweigend da und bewunderten die weite Wasserfläche, den fernen Mangrovensaum, die Wattflächen, über die Dutzende von Strandvögeln auf der Suche nach Nahrung tänzelten. Um sie herum ragten die zerklüfteten, eigentümlich geformten Felsen auf. »Man könnte fast meinen, wir wären die ersten Menschen hier«, meinte Sami leise.

»Dieser Ort hier ist sehr alt«, bestätigte Eugene, während er ein Paket Kekse herumreichte. »Hier sind Dinosaurier herumgelaufen. Bevor das Meer kam.«

»Woher weißt du das?«

Eugene trank von seinem Tee und deutete auf das andere Ende der Bucht. »Fußabdrücke, und zwar viele. Große, kleine. Alle verschieden.«

»Tatsache? Können wir uns die mal ansehen?«

Sie folgten Eugene über die Felsen, an denen sie Krabben gefangen hatten, bis sie einen flacheren Bereich am Ufer mit Felstümpeln und kleinen Spalten erreichten. Eugene stellte sich mit seinen nackten Füßen in zwei gewaltige Vertiefungen. »Seht ihr, hier sind sie entlanggegangen! Ich schätze, das waren eine Mutter und ihr Kleines. Die kleinen Fußabdrücke folgen den großen – linker Fuß, rechter Fuß.«

»Die sind gut erhalten«, sagte Ross. Er bückte sich und deutete auf das Zentrum eines Abdruckes. »Seht mal, er stand auf einem Blatt und ein paar kleinen Insekten.«

»Hat die schon mal jemand untersucht, Eugene?«, fragte Sami.

»Ich glaube nicht. Abgesehen von ein paar Krabbenjägern kommen hier nicht viele Leute her. Manchmal bringe ich Vogelbeobachter her.«

»Interessierst du dich für Vögel?« Ross musterte den Teenager neugierig.

Eugenes Gesicht hellte sich begeistert auf. »Aber hallo! Dafür habe ich mich schon immer interessiert. Mein Großvater hat mir gezeigt, wie ich sie finde, wie ich sie beobachten und etwas über sie lernen kann. Ich arbeite im Vogelobservatorium.« Er deutete übers Watt. »Seht ihr da hinten? Wenn es auf die Brutzeit zugeht, sitzen da rund eine halbe Million Seevögel dicht an dicht. Sie fliegen nonstop von Sibirien her. Die Roebuck Bay ist ein besonderer Ort für Vögel. Sie kommen hierher, um zu fressen, bevor die Brutzeit beginnt. Das ist ihre erste Anlaufstation in Australien.«

»Hier könnte man wunderbar Touristen herbringen«, überlegte Bobby.

»Diese versteinerten Fußabdrücke interessieren mich«, meinte Sami. »Eugene, wäre es okay, wenn ich sie einem Freund zeige? Er ist Archäologe, und ich könnte mir vorstellen, dass er sich die Abdrücke gerne mal ansehen würde. Ganz privat natürlich, nicht um Leute hierher zu bringen«, fügte sie hinzu. Der Gedanke, dass Touristenhorden dort herumtrampeln könnten, gefiel ihr nicht. Aber sie vermutete, dass Palmer an den Versteinerungen ein mehr als nur beiläufiges Interesse haben würde.

»Klar, bring deinen Freund her. Das Land gehört der Krone, hier darf jeder herkommen. Ihr solltet in der Vogelsaison kommen!«

»Unfassbar, dass die Vögel mit ihren kleinen Flügeln den ganzen Weg bis hierher schaffen«, sagte Ross und blickte auf das Watt. »So gesehen ist ein Umzug von Melbourne hierher keine große Sache.«

Eugene nickte zustimmend, und Sami war plötzlich neidisch, dass Ross allmählich zu wissen schien, wohin er wollte. Sie spürte wieder das Gewicht ihrer Dissertation auf sich lasten. Dennoch, der wunderschöne Vormittag, der friedvolle Schauplatz und die lustige Gesellschaft hatten sie aufgeheitert. »Also, wer hat ein gutes Schlammkrabbenrezept?«

»Wir schmeißen sie am Strand in kochendes Meerwasser, sobald wir zurück sind«, entgegnete Bobby.

Das Boot an Bobbys Geländewagen gehängt, kamen sie zurück nach Broome. In einem Park grillten sie einige Krabben und gönnten sich dazu ein kaltes Bier. Während des Essens holte Bobby ein kleines Päckchen aus dem Handschuhfach und gab es Sami. »Das hier ist mir letztens in die Hände gefallen. Ich dachte, du und Pauline, ihr seid vielleicht daran interessiert. Ihr kennt euch ja aus mit Kunst und so 'nem Zeug. Du siehst sie doch heute Nachmittag, oder?«

»Stimmt.«

»Na ja, vielleicht wisst ihr ja, was dieses Ding sein könnte.«

»Wo hast du das her?«, fragte Sami, als sie das Päckchen entgegennahm und die Schnur entfernte.

»Es ist irgend so ein Sonnending. Es war im Rucksack eines Fahrgastes, damals, als ich Taxi gefahren bin. Er hat es bei mir vergessen. Jetzt weiß ich nicht, wie ich ihn finden soll, um es ihm zurückzugeben. Er ist offenbar ziemlich schnell aus der Stadt verschwunden. Wahrscheinlich ist es gar nicht wichtig, bestimmt nur ein Souvenir.«

Sami betrachtete den kleinen Metallschmuck. »Wow, das ist ein komplexes Motiv, ein echter Hingucker.« Sie drehte ihn um, dann hielt sie ihn gegen den blauen Himmel. »Von solchen Sachen habe ich keine Ahnung, aber vielleicht sagt es Pauline etwas.« Sie wickelte das Schmuckstück wieder ein und steckte es in ihre Tasche.

»Du gibst mir Bescheid, okay?«, meinte Bobby beiläufig. »Und jetzt teilen wir die übrigen Krabben auf!«

Auf der Veranda eines edlen kleinen Restaurants in Broome begann gerade ein eher geschäftliches Mittagessen. Lily setzte sich zu Tim, der am Abend zuvor von seinem Ausflug in die Red Rock Bay zurückgekehrt war, an den Tisch. »Tut mir Leid, dass ich zu spät bin, ich wurde im Buchladen nebenan aufgehalten.«

Tim bezauberte Lily mit seinen guten Manieren und rückte ihr den Stuhl zurecht. »Ich trinke Bier, hätten Sie lieber Champagner?«

»Ist das dem Anlass denn entsprechend?«

»Warum nicht?« Er machte der Kellnerin ein Zeichen.

»Ich kann es kaum erwarten zu erfahren, was Sie von der Farm halten, jetzt, wo Sie sie gesehen haben!«

»Sie hatten mich ziemlich zutreffend informiert. Es gibt gute und schlechte Nachrichten«, begann Tim und lehnte sich zurück. Lily wäre am liebsten mit der Frage »Ja oder nein?« herausgeplatzt, doch sie hielt ihre Zunge im Zaum.

»Die schlechte Nachricht – na ja, die ist eigentlich offensichtlich. Die unzureichende Ausstattung der Farm: Was an Infrastruktur vorhanden ist, ist heruntergekommen und veraltet. Es gibt sehr wenig Personal, kaum hoch entwickelte Ausrüstung, die Schiffe müssen überholt werden und die Marketingseite des Betriebs ebenfalls.«

»Und was ist die gute Neuigkeit?«

»Die Lage bietet Möglichkeiten zur Expansion, die Pacht ist gut, und mit dem Rechtstitel ist eine zweite Pacht verknüpft, die noch nicht aktiviert worden ist. Das würde uns die Möglichkeit bieten, neue Zuchtgewässer zu suchen. Es sind eine Menge mit Kernen bestückte Muscheln vorhanden, die bald reif zur Ernte sind, die Qualität ist allerdings Glückssache. Das vorhandene Personal – vor allem Dave – hat sich mit Leib und Seele der Farm und dem Geschäft verschrieben. Und wir hätten die Möglichkeit, Ihre Verwandtschaft zum alten Kapitän Tyndall und zu Star of the Sea für Marketing- und PR-Zwecke zu nutzen.«

»Und unterm Strich?« Lily blickte besorgt.

»Um auf den Punkt zu kommen – was man braucht, sind Geld und Mumm.«

»Mit Mumm kann ich dienen, denke ich. Und mir gefällt die Vorstellung, die Familientradition fortzusetzen. Vielleicht kann man das besonders herausstellen, gegenüber den Investoren, meine ich. Trotz der Tatsache, dass ich eigentlich null Ahnung von der Perlenzucht habe.«

»Glück und Selbstvertrauen sind alles, wenn man eine Finanzierung braucht. Wohlgemerkt, wir müssen sicher sein, dass wir die Ware auch liefern können, wenn sie uns das Geld aushändigen.«

»Und, können wir, Tim?«

Er antwortete nicht sofort, sondern wandte seine Aufmerksamkeit zunächst der Kellnerin zu, die Lily den Champagner einschenkte und ihm auch ein Glas hinstellte. Nachdem sie einen Schluck getrunken hatte, fuhr er fort: »Lily, manchmal muss man im Leben seinem Gefühl folgen, auf die Instinkte hören und die Karten so ausspielen, wie sie fallen. Wir kennen uns kaum, und doch überlegen wir gerade, uns zusammenzutun und ein enormes Risiko einzugehen. Ich vertraue Ihnen, dem ganzen Konzept und dem Potenzial des Unternehmens. Mit Ihrem Einverständnis würde ich daher gerne nach Indonesien zurückfliegen, wo die Männer mit dem Geld im Augenblick sitzen, und denen die Star Two vorschlagen. Sie suchen schließlich nach einem Unternehmen von annehmbarer Größe hier in der Gegend, in das sie investieren können.«

»Bravo, Tim!« Lily stieß erleichtert mit Tim an. »Ich bin dabei. Und ja, ich stimme Ihnen zu: Wir müssen unseren Instinkten folgen.«

Mit ernster Miene beugte er sich vor. »Also, Lily, Ihnen ist klar, dass das hier ein Glücksspiel ist. Sie können dabei auch verlieren. Ich möchte, dass Sie weiteren Rat einholen – bei Freunden, einem Anwalt, einem Geschäftsmann …«

Sie hob die Hand. »Tim, genau das habe ich vor. Nach unseren ersten Gesprächen habe ich die Idee mit einem befreundeten Geschäftsmann besprochen.« Dales negative Reaktion erwähnte sie lieber nicht. »Und ich brauche logischerweise noch jede Menge Details schriftlich und muss auch noch einmal dort hochfahren, mich mit Dave zusammensetzen und mir den Betrieb in Ruhe ansehen. Aber wie auch immer, ich lasse mich freiwillig darauf ein, offenen Auges, und mache Sie in keiner Weise für etwas verantwortlich.«

»Danke, Lily. So muss es bei einer echten Partnerschaft auch sein.« Er nahm nun auch einen Schluck Champagner. »Was mich auf die andere Größe in der Gleichung bringt: Dave George.«

»Hat er einen Preis genannt? Ich lasse einen Freund die Aufzeichnungen über die Farm ausgraben, was er bezahlt hat, was das Land wert ist und so weiter. David wirkte ausgelaugt, als hätte er ein bisschen die Nase voll. Wahrscheinlich ist er ganz froh, aussteigen zu können. Ich wette, er hätte nie gedacht, dass jemand seinen Betrieb als rentables Unternehmen kaufen und verjüngen möchte.«

»Stimmt. Hat er nicht«, entgegnete Tim leise. »Weil er nicht danach gesucht hat. Er hatte nie die Absicht zu verkaufen.«

»Bedeutet das, dass er viel Geld will?«

Tim schüttelte den Kopf und stellte sein Glas ab. »Er möchte nicht aussteigen. Er will dabeibleiben. Als dritter Partner.«

»Was?«

»Er bringt die Farm, so wie sie ist, mit in die Ehe. Sie stehen bei dem Geschäft an vorderster Front, Sie spielen gewissermaßen den Ritter, und ich Ihren getreuen Knappen. Und im Hintergrund haben wir die Investoren, die innerhalb eines vernünftigen Zeitraums eine vernünftige Rendite erwarten, es aber auch zu schätzen wissen, ins spannende Perlengeschäft in Down Under einsteigen zu können.« Er hielt inne, während Lily dies verdaute. »Habe ich erwähnt, dass die Investoren Japaner sind? Das bedeutet einen großen Gefühls- und Wissensvorteil.«

»Daves Beitrag ist also die Farm? Das ist mehr als fair. Mir ist eine Dreiteilung recht. Damien Lake hat mir erzählt, einige der besten Operateure seien von jeher Japaner, aber sie bilden eine Menge Australier aus. Einige ihrer besten sind sogar junge Frauen. Könnten wir das nicht auch machen?«

»Vorausgesetzt, die Japaner sind gut ausgebildet und talentiert, halte ich das für eine großartige Idee. Schließlich ist es auch schön, die Beziehung zwischen den Japanern und Broome in der Perlenbranche am Laufen zu halten«, meinte Tim.

»Bei Star of the Sea hatte man Taki und Yoshi. Die gehörten damals zu den besten Perlentauchern in Broome«, sinnierte Lily.

»Wer weiß? Aber zurück in die Gegenwart, Lily! Dieses Geschäft würde viel Zeit, Arbeit, Geld, Geduld, womöglich Kummer und die Bereitschaft, in kurzer Zeit ein großes Lernpensum zu bewältigen, erfordern. Sind Sie dazu bereit?«

»Sind Sie's denn?«, konterte sie.

Tim dachte kurz nach. »Ja, das bin ich. Ich habe bereits in der Branche gearbeitet. Ich kenne die bangen Zeiten, die Erschöpfung, den Stress. Aber ich weiß auch, wie erhebend es sein kann, ich kenne den enormen Kick, wenn eine gute Perle auftaucht. Es klingt so einfach, aber bei der Perlenzucht spielen wirklich eine Menge Faktoren eine Rolle.«

»Was sind denn die Hauptrisiken?«, wollte Lily wissen.

Tim warf den Kopf zurück. »Wo soll ich anfangen? Unsachgemäße Handhabung, Krankheiten, schlechtes Wasser, Stürme, alles Mögliche kann die Saison völlig ruinieren. Die Perlen, mit denen man hinterher dasteht, können von lausiger Qualität sein.«

»Dann müssen wir uns diesen Punkten einem nach dem anderen widmen. Weiß Dave, was er tut?«

»Er arbeitet nach den alten Methoden; er hatte einfach nicht das Geld oder die Energie oder vielleicht auch keine Lust, auf die neuesten Methoden umzurüsten.«

»Und ist er bereit, auf die neuen Methoden zu setzen?«

»Ich denke, er wird sich auf uns stützen. Unsere Beteiligung würde ihm richtig Auftrieb geben. Man darf seine Erfahrung nicht einfach abtun, Lily. Er hat viele Stürme überstanden – in jeder Hinsicht.«

»Da stimme ich Ihnen zu. Okay, ich freue mich darauf, ein bisschen Zeit bei ihm auf der Farm zu verbringen. Sie sagten es ja: Mein Lernpensum ist groß.«

Sie gaben bei der Kellnerin ihre Bestellungen auf. Dann

fragte Lily Tim: »Übrigens, werde ich die Investoren kennen lernen?«

»In diesem Stadium wollen sie die Dinge schriftlich abwickeln und nicht selbst in Erscheinung treten. Aber ich habe da oben ein Video gedreht, das ich ihnen zeigen werde. Es ist ein bisschen amateurhaft, aber es wird seinen Zweck erfüllen. Ich nehme an, sie tauchen auf, wenn wir mit der Ernte beginnen. Aber Sie haben Recht mit der Unternehmensbewertung, und ich werde die notwendigen Dokumente mitbringen, ein schriftliches Angebot und eine Finanzierungszusage für Sie und Dave. Und die Ihre Juristen prüfen können.«

»Werden wir nicht zusätzliches Personal benötigen? Das ist wichtig«, meinte Lily.

»Lassen Sie uns erst den Papierkram erledigen, damit wir den Leuten überhaupt einen Job anbieten können.« Er lächelte ihr zu. »Wir haben viel zu bereden. Wie wir zusammenarbeiten sollen, die Verteilung der Aufgaben, den Kleinkram. Eigentlich können wir auch gleich das Abendessen hier einnehmen!«

»Tim, wir sind ein Team! Ohne viel über Sie zu wissen, verlasse ich mich hier auf, na ja, nennen wir es die weibliche Intuition, die die Geschäftsmänner, mit denen ich befreundet bin, immer nervös macht. Aber sie hat mich noch nie im Stich gelassen. Ich freue mich darauf, mit Ihnen zusammenzuarbeiten. Wir werden einander gut ergänzen!«

»Darauf trinke ich.« Sie stießen an.

»Apropos Abendessen«, meinte Lily, »es besteht Aussicht auf Schlammkrabben. Hätten Sie nicht Lust, mit zum alten Haus zu kommen und bei Rosie und Harlan zu Abend zu essen? Falls Sami keine Krabben gefangen hat, können wir ja notfalls Rührei machen!«

Am Eingangstor blieb Tim stehen und betrachtete das imposante Haus des legendären Perlenbarons Tyndall im Mondlicht. Bei seinem Anblick wurde aus der Perlenzucht mit all ihren romantischen Assoziationen eine herrliche Obsession, ein glorreiches, abenteuerliches Unternehmen, ganz anders als die planlos angelegte Perlenfarm in dem indonesischen Fischerdorf, die er kennen gelernt hatte. Als er die glänzenden alten Dielen der Veranda betrat, straffte er die Schultern und stellte sich vor, er hätte seine Perlenbaronsmütze unter den Arm geklemmt und trüge makellos weiße Schuhe.

»Hallo, Sie müssen Tim sein, kommen Sie rein!« Rosie öffnete die Tür und führte den Besuch durchs Haus. »Wir sind im Garten.« Als sie sah, wie seine Blicke durch den Raum schossen, fügte sie hinzu: »Kommen Sie, holen Sie sich erst was zu trinken, und dann können Sie sich im Haus umsehen. Falls Sie an den alten Zeiten interessiert sind, heißt das.«

»Das bin ich, vielen Dank. Ich habe mir sogar gerade vorgestellt, wie die Feste hier im Haus gewesen sein mögen, als es gerade erst erbaut war«, gab er zu.

»Sprechen Sie mit der alten Biddy, sie hat damals den Haushalt und die Küche geführt.«

»Und sie erinnert sich noch an diese Zeit?«

»Wenn Sie will. Sie kennt ein paar tolle Geschichten. Mein Gott, stellen Sie sich vor, Sie müssten diese weißen Uniformen stärken und mit einem Bügeleisen, das mit Holzkohle beheizt wird, bügeln, oder fünfzehn Paar Schuhe weißen!«

»Die Perlenbarone nahmen sich offenbar sehr ernst«, meinte Tim.

»Sie waren damals die Oberschicht. Zusammen mit den besten Tauchern. An Land lebten sie allerdings in zwei verschiedenen Welten.«

»Natürlich«, stimmte Tim zu und erkannte damit die Anspielung auf die Rassenprobleme in ihrer Bemerkung an. Er trat hinaus in den Garten, und der Duft der Blumen ließ ihn den Atem anhalten. Was Lily ein zwangloses familiäres Grillen genannt hatte, sah in Tims Augen nach etwas Besonderem aus. Ein kleiner Brunnen plätscherte neben einem langen Tisch mit weißem Tischtuch, Kerzen und Blumen.

Rosie stellte ihn Harlan vor, der in einer Gruppe von Leuten am Grill stand, dann entschuldigte sie sich: »Ich muss noch ein paar Dinge holen. Harlan besorgt Ihnen was zu trinken.«

Lily begrüßte Tim und stellte ihn dann Dale, Bill Reed und seiner Frau, Pauline Despar und Ross vor.

»Ross ist für einen Teil der Speisekarte verantwortlich. Er und Sami hatten offensichtlich einen ziemlich erfolgreichen Tag!«

»Freut mich zu hören«, sagte Tim und schüttelte Ross die Hand. »Das heißt, wir essen Schlammkrabben?«

»Unter anderem«, sagte Ross. »Es wird, ehrlich gesagt, ein ziemliches Festessen. Ich esse seit ein paar Wochen nur, was ich selbst koche, da ist das heute eine willkommene Abwechslung.«

Lily nahm Tim beiseite. »Ich will sehen, wie es Biddy geht. Möchten Sie sie kennen lernen? Mit ihren neunzig Jahren ist sie eine bemerkenswerte Person.«

»Ja, gerne. Rosie hat mir erzählt, wie viel sie von den alten Zeiten noch weiß.« Er folgte Lily über die Veranda zu Biddys Schlafzimmer, aus dem Lachen drang. Als sie durch die Flügeltür eintraten, sahen sie Sami auf dem Bett liegen. Sie hielt ihre Knie umschlungen und lachte aus vollem Hals, während Lizzie in einem Baumwollschlafanzug auf ihr saß und sie kitzelte. Biddy versuchte derweil, Lizzie die Haare zu bürsten.

»Was treibt ihr Mädchen denn da?«, schalt Lily. »Das ist

wohl kaum besonders angenehm für Biddy, wenn ihr zwei euch hier aufführt wie die Rabauken!«

»Wer sein der Mann?« Biddy deutete mit der Haarbürste auf Tim.

Lizzie und Sami hielten inne und setzten sich ruhig neben Biddy aufs Bett.

»Der Herr ist zu Besuch, Biddy«, erklärte Lily. »Tim Hudson. Er hat sich auch mit dem Virus der Perlenfischer angesteckt und möchte dich kennen lernen.«

Biddy ergriff Tims ausgestreckte Hand und schüttelte sie kurz. »Hab Sie noch nich' hier gesehen.«

»Ich habe im Ausland gearbeitet, hauptsächlich in Indonesien, und jetzt, na ja, sehe ich mich in diesem Teil der Welt um.«

Lily wandte sich an Tim. »Das ist meine Tochter Samantha – Sami –, und das ist Rosies und Harlans kleine Tochter Elizabeth.«

»Lizzie«, verbesserte die Fünfjährige sie.

»Hallo.« Sami stand auf und reichte Tim die Hand.

»Fein«, meinte Lily erleichtert. »Ich lasse euch dann allein und helfe noch ein bisschen beim Abendessen.«

Nachdem Lily gegangen war, sagte Sami: »Komm, Lizzie. Wir lassen die beiden allein.«

»Ja, setzen Sie sich«, wies Biddy ihren Besuch an und klopfte auf den Platz, den Sami geräumt hatte. »Wollen ein Schwätzchen halten.«

Sami holte Lily ein. »Mami, wer ist dieser Mann?«

»Tim? Ich habe dir doch erzählt, wie ich Tim kennen gelernt habe.«

»Ich kann mich nicht erinnern. Was macht er?«

»Er hat sich im Ausland ein bisschen mit Perlenzucht befasst.« Lily tätschelte Lizzie den Kopf, und das Mädchen lief über die Veranda davon. Sami bemerkte den ausweichenden Tonfall ihrer Mutter.

»Mami«, begann sie etwas schärfer. »Gibt es da etwas, was ich nicht weiß, aber wissen sollte?«

Lily wandte sich ihr zu, und für einen Augenblick versuchten beide, die Gedanken der anderen zu lesen. Dann lehnte Lily sich ans Verandageländer. »Tim und ich gründen zusammen ein Geschäft«, verkündete sie mit gedämpfter Stimme. »Perlenzucht.«

Sami war sprachlos und blickte ihre Mutter nur voller Entsetzen an. »Ich weiß, ich weiß«, sagte Lily besänftigend und hob abwehrend die Hände, »vielleicht hätte ich es dir früher erzählen sollen. Aber wir haben die Einzelheiten erst heute beim Mittagessen besprochen und …«

Sami tat einen Schritt auf ihre Mutter zu, immer noch leicht betäubt. Dann fand sie ihre Stimme wieder. »Du bist verrückt, Mutter! Völlig durchgeknallt! Zu viel Sonne. Ich nehme das einfach nicht ernst. Und ich werde mich von diesem Tim nicht so einwickeln lassen wie du.« Dann fragte sie scharf: »Was hält Dale übrigens davon?«

»Oh, er hält mich auch für verrückt«, antwortete Lily fröhlich. »Keine Sorge, das klären wir noch.«

»Mein Gott!«, rief Sami.

»Bitte bleib ruhig, bis wir nach Hause kommen, Schätzchen«, bat Lily. »Dann sprechen wir darüber.«

»Ich brauche was zu trinken.« Sami stapfte davon.

Lily sah am Grill nach Rosie, dann ging sie zurück zu Biddy, die immer noch mit fester Stimme auf Tim einredete. »Hab ihm vom Perlenfischen erzählt. Gute Zeiten, schlechte Zeiten. Er ein bisschen wie unser alter Kapitän Tyndall, was?«, sagte Biddy, als Lily ihre Hand nahm.

»Das klingt, als müsste ich große Erwartungen erfüllen, Biddy«, entgegnete Tim, erhob sich und glättete die Bettdecke.

»Das richtig.« Biddy schenkte ihm ein breites Lächeln. »Das ganz richtig.«

»Ich habe Biddy gerade unser Geheimnis erzählt. Dass wir Star of the Sea wieder ins Leben rufen und jede Menge Perlen finden«, sagte Tim an Lily gewandt.

»Ich fürchte, es ist kein Geheimnis mehr, Tim. Ich musste es gerade meiner Tochter beichten. Sie hatte etwas gemerkt.«

»Upps … Wie hat sie's aufgenommen? Ich sollte ihr die Sache wohl lieber erklären.«

»Ich an Ihrer Stelle würde auf Abstand bleiben. Sie ist ein bisschen hitzig, unsere Sami. Außerdem glaubt sie, Sie hätten mich eingewickelt.«

»Na großartig. Was für ein herrlicher Beginn für unsere Geschäftsbeziehung. Wie bekomme ich das wieder hin?«

»Wir überlegen uns später was. Sagen Sie Biddy gute Nacht.«

Biddy streckte die Hände aus, und er nahm sie in seine. »Es war mir ein echtes Vergnügen. Ihre Geschichten haben mir gefallen, Biddy!«

»Kommen Sie wieder«, meinte Biddy. Dann sah sie Lily an und fügte hinzu: »Und du bleib bei dem jungen Burschen hier, der sein gut.«

Lily und Tim lachten, und Tim küsste die knochigen, runzligen Hände, die er in seinen hielt. »Ich komme wieder, Biddy. Versprochen.«

Sami stapfte zurück in den Garten und fand Pauline. »Wir müssen reden. Ich kann einfach nicht glauben, was meine Mutter mir gerade erzählt hat.«

»Hör mal, dein Handy hat geklingelt, also bin ich drangegangen«, versetzte Pauline. »Es war Bobby Ching.«

»Hoffentlich will er nicht doch mehr Schlammkrabben haben! Er war ziemlich großzügig beim Verteilen«, meinte Sami und schenkte sich ein Glas Wein ein.

»Nein, aber er war ziemlich aufgeregt. Er wollte Ross sprechen. Man hat im Büro seines Vaters und bei ihnen zu

Hause eingebrochen. Zum Glück scheint nichts zu fehlen. Seine Mutter ist allerdings total durch den Wind.«

»Himmel, das ist ja ätzend. Wonach sie wohl gesucht haben? Bargeld wahrscheinlich.«

»Wir können nicht viel tun. Ross hat ihm gesagt, die örtliche Polizei würde sich darum kümmern. Und jetzt schieß los. Wer ist dieser Prachtkerl, dieser Tim?«

»Ach, noch so einer von Mutters Freunden. Er denkt, er macht mit ihr ein Geschäft auf.« Sami warf Tim, der gerade mit Dale sprach, einen wütenden Blick zu.

»Er denkt was?« Pauline hob eine Augenbraue, als sie Samis ärgerliche Stimme hörte.

»Irgendein verrückter Plan mit Perlenzucht. Die Einzelheiten kenne ich nicht, aber das läuft nur über meine Leiche.«

Pauline blickte vom wütenden Gesicht ihrer Freundin hinüber zu Tim am anderen Ende des Gartens und dann zu Lily, die im Dämmerlicht über die Veranda kam, das dunkle Haar glänzend, von schlanker Gestalt, das Gesicht glücklich. »Oje«, murmelte Pauline. »Ich glaube, ich brauche Nachschub. Gib mir bitte den Wein, Sami.«

Kapitel acht

Sami hatte einen Obstteller vom Frühstück mit an den Pool genommen. Lily widmete sich der Maniküre. Es war an der Zeit, sich in aller Ruhe zu überlegen, was sie Sami über ihre Geschäftsidee erzählen wollte. Als sie den korallenroten Lack auf ihre Fingernägel auftrug, wurde ihr selbst wieder einmal bewusst, wie vage diese Pläne waren. Doch auch die Abfälligkeit, mit der Sami die Neuigkeit aufgenommen hatte, konnte Lilys Enthusiasmus nicht schmälern.

Es war ein unbehaglicher Morgen. Keine der beiden Frauen mochte näher auf die Ereignisse des Vorabends eingehen. Doch schließlich ließ die Spannung nach, und Lily rettete den Tag mit dem Vorschlag, ein Picknick am Town Beach zu machen.

Ein spielerisches Wettrennen mit ihrer Hündin gab Sami die Gelegenheit, noch ein bisschen länger außer Sprechweite ihrer Mutter zu bleiben. Rakka hielt am Pioneer Cemetery inne, dem historischen Friedhof auf der Landzunge mit Blick auf den alten Anleger. Auch Sami blieb stehen, um einige verblasste Inschriften auf den verwitterten Grabsteinen der Pioniergräber zu lesen. Rakka steckte ihre Nase durchs Gitter und schnüffelte.

Lily holte sie ein und gesellte sich zu Sami, die am Gitter lehnte. »Als ich zum ersten Mal hier war, hielt ich das für einen traurigen Ort. Ich fragte mich, wer die armen Leute gewesen sein mochten, die mit solchen Träumen und Hoffnungen hergekommen waren? Und ihre Familien zu Hause hatten vielleicht nie wieder etwas von ihnen gehört.«

»Und jetzt? Ist es kein trauriger Ort?« Sami waren ähnliche Gedanken durch den Kopf gegangen.

»Na, sieh dich doch um, es ist ein friedlicher, schöner Ort mit Blick auf die Familien und Touristen, die sich an einem hübschen Strand vergnügen.«

Der Park und der Strand gaben tatsächlich das perfekte Bild für eine Touristenbroschüre ab, musste Sami zugeben, als sie die schwimmenden, angelnden und spielenden Menschen am Strand betrachtete. »Ich frage mich, wonach sie wohl gesucht haben«, sinnierte sie und lief noch einmal um die Gräber herum. »Um eine so weite Reise zu unternehmen, muss ihr Leben vorher schrecklich gewesen sein.«

»Vielleicht auch nicht. Manchmal suchen Menschen das Abenteuer, eine andere Lebensweise, einen neuen Anfang. Sieh dir all die jungen Rentner an, zum Beispiel die umherziehenden Babyboomer, die auf dem Campingplatz in Broome leben.«

»Schon, aber sie bleiben nicht da.«

»Du würdest staunen, wie viele Touristen sich zum Bleiben entschließen«, meinte Lily. »Ich kenne eine ganze Reihe. Es hat sie hierher verschlagen, es hat ihnen hier gefallen, und sie sind geblieben. Allerdings vermute ich, man muss dafür einen bestimmten Punkt im Leben erreicht haben.«

Sami wandte sich vom Grab ab und musterte ihre Mutter. »Und du bist an diesem Punkt?«

Jetzt geht's los, dachte Lily. »Offenbar. Du weißt, dass es nichts Überstürztes ist. Ich komme seit sieben Jahren jedes Jahr her. Ich liebe diese Stadt. Jetzt habe ich auch noch die Gelegenheit, ein aufregendes Geschäft zu gründen. Und wir haben hier Familie.«

»*Du* hast hier Familie. Ich empfinde sie nicht als meine Familie.«

Samis Schärfe erinnerte Lily daran, wie schnippisch Sami als Kind manchmal gewesen war. »Aber juristisch, physisch, emotional gesehen sind sie es. Warum akzeptierst du das nicht einfach? Sieh es doch als Bereicherung. Sie tun dir doch nichts Böses. Ich verstehe wirklich nicht, was du damit für ein Problem hast, Sami.«

»Natürlich nicht«, schnappte Sami. Sie war selbst überrascht von ihrer Ablehnung und den Tränen nahe und verstand ihre eigenen Gefühle nicht. Wieso fiel es ihr so schwer, diese entfernte Verwandtschaft zu akzeptieren, durch die sie eine winzige Spur Aborigine-Blut besaß? »Ich weiß, dass sie dir mehr bedeuten als mir. Diese ganze Stadt ist dir so verdammt wichtig. Und jetzt willst du auch noch hier leben. Was hält dein Freund davon? Ich wette, Dale hat dich nicht ermutigt, dein ganzes Geld mit so einer idiotischen Idee zu verplempern. Was ist mit unserem Leben in Sydney? Was würde Papa sagen?«

Lily war verletzt. Samis Gefühlsausbruch hatte sie gelähmt, doch die Erwähnung von Samis Vater bot die Chance, das Gespräch wieder auf eine handfestere Ebene zurückzuführen. Sie gab ein leises, geringschätziges Lachen von sich. »Ich würde sagen, dein Vater hätte gar keine Meinung dazu. Und du bist ihn bisher noch nie um Rat angegangen. Er hat dich in den ersten Jahren an der Uni finanziell unterstützt, ja. Und als du einundzwanzig wurdest, hat er dir gesagt, dass seine Vaterrolle jetzt beendet sei, egal, was ich mit dem Rest meines Lebens anfange. Und was Dale angeht: Er ist ein netter Mann, ein guter Freund, mehr nicht.« Sie holte tief Luft und fügte sanfter hinzu: »Auch ich bin manchmal einsam, Sami. Und ich bin immer noch eine Frau.«

Dieser Nachsatz wurde ignoriert. »Und was willst du jetzt tun?«, wollte Sami wissen. »Was ich denke, spielt ja offensichtlich keine Rolle.«

»Sami, Liebes, natürlich tut es das.« Lily nahm sie in den Arm. »Bitte, suchen wir uns einen Platz und trinken unseren Tee, und dann sprechen wir alles durch. Du kommst – und das wird sich nie ändern – an erster Stelle in meinem Leben. Wir hatten immer nur uns beide. Aber jetzt wirst du allmählich flügge, und ich bin ungebunden und im Ruhestand. Ich muss über die nächste Lebensphase nachdenken, und die will ich nicht im Schaukelstuhl verbringen.«

Sami betrachtete ihre attraktive Mutter und spürte, wie sich mit einem Mal alles in ihr ein wenig entspannte. »Das weiß ich, Mami. Aber ich darf mir doch wohl Sorgen machen. Ich meine, wenn du plötzlich verkündest, dass du in so etwas wie das Perlengeschäft einsteigen willst – das klingt ein bisschen sehr gewagt!«

»Vielleicht war ich zu lange vernünftig. Es ist an der Zeit, dass ich einfach mal was riskiere, ein bisschen verrückt bin, etwas Spaß habe.«

»Natürlich, Mami, aber doch nicht, wenn du dabei vielleicht jeden Cent des Geldes verlieren kannst, für das du so hart gearbeitet hast. Wenn ich irgendwann einen guten Job finde, kann ich dich im Alter immerhin unterstützen«, fügte sie ein wenig verbittert hinzu.

»Es gibt in diesem Leben keine absolute Sicherheit, Liebes. Aber ich kann das Risiko begrenzen, indem ich nur die Hälfte von dem, was ich habe, einsetze. Klingt das vernünftiger?«

Sie steuerten einen freien Picknick-Tisch unter einer Baumreihe am Strand an. »Und wie willst du das Risiko begrenzen?«

Lily nahm ihren Rucksack ab, der die Thermoskanne mit Tee und Muffins enthielt, während Sami einen Stock für Rakka warf. »Es wird eine Art Partnerschaft sein, bloß frag mich in diesem Stadium bitte nicht nach den Einzelheiten«, sagte Lily. »Aber ich glaube zutiefst daran, dass ich hierfür bestimmt bin. Meine eigene Einstellung und die Motive sind wichtiger als die Sache selbst.«

»Wie außerordentlich buddhistisch von dir«, kommentierte Sami trocken.

»Ich weiß, ich muss mich noch viel besser informieren. Vielleicht komme ich dann auch zu dem Schluss, dass die ganze Angelegenheit eine miserable Idee ist«, sagte Lily und goss Tee in Plastikbecher. »Ich muss auf jeden Fall noch mal zur Red Rock Bay, dort Zeit mit Dave George verbringen und mir den ganzen Betrieb ansehen. Vorher kann ich nicht in die nächste Phase gehen.«

»Okay, das ist ein vernünftiger Schritt«, urteilte Sami. »Ich komme mit.«

Lily erstarrte, den Becher auf halbem Weg zum Mund. Diese Ankündigung ihrer Tochter kam für sie aus heiterem Himmel. »Das möchtest du tun? Das wäre fantastisch.«

»Ich habe keine Ahnung von Perlenfarmen. Aber wenn ich alles mit eigenen Augen gesehen habe, kann ich wenigstens instinktiv entscheiden, ob dieser Tim dir Sand in die Augen gestreut hat.«

Lily gab dazu keinen Kommentar ab, und sie tranken beide ihren Tee. Ein Mann schlenderte vorbei und blieb stehen, um Rakka den Kopf zu tätscheln. »Tag. Einen hübschen kleinen Freund haben Sie da.« Er kraulte die Hündin hinter den Ohren. »Sie sind von hier, stimmt's? Ich habe sie bei dem Rennen draußen auf der Bradley-Farm gesehen.«

»Das war großartig, nicht wahr?«, entgegnete Lily heiter. »Nein, wir sind nicht von hier. Ich überlege es mir nur gerade.«

»Ja, das scheint hier eine ansteckende Krankheit zu sein. Ich bin selbst infiziert.« Er lachte in sich hinein. »Ich heiße Kevin«, sagte er und streckte die Hand aus. »Meine Frau Bette und ich machen eine Tour durch Australien, aber im

Augenblick glaube ich nicht mehr, dass wir Broome je wieder verlassen.«

Die beiden Frauen mussten über diese Übereinstimmung grinsen. »Ich bin Lily, und das ist meine Tochter Samantha. Wir haben gerade über die Anziehungskraft von Broome gesprochen. Die Leute reisen hierher und scheinen dann nicht mehr loszukommen.«

»Freut mich sehr, Sie kennen zu lernen! Und Sie haben Recht, was diese Stadt angeht. Bette hat sich bereits einen Job als freiwillige Helferin in der Historischen Gesellschaft gesucht, für drei Vormittage pro Woche. Wenn erst mal der Monsun und ein heißer Sommer kommen, ändert sie ihre Meinung vielleicht noch«, fügte er hinzu.

»Die Monsunzeit ist spektakulär. Andererseits kommt mir hier jeder Tag spektakulär vor«, versetzte Lily.

»Meine Mutter ist parteiisch«, meinte Sami. »Sie hat hier einfach Jahr für Jahr zu lange in der Sonne gesessen.« Doch dann berührte sie Lily spontan am Arm.

Lily empfand diese Berührung als Bekräftigung des Bandes zwischen ihnen. Sie beobachtete erleichtert, wie Sami und Rakka den Strand entlangrannten. Unter Samis unabhängiger Schale lebte immer noch das kleine Mädchen. Letztlich brauchen Töchter ihre Mütter immer. Sami würde es gut tun, mit ihr zur Star-Two-Farm zu fahren, dachte Lily.

Bobby und Ross stapften nach einigen angenehmen, mit Angeln verbrachten Stunden, entlang der Fahrrinne durch die Mangroven zurück. Die Flut hatte eingesetzt, und das Wasser schwappte ihnen bereits um die Knöchel. Die beiden trugen schwer an einem Sack ansehnlicher Barramundi. »Geht doch nichts über Angeln, wenn man sich mal entspannen will«, sagte Bobby zufrieden.

»Vor allem, wenn man dabei noch was fängt«, ergänzte

Ross. »Wie wär's, schmeißen wir zum Brunch zwei auf den Grill?«

»Klar, mit ein bisschen Zitronengras und Chilisoße dabei.« Bobby hatte nicht gut geschlafen, und als er sich vor Tagesanbruch zu seiner Verabredung mit Ross auf den Weg machte, hatte er erneut über den versuchten Einbruch bei sich zu Hause und im Büro seines Vaters nachgedacht. Doch dann musste er die Angelrute zusammensetzen und mit Ködern bestücken, er und Ross hatten sich mit Anglergeschichten überboten und Fische gefangen, und das brachte ihn auf andere Gedanken. Nun trat das unerfreuliche Thema wieder in den Vordergrund, doch Bobby fühlte sich ihm besser gewappnet.

»Vielen Dank für das alles, Ross. Es ging mir so an die Nerven, dass diese Arschlöcher in Papas Büro eingebrochen sind und ein Riesendurcheinander angerichtet haben. Mama ist immer noch ein bisschen durch den Wind, weil sie das Haus durchsucht haben. Sie haben sogar die Schubladen in ihrem Kleiderschrank ausgeleert. Ich brauchte Ablenkung, weißt du.«

»Klar, versteh ich doch, Kumpel. Dein Vater bewahrt doch kein Bargeld bei sich auf? Gibt es noch etwas, worauf die Einbrecher es vielleicht abgesehen hatten? Ich finde es komisch, dass sie euer Haus durchsucht, aber nichts mitgenommen haben.«

»Das ist es ja, nicht einmal die Cops begreifen das. Den Safe haben sie nicht aufbekommen, aber sie haben die Papiere und alles durchwühlt, sogar in der Anrichte haben sie gesucht, und da stehen ein paar teure Sachen, die man verscheuern könnte. Aber nicht mal die haben sie mitgehen lassen!«

»Es ist relativ schwer, in einer kleinen Stadt wie Broome heiße Ware loszuschlagen. Jeder ist über alles im Bilde«, meinte Ross, der als Polizist im Geiste eine Checkliste durchging. »Vielleicht wäre es der Mühe wert, auf den Campingplätzen und in den Unterkünften für Rucksacktouristen nachzufragen, ob jemand was gehört hat. Es sieht aus, als wären die Einbrecher auf der Suche nach etwas ganz Bestimmtem gewesen. Ich hab mich kurz mit den örtlichen Cops unterhalten, die scheinen genauso vor einem Rätsel zu stehen wie wir.«

Nach dem Essen saßen sie mit einem kalten Bier in alten Sesseln auf der Veranda und sahen zu, wie die Flut im Creek hinter dem Garten stieg. »Jetzt siehst du, warum ich nicht nach Melbourne zurück will.« Ross seufzte.

»Du hast dich also endgültig entschieden, hier zu bleiben?«

»Yep. Ich muss nächste Woche anfangen, mich in Melbourne um alles zu kümmern – zum Beispiel kündigen. Irgendwelche Vorschläge, was Arbeit hier angeht, wenn ich wieder da bin?«, fragte er im Scherz.

Bobby überlegte und leerte sein Bier. »Vielleicht ergibt sich was bei Tim Hudson. Ich glaube nicht, dass ich hier was zu früh ausplaudere, Neuigkeiten verbreiten sich in dieser Kleinstadt einfach schnell … Ich habe ihn doch zu einer alten Perlenfarm in der Red Rock Bay raufgefahren. Er scheint dran zu denken, die Farm auszubauen, hat irgendwelche Investoren in der Hinterhand.«

»Na ja, ich weiß nicht viel über Perlen. Trotz der Familientradition. Aber ich kann eigentlich jede körperliche Arbeit verrichten. Na ja, so weit ist es ja noch nicht.«

Er klang nachdenklich, und Bobby ging auf, dass das Leben nicht immer nach Plan verlief. Er fragte sich, wo er selbst in etwa fünfzehn Jahren stünde, in Ross' Alter. Würde er sich immer noch von einem Job zum nächsten hangeln? »Das erinnert mich an meine eigene Situation. Mein Vater wird irgendwann aufhören, und ich will den Laden nicht übernehmen. Als Ältester sollte ich an sich den Familienbetrieb weiterführen. Aber es gibt immerhin noch meine Schwester und meinen kleinen Bruder.«

»Das ist nicht einfach, wenn du kein Interesse daran hast«, stimmte Ross zu.

»Oder kein Talent dafür. Papiere zu wälzen, Frachtpartien und Lastwagen zu organisieren, damit habe ich's nicht. Ich muss mit Menschen arbeiten. Hoffentlich interessiert sich mein kleiner Bruder mehr für Lastwagen, die Fracht durchs Land befördern.« Bobby stand auf. »Jedenfalls danke für diesen Vormittag. Ich sage Papa, dass es ihn sicherlich nicht noch einmal trifft. Er ergreift schon alle möglichen Vorsichtsmaßnahmen. Es ist wirklich traurig, Broome war nie ein Ort, an dem man die Türen abschließen musste.« Ein Gedanke schoss ihm durch den Kopf. »Der letzte Diebstahl, von dem ich weiß, das war ein Haufen Kinder aus einer Gemeinde in der Nähe der Bradley-Farm. Damals hab ich das auf die Langeweile geschoben.«

»Ich würde sagen, bei deinem Vater war keine Langeweile im Spiel. Es sieht eher aus, als hätten sie einen Plan gehabt.«

Die beiden reichten einander die Hand. »Das müssen wir noch mal machen, hm?« Ross grinste den jüngeren Mann an, der so ein aufgeschlossener und fröhlicher Gesellschafter war.

»Jederzeit, Kumpel. Ich bin immer bereit, die Angelschnur auszuwerfen.«

Sami hatte sich den aufregenden Perlenschmuck in den Schaukästen in Paulines Laden angesehen, und er gefiel ihr ausnehmend gut. Den Gesprächen einiger Touristen, die sich an der anderen Seite des Ladentischs um einige Schmuckstücke geschart hatten, entnahm sie ähnliche Begeisterung. Nachdem Pauline für den einzigen Käufer in der Gruppe eine Halskette eingepackt und in die charakteristische schwarze Tüte des Ladens geschoben hatte, kam sie zu Sami herüber. »Hi. Das war ein betriebsamer Vormittag. Und noch dazu ziemlich faszinierend.«

»Inwiefern?«

»Komm mal eine Minute mit raus.« Sie ging zu ihrem Schreibtisch hinter einer verspiegelten Scheibe, durch die man in den Laden sah. »Du erinnerst dich doch an diese Metallsonne, die Bobby dir gegeben hat? Sieh dir das an.« Sie nahm das Kästchen aus einer Schublade und legte die Sonne auf den Tisch. »Sieh mal, da ist die Kugel, und alle Strahlen gehen von ihr aus. Also, ich habe daran herumgefummelt und dabei herausgefunden, dass man einen der Strahlen drehen kann und …«, sie hielt inne, um es zu demonstrieren. »Bingo, es rastet ein, und der Deckel klappt auf. Wie findest du das?«

»Oh, ein Geheimversteck. Ist in der kleinen Röhre irgendwas drin?«

»Ja, das hier.« Pauline zog eine Papierrolle heraus, ausgebreitet nicht größer als eine Postkarte.

»Ein sonderbares Schriftstück, wenn es denn eines ist. Was glaubst du, steht drin?«

»Ich denke schon, dass es ein Schriftstück ist, aber ich weiß nicht, in welcher Sprache. Sieht aus wie Hieroglyphen. Ob Bobby davon weiß?«

»Glaube ich nicht, sonst hätte er was gesagt. Bobby hat gesagt, es gehört diesem Deutschen, der sich verirrt hatte.«

»Na, jedenfalls mag ich die Sonnenfigur«, meinte Pauline. »Sie hat mich inspiriert, und vielleicht mache ich eine Himmelskollektion – Sonne und Mond, Sterne und Sternbilder.« Sie hielt sich die Sonne an den Hals. »Siehst du, man kann sie an einer Halskette tragen, es ist sogar eine Öse dran.«

»Sieht toll aus. So eine hätte ich auch gerne.«

Pauline steckte die Papierrolle zurück in die Sonne und

schloss das Kästchen. »Ich gebe sie Bobby zurück. Was machst du jetzt?«

»Ich bin unterwegs zur Historischen Gesellschaft. Sehen wir uns nachher?«

»Ja. Ach, ein Freund aus Perth, Greg, ist mit einem Kumpel hereingeschneit. Er ist Techniker – Flugzeugwartung oder so was. Wir wollen abends essen gehen und dann ins Mangrove Hotel, da soll eine gute Band spielen. Magst du mitkommen?«

»Weißt du irgendwas über ihn? Ich habe keine Lust, mit einem Blindgänger festzuhängen.«

»Ich habe nicht die leiseste Ahnung. Aber das Essen wird keine lange Sache. Danach treffen wir uns mit einer Truppe von der Kuri-Bay-Perlenfarm. In der Menge bist du sicher.«

»Okay. Warum nicht? Ich treffe euch im Restaurant. Welches?«

»Das *Thai Drum,* gegen acht.«

»Danke. Weißt du was? Ich habe da einen Freund, einen Wissenschaftler, mit dem ich momentan zusammenarbeite. Der könnte wissen, was dieses Schriftstück da in der Sonne bedeutet.«

»Aha? Was ist denn sein Fachgebiet?«

Sami versuchte, ein ernstes Gesicht zu machen. »Dudelsack. Er spielt Dudelsack.«

Das Abendessen war ganz passabel, fand Sami. Greg und Pauline waren amüsant, und Gregs Freund Brian sah gut aus, war allerdings etwas arrogant. Als sie das Mangrove Hotel erreichten, kamen sie alle gut miteinander zurecht, und die Truppe von der Perlenfarm war bester Stimmung. Eine lokale Band spielte, die Musik war tanzbar und die Texte packend. Es war eine milde, sternenklare Nacht, farbige Lichter säumten den Garten, und alle waren in Partylaune. Nachdem Sami getanzt und ein paar Gläser getrunken hatte, saß sie irgendwann neben Chris, einem der Taucher aus der Kuri-Bay-Mannschaft. Er war schlank, fit und lachte viel. Sie fragte ihn, warum er jeden Tag so viele Stunden unter Wasser schuftete und Muscheln sammelte. »Der Reiz des Neuen müsste sich doch ziemlich schnell abnutzen«, meinte sie. »Wie lange willst du das noch machen?«

»Noch ein paar Jahre. Das Geld stimmt. Ich kann da in einer dreimonatigen Saison mehr verdienen als meine IT-Kumpels in einem Jahr.«

»Du genießt es doch einfach nur, dass du auf der Farm King Louis bist«, neckte Pauline. »Die Strömungstaucher halten sich nämlich für die Herren der Tiefe.«

Chris lächelte gutmütig. »Da herrscht ein ziemlicher Druck, das macht es spannend.«

»Konkurrenz wischen den Tauchern?«, fragte Sami.

»Zum einen das, aber auch, was die eigene körperliche Fitness und die Risiken der Arbeit angeht. Der schwierigste Teil ist aber die Perlentaucherprüfung. Jeder, der mal ein bisschen getaucht ist, glaubt, er kann Muscheln vom Meeresboden aufsammeln.«

»Wie schwer kann das schon sein?«, mischte sich Brian ein, der den Großteil seines Lebens in Hangars an Flugzeugen gearbeitet hatte.

»Nicht allzu schwierig, schätze ich«, antwortete Chris gelassen. »Sobald man seinen Freiwassertauchschein in der Tasche und die ärztliche Untersuchung für kommerzielles Tauchen hinter sich hat, Brustkorb und Knochen geröntgt sind, man zweihundert Meter unter vier Minuten geschwommen ist, eine haarige schriftliche Prüfung mit technischen und medizinischen Fragen bestanden und am Ende die knifflige praktische Prüfung geschafft hat.«

»Die worin besteht?«, fragte Sami.

»Man steckt in einer Kammer, die erhitzt wird, bis man

im eigenen Saft kocht, und dann wird sie abgekühlt, bis einem die Zehen abfallen. Sie testen, wie man sich bei Stickstoffnarkose verhält – du darfst dabei nicht den Überblick verlieren, sonst bist du eine Gefahr für dich selbst und für andere. So was eben.«

»Ich verstehe, die Durchfallquote ist hoch«, meinte Sami.

Chris grinste und hob sein Bier. »Manche von uns sind fürs Tauchen geschaffen, andere können besser in die Tastatur hauen. Ich weiß, was ich lieber tue.«

»Du arbeitest auf einer der großen Farmen – würdest du auch für ein neues, kleines Unternehmen arbeiten?«

»Warum nicht? Man geht da hin, wo das Geld ist – wenn man was wert ist.«

»Ich würde gerne wissen, wie eine Perlenfarm arbeitet«, sagte Sami.

»Na, dann arbeite einfach mal auf einer«, entgegnete Chris. »Viele Mädchen mögen das Leben dort. Es gibt da alle möglichen Jobs, aber man muss in Form sein und bereit, die Dinge so zu nehmen, wie sie kommen.«

Sami genoss das Gespräch mit Chris. Er war ein angenehmer Gesprächspartner, und sie versuchte, so viel wie möglich über seine Arbeit und die Situation der Perlenbranche herauszufinden.

Außerdem wollte sie auf Distanz zu Brian gehen. Sie hatte Pauline bereits signalisiert, dass Brian ein Langweiler sei und sie allein nach Hause laufen wollte; die Moonlight Bay Apartments waren fast nebenan. Brian hatte unterdessen sein Bier geleert und das nächste ebenfalls zur Hälfte heruntergeschüttet. Nun schaute er den Musikern zu, die gerade Pause hatten. Zwei von ihnen hatten sich zu der Gruppe am Tisch gesellt, weil sie einige der Leute kannten, darunter Dales Sohn Simon.

Plötzlich kam es am anderen Ende des Tisches zu einem

Handgemenge. Brian stritt mit dem Gitarristen, einem Aborigine, und schrie: »Er hat mich verdammt noch mal geschubst. Jetzt habe ich mein Bier verschüttet. Das Arschloch.«

»Du bist besoffen, Brian!«

»Dieser Scheißkerl hat mich mit voller Absicht geschubst!«

Eine hübsche Japanerin tupfte hastig Bier von ihrem T-Shirt. Den nächsten Wortwechsel konnte Sami nicht hören, aber irgendwer wollte den Musiker wegreißen. Der streckte den Arm aus und traf Brian, welcher seinerseits ausholte.

»Allgemeines Chaos«, verkündete Chris, sprang auf und nahm Sami am Arm. »Komm weg.«

Doch im Nu war alles vorüber. Ein Mitarbeiter des Hotels sowie ein anderer Gast hatten rasch Ruhe und Ordnung hergestellt. »Spielt einfach weiter«, wies der Hotelmitarbeiter den Musiker an. »Das wäre jetzt das Beste.«

Der andere Mann beruhigte Brian und fragte dann die Japanerin: »Alles in Ordnung?«

»Alles in Ordnung«, erwiderte sie. »Nichts passiert.«

Sami wandte sich an die Frau und stellte sich vor: »Hi. Ich bin Sami, und das ist Chris. Möchtest du dich zu uns setzen?« Sie war offenbar allein da. Vielleicht eine Rucksacktouristin?, dachte Sami.

»Danke, gern. Ich bin Mika.« Sie lächelte scheu.

Als Chris und Sami Mika mit an den Tisch brachten, erkannte Sami zu ihrer Überraschung den Mann, der bei dem Streit eingeschritten war: Tim Hudson.

Er nickte ihr zu, da er sie ebenfalls erkannt hatte, und setzte sich neben sie. »Eindrücke von der Lokalkultur gesammelt?«, fragte er grinsend.

»So könnte man's nennen. Bis vor ein paar Minuten war es ein toller Abend. Ich wollte sowieso bald gehen.«

»Bleib noch ein bisschen, Sami, lass uns noch mal tanzen«, sagte Chris und sah Tim fest in die Augen.

»Tim ist ein Freund meiner Mutter«, begann Sami, aber als sie in Tims Augen eine Warnung aufblitzen sah, beließ sie es dabei.

Sie begriff, dass er sein Interesse daran, sich in eine Farm einzukaufen, geheim halten wollte. »Chris ist Perlentaucher und hat gerade ein bisschen Erholungsurlaub. Und das ist Mika. Bist du auch im Urlaub hier?« Sami war froh über diese Möglichkeit zur Ablenkung.

»Ich habe mir längere Zeit freigenommen. Ich recherchiere ein bisschen. Ich unterrichte Geschichte«, sagte die junge Japanerin, »und ich interessiere mich für die Geschichte der Perlenfischerei.«

»Ich habe Sami für die Perlenbranche interessiert. Ich habe ihr vorgeschlagen, sich einen Job auf einer Farm zu suchen!«, brachte Chris ins Gespräch ein.

»Das könnte eine gute Idee sein«, meinte Tim beiläufig. »Zufällig fliege ich nach Indonesien zu der Farm, auf der ich früher gearbeitet habe. Warum kommen Sie nicht mit, Sami, und sehen sich dort alles an?«, fügte er frech hinzu.

»Nein, danke«, erwiderte Sami steif. »Ich habe meine eigene Forschungsarbeit.«

»Für Ihre Dissertation?«

»Wenn möglich. Außerdem helfe ich meiner Mutter. Sie hat da so einen verrückten Plan, der, glaube ich, noch besser durchdacht sein will.«

Tim ließ sich nichts anmerken und nickte. »Sehr vernünftig. Sie sehen aus, als wollten Sie gerade gehen. Ich gehe in Ihre Richtung, ich begleite Sie.«

»Himmel, was ist dieser Simon doch für ein Vollidiot! Er hat die Jungs von der Band absichtlich aufgestachelt.« Pauline war von der Tanzfläche zurückgekehrt. »Gute Nacht, Sami. Bis dann.«

Sami hatte keine Wahl, als mit Tim zu gehen. Schweigend liefen sie über die Auffahrt des Mangrove Hotels.

»Und was wollen Sie in Indonesien?«, fragte sie schließlich. »Säcke voll Geld holen?«

»Ich hoffe es. Mit den Investoren sprechen. Ihnen erzählen, was für eine Goldmine die Star Two sein kann.«

Sami ging langsamer und sah ihn im Sternenlicht an. »Sie meinen, es sind potenzielle Investoren? Sie haben das Geschäft noch gar nicht in der Tasche?«

»Nein. Wir haben noch keine Zusage über das Geld, falls es das ist, was Sie wissen wollen. Ich wurde gebeten, mich nach einer lohnenden Investition hier umzusehen. Sie finden, dass die Perlenzucht nach einer guten Sache klingt, wenn man das gegenwärtige gesellschaftliche Ansehen von Perlen und die Preise für Perlen betrachtet. Japaner wissen Perlen sehr zu schätzen. Anfangs hatte ich aber weniger an die Perlenbranche gedacht, ich hatte eher nach dem Tourismus geschielt.«

»Na, dann machen Sie das lieber weiter. Ich sehe immer noch nicht, dass aus diesem Geschäft etwas wird. Ich fahre mit meiner Mutter hin, um mir alles anzusehen.«

»Gute Idee. Kennen Sie sich mit Perlenfarmen aus?«

Sie ignorierte den Sarkasmus. »Die ganze Geschichte gefällt mir überhaupt nicht. Was ist, wenn Sie die Finanzierung nicht bekommen, oder wenn meine Mutter nicht weitermachen möchte?«

»Das wäre bedauerlich, weil sie die Verbindung zum historischen Unternehmen Star of the Sea ist. Ich müsste wohl nach einem neuen Partner suchen.« Sami reagierte nicht, und so fragte er ruhig: »Was ist Ihr Haupteinwand?«

»Es ist riskant, das müssen Sie zugeben. Und ich möchte nicht, dass meine Mutter alles verliert, was sie sich erarbeitet hat, bloß weil sie sentimental und gutgläubig ist.«

»Sami, es war Ihre Mutter, die mich überredet hat, nicht umgekehrt.«

»Sie sind noch jung, Sie können ruhig das Geld anderer Leute riskieren. Ich finde, Sie sollte es in ihrem Alter nicht tun.«

»Gut«, sagte er, überrascht, dass Sami ihre Mutter offenbar für jenseits von Gut und Böse hielt. »Aber ich werde dafür arbeiten, dass die Star Two gute Aussichten auf Erfolg hat.«

Sie hatten den Eingang zu den Moonlight Bay Apartments erreicht. »Schön für Sie. Gute Nacht. Danke, dass Sie mich nach Hause begleitet haben. Es wäre nicht nötig gewesen.«

»Ich weiß. Ach, und Sami, wenn Sie an der Red Rock Bay sind, bitten Sie Dave, Sie zu den Sonnenuntergangsdünen mitzunehmen.«

»Sehenswürdigkeiten und Dünen stehen ganz unten auf meiner Agenda.« Sami wandte sich um und ging zur Treppe.

»Schade«, sagte Tim, doch Sami hörte ihn nicht. In Gedanken versunken, ging er weiter. Es konnte nicht leicht für Lily gewesen sein, Sami aufzuziehen, falls sie immer schon so kratzbürstig gewesen war. Dabei war die junge Frau attraktiv, auch wenn sie es nicht zu wissen schien.

Am nächsten Morgen war Lily nicht da, und so ging Sami ans Telefon.

»Samantha? Rate, wer dran ist!«

»Ich hasse das. Aber ich habe eine Ahnung!«

»Du bekommst einen Tipp.« Eine Dudelsacksalve röhrte durchs Telefon.

»Ich wusste es! Palmer! Wo bist du?«

»Ich lagere in den Dünen bei meinem Freund Farouz.«

»Dem Kamelführer?«

»Ebender. Kamele lieben Dudelsackmusik. Menschen in Hotels und auf Campingplätzen nicht.«

»Ich glaub's nicht, so eine Überraschung! Woher kennst du Farouz?«

»Das ist eine lange Geschichte, die sich von den alten Basaren Afghanistans durch die Wüsten Australiens bis hierher in die lieblichen Dünen Broomes zieht.«

»Sehr poetisch. Seit wann bist du hier, und wann kann ich dich sehen?«, fragte Sami. »Es gibt viel zu besprechen. Sind Bridget und Goonamulli auch da?«

»Nein. Bridget ist in Perth an der Uni. Goonamulli ist in Derby, er plant einen Angeltrip – sehr vernünftig. Ich habe auch darüber nachgedacht. Ich angele gern.«

»In Derby?«

»Nein, hier. Hast du schon die besten Barramundiplätze gefunden?«

»Leider nein. Palmer, ich kann es kaum erwarten, dich zu treffen. Ich muss zur Historischen Gesellschaft und ein paar Zeitungsausschnitte zurückgeben.«

»Großartig. Dort treffen wir uns.«

Val, die normalerweise das Museum leitete, hatte den Vormittag frei, und so begrüßte Sami eine fröhliche Ehrenamtliche, die sich als Bette vorstellte.

»Ah! Ich habe gestern Morgen am Town Beach Ihren Mann Kevin kennen gelernt. Er sagte, sie würden durch Australien reisen und hätten hier Halt gemacht.«

»Wir wollten nur den Winter über bleiben, und jetzt können wir uns nicht vorstellen, wieder abzureisen. Und Sie müssen Sami sein! Ich habe Ihre Mutter flüchtig beim Bradley Cup kennen gelernt.«

»Meine Mutter kommt ziemlich rum. Wie haben Sie mich erkannt?«

»Ihr Freund hat Sie beschrieben: hübsch, groß, braune

Augen, helles Haar und ein nettes Lächeln. Ich konnte Sie nicht verwechseln.«

»Ach, das war aber nett von ihm. Wo ist Dr. Palmer?«

»Er wollte sich umsehen. Ich glaube, Sie finden ihn im Ausstellungsraum.«

Sami schlenderte durch das aus allen Nähten platzende Museum, das ihr nun schon vertraut war. Jean, die Bibliothekarin, erlaubte ihr, ihren Computer zu benutzen und hinten im Büro zu arbeiten, doch wie ihre Mutter saß auch Sami lieber in dem kleinen Museum der Historischen Gesellschaft. Einige der Originaltagebücher und -papiere von Missionaren und frühen Siedlern waren für ihre Forschungsarbeit von besonderer Bedeutung. Sie bemerkte überrascht Mika, die sich durch alte Zeitungen arbeitete. »Hallo. Du auch hier? Hast du dich von gestern Abend erholt?«

Mika warf einen Blick auf ihre saubere Bluse. »Alles in Ordnung. Das war ein netter Abend! Danke, dass ihr mich einbezogen habt.«

»Keine Ursache. Wir laufen einander bestimmt noch oft über den Weg, wenn du einen Monat hier bist. Viel Spaß beim Lesen.«

Palmer begrüßte Sami mit einer flüchtigen Umarmung. »Also, Mädchen. Wie findest du die Lichter der Stadt?«

»Hin und wieder strahlen sie hell. Aber nicht so hell wie die Sterne über der Kimberley-Wüste.«

»Da kommen wir auch wieder hin, keine Sorge. Wo kriegen wir denn jetzt einen vernünftigen Tee? Bitte kein modisches Zeug wie Löwenzahntee!«

»Mit den richtigen Beziehungen bekommt man ihn sogar hier! Der Hof ist perfekt für ein entspanntes Gespräch.«

Wie sich herausstellte, überlegte Palmer später, war es zwar tatsächlich ein ruhiger Fleck, doch Sami war alles andere als entspannt. Sie rührte ihren Tee kaum an, während sie mit Palmer sprach und ihn über ihre Reaktionen auf Broome, die Begegnungen mit ihrer Familie, gesellschaftliche Ereignisse und das Ringen mit ihrer Dissertation ins Bild setzte. Er hörte ihr aufmerksam zu und verzichtete auf seine üblichen Scherze, weil er spürte, dass sie alle ihre angestauten Gefühle herauslassen musste. Schließlich deutete er auf ihre Tasse. »Lassen wir uns nachschenken. Mir scheint, du hattest hier eine ereignisreiche Zeit. Kein Wunder, dass du dich nicht richtig auf deine Arbeit konzentrieren kannst. Gehen wir deine Probleme eines nach dem anderen an. Was beschäftigt dich am meisten?«

»Diese Perlenfarmidee meiner Mutter. Kannst du dir das vorstellen? Sie ist über fünfzig. Sie hatte eine Karriere als Leiterin eines medizinischen Labors in Sydney, und jetzt will sie plötzlich all ihre Ersparnisse irgendeinem Klugscheißer anvertrauen, der sagt, er findet Investoren! Auf irgendeiner heruntergekommenen Perlenfarm an einem der entlegendsten Orte in Australien!«

»Und vermutlich auch einem der schönsten. Okay, betrachten wir das eingehender. Sie ist schon seit ein paar Jahren fasziniert von der Perlenbranche, seit sie herausgefunden hat, dass dein Ururgroßvater ein Perlenbaron war. Sie hatte eine einsame Kindheit und jetzt hat sie eine Familie gefunden«, er hob einen Finger, als Sami ihn unterbrechen wollte, »eine Familie, die sie annehmen und lieben kann. Sie hat hier einen engen männlichen Freund – kann man noch von einem ›festen Freund‹ sprechen?«

»Eigentlich nicht. Und das ist er auch nicht, Lebenspartner auch nicht. Ich weiß nicht, was Dale ist. Männliche Gesellschaft, manchmal jedenfalls, schätze ich. Er ist auch nicht scharf auf dieses Perlengeschäft.«

»Aber du und deine Mutter, ihr werdet euch alles ansehen. Achte genau auf deinen ersten Eindruck und dann kundschafte so viel wie möglich aus.«

»Aber wir wissen nichts über die Beurteilung eines Perlenunternehmens. Schon gar nicht über die Leitung!«

»Ich vertraue auf die innere Stimme. Und deine Mutter wird sich fachlichen und finanziellen Rat holen, wenn es so weit ist. Also fahr da rauf und sieh dich vorurteilslos um. Dann kannst du über den nächsten Schritt nachdenken. Und jetzt zum nächsten Problem. Setz Prioritäten.«

»Da muss ich mal nachdenken. Es ist ein Kopf-an-Kopf-Rennen zwischen der Konzentration auf meine Dissertation und der Frage, wie ich mit dem Druck wegen meiner so genannten Verwandten zurechtkomme.«

»Mit der Dissertation kann man sich immer beschäftigen. Klar, besser früher als später. Aber du kannst die ganze Sache auch jederzeit drangeben. Verwandte hingegen wird man nicht los. Und warum sagst du ›so genannte‹?«

Sami trank von ihrem Tee, dankbar für die Chance, ihre Gedanken etwas klarer zu formulieren. »Na ja, in biologischer Hinsicht ist es nur eine ganz entfernte Verwandtschaft, und ich sehe nicht, dass sie irgendetwas mit meinem Leben zu tun hat. Du weißt schon.«

»Dann hast du deine Fragen selbst beantwortet. Richtig?«

»So einfach ist das nicht. Wenn ich ehrlich bin, ist mir die Aborigine-Abstammung ein bisschen unangenehm. Und dann bekomme ich Schuldgefühle. Es ist nicht nur der Familienkram an sich, es ist der ganze Ballast, der am Thema Aborigines hängt.«

»Nämlich?«

»Die ganze Aussöhnungsfrage, die Schwarz-gegen-weiß-Debatte, die Vereinnahmung der Aborigine-Kultur. Ich wurde im Krankenhaus geboren, nicht unter einem Baum in den Kimberleys.« Sie nahm einen Schluck Tee.

»Du kämpfst gerne auf verlorenem Posten, stimmt's?«, sagte Palmer sanft.

»Warum kann ich nicht einfach sagen: ›Oh, cool, keine große Sache?‹ Es bedeutet meiner Mutter schließlich so viel. Und sie nehmen mich alle so bereitwillig auf. Aber ich will einfach nur wegrennen.«

»Irgendwann solltest du dich mal mit Goonamulli, Biddy und Rosie zusammensetzen. Diese Fragen sind hochpersönlich.«

Sami fuhr sich niedergeschlagen mit der Hand durch die Haare. »Bisher war das Leben so unkompliziert.«

»Eine ganze Menge Australier kämpfen mit diesen Problemen«, sagte Palmer in dem Bemühen, ihr zu helfen. »Im Grunde geht es darum, dass wir alle in diesem Land leben und das Gefühl haben, hierher zu gehören, ob wir nun hier geboren oder von anderswo gekommen sind. Und wie wir mit der Frage umgehen, wessen Land das eigentlich ist.« Er drückte ihre Hand. »Keine einfachen Antworten, stattdessen ein Klischee: Lass dir Zeit. Da ist so viel, womit du dich hier auseinandersetzen musst, und am Ende beschließt du womöglich doch davonzulaufen. Vielleicht ist es so, wie wenn man sich eins dieser Felsbilder ansieht, die wir da draußen im Busch gesehen haben – je länger man hinschaut, desto mehr sieht man.«

»Du sprichst natürlich als Fachmann.«

»Als Freund«, entgegnete er sanft. Palmer faltete seinen langen Körper auseinander und streckte die Hand aus. »Machen wir einen Rundgang durch die Stadt.«

»Es geht mir schon viel besser, Palmer. Danke. Okay, ich bringe dich an einen Lieblingsplatz – aus einem bestimmten Grund.« Während sie zu Paulines Geschäft gingen, erzählte sie ihm, wie Bobby das mysteriöse Sonnensymbol in die Hände gefallen war, und was Pauline entdeckt hatte. »Und dann springt die Mitte auf, und drinnen befindet sich ein winziges, aufgerolltes Stück Papier mit einer merkwürdigen Schrift oder Symbolen darauf.«

»Aha. Sieht es aus wie eine Halskette, eine Art Amulett?«

»Könnte sein. Aber von der Größe her ist es eher eine klobige Gürtelschnalle als ein Anhänger. Was meinst du?«

»Ich enthalte mich eines Urteils, bis ich den Gegenstand gesehen habe«, sagte er professoral.

Sami stupste ihn in die Rippen. »Okay. Also, wie lange bleibst du in Broome? Schläfst du bei Farouz? Das ist eine ziemlich schlichte Unterkunft.«

»Ich bin gerne mit ihm zusammen. Vielleicht ziehe ich später noch in den Cable Beach Club. Ich dachte, für kurze Zeit kann ich das süße Nichtstun dort mal genießen. Irgendwann will ich dann wieder raus in die Wüste.«

»Oh, das wollte ich dir noch sagen! Ich war Krabbenfangen, und da sind ein paar ganz erstaunliche Dinosaurierfußspuren auf den Felsen, ganz auf der anderen Seite der Bucht.«

»Tatsächlich? Klingt faszinierend. Wie kommt man da hin?«

»Ein Freund der Familie – Eugene – hat ein kleines Aluboot mit Außenbordmotor. Er arbeitet im Vogelobservatorium und bringt dich sicherlich gerne hin.«

»Ausgezeichnet. Ich mag Schlammkrabben.«

Pauline war ziemlich verblüfft, als sie den hoch gewachsenen, schlanken und sehr lässigen Wissenschaftler mit seinem Lederhut kennen lernte.

Doch nachdem sie ein Weilchen geplaudert hatten, und er die wundervollen blauen Augen und sein unwiderstehliches Lächeln auf sie gerichtet hatte, begriff sie, warum Sami ihn anbetete. Er sah eher wie ein Filmstar aus. Mal war er ein bodenständiger Aussie mit unbändigem Humor, dann wieder der ernsthafte, scharfsinnige Gelehrte. Sie kam zu dem Urteil, dass Dr. Ted Palmer ein Charmeur war, der aufgrund seines Alters, seiner Position und Persönlichkeit

Sicherheit und Halt ausstrahlte, dabei aber außerordentlich unterhaltsam war.

»Hier ist es.« Pauline öffnete das Kästchen, nahm die Metallsonne, öffnete sie und zeigte ihm die Papierrolle.

»Aha!« Palmer besah sie sich rasch von beiden Seiten. Dann setzte er seine Brille auf, um sie genauer zu untersuchen.

»Fällt Ihnen was dazu ein?«, fragte Pauline.

»Im Mittleren Osten ist das recht verbreitet, es ist eine Art Glücksbringer, ein Amulett. Häufig schreiben die Leute ihren Lieblingskoranvers oder ein Lieblingsgedicht auf, das dann in diesem Amulett getragen wird. Allerdings«, er warf noch einen Blick darauf und kniff die Augen zusammen, »die Schrift ist alt, aber das Papier modern.«

»Ägyptische Hieroglyphen?«, schlug Pauline vor.

»Nein. Ich würde sagen, vielleicht Gandhari oder Prakrit, deshalb kann ich es nicht übersetzen. Wir brauchen jemanden, der sich mit diesen alten Sprachen auskennt.«

»Ist es uns derart wichtig?«, fragte Pauline.

»Mir schon«, sagten Sami und Palmer wie aus einem Munde.

»Ich würde gern mit dem jungen Burschen sprechen, dem das hier in die Hände gefallen ist. Der deutsche Tourist ist wirklich verschwunden?« Palmer wirkte mehr als interessiert …

»Ich glaube nicht, dass Bobby viel weiß, aber frag ihn doch selbst. Er hat dieses Ding mit sich herumgetragen, weil er dachte, Matthias würde kommen und es zurückfordern, aber er hielt es für ein Souvenir, nicht besonders wichtig.«

»Da bin ich anderer Meinung. Das ist höchst interessant.« Palmer drehte es um.

Pauline stieß Sami an. »Erzähl ihm, was bei Bobby zu Hause passiert ist – der Einbruch.«

Sami sah Pauline leicht verdutzt an. »Glaubst du, da gibt es einen Zusammenhang?« Sie wandte sich an Palmer. »Bei Bobby zu Hause – er lebt bei seinen Eltern – und im Büro seines Vaters wurde alles durchwühlt, aber nichts gestohlen. Die Polizei denkt, die Einbrecher hätten nach etwas Bestimmtem gesucht, aber wie gesagt, gestohlen wurde nichts. Könnte es um das Ding hier gehen?

»Wer weiß?«, meinte Pauline. »Es war nur so eine Eingebung, die ich nicht für mich behalten konnte.«

»Wenn wir die Botschaft übersetzen können, sind wir vielleicht schlauer – was auch immer da stehen mag. Kann ich eine Kopie davon haben?«, bat Palmer.

Die beiden Frauen zuckten mit den Achseln. »Warum nicht?«

»Das ist mir alles ein Rätsel. Ich weiß nicht, was oder wo Gandhara ist, aber ich mag den Schmuck-Stil«, meinte Pauline. »Lasst mich wissen, was ihr herausfindet.«

»Das könnte ein Weilchen dauern. Ich denke, ich brauche die Hilfe eines Kollegen, der Kunsthistoriker an der Uni in Perth ist«, sagte Palmer. Er legte die Sonne in ihr Kästchen und schloss den Deckel. Dann grinste er Sami an. »Aber es ist immer gut, sich hin und wieder einer kleinen Herausforderung zu stellen, nicht wahr?«

»Genau«, seufzte sie. »Red Rock Bay, Star Two, ich komme.«

Kapitel neun

»Broome International Airport.« Über dieses Schild auf dem Blechdach musste Lily jedes Mal lächeln. Sie liebte den kleinen Tropenflughafen mit seiner zwanglosen Atmosphäre, wo ein Badeanzug, ein Sarong und nackte Füße nicht fehl am Platze wirkten.

Nachdem Tim eingecheckt hatte, wandte er sich Lily zu. »Wollen wir uns nach draußen setzen und uns ein Bierchen genehmigen?«

»Fein. Da kann man gut Leute beobachten.«

»Unbestritten. Das ist in Broome ein richtiger Sport, was?«, bemerkte Tim. Er ließ sich mit einem alkoholarmen Bier nieder und hob sein Glas. »Auf Sie. Danke fürs Herfahren. Es ist schön, verabschiedet zu werden. Ich reise ja immer allein.«

»Also, eine zehnminütige Fahrt bringt mich wirklich nicht um. Ich habe gedacht, wir müssten noch Hunderte von Punkten besprechen. Aber abgesehen davon, dass ich hoffe, Sie haben bei Ihrer Rückkehr das Geld sozusagen in der Tasche, fällt mir jetzt nichts ein.«

»Lily, ich werde die Star Two als gute Investitionsmöglichkeit empfehlen. Bei der Entscheidung spielen viele Faktoren eine Rolle, aber wir können das Geschäft durch verschiedene Maßnahmen mitgestalten. Da ist die Unternehmensbewertung, Ihre Zustimmung, dass Sie mitmachen, die Marktforschung, all das. Am Telefon klangen die Investoren sehr positiv, aber …« Er spielte mit dem Serviertablett auf dem Tisch.

»Aber was?«

»Es hat keinen Sinn über ungelegte Eier zu spekulieren – oder über ungeerntete Perlen. Doch nach meinen bisherigen Erfahrungen mit diesen beiden Männern machen sie das Geschäft, wenn sie einmal gesagt haben, dass sie interessiert sind.« Er stellte die Bierflasche ab und sah Lily aufmerksam an. »Ich halte Sie auf dem Laufenden, aber ich werde so rasch wie möglich eine Rückmeldung von Ihnen brauchen, wie Sie über die Bedingungen und das Geschäft denken. Ja, ja, ich weiß, wie Sie im Augenblick denken, aber da liegen noch Hürden vor uns.«

»Sie meinen Finanzberatung, juristische Beratung und so weiter«, meinte Lily.

»Das ›und so weiter‹ bedeutet Ihre Tochter. Ich möchte nicht erleben, dass Sie nur deshalb nicht weitermachen wollen, weil Samantha die Sache missbilligt.«

»Das ist nicht fair, Tim«, hielt Lily ihm vor. »Meine Tochter will mich nur schützen. Das hat sie Ihnen doch gesagt: Sami will nur nicht, dass ich mein Sparschwein plündere. Bestimmt sieht sie alles ganz anders, wenn sie erst die Farm und ihr Potenzial gesehen und die familiäre Verbindung akzeptiert hat.«

»Es ist bereits ein rentabler Betrieb. Wir sind hier nicht die edlen Ritter, die irgendeinen alten Knacker retten, der den Wert seines Besitzes nicht kennt.«

»Da stimme ich Ihnen zu. Dave scheint mir ein kluger Kopf zu sein. Er hat bloß nicht mehr die Energie, die Lust oder das Geld, um etwas zu ändern«, meinte Lily.

»Ich denke, er arbeitet nach dem Prinzip, wenn etwas funktioniert, sollst du nichts daran ändern. Nach meinen Gesprächen mit ihm glaube ich allerdings, dass er vor Jahren einer von den ganz Großen werden wollte. Er hat sogar angedeutet, er hätte eine größere Rolle spielen können, wenn die Dinge anders gelaufen wären. Näher hat er das nicht ausgeführt, und ich habe den Wink verstanden, dass ich meine Nase da nicht reinstecken soll.«

»Glauben Sie, es gab da ein Problem? Vielleicht sollte ich mal vorsichtig nachfragen? So etwas müssen wir wissen!«

»Ich bezweifle, dass es wichtig ist, Lily. Es war irgendwas Persönliches, würde ich sagen. Wie war das noch mal mit dem Vermischen von Arbeit und Privatem?« Er zog eine Augenbraue hoch, dann trank er einen großen Schluck Bier.

»Hmm. Zum Glück sind wir zwei nur Freunde und es gibt keine familiäre oder engere emotionale Bindung. Ich könnte mir zum Beispiel nicht vorstellen, mit Dale zusammenzuarbeiten.«

Tim wäre beinahe herausgerutscht, das könne er auch nicht, nachdem er Geschichten über Dales plumpe Vorgehensweise auf einigen Baustellen gehört hatte. Vorsichtig fragte er: »Wie wichtig ist Dales Zustimmung zu dem Projekt?«

Lily begriff, was er eigentlich meinte. »Keine Sorge, Tim. Ich schätze Dales Ratschläge, seine Gesellschaft und Freundschaft, aber meine Entscheidungen treffe ich allein. Abgesehen von Sami lebe ich schon sehr lange allein. Zu lange vermutlich …« Sie hielt inne. »In meinem Alter ist es wahrscheinlich albern zu erwarten, dass ein gut aussehender Prinz auf seinem weißen Ross angeritten kommt und mich mitnimmt. Aber verdammt noch mal, man darf ja wohl noch träumen!«

»Wir träumen alle, Lily. Sicher, wir wollen Geld verdienen, aber am Ende ist die Liebe doch das, was zählt, und die zu finden, wird immer schwieriger. Ich habe meinen Teil Herzschmerz abbekommen. Was ist mit Ihnen? Waren Sie lange mit Samis Vater verheiratet?« Über so persönliche Dinge hatten sie bisher noch nie gesprochen, und der laute, überfüllte Biergarten eines Flughafens war an sich auch nicht gerade der ideale Ort dafür.

Lily war dennoch ganz offen. »Elf Jahre. Er ist ein verknöcherter Akademiker, der zurück an seine Universität in Amerika gegangen ist. Mein Mann war hauptsächlich ein Vater auf Distanz. Und ich denke, er war mehr an staubigen alten Folianten als an einer energiegeladenen Teenagertochter interessiert, sosehr er sich auch Mühe gegeben hat.«

»Sie ist hitzig. Und bestimmt eigensinnig«, stimmte Tim zu. »Vielleicht hätte sie als Teenager einen starken Vater gebraucht.«

»Na ja, in gewissem Maße hat sie den über zehn Jahre lang in einem sanften, liebevollen Mann gehabt, mit dem ich danach zusammengelebt hatte. Auch wenn dieser Mann die Geschäftswelt nie ganz ausblenden konnte.« Lily sah so traurig aus, dass Tim sanft fragte: »Was ist geschehen?«

»Er starb vor ein paar Jahren. Recht unvermittelt, nicht lange, nachdem ich zum ersten Mal hier gewesen war. Das ist noch ein Grund, warum mich nichts mehr in Sydney hält.«

»Verstehe. Lily, vielleicht ist das auch ein weiterer Grund, warum Sie in diese Perlenfarm einsteigen wollen. Sie brauchen etwas im Leben, das Ihnen sehr wichtig ist, das Ihnen Halt gibt. Wenn Sie die Pros und Kontras gegeneinander abwägen, dann versuchen Sie, die Gefühle außen vor zu lassen!«

»So was kann auch nur ein Mann sagen, Tim! Unsinn«, sagte Lily wegwerfend. »Wenn ich mich nicht mit Leib und Seele diesem Geschäft verschreiben möchte, dann ist es das auch nicht wert.«

»Also, das ist eine ziemlich weibliche Herangehensweise!« Er leerte sein Bier. »Sieht aus, als würden die Leute an Bord gehen.«

»Halten Sie mich auf dem Laufenden. Und denken Sie dran, ich werde eine Weile in der Red Rock Bay außer Reichweite sein!« Sie umarmte Tim flüchtig. »Nichts wie ran an den Feind!«

Tim hob den Daumen, schulterte seinen kleinen Rucksack und ging zum Abflugschalter. Was für eine ungewöhnliche Geschäftsbeziehung sie doch hatten, dachte er. Lily war mindestens zwanzig Jahre älter als er, und doch fühlte er sich mit ihr ausgesprochen wohl. Er mochte sie sehr, und sein Instinkt sagte ihm, dass dies eine ausgezeichnete Partnerschaft werden würde.

Rosie saß in ihrer winzigen Galerie auf dem Boden und verpackte ein Rindenbild in Noppenfolie, um es einem Kunden zu senden. Da kam Farouz mit einem zusammengerollten Betttuch unter dem Arm herein. »Hallo, Farouz, wie geht's?«, begrüßte sie ihn heiter und ließ sich die Überraschung über seinen Besuch nicht anmerken. »Sag nicht, du willst ein Kamelgemälde?«

Farouz deutete zur Begrüßung eine höfliche Verbeugung an. »Nein, aber wenn du oder einer deiner Künstler je ein Kamel als Modell braucht – ich habe außerordentlich günstige Tarife.« Sie lachten beide, und Farouz setzte sich ihr gegenüber auf den Boden. »Ich habe etwas, das dich vielleicht interessiert. Seit meiner ersten Expedition in den Busch wollte ich es dir längst gebracht haben. Du weißt doch, in der Trockenzeit suche ich nach Kamelen.«

»Halten sich die Preise für unsere Kamele auf dem Markt im Mittleren Osten?«, fragte Rosie. »Das ist schon merkwürdig, dass australische Kamele in alle Welt gehen!«

»Es gibt viele merkwürdige Dinge im Leben.«

»Wohl wahr. Also, was wolltest du mir zeigen?«

Er löste behutsam die Schnur der dicken Rolle und rollte das Laken wie ein Teppichhändler auseinander. Rosie fielen Farbe, Thema und Gestaltung sofort ins Auge. Was sie sah, unterschied sich völlig von der Kunst, die sie aus der Kimberley-Region kannte. Neugierig beugte sie sich vor und nahm die Bilder nacheinander auf, um sie genauer zu betrachten. Unter der letzten Leinwand lagen mehrere Knüpfarbeiten. »Phänomenal«, hauchte sie und fuhr mit der Hand über die oberste Arbeit. »Was haben sie verwendet? Wolle?«

»Vor Ort vorkommende Fasern, auch Kamelhaar.«

Rosie schwieg, während sie diese ungewöhnlichen Kunstwerke auf sich wirken ließ. »Da sind Naturfasern, lokaler Ocker und andere Farben, teilweise eine stilisierte Form indigener Arbeit. Dieses Motiv hier in der Mitte … das ist mir vertraut. Es ist alles sehr schön. Wer um alles in der Welt macht so was? Wie lautet die Geschichte dazu?«

Farouz fuhr mit den Fingern die Muster auf dem dicken Teppich nach. »Ach, dahinter steckt eine große Geschichte«, meinte er lächelnd.

»Du kennst sie?« Rosie warf noch einen Blick auf den Teppich. »Ehrlich gesagt, sieht das sehr persisch aus.«

»Eine Gruppe von Frauen draußen in der Wüste stellt sie her. Sag mir, was du davon hältst. Kannst du diese Teppiche verkaufen?«

Rosie ging wieder in die Hocke und betrachtete dieses verblüffende Aufgebot an Kunstwerken. »Sie sind etwas ganz Anderes … Knüpfarbeiten, Tapisserien, Wandbehänge, etwas Neues. Das Thema, die Darstellungen sind ziemlich ungewöhnlich. Mir gefallen sie sehr gut. Aber ich muss noch mehr darüber wissen. Also, was weißt du?«

»Rosie, es ist nicht an mir, diese lange Geschichte zu erzählen«, sagte Farouz, und sein Gesicht nahm einen verschlossenen, störrischen Ausdruck an. Rosie kannte diese Zurückhaltung. Oft kam ein Künstler oder jemand Dritter mit Kunst in die Galerie, die er verkaufen wollte, aber zu seinen Bedingungen. Sie hatte vor langer Zeit gelernt, geduldig zu sein und sich anzuhören, wie es zu einem bestimmten Kunstwerk gekommen war. Ihr Talent zum Zuhören, der Verzicht auf ein ausgekochtes Geschäftsgebaren sowie die Tatsache, dass sie eine Aborigine war, dies alles zusammen hatte ihr das Vertrauen von Künstlergemeinschaften im gesamten Nordwesten verschafft. Zudem stand sie im Ruf, faire Preise zu zahlen und die Künstler in die Vermarktung ihrer Werke einzubeziehen. Rosie hatte auf diese Weise viele Aborigine-Künstler entdeckt und förderte sie auch weiter.

»Farouz, ich kaufe nie von Dritten. Ich möchte mit den Kunsthandwerkerinnen und Malerinnen sprechen. Wo sind sie?«

»Weit weg. Sie haben eine Lehrerin. Sie hat ihnen gezeigt, wie man diese Sachen macht.«

»Tatsächlich? Wer ist sie?« Rosie war überrascht.

»Mehr kann ich nicht sagen.« Farouz stand auf. »Denk darüber nach. Ich bin bald wieder dort. Es wird ein paar Tage dauern, aber ich habe es nicht eilig. Ich fahre mit dem Lastwagen und sammele ein paar wilde Kamele ein, die da draußen sind. Ein Freund hat sie aus der Luft gesehen. Also, kommst du mit?«

»Farouz, es ist nicht so einfach für mich, hier wegzukommen, mit einer Familie und der Galerie hier. Ich denke darüber nach. Ich würde diese Sachen gerne noch ein bisschen um mich haben. Darf ich sie aufhängen? Um zu sehen, wie die Leute auf sie reagieren.«

»Okay. Wenn sie sich nicht verkaufen, nehme ich sie beim nächsten Mal wieder mit zurück.«

»Danke, dass du an mich gedacht hast, Farouz«, sagte Rosie und schüttelte ihm die Hand.

»Du bist die Nummer eins, Rosie. Die Leute vertrauen dir.« An der Tür wandte er sich um. »Es ist wichtig, dass du da rausgehst und diese Menschen siehst. Ich habe versprochen, jemand Sicheren mitzubringen, der mit ihnen redet. Mehr darf ich nicht sagen.« Er rückte seinen Hut zurecht, trat hinaus in den hellen Sonnenschein und ließ Rosie darüber rätselnd zurück, was er mit »sicher« gemeint hatte.

Lily aß bei Dale zu Abend. Der Sonnenuntergang war wieder einmal herrlich. Sie zog das Grillen bei Dale einem Abendessen im Restaurant vor. Das weiträumige Haus mit seinem Obstgarten voller Mangobäume, den weiten, von Palmen gesäumten Rasenflächen, dem großen Swimmingpool und dem Whirlpool lag abgeschieden und nahe bei einem menschenleeren Strand. Lily streckte sich im sprudelnden Whirlpool aus, Wasserstrahlen massierten ihr Rücken und Nacken. »Die reine Wonne«, erklärte sie.

»Genieß es!« Dale reichte ihr ein Glas Sekt und stieg auch ins Wasser. Er lehnte sich auf der anderen Seite an und hielt die Füße an die Fußmassagedüse. »Der Grill ist aber bereits an und die Fische liegen in der Marinade. Hach, so muss das Leben sein.«

»Ganz meine Meinung. Ich werde mich daran erinnern, wenn ich in einer mückenverseuchten Hütte liege, in einer Hängematte, oder wo auch immer wir untergebracht werden.«

»Du hast es so gewollt.« Er gähnte. »Wo ist Sami? Wieso leistet sie uns hier nie Gesellschaft?«

»Ach, sie hat so einen schicken Taucher kennen gelernt, und die beiden gehen mit Freunden aus. Sie sagt, sie recherchiert über die Perlenbranche, aber ich habe den Verdacht, es geht mehr um den hübschen Chris als um die Perlen.« Lily sprach leichthin. In Wahrheit behauptete Sami, sie fühle sich in Dales Haus wie in der Falle, weil es so weit außerhalb der Stadt liege. Diese Vorstellung war langsam zu einer fixen Idee von Sami geworden. Lily wusste, dass

Sami auch hier in Broome nicht mehr für Dale übrig hatte als damals in Sydney. Es war auch ein seltsames Arrangement, dass Lily bei Dale in seinen Privaträumen schlief, während Sami in den Gästeunterkünften übernachtete. »Und wo ist Simon? Er lebt offensichtlich gerne in der Stadt. Ich habe gehört, dass er seine Verletzungen gut überstanden hat. Sie hatten alle unglaubliches Glück, dass bei dem Unfall niemand ernsthaft verletzt worden ist.«

Lily nahm einen Schluck von ihrem Sekt und beschloss, Dale geradeheraus zu fragen, wem die Schild an dem Unfall zugesprochen worden war. Harlan war dabei gewesen, als Eugene seine Aussage gemacht hatte und freigesprochen worden war. Doch es kursierten Gerüchte, dass Simon zum Verursacher des Unfalls erklärt worden war. »Werden sich aus dem Unfall irgendwelche Anklagen oder sonstigen Auswirkungen ergeben?«

»Allerdings. Kein neues Auto für Simon.« Dale lehnte sich gegen die gepolsterte Kopfstütze und schien mit sich zu kämpfen, ob er noch mehr sagen sollte. »Ehrlich gesagt, ist es nicht besonders gut gelaufen. Man hat ihm für sechs Monate den Führerschein entzogen und ihm ein saftiges Bußgeld verpasst. Rate mal, wer das bezahlt hat? Er wird in Zukunft vorsichtiger sein müssen und darf nicht noch einmal wegen irgendwelcher Idioten auf der Straße so den Kopf verlieren.«

Lily setzte sich abrupt auf und verschüttete ihren Sekt. »Aber Dale, es war schließlich Simons Schuld! Er muss doch in irgendeiner Form auch persönlich zur Verantwortung gezogen werden!« Plötzlich war sie wütend. Dale hatte offensichtlich seine Beziehungen spielen lassen, sodass Simon nur den Führerschein entzogen bekommen hatte und etwas Geld bezahlen musste. »Der arme Eugene kann es sich nicht leisten, sein Auto reparieren zu lassen. Ich wette, Simons Wagen ist schon wieder fix und fertig.«

»Na, na, Lily, beruhige dich, die Angelegenheit ist geregelt.«

»Aber nicht fair oder befriedigend, wenn du mich fragst.«

»Ich frage dich aber nicht«, bellte Dale wütend. »Und jetzt lassen wir das, okay?«

»Nein, das werden wir nicht. Eugene ist mit mir verwandt, und Dolly hat ihn zu einem verantwortungsbewussten jungen Mann erzogen. Simon und sein Kumpel hatten ein Gewehr! Damit haben sie vor Eugene und seinen Freunden herumgefuchtelt. Vielleicht haben sie nur Unsinn gemacht, aber für mich schmeckt das nach einem rassistischen Übergriff.«

»Schwachsinn! Und wer hat dir was von einem Gewehr erzählt?« Dale stieg aus dem Becken.

»Dale! Ich war dort! Ich habe sie gesehen. Ich habe es gemeldet. Und Harlan hat mir erzählt, dass die Polizei in den Büschen ein Gewehr gefunden hat. Simons Kumpel hatte es da hingeworfen. Komm schon, lüg nicht.«

»Sie waren jagen. Sein Kumpel war blau, sie hatten zu viel gepichelt. Junge Burschen machen eben von Zeit zu Zeit Dummheiten. So ist das Leben.« Er kippte seinen Sekt und ging zur Bar am Pool, um sich einen Scotch einzuschenken.

»Na, dann ist ja alles in Butter! Eugene und seine Kumpel waren stocknüchtern. Man hat sie mit einem Gewehr bedroht und absichtlich von der Straße abgedrängt. Sie wurden dabei verletzt! Hier stinkt irgendwas gewaltig, und ich werde Harlan bitten, das genauer zu untersuchen.« Lily sprang aus dem Becken und begann, sich heftig abzutrocknen.

Dale war in vier Schritten bei ihr. »Schau, lass es doch auf sich beruhen. Ich habe dir doch gesagt, die Angelegenheit ist geregelt. Wenn es dich glücklich macht, bezahle ich deinem kleinen schwarzen Freund auch die Reparatur seines Autos.«

Sie starrten sich wütend an, und Lily sah, dass Dale ihr um mehrere hochprozentige Drinks voraus war. »Ja, ich denke, das wäre eine gute Idee. Eugene gehört zu meiner Familie, ich werde ihm also sagen, er soll sein Auto auf deine Kosten reparieren lassen. Und den Grill kannst du ausmachen. Ich fahre nach Hause. Ich habe noch viel zu tun, bis wir auf die Farm fahren.«

Er ergriff sie am Arm. »Nun setz dich doch nicht aufs hohe Ross, Lily, das ist doch keine große Sache. Komm schon!«

Sie riss sich los. »Wenn es um diese Dinge geht, sind wir beide so weit voneinander entfernt, dass es nicht mehr lustig ist, Dale.«

Lily stellte ihr Glas auf den Tisch und ging ins Haus, um ihre Sachen zu holen. Hinter sich hörte sie es splittern – Dale musste ihr Glas in den Steingarten geworfen haben. Als sie in ihrem triefnassen Badeanzug davonfuhr, saß Dale finster an der Bar und goss sich noch einen Drink ein. Der Whirlpool sprudelte fröhlich vor sich hin.

Sami und Rakka kehrten von ihrem frühen Morgenspaziergang zum alten Haus zurück, und Rakka ließ sich sogleich auf ihren Sessel auf der Veranda plumpsen. »Sie fühlt sich hier wirklich wohl, danke nochmals«, sagte Sami herzlich, als sie von Rosie ein Glas Wasser entgegennahm.

»Wir haben sie gern um uns. Und jetzt sollte ich wohl zur Arbeit gehen, ich muss die Galerie gleich öffnen. Schau doch mal vorbei und sieh dir ein paar Sachen an, die der alte Farouz mir dagelassen hat. Mich würde deine Meinung interessieren.«

»Mache ich. Übrigens, Rosie, könntest du Eugene etwas von mir ausrichten? Ein Freund von mir würde sich gern die Dinosaurierfußspuren am anderen Ende der Bucht ansehen. Ich dachte, Eugene könnte ihn hinbringen.«

»Das macht er bestimmt gerne. Aber warum fragst du ihn nicht selbst? Er wohnt im Augenblick in der Stadt und passt zusammen mit Bobby Ching auf Ross' kleines Haus unten am Creek auf. Ross ist vorübergehend zurück nach Melbourne. Wir wollen heute Nachmittag alle hin. Wenn du magst, komm doch auch und bring deinen Fossilienfreund mit.«

»Okay, mache ich. Wann denn nachmittags? Bei Sonnenuntergang?«

»Ja. Wir machen einen Ausflug mit Biddy.«

»Wirklich? Ich hätte nicht gedacht, dass sie noch aus dem Haus oder überhaupt nur aus dem Bett kommt«, meinte Sami überrascht.

»Nein, normalerweise nicht. Na ja, aus heiterem Himmel kam sie auf diese Idee: sie will am Creek sitzen. Nostalgie, vermute ich. Früher hat sie gerne da unten geangelt. Jedenfalls dachten wir, auf der Veranda des kleinen Hauses hätte sie es gemütlich.«

»Prima. Dr. Palmer wird sich freuen, alle kennen zu lernen. Ich melde mich in der Galerie, bevor wir uns auf den Weg machen.«

»Geht nicht«, versetzte Rosie. »Ich muss früh schließen, damit ich hier mit Biddy helfen kann.«

»Ich kann doch für eine Stunde oder so auf die Galerie aufpassen«, bot Sami aus einem Impuls heraus an.

»Ehrlich? Warum sind wir da nicht früher drauf gekommen? Es ist so schwer, eine Vertretung zu finden, falls ich mal weg muss. Ich schließe den Laden ungern, wenn Touristen in der Gegend sind.« Rosie umarmte sie rasch. »Übrigens, wie läuft es denn mit eurer Expedition zur Perlenfarm?«

»Mami scheint alles unter Kontrolle zu haben. Dale

wollte uns seinen Geländewagen leihen, aber ich weiß nicht, ob das noch aktuell ist. Ich glaube, die beiden hatten gestern Abend ein bisschen Zoff.«

»Das geht vorbei. Er hat ein ziemlich hitziges Temperament.« Rosie warf ihr einen scharfen Blick zu. »Du bist nicht gerade Feuer und Flamme für ihn, oder? Gibt's dafür einen Grund?«

»Eigentlich nicht. Als ich ihn und Simon in Sydney kennen lernte, fand ich sie beide arrogant und ziemlich abweisend. Ich war überrascht, welche Einstellungen sie teilweise hatten – wo doch Mami immer erzählt hat, wie tolerant die Leute in Broome seien. Das machte ihn nicht so besonders sympathisch. Ich habe auch nicht damit gerechnet, dass ich ihn viel zu Gesicht bekomme, aber das wird jetzt ja wohl anders.« Sie brach ab. Doch dann zuckte sie mit den Achseln. »Ich meine damit, ich hatte nicht damit gerechnet, dass meine Mutter hierher zieht. Dale wird daher auch gerade ziemlich besitzergreifend, und das gefällt mir nicht.«

»Beeinflusst das deine Einstellung gegenüber der Perlenfarm?«

»Nein. Mami muss wissen, was sie tut. Ich will bloß nicht, dass sie etwas Dummes macht und zu hoch pokert.« Sami ärgerte sich, dass Rosie sie womöglich als potenzielle Spielverderberin sah.

»Das wollen wir alle nicht«, beruhigte Rosie sie. »Und mach dir nicht zu viele Gedanken darüber, wenn deine Mutter und Dale mal Streit haben. Sie sind alt genug, um auf sich selber aufzupassen. Bis nachher in der Galerie!«

Sami mochte die Ausstrahlung des alten Gebäudes aus Blech und Holz, dessen glatte Dielen sich nach hundert Jahren nun leicht durchbogen. Eine Brise trug den Duft von Frangipani durch die Belüftungsöffnung im Dach herein. Als die beiden Frauen allein in der Galerie waren, zogen die ausgestellten Kunstwerke Sami magisch in ihren Bann. Die Leinwände strahlten Stärke, Licht und Farbe aus. In jedem Raum hingen sie oder waren an der Wand gestapelt. Alle ihre Sinne gerieten in Schwingungen. Sami betrachtete die Gemälde und stellte sich vor, sie könnte die Sonnenwärme spüren, die vom Wüstenboden ausging, die Vögel an einem Wasserloch hören, den Busch riechen und sein besonderes Lied hören.

Sami wusste, dass es in der Kimberley-Region rund dreißig indigene Sprachen und Kulturen gab, die jede einem anderen Landesteil entsprangen. Doch bis vor kurzem hatte sie sämtliche Gelegenheiten, die vielschichtige Geschichte, Kultur und die Beziehungen der Aborigines untereinander zu studieren, ignoriert. Erst diese Reise in die Kimberleys hatte sie gezwungen, ihre Einstellung in vielen Punkten einer kritischen Prüfung zu unterziehen. Sie kam zu dem Schluss, dass ihre Haltung wohl auch eine emotionale Abwehrreaktion gegen die Begeisterung ihrer Mutter war, als Lily den Aborigine-Zweig der Familie und die lebendige Verbindung nach Broome entdeckt hatte. Damit ins Reine zu kommen, das hatte bei Sami nicht auf der Agenda gestanden … bisher. Sie war Rosie dankbar für den Versuch, bei einem kurzen Galerie-Rundgang den ersten Schritt über diese Kluft zu tun.

»Weißt du viel darüber, wie die Aborigine-Künstler ihre Sicht der Welt in ihren Bildern ausdrücken?«, fragte Sami. »Bridget und Goonamulli haben versucht, es mir zu erklären. Ich bin es gewohnt, Kunst nach europäischen Maßstäben zu beurteilen – Form, Linienführung, Komposition, Farbe. Bei Aborigine-Kunst ist es angeblich wichtiger, wo das Werk entstanden ist. Es vereinigt in sich den Ort wie auch die Kultur und die Menschen, habe ich Recht?«

»Absolut, und das ist der Unterschied zu, sagen wir, einem weißen Landschaftsmaler, der nur malt, was er vor sich sieht.« Rosie machte eine weit ausholende Handbewegung. »Diese Maler gehören in ein bestimmtes Land und haben das Recht, ihre Geschichten wieder und wieder zu erzählen. Aber sie können sie jedes Mal anders erzählen.«

»Hmm, auch wenn sie Variationen ein und desselben Themas sind, ist es, als wenn man sich deinen Garten ansieht, denke ich. Er sieht jeden Tag anders aus.« Sami rang mit diesem Kunstverständnis, das sich sehr von dem unterschied, was sie studiert hatte.

»Genau, nur dass der Künstler vielleicht jedes Mal, wenn er die Geschichte erzählt, einen geschichtlichen Bezug oder ein Element aus der Traumzeit einbaut, oder auch ein modernes Ereignis. Mit dem westlichen Blick kann man es nicht sehen, aber die Aborigines wissen, dass dieses Element enthalten ist.«

Sami war klar, dass sie noch mehr Zeit mit Rosie, Goonamulli und Bridget verbringen musste. Sie wollte so gerne die verschiedenen Schichten dieser Kunst sehen. Waren in dem Gemälde geheime oder heilige Botschaften, die die Macht hatten, zu verführen oder Geister zu beschwören? Das lieferte ihr zweifelsohne weiteres Forschungsmaterial für ihre Dissertation. Sie setzte sich an Rosies altes Rollpult und begann, sich Notizen zu machen.

»Ahoi da drin! Oder ist das hier eine Schweigezone?«

»Hallo, Palmer.« Sami kam hinter dem Schreibtisch hervor und betrat die Galerie. »Schon wieder ein großer Auftritt. Du bekommst zweieinhalb Sterne.« Sie lachte.

Er nahm seinen arg mitgenommenen Buschhut ab. »Ah, was für eine Sammlung! Beeindruckend. Rosie hat sich selbst übertroffen. Es ist richtig, dass sie direkt bei den Künstlern kauft, das sieht man an der Qualität der Arbeiten, die sie verkauft. Und ich liebe dieses Gebäude, du nicht auch? Es ist selbst beinahe ein Kunstwerk. Eines der wenigen Originale in der Stadt, würde ich sagen«, meinte Palmer und berührte anerkennend die Holzwand. Dann wandte er seine Aufmerksamkeit wieder den Kunstwerken zu. »Das sind ganz fantastische Sachen, kein Wunder, dass die Topsammler zu ihren Kunden gehören.« Er sah Sami an. »Also, wo ist der Mann, der mir die Dinosaurier zeigt?«

»Wir treffen Eugene beim Häuschen eines Freundes. Er wohnt da mit einem anderen Freund und passt darauf auf. Könnte dir gefallen. Der Beschreibung meiner Mutter nach zu urteilen ist es alt, aber ziemlich heruntergekommen.«

»Vielleicht ein weiteres Original?«

»Ich glaube schon. Jedenfalls liegt es dicht am Dampier Creek. Wir werden da auch Rosie und Biddy treffen. Sie wollen sich den Sonnenuntergang ansehen.«

»Klingt gut. Wie könnte ich eine Einladung ablehnen, die Sonne vor einem originalen Wohnhaus aus Broomes Vergangenheit an einem Wasserlauf von historischer Bedeutung untergehen zu sehen?«

»Ich wusste, du würdest dich in die passende Stimmung versetzen. Könntest du mir jetzt bitte beim Abschließen helfen?«

Palmer ging zu einem Fenster, um es zu schließen, blieb jedoch unterwegs stehen und starrte auf einen Tisch in einer Ecke. Dort lagen die neuen Knüpfarbeiten und Gemälde ausgebreitet. »Also, die hier sind ja interessant, beinahe orientalisch.« Er nahm eine der Baumwollleinwände und studierte sie mit gerunzelter Stirn.

Neugierig gesellte Sami sich zu ihm. »Die hat Farouz mitgebracht. Meinst du mit ›orientalisch‹ den Mittleren Osten?«

»Hm-hm. Komisch, dass wir kurz nachdem wir das seltsame Sonnenamulett gesehen haben, auf die hier stoßen. Ich frage mich, woher dieser Einfluss stammt.«

»Vielleicht interessiert sich jemand für den Stil oder für eine Geschichte aus einer anderen Kultur?«, meinte Sami.

»Schon, aber hier? Der Farbstoff ist Ocker. Ich kann mir nicht vorstellen, warum ein Aborigine-Künstler so etwas malen sollte – ich frage mich, welche Geschichte dahinter steckt.«

»Frag doch Farouz danach!«

»Ja, ich werde definitiv mit ihm darüber sprechen.« Palmer nahm eine Knüpfarbeit auf. »Schau, hier ist noch ein Rätsel. Da, in der Ecke jeder Knüpfarbeit befindet sich ein abstraktes Muster, fast eine Signatur. Wonach sieht das deiner Meinung nach aus?«

»Nach einer Sonne«, sagte Sami langsam.

»Und das hier ist, glaube ich, ein *Gül.*« Er zeichnete den Umriss einer geometrisch stilisierten Blume nach. »Die Rose. Nun, Samantha, ich glaube, wir haben hier ein spannendes Rätsel zu lösen …«

Biddy musste gespürt haben, dass es einen besonderen Sonnenuntergang geben würde. Sie seufzte anerkennend, als Rosie und Harlan ihr bei Ross' Haus am mangrovengesäumten Creek aus dem Auto halfen. Die Sonne sandte bereits ihre letzten dramatischen Strahlen aus. Eugene und Bobby standen an der Ecke der Veranda und riefen ihnen eine Begrüßung zu.

»Kennst du dieses Haus, Biddy?«, fragte Harlan sanft.

»Ach, war da oft. Ich und Alf.«

»Am Creek oder im Haus, Biddy?«, fragte Rosie nach.

»Kapitän hat da immer mit Ahmed gesessen. Sie trinken und reden mit all den Jungs. Logger-Jungs.«

»Na gut, setzen wir uns doch mit ein paar wohlgesonnenen Geistern auf die Veranda, hm?« Harlan hob Biddy wie eine Stoffpuppe hoch. Sie war sehr zerbrechlich und wog kaum noch etwas.

In diesem Augenblick fuhren Sami und Palmer vor. »Wo ist deine Mutter?«, rief Rosie. »Sie wollte auch kommen!«

»Ich habe Lily seit dem Frühstück nicht gesehen. Ich dachte, sie wäre vielleicht bei Dale – die Dinge wieder kitten.«

»Sie wird schon noch auftauchen.« Rosie schenkte Palmer ein strahlendes Lächeln und reichte ihm die Hand. »Hallo, Dr. Palmer, es ist schon ein Weilchen her, dass wir Sie zuletzt hier in der Stadt gesehen haben. Willkommen.«

»Dr. Ted Palmer, Rosie kennst du ja. Dies sind Harlan und Biddy, und das ist Lizzie«, sagte Sami und hob das kleine Energiebündel hoch.

»Hallo. Mir nach«, sagte Harlan, der mit Biddy auf dem Arm auf die Veranda ging, wo die beiden jungen Männer bereits Sessel und ein altes Korbsofa bereitgestellt hatten. Er setzte Biddy ab und wollte ihr gerade in einen Sessel helfen. Da verlangte sie nach ihrem Gehstock.

»Ich kann hier rumlaufen ohne zu gucken«, sagte sie. »Hab früher da drin gekocht.« Sie deutete mit dem Stock zur Küche auf der anderen Seite des Hauses.

»Du siehst gut aus, Tante«, sagte Eugene.

Biddy nahm den Jungen mit einem Nicken zur Kenntnis, dann ließ sie ihre tränenden Augen auf Bobby ruhen. »Du Ahmeds Junge?«

»Wer ist Ahmed?«, wollte Bobby wissen.

»Das sein Haus. Er und Tamerah wohnen hier.«

Rosie und Harlan wechselten einen fragenden Blick, dann ging Palmer zu ihr. »Sie scheinen sich gut an dieses Haus zu erinnern, Biddy. Ich nehme an, Sie haben hier schon einige Sonnenuntergänge gesehen, hm?«

Sie blickte hinaus auf den Creek und das Mangrovendickicht. »Schiffe, alle weg. All die Männer. Alle weg. Nur noch Biddy hier.« Sie ging einige wackelige Schritte und stützte sich dabei auf ihren Stock. Sami sprang ihr zur Seite, doch die alte Aborigine streckte sich und stand schweigend da, in ihre Erinnerungen versunken.

»Was sehen Sie, Biddy? Was hören Sie?«, fragte Palmer im Plauderton. Sami sah ihn fragend an. Sie fand seine Fragen seltsam.

Biddy sprach deutlich und mit fester Stimme. »Ich seh all die Jungs auf den Schiffen arbeiten, die da festgemacht haben, und Tyndall, er trinken und singen. Er singen und singen.« Sie kicherte leise in sich hinein.

»Musik. Die brauchen wir jetzt.« Palmer lief zurück zum Auto, während man Biddy in einen Sessel half. Und als alle Platz nahmen, marschierte er auf den Rasen am Rand des Creeks und begann, Dudelsack zu spielen. Die anrührende Melodie von »Over the Sea to Skye« schwebte auf die Bucht hinaus, und die Stimmung auf der Veranda entspannte sich.

Alle freuten sich, dass Biddy Vergnügen an der Musik hatte. Niemand bemerkte, dass Lily ums Haus herumkam und überrascht Palmer und dessen gebannt lauschendes Publikum anstarrte. Er endete mit einem schwungvollen Akkord, und Biddy applaudierte mit allen anderen, während Lily sich dazugesellte.

»Ich wusste gar nicht, dass ihr außer einem großartigen Sonnenuntergang noch weitere Unterhaltung organisieren wolltet!« Sie begrüßte alle, tätschelte Biddy die Schulter und küsste Sami. Palmer kam mit dem Dudelsack unterm Arm auf sie zu.

»Mami, das ist Dr. Palmer«, sagte Sami fröhlich.

»Der Mann, mit dem du draußen im Busch warst?« Lily fand, er sah überhaupt nicht wie der verstaubte Akademiker aus, den sie erwartet hatte. Nach ihrer Ehe mit einem vertrockneten, bebrillten Universitätsdozenten hatte sie diese Gattung Mensch in eine klare Schublade gesteckt. Doch Palmer war lebhaft und erstaunlich gut aussehend. Er kam ihr sogar entfernt bekannt vor und strahlte ein heiteres Selbstbewusstsein aus. »Ich habe gehört, Sie haben da draußen in der Wildnis ein wachsames Auge auf Sami gehabt«, sagte Lily und schüttelte ihm die Hand.

»Ich bin entzückt, Sie kennen zu lernen. Wir brauchen da draußen alle Augen, die über uns wachen«, meinte er. »Sami ist da keine Ausnahme, aber sie ist eine sehr fähige und unabhängige junge Frau.«

»Sie scheinen sie gut zu kennen.«

»Wenn man unter dem Kimberley-Sternenhimmel am Lagerfeuer Geschichten erzählt und sich dann am nächsten Tag unter der heißen Sonne dahinschleppt, lernt man sich gut kennen.« Er lächelte Sami zu, die strahlend zurücklächelte. Lily fragte sich, wie viel Sami diesem zerknitterten Akademiker von sich erzählt haben mochte, und kam sich plötzlich ein wenig ausgeschlossen vor.

»Ich hoffe, so etwas machen wir dann an der Red Rock Bay auch, hm, Sami?«, sagte Lily, doch ehe Sami etwas darauf sagen konnte, hatte Rosie sich an Lily gewandt.

»Hat Ross dir erzählt, wem dieses Haus gehört hat?«

»Tamerah. Ich glaube, er hat für Tyndall gearbeitet. David George auf der Perlenfarm an der Red Rock Bay hat mir erzählt, es sei ein Ufercamp von Star of the Sea gewesen.«

»Kein Wunder, dass Biddy hier so viel Zeit verbracht hat. Na, das musst du Ross bei seiner Rückkehr erzählen. Er kommt doch zurück?«

»Schätze schon«, mischte sich Bobby ein. »Also, wer war Ahmed?«

»Er war meinem Urgroßvater ein sehr loyaler Gefährte, Leibwächter und seine rechte Hand«, erwiderte Lily. »Tyndall rettete Ahmed das Leben, und im Gegenzug widmete Ahmed ihm sein Leben. Eine wunderschöne Geschichte.«

»Und ein wunderschöner Sonnenuntergang«, verkündete Palmer. »Sehen Sie sich diese Farben an.« Alle verstummten, doch schon nach wenigen Minuten begann der

Himmel zu verblassen, als würden die Farben mit Wasser verdünnt.

Biddy nickte befriedigt. »Können jetzt nach Hause gehen.«

Sami, Eugene, Bobby und Palmer blieben zurück, als die anderen davonfuhren, sprachen über die Dinosaurierspuren und vereinbarten eine Fahrt über die Bucht. Palmer nahm Lilys Abfahrt kaum zur Kenntnis, und Lily verstand nicht, warum sie sich darüber ärgerte.

Lily kannte die Strecke schon, doch Sami war von ihrer ersten Begegnung mit der Küstenlandschaft völlig überwältigt. Auf dem Band aus feiner roter Erde, das sich Straße nannte, fuhren sie durch die für die Kimberleys typische Vegetation. Innerhalb kürzester Zeit – es hatte eigentlich nur Minuten gedauert – waren sie aus einer modernen Vorstadt in eine staubige Buschlandschaft gelangt. Sie wirkte, als hätte sie sich seit Hunderten, vielleicht sogar Tausenden von Jahren nicht verändert. Genau wie die roten Felsen am Rand der Roebuck Bay, wo die gigantischen Pflanzenfresser umhergestreift waren, und die uralten Felsgalerien im Landesinneren hatte auch diese Gegend etwas Zeitloses an sich, das Sami die gegenwärtigen Sorgen unbedeutend erscheinen ließ. Und doch war da eine Verbindung zu ihr. Dieses Land barg das Blut einiger ihrer Vorfahren, in diesem Land wollte ihre Mutter Wurzeln schlagen. Könnten Lilys Enkelkinder noch eine Zugehörigkeit zu diesem Land entwickeln? Nur, wenn sie selbst, Sami, ihnen das ermöglichte, hieß die Antwort.

»Wie hätte dein Leben ausgesehen, wenn deine Mutter aus der Stadt hierher zurückgekommen und geblieben wäre?«, fragte Sami ihre Mutter laut. »Wenn du in Broome aufgewachsen wärst, oder meinetwegen in Perth, und regelmäßig hergekommen wärst?«

Lily schien diese Frage, die scheinbar aus heiterem Himmel kam, nicht zu überraschen. »Ich habe darüber nachgedacht. Oft. Ich glaube, ich wäre gerne hier groß geworden. Aber ich hätte sicher reisen, Karriere machen und mir einen Ehemann außerhalb meiner Stadt suchen wollen.«

»Was du ja auch getan hast.«

»Stimmt. Es lässt sich gut durch die Lande streifen, wenn man ein Zuhause hat, in das man zurückkehren kann. Ich bin ja viel umhergezogen, aber ich war rastlos. Hauptsächlich, weil ich nicht das Gefühl hatte, zu einer Familie zu gehören, die ein echtes Zuhause hat, nicht bloß ein Dach über dem Kopf.«

»Oma ist permanent durch die Welt gezogen. Glaubst du, sie hat das Gleiche empfunden?« Sami wünschte, sie hätte ihre ausweichende Großmutter hartnäckiger befragt.

»Sie hatte sich diese Art zu leben ausgesucht. Ich vermute, da waren auch Scham oder Schuldgefühle im Spiel, so wie die Zeiten damals waren. Aber weißt du, ich denke oft, dass sie auf dem Auge blind war.«

»Wie meinst du das?«

»Na ja, Olivia muss eine so liebevolle, entzückende Frau gewesen sein, Tyndall hatte ein riesengroßes Herz, und die Liebe zwischen Hamish und Maria war sehr stark und hatte gar nicht die Chance, schal zu werden. Das war Georgianas Erbe, aber sie wollte es ignorieren.«

»Bist du ihr böse? Wirfst du es ihr vor, dass sie dir nichts von alledem erzählt hat?« Sami machte eine ausholende Handbewegung in Richtung der Buschlandschaft.

»Zuerst war ich das. Ich bin immer noch verwirrt, immer noch schwankend in meinen Gefühlen und Standpunkten«, sagte Lily zögernd, nachdenklich. Ihre Finger umklammerten das Lenkrad, dann entspannte sie sich etwas. »Aber in einer Sache sehe ich jetzt ganz klar. Ich nehme meine Aborigine-Verwandtschaft hier in Broome freudig an und hätte keine Probleme, meine Verwandten irgendjemandem in Sydney vorzustellen.«

»Ehrlich?«

»Ich glaube schon. Rosie und Harlan haben mich einmal besucht. Aber die passen überallhin, deshalb stellte sich die Frage nicht.«

Sami war ein wenig nervös, doch die Frage brannte ihr auf der Zunge. »Weil sie, na ja, nicht schwarz aussehen, ich meine, weil sie helle Haut haben? Irgendwie nicht auffallen?«

Lily zögerte mit der Antwort. Sie musste ihre Gedanken sowohl für Sami als auch für sich selbst ordnen. »Indem ich meine familiären Verbindungen hier in Broome akzeptiere, bekenne ich mich gleichzeitig dazu, dass ich zum Teil eine Aborigine bin.«

»Zu einem winzigen Teil.«

»Darum geht es nicht. Blut ist Blut. Man kann es leugnen, aber es ist da.«

»Aber wenn sie dich akzeptiert haben, und du dich gerne dazu bekennst, wo ist dann das Problem?«, beharrte Sami in der Hoffnung, mit den Antworten ihrer Mutter würde sie vielleicht ihre eigene Verwirrung klären.

»Es geht um den Gedanken der Zugehörigkeit. Wohin gehöre ich? Ich fühle mich unbehaglich dabei, das Land, auf dem das Haus meines Urgroßvaters erbaut wurde, als mein Land zu beanspruchen, oder Niahs und Mayas Land als Teil von mir. Trotzdem, wenn ich bei den alten Frauen oben an der Küste in Biddys und Dollys Land bin, fühle ich mich wohl. Ich finde dort einen Frieden, den ich nirgendwo sonst habe. Und das liegt daran, dass dort eine Atmosphäre des Teilens herrscht und sie mich die Zeremonien lehren, die Verwandtschaft mit ihnen und diesem Teil des Landes. Die Frage, in wessen Haus wir uns befinden, stellt sich da nicht.«

»Und wohin gehören dann die weißen Australier – die ohne Aborigine-Verwandtschaft? Wo gehöre ich hin? Es ist viel schwerer, wenn man eine Wahl hat … und eine Vergangenheit.« Sami seufzte.

»Ich glaube, wir sind alle Gefangene unserer Vergangenheit. Ob sie nun frisch ist oder uralt. Was zählt, ist, wie wir unser Leben heute leben, aber das ist nicht immer einfach. Wir zahlen den Preis dafür, wo wir geboren werden.«

»Klar, es ist nicht so einfach, wenn man in irgendeinem kriegszerrissenen Land im Mittleren Osten oder in einer dürregeplagten afrikanischen Wüste geboren wurde«, stimmte Sami zu.

»Sei froh, dass du im schönen Sydney auf die Welt gekommen bist und Sippschaft in Broome hast«, bemerkte Lily, um die Stimmung aufzuhellen. »Schau mal, hier bei der Missionarsstation geht's ab. Schwester Angelica ist hier, solange Vater Stoddart in Perth ist. Lass uns auf einen Tee reinschauen.«

Sami wandte sich nach hinten. »Teezeit, Rakka.« Die Hündin wedelte mit dem Schwanz und streckte sich. Sami und Lily waren dankbar für die Ablenkung.

Sie sahen Schwester Angelica zu, die in der ordentlichen, aber spartanisch eingerichteten Küche eine Kanne Tee kochte. Die Frau war winzig, und unter einer dünnen Hautschicht traten ihre Knochen hervor. Doch sie strahlte Kraft und gute Laune aus. Die leicht gebeugte Haltung verriet ihr Alter, aber ihre Stimme war kräftig. Sie war über achtzig und weigerte sich, diese Gegend zu verlassen, die sie so gut kannte, und nach Derby zu ziehen oder ihre alten Tage in einem Konvent in der Stadt zu verbringen. Lily hatte Sami erzählt, die alte Nonne kenne die Kimberleys, ihre Kultur und ihre Menschen sehr gut. »Sie ist ein amüsantes altes Mädchen, und sehr fürsorglich. Noch von der alten Schule hier im Busch.«

An diese Bemerkung dachte Sami, als sie fragte: »Fühlen Sie sich manchmal einsam, Schwester? Wie oft fahren Sie in die Stadt?«

»Einmal im Monat kommt das Postflugzeug, und ich fliege mit. Ich muss Vorräte besorgen, wann immer es möglich ist. Mein Bedürfnis oder mein Wunsch, nach Perth oder Darwin zu fahren, hat mit den Jahren deutlich nachgelassen. Ich muss mich hier um eine sehr verstreute Herde kümmern.«

»Sie allein?«, fragte Sami und dachte, das sei eine schwere Verantwortung und Bürde für die zerbrechliche Nonne.

»Du liebe Güte, nein. Da sind noch Vater Stoddard und die Leute von der Gesundheitsfürsorge und der Regierung.«

»Dann sind Sie eher die spirituelle Glucke«, sagte Lily, worauf die Nonne in fröhliches Lachen ausbrach.

Von ihrem Platz am kleinen Kunststofftisch aus fragte Sami: »Wie viele Leute leben hier in der Gegend? Und was ist, wenn Sie krank werden? Wer sieht dann nach Ihnen?«

Die Schwester lächelte Sami und Lily aus sorglosen blauen Augen an. »Es ist gut für mich gesorgt. Durch Gott, meine Liebe! Ich habe all die Jahre auf ihn vertraut und sehe keinen Anlass zur Sorge. Da sind andere, die meine Fürsorge benötigen.« Ein Schatten zog über ihr Gesicht. »Ich kann hier nicht weg. Wer würde sich um meine kleine Herde kümmern?« Sie goss Wasser aus dem Kessel in die Teekanne. »Die Gemeinde hier ist zerbrochen. Früher gab es eine kleine Schule, eine Krankenschwester und die Ältesten.«

»Wo sind sie jetzt?«, wollte Sami wissen.

»Vater Stoddard hat mir erzählt, es habe Streit darüber gegeben, wer hier das Sagen habe und welche Familie die Dinge leiten sollte. Also ist eine Gruppe weggezogen und hat auf neuem Land eine Gemeinde gegründet. Es ist alles ziemlich traurig.« Sie seufzte. »Die Kinder gehen nicht zur Schule. Also ist der Gemeindebus weg, und es wird getrunken und Klebstoff geschnüffelt. Natürlich ist das hier nicht gestattet.« Sie stellte die Kanne auf den Tisch. »Und jetzt erzählen Sie mir von Ihrem Abenteuer. Dave kam letzte Woche hier durch, als er neue Vorräte besorgen wollte. Er ist in heller Aufregung, weil zwei Damen zu Besuch kommen«, sagte sie lachend.

»Das habe ich befürchtet«, meinte Lily. »Dabei haben wir alles Mögliche dabei, von Toilettenpapier bis zu Tomatensoße. Hat er Ihnen auch erzählt, was wir bei ihm wollen?«

»Da war er etwas zugeknöpft. Soweit ich weiß, denkt er darüber nach zu expandieren, frisches Blut dazuzuholen.«

»Mit Dollars«, ergänzte Sami.

»Das haben Sie vor?« Die alte Nonne hob eine Augenbraue.

»Das hängt vom Potenzial der Farm ab. Wir sehen uns das erst mal ganz in Ruhe an«, sagte Lily ausweichend.

»Früher gab es hier oben einiges an Perlenfischerei. Dann löschten Wirbelstürme eine ganze Flotte aus, und von da an blieben die Perlenfischer an der Roebuck Bay. Dafür waren die Camps in Broome sinnvoller. Nach allem, was ich gehört habe, hat der alte Kapitän Tyndall die Perlenzucht hier mal als Experiment gestartet, aber es ist nie so richtig erfolgreich gewesen.« Sie hob die Teekanne. »Nachschub? Dave hatte immer hart zu kämpfen, nur einmal hatte er einen großen Traum. Aber mittlerweile backt er lieber kleine Brötchen.«

»Wie meinen Sie das, Schwester?« Lily erinnerte sich an Tims Bemerkung über Daves Pläne, einer von den ganz Großen zu werden.

»Ich sollte Daves Vertrauen nicht missbrauchen«, sagte die Nonne in einem Tonfall, der signalisierte, dass sie über das Thema nicht mehr zu sprechen wünschte. »Wenn Sie so weit sind, Sami, dürfen Sie sich gerne umsehen.«

Nach dem Tee mit Brot und wildem Honig, den einige der Aborigine-Frauen hier gesammelt hatten, folgten Lily und Sami Schwester Angelica hinaus in den Garten zwischen dem kleinen Haus und der frisch geweißten Kirche. »Huch, die sieht ja wunderschön aus«, sagte Lily. »Wer hat denn da so hart gearbeitet?«

»Vielen Leuten liegt jetzt daran, hier etwas zu tun. Dank Vater Stoddart geht es hier allmählich wieder bergauf.«

Sami spürte, dass diese Antwort auf zahllose Probleme anspielte, und wollte soeben nachfragen, als ihre Mutter sagte: »Ich glaube, ich setze mich ein Weilchen still in die Kirche. Magst du mir Gesellschaft leisten, Sami?«

Sami war überrascht. Ihre Mutter war nie besonders religiös gewesen. »Nein, geh du vor. Ich spaziere noch ein bisschen mit Schwester Angelica hier herum.«

Sami bewunderte gerade das um sein Überleben kämpfende Blumenbeet und Vater Stoddards Gemüse, als im Speiseraum das Telefon klingelte. »Entschuldigen Sie mich. Laufen Sie ruhig nach Herzenslust hier herum. Manchmal werden aus solchen Anrufen lange Plaudersitzungen, wenn Sie wissen, was ich meine.« Die Nonne ging raschen Schrittes in den Speiseraum.

Sami pfiff Rakka, die in einem Dickicht aus alten Bäumen herumschnüffelte. Dann warnte sie sie: »Ab jetzt bleibst du bei Fuß. Hier sind eine Menge anderer Hunde, und das ist nicht dein Revier, okay?«

Sie fand die fast menschenleere Gemeinde deprimierend. Ein Gefühl von Erschöpfung und Stillstand ging von ihr aus. Spukten hier zu viele Geister herum – von gestohlenen Kindern, zerbrochenen Familien und gut gemeinter, aber strenger Disziplin? In diesem Moment entdeckte sie den alten Friedhof.

Er zeugte von mehr als einem Jahrhundert christlicher Begräbnisse für die echten und geheuchelten Gläubigen. Alle Hautfarben waren friedlich vereint … auf dem Friedhof. Zuerst stieß der ungepflegte Ort sie ab. Rakka lenkte Sami vorübergehend ab. Sie jagte einem Vogel hinterher, wurde jedoch zurückgepfiffen und ließ sich im Schatten eines Eukalyptusbaums in den Staub plumpsen.

Irgendetwas zog Sami magisch zu den Grabsteinen, und sie schlenderte zwischen ihnen umher. Ihr wurde immer unbehaglicher zumute. Sie wollte gerade gehen, als ein Vogel flüchtig auf einem Grabstein landete, der etwas abseits stand. Der Vogel flog davon, und dann sprang etwas anderes Sami ins Auge: die Sonnenstrahlen ließen eine große Perlmuschel aufleuchten, die in den Stein eingelassen war. Eine Inschrift schien es nicht zu geben, doch als Sami mit der Hand über das Perlmutt wischte, hielt sie den Atem an. Sie erkannte das Muster aus Kreisen wieder, das in die Muschel geritzt war. Es war das gleiche wie auf dem Anhänger an Tyndalls Perlenhalskette, die ihre Mutter nun trug.

Gras und Unkraut wuchsen dicht am Fuß des Steins. Sami kniete sich nieder und riss es impulsiv und erregt aus – eine Gefühlsaufwallung, die sie gar nicht erst zu verstehen versuchte. Da entdeckte sie eine schlichte Bronzeplakette, die in ein Zementquadrat eingelassen war. Es waren Worte eingraviert, Worte, die Lily verfasst hatte:

Hier liegt Niah, zu früh dahingegangen. Geliebt von Kapitän John Tyndall, ihrer gemeinsamen Tochter Maya, deren Ehemann Hamish Hennessy und deren gemeinsamer Tochter Georgiana. Hier schließt sich der Kreis des Lebens.

Der Friedhof war kein fremder, anonymer Ort mehr. Sami hatte eine direkte, greifbare Verbindung zu der jungen Frau, die hier begraben lag. Sie kannte Fragmente ihrer Geschichte, aber nun wollte sie mehr erfahren. Als sie behutsam das restliche Unkraut um den Grabstein herum ausriss, brannten ihr heiße Tränen auf den Wangen.

Lily kam aus der Kirche und ging auf den Friedhof. Sie sah ihre Tochter auf den Knien, weinend, vor Niahs Grab, ihr zugewandt.

Kapitel zehn

Bobby hütete in der Mittagspause den Empfang im Büro seines Vaters, als Detective Sergeant Karl Howard eintrat. Bobby legte seine Zeitschrift hin und erhob sich, um den Polizisten zu begrüßen. »Tag, Sergeant.«

»Tag, Bobby. Mimen Sie den Rezeptionisten, ja? Ich wette, Sie haben nicht vor, das zu Ihrem Beruf zu machen!«

»Bloß nicht! Ich halte nur die Stellung, bis Julie zurück ist. Falls Sie meinen Vater suchen, der ist auch nicht da.«

»Eigentlich wollte ich Sie sprechen.« Er nahm seine Mütze ab. »Haben Sie einen Moment Zeit? Vielleicht könnten wir uns ins Büro Ihres Vaters setzen.«

Bobby wurde bleich. »Mich? Worum geht's?«, fragte er und ging vor nach nebenan.

Der erfahrene Kriminalbeamte deutete mit einem Nicken auf ein Korbsofa und einen Stuhl, vor denen ein Couchtisch stand. »Sollen wir?«

»Klar, kein Problem. Immer hinein«, meinte Bobby. Er ließ die Tür offen, damit er den Empfangsbereich im Blick hatte. Dann sah er Howard fragend an.

»Bobby, erinnern Sie sich noch, dass ein paar Jungs auf Geländemaschinen vor ein paar Wochen eine Leiche im Busch hinter Twelve Mile fanden?«

»Klar. Das stand doch in der Zeitung. Was ist damit? Was hat das mit mir zu tun?«

»Wir haben die Leiche identifiziert: Es ist der deutsche Tourist. Der Bursche, den Sie raus zur Bradley-Farm gefahren haben. Oder fahren wollten.«

»O nein! Nicht Matthias!«

»Ebender. Matthias Stern. Dreiundfünfzig. Aus Stuttgart. Sie haben doch ein bisschen Zeit mit ihm verbracht. Ich möchte, dass Sie uns bei den Ermittlungen helfen, indem Sie mir so viel wie möglich über ihn erzählen.«

Bobby war erschüttert. Matthias ermordet! Wie betäubt saß er da und wusste nicht, was er sagen sollte. Howard fuhr fort: »Sie wissen, der Fall wird als Mordfall behandelt. Ihm waren die Hände hinter dem Rücken gefesselt, offenbar hatte man die Leiche aus einem Auto geschmissen. Wir haben ihn anhand von zahnärztlichen Unterlagen eindeutig identifiziert. Sein Sohn hatte sich Sorgen gemacht, weil sie zu Hause lange nichts von ihm gehört hatten.« Er holte einen Notizblock aus seiner Hemdtasche und schlug ihn auf. »Also, was können Sie mir über ihn sagen?«

Langsam erzählte Bobby ihm alles, woran er sich aus seinen Gesprächen mit Matthias noch erinnerte – dass er etwas mit Archäologie zu tun hatte, viel in Asien gereist war, ehe er einen Posten an der Universität in Stuttgart angenommen hatte. Vor kurzem sei er in Malaysia gewesen und habe dort einen Mann kennen gelernt. Sie hätten vereinbart, sich in Broome zu treffen, aber dann habe er eine Nachricht erhalten, das Treffen sei auf die Bradley-Farm verlegt worden. Hin und wieder fragte Detective Howard Bobby nach Einzelheiten, insbesondere nach einer Beschreibung von Hajid. Auch Bobbys spätere Nachfrage im Krankenhaus ging er im Einzelnen durch.

Erst als der Polizist wieder gegangen war, fiel Bobby das Kästchen mit der Sonne ein, das er Pauline geliehen hatte. Er tat es als belanglos für die Aufklärung des Verbrechens ab. Wäre doch nur Ross wieder zurück! Dann könnte er mit ihm über alles sprechen.

Samantha merkte, wie der Adrenalinpegel ihrer Mutter anstieg, als sie sich der Star-Two-Farm näherten. Lily konsultierte immer wieder die Kartenskizze, die Dave George ihr geschickt hatte, und umklammerte das Lenkrad, während der Wagen über die unbefestigte Straße holperte, auf die sie von der Hauptstraße abgebogen waren.

»Beim ersten Mal bin ich am Ufer entlang zu Fuß hingekommen, deshalb ist mir diese Privatstraße völlig fremd. Aber wir müssten eigentlich bald da sein.«

»Dem Kompass nach steuern wir auf die Bucht zu«, entgegnete Sami. Kurz darauf fügte sie hinzu: »Schau, da ist das Tor.«

Sami stieg aus und öffnete das rostige Tor. Draußen war es heiß und feucht, und sie schmeckte Salz in der Luft. Plötzlich spürte sie ein Kribbeln und erkannte, dass auch sie aufgeregt war. Sie sah sich um und war bestürzt über den Zustand der Farm: die über das Gelände verstreuten Wellblechgebäude, Haufen von Netzen, herumliegende, defekte Ausrüstungsgegenstände und mehrere alte Lastkähne und Barkassen am Ufer des Creeks neben einem kleinen Anleger.

»Himmel, Mami, hier sieht es aus wie auf einem Schuttplatz! Allerdings in bester Lage.«

»Atmosphäre, Liebes! Sie verleiht diesem Ort einen morbiden Charme«, erwiderte Lily grinsend. »Jeder Künstler wäre begeistert. Ah, da ist David George.«

Ein älterer Mann war aus einem großen Schuppen getreten. Er winkte und bedeutete ihnen, sie sollten unter einem Baum an einem Stapel alter Ölfässer parken. Er rückte seinen abgetragenen Hut zurecht, kam herüber und schüttelte Lily die Hand. »Sie sind also gekommen, hm? Gut. Bereit zum einfachen Leben?«

»Das sind wir, Dave. Das ist meine Tochter Samantha. Sie hat ein paar Wochen im Outback gecampt, von daher wird das hier für sie ein Sonntagsspaziergang. Und das ist ihre Hündin Rakka.«

»Freut mich, Sie kennen zu lernen. Und willkommen auf der Star Two.« Sie gaben sich die Hand. »Waren Sie schon mal auf einer Perlenfarm, meine Liebe?«

»Nein. Ich bin schon sehr gespannt«, antwortete Sami höflich und versuchte, ihre Bestürzung über die Unordnung zu verbergen.

Doch er sah ihren Gesichtsausdruck. »Hier spielt nicht die Musik! Da müssen Sie runtergehen zum Creek und raus auf die Bucht. Aber kommen Sie, ich zeige Ihnen erstmal Ihr Quartier. Wie gesagt, wir sind nicht auf feine Damen eingestellt. Nur auf Arbeiter.«

»Sie müssen sich nicht entschuldigen, Dave. Wir sind hier, weil wir sehen wollen, wie alles funktioniert«, meinte Lily. Sie holten ihre Taschen aus dem Wagen und folgten ihm über die sandige Lichtung. »Und wie läuft's bei Ihnen?«

»Ganz gut. Zwei Männer sind zum Walkabout aufgebrochen. Wir warten immer noch auf Essensvorräte und ein Ersatzteil für eine Bilgepumpe. Der Lastwagen sollte eigentlich gestern eintreffen – der ganz normale Wahnsinn!«

Die Unterkünfte und der Speisebereich der Star Two waren sehr schlicht. Überall herrschte Unordnung, und die Gelegenheitsarbeiter arbeiteten ohne erkennbare Anweisungen. Dennoch schien die Arbeit erledigt zu werden. Hin und wieder kam Bewegung in die heitere Ruhe – für gewöhnlich, wenn Dave auf etwas stieß, das ihm missfiel. Dann brüllte und fluchte er ausgiebig. Trotz dieser Ausbrüche herrschte ein bemerkenswerter Kameradschaftsgeist.

Nach dem Mittagessen sagte Lily, sie wolle mit Sami einen langen Spaziergang entlang des Creeks unternehmen, um ihr den alten Logger zu zeigen. Dave sagte bloß: »Nur zu, er liegt immer noch da.«

Lily war verblüfft, als sie das Schiff in den Mangroven entdeckte. »Gütiger Gott, was hat er getan?« Das Schiff lag nicht mehr im Schlick auf der Seite, sondern stand aufrecht und sicher auf einem hölzernen Stapel. Der Rumpf war allem Anschein nach rundum instand gesetzt worden. An den Masten hing neue Takelage.

»Sieht so aus, als würde er den Kasten auf Vordermann bringen, Mami.«

Sie zogen die Schuhe aus und wateten durch den Schlick zum frisch gestrichenen Rumpf. »Ich würde sagen, diese Schicht hat er erst heute aufgetragen«, bemerkte Lily und rieb sich die roten Flecken von den Fingern. »Wunderschön, nicht?«

»Ich bin ja kein Segelfan, aber es hat einen gewissen, na ja, altertümlichen Charme.«

Sie gingen zum Achterschiff und sahen erst jetzt, dass auch der Name des Schiffes, *Georgiana*, am Heck aufgefrischt worden war. Die schwarzen Buchstaben kontrastierten mit dem strahlenden Weiß des Schiffsrumpfs.

»Oh, es ist wunderschön!«, rief Lily aus und fuhr nochmals mit der Hand über den geschwungenen Rumpf, allerdings erst, nachdem sie sich vergewissert hatte, dass die Farbe dort trocken war. »Es ist überwältigend, wenn man sich vorstellt, dass John und Olivia und so viele andere aus der Familie dieses Schiff kannten, darauf gesegelt sind und es vermutlich geliebt haben, findest du nicht?«

Sami war nicht so hingerissen. »Ja, ein sehr romantisches Verbindungsglied zur Vergangenheit«, sagte sie, bemüht zu klingen, als könne sie die Gefühle ihrer Mutter nachvollziehen.

»Ich frage mich, wie viel Arbeit er wohl da reingesteckt hat.«

»Ha!«, rief Sami aus. »Jetzt hat sich dein Geschäftssinn eingeschaltet. Finde es heraus, Mami.«

»Wag ja nicht, auch nur ein Wort darüber zu verlieren«, warnte Lily ihre Tochter, doch dann drückte sie sie kurz an sich. »Okay, jetzt zum Geschäftlichen.«

Als sie zu Daves Hütte zurückkamen, türmte er gerade Akten auf den Verandatisch. »Ich dachte, Sie möchten vielleicht ein paar Papiere durcharbeiten, ehe Sie sich den ganzen Betrieb genauer ansehen. So können Sie sich nach der langen Fahrt ein wenig ausruhen und dabei den Kopf arbeiten lassen.« Er steckte sich eine alte Pfeife in den Mund und machte sich mit diversen Streichhölzern daran zu schaffen, ehe er beiläufig fragte: »Wie fanden Sie die *Georgiana?*«

»Sie ist wieder zum Leben erwacht, Dave. Das war eine schöne Überraschung. Sie ist wundervoll! Sie waren wohl sehr fleißig, seit Tim hier war!«

»Eigentlich nicht ich selbst. Don, unser Wartungsfachmann, ist auch Schiffszimmermann. Er meint, wir lassen sie in ein paar Tagen bei der nächsten Springflut vom Stapel.«

Den nächsten Tag verbrachten Lily und Sami mit der Erkundung des Geländes und der Beobachtung der Routineabläufe. Sami stellte scheinbar naive Fragen, und da sie jung und hübsch war, gaben die Arbeiter ihr gegenüber mehr preis, als ihnen bewusst war. Nach dem Abendessen verglichen die beiden Frauen in ihrem Zimmer die Aufzeichnungen. »Also, was hältst du von Dave?«, wollte Lily wissen. »Du hattest ja jetzt Gelegenheit, ihn bei der Arbeit zu sehen.«

»Zu chauvinistisch für meinen Geschmack. Ich würde nicht mit ihm arbeiten wollen.«

»Oh. Ich würde sagen, er war in letzter Zeit nicht viel in Gesellschaft von Frauen, und er macht hier oben seit Jahren, was er will. Aber wenn es um Perlen geht, macht ihm keiner was vor. Morgen früh arbeiten wir noch mehr Papiere durch – Aufzeichnungen, Verkaufszahlen, Prognosen, Kosten, Ausgaben. Wie viel investiert werden muss, und in was.«

»Du hast von so was doch gar keine Ahnung!«

»Hey, Mädchen! Lass mich nicht auffliegen. Ich lerne. Du würdest staunen, was ich mir schon alles angeeignet habe.«

»Was ist mit deinem Freund Tim? Was hat er dir erzählt?«

»Ich verlasse mich auf seine Sachkenntnis. Ich hoffe, dass wir zusammen herausfinden, ob dieser Betrieb rentabel sein kann. Aber ich hatte noch keine Gelegenheit, Tims Aufzeichnungen über die Farm durchzusehen.«

Sami wusste nicht, ob es wahnsinnig, leicht wahnsinnig oder brillant wahnsinnig von ihrer Mutter war, den Kauf dieser romantischen, aber ziemlich heruntergekommenen Perlenfarm in Erwägung zu ziehen. Alles war in einem vernachlässigten, chaotischen Zustand, und das Personal hatte sich dem angepasst. Und wer wusste, ob in den Drahtgestellen im tiefen Wasser draußen vor der Mündung des Creeks überhaupt brauchbare Perlen hingen! »Ich würde mich nicht zu sehr auf ihn verlassen. Hol dir selbst unabhängigen Rat. Du hast dich noch nicht festgelegt«, erinnerte Sami sie.

»Was machst du morgen?« Lily lenkte vom Thema Tim ab.

»Von der Arbeit an den Schiffen im Schuppen habe ich genug gesehen, und beim Geruch der Austern dort dreht sich mir der Magen um«, erklärte Sami. »Ich glaube, ich unterhalte mich mal mit ein paar von den Männern und laufe vielleicht ein Stück den Creek hinauf. Toll wäre auch mal eine Segeltour raus auf die Bucht! Wann wird die *Georgiana* zu Wasser gelassen?«

»Der Zeitpunkt hängt von der nächsten großen Flut ab, glaube ich.«

Sami wanderte zur Mündung des Creeks, vorbei an einem eingestürzten Anleger und einem großen, funktionsfähigen Ponton. Dann verließ der Pfad das niedrige Unterholz und die Mangroven und mündete auf einen weißen Sandstreifen, der sich bis zum unglaublich blauen Wasser der Bucht erstreckte. Rakka rannte vor bis zum Wasserrand, sah sich um und jagte dann den Strand entlang auf eine Frau zu, die im Sand kniete und offenbar etwas sammelte – bis der Hund bei ihr ankam und Streicheleinheiten einforderte.

»Hallo«, rief sie, als Sami näher kam. »Sie haben einen sehr netten Hund.«

»Ja, bei freundlichen Leuten ist sie ziemlich umgänglich. Ich hoffe, sie hat Sie nicht erschreckt. Sie heißt Rakka, und ich bin Samantha Barton.«

»Ich bin Serena. Sie wohnen oben im Camp der Star Two, stimmt's?«

»Ja, wir sind für ein paar Tage zu Besuch«, sagte Sami. Dann wechselte sie das Thema. »Wonach suchen Sie?«

Serena hielt eine kleine Muschel hoch, ließ sie in ihre Schultertasche aus Baumwolle fallen und holte dann eine ganze Hand voll Muscheln daraus hervor. Die meisten waren beschädigt. »Ich mache Bilder daraus. Ich habe da einen ganz besonderen Stil.«

Die Muscheln hatten verschiedenste Farben, von Rosa-, Blau-, Creme- und Goldschattierungen bis hin zu reinem Schwarz und Weiß. »Ich verwende alles Mögliche: Schildkrötenpanzer, Dugongknochen, Fischköpfe, Tintenfisch, Kiemendeckel, Perlmutt. Das sind meine Farben.«

»Sorry, das kapiere ich nicht.« Sami war fasziniert. Die Frau war etwas über vierzig, attraktiv, hatte dunkle Haare und trug ungewöhnliche Ohrringe. Sie bestanden aus bemalten Muscheln und etwas, das aussah wie Fischgräten. »Sind Sie Künstlerin? Zermahlen Sie die Muscheln?«

»Genau. Wahrscheinlich würden Sie meine Gemälde eher als Collagen bezeichnen. Ich benutze Materialien vom Meeresufer zum Malen. Die Wirkung ist ziemlich erstaunlich, wenn man zurücktritt und das fertige Gemälde betrachtet.«

Die Frau stand auf. »Das mache ich nur zu meinem Vergnügen. Mein Mann Donny arbeitet auf der Farm. Früher war er Taucher, aber jetzt kümmert er sich um die Schiffe. Und er ist ein guter Schiffsbauer. Ich bin eigentlich Chefkoch und Mädchen für alles, aber jetzt war ich zwei Tage nicht da. Heute Abend muss ich wieder arbeiten. Wenigstens hat man Sie nicht vergiftet, während ich nicht da war.«

»Das nicht, aber ich kann nicht behaupten, dass das Essen eine Offenbarung war. Gegrillter Fisch, gegrilltes Steak und Grünzeug aus der Dose.«

»Ich sage Dave immer wieder, er soll einen Garten anlegen. Es ist nicht einfach, hier oben an Salat und frische Lebensmittel zu kommen. Und die Jungs brauchen Vitamine. Also, was halten Sie von dem Laden?« Sie wanderten gemeinsam am Wasser entlang, Serena hielt die Augen auf den Sand gerichtet.

»Hmm. Was halte ich davon?«, grübelte Sami. Sie wollte nicht zu viel von den Plänen ihrer Mutter oder ihren eigenen Eindrücken preisgeben. »Das hier ist mein erster Besuch auf einer Perlenfarm. Meine Mutter ist besessen von der Perlenfischerei.«

Serena lachte. »Verstehe. Sie machen sich Sorgen, dass Ihre Mutter den Reiz der Perlen romantisch verklärt. Wie Sie wahrscheinlich selbst sehen, ist Daves Laden nicht gerade eine Bedrohung für die großen Perlenfarmen.«

»Und wieso nicht? Was wissen Sie über die Star Two?«

Serena bückte sich nach einem winzigen toten Krebs. Sie wickelte ihn in ein Tuch, ehe sie ihn in die Tasche steckte. »Dave ist ein alter Perlenfarmer, ein alter Hase. Er hat die Farm in den 70er-Jahren gekauft, nachdem sie aufgegeben worden war. Aber während es bei anderen bald richtig rund ging und sie zu großen Konzernen expandierten, hat er sich nur so dahingeschleppt. Natürlich war da auch ein bisschen Pech im Spiel. Ein anderer hätte vielleicht das Handtuch geworfen, aber er hat weitergemacht.«

»Soweit ich weiß, spielt das Glück in der Perlenbranche immer eine große Rolle.«

»Es gibt Glück und unglückliche Umstände, und dann gibt es noch eine Schlampe namens Glücksgöttin.« Serena zögerte, beschloss dann aber, das zu erklären. »Er hatte eine Frau, oder jedenfalls beinahe, ein weißes Mädchen, das es als Kellnerin nach Broome verschlagen hatte. Sie wollte sich einen reichen Engländer angeln. In einer Saison hatte Dave damals Glück und erntete ein paar richtig gute Perlen. Die beiden haben nie geheiratet, und sie ist mit den Perlen auf und davon. Der Rest ist Geschichte, wie man so sagt.«

»Der Ärmste.«

»Tja, eine Weile hat er sich mit Alkohol getröstet. Das macht er immer noch manchmal, aber er scheint es unter Kontrolle zu haben. Ich kann mir nicht vorstellen, dass er je hier weggeht, außer in der Kiste. Er will auf keinen Fall zurück in die alte Heimat.«

»Interessant«, meinte Sami und fragte sich, wie Lily diese Neuigkeiten verdauen würde.

Serena hob den Blick und nickte in Richtung der Dünen. »Möchten Sie sich ein paar von meinen Arbeiten ansehen? Wir haben ein eigenes Lager oben hinter der Leiche. Ich wollte nicht auf der Farm leben, hier draußen ist man mehr für sich.«

»Haben Sie gerade ›Leiche‹ gesagt?«

Serena kicherte. »Ja. Sie macht die Einheimischen nervös. Donny und mir macht es nichts aus. In gewisser Weise ist sie der beste Wachhund, den man haben kann. Jedenfalls wenn die Leute von ihr wissen und abergläubisch sind.«

»An solchen Orten könnten Geister umgehen«, meinte Sami und betrachtete das einsame Ufer.

»Oder die Seelen der Toten. Viele Leute in Broome meinen, sie hätten den Geist Dampiers auf dem Achterdeck der *Roebuck*, seiner Fregatte, gesehen, wie er in einer nebligen Nacht über die Roebuck Bay segelt.«

Sami fragte sich, ob wohl auch schon jemand Tyndalls Geist an Bord der *Shamrock* gesehen hatte. Hier oben schien das möglich. Sie gingen zu den Dünen, wo wieder Grasbüschel und struppige kleine Büsche wuchsen. Serena deutete auf einen kleinen Baum, der auf dem Stumpf eines anderen Baumes wuchs. »Da drunter.«

Sami bewegte sich langsam darauf zu, doch dann blieb sie erschrocken stehen. Die ausgebleichten Knochen eines menschlichen Skeletts waren auf dem Sand ausgebreitet. »Wer ist das?« Sie merkte, dass sie flüsterte.

»Es soll ein junges weißes Mädchen gewesen sein. Jemand aus einer der ersten Siedlerfamilien vielleicht, eine Schiffbrüchige, wer weiß? Es ist zu lange her.«

Sami setzte sich und blickte aufs Meer hinaus. Die einsame Szene rührte sie unsagbar an. Serena hockte sich neben sie. »Offenbar hat der Wind das Skelett im Lauf der Zeit freigelegt. Niemand will es verlegen oder auch nur berühren.«

»Wie traurig.« Sami dachte an die Gräber am Town Beach. »Man vergisst leicht, wie viele Menschen damals an Orten wie diesen gestorben sind. Vergessen. Das nimmt der Vergangenheit einiges an Romantik.«

Serena stand auf. »Unser Lager ist hier oben.«

Es bestand aus einem Wohnwagen mit einem Schatten spendenden Vordach und einer Hütte mit drei Wänden und Strohdach – Serenas Atelier. Am Reisigzaun hatte sie ihre Bilder aufgehängt. Sami war sofort hingerissen von ihrer schlichten, aber sinnlichen Schönheit. Landschaften, erschaffen aus der realen Landschaft, die sie abbildeten, so beschrieb Serena ihre Werke.

»Serena, die sind großartig. Sie sollten sie meiner Cousine Rosie Wallangou zeigen. Ihr gehört die Little Street Gallery in Broome.«

»Rosie ist Ihre Cousine?« Serena lächelte Sami an.

Sami machte eine wegwerfende Geste. »Das ist eine lange Geschichte.«

»Irgendwann müssen Sie sie mir erzählen. Wir verbringen hier nach dem Abendessen viel Zeit damit, uns gegenseitig Geschichten zu erzählen. Ich kann ein, zwei Teelöffel weißes Blut für mich beanspruchen. Kommen Sie, trinken Sie was Kühles.«

Abends saßen einige der Arbeiter sowie Dave, Lily und Sami nach Serenas ausgezeichnetem Essen auf Plastikstühlen um ein Lagerfeuer und sahen den Mond aufgehen. Einige erzählten Geschichten von ihren jüngsten Fischzügen, um die Frauen zu beeindrucken, andere Witze über das Angeln und Gott und die Welt. Sami erwähnte die Schrecksekunde, als Serena ihr das Skelett gezeigt hatte, und Dave kicherte. »Sie hätten mit dem alten Doc Peters sprechen sollen – Dr. ›Was uns nicht umbringt, macht uns stark‹. Der hat so viele komische Geschichten über Leute auf Lager, die hier draußen den Löffel abgegeben haben, das geht auf keine Kuhhaut«, sagte er.

»Komisch? Meinen Sie zum Lachen oder merkwürdig?«, fragte Lily und warf Sami einen amüsierten Blick zu.

»Doc Peters war vor dreißig Jahren der Bestatter in Broome. Vorher war sein Vater der Totengräber draußen in Wyndham.«

»Erzähl ihnen von dem Hai«, warf einer der Taucher ein.

»Schon gut. Also, es ist eine wahre Geschichte, die Doc Peters mir erzählt hat. Da war dieser Bursche, Charlie Tick, der meinte, einer aus der Loggermannschaft wollte in die eigene Tasche wirtschaften und hätte die besten Perlen versteckt, die sie auf der Fahrt gefunden hatten. Es gab einen Kampf, und der Taucher wurde getötet. Nachdem man ihn in seinem nassen Grab versenkt hatte, stellte sich heraus, dass er die Perlen verschluckt hatte. Charlie schickte einen der übrigen Taucher runter, um nach der Leiche zu suchen, aber der gab Zeichen, man solle ihn schnellstens wieder hochziehen. Da unten sei ein verdammt großer Hai. Charlie warf allen Proviant und alles Austernfleisch über Bord, schnitt sich in den Arm, tränkte einen Lumpen mit seinem Blut und ließ ihn über Bord hängen. Sie blieben zwei Tage da und am Ende fingen sie den Hai. Und jetzt ratet mal.« Dave sah in die Runde.

»Dave! Jetzt kommt doch nicht etwa das, was ich vermute?«, meinte Lily.

»Darauf können Sie Gift nehmen. Die Leiche war in dem Hai, und Charlie hat seine Perlen zurückbekommen.«

»So'n Blech!«, rief einer der Jungs.

Sami musste einfach lächeln. »Das ist eine Alltagslegende, oder ein Kimberley-Märchen. Haben Sie hier auch ruhige Todesfälle und normale Trauergottesdienste?«, fragte sie. »Ich muss immer noch an das Skelett da draußen denken.«

»Zu viele«, seufzte Dave. »Ich weiß noch, wie Doc Peters von den Einzelgängern erzählt hat, die draußen im Busch gestorben sind, neben dem Kaninchenzaun, oft aus freiem Willen. Einen alten Knaben schickte man in die Stadt ins Hospiz, aber er hat sich selbst entlassen und ist zurück in den Busch. Er wollte in dem weiten Land, das er so liebte, vor seinen Schöpfer treten. Ein andermal fanden Aborigines einen englischen Burschen, der sich im Busch verlaufen hatte. Sie brachten ihn zu einem Weißen, der den Zaun abritt. Der Engländer starb, also begrub der Reiter ihn an Ort und Stelle und machte aus Draht ein Kreuz an den Zaun. Niemand wird je wissen, wer das war. Na ja, weiß ja auch niemand, was aus dem alten Doc Peters geworden ist.«

Die Gruppe verstummte, und Sami sah auf zu den Sternen, die so nahe wirkten, als könnten sie das Gespräch belauschen. Dave stand auf und schürte das Feuer. »Stevie, wie wär's mit einem Liedchen? Wir haben hier draußen nämlich eine ganz gute Band. Singen Sie, Sami?«

Zur Begleitung von Gitarre und Quetschkommode wurde eine halbe Stunde gesungen, hauptsächlich Countrymusic im Kimberley-Stil. Ein paar Bier machten die Runde, aber niemand betrank sich. Schließlich mussten alle am nächsten Tag früh aufstehen.

Sami kraulte Rakka, die zu ihren Füßen schlief, liebevoll die Ohren. Dann betrachtete sie das Gesicht ihrer Mutter im flackernden Licht des Lagerfeuers und sah eine Frau, die zufrieden und auf eigentümliche Weise heimisch wirkte. Das Leben hier war in jeder Hinsicht meilenweit entfernt von ihrer Wohnung in Sydney, und doch passte Lily hierher. Es war merkwürdig, fand Sami. Diesen Anblick hätte sie sich niemals ausmalen können.

Palmer und Eugene stiegen aus dem Aluboot und gingen zu einer Reihe niedriger Felsen, die sich quer über den Strand bis zum Fuß einer Klippe zogen. Eugene führte den Gelehrten über den ersten der flachen Felsen und blieb an einer Stelle stehen, die ein normaler Tourist leicht übersehen hätte. Nicht so Palmer. Er sah sie sofort: Die Fußabdrücke eines Dinosauriers, für immer im Fels festgehalten, ließen seine Nervenenden kribbeln. Hier gab es einiges zu untersuchen! Palmer hockte sich hin und betrachtete die Abdrücke minutenlang.

»Was halten Sie davon?«, wollte Eugene wissen. »Da sind noch mehr, etwas näher an der Klippe.« Er war fasziniert von diesem Mann, der ihn im einen Augenblick zum Lachen brachte und im nächsten mit Geschichten des alten Australien fesselte.

»Es ist ungewöhnlich, eine so große Fläche zu haben, die man studieren kann. Wahrscheinlich gibt es hier noch viel mehr zu entdecken. Ich möchte gerne herausbekommen, wie alt die hier genau sind ... Es könnte sein, dass wir danach sogar das Alter und die Entstehung dieses Kontinents neu schreiben müssen, und dass das Leben sich hier viel früher entwickelte, als wir dachten.«

»Wie macht man das?«

»Spezielle Verfahren – zum Beispiel die Kohlenstoffmethode. Eugene, du hast mir den Tag gerettet! Vielen Dank. Und jetzt sehen wir uns mal die anderen Abdrücke an und gucken uns ein bisschen weiter um. Wir brauchen hier ein Team mit Spitzenpaläontologen, damit wir von Anfang an alles richtig machen. Wird ein Weilchen dauern. Mit etwas Glück können wir dich vielleicht mit ins Boot nehmen!«

»Sami dachte sich schon, dass diese Abdrücke Sie interessieren könnten. Dass sie vielleicht sogar so bedeutend sind, Wahnsinn! Aber im Augenblick behalten wir es erst mal für uns, oder?«

»Ja, bis wir uns sicher sind. Vielleicht bekommt Broome noch eine große Touristenattraktion.« Palmer grinste. Es wäre kein großes Opfer, ein Weilchen zu bleiben, dachte er.

Während Palmer den Fundort und die Abdrücke fotografierte und sich viele Notizen machte, ging Eugene zum Strand und manövrierte das Boot wegen der Ebbe in tieferes Wasser. Er setzte sich auf den Bug und beobachtete den Weißen bei der Arbeit. Als Palmer sich schließlich auf einen Felsen setzte – offenbar tief in Gedanken –, fragte er sich, was in dessen Kopf vorgehen mochte. Eugene hatte das Gefühl, Palmer sehe diesen Ort, wie er vor einer Million oder mehr Jahren ausgesehen haben mochte. Er war ein seltsamer Mann, dieser Typ von der Uni: ein Gelehrter, der im Busch zu Hause war.

Am nächsten Morgen schien vor Sonnenaufgang viel mehr Betrieb als sonst zu herrschen. Die Aktivitäten um die Unterkünfte und auf dem Gelände weckten Lily und Sami, aber beide schliefen noch einmal ein und wachten erst ein, zwei Stunden später wieder auf. Als sie zum Frühstück in den Speiseraum gingen, wurden sie von einem strahlenden Dave George empfangen. »Wir haben die *Georgiana* heute vom Stapel gelassen. Haben Sie Lust, mit uns über die Bucht zu segeln?«

»Wow, und wie!«, rief Sami.

»Das ist eine reizende Idee, Dave«, sagte Lily, der es die Kehle zuschnürte. Jetzt wusste sie, was es mit der frühen Betriebsamkeit auf sich hatte: Die Männer hatten die Springflut genutzt, um das Schiff zu Wasser zu lassen. »Wo ist sie jetzt?«

»An einem Liegeplatz im Creek, beim Ponton. Sie liegt sehr gut im Wasser, wenn ich das sagen darf. Wir hätten sie bereits vor Ihrem Besuch wieder flott gehabt, wenn die Bilgepumpe fertig gewesen wäre. Die Ersatzteile sind aber erst gestern eingetroffen.«

Sami und Lily räumten den Tisch ab, holten ihre Fotoapparate und eilten zum Ponton. Dave hatte das Schiff bereits längsseits geholt, und die Segel waren aufgetakelt. Der Motor unter Deck tuckerte leise.

Sie kletterten an Bord. Ein Mann, den sie noch nicht kannten, reichte ihnen helfend die Hände. Er war an Bord ganz offensichtlich in seinem Element. »Stoßen Sie sich nicht den Kopf an den Bäumen«, warnte er sie. Dann fügte er lächelnd hinzu: »Ich bin Don, der Ehemann von Serena, die hier kocht.«

Als sie es sich auf dem Lukendeckel bequem gemacht hatten, wurden die Leinen losgemacht. Dave steuerte das Schiff hinaus in die Bucht, während Don die Segel vorbereitete und dann das Focksegel hisste. Auf offenem Wasser tauchte die *Georgiana* leicht in eine sehr flache Dünung ein. Jeder an Bord spürte, wie der Logger zum Leben erwachte, als genieße er es, wieder auf See zu sein.

Lily lächelte Dave zu. Ihrer Stimme traute sie nicht. Er verstand und grinste sie an, erfreut, dass seine Überraschung sie so sehr rührte.

Dave bedeutete Sami, das Ruder zu übernehmen. »Halten Sie das so fest und bleiben Sie auf Kurs. Ich will Don mit dem Großsegel helfen.« Er gab Sami keine Chance zu widersprechen, sondern ließ das Steuer los und ging, sodass sie – leicht panisch – danach greifen musste. Angespannt beobachtete sie, wie die Männer die Schoten anholten, um das Großsegel zu hissen. Don kam zurück, um das kleinere Segel hinter dem Steuer zu hissen, und dann übernahm er das Ruder wieder von einer sehr erleichterten Sami.

»Danke. Hat es Ihnen Spaß gemacht, das Schiff zu führen?«

»Schon, sobald die erste Panik vorbei war«, erwiderte sie. »Die Segel sehen ziemlich alt aus, sind das die Originale?«

»Nein, aber sie sind alt. Dave hat dafür gesorgt, dass sie gut verstaut wurden, nachdem man den Logger ans Ufer des Creeks gezogen hatte. Die haben noch viele Jahre vor sich.«

Dave setzte sich neben Lily auf den Lukendeckel und drehte sich eine Zigarette. »Können Sie sich dieses Deck mit Haufen von Perlmuscheln vorstellen, wenn Taucher und Signalmann da oben saßen? Ein paar Muschelreiniger hier, und der Kapitän. Sie blieben wochenlang auf See und lebten von Reis und eingelegtem Gemüse mit Sojasoße.« Er zog an seiner Zigarette. »Die alten Zeiten waren die besten.« Er sah Lily an und nickte in Richtung Sami. »Haben Sie ihr die alten Geschichten erzählt?«

»Kaum. Man muss hier sein um zu begreifen, wie es gewesen sein mag«, wich Lily aus.

Sami sah hinauf zu den geblähten Segeln und nahm alles in sich auf: das Knattern der Segel, das Geräusch des Schiffs, wenn es durch die Wellen schnitt, den Geruch nach altem Holzrumpf und frischer Farbe. Unter Deck war es dunkel, bedrückend eng und muffig. Sie blickte zurück zum Ufer und der Mündung des Creeks, der zur Star Two führte. Es war eine weite hufeisenförmige Wasserfläche, gesäumt von Sand und roten Felsen. Dahinter erhoben sich die Dünen, die mit Kletterpflanzen, Sträuchern, Grasbüscheln und hin und wieder einem verkrüppelten Baum gesprenkelt waren.

»Es sieht alles so heiter aus, Don«, meinte Sami. »Man könnte denken, dass es vor hundert Jahren paradiesisch gewesen sein muss, hier zu segeln.«

»Bis zur Monsunzeit.«

Sami ließ Don in Ruhe steuern und gesellte sich zu Lily und Dave. Der hatte sich in einen Monolog gestürzt: Abenteuergeschichten, tragisch oder zum Schreien komisch, von Glück, Diebstahl, Liebe, vom Tod auf den Loggern, auf dem Meeresgrund, in den Perlenlagern am Ufer und den düsteren Winkeln von Chinatown zwischen Kneipen, Bordellen, Spielhöllen und Esslokalen. Dann sprach er über den allmählichen Wandel der Ausrüstungen und den verhängnisvollen Versuch der britischen Marine, die »farbigen Perlentaucher« durch »weiße Taucher« zu ersetzen. Er holte genüsslich Luft und drehte sich noch eine Zigarette. »Ach, kein Wunder, dass wir uns dieses Geschäft ausgesucht haben.«

Seine Geschichten waren für Sami wie eine Offenbarung. Vor ihrem inneren Auge blitzten die Szenen auf, die der alte Perlenunternehmer heraufbeschwor. Sie warf einen Blick zu ihrer Mutter. Lily hatte Daves Erzählungen mit einem Lächeln auf den Lippen gelauscht und zustimmend genickt. In diesem Moment frischte der Wind auf, das Deck neigte sich stärker, und das Schiff nahm Fahrt auf.

»Sami, nehmen Sie das Tau da, binden Sie es hier herum fest«, rief Don. »Ich will den Kurs ändern.«

Lily sah zu, wie ihre geschmeidige, kräftige Tochter die Anweisungen der beiden Männer befolgte, als sie den Kurs änderten, um auf die andere Seite der Bucht zu lavieren. Sami machte nicht mehr viel Aufhebens um ihr Make-up – Sunblocker und Lipgloss waren alles, was sie auf der Farm auflegte. Zudem war sie braun gebrannt und trug das Haar offen, sodass es in schwungvollen Locken ihren Kopf umspielte. Lily hoffte, dass sie in diesem Moment so glücklich war, wie sie aussah.

Sami arbeitete sich zum Bug der *Georgiana* vor und hielt ihr Gesicht in die Sonne, sodass sie Wind und Gischt abbekam. Die Wochen, in denen sie im Busch nichts als Staub oder später die feuchte Luft der Stadt eingeatmet hatte, waren wie weggeblasen. Sie fühlte sich so lebendig wie schon lange nicht mehr. Schließlich setzte sie sich wieder neben ihre Mutter, die ebenfalls entspannt und glücklich wirkte. »Das macht Spaß! Ich meine, unglaublich Spaß!« Und sie umarmte Lily begeistert.

Diese spontane, bei Sami so rare Geste rührte Lily. Offenbar war es gut gewesen, Sami hierher zu bringen. Sie hatten nun etwas, das sie miteinander teilen konnten. »Wir brauchen eindeutig einen regelmäßigen Schuss Meer. Mal sehen, ob wir das bald wiederholen können.«

Als sie kurz vor dem Mittagessen wieder zurück an Land waren, dankten die beiden Dave und Don überschwänglich. »Das war ein echter Glanzpunkt«, sagte Lily herzlich. »Es ist wundervoll, dass die *Georgiana* so gut in Schuss ist.«

»Genau, Sie könnten Touristenausflüge mit ihr veranstalten«, schlug Sami vor. »Komm, Mami, ich brauche dringend eine Tasse Tee.«

»Ich komme nach, sobald wir sie wieder vertäut haben«, rief Dave und wandte sich dann Don zu. »Touristenausflüge! Und was kommt als Nächstes? Irgendwelche dämlichen Modenschauen wahrscheinlich!« Die beiden Männer lachten und widmeten sich dann den Segeln und Tauen.

Sami lief Lily voraus und pfiff Rakka, die ihnen entgegensprang. »Das nächste Mal nehmen wir dich mit. Mal sehen, ob du seefest bist, hm?« Dann wirbelte Sami herum zu ihrer Mutter und breitete die Arme aus. »Weißt du was, Mami?«

»Nein, was?«

»Hol sie dir. Ich glaube, du solltest es versuchen.«

»Die Perlenfarm?«

Sami lachte. »Ach, zum Teufel, warum nicht? Hier draußen zu sein, Dave zuzuhören, das macht doch mehr Spaß als der Aktienmarkt oder einen Laden zu führen. Oder den ganzen Tag an einem Computer zu sitzen.«

Lachend schüttelte Lily den Kopf. »Sami, du bist unverbesserlich! Meinst du das ernst?« Sie hakte sich bei ihrer Tochter ein. »Unglücklicherweise wird das eins der ersten Dinge sein, die wir hier anschaffen müssen: einen Computer.«

»Okay, aber du bist nicht daran gefesselt. Soviel ich sehe, braucht die Farm Geld und ein paar kühne Ideen. Wenn dein Freund Tim mit der finanziellen Unterstützung wirklich durchkommt, solltest du es versuchen. Geh nur nicht an deinen Notgroschen!«

Lily wollte fragen, wie es zu dieser Meinungsänderung gekommen war, doch dann kam sie von selbst darauf. Und seltsamerweise hatte sie das Gefühl, sie sollte ihrer Mutter Georgiana dafür dankbar sein. »Besorgen wir uns Tee und feiern. Aber wir sagen Dave noch nichts, bis wir von Tim gehört haben. Und wenn er da keinen Erfolg hat, sehen wir uns anderswo um.«

Sami blickte plötzlich ernst drein. »Mami, bitte nicht Dale um Unterstützung, tu mir den Gefallen.« Sie zögerte, wollte noch etwas sagen, und schloss dann: »Ich glaube, es ist keine gute Idee, Liebe und Geschäft zu vermischen.«

»Ganz deiner Meinung«, sagte Lily, hob einen Stock auf und warf ihn für Rakka. »Dale ist sowieso nicht gerade dafür. Ich habe das Gefühl, er traut es mir nicht zu. Und ich kann es ihm nicht verdenken. Ich habe ja nicht gerade viel Erfahrung in der Perlenzucht.«

»Na, dann zeigst du's ihm eben«, sagte Sami überzeugt.

Palmer brachte seinen Film zur Entwicklung und lud Eugene zum Essen im Oz Café ein. Sie hatten sich gerade an einen Tisch auf dem Bürgersteig gesetzt, als Bobby Ching vorbeikam. »Komm, setz dich zu uns, Bobby.«

»Wie ist es gelaufen? Was halten Sie von den Fossilien?«, fragte er und zog sich einen Stuhl heran.

»Ziemlich faszinierend! Ich muss gestehen, ich bin überrascht«, erwiderte Palmer. »Wenn man bedenkt, dass so ein Geschöpf irgendwo auf dem Marschland Fußabdrücke hinterlassen hat und die dann die Äonen überdauert haben – das ist einfach fantastisch.«

»Ich frage mich, wie es da früher ausgesehen hat«, meinte Eugene. »Meine Großmutter kennt eine Schöpfungsgeschichte über die Würmer, die aus dem Schlamm kamen, als die Erde geboren wurde.«

»Interessant! Australien nennt die ältesten Fossilien der Welt sein Eigen: Stromatolithen, die sehen eher wie Eier aus als wie Würmer«, erklärte Palmer. »Sie müssen in einem Land der Vulkane gelebt haben.«

»Wie lange ist das her?«

»Dreieinhalb Milliarden Jahre. Bevor im Kambrium das Leben auf der Erde förmlich explodierte und eine rasch zunehmende Artenvielfalt entstand. Fossilien und das sie umgebende Sediment erzählen uns viel darüber, wie die Wiege des Lebens und der Planet sich entwickelt haben. Und ich stelle oft fest, dass die Aborigine-Kultur Geschichten kennt, die das Gegenstück zur wissenschaftlichen Forschung darstellen.«

»Hör den Geschichten der alten Leute lieber gut zu, Eugene! Du könntest was lernen«, meinte Bobby leichthin. »Vielleicht wirst du Professor, hm?«

»Klar … Und du bist also heute wieder bei deinem Vater im Büro eingesprungen?«

Bobby wurde ernst. »Genau. Und ich hatte einen Besucher mit schlechten Neuigkeiten. Die Leiche, die sie vor einer Weile draußen bei Twelve Mile gefunden haben, das war der Typ, den ich herumgefahren habe.«

»Der sich verirrt hatte?«

»Genau. Der deutsche Tourist, Matthias. Mann, er war ein netter Kerl. Keine schöne Neuigkeit, was?«, meinte Bobby. »Ist mir völlig schleierhaft, warum er ermordet wurde.«

»Geld«, schlug Eugene vor. »Er könnte in der internationalen Drogenszene gewesen sein.«

»Ist das der Bursche, der das Kästchen mit dem Sonnensymbol bei sich hatte? Mit der geheimnisvollen Schrift darin?«, wollte Palmer wissen.

»Genau der. Na ja, schätze, jetzt kann ich's behalten. Ich nehme nicht an, dass es was wert ist. Vielleicht kann ich es seiner Familie geben, wenn sie kommt. Ich frage mal die Polizei«, sagte Bobby.

»Wo wir gerade davon sprechen: Ich sollte mal meinem Kumpel an der Universität auf die Finger klopfen, ob er die Kopie von diesen paar Zeilen entziffern konnte. So was interessiert mich ungemein«, sagte Palmer.

»Was glauben Sie, wo die Sonne herkommt? Wo sie angefertigt wurde?«, fragte Bobby Palmer.

»Sie ist eindeutig nicht europäisch, schon eher aus dem Mittleren Osten.«

Bobby war nachdenklich. »Der Detective hat nach dem Freund gefragt, den Matthias auf der Bradley-Farm treffen wollte. Hajid sah schon irgendwie orientalisch aus. Allerdings ist er verschwunden.« Er sah Palmer und Eugene an. »Komisch, was?«

»Vielleicht gibt uns die Botschaft in dem Sonnensymbol einen Hinweis«, meinte Palmer. »Und jetzt lasst uns was zu essen bestellen.«

Kapitel elf

Der Samstagvormittag fühlte sich anders an als die übrige Woche. Allerdings verlor Sami rasch den Überblick über die Tage und Wochen in Broome. Ein perfekter Tag folgte auf den anderen. Sie und Pauline schlenderten durch das Boulevard Shopping Center. Eine Menschentraube vor einem Geschäft erregte ihre Aufmerksamkeit. Ein Schild im Schaufenster verkündete: »Das Paradies ist hier.« Ein großes Foto von einem jungen, schönen Paar in tropischbunter Kleidung der Marke Paradise untermauerte die Behauptung.

Als die jungen Frauen einen Blick ins Geschäft warfen, sahen sie, dass dort keinerlei Waren auslagen. Menschen saßen still darin, unter ihnen Gaye Wotherspoon. Pauline winkte ihr zu, und sie kam zur Tür.

»Was ist denn hier los?«

Gaye legte einen Finger an die Lippen. »Da drin ist ein tibetischer Mönch und macht ein Mandala. Ihr wisst schon, ein Sandbild. Wir müssen leise sprechen, damit wir ihn nicht in seiner Konzentration stören.«

Pauline stellte sich auf die Zehenspitzen, um über die Leute im Geschäft hinwegsehen zu können, und erblickte einen kleinen Mann mit kahl geschorenem Kopf und safranfarbenem Gewand, der an einem niedrigen Tisch saß. »Warum ist der hier?«

»Ein Sandmandala anzufertigen, ist eine Segnung. Wir wollen das mit den Leuten hier teilen. Wenn es fertig ist, wird es bei einer kleinen Zeremonie ins Meer geworfen.«

»Nach der ganzen Arbeit!«, rief Sami. »Wie ist er hierher gekommen?«

»Es gibt in Broome einen losen Zusammenschluss von Buddhisten, und ein paar hiesige Geschäftsleute sponsern jedes Jahr einem Mönch den Flug und die Unterbringung. Ein Mandala ist wie der Sitz einer Gottheit. Es ist ein Verfahren, um das alltägliche Chaos in förderliche Weisheit umzuwandeln.«

»Ehrgeiziges Vorhaben«, kommentierte Sami.

»Kommt und seht zu.«

Sami und Pauline stellten ihre Sandalen zu den übrigen Schuhen an die Tür und fanden einen Platz, von dem aus sie den jungen Mönch beobachten konnten. Er saß vor einem Brett, auf dem ein kunstvolles Sandbild entstand. Innerhalb des großen runden Bildes befanden sich viele winzige geometrische Muster. Der Mönch füllte einen Strohhalm mit farbigen Sandkörnern und brachte sie damit behutsam in das Bild ein, um die einzelnen Muster zu vervollständigen.

»Wie färbt er den Sand?«, wollte Sami wissen.

»Ich glaube, er hat Kieselsteine, Erde, Blumen und Gräser pulverisiert«, erwiderte Gaye. »Früher hat man kostbare Edelsteine benutzt.«

Der junge Mönch, der nussbraune Augen, glatte Haut und ein warmes Lächeln hatte, legte das Sandröhrchen hin und hob seine Hände an die Lippen. »Wir wollen uns nun von der Weisheit und der Energie des Sandes segnen lassen.«

Die Leute setzten sich im Schneidersitz auf den Boden. »Zeit für die Meditation«, flüsterte Gaye.

Pauline und Sami sahen sich an und zuckten mit den Achseln. Sie saßen in dem kleinen, überfüllten Raum in der Falle. Die Tür war geschlossen, der Mönch betätigte den kleinen Messinggong neben sich und ließ sich dann im Lotussitz nieder. Als Sami die Beine zum Schneidersitz kreuzte, musste sie sich zwischen Pauline und den Mann zu ihrer Rechten zwängen. Als sie sich entschuldigen wollte, blickte sie zu ihrer Bestürzung in das lächelnde Gesicht von Tim Hudson.

»Ich dachte, Sie wären in Indonesien«, flüsterte sie.

»Ich bin wieder da.« Er schloss die Augen und saß bequem da, die Hände ruhten mit den Handflächen nach oben auf den Knien.

Die meisten Menschen im Raum hatten die gleiche Haltung eingenommen, und es war sehr still geworden. Sami schloss ebenfalls die Augen, doch in ihrem Kopf rasten die Gedanken. Warum war Tim hier? Ihre Mutter hatte nichts davon gesagt, dass er zurück sei. Einen Augenblick lang war sie verärgert, doch bald beherrschten die Geräusche im Raum ihre Gedanken: Jemand nahm eine andere Haltung ein, ein unterdrücktes Husten, dann sanftes Atmen. Allmählich verfielen alle in einen gemeinsamen Atem-Rhythmus, so als wären sie eine einzige Person. Die Geräusche von draußen schienen leiser zu werden. Schließlich war alles still.

Vor Samis innerem Auge liefen die Tage bei den Felsbildern in der Wüste wie in einem Stummfilm vorbei. Was hatte sie jetzt darauf gebracht? Sie sah die friedvolle Landschaft unterhalb des Steilabbruchs in Richtung Fluss, spürte nach der Kühle unter dem Felsüberhang die Sonnenwärme. Und als hätte jemand den Ton wieder angestellt, hörte sie in der Höhle hinter sich ein Rascheln, den leisen Singsang von Goonamulli, den Ruf eines Vogels. Sie sah die fremdartigen, stark vereinfachenden Felsgravierungen des Sonnensymbols vor sich, doch nun loderten sie wie ein Sonnenaufgang, tiefrot und golden. Sie stand am Rand des Abhangs, beugte sich vor und spürte ganz kurz: noch ein wenig weiter, und sie könnte fliegen.

Unvermittelt wurde Sami wieder bewusst, wo sie wirklich war. Sie bemerkte, dass sie sich zur Seite geneigt und leicht bei Tim angelehnt hatte. Ohne die Augen zu öffnen, setzte sie sich wieder aufrecht hin und fragte sich, ob es ihm aufgefallen war. Wie von weither drang das Murmeln des Mönchs zu ihr, und ein leises Summen ging von den Menschen im Raum aus, das sich bald anhörte wie ein Bienenschwarm und dann vom Gong zum Schweigen gebracht wurde. Sami sah sich um. Die Leute setzten sich auf, streckten sich, lächelten, redeten leise miteinander. Sie blickte zu Tim und stellte fest, dass er sie amüsiert beobachtete.

»Ich wusste gar nicht, dass Sie was mit Buddhismus am Hut haben«, sagte er mit einem feinen Lächeln.

»Hab ich auch nicht. Ich saß hier in der Falle. Und Sie sind doch bestimmt kein Buddhist?« Diese Frage konnte sie sich nicht verkneifen.

»Sie können nicht in Asien leben, ohne ein gewisses Verständnis dafür zu entwickeln«, meinte Tim leichthin. »Hallo, Pauline, wie läuft das Geschäft?«

»Gut. Ich bin auf der Suche nach Inspiration.«

»Sami müsste doch ein paar Ideen haben«, sagte er.

»Wie kommen Sie denn darauf?«, fragte Sami. Sie war sich bewusst, dass sie unfreundlich klang.

»Intuition.«

Sie ignorierte das. »Haben Sie meine Mutter getroffen? Seit wann sind Sie wieder da?«

»Seit gestern Abend. Ich habe Lily vor kurzem angerufen und esse bei Ihnen zu Mittag. Sehe ich Sie dort?«

»Nein. Pauline und ich sind zum Mittagessen verabredet.«

Pauline versuchte rasch, ihre Verblüffung darüber zu verbergen, und lächelte ihn kurz an. »Bis bald, Tim.«

Er grinste zurück, wie im Flirt. »Das will ich doch hoffen.«

Als sie außer Hörweite waren, fragte Pauline: »Was war denn das jetzt mit der Verabredung zum Mittagessen?«

»Er macht mich wirklich wütend! So, wie der sein eigenes Ding durchzieht! Er wirkt herablassend. Ich hoffe, meine Mutter weiß, was sie tut. Ich nehme mal an, die beiden wollen über den nächsten Schritt sprechen, wenn die Investoren mitmachen.«

»Findest du nicht, du solltest dabei sein?«, fragte Pauline.

»Ich werde es ja heute Abend erfahren, nehme ich an. Komm, ich lade dich zum Essen ein.«

»Muss aber schnell gehen. Heute Nachmittag kommen zwei Leute zu mir, die für mich Muschelgravuren anfertigen sollen.«

Später schaute Sami bei Rosie in der Galerie vorbei und fand dort Kevin und Bette. »Hallo miteinander! Sind Sie auf der Suche nach etwas, das Ihrem Wohnwagen ein bisschen Stil verleiht?«

»Wir sehen uns nur um«, meinte Bette, »aber ich möchte aus Broome ein richtig schönes Souvenir mitnehmen. Die da finde ich einfach toll.« Sie deutete auf die gewebten Tapisserien, die Farouz gebracht hatte.

»Sie sind etwas Besonderes«, stimmte Rosie zu. »Ich weiß noch nicht viel darüber. Sie sind ein bisschen geheimnisvoll. Du solltest dich mal genauer mit ihnen befassen, Sami!«

»Palmer fand sie sehr kostbar. Eher orientalisch als Aborigine-Kunst.«

»Farouz will bald wieder zu den Künstlerinnen. Möchtest du ihn nicht begleiten?«, schlug Rosie ernsthaft vor.

»Auf einem Kamel? Wohl kaum.«

»Wir haben den Kamelritt mitgemacht. Zwei Stunden haben mir gereicht«, erklärte Bette.

»Gefällt Ihnen Broome immer noch?«, fragte Sami sie. »Sie haben sich gut hier eingelebt, stimmt's?«

»Es ist völlig anders als bei uns zu Hause, und trotzdem gefällt es uns hier sehr, oder, Kev?«

»Das Wetter, die Leute, das einfache Leben. Man kann so faul oder aktiv sein, wie man will. Natürlich vermissen wir die Kinder und Enkel«, sagte er versonnen. »Bette möchte, dass sie in den Ferien herkommen, aber die Reise ist so teuer. Broome liegt ein bisschen abseits, nicht wahr?«

»Das gefällt uns ja gerade«, meinte Rosie. »Da Sie offenbar noch ein Weilchen hier sind, Bette, werde ich Ihnen was Passendes suchen. Oder vielleicht findet Sami auf ihren Reisen etwas.«

»Klar. Ich bin ja bald wieder draußen in der Kimberley-Wildnis, so wie es aussieht«, erwiderte Sami.

»Großartig! Danke. Wir müssen jetzt gehen. Ich habe heute Nachmittag Dienst im Museum.«

Als die beiden fort waren, machte Rosie Kaffee und erfuhr währenddessen, dass Sami sich von Lilys Apartment fern hielt, solange Tim und ihre Mutter übers Geschäft sprachen. »Du scheinst ihn nicht zu mögen«, bemerkte Rosie.

»Hm-hm«, bestätigte Sami. »Ich habe es heute Morgen schon Pauline erzählt: Er bringt mich so leicht aus der Fassung. Vielleicht liegt es daran, weil er so vertraut mit meiner Mutter ist und ich überfürsorglich bin. Nachdem wir auf der Star Two waren, weiß ich allerdings, wie schnell einen der Zauber der Perlenzucht überwältigt. Ich habe die Ausfahrt mit dem Logger da draußen in der Bucht unheimlich genossen.«

»Die Perlen umgibt ein Flair, das dem Goldrausch oder Opalfieber ähnelt. Es ist ansteckend. Und es scheint einen zu verzaubern. Mir geht es ganz ähnlich mit der Kunst«, sagte Rosie.

»Mir auch. Ich fühle mich, als hätte man mich wie einen Fisch raus in die Kimberleys gelockt. Der Köder baumelt vor deiner Nase, du beißt an, und dann hängst du an der Angel.«

»An Land gezogen, aber noch nicht ausgenommen, was?«

»Na ja, jetzt wo Mami mit der Perlenfarm weitermachen will, wird alles noch komplizierter. Ich weiß nicht, ob sie für das Geschäft genügend Geld hat.«

»Wir können jederzeit eine Hypothek auf Olivias Haus aufnehmen.«

»Rosie, es gehört dir und Harlan!«

»Aber es ist auch der Familiensitz. Wenn Tim glaubt, dass die Star Two gut laufen wird, sollte Harlan das prüfen, und dann machen wir es als Familie.«

»Ich bin mir sicher, Mami wird davon nichts wissen wollen. Aber danke für das Angebot!« Sami war gerührt, doch ihr war unbehaglich zumute, weil ihr erneut der Familiengedanke vor Augen geführt wurde. Die Einstellung, dass sie das alle gemeinsam etwas anging, gerade auch durch die permanenten Verweise auf die Vergangenheit.

Rosie spürte ihr Unbehagen. »Wie geht die Diss voran?«

»Ich habe sie ein bisschen vernachlässigt und muss eine Menge nachtragen. Jean in der Bibliothek war unheimlich hilfsbereit und hat mich ihren Computer benutzen lassen. Aber das ist nicht dasselbe wie spät nachts zu arbeiten, wenn einem danach ist. Trotzdem, ich krieg das hin.«

»Du kannst bei uns arbeiten. Harlan hat zu Hause ein Büro, das er nie benutzt. Du kannst jederzeit darin am Computer arbeiten. Bleib über Nacht, im Büro steht auch eine Couch, dann kannst du so lange arbeiten, wie du willst und wann immer du eine Eingebung hast.«

»Na ja, im Augenblick hat es nicht viel mit Eingebungen zu tun. Ich quäle mich gerade durch den methodologischen

Teil. Aber Rosie, falls du das ernst meinst … das wäre einfach großartig! Es ist ja ganz schön, bei Mami zu wohnen, aber es ist eben nur eine Ferienwohnung, und da mag ich mich mit meinen Papieren nicht überall ausbreiten oder bis spät nachts arbeiten. Und ich vermisse es, Rakka bei der Arbeit um mich zu haben.«

»Komm, gehen wir nach Hause und erzählen es Harlan. Er wird sich freuen.«

Sie trafen Biddy schlafend und Harlan lesend an. Das Haus war ungeheuer friedvoll. Harlans Büro war geräumig – eine Wand lag hinter juristischen Büchern und seiner Sammlung früher Australiana-Ausgaben sowie neueren Büchern zu Aborigine-Themen verborgen. Es gab einen bequemen Sessel, eine lange Couch und einen Schreibtisch am Fenster, das auf die Bucht hinausging. »Wow, Harlan, das ist ja wunderbar. Vielen Dank. Hier könnte ich leben«, rief Sami aus.

»Jederzeit. Fühl dich wie zu Hause. Rakka beansprucht diesen Raum bereits für sich. Das ist der Sessel, in dem sie nachts schläft. Tagsüber macht sie auf der Veranda vor Biddys Zimmer ihr Nickerchen.«

Sami kauerte sich hin und schmuste mit ihrer Hündin. »Was hältst du von einem Spaziergang am Strand?«

»Vielleicht kommen Lizzie und ich mit, wenn du nichts dagegen hast?«

»Super. Ich wollte nach Hause laufen und den Wagen holen. Aber wenn du mich an den Moonlight Bay Apartments absetzen kannst, fange ich an, meine Papiere zusammenzusuchen. Jetzt bin ich richtig motiviert.«

Als sie über das nördliche Ende des Cable Beach spazierten, erzählte Harlan von den Jahren, in denen er in New York gearbeitet und die Rechte der Minderheiten studiert hatte. Er sprach von seiner Entscheidung, nach Broome zurückzukehren, und seinem Wunsch, den Aborigine-Kindern im Bezirk zu helfen. »Das Jugendgericht ist deprimierend. Einer nach dem anderen marschieren sie da rein, wegen kleiner Übertretungen oder echter Straftaten, die oft nur der Langeweile und einer zerrissenen Familie entspringen. Und die meisten tauchen immer wieder auf. Das ist so traurig.«

Sie erklommen den Gipfel der Düne und beobachteten, wie Rakka auf einen Schwarm Seemöwen zujagte, die sich in einer Reihe über den Strand verteilten. »Farouz wohnt gleich hinter der Düne. Sollen wir bei ihm vorbeischauen und Lizzie die Kamele zeigen?«, fragte Harlan.

»Gute Idee. Ich wollte ihn sowieso nach den Knüpfarbeiten und Bildern fragen, die er aus dieser Wüstengemeinde mitgebracht hat.«

Sie fanden Farouz unter der Zeltleinwand vor seiner Hütte, wo er eine Pfeife rauchte. Er hob zum Gruß die Hand und strahlte. »Willkommen, willkommen.« Dann stellte er zwei Klappstühle auf und holte ein Kissen für Lizzie, die von dieser ungewöhnlichen Wohnstatt ziemlich eingeschüchtert wirkte. »Ich mache Tee. Oder lieber Kaffee?«

»Bitte mach dir keine Mühe, Farouz«, meinte Harlan.

»Gäste sind ein Segen. Das ist der Brauch«, entgegnete der alte Mann und ging hinein, um Wasser aufzusetzen.

»Ich helfe Ihnen«, sagte Sami und folgte ihm. Sie war überrascht, wie sehr sich die Inneneinrichtung vom Äußeren seiner Strandbehausung unterschied. Auf dem Boden lagen schöne alte Teppiche, an einer Wand hing ebenfalls einer, andere waren über eine alte Couch geworfen. Ein alter, reich verzierter Ledersattel mit hoher Rückenlehne war auf Hochglanz poliert und diente nun als Untersatz für ein großes Messingtablett, das den Couchtisch bildete. Daneben stapelten sich persische Taschenbücher.

Bald saßen sie bequem im Schatten unter der Zeltplane.

Vom Meer her kam eine leichte Brise. Farouz bewirtete sie umständlich mit süßem aromatischem Kaffee und einem Teller mit Datteln und Nüssen. Für Lizzie gab es Gebäck.

Nach etwas Smalltalk fragte Sami nach den Gemälden und den geknüpften Wandbehängen, was Farouz unangenehm war. Er wurde vorsichtig.

»Ich kann über diese Dinge nicht viel sagen. Ich möchte den Frauen, die sie anfertigen, helfen, ein bisschen Geld zu verdienen. Die Künstlerinnen möchten diesen neuen Stil unbedingt weiterverfolgen.«

»Die Sachen sind etwas Besonderes. Sie wissen ja, ich studiere Kunst. Ich würde sie gerne kennen lernen. Rosie hat mir gesagt, Sie fahren wieder dorthin. Könnte ich Sie begleiten?«

Der alte Mann zögerte, er war ein wenig überfahren worden und wusste nicht, was antworten.

Harlan versuchte zu helfen. »Farouz, ich glaube, du kannst dich darauf verlassen, dass Sami das nötige Feingefühl hat, worum auch immer es bei den Frauen, bei allen Leuten da draußen geht. Vielleicht kann sie euch helfen.« Er wusste nicht, worum es ging, doch er folgte seinem Instinkt.

Farouz trank seinen Kaffee und betrachtete seine Pfeife. Dann schien er zu einem Entschluss zu kommen. »Sie ist eine gute Freundin von dir, ja?« Er warf Sami einen Blick zu.

»Sie gehört zur Familie, Farouz.«

Der nickte zufrieden und wandte sich mit einer leichten Verbeugung an Sami.

»Es wäre mir eine Ehre, wenn Sie mit mir reisen würden. Allerdings wollte ich auf dem Kamel reiten, es sei denn, ich finde einen Lastwagen.«

Sami erwiderte die förmliche kleine Geste. Sie versuchte, so diplomatisch wie möglich zu sein. »Nein, die Ehre wäre auf meiner Seite, Farouz. Ich frage mich, ob wir vielleicht um Zeit zu sparen, mit meinem Auto fahren könnten?«

Er lehnte sich zurück. »Ah. Zeit. Ich messe die Zeit nach Monden. Sie sicherlich nach der Uhr, ja?« Er lächelte ein wenig.

»Sagen wir, nach Sonnenuntergängen«, meinte Sami. »Einen Tag nach dem anderen.«

»Wir werden zu einer Vereinbarung kommen. Es ist sehr weit weg, ein kleiner, trockener Ort, wo man versucht, die alten Bräuche wieder einzuführen.«

»Und die jungen Leute?«, fragte Harlan.

Farouz zuckte mit den Achseln und machte eine viel sagende Geste. »Es gibt ein paar junge Leute. So viele sind in Schwierigkeiten. Die Frauen wollen bessere Schulbildung für ihre Kinder, aber das ist schwer.«

Harlan nickte. »Diese Geschichte hört man hier oft. Kein Wunder, dass die Frauen etwas auf die Beine stellen wollen. Die Kunst hat sich schon für viele Dörfer als Retter und Ernährer erwiesen!«

»Was mich interessiert, Farouz«, meinte Sami, »ist die Fremdheit der Abbildungen. So etwas habe ich in der Aborigine-Kunst noch nie gesehen.«

»Es sind Geschichten. Sie werden sie hören. Viele Geschichten«, fügte er hinzu. »Das Leben besteht daraus, nicht wahr?«

»Das stimmt. Ich hoffe, ich erfahre etwas über die Geschichten, die mit Religion und Spiritualität zu tun haben. Was wir glauben. Wie diese Geschichten in den verschiedenen Kunstformen dargestellt werden. Besonders in der traditionellen, der Stammeskunst.«

»Es gibt einen Gott. Wir sind alle wie ein Wesen. Wir werden darüber reden.« Er grinste. »Unterwegs haben wir Zeit.«

»Sieht so aus«, meinte Harlan. »Und jetzt müssen wir

uns um die Logistik kümmern. Wenn Sami mit dir da rausfährt, könnte dann jemand anders mit einem Lastwagen kommen und die wilden Kamele holen?«

»Ich habe Freunde mit einem Besitz, den ich als Basis benutze. Sami und ich können von dort aus zum Dari-Außenposten fahren«, sagte Farouz. »Bobby. Bobby würde das tun. Einen Lastwagen mit den Kamelen fahren.«

»Er ist ein bisschen jung, oder?«, wandte Harlan ein.

»Er braucht eine solche Reise«, lautete Farouz' rätselhafte Antwort. »Es ist alles entschieden. Alles wird gut.« Er lächelte. »Ich habe ein Fohlen, letzte Woche geboren. Wollt ihr es sehen?«

»O ja«, sagte Sami erfreut. »Komm, Lizzie. Das wird dir gefallen.«

Als Sami wieder ins Apartment ihrer Mutter kam, war Tim zu ihrer Überraschung noch dort. Er saß auf dem Balkon, wo der Tisch mit Tellern und Papieren übersät war.

»Sami, Liebes, komm raus. Wir trinken gerade einen Sundowner.«

»Wir sind vom Mittagessen hierher umgezogen.« Tim grinste sie an.

»Das sehe ich.«

»Hol dir ein Glas und setz dich zu uns. Wir haben dir viel zu erzählen.«

Lily zog einen Stuhl heran.

Sami goss sich ein Glas Wein ein und sah ihrer Mutter in die strahlenden Augen. »Also?«

Lily deutete auf Tim. »Er hat es geschafft! Die beiden Investoren machen mit. Wir haben an einem Geschäftsplan gearbeitet und all die praktischen Fragen besprochen. Plus ein bisschen Wolkenkuckucksheim.«

»Und was ist dabei rausgekommen?«, fragte Sami in scharfem Ton.

Tim sah sie an. »Soll ich lieber gehen, damit Sie das mit Ihrer Mutter verhackstücken können?«

»Da gibt es nichts zu verhackstücken«, sagte Lily entschlossen. »Und auch nichts, was nicht in deiner Gegenwart gesagt werden könnte, Tim. Sami, gib dir einen Ruck. Tim hat die Sache unter Dach und Fach gebracht, wie man so schön sagt. Die Star Two ist im Geschäft!«

»Habt ihr dem alten David George die gute Nachricht überbracht? Ich meine, ist das Geld auf dem Konto?«

»Immer mit der Ruhe«, sagte Tim knapp. »Die Japaner sind eine Verpflichtung eingegangen, ich habe die Papiere und eine schriftliche Zusage. Ein paar Schritte stehen noch aus. Und sobald Ihre Mutter und ich uns einig sind, werden wir Dave das Angebot unterbreiten.«

»Er wird sofort zugreifen, da bin ich mir sicher«, meinte Lily.

Sami sagte nichts, sondern trank einen großen Schluck Wein.

»Liebes, ich dachte, du würdest vor Freude ganz aus dem Häuschen sein«, rief Lily. »Das bedeutet, wir können bald loslegen!«

»Händigen diese Investoren euch einfach so das Geld aus? Sie wollen nicht herkommen und sich die Perlenfarm ansehen?«, fragte Sami.

»Das sind Zahlenakrobaten. Sie gehen nach den Papieren und Prognosen, die ich für sie angefertigt habe«, sagte Tim. »Ehrlich gesagt wollen wir gar nicht, dass sie herkommen und sich die Farm ansehen – nicht im jetzigen Zustand. Bevor sie kommen, gibt es noch viel zu tun.«

»Und dann haben wir auch eine anständige Perlenausbeute«, fügte Lily hinzu.

»Jetzt sei nicht zu optimistisch, Lily«, warnte Tim. »Wir wissen nicht, was Dave da draußen hat und können nur hoffen – und Pläne für die nächste Saison machen.«

»Was ist denn jetzt der nächste Schritt?«, fragte Sami.

»Wir schlagen auf der Star Two für ein Weilchen unser Lager auf. Heuern weiteres Personal an, wenn die Saison auf Touren kommt, und sehen uns nach guten Operateuren um. Erledigen eine Menge fälliger Reparaturen und rüsten die Ausrüstung und Einrichtungen auf. Wir müssen eine höhere Quote beantragen, damit unsere Strömungstaucher mehr wilde Muscheln im Rahmen unserer nicht konkretisierten Pacht sammeln können.«

»Das wird den anderen Perlenfarmen natürlich gar nicht schmecken«, meinte Lily. »Ich habe so viele Ideen, da muss ich Prioritäten setzen – wie Tim mir ja ununterbrochen sagt …«

Sami betrachtete das leicht gerötete Gesicht ihrer Mutter, hörte den Enthusiasmus in ihrer Stimme und fragte sich, wie viel davon dem Wein zuzuschreiben war. »Solltest du nicht erst noch ein paar Dinge hier in der Stadt erledigen?«

Tim schien zu spüren, worauf sie hinauswollte. »Hör mal, Lily, ich muss gehen. Ich habe eine Verabredung zum Abendessen. Sprich das alles mit Sami durch. Am Montag gehen wir dann zur Bank und setzen die Dinge in Bewegung.« Er berührte Lily flüchtig an der Schulter. »Bleibt sitzen, ich finde allein hinaus. Genießt den Sonnenuntergang! Bis dann, Sami.«

»Guten Appetit«, entgegnete Sami, ohne zu lächeln.

»Danke, danke.« Sie hörten die Tür hinter Tim zufallen.

Lily hob ihr Glas. »Lass uns anstoßen, Sami – auf mein neues Leben!«

Die Gläser klirrten leise. »Vielleicht sollten wir in ein paar Tagen zur Farm fahren, wenn der Papierkram und so weiter erledigt ist.«

»Ich kann nicht, Mami. Ich arrangiere gerade einen Ausflug in den Busch, um ein paar Aborigine-Künstlerinnen kennen zu lernen, für meine Diss.« Als sie die Enttäuschung in Lilys Miene sah, fügte sie hinzu: »Und du solltest wohl mit Dale sprechen!«

»Ja. Ich sehe ihn morgen. Er hat Freunde zum Grillen eingeladen, du kannst auch gerne kommen.« Lily stand auf und räumte den Tisch ab. Mit einem Mal war sie erschöpft und – wenn sie ehrlich war – unsicher. Ach, was sollte das, sie würde jetzt keinen Rückzieher mehr machen! Als sie mit Sami das Farbschauspiel jenseits der Bucht betrachtete, spürte Lily, ihre Entscheidung war richtig, egal, was Sami oder Dale davon hielten. Sie hoffte nur, die beiden Männer, mit denen sie sich da zusammentat, waren fähig, ihr bei der Erfüllung ihrer Träume zu helfen.

Als Sami am Sonntagmorgen vom Schwimmen zurückkam, klingelte das Telefon. Sie griff sich eine Ladyfinger-Banane und nahm ab.

»Palmer hier, was machst du gerade?«

»Frühstücken! Was gibt's Neues?«

»Dies und das. Ich habe eine neue Adresse. Habe ein Häuschen in der Stadt gemietet.« Er nannte ihr Adresse und Telefonnummer. »Was machst du heute Nachmittag?«

Sami warf einen Blick zur Badezimmertür, hinter der Duschgeräusche hervordrangen. »Ich soll zum Grillen zum dollen Dale. Willst du mich davor retten?«

»Würde das nicht deine Mutter verstimmen? Wenn du den Ausflug mit Farouz durchziehst – und das solltest du! – und deine Mutter diese Sache mit der Farm, bleibt euch nicht viel gemeinsame Zeit«, meinte er.

»Sie zieht es durch. Meinen Bedenken zum Trotz hat Tim irgendein Geschäft zustande gebracht. Und ja, ich begleite Farouz. Er glaubt, Bobby kann die Kamele mit dem

Lastwagen einsammeln.« Sie biss in die Banane. »Wir fahren mit meinem Auto.«

»Du siehst dieser Veranstaltung heute also nicht freudig entgegen? Warum nimmst du mich nicht mit?«

»Du fändest es grässlich.«

»Lass mich das entscheiden! Hol mich doch ab und sieh dir dabei mein Häuschen an. Dale hat doch sicher nichts gegen einen zusätzlichen Gast beim Grillen, oder?«

»Nein, es kommen auch ein paar Leute aus der Gegend. Palmer, ich fände es toll, wenn du mitkommst, falls das kein zu großes Opfer für dich ist. Ich rufe Dale an und frage, ob das in Ordnung geht.«

»Braves Mädchen. Bring deine Mutter gleich mit, dann kann sie sich mein Haus auch ansehen.«

»Mal sehen. Das hängt davon ab, ob sie selbst motorisiert sein möchte. Manchmal übernachtet sie bei ihm. Allerdings könnte Dale sie auch zurückfahren.« Sie verabredeten eine Uhrzeit zur Besichtigung von Palmers Bude, wie Sami sie bei sich nannte, und dann setzte Sami sich mit einer Schale Obst auf den Balkon.

»Das ist ja ein nettes Viertel. Hier war ich noch nie«, sagte Lily zu Sami, als sie in ein ruhiges Wohngebiet einbogen. Aufgrund ihrer zyklonsicheren Bauweise zeichneten sich die Häuser nicht durch großartige Architektur aus, doch das machten sie mit üppigen Gärten wieder wett. Dort sah man wild wuchernde Bougainvilleen in allen Farben, Paradiesvögel, samtene Rasenflächen, mit Sprinkleranlagen gehätschelt, sowie stilisierte japanische Gärten. Sogar die verwahrlosten Gärten der Bewohner ohne grünen Daumen sahen in ihrem üppigen Wuchern malerisch aus.

Auf einen geweißten Stein an einer kurzen Schotterzufahrt, die hinter Eukalyptusbäumen und Akazien verschwand, war die Nummer vierzehn gepinselt. Das Haus selbst war nichts Besonderes – niedrig, mit einem schrägen Blechdach und Schiebetüren an einer Seite. Doch als Palmer sie hineinführte, sahen sie, dass das vordere Zimmer auf eine lange Veranda hinausging. Sie verlief um einen kleinen Pool und einen gestalteten Garten herum, in dem Hängematten an schattigen Bäumen hingen.

»Das ist ja cool! Ein bisschen balinesisch«, fand Sami. »Wie lange kannst du hier wohnen?«

»So lange ich will. Der Eigentümer hat den Löffel abgegeben, und seine Tochter lebt im Ausland. Es ist voll möbliert und so weiter. Umso besser für mich, denn ich habe nur das mit, was ich auf dem Rücken tragen kann.« Er sah um sich. »Allerdings bin ich es nicht gewohnt, dass die Nachbarn so nahe sind.«

»Der Dudelsack?«, meinte Lily lächelnd.

»Eben. Na ja, wenn das hier ein typischer Vorort ist, reiße ich mich halt zusammen. Am Ende muss ich sowieso zurück in die Betonwüste. Aber daran mag ich jetzt noch nicht denken. Im Augenblick hab ich in diesem Teil der Welt genug zu tun. Stimmt's, Sami?«

»Ich muss zugeben, die Gegend hier steckt voller Überraschungen. Wenn man in der Stadt lebt, hat man keine Ahnung, wie das Leben hinter den sieben Bergen ist.« Sie drohte ihrer Mutter mit dem Finger. »Und sag jetzt bloß nicht: Das hab ich dir doch gesagt.« Ihre Mutter lächelte nur.

»Ich hole nur eben den Kartoffelsalat und den Fusel, und dann können wir los«, sagte Palmer.

»Kartoffelsalat!«, flüsterte Lily Sami verblüfft zu. Palmer kehrte mit einer Schüssel Kartoffelsalat zurück, der köstlich aussah, und der Fusel stellte sich als ausgezeichneter Jahrgang aus Margaret River heraus. Die Frauen grinsten sich erneut an, während Palmer zum Auto vorausging.

Lily fiel auf, dass die zerzauste Gestalt, als die sie Palmer zum ersten Mal getroffen hatte, nun in blauer Hose und weißem Baumwollhemd ziemlich elegant aussah. Seinen Lederhut hatte er allerdings nicht abgelegt, und die Haare hatte er mit einem geflochtenen, afrikanischen Band zurückgebunden. Um die Handgelenke trug er schmale farbige Schnüre und ein Armband aus Leder und Gold, aber keine Uhr.

Während der Fahrt brachte er die beiden mit Geschichten von seinen Umzügen zum Lachen. »Bei meinem letzten großen Umzug habe ich mir einen Laster gemietet, alles draufgestapelt und bin damit quer durch Melbourne gefahren. Und dann bin ich stecken geblieben, unter einer Brücke. Taucht ein Verkehrspolizist auf, macht sich ausgiebig Notizen, sieht mich an und meint: ›Sie stecken also fest? Wie kann man nur so blöd sein?‹ Und ich sage: ›Aber nein, ich liefere eine Brücke aus!‹«

Die beiden Frauen lachten, dann fragte Lily: »Und wo sind Sie jetzt zu Hause?«

»Überall, wo ich gerade bin. Ich bin nicht der Typ, den es lange an einem Ort hält.«

»Also, Palmer, besitzt du denn gar nichts? Irgendwelche Vermögenswerte – abgesehen vom Dudelsack?«

»Sami!«, ermahnte Lily sie.

»Keine Sorge. Sami und ich haben bereits andere persönliche Dinge besprochen«, sagte Palmer, und Lily zuckte innerlich zusammen.

Sie hatte den Eindruck, hinter seiner unbekümmerten, fröhlichen Art steckte ein außerordentlich scharfer Verstand und vielleicht auch die eine oder andere emotionale Verletzung. Warum sonst sollte ein kluger, erfolgreicher Mann über fünfzig sich immer noch wie ein Rucksacktourist zwischen zwanzig und dreißig benehmen? Palmer streckte den Kopf zwischen ihren Sitzen nach vorne und sagte mit starkem schottischem Akzent: »Sami, falls du je nach Schottland fliegst, kannst du in meiner Burg übernachten.«

»Ach, hör auf«, lachte Sami.

»Es stimmt aber. Von Mutters Familie! Ist ein kalter, zugiger Steinhaufen, aber das Loch ist hübsch. Ich war nur ein Mal da. Der Busch hier ist mir tausendmal lieber.«

Dale hielt am Grill Hof. Als Lily und ihre Begleitung eintrafen, winkte er ihnen mit der Grillzange zu, trank sein Bier aus und ging in die Küche, um sie zu begrüßen. Er küsste Lily und gab Palmer die Hand. »Freut mich, dass Sie kommen konnten. Hallo, Sami, wo ist Rakka? Hier gibt es jede Menge Reste für sie.«

»Danke, Dale.« Sami beschäftigte sich mit dem Öffnen der Weinflasche.

»Kommen Sie mit und mischen Sie sich unter die Meute, Ted, machen Sie sich mit den Jungs am Grill bekannt.«

»Ähm, ich helfe Sami nur eben mit dem Wein. Ich komme dann gleich«, sagte Palmer liebenswürdig.

Dale nahm Lily am Arm. »Was hat mein Mädchen denn so angestellt? Irgendwelche neuen verrückten Pläne?« Lachend führte er Lily hinaus.

»Was für ein Idiot«, murmelte Sami.

Palmer nahm ihr sanft die Flasche weg. »Sachte. In jeder Hinsicht! Das ist ein sehr edler Tropfen. Lass uns ein Glas trinken, ehe ich zu den Jungs da draußen muss.«

»Palmer, ich habe dir ja gesagt, dass das hier nicht dein Fall ist.«

»Und was, glaubst du, ist mein Fall?« Er füllte zwei Gläser zur Hälfte mit dem Cabernet und reichte Sami eines.

»Prost. Weiß der Himmel.« Sie trank einen Schluck und sah ihn an. »Dir in der Stadt über den Weg zu laufen, zählt nicht richtig. Eigentlich habe ich dich nur draußen im Busch in deinem Element gesehen. Und ehrlich gesagt, als schottischen Burgherrn kann ich dich mir nicht vorstellen.«

»Ich auch nicht. War eine große Enttäuschung für meine Frau Mama, dass ich nie zurück in die Heimat gegangen bin. Ich bin der Letzte aus der Sippe, na ja, fast. Wohlgemerkt, zu besonderen Gelegenheiten trage ich meinen Kilt.«

»O bitte, verschon mich mit dem Anblick!«

Lily erschien wieder in der Tür. »Hey, kommt. Wir brauchen frischen Gesprächsstoff. Da draußen dreht sich alles um Football und Angeln.«

Palmer schnappte sich die Weinflasche und nahm ihren Arm. »Ich habe Sami gerade von meinem schottischen Erbe erzählt und wie fesch ich in meinem Kilt aussehe. Und nun, McDuff, geht voran und stellt mich als einen lange vermissten Verwandten des großen schottischen Tenors Kenneth Mackellar vor. Vielleicht bittet mich dann jemand, eine Ballade zu singen, oder auch drei.«

»Ich werde nichts dergleichen tun«, sagte Lily entschlossen. »Außerdem kenne ich nicht viele von diesen Leuten. Es sind Freunde von Dale.«

Zu Samis Verblüffung passte Palmer sich hervorragend in die Gruppe ein. Allerdings wirkte er ein wenig verloren, als man zu tief schürfenden Analysen der aktuellen Footballszene und dem Zustand des Rindfleischmarktes überging.

Als die Männergruppe immer lauter wurde, schlich Palmer sich davon und unterhielt sich lieber mit einigen der Frauen.

Nach dem Essen nahm Lily Sami beiseite. »Schatz, du kannst jederzeit gehen. Fühl dich nicht verpflichtet zu bleiben. Dein Dr. Palmer hat sich tapfer geschlagen.«

»Ach, der amüsiert sich prächtig. Er ist ziemlich pflegeleicht. Aber vielleicht machen wir uns trotzdem davon.

Bleibst du noch, oder willst du mit uns kommen? Sieht so aus, als hätten die hier Durchhaltevermögen.«

»Das fürchte ich auch. Aber ich kann Dale hier nicht in dem Chaos sitzen lassen. Er hat vorgeschlagen, morgen zum Brunch in den Cable Beach Club zu gehen. Komm doch auch!«

»Tut mir Leid, ich treffe mich morgen mit Bobby und Farouz, um die Reise zu besprechen.«

»Ach, Sami, musst du da wirklich hin? Das klingt wie das absolute Niemandsland.«

»Komm schon, Mami, Farouz kennt die Wüste. Mir wird nichts passieren. Eigentlich kann ich es kaum erwarten.«

Lily seufzte. »Da draußen passieren so viele merkwürdige Dinge. Der arme Mann, den Bobby zum Rennen fahren sollte, wäre nur ein kurzes Stück abseits einer großen Straße fast gestorben.«

»Ja, und dann kommt er in Broome aus dem Krankenhaus und wird ermordet!«

»Aber warum nur? Bobby sagte, das war ein ganz durchschnittlicher Mann«, entgegnete Lily. »Er hat an einer Universität oder so gearbeitet.«

Sami warf einen Blick zu Palmer, der mit rudernden Armen einem gebannt lauschenden Publikum eine Geschichte erzählte. »Nicht alle Leute an der Universität sind durchschnittlich.«

»Wie auch immer. Bobby hat es nicht leicht bei seinem Vater. Und jetzt ist er auch noch in einen Mordfall verwickelt. Ich denke, es ist gut, dass er mal aus der Stadt herauskommt«, sagte Lily.

»Ich gehe Palmer retten, und dann machen wir uns auf.« Sami stand auf. »Ich schicke ihn zu dir rüber, damit er sich verabschiedet, während ich meine Tasche hole. Du hattest ja kaum Gelegenheit, mit ihm zu sprechen.«

Lily saß auf dem Sofa auf der Veranda und beobachtete, wie Palmer mit ihrer Tochter sprach. Er war ein sonderbarer Mann, dachte sie. Nein, faszinierend, das passte besser. Sie versuchte, sich vorzustellen, wie er in einem Kilt die Brustwehr einer schottischen Burg abschritt. Wahrscheinlich böte er sogar einen königlichen Anblick. Sie lachte in sich hinein, als seine Stimme ihre Gedanken unterbrach. »Woran denken Sie?«

»Oh, na ja ... Was bekomme ich denn, wenn ich es Ihnen erzähle?«

»Oh, das scheint teuer zu werden«, sagte er, weil er merkte, dass er sie bei einem peinlichen Gedanken gestört hatte. »Ein interessanter, angenehmer Abend, wenn man von den Mücken absieht.«

»Man kann nicht alles haben.«

»Auch wieder richtig. Zum Glück lernen wir ja irgendwann, mit den kleinen Mängeln zu leben. Manchmal machen sie die Dinge sogar noch reizvoller.«

»Wie bei einer Naturperle.«

»Sehr schön gesagt! Ah, da ist ja meine liebreizende Partnerin für diesen Abend«, sagte er, als Sami zurückkam. »Wir müssen dieses Gespräch ein andermal fortsetzen.«

Lily fiel nichts Originelleres ein als: »Gute Nacht. Fahrt vorsichtig.« Die letzte Bemerkung war ihr sofort unangenehm.

Sami beugte sich hinab und küsste Lily. »Bis morgen. Hast du Dale die gute Nachricht überbracht?«

»Keine Chance. Das mache ich später.«

Lily lag im Kingsizebett neben Dale, der schnell eingeschlafen war, nachdem sie sich halbherzig geliebt hatten. Er hatte viel zu viel getrunken. Warum nur graute es ihr davor, ihm zu erzählen, dass es mit der Star Two voranging?

Am nächsten Morgen schwamm sie im Pool, räumte die

Partytrümmer weg und deckte den Frühstückstisch. Sie war bereits bei ihrem zweiten Becher Tee, als Dale erschien.

»Kaffee. Heiß, schwarz, stark. Jesses, ich kann nicht mehr so feiern wie früher! Wo sind denn alle?«

»Du bist der Erste, das ist doch was«, sagte Lily und goss ihm Kaffee ein. »Geh schwimmen, es ist herrlich.«

»Was soll das alles?«, fragte er mit einem Blick auf den gedeckten Tisch. »Ich dachte, wir wollten zum Brunchen raus?«

»Die Übernachtungsgäste möchten sicher gerne etwas frühstücken, wenn sie aufstehen. Wir hatten gestern Abend nicht viel Gelegenheit zum Reden.«

»Stimmt, aber reden können wir immer noch. Es hat gut getan, mich mal wieder mit einigen meiner Kumpels auszutauschen. So oft verschlägt es die nicht hier heraus.«

»Ich würde dich gern auf den neuesten Stand bringen, was das Geschäft mit der Farm angeht …«

Doch sie brach ab, als drei Männer unter großem Gestöhne in gespielten Todesqualen auf die Terrasse wankten. Im Nu wandte Dale sich ihnen zu. Er sprang auf und mixte eine Runde Bloody Marys.

Der Vormittag schleppte sich dahin, und es wurde deutlich, dass Dale den Brunch auswärts verworfen oder vergessen hatte. Lily fand keine Gelegenheit, ihre Neuigkeit loszuwerden. Sie hoffte nur, dass sich bald eine ergeben würde.

Kapitel zwölf

Blaues und pinkfarbenes Neonlicht wirbelte über den langen Laufsteg, die Bässe drohten das Dach wegzusprengen, und der Applaus des Publikums im ausverkauften Civic Center tat ein Übriges. Dies war ein Modespektakel der etwas anderen Art. Lily, Sami und Palmer waren überwältigt von dem Fantasiereichtum und der Kreativität der Schau. Die Kostüme in der »Worn Art Show« – der Recyclingmodenschau – waren von Themen inspiriert wie »Krieger der See«, »Mythen und Legenden«, »Kollision der Kulturen«, »Barock«, »Boheme in Blau«, »Tropische Träume« und »Ikonen«. Die Einwohner von Broome – auch Kinder – führten unabhängig von Alter und Konfektionsgröße ihre Kreationen vor. Wochenlang hatten sie für die rasant choreographierte Modenschau geprobt.

Erst wenn man genauer hinsah, fiel auf, dass die Kleidung der Models fast ausschließlich aus gebrauchten Materialien bestand. Ein wallendes Ballkleid aus Plastiktüten. Eine Pompadourfrisur türmte sich zu einem Kronleuchter, der aus leeren Klopapierrollen bestand. Nachdem die Zuschauer sich vom ersten Eindruck dieser fantastischen Kostüme erholt hatten, entstand ein Wettbewerb, möglichst schnell den Plunder zu identifizieren, der verwendet worden war: Bambusstäbe und Kleiderbügel, Jalousien und Milchkartons, laminierte Bougainvilleenblüten, Blechdosen und Zeitschriften. Ein umwerfendes Kleid bestand ausschließlich aus Flaschendeckeln. Lily wandte sich an Sami und versuchte, die speziell für die Modenschau komponierte Musik zu übertönen: »Das taugt auch für die Oper in Sydney!«

»Erstaunlich! *Strictly Ballroom* trifft auf den *Mardi Gras«,* stimmte Sami zu. »Beschreiben kann man das nicht, es klänge irgendwie billig, aber es sieht toll aus. Ich frage mich, wie sie darauf gekommen sind!«

Nach dem Finale erklärte ihnen Pauline, die Modenschau habe als bescheidene Bühne für einheimische Talente begonnen, die keine Gelegenheit hatten, ihr Können zu zeigen. Das Konzept fand Anklang und hatte nun viele Menschen aller Altersstufen und Interessensgebiete zusammengebracht. Sie alle hatten gemeinsam diese außerordentlich unterhaltsame, ausgefallene Tanz-, Musik- und Kostümschau auf die Beine gestellt.

»Ich finde, man sollte eine landesweite Veranstaltung aus der ›Worn Art Show‹ machen. Das ist doch auch was für andere Städte!«, meinte Lily. »Ich wünschte, Dale wäre mitgekommen.«

Pauline vermutete, dass Lily sich ein wenig einsam fühlte und daher Dale vermisste, da sich immer mehr jüngere Leute um sie scharten und beschlossen, dass die Nacht noch jung war. Sie bestand darauf, dass Lily und Palmer sich ihnen anschlossen.

»Das lässt hoffen, wenn sie uns noch so großzügig einbeziehen«, bemerkte Palmer zu Lily, als sie sich nebeneinander auf den kurzen Weg zum Pub machten. »Sie sind ganz offensichtlich gern mit der jungen Truppe unterwegs?«

Lily fühlte sich wohl neben ihm. »Jede Minute mit meiner Tochter ist es mir wert, auch wenn ich sie mit anderen teilen muss. Und irgendwie kommt es mir auch vor, als bekäme ich bei solchen Gelegenheiten eine große Vitaminspritze. Es scheint mir gut zu tun.«

»Das ist eine der Freuden des Universitätslebens, wenn

man das Glück hat, die richtige Sorte enthusiastischer Studenten zu unterrichten. Der heikle Teil besteht darin zu erkennen, wann man ein bisschen auf Abstand gehen muss.«

»Nur zu wahr, nehme ich an. Ich habe in letzter Zeit nicht viel in der Richtung erlebt, deshalb will ich den Augenblick auskosten«, versetzte Lily.

Als sie sich dem Roebuck Hotel näherten, beendete Tim Hudson ein Gespräch mit Pauline und kam nach hinten zu ihnen. »Ich bin überrascht, dass Dale heute Abend nicht bei dir ist, Lily. Ich hätte gern gewusst, wie er deine Pläne aufnimmt.«

»Er weiß es noch nicht«, erwiderte sie peinlich berührt. »Es war einfach nicht genug Zeit, um ihm alles im Einzelnen zu erzählen. Er war ein paar Tage weg, um außerhalb der Stadt ein mögliches Bauprojekt in Augenschein zu nehmen. Und heute Abend … Dale hat sowieso nicht viel für Recyclingmode übrig, er sagt, davon hat er genug gesehen.«

»Keine Sorge, ich bin sicher, er wird das alles in den nächsten Tagen mitbekommen, ehe du nach Perth fliegst«, meinte Tim, als sie Seite an Seite hineingingen. »Was möchtet ihr trinken?«

»Ich bestehe darauf, Schampus für unsere Ecke zu bestellen«, sagte Palmer, als sie sich an einem Tisch niederließen. »Das ist für mich die erste Gelegenheit, auf Sie beide und das Unternehmen anzustoßen.« Damit ging er zur Bar.

Lily machte einen Versuch, sich an dem zwanglosen Geplauder zu beteiligen, doch ihr machte noch das Telefonat zu schaffen, bei dem sie Dale eingeladen hatte, mit ihr zur Modenschau zu gehen. Sie hatte gehofft, dabei würde sich eine Gelegenheit ergeben, über die Perlenfarm zu sprechen. Doch er hatte keine Zeit. Angeblich musste er ein Angebot für das Bergwerksprojekt abgeben. Die Zurückweisung hatte ihr wehgetan.

»Pfeif auf ihn«, rief Sami, als Lily es ihr erzählte. »Es ist dein Geschäft. Kümmere dich nicht darum, was er denkt.«

Lily ließ das Thema fallen. Sie wusste, dass sie von Sami kein Verständnis für Dale erwarten konnte, aber sie hatte ein schlechtes Gewissen und wollte zudem seine Meinung hören. Immerhin hatte er in Broome ein Unternehmen zum Erfolg geführt und besaß nützliche Insiderinformationen und Kontakte. Doch es war ein großer Vorteil, mit Tim zusammenzuarbeiten, fand Lily. Ihr gefielen seine Energie und seine unorthodoxe Denkweise. Trotz des Zitterns, das sie befiel, wenn sie einen Schritt zurücktrat und darüber nachdachte, worauf sie sich hier einließ.

Lily hatte sich seit Jahren nicht mehr so energiegeladen gefühlt, so voller Begeisterung und so, ja, jugendlich aufgeregt.

Palmer schenkte den Sekt ein und hob sein Glas. »Einen Toast. Da einige von uns sich auf diverse Reisen begeben, mag es ein Weilchen dauern, bis wir wieder zusammenkommen. Deshalb trinke ich auf die Star-Two-Perlenfarm – möget ihr stets gutes Wetter, geblähte Segel und dicke Perlen haben!«

Die Gläser wurden erhoben, und alle riefen im Chor: »Star Two!« Lily lächelte Palmer dankbar zu.

»Was für Reisen meinen Sie, Palmer?«, fragte Pauline nach dem Trinkspruch.

»Ich fahre nach Perth, um ein paar alte Kumpel in der Geschäftswelt und an der Uni aufzusuchen. Lily möchte dort wegen ihres Projekts einen Rechtsverdreher aufsuchen; Bobby und Sami haben, wie ich höre, etwas mit Kamelen am Rand der Great Sandy Desert vor. Und Tim will, soweit ich weiß, in den Norden zur Star Two.«

Tim, der neben Pauline saß, flüsterte ihr zu: »Und Sie

sind bestimmt auch bald weg. Die werden Sie nach Kalifornien holen, wenn sie erst Ihre Kollektion sehen.«

Sie stieß ihm den Ellbogen in die Rippen. »Wissen Sie was? Ich habe ein Fotoshooting für die Modebeilage eines Blattes vereinbart, das in Perth erscheint. Sie haben gehört, was ich mache, mochten die Schnappschüsse, und schon habe ich demnächst einen doppelseitigen Farbbericht. Bingo!«

»Glückwunsch! Da ist eindeutig noch mehr Sekt angebracht«, erklärte Tim.

Bobby Ching kam mit einer Japanerin an ihren Tisch. »Hi. Das ist Mika.« Alle winkten freundlich, und Mika lächelte denen zu, die sie bereits kannte. »Mika war gerade für ein paar Wochen im Osten. Dann hat sie beschlossen, zurück nach Broome zu kommen und einen Kamelritt bei Sonnenuntergang mitzumachen«, sagte Bobby. »Jetzt wollen wir uns eine Band ansehen. Kommt jemand mit?«

Diese Idee fand sofort Anklang. Während die Gläser geleert wurden, ging Bobby mit Mika zu Lily. »Ich habe Mika von deinem Interesse an der Perlenzucht erzählt, Lily, und jetzt kann sie es kaum erwarten, eines Tages die Star Two zu besuchen.«

Lily erinnerte sich, dass sie Mika bereits im Haus der Historischen Gesellschaft gesehen hatte. »Sie können gerne zu uns auf die Farm kommen, aber geben Sie uns erst ein paar Wochen, um Klarschiff zu machen.«

Mika verbeugte sich leicht. »Vielen Dank, Mrs. Barton, ich würde die Bucht und die Farm wirklich gerne sehen. Aber das hat Zeit, ich habe einen Aushilfsjob im Einkaufszentrum angenommen.«

Die Gruppe trennte sich. Die jungen Leute riefen Lily und Palmer gute Nacht zu. »Sieht so aus, als wären wir diesmal nicht dabei. Ich bringe Sie nach Hause«, sagte Palmer. »Das ist sowieso nicht mein Musikgeschmack.«

»Weil's keine Dudelsäcke gibt, was?«

»Ich mag auch andere Musik«, sagte er eine Spur defensiv.

»Lassen Sie mich raten – schottische Balladen?«

»Ich bin nur zur Hälfte Schotte! Mein Vater ist ein waschechter Aussie von echtem Schrot und Korn. Ich kann alles von den Beatles, den Stones und Queen singen, aber auch Will Ogilvie rezitieren.«

»Das ist üblicherweise mein Beitrag bei Partys am Lagerfeuer!«, lachte Lily. »Die Gedichte, nicht die Singerei.«

Lily nahm sich einen Apfel, musterte ihn kritisch und legte ihn zurück. Sie hatte mit Serena gesprochen und eine Einkaufsliste mit Dosen- und anderen Fertigprodukten sowie frischem Obst und Gemüse erhalten, die zur Perlenfarm zu schicken waren. Sie ging die Liste gerade durch, als ein Einkaufswagen mit ihrem kollidierte. Als sie hochblickte, stand Dale da, schob einen leeren Einkaufswagen und schenkte ihr ein zu strahlendes Lächeln. »Man sagt ja, wenn man sich nur lange genug im Supermarkt herumtreibt, trifft man jeden. Kennen wir uns nicht?«

Lily bekam sofort ein schlechtes Gewissen. »Hallo, Dale. Wenigstens haben wir beide zur gleichen Zeit die Rechenmaschinen und Computer stehen gelassen, das ist dieser Tage ja fast ein Wunder. Ich wollte dich noch anrufen, sobald ich die Sachen für die Farm zusammenhabe.«

»Also, wie geht's weiter mit dem Projekt?«

»Kurz gesagt, wir haben das Geld, wenn wir es wollen.«

»Stramme Leistung von Tim. Du hast also einfach weitergemacht. Hast das Geschäft abgeschlossen, ohne jede Rücksprache.« Er klang verbittert.

Lily blickte um sich und dämpfte die Stimme. »Können wir das bitte woanders besprechen?«

»Auf dem Parkplatz?«

»Dale, sei doch nicht so. Ich würde deinen Rat wirklich gerne hören. Lass mich die Einkäufe nach Hause bringen, und dann können wir essen gehen. Ein nettes Mittagessen. Bei Matso's.«

Er schien etwas besänftigt. »Komm, ich helfe dir mit den Sachen.«

»Brauchst du nicht. Blossom hilft mir, auszuladen und die Sachen im Werkzeugschuppen unterzustellen. Einer der Jungs fährt zurück zur Farm und nimmt alles für mich mit. Treffen wir uns in, sagen wir, einer Stunde? Komm zum Apartment, und dann zeige ich dir einige der Papiere für die Farm. Danach können wir zu Fuß zum Restaurant gehen.«

»Alles klar. Ich nehme mir den Nachmittag frei.«

»Schön.« Lily lächelte, dabei hatte sie sich eigentlich auf einen Nachmittag mit Sami am Swimmingpool gefreut.

Sie saßen auf der Veranda des Gebäudes, das einst Matsumotos Geschäft beherbergt hatte. Man hatte das für Broome typische Gebäude mit den schweren Holzfensterläden, dem Blechdach, den Wellblechwänden und der geräumigen Schlafveranda vom ursprünglichen Hügel hinab zu einem neuen Standort gegenüber des Bedford Park verlegt. Lily nannte das Restaurant, ein Wahrzeichen der Stadt mit einer exklusiven Brauerei, immer ihre »Stammkneipe«.

Dale bestellte eines der hausgebrauten Biere, Lily entschied sich für den Weißwein aus dem Hause Madfish. »Als ich zum ersten Mal hier war, war das hier eine Kunstgalerie.«

»In dieser Stadt gibt es zu viele Galerien. Und zu viele Perlengeschäfte«, fügte er hinzu und studierte die Speisekarte.

»Unsinn. Hier gibt es so viele Talente. Was nimmst du?«

Er schlug die Speisekarte heftig zu. »Karaage. Ich mag die Soja-Ingwer-Soße auf dem eingelegten Hühnerfleisch.«

»Es ist mariniertes Hühnerfleisch«, sagte Lily. »Ich nehme Fisch, den Threadfin Salmon.« Sie trank von ihrem Wein. »Also, was denkst du?«

»Ich mag dieses Bier.«

Sie biss die Zähne zusammen. »Du weißt genau, was ich meine.« Ehe sie zu Matso's gegangen waren, hatten sie sich zusammengesetzt, waren Urkunden durchgegangen und hatten die Optionen bewertet.

»Also, ich habe dir zugehört, ich habe mir einige der Zahlen angesehen und den Bericht über das Potenzial der Farm gelesen. Alles sehr interessant.« Er hielt inne und trank einen großen Schluck Bier.

»Und?«, fragte Lily ungeduldig. »Komm schon, Dale! Ich hatte gehofft, du hättest einen Rat für mich. Wie ich den Vertrag gestalten kann oder so.«

»Sorg dafür, dass du eine gewisse Kontrolle hast, ein Vetorecht. Menschen ändern sich, Enthusiasmus kann schwinden. Ein Partner kann nachlassen, die Sahne allein abschöpfen oder seinen Teil nicht dazu beitragen. Wenn so was passiert, sollte man in der Lage sein, die Kontrolle zu übernehmen und dafür zu sorgen, wer zuerst bezahlt wird, und wann. Das heißt, kümmere dich selbst um deine Interessen. Wer werden die Anteilseigner sein?«

»Wir drei Hauptanteilseigner und die beiden japanischen Investoren.«

Er trank sein Bier aus. »Ich warte noch, bis ich Anteile kaufe.«

»Ich würde nicht wollen, dass du auch nur einen Cent verlierst«, sagte Lily ruhig, erleichtert, dass Dale sich nicht an der Firma beteiligen wollte, solange sie sich noch nicht etabliert hatten.

»Aber ich denke, ich sollte alles prüfen. Hier ist der

männliche Blickwinkel gefragt. Damit du dein Geld nicht in den Schornstein schreiben musst. Ich glaube, dieser David George ist euer Sorgenkind.«

Lily biss nicht an. »Danke, Dale. Ich dachte, dein Rat in einigen praktischen Fragen wie Bauen, Renovieren und so weiter wäre auch ziemlich hilfreich. Mir wird die Zeit knapp. In ein paar Tagen fliege ich nach Perth, um den Anwalt zu treffen. Harlan hat mich mit Dwight Robertson von Fraser Robertson and Partners zusammengebracht.«

»Ja, das ist eine gute Kanzlei. Du meinst es ernst.«

»Ich möchte die Dinge gerne richtig machen.« Dann fand sie, das habe ein wenig steif geklungen, und setzte hinzu: »Es gibt später bestimmt genügend Dinge, die ich aus dem Bauch heraus entscheiden kann.«

Lily lief in ihrem Apartment auf und ab. Dale gegenüber hatte sie sich zuversichtlich gegeben, doch sie war innerlich zutiefst nervös. Da klopfte es diskret. »Mrs. Barton?«

Lily nickte dem Mann zu, der auf dem Treppenabsatz stand. »Kann ich Ihnen helfen?«

»Ich hoffe, Mrs. Barton. Ich bin Detective-Sergeant Karl Howard. Ich gehöre zu dem Team, das wegen des Todes von Matthias Stern ermittelt, einem deutschen Touristen. Wir haben mit Bobby Ching gesprochen.«

»Ach ja«, bestätigte Lily leicht angespannt. »Eine grässliche Geschichte. Bobby hat mich sofort angerufen, als er davon gehört hatte. Möchten Sie nicht hereinkommen?«

»Danke. Ich werde Ihre Zeit nicht allzu lange in Anspruch nehmen. Soweit ich weiß, haben Sie auf der Bradley-Farm einen Geschäftspartner von Stern kennen gelernt?«

Sie ließen sich auf der Couch nieder, und Lily schenkte ihnen beiden ein Glas kaltes Wasser ein. »Es war nur eine kurze Begegnung. Bobby hatte mich gebeten, mit ihm zu reden.«

»Warum?«

»Er war neugierig und konnte aus dem Mann nichts herausbekommen. Ehrlich gesagt, haben wir beide keine Antworten auf ganz normale Fragen über Matthias und diese Verabredung beim Rennen bekommen. Ein seltsamer Treffpunkt, wirklich.«

»Möglich. Sagen Sie mir einfach, was Sie von dem Gespräch noch in Erinnerung haben.«

Lily ging den Wortwechsel durch, hatte aber das Gefühl, dass dabei nicht viel herauskam. »Das ist nicht sehr hilfreich, fürchte ich. Er sah sich offenbar selbst als Weltenbummler und ließ durchblicken, dass er in der Kunstwelt zu tun hatte, und zwar im oberen Marktsegment. Er hatte eindeutig kein besonderes Interesse an den Aktivitäten auf der Bradley-Farm.«

»Haben Sie mit Bobby über Sterns Verschwinden gesprochen?«

»Nun ja, nur insofern, als dass es mir genau wie Bobby ein bisschen komisch vorkam, dass Matthias die Stadt verlassen hatte, ohne sich noch einmal bei Bobby zu melden.«

»Danke für Ihre Hilfe, Mrs. Barton«, sagte der Polizist. »Falls Ihnen noch irgendetwas einfällt, das für uns von Interesse sein könnte, rufen Sie mich bitte an oder kommen Sie vorbei. Es sieht so aus, als müssten wir warten, bis die Ergebnisse der internationalen Nachforschungen eintreffen.« Dann wurde er weniger förmlich. »Denken Sie darüber nach, sich dauerhaft in unserer Stadt niederzulassen? Sie könnten eine Menge an Flügen und Telefonkosten sparen«, witzelte er.

Lily lächelte, als sie begriff, dass er Erkundigungen über ihre Herkunft und ihre Verbindungen vor Ort eingeholt hatte. »Ich denke darüber nach, ja.«

»Dann sehen wir uns sicher ab und zu. Wiedersehen.«

Lily schloss die Tür und blickte aus dem Fenster auf die Aussicht, die sie so liebte. Laut sagte sie: »Tatsache ist, Detective Howard, ich gehe nirgendwo hin. Ich bleibe.« Dann lächelte sie. »Was ich auch dafür tun muss, ich packe es an.«

Nachmittags hatte Sami einige Zeit mit ihrer Mutter am Pool verbracht. Abends war sie dann zu Rosie gegangen, um an ihren Aufzeichnungen zu arbeiten. Nachdem sie mehrere Stunden über Bücher gebeugt und am Computer verbracht hatte, streckte sie sich. Es war spät. Rakka rollte sich unter dem Schreibtisch hervor, streckte sich ebenfalls und warf ihr einen Blick zu.

»Okay, ich lass dich raus in den Garten. Für einen Spaziergang ist es zu spät, alle schlafen«, sagte Sami leise. Das Zimmer war dunkel, nur von der Schreibtischlampe und dem Computerbildschirm erhellt. Sie speicherte, was sie geschrieben hatte, ging hinaus auf die Veranda und sah zu, wie Rakka in den dunklen Garten hinaussprang. Hoch über der Bucht verströmte die schimmernde Mondsichel ein schwaches Licht. Sami dachte an die seltsamen Figuren und Formen der Felsbilder. Plötzlich meinte sie, etwas gesehen zu haben. Ein Flimmern, eine Bewegung, einen blassen Lichtfleck. Sie beugte sich über das Geländer. Es war eher ein blitzartiger Eindruck in der Dunkelheit, den sie erhaschte … Ein junges Mädchen, eine schlanke Frau, die ein hauchdünnes Kleid trug. Es dauerte nur den Bruchteil einer Sekunde. Sie musste sich das eingebildet haben! Dann schimmerte am anderen Ende des Gartens wieder etwas auf: eine bleistiftdünne kindliche Gestalt, die glühte. Diesmal knurrte Rakka leise.

»Was ist das, Rak?«, flüsterte Sami. Sie hatte keine Angst, spürte aber, dass dies nicht nur eine Einbildung war.

»Das sein ein *Mimi. Mimi*-Geist kommen wegen dir.«

Die Stimme hinter ihr ließ Sami zusammenfahren. Biddy stand in der Tür.

»Was ist das, Biddy? Kannst du es sehen?« Die alte Frau konnte von der Tür aus unmöglich bis in den Garten gesehen haben, dachte Sami.

»Muss sie nicht sehen. Das sein *Mimi*-Lichter.«

Rakka bellte kurz. Dann rannte sie zur anderen Seite des Gartens und quer über den Rasen wieder zurück. Schließlich drehte sie sich im Kreis, fiel auf den Bauch und legte zitternd den Kopf zwischen die Pfoten. Die Hündin knurrte, dann raste sie die Stufen zur Veranda hinauf und ins Büro, wo sie sich im Sessel vergrub. Weit hinten im Garten meinte Sami weitere tanzende Lichter wie kleine Sterne zwischen den Büschen zu sehen. Sie wandte sich zu Biddy um. »Was bedeutet das?« Sie wusste, was sie gerade gesehen hatte, war … Ja, was? Übernatürlich? Surreal? Mystisch?

»Bedeutet, wir müssen da hingehen. Zurück in altes Land. Sind Boten.«

»Was meinst du mit ›wir‹?«

Biddy wandte sich zu ihrem Zimmer um, hielt sich am Türrahmen fest. »Du musst gehen, Mädchen. Musst Biddy hinbringen.«

»Wohin denn, Biddy?«

»Wo du hingehen musst. Über die alten Menschen lernen. Wirst es früh genug wissen, wenn du da bist. Biddy jetzt schlafen.«

»Gute Nacht.«

Sami ging wieder hinein und setzte sich an ihren Computer. Die Buchstaben auf dem Bildschirm verschwammen vor ihren Augen zu tanzenden Strichmännchen. Sie schaltete den Computer aus und saß noch einen Augenblick vor dem schwarzen Bildschirm. Sie fragte sich, ob sie sich diese wirbelnden Gestalten eingebildet hatte. Leicht zitternd schüttelte sie das Federkissen auf, streckte sich auf dem Sofa aus und zog die Baumwolldecke hoch. Wie der Blitz sprang Rakka aus dem Sessel, schob sich unter die Decke und ließ sich hinter Samis Knien nieder. Sami schloss die Augen. Verdammte Biddy. Sture alte Dame. Doch tief drinnen wusste Sami, dass sie sich für eine Reise mit der eigensinnigen Aborigine-Frau, die offenbar eine Art siebten Sinn besaß, entschieden hatte.

Der Fotograf nahm das Sonnenbildnis aus Perlmutt ins Visier. Es lag auf einem Vulkanfelsen, der aus dem Sand ragte. Noch eine gute Aufnahme, sagte er sich. Er hatte am Strand Fotos von Pauline und vielen der Halsketten, Anhänger und Broschen gemacht, die sie im Rahmen ihrer neuen Himmelskollektion entworfen hatte. Die Schmuckstücke lagen in einer Reihe auf den roten bis rotbraunen Felsen, dahinter der blaue Horizont. Er wandte sich an das dunkelhäutige Model, das Pauline auf Drängen des Fotografen engagiert hatte. »Noch ein Oben-ohne-Bild, Darling. An dem großen Felsen da drüben.«

Das Model lehnte sich an den Felsen, und Pauline legte der Frau das zentrale Stück ihrer Kollektion um. Die Sonne verströmte einen goldenen Glanz und lag mit der großen Perle genau zwischen ihren Brüsten.

»Wunderbar. Genau so. Okay, los geht's«, kündigte der Fotograf an, und das Model schloss die Augen. Unvermittelt strahlte das Gesicht der Frau eine Sinnlichkeit aus, die den Fotografen umwarf. »Fantastisch, Darling, einfach fantastisch!«

Als er später seine Ausrüstung zusammenpackte, gratulierte er Pauline. »Ich glaube, diese Kollektion wird ein Hit! Ich bin auf dem Gebiet kein Experte, aber diese Sonne hat etwas, das wirklich zu diesem Ort in Beziehung steht, und sie ist sexy. Mond, Sonne, Sterne, die haben alle diesen romantischen Touch. Du hast gesagt, die Idee kam dir durch einen alten Sonnenanhänger, der hier aufgetaucht ist?«

»Genau, ein Freund kam damit eines Tages zur Tür herein, und: Heureka!«

»Gute Story!«

Als Bobby den Creek vor Ross' Häuschen entlanglief, wo er Krabbenfallen aufgestellt hatte, sah er einen grauen Geländewagen am Haus parken. Jemand lief über die Veranda, ein Mann. Er schirmte die Augen mit den Händen ab und spähte durch ein Fenster mit Jalousie, dann rüttelte er an der Tür. Sie war verschlossen. Der Fremde schien aufzugeben, da offensichtlich niemand zu Hause war, und fuhr davon. Bobby tat den Mann als Touristen ab.

Er grillte einen großen Fisch und ließ sich mit einem kalten Bier vor dem Fernseher nieder. Eine Naturreportage brachte ihn auf die Frage, wie es Eugene, der mit ihm zusammen auf Ross' Haus aufpasste, auf seiner Nachtwanderung mit einer Gruppe Vogelbeobachter draußen in den Dünen ergehen mochte. Plötzlich wurde die Tür geräuschvoll aufgestoßen, und da stand Ross, die Taschen geschultert.

»Scheiße, Mann! Du hast mich vielleicht erschreckt! Du hättest mal rufen können, oder an die Tür klopfen«, rief Bobby.

»Nö. Ich habe gehofft, ich erwische dich bei irgendwas. In der Koje mit einem heißen Feger!«

»Hey, das wäre cool, so früh am Abend. Jedenfalls herzlich willkommen, Kumpel. Ich helfe dir mit deinen Sachen.«

»Es ist großartig, wieder hier zu sein. In meinem Wagen habe ich eine Menge Zeug. Ich bin die ganze Strecke von Melbourne gefahren. Ist Bier im Haus?«

»Noch ein paar kalte, aber kein Riesenvorrat.«

»Ach, keine Sorge. Irgendwo im Auto liegt Rum. Bei all meinen anderen weltlichen Gütern. Das war's, Bobby, jetzt bleibe ich hier! Für immer!« Er grinste bis über beide Ohren und streckte die Hand aus. »Sag ›willkommen‹ oder so was.«

Bobby drückte ihm die Hand. »Du weißt ja gar nicht, wie froh ich bin, dich zu sehen! Mensch, entschuldige, ich hätte hier ein bisschen aufgeräumt, wenn ich gewusst hätte, dass du kommst.« Er schob einige Zeitungen, eine große Karte der Kimberleys und einen Aktendeckel mit Notizen an eine Seite des Tischs.

Ross sah sich um. »Ich weiß, es macht nicht viel her. Aber was soll's, das ist jetzt mein Zuhause. Und ich bin wirklich froh, dass ich nicht in ein leeres Haus zurückgekommen bin!«

»Es ist noch eine Menge zu essen da. Ich habe Fisch gegrillt und dazu ein Pilaw gemacht. Möchtest du was?«

»Klar, wärm es auf. Ich hole den Rum. Die Situation verlangt nach einem Drink. Auf mein neues Leben!«

Bei diversen Gläsern Rum berichtete Bobby, was es Neues gab: den Mord an Matthias, Lily und die Farm, seine Pläne, mit Sami und Farouz in den Busch zu fahren und Kamele einzusammeln.

»Klingt, als würde hier die Post abgehen, und ich kann es kaum erwarten, mitzumachen – na ja, vielleicht nicht gerade bei dieser Wüstengeschichte mit den Kamelen.«

»Du willst also wirklich bleiben? Hast den Job da unten im Süden an den Nagel gehängt?«

Ross lächelte wehmütig. »Schätze schon. Ich habe in Melbourne die Brücken hinter mir abgebrochen. Mit meinem Sohn ist aber einiges geklärt. Er kommt in den Schulferien zu Besuch. Bei der Polizei waren sie nicht glücklich, dass ich aufhöre – ich vermute, das ist ein Kompliment. Aber was soll's, manchmal muss ein Mann tun, was er tun muss, richtig?«

Bobby nickte. »Schätze schon. Was willst du jetzt machen?«

»Ich habe nicht den leisesten Schimmer. Irgendwas wird sich schon ergeben. Ich habe ein Dach überm Kopf, Fische gleich vor der Nase, einen Kumpel, mit dem ich ein Bier trinken kann. Es könnte viel schlimmer sein! In welchem Bett schlafe ich?«

»In dem vom Boss«, meinte Bobby. »Ich freue mich echt, dass du hier bist, Ross. Ich glaube, das ist ein gutes Omen. Wirklich.«

»Ihr Chinesen, ihr seid so abergläubisch.« Ross lachte. »Aber weißt du was? Ich glaube das auch.«

»Dave, hier ist Lily! Ich wäre lieber oben bei Ihnen, um Ihnen die Nachricht persönlich zu sagen – wir machen weiter!«

»Na, wer hat es denn gesagt? Braves Mädchen. Das ist gut. Eine gute Nachricht.«

Lily musste über seine lakonische Reaktion lächeln, doch sie merkte ihm an, dass er sich freute. »Tim ist mit dem schriftlichen Angebot unterwegs, aber ich muss wegen des ganzen juristischen Papierkrams nach Melbourne. Auch Sie sollten sich jemanden suchen, der Ihre Interessen vertritt, Dave.«

»Ach, ich hab's nicht so mit dem Papierkram.«

»Genau deshalb sollen Sie sich auch jemanden suchen, der Sie berät!«

»Ich sage Serena, sie soll mal ein Auge draufwerfen. So, wie ich das sehe, ändert sich doch nicht viel. Vielleicht könnten wir ein bisschen was neu anstreichen, alles ein bisschen aufpolieren, ein paar zusätzliche Leute einstellen.«

»Nun ja, wir werden nicht Millionen in die Farm pumpen, wie ein großer Unternehmer es vielleicht täte. Aber wir können auf jeden Fall aufrüsten und effizienter werden. Wissen Sie, was ich meine?«, fügte sie hinzu, weil sie ihn nicht beleidigen wollte.

»Klingt gut.«

»Ansonsten hängt fast alles von den geheimnisvollen Austern ab, die da unter Wasser baumeln«, meinte Lily.

»Im Juli, wenn wir ernten, wissen wir mehr, hm?«, entgegnete Dave. Er räusperte sich und sagte etwas förmlicher: »Danke, Lily. Ich werde euch nicht enttäuschen.«

Lily legte auf. Die Neuigkeit würde sich im Nu in der ganzen Stadt verbreiten. Sie machte sich Sorgen, weil Dave das Geschäft so ohne weiteres akzeptiert hatte. Nichts gegen Serenas Koch- und Malkünste, aber Lily hegte Zweifel an ihren Kenntnissen in Wirtschaft und Recht. Sie beschloss, Dave einen Rechtsanwalt zu besorgen, wenn sie aus Perth zurückkam. Tim war selbst gewitzt genug, um die Feinheiten zu verstehen. Lily war froh, dass Dwight Robertson einen so guten Ruf hatte. Sie fühlte sich nämlich, als würde sie mit ihrer Unterschrift ihr gesamtes Leben abtreten.

Palmer hängte seinen Lederhut auf eine Büste von Alexander dem Großen. Der Mann hinter dem Schreibtisch erhob sich mit einem erfreuten Lächeln. »Palmer, warum hast du mir nicht gesagt, dass du kommst? Ich hätte irgendwo auf der Welt bei einer Ausgrabung sein können.« Sie schüttelten einander herzlich die Hand.

»Ich hab's darauf ankommen lassen, dass du dich hier bei deinen Büchern vergraben hast. Es ist nicht die richtige Zeit, um im Ausland zu sein. Hier ist es sicherer als an den Krisenherden des Mittleren Ostens, oder?«

»Tja, ist nicht lustig, wenn man Landminen ausgräbt statt Tonscherben. Was führt dich nach Perth? Haben sie dich zurück in die Lehre gelockt?«

»Ich dränge mich den leicht zu beeindruckenden Scharen erst in ein paar Semestern wieder auf. Es gibt noch eine Menge Feldforschung, die mich auf Trab hält.« Palmer sank in einen Ledersessel gegenüber vom Schreibtisch seines Freundes an der Curtin-Universität.

»Wie schade. Du beflügelst sie wie niemand sonst.« Professor Lachlan Stevens rückte seine Brille zurecht. Palmer galt als fantastischer Dozent. Seine Seminare waren stets überfüllt, denn unter den Studenten sprachen sich seine lebhafte, faszinierende Art, seine Kenntnisse und die Herausforderungen, die er ihnen stellte, rasch herum. »Also, warum bist du hier?«

»Ich hatte dir doch ein paar Zeilen auf einem alten Papierfetzen geschickt, einen alten Text, dachte ich. Irgendwas herausgefunden?«

Professor Stevens schlug sich an die Stirn. »O Gott, natürlich. Ich habe ihn einem meiner Doktoranden gegeben. Nick hat ihn mir zurückgegeben, aber was, zum Teufel, habe ich dann damit gemacht? Ich gehe unter in Arbeit. Weißt du noch, wie das ist, wenn alle Noten gleichzeitig fällig sind?« Er begann, die Papiere in verschiedenen Mappen auf seinem Schreibtisch zu durchsuchen. »Wo geht's als Nächstes hin? Ins Ausland?«

»Falsch geraten. Ich bleibe in den Kimberleys. Wenn du einen Paläontologen empfehlen solltest, der da hochkommt und an einem Fundort hilft, wer wäre das?«

»Paul Fordeham. Guter Mann. Auf dem neuesten Stand mit all dem Hightechkram, Datierung und so. Genau, du hast von Fossilien gesprochen, bei Broome, richtig? Ah. Hier ist es. Ich habe es mir nicht genau angesehen. Nick hat etwas dazu notiert.« Er las von dem Blatt ab, das an der Fotokopie befestigt war.

»Die Schrift sieht aus wie Kharoshti, aber ich mag mich da nicht genau festlegen. Wir brauchen einen Linguisten

oder einen Epigraphiker, der uns das übersetzt. Infrage kommen verschiedene mittelindoarische Sprachen, aber vielleicht auch Awestisch, Tocharisch oder eventuell sogar ein alter Code oder modernes Urdu. Es stammt offensichtlich nicht aus einem alten Text, es hat eher die Form eines Codes ... faszinierend. Ich gebe es einem befreundeten Linguisten. Gruß, Nick.«

Stevens sah Palmer an. »Was hat es damit auf sich?«

»Weiß der Teufel. Na ja, es ist eben ein Rätsel, hm? Sag Nick trotzdem danke für seine Mühe.«

»Sehr ausführlicher Kommunikationsstil«, bemerkte Stevens und sah Palmer erwartungsvoll an.

Palmer stand auf. »Ich kann dir nicht mehr sagen, Mann. Wenn sich irgendwas ergibt, lasse ich's dich wissen.«

»Hast du Zeit für ein Glas Rotwein, während du in der Stadt bist?«

»Aber sicher. Ich rufe dich an.«

Lily schwirrte der Kopf, als sie auf die St. Georges Terrace trat. Nachdem sie mehrere Stunden mit dem Anwalt über die Firmenstruktur gesprochen hatte, brauchte sie frische Luft. Dwight Robertson war charmant, hilfreich und gründlich gewesen. Er hatte ihr die Arbeitsweise des neuen Unternehmens, der Star Two Holdings, erklärt: Das Unternehmen sollte gegründet werden, und jeder würde Anteile daran erwerben. Bei der Übertragung des Betriebs würden Stempelgebühren fällig, die von seinem Wert abhingen. Er würde einen Vertrag zwischen den Anteilseignern aufsetzen, in dem die Vereinbarungen zwischen Lily, Tim, Dave und den beiden Investoren festgeschrieben würden. Darin stünde detailliert, welche Entscheidungen die einstimmige Zustimmung des Vorstands erforderten, wie die Direktoren zu ernennen wären, wie man bei Dividenden verfahren würde und was geschah, wenn jemand seine Anteile verkaufen wollte. Es war eine Erleichterung für Lily, dass diese Seite der Farm nun geregelt war.

Ein wenig verunsichert hatte sie jedoch das, was der Anwalt abschließend gesagt hatte: »Nun ist es an Ihnen, Mrs. Barton. Sie sind jetzt in der Perlenbranche. Darf ich mir erlauben zu sagen, dass ich das für einen mutigen und begeisternden Schritt halte?«

»Danke. So wie Sie das sagen, klingt es eher beängstigend.«

»Unberechenbar vielleicht. Andererseits, nichts im Leben ist sicher. Ich habe Mandanten, die Firmen leiten, Filme machen, Bergwerke leiten und Bücher schreiben. Bei keinem ist der Jackpot vorprogrammiert.«

»Zuerst kommt das Überleben. Ich hoffe, ich kann mich über Wasser halten, im wahrsten Sinne des Wortes«, sagte Lily.

»Sie haben sich einen schönen Ort für Ihr Geschäft ausgesucht. Meine Frau und ich lieben Broome. Vielleicht kommen wir mal zu Ihnen und bitten um eine Führung.«

»Wann immer Sie mögen. Andererseits, wenn unsere erste Ernte da ist, ist es wahrscheinlich spannender.«

»Ausgezeichnet. Ich vermute, Sie haben alle nötigen Sicherheitsmaßnahmen ergriffen?«

Nachdenklich sah sie den gut aussehenden, liebenswürdigen Anwalt an. »Guter Tipp, Mr. Robertson. Das kommt auch noch auf meine Agenda.«

Er begleitete sie zum Aufzug und drückte den Knopf. »Klingt, als wäre Ihre Agenda ziemlich voll.«

»So ist es. Ich arbeite sie langsam ab.«

»Viel Glück. Rufen Sie mich jederzeit an, wenn Sie Probleme oder Fragen haben. Sie haben meine Durchwahl und meine Mobilnummer. Ihr Projekt interessiert mich.« Er schüttelte ihr die Hand, und sie betrat den Aufzug. Als die Türen zuglitten, machte er sich im Geiste eine Notiz, in ein paar Monaten nach Broome zu fahren. Er würde gern sehen, ob Lily Barton Erfolg hatte.

Lily hielt ein Taxi an und ließ sich zum Kings Park fahren. Sie brauchte eine Atempause von der Großstadt und dem Druck des Geschäfts. Ein Spaziergang durch den stillen Park würde ihr gut tun. Für sie gab es nun kein Zurück mehr. Tim hatte ihr in einer E-Mail geschrieben, dass er vier gute Taucher und zwei Frauen eingestellt hatte, die hart arbeiten konnten und bereit waren, überall anzupacken, wo es nötig war. Eine der Frauen hatte einen Bootsführerschein, die andere, Vivian, war ausgebildete Operateurin. Dave hatte jede Saison freie Operateure beauftragt, den Muscheln Kerne einzusetzen. Tim fand, sie sollten ihre eigenen Leute heranzüchten und ihnen zunächst Dreijahresverträge anbieten, anstatt in jeder Saison die zu beauftragen, die gerade zur Verfügung standen. Er stimmte mit Lily überein: Sie sollten sich die Loyalität der Mitarbeiter sichern, indem sie ihnen das Gefühl gaben, dass sie Anteil hatten am Wachstum und Gedeihen der Farm.

Als Lily das erste Mal von der tiefen Verbundenheit zwischen Tyndall, Ahmed, Yoshi, Olivia, Hamish und dem ursprünglichen Perlenunternehmen Star of the Sea sprach, hatte Tim gelacht. »Lily, heute ist das ein Job! Ein gut bezahlter Job, der mit einer ganz eigenen Lebensweise verbunden ist. Er ist nicht jedermanns Sache und meistens eine Möglichkeit, gutes Geld zu verdienen und dann zu etwas Langfristigerem überzugehen.«

Lilys Handy klingelte und riss sie aus ihrer Träumerei. Sie kämpfte mit sich, ob sie das Gespräch annehmen sollte – in Broome hatte sie sich die ständige Verfügbarkeit abgewöhnt und benutzte ihr Handy kaum. Dann besann sie sich und fischte es aus der Handtasche.

»Hallo.«

»Hallo. Hier ist Ted Palmer. Wo sind Sie?«

»Ich bin in Perth. Um genau zu sein, auf einer Bank im Kings Park. Wo sind Sie?«

»Etwa fünf Minuten von Ihnen entfernt. Ich wollte Ihnen einen Spaziergang im Park vorschlagen, aber da sind Sie mir zuvorgekommen. Was machen Sie?«

»Ich befasse mich mit dem ganzen juristischen Kram für die Farm. Und brauchte eine Verschnaufpause.«

»Sie klingen ein bisschen überlastet. Was halten Sie davon, wenn ich Sie am Kriegerdenkmal treffe, so schnell ich kann?«

»Oh. In Ordnung. Ich halte nach Ihnen Ausschau.« Palmer würde sie ablenken und es wäre schön, mit jemandem aus Broome über ihren Tag zu sprechen. Sie hatte Dale zwar versprochen, ihn anzurufen und ihm zu sagen, wie es mit dem Anwalt lief, doch das konnte warten.

Bald sah sie Palmer kommen und musste lächeln. Er kam mit großen, federnden Schritten auf sie zu. Sein Markenzeichen, der Hut, saß auf seinem Platz, und als er näher kam, sah sie, dass er ein marineblaues Jackett, anthrazitfarbene Hosen und ein blassblaues Hemd trug. Er hob grüßend die Hand.

»Heil Ihnen, Gefährtin aus Broome. Wie kommen Sie in der Betonwüste zurecht?« Er wies auf die Skyline.

Lily passte sich seinem Schritt an. »Nicht so gut, bis ich hierher kam und ein paar Mal tief durchgeatmet habe.«

»Schon unterschrieben?«

»Kurz davor. Ich kann es nicht fassen, dass ich das wirklich mache. Dass ich nicht das Flugzeug zurück nach Sydney nehme. In mein altes Leben. Das ist vorbei.«

»Nun ja, Sie kommen auf jeden Fall voran. Braves Mädchen.«

»Warum sind Sie in Perth?«

»Ich halte Gastvorträge an der Curtin-Universität. Ich

versuche, so viel Zeit wie möglich in diesem Teil des Landes zu verbringen. Und allmählich baue ich mir hier eine ziemlich gute Forschungsbasis auf. Man muss ja immerzu publizieren, wissen Sie. Und Eugene war – dank Sami – sehr hilfreich.«

»Ach so, die Dinosaurierfossilien. Werden die Sie ein Weilchen beschäftigen?«

»Ja. Ich arrangiere gerade, dass ein paar Fachleute nach Broome kommen und Voruntersuchungen anstellen. Ich möchte auch, dass sie einige der Felsbilderschauplätze datieren. Das ist nämlich immer umstritten. Und ich habe ein Teil eines Puzzles, von dem ich Ihnen erzählen möchte. Aber zuerst, denke ich, sollten wir Ihren neuen Status feiern. Sie sehen viel zu ernst drein, sogar ein bisschen besorgt! Kommen Sie, entspannen Sie sich, das ist ein großer Augenblick für sie.«

»Ja, ich muss ein bisschen Stress abbauen. Ich fange immer an zu hyperventilieren, wenn ich weiß, der Anwalt sagt gleich zu mir: ›Unterschreiben Sie hier.‹«

»Es gibt ein paar wunderbare Cafés und Restaurants am Hafen in Fremantle. Zum Beispiel das Little Creatures. Mittagessen, ein Gang durch das Schifffahrtsmuseum, was immer Sie wollen!«

»Klingt, als wär's genau das, was ich brauche«, sagte Lily dankbar. »Ich war seit Jahren nicht mehr in Fremantle.«

Die Sonne ging gerade erst auf. Jetzt, vor der gleißenden Helligkeit und Hitze des Tages, besaß die Luft noch eine Klarheit, die Sami den Atem raubte. Sie ging nochmals um ihr Fahrzeug herum. Farouz warf ihr aus dem Autofenster einen Blick zu, der besagte: »Nun mach schon!« Rosie und Harlan hielten sich an den Händen und beobachteten sie. »Los, gib Gummi. Du kannst es doch kaum erwarten, oder?«, drängte sie Rosie.

Sami lachte und streckte Rosie ihre Gummisohle entgegen. »Ich zögere es nur hinaus, was? Schon gut. Danke, dass ihr aufgestanden seid, um uns zu verabschieden.«

»Hab ich deiner Mutter versprochen – nicht, dass wir irgendetwas getan hätten. Ihr habt ja alles unter Kontrolle.« Harlan zupfte an dem Seil, mit dem ein Teil von Farouz' Ausrüstung auf dem Dach festgezurrt war. »Gute Reise und erfolgreiche Jagd, oder was immer ihr vorhabt.«

»Der Jäger ist Farouz. Ich komme mir vor wie eine von diesen unerschrockenen Forschungsreisenden damals, Daisy Bates oder Miss Pink.« Sie versuchte, sich nichts anmerken zu lassen, doch es war beunruhigend, wieder hinaus in die ungeheure Weite der Wüste zu fahren. Sie verspürte ein abenteuerlustiges Prickeln, zugleich zog sich ihr der Magen zusammen. Irgendwie hatte Sami das Gefühl, diese Reise in die Kimberleys würde sie mit dem Schreckgespenst ihrer eigenen Identität konfrontieren. In den letzten Jahren hatte sie versucht, mit dem, was sie war, ins Reine zu kommen. Ihre Mutter hatte die Grundfesten ihres gemeinsamen sicheren Lebens erschüttert, als sie verkündete, sie habe »noch eine Familie«. Und genau das warf sie ihrer Mutter vor: sie hatte ihr inneres Gleichgewicht ins Wanken gebracht. Jedes Mal, wenn Sami in den Spiegel sah, lauerte da eine Frage. Seither überlegte sie auch, was in der Vergangenheit ihres Vaters lauern mochte. Sie hatte mit ihm nie über Lilys Familie gesprochen. Familienthemen rührten sie bei ihren gelegentlichen Telefonaten oder E-Mail-Wechseln nicht an, sondern hielten sich an sichere Themen wie den Beruf oder die akademische Welt.

Sami schob diese Gedanken beiseite, wie sie es immer tat. Ihr Leben gab ihr im Augenblick genug auf, was sie bewältigen musste. Und die bevorstehende Reise war für eine Großstadtpflanze wie sie eine große Unternehmung. Zwar verließ sie sich auf Farouz' Fähigkeiten im Outback, doch die Anführerin war sie. Rosie schien zu spüren, dass ihr Entschluss ins Wanken geriet. »Ich bin so gespannt darauf, was du findest. Bring mit, was du kannst. Und ruf an!«

»Mache ich.« Sie umarmte die beiden rasch und stieg ein. Mit einem letzten Winken entfernte sie sich vom alten Haus. Sie warf ihrem Begleiter einen kurzen Blick zu. »Die Reise hat begonnen, was, Farouz?«

Der alte Kamelführer saß sehr aufrecht. Nun wandte er sich Sami zu. »Ah, die Reise hat vor langer Zeit begonnen.«

»Wie meinen Sie das?«

»Wie die Fäden, die zu einem Teppich verknüpft werden, schaffen wir in unserem Leben ein Muster. Eins baut auf dem anderen auf. Und schließlich halten wir inne und besehen uns das wunderschöne Bild, das wir gemacht haben.«

»Hm, das ist eine schöne Metapher für das Leben, Farouz. Wie wir die Farben mischen und die Fäden miteinander verknüpfen, entscheidet darüber, was wir aus unserem Leben machen. Ich mag das«, sagte Sami nachdenklich. »Vielleicht ist es der Schlüssel dazu, wie ich an meine Dissertation herangehen sollte. Im Augenblick habe ich das Gefühl, ich habe die Wollknäuel in der Hand, weiß aber nicht, wie ich sie alle zusammenstricken soll. Vielleicht lerne ich ja noch mehr über den Gedanken des Verknüpfens, wenn wir zum Dari-Außenposten kommen.«

»Daran glaube ich fest«, sagte Farouz zuversichtlich.

Langsam fuhr Sami aus dem schlafenden Wohnbezirk hinaus. Dann bog sie rechts ab auf die Wüstenstraße. Vor ihnen erstreckte sich eine große Leere. Sami war wegen dieser Expedition nervös gewesen, doch je höher die Sonne am Himmel stieg, desto mehr entspannte sie sich.

Kapitel dreizehn

Als Tim auf der Farm ankam, sah sie anders aus – er sah sie jetzt mit den Augen eines Menschen, der sich an diesen Ort gebunden hatte. Alles war ruhig, die Farm wirkte beinahe verlassen. Im Speiseraum sagte Serena ihm, sie glaube, Dave sei mit Don unten am Ponton. Die Taucher waren mit den Booten draußen, sahen nach den Austern und reinigten sie. Die übrigen Mitarbeiter arbeiteten in den Schuppen. Nach einer Tasse Tee beschloss Tim, Dave zu suchen und mit ihm über die gute Neuigkeit zu sprechen.

Er nahm den ehemaligen Armeejeep, der auf dem Farmgelände benutzt wurde, und hielt auf den Grenzzaun zu. Durch das so genannte Hintertor wollte er hinunter zum Creek fahren. Dann kam er auf die Idee, einmal die gesamte Farm zu umrunden und sich langsam kreisförmig nach innen vorzuarbeiten. So könnte er die Star Two gewissermaßen Zentimeter für Zentimeter erkunden und sich einen genaueren Überblick darüber verschaffen, wie man sie aufwerten könnte.

Das Hintertor stand offen. Offenbar war die Drahtschlinge, die das Tor verschließen sollte, durchgerostet. Der Pfad auf der anderen Seite führte zu struppigen Kajeputbäumen, wurde jedoch selten benutzt. Die meisten Besucher benutzten die längere, aber besser instand gehaltene Hauptstraße. Er hielt an und kramte im Werkzeugkoffer nach einer Zange, um die Drahtschlaufe zu reparieren. Es war mitten am Vormittag, unangenehm heiß und sehr still.

Hinter sich vernahm er ein leises Knirschen und sah

über die Schulter. Überrascht richtete er sich auf. Zuerst dachte er, am Zaun stünde ein Junge, doch dann wurde ihm klar, dass der Besucher ein erwachsener Aborigine war. Er war sehr klein, ging Tim gerade bis über die Taille, und war mittleren Alters. Bei seiner dunklen Haut fiel der Schopf krauser gelber Haare umso mehr auf. Er trug zerlumpte Shorts und ein Jeanshemd, dessen Ärmel an der Schulter herausgerissen worden waren. Tim fielen seine seltsamen hellgrünen Augen auf.

»Tag, Kumpel, suchen Sie jemanden?«, fragte Tim freundlich, als der Mann auf ihn zuschlenderte.

»Eigentlich nicht. Aber ich bin auf der Suche nach einer Mahlzeit und einem Schlafplatz.« Das war eine Feststellung, kein Betteln um ein Almosen. Er sah Tim mit einem durchdringenden Blick an.

Tim seinerseits musterte den Mann neugierig. Er trug nur eine kleine Stofftasche bei sich, die mit einer Schnur um die Taille befestigt war. Wäre er nicht so klein gewesen, hätte er durchaus bedrohlich ausgesehen. Tim hielt ihn jedoch für harmlos; irgendein Typ auf Walkabout. Und eine innere Stimme riet ihm, großzügig zu sein. »Schätze, das kriegen wir hin. Ich bringe nur das Tor hier in Ordnung, und dann fahre ich Sie zum Speiseraum.«

Der sonderbare kleine Mann setzte sich auf die Motorhaube und beobachtete ihn schweigend bei der Arbeit. Als Tim das Werkzeug einpackte, schwang er sich auf den Beifahrersitz, und sie fuhren zurück zum Hauptgelände. »Kommen Sie von weit her?«, fragte Tim im Plauderton.

Die Antwort ließ auf sich warten. »Ich komme rum.« Er hielt inne. »Ich bin hier schon gewesen.« Er sah Tim an. »Dave ist doch noch da, oder?« Das war keine Frage.

Tim nickte und fragte sich, was diesen Mann so sonderbar machte. Seine distanzierte Art, seine knappe Ausdrucksweise? Wollte er seine geringe Körpergröße durch eine übertriebene Pose kompensieren? Er sprach mit einem leichten Akzent, beinahe in einem Singsang. »Ja, Dave betreibt die Farm noch. Haben Sie hier gearbeitet, oder sind Sie einfach nur schon einmal vorbeigekommen?«

»Ich bin ein Reisender«, erwiderte er.

Tim gab den Versuch, Konversation zu machen, auf. Der Bursche war unergründlich. Was soll's, dachte er, gib ihm was zu essen und dann schick ihn mit einem Sack Proviant weiter. Er fuhr an der Muschelhalde vorbei, dann an den Unterkünften und hielt schließlich vor dem Speiseraum. »Da drin, Kumpel. Fragen Sie nach Serena, sagen Sie ihr, sie hätten gerne was zu beißen.«

»Und wie heißen Sie?«

»Tim. Sagen Sie, das geht in Ordnung.« Er beobachtete, wie der Bursche ohne einen Blick zurück oder ein Wort des Dankes aus dem Jeep sprang. Leicht amüsiert fuhr Tim davon.

Er fand Dave unten an der Aufschleppe, über die man den alten Logger auf den hölzernen Stapel gezogen hatte. Dort strichen er und Don den Rumpf mit Antifouling an. Dave begrüßte ihn mit Handschlag. »Schön, Sie zu sehen. Wir sind also im Geschäft?«

»Ich denke, wir können uns gratulieren. Lily hat die juristischen Vereinbarungen beinahe fertig. Sie wird in ein, zwei Tagen mit allem herkommen. Dann müssen Sie alles prüfen und unterzeichnen.«

Dave wedelte mit der Hand, als wollte er eine Mücke verscheuchen. »Ach, Papierkram ist nicht meine starke Seite. Ich habe genug mit Rechtsverdrehern zu tun gehabt. Mir ist ein Geschäft per Handschlag allemal lieber.« Er drückte Tim nochmals die Hand. »Heute Nacht ist Neumond. Ein neues Blatt, ein neuer Anfang und so weiter. Nachher genehmigen wir uns einen.«

»Trotzdem findet Lily, Sie sollten Ihren eigenen Rechtsanwalt haben, der sich die Verträge ansieht und sicherstellt, dass Sie nicht zu kurz kommen, Dave.«

»Nee. Damit will ich nichts zu tun haben. Wissen Sie was? Ich bin schon mal nach allen Regeln der Kunst übers Ohr gehauen worden, dabei hatte ich die teuersten Talare Londons angeheuert. Jetzt richte ich mich so gut es geht nach der Devise ›Leben und leben lassen‹. Also, was halten Sie von ihr?« Er deutete auf die *Georgiana.*

»Sie macht gute Fortschritte.« Tim ging in die Hocke und besah sich eine frische Reparatur am Rumpf unterhalb der Wasserlinie. »Verdammt gute Arbeit. Waren Sie das, Don?«

Don richtete sich auf, rieb sich den Rücken und legte seinen Pinsel auf die Dose mit dem roten Anstrich. »Ja. Ich war einmal bei einem Schiffszimmermann in der Lehre. Ich habe in meinem Leben schon ein, zwei Schiffe wieder hinbekommen.«

»Na, das ist gut zu wissen. Das Schiff wird ein echter Pluspunkt, in vielerlei Hinsicht, denke ich.«

»Wir wollten sie eigentlich fix und fertig haben, bevor Lily kommt. Weil wir gemerkt haben, dass die alte Dame ihr was bedeutet. Ist nach ihrer Mutter benannt und so«, sagte Dave.

»So was wird heute nicht mehr gebaut«, versicherte Don.

»Machen Sie denn auch die laufenden Reparaturen an den anderen Schiffen?«

»Wenn ich nicht gerade tauche und irgendwas anfällt«, erwiderte er. »Ab und an könnte ich einen Gehilfen gebrauchen.«

»Könnten wir uns nicht ein paar junge Burschen besorgen und sie ein bisschen anlernen?«, schlug Tim vor.

»Die Jungs da im Dorf. Da hast du doch Familie. Glaubst du, die hätten Lust? Bei Schwester Angelica sind ihre Aussichten nicht besonders«, bemerkte Dave.

»Ich rede mit den Ältesten. So will's der Brauch«, sagte Don.

Dave nahm kein Blatt vor den Mund. »Manche von den Jungs geraten in Streitereien, wenn sie nach Broome fahren. Ein paar haben Arbeit auf einer Baustelle bekommen, aber ein paar weiße Jungs haben ihnen Schwierigkeiten gemacht. Da haben sie aufgegeben, sind zurückgekommen und jetzt gammeln sie nur rum. Wenn Sie und Lily da was auf die Beine stellen, könnte es funktionieren. Aber sie müssten ein bisschen mehr tun, als sich nur um die Schiffe kümmern.«

»Serena würde auch ein Auge auf sie haben«, sagte Don.

»Okay, wir setzen es auf die Tagesordnung für unsere erste Vorstandssitzung, wenn Lily zurück ist.«

Dave blickte erschrocken. »Heiliger Strohsack, bloß keine Sitzungen!«

»Ganz informell, das verspreche ich Ihnen«, lachte Tim. »Gibt es irgendetwas Dringendes, das wir wissen sollten?«

»Hier gibt es immer irgendein verfluchtes Drama. Maschinen, die überall um einen her den Geist aufgeben. Aber auch da habe ich ein paar Burschen, die gut reparieren können. Vielleicht sollten wir ein Ausbildungsprogramm auf die Beine stellen.«

»Das Problem ist, dass wir dafür richtige Ausbilder brauchen. Aber ich werde darüber nachdenken«, meinte Tim. »Übrigens habe ich da auf dem Weg hierher einen komischen kleinen Kauz aufgelesen. Er tauchte einfach am hinteren Tor auf und wollte eine Mahlzeit. Er sah sonderbar aus, sehr klein, gelbliches Haar, ganz merkwürdige hellgrüne Augen. Gesprächig war er nicht gerade. Hat gesagt, er sei auf Reisen, hatte aber nicht viel dabei.«

»O Himmel, sagen Sie nicht, der ist wieder da.« Verdrossen schlug Dave sich an die Stirn.

»Wie meinen Sie das?« Tim war beunruhigt. »Hab ich was falsch gemacht? Ich habe ihn zum Speiseraum gebracht, damit er was zu essen bekommt.«

»O Gott. Jetzt werden wir den nie wieder los. Er ist eines Tages hier aufgetaucht, und dann hing er hier rum wie schlechte Luft. Der ist die Pest, wenn Sie mich fragen.«

»Na, kommen Sie, Dave, seien Sie nicht so streng, bloß weil er ein bisschen komisch aussieht.« Tim warf Don einen Blick zu. Der widmete sich auffällig intensiv dem Anstrich.

»Ich glaube, mit dem kleinen Scheißer kriegen wir Ärger. Sobald der mir unter die Finger kommt, setze ich ihn raus.«

»Ach, so schlimm wird er schon nicht sein. Was steht denn sonst noch an?«, fragte Tim.

Dave kratzte sich am Kopf und sah aus, als wäre ihm etwas unangenehm. »Wir könnten da ein Problem bekommen. Aber ich will noch mehr darüber erfahren. Ich will nicht die Pferde scheu machen, oder Lily beunruhigen, wissen Sie.«

»Hören Sie, Dave. Wir sitzen jetzt alle in einem Boot. Wenn es also ein Problem gibt, müssen wir alle davon wissen. Glauben Sie nicht, Sie müssten Lily schlechte Neuigkeiten ersparen, nur weil sie eine Frau ist. Okay?«

»Verstanden, Tim. Ende.« Er deutete einen militärischen Gruß an, und sein sonst unhörbarer britischer Akzent kam plötzlich leise durch. »Später, alter Junge, später.«

Tim war leicht beunruhigt, nickte jedoch und stieg wieder in den Jeep. Er nahm sich vor, Dave irgendwann bei einem Drink noch weiter über seine Vergangenheit auszufragen. Der alte Knabe war sehr zurückhaltend, was seine Familiengeschichte betraf. Tim hatte das seiner englischen Reserviertheit zugeschrieben, aber als Geschäftspartner sollten sie einander auch persönlichere Dinge erzählen. Nicht, dass Tim Leichen im Keller gehabt hätte. Er stammte aus einer durchschnittlichen Familie: nüchterne Eltern und eine nette Schwester, die in Perth lebten. Er war der Außenseiter gewesen, indem er zum Arbeiten erst nach Indonesien und nun in den Nordwesten gegangen war.

Das Abendessen lag schon lange zurück, und Tim entspannte sich noch mit einem Bier neben dem glimmenden Feuer im großen Grill. Don und Serena waren nach Hause gegangen, und die meisten Arbeiter lagen im Bett, weil sie früh aufstehen mussten. »Dieser kleine Kerl ist verschwunden. Er muss was gegessen haben und dann abgehauen sein. Was ist denn nun mit ihm?«

Dave machte sich an seiner Pfeife zu schaffen. Die umständliche Art des Anzündens amüsierte Tim. Dave hätte in einem Ledersessel in einem Londoner Club sitzen sollen, nicht an einem offenen Feuer, in Shorts, T-Shirt und Turnschuhen ohne Schnürsenkel. Endlich legte er sein Feuerzeug hin und starrte auf die Pfeife. »Don meint, der Bursche bringt Unglück, der gehört nirgendwohin. Er nennt sich einen Reisenden. Taucht einfach überall und nirgendwo auf.«

»So eine Art Landstreicher.«

»Das auch wieder nicht. Er besitzt nichts und bietet auch nie an, für sein Essen zu arbeiten. Mir läuft es kalt den Rücken runter, wenn ich den Paria sehe. Letztes Mal sind wir aneinander geraten, und ich habe ihn weggeschickt. Tja, das war keine gute Zeit. Aus heiterem Himmel kam ein Sturm auf ...« Dave zog an seiner Pfeife.

»Haben Sie ihn deshalb Paria genannt?«

»Schätze schon. Natürlich hatte er mit dem Sturm nichts zu tun. Aber manche Leute bringen einfach Ärger.«

Tim zögerte kurz, dann sagte er: »Wo wir gerade von

unglücklichen Dingen sprechen, Sie haben da eine gerichtliche Auseinandersetzung oder so was erwähnt ... Worum ging es da? Wenn die Frage nicht zu aufdringlich ist!«

»Ach, das war noch in England. Da ging es um eine Familiensache. Ich habe damals meinen Bruder und meinen Herrn Papa ziemlich aus der Fassung gebracht. Jedenfalls wurde es leider äußerst unerfreulich. Mein Großvater hatte mich in seinem Testament bedacht, und das hat zu etwas Krawall geführt. Mein Vater und mein Bruder hatten mich abgeschrieben, nachdem ich praktischerweise als Teenager einfach von der Bildfläche verschwunden war.«

»Als Sie hierher kamen?«

»Ins Northern Territory. Ich habe auf einer großen Farm Vieh zusammengetrieben.« Er lächelte abschätzig über sich selbst. »Damals hat die Oberklasse ihre Versager raus in die Kolonien geschickt, damit sie dort zu Männern werden. Ich fühlte mich mehr zum Vieh hingezogen als zu irgendjemandem, den ich zu Hause kannte. Also blieb ich hier, zog nach Westen – und hier bin ich.«

»Ich schätze, sie überspringen hier einen großen Brocken ihres Lebens, Dave.«

»Stimmt. Na ja, alles war prima, bis Großvater das Zeitliche segnete und mir mehr hinterließ als meinem Vater und meinem Bruder. Sie gingen vor Gericht. Ich wollte mich nicht streiten. Ich habe es mal kurz versucht, aber verdammt noch mal, ich wollte und brauchte das gar nicht. Also habe ich mich auf einen Vergleich eingelassen und bin geflohen. So konnte ich diese Farm kaufen. Ich bin über Nacht vom Habenichts zum Perlenbaron geworden.«

»Und seitdem sind Ihnen juristische Rangeleien zuwider?«

»Genau. Hier draußen ist ein Handschlag so gut wie ein Stück Papier, schätze ich. Wenn jemand einem übel mitspielt, gibt es Mittel und Wege, eine Rechnung zu begleichen, auch ohne die weißen Rechtsverdreher. Für mich funktioniert die Buschjustiz.«

Tim dachte über den sonderbaren »Reisenden« nach. »Glauben Sie an dieses mystische Zeug, an die seltsamen Kräfte der Aborigines?«

»An manche schon. Don kann Ihnen dazu vielleicht was sagen. Er gehört zur örtlichen Gemeinde. Er und Serena glauben an die alten Überlieferungen und Gesetze. Ich habe da so meine Vorbehalte.«

»In Indonesien habe ich von Leuten mit besonderen Kräften gehört, ich mag das nicht völlig ausschließen. Ich will es bloß erst mit eigenen Augen sehen.«

»Man soll sich gut überlegen, was man sich wünscht, heißt es.« Dave gähnte. »Ich lege mich hin. Bis morgen.«

»Ja. Gute Nacht, Dave.« Tim blieb noch sitzen und betrachtete Mond und Sterne. Er hatte sich vorgenommen, irgendwann eine Nacht draußen zu verbringen und den Mond über der Bucht zu beobachten. Es wäre schön, das mit jemandem zu teilen, wenn auch nicht gerade mit dem barschen alten Dave. Seine Geschichte hatte nicht so geklungen, als hätte er sich irgendwie in Schwierigkeiten gebracht, wie Dale angedeutet hatte. Dave verstand sich mit seiner Familie offenbar nicht so gut, wenn er als junger Mann lieber im australischen Outback lebte, statt in Großbritannien ein angenehmes Leben zu führen. Tim fragte sich, ob er selbst in der gleichen Situation eine große Erbschaft stehen lassen könnte. Manche Menschen waren Kämpfernaturen, andere wollten sich Scherereien ersparen.

Würde Dave sie im Stich lassen, sollten sie mit der Perlenfarm einmal vor einem größeren Problem stehen? Andererseits: Und wenn schon? Sie hätten es ja auch ohne ihn versucht. Ich schätze, Lily ist eine Kämpfernatur, dachte Tim, und Sami sowieso. Ihr möchte man nicht in die Quere kommen. Und sie würde höchstwahrscheinlich kämpfen wie eine Löwin, um ihre Mutter zu beschützen, zumal sie mir noch nicht ihren Segen gegeben hat. Egal, entschied er. Ob es ihr nun gefällt oder nicht, wir sitzen jetzt in einem Boot. Ich habe genügend Erfahrung um zu wissen, dass wir es schaffen können. Fünf Jahre, dann verdiene ich hier richtig Geld. Wir brauchen nur etwas Glück und stabile Preise.

Er stand auf und harkte die letzten Kohlen auf einen Haufen. Plötzlich fuhr er zusammen: Auf der anderen Seite des Grills stand der kleine Aborigine. »Hallo! Ich habe Sie gar nicht gehört. Dachte, Sie wären schon weg.« Tim war ein wenig aus dem Konzept gebracht.

»Kann ich mich zu Ihnen setzen?«

»Natürlich. Haben Sie was zu essen bekommen? Der Kaffee ist aus, fürchte ich. Vielleicht ist noch ein Bier da.«

Der Mann setzte sich auf Daves verlassenen Stuhl und ließ die Beine baumeln. »Danke. Ich habe alles.«

Für eine Weile herrschte Schweigen. Tim wollte ins Bett, fragte jedoch: »Also, entschuldigen Sie, Kumpel, aber ich habe Ihren Namen nicht mitbekommen.«

»Munda.«

Tim konnte sich ein Grinsen nicht verkneifen. »Munda Down Under, nennt man Sie so?«

»Kommt vor. Arbeiten Sie jetzt hier?«

»Ähm, ja. Mit Dave und Lily Barton. Also, Munda, wollen Sie länger bleiben?«

»Bin ich hier nicht willkommen?«

»Natürlich sind Sie das. Ich habe mich bloß gefragt, ob Sie vielleicht einen Job suchen? Bleiben Sie, so lange Sie wollen. Haben Don oder Serena ein Bett für Sie gefunden?«

»Ich habe alles, danke.«

»Fein. Das Frühstück ist früh, aber spazieren Sie einfach

in den Speiseraum, wann es Ihnen passt. Ich glaube, ich gehe jetzt ins Bett. Wie gesagt, der Tag beginnt früh.« Der kleine Mann bereitete ihm Unbehagen. Seine Augen schienen aus eigener Kraft zu strahlen, und das Gespräch mit ihm war so verflucht zäh, obwohl er gut Englisch sprach.

»Tim? Noch eins.«

»Ja?«

»Waren Sie schon einmal oben in der Nähe von Sunday Island? Oder bei den Lacepedes? Gute Gewässer, gute Plätze.«

»Tatsächlich? Dann muss ich da mal hinfahren.«

Der Mann stand auf. »Warten Sie nicht zu lange.«

»In Ordnung.« Wovon zum Teufel spricht der?, fragte sich Tim, stand auf und sammelte Teller, Becher und die leere Bierflasche ein, um sie ins Haus zu tragen. Als er sich umdrehte, war Munda verschwunden.

Zwei Tage später ging Ross in den Supermarkt, um Lebensmittel und den *Broome Advertiser* zu kaufen. Als er an der Kasse die Zeitung durchblätterte, stieß er auf eine Doppelseite mit der Schlagzeile: »Perlenstar aus Broome.«

Sie gehörte zu einem langen Artikel mit Fotos von Pauline Despar und ihrer neuen Schmuckkollektion. Pauline hatte international Aufsehen erregt. Die Himmelskollektion, wie Pauline sie getauft hatte, war von einem Sonnenornament inspiriert worden, das ihr ganz zufällig in die Hände gefallen war. In einem weiteren Artikel in der Zeitung wurde zudem verkündet, dass Lily Barton sich in die Star-Two-Perlenfarm an der Red Rock Bay eingekauft hatte und so in die Fußstapfen ihres Urgroßvaters trat.

Lächelnd faltete Ross die Zeitung zusammen. Zu Hause würde er sie genauer lesen. Er musste Lily anrufen. Das Schicksal hatte nun auch sie nach Hause, nach Broome, geführt.

Dale holte Lily vom Flughafen ab und hörte geduldig zu, während sie die Details des Vertrags herunterrasselte, den sie in Perth zum Abschluss gebracht hatte. »Mir ist bloß nicht klar, wieso ihr davon ausgeht, dass ihr das große Geld macht«, sagte er schließlich. »Ihr könntet genauso gut ein Loch in den Sand bohren und euer Geld da reinstecken. Ich hoffe nur für dich, dass da draußen bereits ein Vermögen an Perlen hängt. Bald wird geerntet, oder?«

»Ja, Anfang Juli, schätzt Dave. Wenn die Wassertemperatur am niedrigsten ist. Dann hören die Austern auf zu wachsen, und es sind keine Eier in den Keimdrüsen. Bei der Ernte geht es viel wissenschaftlicher zu, als mir klar war. Für so raue Dinger mit einer dicken Schale sind Austern ziemlich empfindlich.«

Dale schüttelte den Kopf. »Jetzt nur mal angenommen, dieses kleine Unternehmen bringt dir nichts ein, was machst du dann?«

»Wenn ich – wie du es genannt hast – mein Geld in den Schornstein schreiben muss?«, erwiderte sie.

Er lachte auf. »Komm schon, Lily, ich habe dir von Anfang an gesagt, dass eure Idee ein bisschen wahnsinnig ist. Warum strampelt sich Dave wohl seit Jahren da oben ab, und warum hat vor euch niemand das Potenzial des Betriebs gesehen? Junge, Junge, du warst doch ein gefundenes Fressen für die!«

»Danke für dein Vertrauen«, erwiderte Lily kühl.

Sie war müde, und anstelle des Hochgefühls, das sie erfüllt hatte, als sie über die Bucht flog, stieg nun Wut in ihr auf.

Sie hatte sich so gefreut, war so aufgeregt gewesen, dass sie wieder in Broome war. Nun hatte Dale ihr alles verdorben. »Und wen meinst du mit ›die‹?«

»David George und seine Schar da oben. Mit einem Kerl, der lieber unter Schwarzen ist als in der Stadt zu leben – zumal als Engländer –, mit dem stimmt doch was nicht.«

»Statt bei zivilisierten Weißen wie dir, Dale?« Sie wollte Simon erwähnen, entschied sich aber dagegen. Es war besser, seinen Sohn aus dem Spiel zu lassen. Dale wusste ohnehin, dass sie Simon für einen Rassisten und Unruhestifter hielt. »Ich hätte ja gedacht, jemand wie du, der sein Geld auf die harte Tour verdienen musste, wüsste einen ehrlichen, hart arbeitenden Mann zu schätzen.«

Die Ironie in ihrer Bemerkung entging ihm. Sie hatten nie über die Geschichten gesprochen, die Lily über Dale und einige dubiose Geschäfte gehört hatte, in die er angeblich verwickelt war. »Liebling, ich spiele doch nur den Advocatus Diaboli. Ich sorge mich um dein Wohlergehen, deine Zukunft.«

»Dafür ist es jetzt ein bisschen spät. Ich habe unterschrieben. Mal ehrlich, Dale, du hast doch die ganze Zeit nur gegen unseren Plan vom Leder gezogen. Du hattest nie konstruktive Kritik oder praktische Alternativen. Außer sich mit dir zusammenzutun«, schloss sie verächtlich.

Er sah verärgert aus, doch dann beherrschte er sich. Er drückte ihr Knie und sagte: »Lass uns nicht streiten. Was passiert ist, ist passiert. Aber ich bin für dich da, falls du in Schwierigkeiten kommst.«

Angespannt antwortete Lily: »Danke. Es wird hoffentlich nicht nötig sein, mir aus der Patsche zu helfen. Zwei erfahrene japanische Geschäftsleute haben es für richtig gehalten, eine große Summe in das Projekt zu stecken. Ich habe nicht vor, sie oder meine Partner zu enttäuschen.«

»Sehr hübsch gesagt«, meinte Dale und applaudierte zum Scherz, als er auf dem Parkplatz der Moonlight Bay Apartments hielt. »Da sind wir. Ich habe Champagner zum Feiern besorgt, und«, er holte einen Rosenstrauß vom Rücksitz, »ich freue mich, dass du wieder da bist. Ich habe im Restaurant des Cable Beach Club fürs Abendessen reserviert.« Er beugte sich zu ihr und küsste sie auf die Wange. »Los, bringen wir deine Sachen rein.«

Lily hatte keine Lust auf das Essen. Nachzugeben schien ihr aber leichter zu sein als abzulehnen. »In Ordnung. Aber ich möchte erst schwimmen und ein Nickerchen machen, und auf der Farm anrufen. Ich muss da morgen hin. Treffen wir uns um sieben.« Sie seufzte, als er die Außentreppe wieder hinabstieg, und fragte sich, warum sie sich so eingeengt fühlte. Wie war sie so tief in diese Beziehung hineingeraten? Ihre Partnerschaft mit Tony war das genaue Gegenteil gewesen – sie hatte so viel wie möglich mit ihm zusammen sein wollen. Er dagegen hatte Lily bewundert und verehrt, doch sie hatte hinter seinem Beruf zurückstehen müssen. Sie vermisste Tony immer noch, sehnte sich nach ihm. Als er so plötzlich gestorben war, hatte sie sich aufs Bett geworfen und geheult: »Ich habe es dir ja gesagt!« Der Stress, der Druck und eine familiäre Vorgeschichte von Herzinfarkten hatten ihn besiegt. Er hatte immer geglaubt, sie würden Zeit ganz für sich allein haben – später. Für ihn bedeutete Ruhestand, dass der Schaukelstuhl winkte. Die Reisen, die sie insgeheim geplant hatte, die trägen Tage ohne Termindruck hatten nicht sein sollen. Sie war so einsam gewesen, und im Rahmen des aufregenden Lebens in Broome war Dales Gesellschaft ein zusätzliches Bonbon gewesen. Doch nun merkte sie, dass sie ihn mit Tony verglich und ihn loswerden wollte. Dale wurde zu fordernd, trank zu viel, demütigte sie zu oft. Die Star Two stand für sie an erster Stelle – auch in ihrem Herzen. Es würde wohl nicht leicht werden, sich vollständig aus dieser Beziehung zu lösen, aber immerhin konnte sie jetzt einfach länger auf der Farm bleiben, wenn sie Abstand von ihm brauchte.

Farouz und Sami fuhren gen Süden und wandten sich dann nach Osten. Sie folgten den Edgar Ranges, einer Bergkette, die die Great Sandy Desert säumt. Es war keine Straße, die Touristen anlockte, darum sahen sie nur zwei andere Fahrzeuge. In beiden saßen Aborigines, vermutlich auf dem Weg in die Stadt. Die karge Buschlandschaft, rote Erde mit vereinzelten Akazien, wich sandigen Ebenen und flachem Schwemmland. Der Ausblick wurde von stacheligen Kalkstein-Spinifex-Inseln und vereinzelten Sandpapierfeigen oder Baobabs aufgelockert. Die bizarren Bäume ragten inmitten verstreuter roter Termitenbauten auf. Sie sahen einen dicken wassergefüllten Baobab, den freche weiße Kakadus wie eine dünne Schneeschicht überzogen hatten. Als das Auto vorbeifuhr, flogen sie als weiße Wolke auf.

In der größten Hitze suchten sie Schutz an den schmalen Felsrinnen, die sich die niedrigen Berge hinabzogen. Über einem kleinen Tümpel klammerten sich verkrüppelte Bäume in Felsspalten fest. Zu Samis Entzücken standen dort mehrere Schwarzfuß-Felskängurus und beobachteten, wie sie einige Dinge aus dem Auto holten. Dann sprangen sie am steinigen Hang entlang davon. Farouz sprach leise über die Tierwelt dieser Region, Wallaroos – die Bergkängurus, auch Euros genannt. Die »fehlenden Säugetiere« waren aufgrund von Raubtieren in den Kimberleys vom Aussterben bedroht. Sie saßen ganz ruhig da, und Sami wurde mit dem Anblick zweier süßer Kaninchenhasenbeutler belohnt, die in diesen Bergen lebten.

Als der Nachmittag kühler wurde, fuhren sie weiter. Ihr Ziel war die einsame Farm, auf der Farouz' Freund Webster und seine Frau Rinder, Pferde und jede Menge Ziegen hielten. Webster war nur ein Spitzname, nach dem gleichnamigen Wörterbuch. »Wie ist er denn bloß zu dem Namen gekommen?«, fragte Sami.

Farouz gestattete sich ein feines Lächeln. »Er ist ein großer Leser. Er kennt viele lange Wörter.«

Sami lachte. »Das muss ich Palmer erzählen.«

Die Nacht brach herein, ehe sie ankamen. Die Dämmerung schwebte wie ein blau-rosa Vorhang über der Landschaft, dann traten Dunkelheit und hell leuchtende Sterne auf. Ein kleines Licht in der Ferne wuchs rasch zu erleuchteten Fenstern in einem lang gezogenen, niedrigen Gebäude. Ein Generator tuckerte. Farouz hielt am Tor, stieg aus und schlug mit einem Stück Eisen gegen eine metallene Felge. Hunde bellten, und eine Männerstimme brüllte ihnen zu, sie sollten still sein.

Am Hausdach ging ein helles Licht an, und ein Mann kam durch die Dunkelheit ans Tor. »Farouz? Du bist spät dran, Kumpel. Ich helfe dir. Hast du deine Freundin dabei?«

»Hallo. Ich bin Samantha.« Sie schüttelte Websters schwielige Hand. In der schlechten Beleuchtung wirkte er schon etwas älter, über sechzig vielleicht. Ein großer Buschhut, runzelige Haut und eine Brille mit Drahtgestell, die auf einer Adlernase saß, fielen ihr auf. Ein freundliches Gesicht.

»Willkommen. Gehen Sie rein, meine bessere Hälfte macht Ihnen Tee und was zu essen. Sie heißt Maggie.«

Sami klopfte an die Fliegengittertür. »Hallo, Maggie. Ich bin Sami.«

»Kommen Sie rein, meine Liebe. Ziehen Sie die Schuhe aus.«

Die Frau wirkte ausgemergelt, braun und von der Sonne verdorrt, mit schwarzbraunem Wuschelhaar. Doch ihr Lächeln war strahlend, und als sie einen riesigen Kessel vom Holzofen hob, sah Sami, dass sie stark und voller Energie war.

»Jesses, sind Sie jung! Was tun Sie hier draußen mit Farouz? Sie sehen nicht aus wie ein Kameltreiber. Setzen Sie sich, nehmen Sie sich Tee aus der Kanne.« Sie nickte zum Tisch in der Mitte des Raumes, der zugleich Küche und Wohnzimmer war. In einer Ecke befanden sich ein Speiseschrank und Regale, ferner gab es ein Sofa, tiefe alte Lehnsessel und ein Funksprechgerät. Über einem kleinen Schreibtisch hingen Regale voller Bücher. In einer anderen Ecke stand ein mit Mützen und breitkrempigen Akubra-Hüten beladener Hutständer. Durch eine weitere Fliegengittertür gelangte man auf eine seitliche Veranda mit Kühlschrank und Sesseln, und von dort in einen Kühlraum für Lebensmittel.

»Ich hoffe, Sie mögen Eintopf, meine Liebe. Sind doch wohl nicht so eine neumodische Vegetarierin, hm?«

Sami kicherte. »Nein, Maggie, der Eintopf duftet köstlich. Aber könnte ich mich vielleicht erst waschen? Ich fürchte, ich bin dreckig und stinke.«

»Herrschaftszeiten, ich vergesse meine Manieren. Ich habe mich zu sehr an die schmuddeligen Kerle hier gewöhnt. Es ist wirklich schön, mal eine Frau zu Besuch zu haben. Kommen Sie mit.«

»Sie bekommen wahrscheinlich nicht viel Besuch hier draußen«, bemerkte Sami und dachte bei sich, hier sei nun wirklich das Ende der Welt!

»Alle Jubeljahre sehe ich mal eine andere Frau. Vorbeikommende Aborigines nicht mitgerechnet. Und zweimal im Jahr fliege ich an die Küste, nach Port Hedland, um mal was anderes zu sehen.«

Sie gingen über einen Flur, und Maggie öffnete die Tür zu einem Schlafzimmer, in dem ein Mückennetz über dem Bett hing. »Schmeißen Sie Ihre Sachen hier rein. Das Badezimmer ist da hinten. Wir haben durch Solarenergie heißes Wasser – aus dem Brunnen. Stinkt nach Schwefel, aber Sie können duschen oder baden. Farouz und Webby brauchen bestimmt noch ein Weilchen. Die werden jetzt sicher erst ein Männergespräch führen. Farouz will bestimmt nach den beiden Kamelen sehen, die er auf der letzten Reise hiergelassen hat. Kommen Sie gut mit ihm aus? Er kann ein bisschen, na ja, wortkarg sein, wie Webby es nennt.«

»Er ist ein guter Mann. Ich arbeite an einer Universität und interessiere mich für Kunst. Deshalb bringt er mich zu einem Außenposten, damit ich dort ein paar Künstler kennen lerne.«

»Du liebe Güte, die müssen richtig gut sein, wenn Sie dafür so weit fahren! Lassen Sie sich Zeit, meine Liebe.«

Es wurde ein langer Abend, ehe Sami ins Bett fiel. Nach dem Abendessen saßen sie stundenlang auf der geschützten Veranda und unterhielten sich über Gott und die Welt: den Markt für Ziegenfleisch, das neueste Buch von Tim Winton, die Zukunft der Globalisierung und die Umweltzerstörung auch hier, in der Wildnis vor ihrer Haustür. Webster genoss den Meinungsaustausch mit einer Akademikerin wie Sami ganz außerordentlich.

Maggie und Farouz hörten mit einem gewissen Interesse zu. Hin und wieder erregte Maggie mit der kühnen Einleitung: »Also, wenn ihr meine Meinung hören wollt …« Samis und Websters Aufmerksamkeit und legte ihrerseits los. Sie war ausgehungert nach Gesellschaft und mochte erst um Mitternacht ins Bett gehen. Webster machte seinem Spitznamen alle Ehre, indem er seine Gesprächsbeiträge wortreich mit farbigen und ungewöhnlichen Ausdrücken und literarischen Verweisen würzte. Schließlich konnte Sami die Augen nicht mehr offen halten, entschuldigte sich und ging zu Bett.

Am nächsten Morgen erschien Steve, der Sohn der beiden, zum Frühstück. Der schlaksige, schüchterne junge Mann sah seiner Mutter ähnlich. Er war drahtig und wettergegerbt, und im Gegensatz zu seinem Vater machte er nicht viele Worte. Sami gegenüber verhielt er sich unbeholfen, obwohl sie im gleichen Alter waren. Sie bat ihn, zu erklären, wie sie die wilden Kamele fangen würden.

»Moped und Pick-up«, antwortete er und biss in den Toast. Ende der Erklärung.

Als sie sich aufmachten, fuhr Sami mit Webster in der Fahrerkabine des Wagens, Farouz saß hinten mit den beiden Hunden, und Steve machte auf einem Geländemotorrad die Vorhut. Sie fuhren einige Kilometer, bis sie ein großes, von einer Stahleinzäunung umgebenes Areal um einen Brunnen erreichten. Webster stieg aus und drehte den Hahn auf, sodass Wasser ins Auffangbecken floss. Steve war im Busch verschwunden, doch bald erwachte das Funkgerät im Wagen knisternd zum Leben, und er berichtete, dass westlich von ihnen eine Herde sei.

»Steve wird sie jetzt zusammentreiben, wir fahren mit den Hunden hin«, erklärte Webster. »Sie bleiben hier. Klettern Sie auf den Zaun.«

»Och, da verpasse ich doch den ganzen Spaß«, protestierte Sami.

»Unwahrscheinlich, meine Liebe. Die Meute wird das Wasser riechen, und wenn wir sie dann noch jagen, kommen sie hier angeprescht wie veritable Walküren auf dem Weg nach Walhalla. Kommen Sie den Bullen nicht in die Quere! Sobald die Kamele hier in der Falle sind, rammen Sie die Stangen da wieder rein.« Er deutete auf die Stangen, mit denen der Eingang verschlossen gewesen war.

»Oh. Okay.« Sami klang unsicher.

In einer Staubwolke rasten sie davon. Sami saß auf der obersten Stange und betrachtete die menschenleere Landschaft. Wie kam jemand darauf, hier leben zu wollen? Das Leben war alles andere als königlich, auch wenn man über ein weites Land verfügte. Webster hatte gesagt, mit ihren

Ziegen und den Rindern kämen sie »zurecht«. Und doch hatte Maggie am vergangenen Abend erklärt, sie liebe diesen Teil der Kimberleys. »Entweder man liebt das Land oder man hasst es. Auf manche Leute wirkt die Gegend menschenfeindlich, wahrscheinlich sogar auf viele Leute, aber sie hat etwas ganz Besonderes an sich. Das hat mit dem Geist zu tun, wie die Aborigines sagen, aber man muss kein Schwarzer sein, um das zu spüren. Und Sie werden nirgendwo gütigere oder hilfsbereitere Menschen finden. Ich war kurz vor der letzten Regenzeit mal wieder in Broome. Das Leben da ist mir mittlerweile zu schnell. Ich kann mir gar nicht vorstellen, wie Sie in Sydney zurechtkommen.«

Allmählich wurde es heiß, knapp vierzig Grad, schätzte Sami. Sie beschloss, ihr Halstuch in das Brunnenwasser in dem kleinen Auffangbecken zu tauchen. Das Wasser war erstaunlich heiß. Sami schwenkte das nasse Tuch durch die Luft, damit es abkühlte. Da hörte sie ein leises Rumoren. Als sie sich umwandte, sah sie die Kamele über die unförmige Düne mit den Flecken von stacheligem Spinifex kommen. Mit vorgereckten Hälsen donnerten sie auf sie zu und zogen eine Staubwolke hinter sich her. Einige Sekunden stand sie reglos da, versunken in diesen außergewöhnlichen, dramatischen Anblick. Es war wie ein Bild aus dem Film *Lawrence von Arabien.* Dann wurde ihr klar, dass die Tiere direkt auf sie zuhielten. Beinahe panisch rannte sie zur Umzäunung und kletterte hinauf. Es waren etwa fünfzehn ausgewachsene Tiere. Zwei große Hengste führten die Herde an.

Die ersten drei rannten Kopf an Kopf durch den breiten Eingang, die anderen folgten ihnen auf dem Fuße und stießen sich dabei am Zaun – eine Stampede zum Wasser. Es gab einige Balgereien, etwas Kneifen und Zähneblecken, als sie sich um den Tümpel drängten. Ein Fohlen hinkte hinterher. Sami sprang zu Boden und ging zum Tor, wobei sie sich dem Fohlen von hinten näherte, um es in die Koppel zu treiben. Es hob den Kopf und beäugte Sami. Doch als sie ihm »Husch-husch« zurief und die Arme schwenkte, löste sich eine Stute aus der Herde, stürmte auf Sami zu und wollte sie attackieren.

Instinktiv wollte Sami davonlaufen, doch stattdessen stürzte sie zum Zaun und kletterte hinauf, gerade als das Muttertier sich dagegen warf. Die Stahlumzäunung wurde erschüttert, und Sami verlor das Gleichgewicht. Sie konnte sich gerade noch festhalten. Mutter und Fohlen rannten davon, blieben aber noch einmal stehen und blickten zurück zum Wasser. Sami war unglaublich erleichtert, als sie den Wagen zurückkommen sah. Die Kamelstute und ihr Junges rannten hingegen fort, sobald sie den Motor hörten.

Farouz und Webster sprangen aus dem Auto und besahen sich die Herde im Pferch. »Gute Arbeit, Sami! Nur schade, dass wir die Mutter und ihr Kleines verloren haben. Wir müssen sie einfangen, um sie zu der Herde in Dari zu bringen«, sagte Farouz.

»Wo ist Steven?«

»Erkundet die Gegend, ob hier noch mehr sind«, sagte Webster. »Also, dann lasst uns mal die Mutter und das Kleine einfangen. Sie fahren, Sami, wir machen die Lassoarbeit.«

»Fahren? Aber wohin?« Sie betrachtete die schroffe Landschaft – ohne jegliche Wege und mit nur wenigen Orientierungspunkten –, dann wieder den alten Geländewagen.

»Wir klopfen aufs Dach der Fahrerkabine. Rechts klopfen heißt, nach rechts, links klopfen, da lang. Wenn wir sie sehen, müssen Sie neben ihnen herfahren, damit wir ihnen das Seil überwerfen können.« Webster kletterte hinten hinauf. Farouz folgte ihm. Er warf sich ein Seil in großen Schlingen über die Schulter. Webster tat es ihm nach.

Sami setzte sich hinters Lenkrad, und Webster beugte sich zu ihr herunter und rief durchs Fenster: »Geben Sie Gas, wir halten uns fest. Halten Sie auf die Bloodwood-Bäume da bei der Düne zu.«

Der Pick-up holperte und schlingerte, und Sami wurde hin- und hergeworfen, da es keine Sicherheitsgurte gab. Auf ein Signal hin wendete sie das Fahrzeug schließlich nach links und erblickte in der Ferne die Kamelmutter und ihr Junges.

»Halten Sie drauf zu, aber werden Sie dann langsamer und fahren Sie neben ihnen, damit einer von uns sie einfangen kann«, brüllte Webster.

Als sie auf etwa zwanzig Meter herangekommen waren, rannte die Mutter los, blieb dann aber wieder stehen, weil ihr Junges nicht sofort hinterherkam. Sami gab Gas und näherte sich den Tieren noch mehr. Die Kamele liefen jetzt stetig, mit ihren langen Beinen kamen sie auf dem steinigen Boden gut voran.

»Geben Sie Gas, die wollen in die Dünen. Holen Sie sie ein, los!«, schrie Webster.

»Ich tue, was ich kann, verdammt noch mal«, rief Sami verzweifelt. Sie sah, dass sie dicht dran war. Das Fohlen war müde oder verunsichert, es wurde langsamer.

»Fahren Sie neben sie, ganz dicht!«

»Womöglich verletze ich sie«, rief Sami zurück, als der Wagen fast die Fersen der Tiere berührte.

»Passen Sie auf, sie kann plötzlich vorschießen«, warnte Webster. Farouz sagte etwas, das sie nicht verstand. Sie schob sich neben die Mutter, die ihr einen erschrockenen Blick zuwarf. Das Junge fiel zurück. In dem Augenblick warf Farouz sein Lasso, und Webster schrie ihr zu, sie solle abbremsen und anhalten. Als Sami zurückblickte, war Farouz bereits abgesprungen, wickelte dem Fohlen das Seil um die Beine und zwang es zu Boden.

Webster klopfte aufs Wagendach. »Los. Los! Der Mutter hinterher, sie wird nicht weit laufen …«

Die Mutter blieb stehen, umrundete sie und blieb wieder stehen. Unschlüssig, was sie tun sollte, sah sie ihr Junges an. Aus einem Instinkt heraus brauste Sami zwischen die beiden. Als die Kamelstute losrannte, gab sie Gas, schoss neben das Tier, und Webster fing es geschickt mit dem Lasso ein. Sami bremste und Webster stürzte auf die Ladefläche, ohne sich jedoch zu verletzen. Er sprang zu Boden. »Helfen Sie mir«, rief er, als die wütende Kamelmutter bockte und um sich trat. »Nehmen Sie das andere Ende von dem Seil da und laufen Sie um sie herum. Passen Sie auf die Hinterbeine auf.«

Das Seil wurde festgezurrt, und das sich aufbäumende, schnaubende Kamel zu Boden gezwungen. Webster erklärte Sami, wie sie ihm beim Anlegen eines Kamelhalfters helfen konnte.

»Ich glaub's nicht, was ich hier mache«, murmelte sie aufrichtig bestürzt.

Webster richtete sich auf und band das Halfter des Kamels hinten an den Pick-up. Farouz führte das Fohlen zu ihnen. Webster schüttelte Sami die Hand. »Schöne Maid, das haben Sie verdammt gut gemacht!« Sami errötete vor Freude.

Sie ließen die wilden Kamele bei Webster in einem Pferch zurück, wo sie auf Bobby und den Lastwagen warten sollten. Am nächsten Tag machten Sami und Farouz sich zum Dari-Außenposten auf. Das Hauptdorf, das dreißig Kilometer weiter südlich lag, wollten sie umfahren.

»Wie lange werden wir da bleiben?«, wollte Sami wissen, als sie das Farmgelände verließen.

»Ein paar Tage. Das dürfte reichen. Heute Nacht schlafen wir draußen und kommen dann morgen früh an.«

Sami freute sich. Die Kameljagd hatte ihre Lust auf Abenteuer geweckt, und die Halbwüste, durch die sie nun fuhren, bot einen interessanten Kontrast zur Küste und den Hochebenen der Kimberley-Region. Unterwegs redeten sie nicht viel, doch abends an ihrem kleinen Lagerfeuer wirkte Farouz so entspannt, wie Sami ihn noch nie erlebt hatte.

Sie kam zu der Überzeugung, dass er ein echter Einzelgänger, ein Mann der Wüste war. Das lag ihm wohl im Blut. Er erzählte ihr alte Geschichten: wie sein Großvater nach Australien gekommen war und mitgeholfen hatte, das Landesinnere mit Kamelkarawanen zu erschließen, die Vorräte zu den Ländereien, den Bergwerken und Siedlungen brachten. Sein Großvater hatte eine Aborigine geheiratet und sich im Norden niedergelassen. Farouz war von seinem Vater großgezogen worden. Sie hatten isoliert in der Wüste gelebt.

»Ich bin einmal zurück in die Heimat geflogen, nach Herat. Und weil mein Vater mir Geschichten erzählt hatte, hatte ich das Gefühl, die Stadt gut zu kennen«, schwelgte Farouz in seinen Erinnerungen.

»Woran erinnern Sie sich noch?«

»An Granatäpfel; daran, dass uns alle Türen offen standen, an die wunderschönen Moscheen, Bazare und farbenprächtigen Gebäude, an Brunnen – und an Teppiche, Teppiche, Teppiche. Es war genauso, wie ich es mir vorgestellt hatte. Genauso, wie mein Vater es mir beschrieben hatte. Dabei war er nur ein Mal dort gewesen.«

»Scheint so, als würde jede Generation diese Reise als eine Art Pilgerfahrt unternehmen«, bemerkte Sami.

Farouz stocherte mit einem langen Stock im Feuer, sodass ein ganzer Schwall Funken zum stillen Nachthimmel aufstieg. »Es ist unsere Abstammung, nicht wahr? Die Vergangenheit ist immer bei uns.«

»Aber Sie sind doch genauso Australier wie ich«, sagte Sami. In der schlechten Beleuchtung entging ihr das Lächeln, das kurz im runzligen Gesicht ihres Freundes aufblitzte. Sie fuhr fort: »Ich mag die Geschichten, die Sie mir erzählt haben, besonders die mit dem ersten König – Ahmed, die Perle der Perlen.«

»Alle Menschen haben ihre Geschichten darüber, wo sie herkommen, wie das Land erobert oder gewonnen wurde, die Pilger, die Philosophen und die weisen Männer. Das Land unserer Geburt erhebt auf eine Weise Anspruch auf uns, das Land unserer Vorfahren auf eine andere. Wir sollten beide in Ehren halten, ebenso wie den Ort, den wir unser Zuhause nennen. Mein Zuhause ist die australische Wüste.«

»Und die Familie? Welche Ansprüche stellt die Familie an Sie?«, fragte Sami.

»Ich teile die Bardi-Angehörigen meiner Frau, und die chinesischen Verwandten ihres Vaters. Sie starb vor einiger Zeit. Ich habe meinen Kindern viele Geschichten über unsere Anfänge erzählt«, versetzte er.

»Ihnen sind die Geschichten also nie ausgegangen, was?«

»Kein Fernsehen. Ich habe meine Geschichten am offenen Feuer erzählt«, sagte er. »Bis sie die Videos bekamen. Jetzt erzähle ich meinen Kamelen, dass meine Familie an vielen Orten lebt.« Er sah sie an und sagte beiläufig: »Sie werden Ihren Kindern viele Geschichten erzählen können.«

»Nach dieser Reise bestimmt«, stimmte Sami zu. Dann wickelte sie sich in ihr Bettzeug und sah hinauf zu den Sternen, die so nah schienen. Sie dachte an die Geschichten, die die Menschen in ihren Herzen und Köpfen bewahrten.

Und sie beschloss, sich mit ihrer Mutter zusammenzusetzen und sie zu bitten, ihr ein paar von ihren Geschichten zu erzählen. Sami war bisher nie neugierig auf das Leben, die Geschichten ihrer Mutter gewesen. Für ihre Dissertation tauchte sie in die visuelle Welt der Kunst ein. Doch nun sah sie immer deutlicher, dass es die Geschichten zu den Bildern und den Menschen waren, die Verbindungen stifteten. Geschichten schweißten die Menschen zusammen.

Kapitel vierzehn

Bertrand Shears hatte mehrere Exemplare der Zeitschrift *Savvy West* erworben, in der die Doppelseite über Paulines Himmelskollektion erschienen war. Auf einem Foto hielt ein lächelnder Bertrand eine Perlmutthalskette in Form eines zunehmenden Mondes in der Hand, von dem unterschiedlich lange dünne Platindrähte herabfielen, an denen je ein Diamant hing. Bertrand fand, dass er auf dem Foto gut getroffen war, und wollte die Zeitschrift an seine Familie und Freunde verschicken. Pauline erhielt per E-Mail begeisterte Reaktionen auf den Schmuck, den sie nach Kalifornien geschickt hatte. Bertrand hatte so ein Gefühl, dass Paulines Name einmal zu den ganz großen unter den Schmuckdesignern gehören würde – und er würde an ihrer Erfolgsgeschichte teilhaben! Als die meisten Geschäfte noch geschlossen hatten, stellte er bereits seinen Wagen in der beinahe menschenleeren Dampier Terrace ab, denn er wollte mit einer Auswahl von Paulines Schmuck zum Cable Beach Club, um ihn dort einer finanzkräftigen Reisegruppe vorzuführen.

Als er ausstieg, fiel ihm auf, dass das Licht im Ausstellungsraum noch brannte. Pauline musste es vergessen haben, nachdem sie bis in den späten Abend hinein im Büro E-Mails an Handelsvertreter versandt und Ausstellungsangebote beantwortet hatte. Auch die Schaufensterauslage lag noch vollständig da. Normalerweise schlossen sie den Schmuck über Nacht weg. Die zweiflügelige rote Tür war zwar geschlossen, doch Pauline hatte das Metallgitter nicht davorgezogen. Sie musste sehr müde gewesen sein, vermutete Bertrand – oder sie war schon früh wiedergekommen.

Er suchte den Schlüssel an dem silbernen Schlangenamulett, sein Schlüsselanhänger, und ging zur Tür – doch zu seinem Entsetzen fehlte das Vorhängeschloss. Er drehte den klobigen metallenen Türknauf. Die Tür schwang auf.

»Prinzessin Pauline, du bist früh dran«, rief er. Dann blieb er stehen und sah sich um. »Pauline?«, rief er zögernd. Irgendetwas stimmte hier nicht! Rasch warf er einen Blick auf die Glastheken, in denen die Schmuckstücke immer noch auslagen. Die Kassenschublade stand offen. Er eilte hin, doch es lagen einige kleine Scheine darin. Er schob die Lade heftig zu und stürzte nach hinten zum Safe, wo immer noch Licht brannte. In der Tür blieb er wie angewurzelt stehen. Es sah aus wie nach einem Schneesturm: Überall lagen Papiere, Dokumente, Entwürfe. Und auf dem Boden vor dem durchwühlten Schreibtisch lag Pauline, eine kleine, zusammengekrümmte Gestalt mit Blutflecken am Kopf und auf dem T-Shirt. Bertrand musste würgen. Er hielt sich die Hand vor den Mund und zwang sich, zu ihr zu gehen. »Pauline, Liebes, was ist geschehen?«

Er berührte ihr Gesicht. Es fühlte sich kühl an, aber nicht kalt. O Gott, wie würde sich eine Tote anfühlen? Er nahm ihr Handgelenk und spürte endlich einen schwach flatternden Puls. Wie elektrisiert stürzte er zum Telefon und wählte den Notruf. Keuchend brachte er seine verzweifelte Bitte um sofortige Hilfe hervor.

Dann sah er nach dem Safe. Er stand offen. »O mein Gott, hier ist eingebrochen worden …« Auch die Hintertür war offen. Bertrand stürzte zurück zu Pauline und rang die Hände, unschlüssig, was zu tun sei. Er ging in die Hocke und streichelte ihre Stirn. Er murmelte: »Es wird alles gut, Prinzessin. Was für Unholde haben dir das angetan? Ach, dein armes hübsches Gesicht!«

Er hörte die Sirene und richtete sich auf. Schon eilten die Sanitäter herein. »Gott sei Dank sind Sie hier! Hier herein, bitte, im Büro auf dem Boden.«

Er trat ein Stück zurück, während die Sanitäter Pauline eine Sauerstoffmaske anlegten, den Blutdruck maßen und ihr eine Infusion gaben. »Sie muss die ganze Nacht hier gelegen haben, die Körpertemperatur ist sehr niedrig.« Sie legten ihr eine Halskrause an und hüllten die junge Frau in eine Rettungsdecke.

»Sieht so aus, als wäre sie einmal zu sich gekommen und hätte versucht, sich zu bewegen«, bemerkte der dienstälteste Sanitäter.

Zwei Polizeibeamte erschienen und sahen sich flüchtig um. Einer befragte die Sanitäter, die Pauline nun auf eine Tragbahre legten. Der andere sah sich rasch das Büro an. »Wann sind Sie eingetroffen?«, fragte er Bertrand.

»Vor ein paar Minuten. Die Hintertür stand offen, ich sah sie da liegen und habe den Krankenwagen gerufen«, antwortete er mit zittriger Stimme.

»Angerührt haben Sie hoffentlich nichts, Sir? Haben Sie noch woanders nachgesehen? Fehlt etwas?«

»Ach du meine Güte, ich habe nirgends nachgesehen. Ich war ganz außer mir wegen Pauline ...« Er sah sich um. »Als ich hereinkam, fand ich es sonderbar, dass sie nichts weggeräumt hatte, wie wir es sonst immer machen, wenn wir abschließen. Sie arbeitet oft bis spätabends, wissen Sie.«

Der Polizist deutete auf den offenen Safe. »Was war da drin?«

»Da waren ein paar lose Perlen und Diamanten, die besten Stücke hatten wir aber nach Palm Desert geschickt. Normalerweise bewahren wir darin über Nacht die Ausstellungsstücke auf. Wie haben sie ihn geöffnet?« Er spähte zum Safe und erwartete, wenigstens die Spuren eines

Brecheisens zu entdecken. »Wir verschließen ihn immer erst abends, wenn wir gehen.«

»Wir werden nach Fingerabdrücken und so weiter suchen müssen.«

»Tun Sie, was nötig ist. Wenn ich Ihnen helfen kann, sagen Sie es mir.« Bertrand beobachtete die Abfahrt des Krankenwagens. Ein paar Schaulustige spähten durch die Tür. »Ich verstehe einfach nicht, was passiert ist. Wenn es ein Raubüberfall war, warum haben sie dann nicht alles mitgenommen?«

»Genau das fragen wir uns auch.« Der Polizist schlug sein Notizbuch auf. »Okay, zurück zum gestrigen Abend. Wann sind Sie gegangen? Das heißt, zuerst – wen sollten wir benachrichtigen? Hat Pauline hier in der Stadt Familie?«

»Nein, in Perth. Ich habe die Nummer ihres Vaters. Vielleicht sollten wir auch Lily Barton anrufen, sie steht Pauline sehr nahe und ist in Broome, soweit ich weiß.«

Der Überfall sprach sich rasch herum. Ein Reporter von ABC Radio interviewte den verstörten Bertrand, gleich nachdem der sein Gespräch mit der Polizei beendet hatte.

Er war bestürzt, dass er Lily nicht erreichen konnte, weil sie unterwegs zur Farm war. Also rief er auf der Star Two an und sprach mit Tim, bat ihn, auszurichten, dass Pauline einige Tage mit einer schweren Gehirnerschütterung im Krankenhaus liegen müsse, ansonsten aber unversehrt sei.

Tim war entsetzt über diese Neuigkeiten. Er wartete vor der Farm auf Lily. Als er ihr Auto hörte, ging er ihr entgegen. Sie holte gerade ihre Taschen aus dem Kofferraum, doch er unterbrach sie. »Tag. Lass, ich mach das schon. Der Tee ist fertig.«

»Oh, danke. Wie läuft's denn so? Du klingst komisch.«

Sie nahm ihre Schultertasche und ging mit ihm zu ihrem Häuschen.

»Tja, ich habe schlechte Nachrichten. Also, es kommt alles wieder in Ordnung, aber du solltest es wissen.«

»Was ist denn nur passiert?« Sein Tonfall gefiel ihr gar nicht. Plötzlich bekam sie Angst. »Sami? Sami ist doch nichts passiert?«

»Nein, nein. Komm rein und setz dich. Nein, es ist nicht Sami. Es ist Pauline. Sie liegt im Krankenhaus – sie kommt wieder in Ordnung, aber sie hat einen kleinen Schock.«

Lily ließ die Tasche auf einen Stuhl fallen. »Um Gottes willen, wie ist das geschehen? Du bist sicher, dass es ihr gut geht?«

»Sie hat eine schwere Gehirnerschütterung, aber in ein paar Tagen kommt sie schon wieder raus.« Tim reichte ihr einen Becher Tee und erzählte ihr, was sich ereignet hatte.

Lily ließ sich auf den Stuhl fallen. »Ich sollte zu ihr fahren.«

»Bis es ihr besser geht, kannst du nicht viel tun. Ruf sie besser morgen an, heute will Rosie sie besuchen. Bertrand hat im Geschäft alles unter Kontrolle. Er hat ihren Vater angerufen.«

»Gerade, als alles so gut für sie lief! Was sagt die Polizei? Gibt es irgendwelche Hinweise auf die Täter? Ich weiß, wieso sie ihre Sachen nicht gestohlen haben«, fügte sie hinzu. »Sie sind zu auffällig. Es wäre schwer, sie zu verkaufen, es sind alles Einzelstücke.«

Sie diskutierten mehrere mögliche Szenarios, dann stand Lily auf. »Ich gehe jetzt zu Dave. Das sind traurige Umstände für die Feier unserer Partnerschaft!«

»Treffen wir uns doch vor dem Abendessen bei dir. Um ein paar Dinge zu besprechen.«

»Natürlich.« Sie sah sich in dem Häuschen um, in dem es einen Wohnbereich mit einem alten Tisch unter Fenstern gab, die auf den Creek hinausgingen, dazu eine Kochnische, ein Schlafzimmer und ein kleines Badezimmer. Der Tisch hatte sich bereits in ihren Schreibtisch verwandelt, die beiden Korbsofas und die Sessel am Couchtisch in einen informellen Konferenzraum. Dave und Tim bewohnten kleinere Holzhäuser, und nur Lily besaß an einer Seite eine Veranda. Das Ganze erinnerte sie an ein schlichtes Ferienhäuschen am Meer. Es gefiel ihr, dass sie einfache Mahlzeiten zubereiten und Tee kochen konnte, ohne in den Speiseraum zu müssen. Dave hatte seit ihrem ersten Besuch einige Verschönerungen und Reparaturen vorgenommen.

Sie ging zu einem der Schuppen, in dem mehrere Taucher sich mit Vivian, der neuen Operateurin, ein Drahtgestell mit Austern ansahen, denen Kerne eingesetzt worden waren. Mit ihren gut dreißig Jahren war Vivian außerordentlich erfahren. Sie hatte ihre Kenntnisse in Japan erworben, zunächst auf verschiedenen Farmen in Broome und später mit Tim in Indonesien gearbeitet.

Dave reagierte überrascht, als er Lily erblickte. Sie hatte den Eindruck, irgendwo hineingeplatzt zu sein. »Hallo, Partner«, sagte Dave schließlich. »Ich wusste gar nicht, dass Sie schon hier sind.« Mit ausgestrecktem Arm präsentierte er Lily den Mitarbeitern. »Das ist euer neuer Boss. Besser gesagt, eine von ihnen. Jetzt habt ihr armen Schweine drei von der Sorte.«

»Hallo allerseits. Wie läuft's?«

Ein peinliches Schweigen entstand. »Gut, wirklich gut, danke«, sagte einer der Taucher schließlich.

Bisher hatte Lily sich hauptsächlich auf die Rechnungsbücher konzentriert. Sie wusste jedoch, wie ungeheuer wichtig eine gute Beziehung zu den Arbeitern war. Interessiert fragte sie nach der täglichen Arbeit und den Einzelheiten des Kerneinsetzens, das gerade stattfand. Schließlich gewannen aber der salzige Meeresgeruch und ihre innere Anspannung die Oberhand. Sie fühlte sich leicht wackelig auf den Beinen und war erfreut, als Dave ihren Arm nahm.

»Kommen Sie, die Leute hier wissen, wofür sie bezahlt werden.« Er führte sie hinaus in das helle Sonnenlicht und die leichte Brise. »Gut, dass Sie den ganzen juristischen Kram da unten im Süden erledigt haben. Vielen Dank. Möchten Sie was Kaltes trinken?«

»Ich hatte gerade einen Tee. Wollen wir nicht heute Abend eine nette, ruhige Feier abhalten? Tim hat vorgeschlagen, dass wir uns gegen fünf bei mir treffen.«

»Stimmt irgendwas nicht?«, fragte Dave, der die Anspannung in ihrer Stimme hörte.

»Ich habe gerade eine schlechte Nachricht bekommen. Pauline – Sie wissen doch, die Schmuckdesignerin in Broome – wurde überfallen. Eine üble Geschichte.« Nun war es an Lily, die Geschichte in allen Einzelheiten zu erzählen. »Das ist alles, was man weiß. Wenn Sie wieder bei Bewusstsein ist, erfahren wir sicherlich mehr. Ich rufe jetzt mal im Krankenhaus an.«

Die Stationsschwester sagte ihr, Pauline schlafe tief und fest. Sie werde Lilys Nachricht ausrichten. Danach probierte Lily es bei Sami, kam jedoch nicht durch, deshalb rief sie Rosie in der Galerie an.

»Ja, ja, wir wissen es schon«, rief Rosie. »Schrecklich. Ich war bei ihr. Sie wird wieder gesund, aber es geht bestimmt nicht spurlos an ihr vorüber. Der Arzt meint, sie sollte nach Perth fliegen, um eine Weile hier rauszukommen.«

»Das ist wahrscheinlich eine gute Idee. Was hat sie für Verletzungen?«

»Sie hat einen heftigen Schlag auf den Kopf bekommen. Aber es ist alles ein bisschen mysteriös. Pauline sagt, sie hat an ihrem Schreibtisch gearbeitet, und plötzlich hätte jemand von hinten nach ihr gegriffen. Dann muss sie den Schlag auf den Kopf bekommen haben. Der Kerl hatte eine Maske und Handschuhe an, und er hatte ein Messer. Er hat kein Wort gesagt. Deine Freunde Ross und Palmer sind hier und kauen alles durch.«

»Könnte ich Ross sprechen, Rosie? Und gibt's was Neues von Sami?«

»Ja, sie kam nicht zu dir durch. Sie hat angerufen, um nach Rakka zu fragen. Da wussten wir noch nicht, was Pauline passiert war. Sami geht es gut, sie war auf einer Farm am Rand der Great Sandy Desert, bei Freunden von Farouz. Alles ist prima gelaufen. Ehrlich gesagt, sie klang ziemlich begeistert!«

»Gott sei Dank.«

»Pass auf dich auf, Lily. Ich gebe dir jetzt Ross.«

»Hallo, Lily! Ich bin wieder da – für immer! Ich wollte auch schon bei Ihnen anklingeln.«

»Das ist ja eine wunderbare Neuigkeit, Ross! Sie werden es bestimmt nicht bereuen. Und was halten Sie von dieser grässlichen Sache? Aus professioneller Sicht, meine ich.«

»Ich will mich nicht in die Ermittlungen der Cops hier einmischen, aber ich habe mit Palmer drüber gesprochen, und ihm sind da ein paar Ideen gekommen.«

»Und was denkt unser Professor Geistreich darüber?«

»Ich reiche Sie gleich weiter. Lily, ich bin demnächst bei Ihnen in der Gegend, ich will mich nämlich mal mit Schwester Angelica unterhalten. Was dagegen, wenn ich bei Ihnen vorbeischaue?«

»Im Gegenteil!«, sagte Lily. »Hier oben kann man wunderbar angeln.«

»Super. Lassen Sie mich wissen, ob ich Ihnen was mitbringen kann. Hier ist Palmer.«

Sie hatte keine besondere Lust auf den üblichen verbalen

Schlagabtausch mit Palmer, doch wenn er eine Idee hatte, wer Pauline überfallen haben könnte, sollte sie ihm zuhören.

»Eine furchtbare Geschichte, aber ich hoffe, Sie haben den ersten Schrecken überwunden.« Sein sanfter, besorgter Tonfall überraschte sie.

»Das schon, aber es ist außerordentlich beunruhigend. Ich verstehe das nicht! Warum sucht er sich ausgerechnet Paulines Laden aus, wenn in der Nähe Läden mit viel wertvollerer Ware sind? Vielleicht, weil sie noch so spät da war?«

»Das glaube ich nicht, Lily.«

»Ach. Warum?«

»Es wurde nichts entwendet – soweit wir wissen. Da hat jemand etwas ganz Bestimmtes gesucht, meint Ross, und das sehe ich auch so. Wir sehen Parallelen zu dem Einbruch bei Bobby Ching.«

»In welcher Hinsicht?«

»Auch dort wurde nichts entwendet. Irgendjemand in Broome sucht etwas ganz Bestimmtes.«

»Was zum Beispiel?« Lily war verwirrt. Das ergab in ihren Augen keinen Sinn.

»Wissen Sie noch, wie Bobby beim Rennen auf der Bradley-Farm feststellte, dass jemand etwas von den Sachen seines Fahrgastes gestohlen hatte? Dann fand er dieses geheimnisvolle Sonnensymbol, brachte es mit nach Broome, und später wurden das Haus und das Büro seines Vaters durchwühlt.«

»Auf der Suche nach diesem Sonnending?«, fragte Lily.

»Das Bobby bei Pauline gelassen hatte.«

»Mein Gott! Aber woher sollte derjenige das wissen?«

»Sie hat sich von dem Sonnenschmuck zu einer neuen Kollektion inspirieren lassen. In einer Perther Zeitung war eine Fotodoppelseite, und im örtlichen Käseblatt wurde das auch erwähnt. Das ist doch geradezu eine Leuchtrakete!«

»Aber was ist an dem Ding so besonders?«

»Das versuche ich gerade herauszubekommen. Wie ich Ihnen in Perth sagte: Ich betreibe da ein paar Nachforschungen. Ich fahre in den Norden. Darf ich vorbeikommen und die Farm besichtigen?«

Lily konnte ein leises Lachen nicht unterdrücken. »Das klingt, als wollten Sie zum Fünfuhrtee mit Gurkensandwiches kommen. Hier oben ist alles ganz zwanglos. In den Mannschaftsquartieren gibt es ein paar freie Betten. Erwarten Sie bloß keine Sonderbehandlung. Wir kommen langsam in die heiße Phase.«

»Verstanden. Wir drei könnten zusammen fahren.«

»Sie drei?«

»Ross, ich und der Dudelsack.«

»O mein Gott!« Sie lachte.

Lilys nächster Anruf galt Dale.

»Grässliche Sache. Hast du da oben ein Schloss an deiner Tür?«

»Das brauche ich hier nicht.«

»Ihr seid ziemlich abgelegen. Da könnte doch jeder aus dem Busch auf die Farm spazieren!«

»Hier oben gibt es nichts zu stehlen. Jedenfalls im Moment nicht. Bis zur Ernte dauert es noch ein Weilchen. Und hier sind eine Menge Leute. Gibt es was Neues dazu, wer Pauline das angetan hat?« Palmers Theorie erwähnte Lily nicht.

»Tja, jeder gibt seinen Senf dazu. Du kennst die Stadt ja – eine Menge Geschwätz um die Mittagszeit im Mangrove Hotel.«

»Und was hört man da so?«

»Ach, junge Abos, Drogenabhängige … allerdings ist es komisch, dass sie das Geld nicht genommen haben. Jemand, der dafür angeheuert wurde, aus weiß der Himmel welchem Grund. Die üblichen Gerüchte. Wann kommst du zurück? Vermisst du mich? Vielleicht komme ich dieses Wochenende zu dir hoch!«

»Dale, ich bin gerade erst angekommen, aber vielleicht fahre ich zurück nach Broome, um Pauline zu besuchen.«

»Warum denn das? Sie ist nicht deine Tochter, auch wenn du dich so benimmst.«

»Sie hat keine Mutter, und wir sind Freundinnen. Und zwar schon länger, als ich dich kenne. Hoffentlich kann ich später oder morgen mit ihr sprechen.«

»Na ja, lass mich wissen, was du machst. Und ich richte mich dann nach dir.« Er klang verstimmt, weil er sich ihrem Zeitplan anpassen musste. Das gefiel Lily wiederum ganz gut …

»Ich halte dich auf dem Laufenden. Und wenn du irgendetwas hörst, egal was, ruf mich an, okay?«

»Du hast genug zu tun, auch ohne hier Detektiv zu spielen! Lass es einfach, Lily. Das war eine einmalige Sache. Sollte uns allen eine Warnung sein. Bis dann, Babe.«

»Mach's gut, Dale.«

Lily fand, sie sollten dem Personal die veränderte Unternehmensstruktur offiziell mitteilen und die Leute zugleich in Sachen Weiterbeschäftigung beruhigen. Es war eine gute Gelegenheit, die Weichen für ein stärkeres Engagement der Mitarbeiter zu stellen. Eine Versammlung am Ende des Arbeitstages, vielleicht mit einem Drink, würde ideal sein. Sie ging ihre Partner suchen, um deren Zustimmung einzuholen, und fand sie unter einer Kokospalme. Tim winkte sie heran. »Wir müssen eine Vorstandssitzung einberufen«, sagte er und zog ihr eine Plastikkiste als Sitz heran.

»Ihr beide seht besorgt aus.«

»Das sind wir auch. Dave …«

»Es gibt da ein Problem bei einem Teil der Muscheln. Ist den Jungs vor ein paar Wochen aufgefallen. Wir hatten gehofft, es käme noch in Ordnung.« Er schüttelte den Kopf.

»Was für ein Problem?«, fragte Lily ruhig.

»Die Austern in dem Abschnitt sind nicht glücklich.«

»Nicht glücklich?«

»Sie wachsen nicht«, erklärte Tim.

»Warum nicht?«

Dave atmete tief durch und rieb sich ausgiebig das Kinn, als wollte er es auf eine längere Rede vorbereiten. »Es ist nämlich so: Wir betreiben hier eine Tierwirtschaft, aber nur ein erfahrener Farmer erkennt, ob die Austern glücklich sind. Tim ist heute Morgen getaucht und hat sie untersucht. Sie sind nicht ausreichend geöffnet, deshalb bekommen sie nicht die Nährstoffe, die sie brauchen. Es ist nur eine Sektion, aber es muss schnell was passieren. Die kleinen Kerlchen sind ziemlich empfindlich. Wenn sie hungern, wachsen sie nicht, und das geht vielleicht auf Kosten des Lüsters, wenn in ihnen Perlen heranwachsen.« Er hielt inne, als warte er auf ein Zeichen von Lily, dass sie im Bilde war. Sie nickte, und er fuhr fort.

»Offenbar hat sich die Strömung verändert. Ich schätze, der letzte große Sturm hat den Meeresboden umgestaltet, da, wo wir die langen Leinen hingehängt haben. Provisorisch könnten wir was machen, indem wir die Leinen weiter raus in die Bucht bringen. Ich habe mir die Gesamtsituation angesehen. Wenn wir expandieren wollen, brauchen wir die Genehmigung, eine weitere Pacht zu nutzen – sowohl um wilde Austern zu fangen, als auch um eigene Austern zu züchten.«

»Aber was ist mit den vorhandenen Muscheln? Die Ernte steht doch kurz bevor, oder?«

»Ja. Der Großteil ist hoffentlich in Ordnung. Aber wir müssen auch an die Zukunft denken«, erwiderte Tim.

»Also, worauf genau haben wir es abgesehen, oder wonach suchen wir, Dave?«, fragte Lily einigermaßen bestimmt. Es fiel ihr nicht leicht, diese erste große Führungskrise ruhig anzugehen.

»Es kommen ein paar Plätze infrage. Wir brauchen Zugang zu geschützten Gewässern, die richtige Wassertiefe und wilde Muscheln.« Erneut rieb er sich das Kinn. »Wir könnten uns bei den Lacepedes umsehen, oder im King Sound …«

»Die Lacepedes?«, rief Tim. »Komisch, den Namen höre ich jetzt schon zum zweiten Mal in kurzer Zeit. Ihr werdet es kaum glauben, aber der komische kleine Kerl, der vor ein paar Tagen hier war, hat die Lacepede Islands auch erwähnt.«

»Der redet nur Blech, entschuldigen Sie, Lily. Was weiß denn der schon?«, tat Dave die Bemerkung ab.

»Er hatte etwas Sonderbares an sich … er hatte eigentlich keinen Grund, die Inseln zu erwähnen.«

»Sonderbar ist genau das richtige Wort«, sagte Dave.

»Würde mich bitte jemand aufklären?«, bat Lily und sah von einem zum anderen.

Das übernahm Tim, während Dave sich darauf konzentrierte, eine Zigarette zu drehen. »Ein Aborigine, der irgendwie merkwürdig aussieht, ist einfach so aufgetaucht und hat auf unsere Gastfreundschaft spekuliert. Allerdings hat er nicht unbedingt nur die Hand aufgehalten, sondern er wollte uns eine Botschaft überbringen, uns eine wichtige Information geben. Zumindest habe ich das so empfunden.«

»Treibt er sich immer noch hier rum? Ich dachte, wir hätten ihn zum Teufel geschickt«, meinte Dave unverblümt.

»Ich hatte einfach das Gefühl, ich sollte freundlich zu ihm sein. Als wäre das besser«, sagte Tim zu Lily. »Ich weiß, das klingt idiotisch.«

»Hat er dir gedroht?«

»Ganz und gar nicht. Aber Dave hat gesagt, dass er ein bisschen Pech hatte, nachdem er den Burschen zum letzten Mal gesehen hatte. Ich vermute, das hat sich bei mir festgesetzt. Ich wollte kein Risiko eingehen.«

»Bockmist!«

»Ach Dave! Es kann doch nicht schaden, wenn man jemandem was zu essen gibt. Jedenfalls hat er die Lacepedes erwähnt. Er sagte, das Wasser dort sei gut, es sei ein Platz für Austern.«

»Was für ein Zufall«, sagte Lily. Die seltsame Wendung, die ihr Gespräch genommen hatte, verwirrte sie. »Vielleicht ein Omen?«

»Mann, jetzt kommen Sie mir nicht mit diesem Aborigine-Kram«, rief Dave verächtlich. Dann änderte er seinen Tonfall. »Aber wir sollten es dennoch ausprobieren. Das ist eine aufwändige Sache. Wir könnten Austern fangen und vielleicht später dort züchten.«

»Also lassen wir die Jungs die Austern an eine andere Stelle bringen? Vielleicht tauche ich morgen noch einmal und sehe mir den Meeresboden an. Mal sehen, was da los ist. Und sobald wir uns losmachen können, machen wir einen Ausflug zum King Sound. Eine kleine Erkundung.«

»Aber erst sind hier ein paar Dinge zu erledigen«, sagte Lily. »Ich habe eine kilometerlange Liste. Zwei Mitarbeiter, die erst ein paar Monate hier sind, möchten in zwei Wochen aufhören, weil sie zurück in den Süden wollen. Der Mechaniker braucht Ersatzteile für eines der Boote, und der Gasofen spielt verrückt. Außerdem, denke ich, sollten wir uns vor der Regenzeit ganz schnell um neue Dächer für die meisten Gebäude kümmern.«

»Du liebe Güte«, rief Dave grinsend. »Sie wollen wirklich mit Hand anlegen! Das könnte ihr Leben umkrempeln.«

»Vielleicht«, stimmte Lily zu. »Aber wieso sollte ich

mich an der Farm beteiligen, wenn ich mich nicht dafür einsetze, dass alles gut läuft? Es geht hier um mehr, als ein Mal im Jahr die Perlen zu zählen. Apropos, ich finde, wir sollten heute Nachmittag gegen fünf eine Mitarbeiterversammlung abhalten, um den Leuten die neue Firmenstruktur zu verkünden – wer ist wer, und wer macht was.«

»Ja, gute Idee. Im Speiseraum, oder draußen am Grill?«, fragte Tim.

»Der Speiseraum geht. Aber irgendwann wäre auch eine Art Freizeitraum sinnvoll. Mit Video, Tischen, an denen man lesen und schreiben kann, bequemen Sesseln. Damit man nicht immer draußen bei den Mücken sitzen und ein Bier nach dem anderen kippen muss.«

»Eine Art Klubhaus? Ist das nicht ein bisschen übertrieben?« Doch Dave klang fröhlich, die Idee schien ihm zu gefallen.

»Da ist ein großer Lagerschuppen, der nicht genutzt wird. Da könnten wir eine Veranda anbauen, vielleicht noch eine Außenbar. Die Getränke und die Öffnungszeiten müssten sich natürlich in einem bestimmten Rahmen halten. Wie auch immer, vor dem Essen lassen wir alle Mann antreten.« Lily sah auf die Uhr. »Ich glaube, ich versuche jetzt, Pauline anzurufen. Bis später.«

Die beiden Männer beobachteten sie auf ihrem Weg zurück zum Büro. »Glauben Sie, Lily hält durch?«, fragte Dave.

»Ich gehe davon aus, dass sie solange bleibt wie wir«, entgegnete Tim. »Gewöhnen Sie sich schon einmal daran, dass Sie sie jetzt oft zu sehen bekommen. Übrigens, angesichts dieses Raubüberfalls in Broome – haben Sie in letzter Zeit hier irgendwelche Sicherheitsprobleme gehabt?«

Dave dachte einen Augenblick nach. »Nein. Nicht seit dem fehlgeschlagenen Versuch vor ein paar Jahren. War eine Insiderarbeit, ist aber schief gegangen.«

»Verärgerte Angestellte?«

»Habgierige Ex-Mitarbeiter. Das ist eins der Probleme, wenn man viel mit Zeitverträgen arbeitet.«

»Das macht den Charme von Broome aus, was? Mal ein paar Wochen auf einer Perlenfarm zu arbeiten.«

»Sie kommen wegen dem Geld, nicht wegen der Romantik«, meinte Dave.

»Vielleicht nicht die Romantik der Perlenfischerei, aber womöglich wegen der vielen schnellen Affären?«

»Wenn sie dafür nicht zu müde sind. Die Tage hier oben sind lang und hart. Normalerweise fahren die Arbeiter nach Broome, um über die Stränge zu schlagen.«

»Lily hat Recht, wir müssen allen sagen, dass die Dinge sich ein bisschen verändern werden: neue Leute, neue Arbeitsweisen, neue Visionen. Zumindest haben wir hier einen harten Kern von guten Leuten. Von der Teamarbeit hängt alles ab.«

»Da sagen Sie was!«

Das Thema Teamarbeit griff Lily auf, als sie vor den versammelten Mitarbeitern plus Don und Serena stand. Sie war nervös, doch Tim lächelte ihr von hinten ermutigend zu. Lily bemühte sich, den Leuten ihre Leidenschaft für die Perlen zu vermitteln. Zwar sei sie völlig neu in der Branche, doch wolle sie die Star Two noch erfolgreicher und zu einem aufregenden, angenehmen Arbeitsplatz machen.

»Letzten Endes ist die Teamarbeit der Schlüssel zu allem hier. Wir arbeiten und leben vierundzwanzig Stunden am Tag an einem abgelegenen Ort. Wir müssen uns aufeinander verlassen können, genauso wie wir unsere Austern pflegen und beobachten müssen. Ich glaube an Verantwortungsgefühl, nicht an Titel, also erzählen Sie mir, was sie auf dem Herzen haben, jederzeit. Als Erstes möchte ich David George danken, weil er den Traum hatte, die Tradition fortzuführen, die mein Urgroßvater mit dieser Farm begründet hatte. Und ich danke auch dem hier versammelten Personal: Sie waren verständnisvoll, hilfsbereit und haben mich herzlich aufgenommen. Ich freue mich darauf, Sie alle besser kennen zu lernen und mehr über Ihre Arbeit zu erfahren. Vielen Dank!«

Es gab höflichen Beifall, dann ging Tim nach vorne. Er schloss sich Lilys Äußerungen an und sprach dann über die kleinen Veränderungen an den Arbeitsmethoden, die man einführen würde, um die Zeitpläne und die Verteilung der Arbeitslast effizienter zu gestalten. »Wir werden ein ziemlich zupackendes Führungsteam sein. Vereinfacht ausgedrückt, wird Lily die Rolle der Vorstandsvorsitzenden übernehmen, Dave wird Produktionsleiter und ich Leiter der Unternehmensentwicklung. Don kümmert sich um das Tagesgeschäft. Und wo wären wir ohne Serena? Wir möchten eine Menge Dinge ziemlich schnell umsetzen, und wir freuen uns darauf, dass Sie alle mit uns auf diese Ziele hinarbeiten. So. Wie Sie gehört haben, stehen hinter uns japanische Investoren, und in nicht allzu ferner Zukunft werden die Leute mit dem Geld hier auf der Matte stehen. Es wäre also schön, wenn Sie mithelfen, den ganzen Laden auf Vordermann zu bringen, damit er mehr hermacht.« Er hielt inne und sah zu Dave. »Wollen Sie auch eine Rede halten, Partner?«

Dave winkte ab. »Nee, von mir haben die schon genug gehört! Geht alles von der Zeit zum Trinken ab.« Das brachte ihm einen dicken Applaus ein, und alle entspannten sich.

Lily unterhielt sich mit so vielen Mitarbeitern wie möglich, fragte sie nach ihren Erfahrungen bei der Arbeit und was sie von der Zukunft erwarteten. Sie war überrascht, wie viele ihrer jungen Arbeiter, von denen einige einen Universitätsabschluss hatten, die Arbeit auf der Farm als

Mittel sahen, um weitere Reisen zu finanzieren. Es war einfach ein angenehmer, zeitlich begrenzter Abschnitt, der dem Bankkonto auf die Sprünge half. Dagegen wirkten ihre eigene Studienzeit und die ersten Arbeitsjahre außerordentlich langweilig.

Farouz wischte sein Gesicht mit dem Tuch ab, das er sich um den Hals gewunden hatte. Er genoss diese Reise. Je weiter sie sich von Broome entfernten, je tiefer sie in die Wüste hineinfuhren, desto mehr ging er aus sich heraus. Seine dunklen Augen funkelten, ab und an blitzte ein trockener Humor auf, und als er von seinen Kindern und seiner Großfamilie, den Aborigine-Verwandten wie auch der von ihm so geschätzten afghanischen Seite, erzählte, wurde er regelrecht poetisch. »Ich stamme aus einer Familie von Nomaden, welche die Wüste bereisten und ein Lagerfeuer ihr Zuhause nannten. Die Verwandten meiner Mutter waren ursprünglich auch Wüstenbewohner. Und doch haben wir Kinder aufgezogen, die eine Großstadt ihr Zuhause nennen. Aber in ihren Herzen bewahren sie die Geschichten ihrer Familie. Und sie erzählen sie ihren Kindern, und wenn die ihren Großvater besuchen, wissen sie, dass sie zu ihren Vorfahren gehören, sodass wir alle Glieder einer Kette sind.« Er warf Sami einen Blick zu. »Manchmal ist es eine lange Suche, eine lange Reise, bis man das Verbindungsglied gefunden hat. Aber es ist wichtig, nicht?«

Sie nickte zustimmend, fand aber nicht die rechten Worte. Farouz hatte einen empfindlichen Punkt berührt. Sie war stets selbstsicher gewesen, hatte felsenfeste Ansichten über die Dinge gehabt. Doch seit sie in den Westen gekommen war, hatte sie zugleich mit dem Bundesstaat eine emotionale Grenze überschritten und befand sich nun auf unerforschtem Terrain. Sie hielt es für sicherer, das Thema zu wechseln. »Sind wir bald da?«

»In einer halben Stunde. Auf Ihrer Seite wird ein Pfad abzweigen.«

»Ein Pfad! Diese Straße ist doch auch schon nicht mehr als ein Pfad!« Sami musste sich beim Fahren in den Reifenspuren, die im Sand dieser öden Wüstenlandschaft kaum zu sehen waren, sehr konzentrieren. »Warum leben sie so weit abseits?«

»Im Hauptdorf gibt es die üblichen Probleme. Die Frauen wollten hierher. Es ist eine sichere Gemeinschaft, in der es keinen Alkohol gibt.«

Hinter dem nächsten sandigen Grat sahen sie einen Zaun, und dahinter etwas, das in Samis Augen beinahe eine Oase war. Entlang eines Creeks, der noch ein wenig Wasser führte, standen vereinzelte Bäume – Kasuarinen, Mulgas, Bloodwood-Bäume und Akazien. Die Regenzeit war ergiebig gewesen, und in diesem kleinen Wüstenabschnitt zeigten sich noch die positiven Auswirkungen. Schließlich sahen sie auch mehrere kleine Wellblechgebäude, Steine, die zu einem kleinen Haufen aufgetürmt waren, und an einem Ast hing eine handgemalte Flagge. Sie flatterte nur kurz, doch Sami hatte das Motiv erkannt und schnappte überrascht nach Luft: eine goldene Sonne auf blauem Untergrund. Sie sah Farouz fragend an, doch der lächelte ihr lediglich zu.

Dann deutete er in eine andere Richtung. »Schauen Sie, noch ein Kunstwerk.«

Diesmal handelte es sich um eine handgemalte Aborigine-Fahne: der gelbe Kreis (die Sonne) vor dem roten Streifen (der Erde) und dem schwarzen Streifen (den Menschen). Sie wehte an einem behelfsmäßigen Fahnenmast. Kinder spielten im Staub, und etwas weiter hinten zwischen den Bäumen standen weitere Wellblechgebäude. Sie sahen alle gleich aus, hatten ebenerdige Betonveranden, die von bodenlangen Metalljalousien abgeschirmt wurden.

Draußen standen jede Menge Plastikstühle. Ein Gebäude war größer als die übrigen, eine Baracke mit mehreren Veranden, die eindeutig eine Art Gemeindezentrum war. Auf dem Dach eines Hauses lag ein ausrangiertes, rosa Fahrrad mit einem Puppenkorb am Lenker. Ein kleines Kind spielte ganz in der Nähe in einem umgeworfenen Plastikstuhl.

Sami hielt am Haus. Draußen saßen zwei Frauen und winkten Farouz träge zu. Er stieg aus, und weitere Leute kamen um die Hausecke geschlurft. Eine schnatternde Kinderschar rannte neugierig und unter großem Geschrei herbei.

»Wo sind denn alle?«, fragte Farouz ungezwungen. Förmliche Begrüßungen schienen hier überflüssig zu sein.

»Kommen schon. Wer das?« Die Frau betrachtete Sami neugierig und ein wenig misstrauisch.

»Hallo. Ich bin Sami. Ich bin eine Freundin von Farouz«, sagte sie mit einem strahlenden Lächeln.

»Sie ist in Ordnung«, versicherte Farouz den Frauen.

Sami folgte ihm ins Haus. Mehrere Frauen und ein alter Mann saßen im Hauptraum. Dort stand ein langer Tisch, auf dem Säcke mit Salz und Zucker, Tomaten- und Worcestersoße in Flaschen sowie ein Glas mit Instantkaffee und Teebeuteln standen. Ein zum Topf umfunktioniertes Mehlfass der Marke Dingo stand auf dem Herd. Es roch nach Eintopf. Farouz legte eine Tasche aus Sackleinen auf den Tisch. »Paar Dosen Proviant. Jemand am Malen?«

»Klar, die Gruppe da drüben bei den Bäumen. Hast du Zigaretten?« Der alte Mann, der die Antwort gegeben hatte, sah Farouz erwartungsvoll an. Der zog eine Stange Zigaretten aus der Provianttasche.

»Nett von dir, F'rouz.«

»Möchten Sie Tee oder so?«, fragte Farouz Sami.

»Ja, ein Becher Tee wäre schön. Die Fahrt war anstrengend.«

Eine der Frauen reichte Sami eine Tasse. »Bedien dich. Sie 'ne Kunsthändlerin, Agent?« Sie sprach über Samis Kopf hinweg.

»Nee. Freundin. Versteht was von Kunst. Will euch helfen«, sagte Farouz, der mühelos in eine andere Sprechweise wechselte.

Sami sah sich nach heißem Wasser um. Sie hatte das Gefühl, unsichtbar zu sein. Die Frau deutete auf den großen Aluminiumkessel, der auf dem Herd vor sich hin kochte, und reichte ihr eine Schachtel Kekse.

»Nach dem Tee gehen wir hin, okay?«, meinte Farouz.

Sie gingen an der Reihe von Häusern vorbei über eine Lichtung zu einem Sonnenschutz – einer Sackleinwand, die man über junge Bäume gespannt hatte. Auf dem Boden saßen ein paar Frauen und arbeiteten an einer Leinwand, andere beugten sich über einen Zeichentisch. Vor dem Sonnenschutz spielten Hunde und Kinder. Einige Frauen saßen im Hintergrund und arbeiteten zusammen, doch ehe Sami erkennen konnte, was sie da taten, kam eine große Frau auf sie zu, um sie zu begrüßen.

»So, bringst eine Freundin, was, Farouz? Wir haben schon gewartet.« Ihre Haut glänzte vor Schweiß, unter dem hochgezogenen Sarong malten sich Speckröllchen ab, ihre Hände waren voller Farbflecken. Sie lächelte Sami an. »Ich bin Gussie. Du siehst ziemlich feucht hinter den Ohren aus. Wirst uns helfen, was?«

Sami war nicht ganz klar, was sie damit meinte, doch sie verbarg ihre Verwirrung. »Ihre Bilder faszinieren mich, und ich möchte etwas über sie erfahren. Ganz besonders über die Knüpfarbeiten. Sie sind ganz außergewöhnlich. Darf ich sehen, was Sie gerade machen?«

»Du willst helfen, ja?«

»Mit der Kunst? Wenn ich kann.« Sami sah Farouz mit

erhobenen Augenbrauen an, erhielt jedoch keine Antwort. Sie traten unter den Sonnenschutz.

»Du willst Leila helfen. Und wie willste das machen?«

Sami sah die Frau verlegen an. Diese deutete auf eine Gruppe von Frauen im hinteren Bereich, die im Kreis auf dem Boden saßen und Knüpfarbeiten anfertigten. Wie aufs Stichwort erhob sich eine Frau, die mit dem Rücken zu Sami gesessen hatte, wandte sich um und lächelte sie scheu an.

Sami war verblüfft. Die Frau war eine Weiße. Sie hatte große dunkle Augen und dunkles lockiges Haar unter einem Kopftuch, das sie auf dem Kopf verknotet und hinten befestigt hatte. Ein formloser knöchellanger Rock und eine lange Kasackbluse hingen an ihrem dünnen Körper herab. Um die Taille war ein gewebter Stoffgürtel mit einem kunstvollen Muster geschlungen. Ihr verhärmtes Gesicht strahlte unendliche Traurigkeit aus. Sami erwiderte das Lächeln der Frau und reichte ihr die Hand. »Ich bin Samantha Barton – Sami.«

»Ich heiße Leila. Leila Kassadi.« Den Akzent konnte Sami nicht einordnen. Die Frau sprach leise, klang aber gebildet.

»Sind Sie Lehrerin? Farouz hat nicht viel von Ihnen erzählt.«

Eigentlich gar nichts, aber das sagte Sami nicht.

Leila führte Sami aus dem Unterstand. »Kommen Sie, ich will es Ihnen erklären.«

Sami warf Farouz einen verstohlenen Blick zu. Der bedeutete ihr mit einem Winken, sie solle Leila folgen. Die anderen Frauen schenkten ihnen kaum oder gar keine Beachtung, widmeten sich ihrer Arbeit und plauderten, lachten oder schrien hin und wieder ein Kind oder einen der Hunde an.

»Farouz ist ein Freund. Wir hatten ihn gebeten, nicht über mich zu sprechen. Niemand weiß, dass ich hier bin.«

Rasch fügte sie hinzu: »Ich bin hier zufrieden. Für mich gibt es keinen anderen Ort.«

Sami sah Leila an und versuchte, sich einen Reim auf diese verwirrende Bemerkung zu machen. Die Frau war vermutlich Ende dreißig oder Anfang vierzig, doch umgab sie eine Aura von Erschöpfung, die sie viel älter wirken ließ. »Woher stammen Sie? Warum sind Sie hier?«

»Sie haben Recht. Ich war Lehrerin und habe in meiner Heimatstadt Englisch unterrichtet. Aber das ist Jahre her. Unter dem Baum da liegt eine Decke, dort setzen wir uns hin.« Der zähe alte Bloodwood-Baum spendete etwas Schatten auf eine staubige Decke. Die beiden Frauen verjagten eine Horde Fliegen und machten es sich bequem.

»Und wo ist Ihre Heimatstadt?«, fragte Sami, die begriff, dass man sie hergebracht hatte, damit sie Leila kennen lernte.

»Es ist eine lange Geschichte. Ich komme aus Afghanistan. Aus einem Dorf in der Nähe von Herat.«

»Wie um alles auf der Welt hat es Sie dann hierher verschlagen? Ausgerechnet hierher?«

Die Überraschung in Samis Stimme entlockte Leila ein schwaches Lächeln. »Es ist eine Geschichte, die sich vor vielen Jahren ereignet hat. Und es ist meine Geschichte, aber es gibt viele andere, die genauso eine Geschichte erzählen könnten.«

Kapitel fünfzehn

Wir lebten in einer Ansammlung von Dörfern – einer Oase bei Shindand, südlich von Herat. Es war friedlich dort, das Leben traditionell. Ich unterrichtete an einer Schule in Herat, und mein Ehemann arbeitete als Arzt. Im Abstand von zwei Jahren wurden unsere Töchter geboren.

Unsere Vorfahren waren Nomaden, ehe sie sich vor mehreren Generationen am Fluss niederließen. Die Leute in meiner Familie waren Teppichknüpfer; sie fertigten Teppiche in der Tradition der Belutschen. Ein zunehmender Mond und eine volle Sonne bildeten unser Familiensymbol. Auf der schmalen Bordüre unserer Teppiche, die eine so genannte Sumak-Broschierung haben, befinden sich die Symbole unserer Familiengenealogie. Meine beiden Schwestern waren jünger als ich, sehr hübsch. Das Leben war schön. Dann zogen wir nach Kabul.

Die Sowjets marschierten 1979 ein, und dann kam der Krieg. Es war schlimm unter den Russen. Mein Bruder schloss sich den Mudschaheddin an und wurde getötet. Auch mein Vater zog in die Berge, um gegen die sowjetische Invasion zu kämpfen.

Als die Russen sich zurückzogen und die Taliban Herat 1995 übernahmen, glaubten wir, jetzt würde alles besser. Das Gegenteil war der Fall. Mein Ehemann Azad sorgte sich. Er konnte die Kranken nur schwer behandeln, es gab wenig Arzneien, und dann mussten die Frauen, die als Krankenschwestern arbeiteten, wie alle anderen Frauen auch zu Hause bleiben. Wir mussten den Tschador tragen, damit unser Gesicht und unser Körper ganz bedeckt waren. Man schloss die Schule. Mein Mann schickte mich mit unseren kleinen Töchtern nach Hause zu meinen Eltern und Schwestern. Wir hörten furchtbare Geschichten. Von Frauen, die zur Strafe ausgepeitscht wurden, weil sie die falschen Schuhe getragen oder in der Öffentlichkeit zu laut gesprochen hatten. Von Fingern, die abgehackt wurden, weil die Frau Nagellack trug. Dann hörten wir, dass man Frauen zu Tode gesteinigt hatte, von Hinrichtungen im Fußballstadion von Kabul – ein furchtbares Gemetzel. Mein Mann schickte mir Nachricht, dass die Lebensmittel in der Stadt knapp seien und wir sehr vorsichtig sein müssten. Einige unserer Freunde erfuhren, dass ihr Leben in Gefahr war. Sie hatten zu offen gesprochen oder sich den Befehlen der Taliban widersetzt, die mit jedem Tag strenger und verrückter wurden und auf einer falschen, entstellenden Auslegung des Korans beruhten. Mein Mann erzählte meinem Cousin, der uns besuchen kam, dass sie diesen Leuten bei der Flucht halfen.

Wir dachten immer noch, die Dinge würden sich wieder ändern, doch es ging immer weiter. Vier Jahre lang litten wir. Ich bekam meinen Mann kaum zu sehen, und wenn er endlich nach Hause kam, war er krank und erschöpft. Zu meiner eigenen Sicherheit erzählte er mir nichts. Aber ich wusste, dass er mit Menschen im Widerstand zusammenarbeitete, um unser Schicksal im Ausland bekannt zu machen und die übrige Welt um Hilfe zu bitten. Doch niemand schien uns zu hören.

Wir langweilten uns im Haus. Also brachte mein älterer Onkel meinen Schwestern und mir das Teppichknüpfen bei, und zusammen mit meiner Mutter knüpften wir mir einen Tschowal. Das ist ein Teppich mit einem Leinwandrücken, den man als Tasche zusammenrollen, aufhängen oder als Vorleger benutzen kann. Bräute fertigen einen Aussteu-

er-Tschowal an, den sie in ihr neues Heim mitnehmen. Wir beschlossen, die Legende von Leila und Madschnun in das Muster des Teppichs einzuarbeiten. Nach Leila bin ich benannt. Es ist eine persische Geschichte, ganz ähnlich eurem Romeo und Julia. Ehe mein Bruder getötet wurde, brachte er uns auserlesene Wolle von den besten Schafen. Gekämmt und gesponnen glänzt sie mehr als Seide, und über die Hand drapiert, schimmert sie feucht und verheißungsvoll. Die Teppichtasche ist so fein und prächtig und täuscht dabei über ihr eigentliches Wesen hinweg: Sie ist praktisch und beinahe unzerstörbar. In meinen Augen steht sie für die Fähigkeit, die Liebe zu bewahren.

Dann kam eines Nachts ein Mann in unser Haus, ein Amerikaner. Er war Teppichhändler, kaufte aber auch Familienbesitz: Schmuck, Erbstücke, Antiquitäten und Festtagskleidung. Diese Kleidung bestand aus kunstvoll bestickten, mit Gold- und Silbermünzen besetzten Kleidern. Die Leute verkauften alles, um mit dem Geld nach Pakistan oder Indien zu fliehen. Sie hofften, dort in Sicherheit abwarten zu können, bis die Lage sich änderte. Dann wollten sie nach Hause zurück.

Die Kämpfe wurden schlimmer, und die fanatischen Taliban zogen durch die Städte und Dörfer – wilde junge Männer, die man in reinen Jungenschulen religiös erzogen hatte. Die Güte und Fürsorge der Frauen hatten sie nie kennen gelernt. Sie hassten uns.

Wir lebten wie im Gefängnis. Unser Land wurde zerstört. Unsere Herzen waren gebrochen, doch unser Geist blieb stark. Wir erzählten einander Geschichten und sangen Lieder – heimlich und leise. Wir erinnerten uns gegenseitig an glücklichere Zeiten, an besondere Familienereignisse, die wir in allen Einzelheiten durchgingen. An einem Nachmittag riefen wir uns zum Beispiel alles wieder ins Gedächtnis, was wir von einer Hochzeit oder von einem bestimmten Fest noch wussten. Abends erzählten wir uns die klassischen Geschichten der persischen Literatur oder aus dem Koran.

In einer grässlichen Nacht kamen schwer bewaffnete Talibankämpfer ins Dorf, zerrten die Männer hinaus auf die Straße und verlangten Geld und Wertsachen. Sie wollten Informationen und schlugen unsere Männer, doch niemand hatte Antworten auf ihre wahnsinnigen Fragen. Dann fesselten sie die Männer und ließen sie zusehen, als sie ihre Töchter, Frauen und Schwestern vergewaltigten und schlugen. Es war grausam und herzlos. Einige Frauen wurden getötet, mein Onkel erschossen und mein Vater wurde verprügelt und starb an den Schlägen. Einige hübsche jüngere Frauen wurden entführt. Wir wissen nicht, was mit ihnen geschah. Meine Schwestern waren auch dabei.

Ich überlebte, weil mein Onkel so klug war, meine Töchter und mich zum Fluss zu schicken, sobald er wusste, dass die Taliban da waren. Wir versteckten uns dort. Es war eine Verzweiflungstat, aber sie funktionierte, und ich bete jeden Tag für meinen Onkel.

Mit dem Segen meiner Mutter ging ich mit meinen Töchtern zum Haus eines Teppichhändlers auf dem Bazar von Herat und nahm Kontakt zu meinem Mann auf. Es war wunderbar, wieder zusammen zu sein. Sogar in der drangvollen Enge eines Zimmers über einem kleinen Laden. Azad warnte mich, die Lage sei gefährlich und würde es noch lange bleiben. Deshalb wollten wir fliehen, nach Pakistan. Er hatte Freunde hinter der Grenze, nicht weit von Peshawar.

Doch eines Abends kam ein Freund aus dem Krankenhaus und erzählte uns, Azad sei festgenommen worden. Wir konnten ihn nicht finden, niemand sagte mir etwas. Schließlich hörte ich, er sei umgebracht worden. Ich glaubte das nicht. Ich wollte es einfach nicht glauben! Er hatte

Leuten bei der Flucht geholfen, die Verwundeten behandelt und Nachrichten über die Ereignisse in unserem Land nach draußen geschmuggelt. Irgendwann wusste ich, dass Azad niemals wiederkommen würde.

Später erhielt ich Nachricht, dass man ihn tatsächlich ermordet hatte, und dass seine letzte Botschaft an mich gelautet hatte, ich solle mit den Mädchen fliehen. Also verkaufte ich praktisch alles, was ich hatte, und wanderte über die Grand Trunk Road und den Khaiberpass nach Pakistan. Wir schlüpften bei afghanischen Freunden unter, die meinen Mann gekannt hatten. Dann trafen wir langsam über ein Kontaktnetzwerk Vorbereitungen, um uns dem Flüchtlingsstrom ins Ausland anzuschließen. Es war unmöglich, ordentliche Papiere oder einen Pass zu bekommen. Mittlerweile hatte ich auch erfahren, dass meine arme Mutter gestorben und unser Haus abgebrannt war, wissen Sie. Ich hatte nur noch meine Mädchen.

Es war eine schreckliche Zeit; dazu noch eine albtraumhafte Reise. Ich hatte mein Land noch nie zuvor verlassen, und es war merkwürdig, auf der heißen tropischen Insel Roti in Indonesien anzukommen. Wir waren so viele, alle waren wir Bauern in einem internationalen Schachspiel um Geld. Viele Monate blieben wir auf der Insel, bis einer der Schmuggler sich bereit erklärte, uns nach Australien zu bringen. Es war ja sehr nah, die Australier wussten von den schrecklichen Dingen, die in unserem Land geschahen, und würden uns helfen. Ich gab dem Mann alles Geld, das ich hatte, und packte unsere Kleidung und einige persönliche Kostbarkeiten in meine Teppichtasche.

Man hatte uns gesagt, das Schiff sei komfortabel, doch es stellte sich als stinkendes altes Fischerboot heraus. Wir konnten nur dicht zusammengedrängt darin sitzen, zusammengepfercht wie die Tiere. Es gab wenig zu essen, normalerweise nicht mehr als eine Tasse Reis. Das Meer war sehr aufgewühlt, und meine Töchter Madhu und Roshani wurden seekrank und weinten.

Dann eines Nachts, man hatte uns gerade gesagt, wir wären ganz nah an Australien, und wir waren alle ganz aufgeregt und vergaßen für einen Augenblick das grässliche Schlingern des Boots bei dem schlimmsten Sturm der Überfahrt, da setzte der Motor aus. Es gab viel Geschrei bei der Mannschaft und dann bei uns allen, denn plötzlich war Wasser im Boot. Es sank schnell. Wir hatten keine Schwimmwesten, kein Rettungsboot. Bei einer armen Frau setzten die Wehen ein.

Als Nächstes knirschte und krachte es – das Schiff war auf ein Riff gelaufen. Dann brach die Hölle los. Jedermann krabbelte wie wild los, um vom Schiff zu kommen, aber ich schaffte es irgendwie, meine beiden Mädchen bei mir zu behalten, bis wir alle im Wasser waren. Eine Frau schrie, ihr Baby kam zur Welt. Zwei Männer versuchten, ihr zu helfen. Die Wellen waren hoch, und meine dreijährige Tochter Madhu wurde mir entrissen. Ich fühle heute noch ihre kleine Hand in meiner, wie sie versucht, sich festzuhalten. Meine fünfjährige Tochter klammerte sich an mir fest – bis ein Stück Holz vom Schiff uns beide traf.

Im ersten Licht wachte ich auf. Ich lag auf scharfen Korallen, nicht weit vom Strand, um mich herum Trümmer von unserem Schiff. Ich rappelte mich hoch und rief nach meinen Töchtern. Ich fand die Leichen eines Mannes und einer Frau. In der Morgensonne sah ich ein kleines offenes Boot durch die Trümmer fahren. In dem Boot saßen zwei schwarze Männer und zwei Männer von unserem Schiff. Sie zogen mich an Bord, und wir fuhren in Kreisen die Gegend ab und suchten meine Mädchen. Ich fand nur meine Teppichtasche, die sich im Treibholz verfangen hatte. Wir waren die einzigen Überlebenden.

Die Männer nahmen uns mit zu sich, an die Küste. Ir-

gendwo war zwar eine Missionsstation, aber sie erzählten uns, wenn uns die Weißen fänden, würde man uns ins Gefängnis stecken. Wir blieben ein paar Wochen bei ihnen. Es ist schwer zu erklären, wie ich mich fühlte, aber das Leben erschien mir absolut sinnlos. Mein Herz war gebrochen. Ich war nun allein in einer fremden Welt. Die Leute waren gütig, aber nichts konnte mich heilen. Die beiden geretteten Männer baten die Aborigines, sie in eine Stadt zu bringen, von wo aus sie in eine der Großstädte wollten. Sie waren gebildet und sprachen Englisch. Ich weiß nicht, was weiter mit ihnen geschehen ist.

Ich hatte tiefe Schnittwunden, die sich infizierten. Die schwarzen Frauen behandelten mich mit ihren Kräutern und einer Lehmpaste, und langsam heilten meine Wunden. Dann sagten sie mir, dass Freunde aus der Wüste kämen. Es wäre sicherer für mich, mit ihnen mitzugehen. Ich wusste – und sie wussten –, dass ich mich mit meiner Trauer beschäftigen musste.

Und so kamen wir in dieses Wüstendorf, einen Außenposten. Ich war noch nie im Hauptdorf, aber ich habe so viele Geschichten über die Probleme dort gehört – Drogen, Alkohol, Benzinschnüffeln, Gewalt. Die Leute hier haben mir erzählt, wie sie Unterstützung von irgendeiner Stelle bekamen, damit sie dieses Dorf aufbauen konnten, alkoholfrei und unter starker Führung. Zuerst habe ich nicht verstanden, warum die schwarzen Menschen in Australien weit weg von den weißen Menschen leben müssen, damit sie ihre Kultur praktizieren, sich selbst heilen können.

Jeder Tag war wie der vorhergehende. Ich sprach immer noch meine Gebete, ich führte immer noch Selbstgespräche in meiner Muttersprache. Ich wollte meine Kultur nicht vergessen, also begann ich, den Frauen und Kindern unsere Geschichten zu erzählen. Ich erzählte ihnen Geschichten von den Güls – den Stammeszeichen – auf meiner Teppich-

tasche. Rosen stehen für Glücklichsein; die Sonne ist die Freude, der Mond der Frieden. Zu knüpfen bedeutet für uns, eine Geschichte zu schreiben. Jeder Knoten ist eine Erinnerung, ein Gefühl, ein Herzschlag – unbezahlbar. Die Hauptgeschichten befinden sich im Mittelfeld, die Ränder erzählen von der Familie, von Beziehungen und der Geschichte. Wenn ich die Knüpfarbeit in der Tasche berühre, dann höre ich das Lachen meiner Schwestern und meiner Mutter, dann spüre ich die Berührung der Hände meines Vaters und meines Onkels auf meinem Kopf, dann denke ich an meinen Bruder.

Ich habe Bilder in den Sand gemalt. Und die Frauen aus dem Dorf haben das auch getan. Dann fingen wir an, gemeinsam Bilder zu malen. Eines Tages kamen Materialien zu uns, doch einige der älteren Frauen beschlossen, ihre Bilder wie früher zu machen. Sie zeigten mir, wie sie Steine und kleine Insekten zermahlen, um daraus Farben zu gewinnen und diese Farben aus Pflanzen und Sand mischen.

Danach begann ich, ihnen das Knüpfen beizubringen, auch das Brettchenweben wie zum Beispiel diese Troddeln und mein Gürtel. Und dann haben wir ein paar Vorleger geknüpft. Wir nahmen Ziegen- und Kamelhaar, was immer wir bekommen konnten. Von der Küste kam jemand und brachte uns Muscheln und die Fasern der Schraubenpalme, die wir trockneten und färbten.

Als ich Farouz kennen lernte, war das für mich traurig. Seine Familie stammt aus der Nähe des Dorfes, in dem ich gelebt habe, wir haben ein gemeinsames Familiensymbol: die Sonne. Und doch spricht er nur wenige Worte unserer Sprache und hat keine Erinnerungen an das Dorf. Er ist hier geboren, aber etwas haben wir gemeinsam: unsere Geschichten. Sein Vater hat ihm die alten Geschichten erzählt. Er hat versprochen, dass er mir jemanden bringt. Der mir hilft.

Aber mir kann niemand helfen. Meine Mädchen, meine Familie, mein Zuhause. Sie sind alle fort.

Ein Insekt summte in der Stille. Sami ergriff Leilas Hände, und ihre Blicke trafen sich. Leilas Augen waren trocken, sie konnte nicht mehr weinen. Doch über Samis Gesicht liefen Tränen. Zum ersten Mal in ihrem Leben kam sie so eng mit einer persönlichen Geschichte von unfassbarem Leid in Berührung. Dabei wusste sie, dass es nur eine von vielen war. Etwas in ihr zersprang. Eine Schale, die ihr weiches, tief innen verborgenes Selbst bisher geschützt hatte, wurde zerschmettert und machte sie verletzlich gegenüber einer neuen Realität. Nichts in Samis eigenem Leben kam ihr vergleichbar schmerzlich vor. Und nach dieser Geschichte verwandelte Sami sich von jemandem, der von anderen verstanden und in seinen kleinen Verletzungen getröstet werden wollte, in eine Person, die alles geben wollte, um die Qual in Leilas Blick zu lindern.

»Wie kann ich helfen? Was möchten Sie?« Sie fühlte sich überfordert. Dieser Schmerz war größer als alles, was sie sich hätte vorstellen können.

Es war absurd, dass sie hier in der australischen Wüste zusammensaßen, doch was zählte der Ort? Manche Menschen unternehmen in ihrem Leben Reisen von epischen Ausmaßen, sei es freiwillig, durch die Umstände oder eine Tragödie bedingt. Sami versuchte, sich an Leilas Stelle zu versetzen, aber es gelang ihr nicht. Würde ich nicht das Gleiche tun?, fragte sie sich. Wir sind eine Nation von Bootsflüchtlingen. Sie brauchte nur an ihre eigene Familie zu denken: Da war ihr zur Hälfte amerikanischer Vater, ihr irischer Ururgroßvater Tyndall, ihre makassarische Verwandte Niah, deren Vorfahren mit dem Monsun von Sulawesi nach Australien gekommen waren, ihre englische Familie durch Conrad Hennessy. Sie alle waren auf der Suche nach einem neuen Leben hierher gekommen. Und wenn sie nun diese gebrochene Frau mit dem sanften Gesicht vor sich sah, konnte sie ihr angesichts ihrer Geschichte sagen: »Sie sind hier nicht willkommen?«

Farouz kam zu ihnen herüber und fragte leise: »Ihr habt miteinander gesprochen?«

»Ich will ihr helfen, Farouz.« Sami wandte sich an Leila. »Wollen Sie hier bleiben? Oder in eine Stadt ziehen? In eine Großstadt vielleicht? Vielleicht können Sie wieder unterrichten?«

Leila zog die Schultern hoch. »Mir fehlt der Mut, in einer Großstadt zu arbeiten. Ich würde mich fürchten. Hier fühle ich mich wohl, das Leben ist einfach.«

»Wo soll sie denn hingehen? Sie ist illegal hier. Sie ist in diesem Land nicht erwünscht«, erinnerte Farouz Sami.

»Aber wenn die Menschen sie kennen lernen, ihre Geschichte hören«, widersprach Sami heftig. »Dann wäre es anders. Ich kann Harlan bitten, ihr zu helfen. Er ist Anwalt.«

»Das wäre vielleicht hilfreich. Würde ihr mehr Sicherheit geben«, stimmte Farouz zu.

»Sicherheit? Was heißt das? Dieses Wort bedeutet mir kaum noch etwas«, sagte Leila und stand auf.

Die drei gingen zurück zu den anderen Künstlerinnen. »Ich kann verstehen, dass Sie hier bleiben wollen. Im Augenblick«, meinte Sami. »Aber es besteht trotzdem die Gefahr, dass irgendjemand Sie meldet. Dann kämen Sie in ein Internierungslager.«

»Ich will nicht eingesperrt werden, hinter Stacheldraht. Hier kann ich gehen, wohin ich will, die Sterne betrachten, die Sonne auf- und untergehen sehen. Meine Gebete sprechen, mich zumindest körperlich, wenn auch nicht geistig frei fühlen. Diese Frauen sind gut zu mir. Die Männer waren diskret und haben keinem erzählt, dass ich hier bin. Sie sagen, ich bin ihr besonderes Geheimnis. Ist das nicht schön?«

»Du hast ihnen auch geholfen«, sagte Farouz beruhigend. »Die Gemälde und die Knüpfarbeiten, die ich nach Broome mitgenommen habe, wurden sehr bewundert. Das stimmt doch, Sami?«

»O ja«, sagte Sami, die den Faden rasch aufnahm. »Rosie sagt, sie kann sie leicht verkaufen. Sie hätte gerne mehr davon. Sie schaffen hier wundervolle Dinge, Leila, Sie helfen den Frauen, ihre künstlerische Begabung zu erweitern!«

Leila sah Sami aus leeren, ausdruckslosen Augen an. »Und wer wird mir helfen? Niemand kann das! Niemand kann mir die zurückbringen, die ich liebe … und vermisse.«

»Ich weiß«, sagte Sami und legte Leila den Arm um die dünne Taille. »Aber wir können wenigstens versuchen zu erreichen, dass Sie sich sicher fühlen können. Einen Weg finden, damit Sie hier bleiben können. Eines Tages können Sie vielleicht wieder nach Hause …«

Leila schüttelte den Kopf. »Wozu? Dort warten nur Trauer und schmerzhafte Erinnerungen auf mich. Ich habe keine Familie mehr. Ich habe niemanden, den ich lieben kann.«

»Sie können mich lieben!« Sami platzte damit heraus, ohne nachzudenken. Sie war über sich selbst entsetzt. Was für ein merkwürdiger Gedanke von ihr! Sie wollte Leila so sehr helfen, mit jeder Faser ihres Seins, und dabei fühlte sie sich völlig hilflos.

Farouz nickte. »Um sich selbst lieben zu können, muss man andere lieben. Schuhud, das lebendige Erleben der Liebe, ist das Ziel jeder Seele. Das habe ich in den Büchern meines Vaters gelesen.«

Leila sah Sami fest in die Augen. »Sie sind ein guter Mensch. Und Sie haben ein gütiges Herz. Was immer geschehen mag …« Sie brach ab.

Gussie holte die kleine Gruppe wieder auf die Erde zurück. »Also, was hältst du von unserer Kunst? Leila ist 'ne richtig gute Lehrerin, hm? Du kriegst das hin, dass sie bleiben darf, oder was?«

»Wir werden unser Bestes geben, Gussie«, antwortete Sami. »Sie wissen, wie sie hierher gekommen ist. Nicht auf dem richtigen Weg. Deshalb sagt die Regierung, sie kann erst dann bleiben, wenn sie Papiere hat und die Dinge richtig macht.«

»Regierungsleute, o ja, die kennen wir! Wir kämpfen auch immer noch da drum, dass wir richtig in unserem Land bleiben dürfen!«

Leila lächelte Sami zu und fragte: »Was glauben Sie, was die Frauen hier mit ihren Bildern und Knüpfarbeiten machen sollen? Gibt es einen Markt dafür?«

»Unbedingt! Ich würde sagen, verhandeln Sie mit Rosie von der Little Street Gallery. Sie hat bei Künstlern einen guten Ruf, und als Aborigine versteht sie den kulturellen Hintergrund der Arbeiten. Wir könnten noch ein paar Arbeiten mitnehmen und vielleicht dabei helfen, eine förmliche Vereinbarung zu treffen. Rosie sollte hierher kommen und Sie kennen lernen.«

»Wir sind vorsichtig mit Besuchern, wegen Leila«, warnte Gussie. »Bloß Farouz weiß alles.«

»Okay, wir finden einen Weg«, erklärte Sami entschlossen. Sie wusste, dass Leila sich nicht für immer verstecken konnte. Irgendwann kämen den Behörden Gerüchte zu Ohren, besonders jetzt, wo diese ungewöhnlichen Knüpfarbeiten in Broome im Gespräch waren.

Als sie zurück zum Haupthaus gingen, fiel Sami wieder das rosafarbene Fahrrad auf dem Dach ins Auge. »Warum liegt das Fahrrad da oben?« Ihr fiel ein, dass sie so etwas auch in Schwester Angelicas Gemeinde gesehen hatte.

»Ach, da bekommt einer viel Geld, kauft das Ding und

dann streiten sich die Kinder dauernd, wer das Fahrrad fahren darf. Also hat Onkel es da raufgeworfen, dass sie Ruhe geben. Die vergessen es und beschäftigen sich mit was anderem«, erklärte Gussie.

Den Rest des Tages führte man sie durch die Siedlung, und am Nachmittag unternahmen sie einen kurzen Spaziergang, um die Lebensmittel aus dem Hauptdorf durch Nahrung aus dem Busch zu ergänzen. Das Leben in der Außenstation war bescheiden. Man saß viel auf den Plastikstühlen vor dem großen Haus, trank Tee und aß Kekse. Jeden Morgen wurden die Kinder zur Dorfschule gefahren, und die Frauen arbeiteten an ihren Kunstwerken. Auch Sami ging an die Arbeit – mit Kassettenrekorder, Notizbuch und Fotoapparat. Sie zeichnete Geschichten aus zwei Kulturen auf, zwischen denen eine halbe Welt lag, überbrückt von einem ganz besonderen künstlerischen Konzept.

Ross hatte neuerdings Zeit, draußen auf seiner kleinen Veranda mit Blick auf den Creek zu sitzen und nachzudenken. Mit seinem analytischen Verstand siebte er wieder und wieder die Informationen zu den Einbrüchen, die er bei Bobby, Palmer und Lily zusammengetragen hatte. Sie gaben ihm immer noch Rätsel auf, und er fragte sich, ob ein Zusammenhang zwischen ihnen bestand. Ross beschloss, in der Polizeistation vorbeizuschauen und sich einmal mit seinem neuen Freund Detective-Sergeant Karl Howard zu unterhalten. In einem Hinterzimmer, das den Kriminalbeamten als Büro diente, saßen sie bei einem Pulverkaffee zusammen. »Wie habt ihr die Leiche da im Busch denn eigentlich als Matthias Stern identifiziert?«, fragte Ross.

»Als die Jungs auf den Geländemaschinen die Leiche fanden, war sie schon hinüber – völlig unkenntlich, Knochen, Haare, Kleidung. Weißt du, was das Klima hier in ein paar

Wochen mit einer Leiche anstellt? Von den Schmeißfliegen, Ameisen, Maden und wilden Tieren ganz zu schweigen. Also haben wir sie zur Obduktion nach Perth geschickt.«

»Hat ein Familienmitglied oder ein Freund ihn bei euch als vermisst gemeldet?«

Detective Howard hob eine Augenbraue. »Komm schon, Kumpel, wir haben hier draußen mehr als genug so genannte Vermisste. Die meisten tauchen absichtlich unter, fliehen vor Ex-Frauen, Behörden oder so.«

»Und?«

»Wir fanden heraus, dass dieser Typ, als er ankam, seinem Sohn in Deutschland vom Motel aus eine Postkarte geschickt hatte. Als der Sohn länger nichts mehr von ihm hörte, rief er im Motel an, und die haben ihn an uns verwiesen. Die zahnärztlichen Unterlagen wurden überprüft und bingo! Herr Stern. Beziehungsweise Herr Professor Stern.«

»Er war Akademiker?«

»Ja, offenbar ein bekannter Experte für Kunstgeschichte und Sprachen. Gab einen ausführlichen Nachruf in der deutschen Presse.«

»Interessant. Bobby Ching war also nie verdächtig?«

»Nee, zum Todeszeitpunkt, den die Gerichtsmediziner berechnet hatten, war Ching noch auf der Bradley-Farm. Er und Lily Barton konnten uns nicht viel sagen. Interessant ist der Knabe, mit dem er sich beim Rennen treffen wollte. Wir nehmen an, dass der ihn auch aus dem Krankenhaus geholt hat. Aber seitdem laufen die Ermittlungen ins Leere. Sterns Sachen sind nicht wieder aufgetaucht.«

Ross beschloss, den Sonnenschmuck, von dem Bobby und Palmer gesprochen hatten, erst einmal nicht zu erwähnen. »Hmm. Wisst ihr, was auf der Postkarte steht, die Stern verschickt hat?«

»Tja, das wissen wir tatsächlich. Der Sohn hat sie uns geschickt für den Fall, dass sie uns weiterhilft. Ich kann sie dir zeigen, wenn du willst, bist ja einer von uns. Na ja, warst du jedenfalls.« Er nahm eine Plastiktüte aus dem Regal und zog daraus eine Postkarte hervor. Das Motiv war ein Sonnenuntergang in Broome, davor trotteten Kamele über den Cable Beach. An der Karte hing eine Übersetzung dessen, was Matthias darauf auf Deutsch geschrieben hatte: »Sonne scheint hier wirklich. Geschäft klar betr. Sonntag, melde mich bei dir betr. Erfolg des Unternehmens und Waren.«

Ross gab ihm die Karte zurück. »Ziemlich mysteriös.«

»Genau. Der Sohn wollte sie uns erst nicht schicken, dann hat er es sich anders überlegt. Es kann was Persönliches gemeint sein, Drogen, wer weiß? Tja, wenn wir den Typen nicht zu fassen kriegen, den er da treffen wollte, diesen Hajid, dann kommen wir wahrscheinlich nicht weiter. Und von dem haben wir nicht mehr als seinen Namen. Der Sohn wusste nicht, wen Stern treffen wollte. Nur, dass er ein Geschäft eingefädelt hatte, mit dem er seine finanziellen Probleme lösen wollte.«

»Was ist mit anderen Verbrechen in der Stadt? Irgendwas Ungewöhnliches?«

»Eigentlich nicht. Schwerer Verkehrsunfall mit ein paar Teenies, einer hatte ein Gewehr, aber damit wurde Stern nicht umgebracht.«

»Ich dachte an den Überfall bei Pauline Despar.«

»Ach richtig. Vermutlich Rowdys aus der Gegend. Sie hat noch spät in einem Schmuckgeschäft gearbeitet, Hintertür und Safe standen offen ... Ich meine, was erwartest du?«

Ross war nachdenklich. »Bei Bobby Chings Vater wurde auch eingebrochen.«

»Kann schon mal passieren, was?«

»Ja. Tja, war nett, mit dir zu plaudern. Ich melde mich.«

Der Detective grinste. »Einmal ein Cop, immer ein Cop.«

»Nee. Ich suche mir was Neues. Bis dann, Kumpel.«

»Palmer, Ross hier. Können Sie etwas über einen Kollegen von Ihnen in Erfahrung bringen, bevor wir hoch in den Norden fahren?«

»Klar. Ich habe mein Laptop hier, ich bin in null Komma nix im Internet«, meinte Palmer.

»Es geht um unseren armen Freund Matthias Stern. Professor Matthias Stern, von der Universität Stuttgart. Fachbereich Kunst oder Archäologie, vermute ich.«

»Tatsächlich? Das kann nicht allzu schwer sein. Und wie schnell benötigen Sie diese Informationen?«

»Schnellstmöglich, Kumpel! Und jetzt gehe ich zur Lokalzeitung. Ich rufe Sie später an. Danke.«

Lily saß am Computer und aktualisierte die Bestandsliste der Muscheln in ihren Pachtgründen, da ertönte plötzlich ein Dudelsack mit »Hail to the Chief« und zerstörte die Stille des Vormittags. Sie grinste. Was mochten wohl die anderen, die in den Schuppen arbeiteten, von Palmers Einstand halten? Ross marschierte vorneweg und wirbelte, wie es aussah, eine Harke durch die Luft. Er schritt aus wie ein Kapellmeister. Zum Ergötzen der neugierigen Mitarbeiter drehten die beiden Männer eine kleine Runde über den Parkplatz, dann blieben sie vor dem Büro stehen.

Lily applaudierte. »Ein prachtvoller Auftritt, Jungs. Beim nächsten Edinburgh Festival kommt ihr bestimmt ganz groß raus.«

»Ein großzügiges Urteil, das man zu schätzen weiß«, grinste Palmer und deponierte seinen Dudelsack auf einem Verandastuhl. »Also, das sieht alles außerordentlich echt aus! Beinahe ein Filmschauplatz. Es fehlt nur noch, dass die Schauspieler mit Russell Crowe an der Spitze auf einer romantischen Ketsch ins Bild segeln.« Palmer breitete die Arme aus und nahm den Anblick in sich auf: sich wiegende Palmen, ein Pfad aus Austernmuschelkies mit einem Rand aus Korallen sowie das hübsche Stück Treibholz in einem Fenster über Lilys Schreibtisch.

»Sie haben sich offenbar eingelebt und dem Ort schon Ihren Stempel aufgedrückt«, sagte Ross anerkennend. »Ich sehe da ein paar stilvolle Akzente, die garantiert nicht das Werk von Ihrem Freund Dave sind! Vielleicht sollten Sie auch meinen Garten gestalten!«

»Also, womit fangen wir an?«, fragte Palmer. »Bekommen wir eine Führung, einen Auftrag oder eine Tasse Tee?«

»Alles, aber mit dem Tee fangen wir an. Ich könnte uns hier welchen machen, aber gehen wir lieber in den Speiseraum, da lernen Sie gleich einen Teil der Mannschaft kennen. Und dann zeige ich Ihnen Ihre Unterkunft. Wie geht's Pauline? Was gibt's Neues in der Stadt der Perlen?«

Ihre Schritte knirschten auf dem Muschelkies. »Es geht ihr gut. Wir haben sie beide besucht. Morgen kann sie nach Hause«, berichtete Ross. »Ich habe ihr angeboten, sie abzuholen, aber Rosie kümmert sich schon um sie.«

»Wir haben ihr Blumen gebracht und gesagt, sie seien von Ihnen«, fügte Palmer hinzu.

»Danke schön! Ich habe ein schlechtes Gewissen, weil ich nicht hingefahren bin und sie besucht habe. Als wir das letzte Mal miteinander sprachen, hatte sie vor, nach Perth zu ihrem Vater und ihrem Bruder zu fliegen.«

»Stimmt. Die Abwechslung wird ihr gut tun. Sie arbeitet schon wieder. Pauline hat gesagt, sie müsste mit Vertretern und Designern über ihren Schmuck sprechen«, erzählte Ross. »Sie ist ein talentiertes Mädchen.«

Nach dem Essen fuhren die beiden auf einem Arbeitsboot mit, dessen Besatzung einige Leinen überprüfen und eine Sektion Drahtgestelle zum Reinigen heraufholen sollte. Die Leinen und die Austern mussten an Ort und Stelle von Wasserpflanzen und Seepocken befreit werden. Man gab ihnen Handschuhe, und sie halfen beide mit.

»Muss ein Testlauf sein, bevor sie uns einen Vollzeitjob anbieten«, bemerkte Palmer.

»Träumen Sie weiter«, erwiderte David George, ohne ihn eines Blickes zu würdigen. »Das haben Sie mit dem ersten Takt Dudelsackmusik vergeigt. Die Austern sind nämlich sehr empfindlich!«

Lily hatte von der Fischereibehörde einen Stapel Erläuterungen und Formulare für den Antrag auf ein erweitertes Muschelkontingent und die Aktivierung ihrer zweiten Pacht bekommen. Bei Sonnenuntergang begann sie, den Stapel durchzuarbeiten. Sie wollte mit der *Georgiana* hinaus zu den Lacepede Islands fahren und herausfinden, ob sie die Farm wirklich vergrößern konnten. Lily hielt es für eine gute Idee, Ross und Palmer mitzunehmen. Sie müssten kein Personal von der Farm abziehen, und die Mitarbeiter erfuhren nicht jetzt schon von ihren Plänen.

Es klopfte, und Palmer kam schwer beladen herein. »Die habe ich in Broome erbeutet, eine blühende Bromelie. Sie benötigt kaum Pflege und Wasser, falls Sie mal zu viel zu tun haben. Und ein paar Flaschen vom edelsten Roten, den ich finden konnte, eine Dose Shortbread – sollte in keinem Haushalt fehlen –, ferner Mrs. Fongs bestes Brot, ein übel riechender Stilton und dazu passend Oliven. Bin ich zum Cocktail eingeladen?«

»Köstlich! Wie aufmerksam von Ihnen! Öffnen Sie doch gleich eine Flasche. Wenn die anderen kommen, ist der Wein dann so weit. Wie war Ihr Nachmittag?« Lily suchte in ihrer Kochnische nach Gläsern.

»Diese Perlenzucht ist verflucht harte Arbeit.« Er streckte ihr seine Hände hin. »Spülhände! Dennoch, es war eine lohnende und interessante Übung. Es gibt eindeutig nichts Schöneres, als da draußen in der Bucht herumzudümpeln.« Er nahm die Weinflasche und die Gläser, die

Lily ihm reichte, und stellte alles auf der Veranda auf den Tisch.

»Tim kennt sich aus, und Dave ist das Salz der Erde.« Er schenkte etwas Wein ein und schnupperte anerkennend daran, während er das Glas schwenkte. »Wir warten einfach nicht. Prost! Ich glaube, Sie haben sich eine herrliche Beschäftigung ausgesucht. Auf Ihren Erfolg, aber vor allem viel Glück!«

»Vielen Dank, Ted.« Lily wurde ganz warm ums Herz.

Dann kamen Tim, Ross und Dave mit kaltem Bier und suchten sich einen Sitzplatz, während Lily den Käse, die Oliven und das frische Brot auftischte.

»Palmer sagte gerade, er hätte die Ausfahrt im Boot genossen«, sagte Lily zu Tim. »Glaubst du, er macht auch eine richtige Seefahrt mit?«

»Natürlich. Ross, was ist mit dir?«, fragte Tim.

»Wird dabei auch geangelt?«

»Hab immer eine Schnur an Bord, die man über die Reling hängen kann!«, sagte Dave und öffnete ein Bier.

»Dann bin ich dabei«, sagte Ross.

»Nun denn. Ich bin nicht gern der Überbringer schlechter Nachrichten, aber wir müssen uns bald umsehen. Ich habe gerade erfahren, dass mehrere andere Perlenfarmer Einspruch dagegen eingelegt haben, dass wir auf ihrem Territorium wilde Muscheln fangen.«

»Wo geht's also hin?«, wollte Ross von Lily wissen. Die sah zu Tim.

»Das ist eine Überraschung. Nein, es ist ein Geheimnis«, antwortete Tim mit einem Augenzwinkern.

»Das heißt, er weiß es nicht«, meinte Dave. »Erst wenn wir's sehen, stimmt's, Tim?«

Sie lachten, aber Lily fragte sich, ob sie wirklich wussten, wo genau sie hinwollten. Wie fand man denn in der blauen Wildnis da draußen Muschelgründe und eine gute

Stelle, um die Leinen mit ihren kostbaren Muscheln zu verankern?

Drei Tage später beugte sie sich über die Reling der *Georgiana.* Luftblasen stiegen in einem stetigen Strom an die Wasseroberfläche. Dann kam Tim wie eine geschmeidige Robbe hoch, und Palmer half ihm zurück an Bord. Er streifte seine Sauerstoffflaschen und die Taucherbrille ab. Die schwarze Kopfhaube schob er nach hinten.

»Also?«

»Langsam, Lily, lassen Sie ihn doch erst zu Atem kommen!«, sagte Palmer. »Wie ist es?«, fragte er dann seinerseits.

»Ihr habt wohl alle einen leichten Sonnenstich«, versetzte Tim gelassen. »Also, der Meeresgrund ist gut, er besteht hier aus harten abgestorbenen Korallen, deshalb ist die Sicht klar. Und es gibt jede Menge wilde Austern, das heißt, dieses Areal eignet sich zur Perlenzucht.«

»Wie tief?«, fragte Dave.

»Zwölf bis fünfzehn Meter. Ein guter Platz, aber ob wir auch die Genehmigung bekommen, ist eine andere Frage. Wir zeichnen die Stelle aber auf jeden Fall ein.«

»Sollten wir zur Sicherheit noch eine zweite Stelle suchen?«

»Keine schlechte Idee, Lily«, sagte Dave. »Ich schätze, wir sollten noch ein Stückchen aus dem Lacepede Channel raussegeln, etwas südlich der Inseln. Ein alter Hase, der lange Jahre auf meinen Loggern war, hat immer gemeint, das wäre eine gute Stelle.«

»Finden wir es heraus«, sagte Lily und sah sogleich auf die Seekarte, die auf dem Deck ausgebreitet lag.

»Zu Befehl, Kapitän«, lachte Dave amüsiert, aber auch erfreut, dass sie so schnell Spaß am Leben auf See gefunden hatte.

Ross und Dave standen am Ruder und unterhielten sich leise. Tim hatte sich ein schattiges Plätzchen an Deck gesucht und schlief tief und fest. Palmer und Lily saßen auf dem Lukendeckel und lauschten dem Knattern der Segel und dem Meer, das gegen den Rumpf klatschte, während sie durch den Nachmittag segelten. »Eine schöne Art, den Tag zu verbringen«, sagte Palmer.

»Eine Abwechslung von Hörsaal und entlegenen Felsgalerien.«

»Jedes hat seinen besonderen Reiz. Die Arbeit in einem Raum voller begeisterter Gesichter und beflügelter Köpfe ist eine großartige Sache. Und was das Kimberley-Outback angeht ... es ist einfach wunderschön. Eines Tages müssen Sie einmal zu den Felsgalerien fahren. Bitten Sie Sami, Sie mitzunehmen.«

»Nicht Sie?«, neckte ihn Lily.

Palmer antwortete ernst: »Nein, das würde Ihrer Tochter nicht schmecken. Es würde eine Grenze überschreiten. Lassen Sie sich die Bilder von ihr zeigen, damit sie mit Ihnen teilen kann, was sie lernt. Vielleicht wird dabei ein Band geschmiedet, das ihr hilft, diesen Teil ihrer Herkunft anzunehmen.«

»Hat Sie mit Ihnen darüber gesprochen?«, fragte Lily überrascht und etwas empört, dass Sami ihre Gefühle lieber Palmer als ihr offenbart hatte.

Sie fügte eilig hinzu: »Aber vermutlich kann man bei so einer Feldforschung gar nicht anders, als ins Plaudern zu geraten.«

»In einer Situation wie dieser kann es dazu kommen, Lily«, sagte Palmer sanft. »Der ungewohnte Ort, die Gesamterfahrung, das kann schon einmal zu unerwarteten Eindrücken führen. Ich werde mich lange an diesen Augenblick erinnern, aber jemand anderem könnte ich das nicht adäquat vermitteln.«

Lily errötete und fragte sich, warum sie sich so unbehaglich, nein, verstört fühlte von seinen Worten.

Über Nacht ankerten sie dicht an einem Korallenatoll mit Lagune vor einem der vielen Inselchen dieser Gegend. Das Atoll war ein Vogelbrutplatz, und so lauschten sie den Kabbeleien und dem Geschrei der Seevögel, als sie sich für die Nacht einrichteten. Dave schlief unter Deck, die anderen schaukelten unter einem prachtvollen Sternenhimmel in Hängematten, die sie am Mast, der Takelage oder wo immer möglich befestigt hatten.

Bei Sonnenaufgang weckte Dave die anderen durch lautes Klopfen auf der Bratpfanne, und um acht Uhr waren sie bereits wieder unterwegs. Palmer überraschte alle, als er darum bat, mit Tim tauchen zu dürfen, und einen Tauchschein aus der Tasche zog. »Ich musste einmal Unterwassermarkierungen an den Felsen einer Höhle untersuchen. Dieser Tage habe ich nur noch selten Gelegenheit zum Tauchen, da kann ich mir die hier nicht entgehen lassen!«

»Was ist mit Ihnen, Ross? Möchten Sie runter?«, fragte Lily.

Ross schüttelte den Kopf. »Nein, danke. Ich hole mir den Fisch lieber in meine Welt als umgekehrt.«

Obwohl auf dem Schiff überhaupt nichts geschah und das Wetter perfekt war, blieb Dave angespannt und suchte in regelmäßigen Abständen das Meer um sie herum ab, solange die beiden Männer im Wasser waren.

»Wonach halten Sie Ausschau?«, fragte Lily.

»Das weiß ich erst, wenn ich's sehe«, erwiderte er. »Das Meer kann die überraschendsten Dinge ausspucken. Es zahlt sich aus, wachsam zu bleiben … Alte Angewohnheiten können auch ihr Gutes haben.«

»Das werde ich mir merken. Kann ich das Fernglas mal haben?«

»Klar.«

Bald sichtete Lily Flossen.

»Delphine. Die habe ich vor einem Weilchen auch gesehen«, sagte Dave und suchte mit dem Fernglas erneut alles ab.

Schließlich kamen die beiden Taucher wieder an die Oberfläche. Tim hielt ihnen den erhobenen Daumen hin. »Ich schätze, das könnte ein guter Platz sein«, rief er ihnen zu. »Der Boden ist ein bisschen schlammig, und es gibt auch kaum wilde Austern, aber der Meeresgrund ist hervorragend für die Anker der Leinen. Sie können sich tief in den Boden graben, und die Leinen würden nicht abtreiben, nicht einmal bei einem Zyklon!« Er kletterte wieder an Bord. »Der Nachteil ist nur, dass der Boden so schlammig ist – falls sich mal ein Drahtgestell von den Leinen löst, gehen die Muscheln im Schlick unter.«

»Kein Problem, wir müssen sie nur richtig befestigen«, meinte Dave.

Palmer trat Wasser. »Die optimale Lösung ist fast immer ein Kompromiss, in der Perlenzucht ebenso wie bei den meisten anderen Sachen.«

»Kann schon sein«, gab Lily zurück. »Aber wenn es darum geht, die Dinge richtig zu machen, gehe ich keine Kompromisse ein.«

Kapitel sechzehn

Beim allerersten Tageslicht im entlegenen Dari-Außenposten zu erwachen, war eine ganz neue Wonne. Und komplett fern von dem, was Sami neuerdings »die andere Welt« nannte! Sie schlief in einem kleinen Raum in einem der Fertighäuser. Ihr Bettzeug lag auf einem schmalen Bett mit einer dünnen, schmuddeligen Matratze. Drei Kinder hatten es sich angewöhnt, auf dem Boden neben ihr auf einer Matratze zu schlafen, wo sie sich in einem wirren Nest aus Bettdecken aneinander kuschelten.

Sie regten sich nicht, als Sami früh aufstand und mit einer leichten Decke um die Schultern hinausging. Die Luft war atemberaubend klar. Die Sterne verblassten. Sami liebte die Morgendämmerung. Seit sie sich am Rand der Wüste befand, nahm sie ihre Umgebung viel bewusster wahr. Die Landschaft auf dem östlichen Kimberley-Plateau, wo sie mit Palmer die Felsbilder besichtigt hatte, war vergleichsweise üppig und fruchtbar und hatte sie mit ihren geheimnisvollen Schluchten, Höhlen und Wasserläufen überwältigt. Hier bot die karge, offene Weite der Landschaft keine Verstecke – weder im wörtlichen noch im übertragenen Sinne.

Die letzten Tage hatte Sami damit verbracht, den Frauen beim Knüpfen und Malen zuzusehen. Sie beobachtete, wie sie erst von Leila lernten und dann ihre neuen Kenntnisse so anpassten, dass sie damit ihrer eigenen uralten Kultur Ausdruck verleihen konnten. Oder sie setzte sich mit Leila unter einen dürren Bloodwood-Baum, der etwas außerhalb der Siedlung stand. Dort tauschten sie Geschichten über ihre Familien, ihr Leben und ihre Kulturen aus. Leila war fasziniert gewesen, als Sami ihr von ihren Familienbanden in Broome und ihrer Aborigine-Abstammung erzählt hatte.

Als Sami aus dem Haupthaus ein metallisches Klappern hörte, vermutete sie, dass jemand Tee machte, und spazierte hinüber. In der Küche traf sie auf Farouz und Gussie, die mit Toast, Teebeuteln und Haferflocken hantierten.

»Ich mache Porridge, willst auch was?«, fragte Gussie.

»Danke, Gussie, sehr gerne. Ein wundervoller Morgen, nicht wahr?«

Farouz war bereits fertig angezogen. Gegen die morgendliche Kühle trug er Schal und Jacke. »Gussies Mann und zwei Kumpel fahren heute Morgen mit einem Laster zurück und kommen bei Webster vorbei. Sie können mich da absetzen. Bobby müsste mittlerweile da sein«, verkündete er.

»Oh. Ich bin noch nicht so weit«, rief Sami. Das kam völlig überraschend für sie. Farouz hatte am Abend zuvor nichts von Rückfahrt gesagt. »Kommen Sie, Farouz, Sie können das doch sicher noch ein, zwei Tage verschieben. Ich dachte, Zeit spielt hier draußen keine große Rolle!«

Farouz wich ihrem Blick aus. »Sie müssen nicht mit mir kommen. Bleiben Sie. Es ist wichtig, dass Sie mit Leila sprechen. Sie können doch sicher dem Pfad zurück nach Broome folgen, oder?«

»Ich denke schon, dass ich die Rückfahrt schaffe«, meinte Sami überrumpelt. Ganz wohl war ihr bei dem Gedanken daran, die Rückreise allein anzutreten, allerdings nicht.

Farouz spürte ihre Unsicherheit und fügte hinzu: »Übernachten Sie bei Webster. Melden Sie sich über Funk bei ihm und sagen Sie ihm, dass Sie kommen.« Sein Tonfall ließ erkennen, dass das Thema für ihn beendet war, und Sami fügte sich in ihr Schicksal.

Gussie knallte eine Schale Porridge vor ihr auf den Tisch. »Schön, dass du nicht nach Stadtzeit lebst und gleich wieder wegrennst. Lernst langsam, was stille Zeit ist.«

»Meinst du stillsitzen?« Sami goss Milch aus Milchpulver über ihr Porridge. »Ich bin nicht gut im Nichtstun. Sitzen und Reden geht in Ordnung.«

»Dein Kopf braucht auch mal Ruhe«, sagte Gussie. »Sonst wird der wund. Zu viel Arbeit.«

»Kopfschmerzen«, erklärte Farouz und tippte sich mit dem Löffel an die Stirn.

Sami musste schlucken und erzählte lieber nicht, dass sie am Vorabend erschöpft mit Kopfschmerzen zu Bett gegangen war, genau wie am Abend davor ... »Okay. Heute sitze ich still neben Leila. Sie will mir die Geschichte ihres Teppichs erzählen.«

»Leila und Madschnun. Das ist eine sehr gute Geschichte, sehr traurig«, sagte Farouz. Dann stellte er die Frage, auf die Sami gewartet hatte. »Was geschieht mit Leila?«

»Ich habe darüber nachgedacht und werde Harlan bitten, ihren Fall zu übernehmen. Sie hat so viel durchgemacht. Und sie hat so viel zu bieten. Aber es wird nicht leicht werden, wissen Sie. Illegale Einwanderer, besonders aus einem Volk wie ihrem, sind nicht gerade die Lieblingskinder der Nation.«

»Da geht es ihr nicht viel anders als den Leuten hier«, sagte Farouz, und ihre Blicke trafen sich kurz, als er seine Porridge-Schale zur Spüle trug. Zurück am Tisch, lächelte sie ihm zu und nickte. Sie verstanden sich wortlos.

Farouz ging auf die Veranda und sah zum Himmel. »Ja, es wird ein weiterer guter Tag für uns alle werden«, rief er über die Schulter zurück. Er war zufrieden. Es hatte sich gelohnt, Sami hierher zu bringen.

Sami beobachtete, wie Leila sich mit Tränen in den Augen von Farouz verabschiedete. Sie nahm ihren gewebten Gürtel ab und bot ihn Farouz auf offenen Händen dar. »Die Fasern darin stammen hier aus deinem Land, von deinem alten Lieblingskamel, und aus meinem Haar. Schau, ich habe die Sonne auf das Band der Troddeln gestickt.« Sie umarmte ihn dreimal. »Wir sind alle eins unter der Sonne.«

»Taschakkor.«

»Bemone choda.«

Farouz wandte sich an Sami. »Auch Ihnen eine gute Reise. Bis bald in Broome.« Er umarmte sie rasch.

»Grüßen Sie Bobby von mir!« Sami nahm Leilas Hand, als Farouz und Gussies Mann in den Wagen stiegen. Zwei andere Männer stiegen hinten ein. Der Laster hielt auf die rote Sandebene zu und hinterließ eine Staubwolke.

»Für mich kommt Farouz einer Familie so nahe, wie es hier überhaupt möglich ist«, sagte Leila leise.

»Nein. Wir können doch Schwestern sein«, erwiderte Sami und drückte Leila beruhigend die Hand. »Wirklich. Und die Frauen hier, für die sind Sie eine von ihnen. Eine Haut-Verwandte hat Gussie Sie genannt.« Doch Sami wusste, dass ihre Worte nicht genügten. Sogar hier in der trockenen Wüstenhitze sah Leila blass und zerbrechlich aus, als würde die Sonne ihr alle Farbe und Lebensenergie entziehen.

Als es am späten Nachmittag kühler wurde, nahmen Gussie und zwei der Malerinnen Leila und Sami zu einem kurzen Spaziergang mit. »V'leicht finden wir was zu essen, v'leicht finden wir was, was wir zum Malen brauchen können.« Sami hatte ihnen von Serena auf der Perlenfarm ihrer Mutter erzählt, wie sie mit Naturmaterialien Landschaftsbilder in einer Art Collage schuf.

Leila verstand und wies auf den verschiedenfarbigen Sand, auf Kieselsteine, Gräser, Samen, Blumen, Knollengewächse und Insekten hin. Hier hatte sie gelernt, dass man aus ihnen Farben herstellen konnte. Sie erzählte von traditionellen afghanischen Rezepten für Farben aus Pflanzen, die man einweicht, wieder auswringt, zerstößt, trocknet oder kocht, um die feinen, langlebigen Farben für die Teppiche zu gewinnen. In nomadischen Gesellschaften sei der Meisterfärber eines Stammes ein kleiner König gewesen. Die Aborigine-Frauen horchten auf, als Leila von der geheimnisvollen Aura erzählte, die diese Tränke und Farben umgab, und von dem alten Glauben, dass man damit Zauber bewirken könne. Als man auf die Macht der Geisterwelt zu sprechen kam, hatten die Frauen ein gemeinsames Thema. Und dann entspann sich zu Samis Entzücken ein herrliches, immer wieder von Kichern unterbrochenes Gespräch darüber, wie man Männer anlocken und mit welchen sexuellen Praktiken man sie an sich binden könne, oder wie man am besten eine Rivalin loswerden würde.

Sie gingen langsam, blieben immer wieder stehen, um ein Ameisennest, die Blüte an einem Kapokbaum oder einen Schwarm mit Hunderten von Wellensittichen zu betrachten, die in einer smaragdgrünen Wolke dahinflogen. Als sie wie ein einziger Vogel die Richtung wechselten, blitzte es rot auf. Von den kleinsten, scharfen Spinifexhalmen bis zu einer Felsformation in der Ferne, die wie eine sonnenbadende Eidechse aussah, war alles und jedes, was die Natur hervorgebracht hatte, von Interesse. Alles schien einzigartig, bedeutsam und nicht von dieser Welt zu sein und die Frauen erzählten Sami ihre dazugehörigen Träume. Sie hatte vorübergehend das Gefühl zu halluzinieren. Wie durch ein Vergrößerungsglas nahm sie die Dinge in ihrer ganzen Intensität und Leuchtkraft wahr.

Sie blinzelte und kehrte gerade wieder in die Gegenwart zurück, als Leila an einem kleinen Baum stehen blieb. Er war statt mit Blättern mit scharlachroten sternförmigen

Trichterblüten bedeckt. Leila fragte Gussie: »Was ist das für eine Blume? Ich kenne sie. Bei uns heißt sie die Wüstenrose.«

»Das ist die Kimberley-Rose«, verkündete Gussie.

Leila streichelte die Blume sehr behutsam. »Die Rose gehört zu meiner Geschichte ... der Geschichte von Leila und Madschnun. Sie ist auch auf meinem Teppich: das Rosen-Gül.«

Sami versuchte, aus dem zärtlichen Gesichtsausdruck die Gefühle herauszulesen, welche die kleine Wüstenpflanze bei Leila heraufbeschworen hatte. Sie sah Erleichterung, Ungläubigkeit und Trauer. »Setzen wir uns doch bei den Felsen in den Schatten, dann können Sie uns die Geschichte erzählen. Sie scheint Ihnen viel zu bedeuten.«

Gussie gesellte sich zu ihnen, als sie es sich im Sand bequem machten. Die großen gelben und roten Felsblöcke hatten vor etwa zwei Millionen Jahren auf dem Grund des riesigen Meeres gelegen, das damals diese ungeheure Wüste bedeckt hatte. Die anderen Frauen zogen weiter, auf der Suche nach Material für ihre Kunstwerke. Leila begann ...

Eure Geschichten beginnen mit »Es war einmal ...« Es waren also einmal ein junges Mädchen Leila und ein junger Mann, Madschnun. Und es begab sich, dass Leila und Madschnun sich in der Schule kennen lernten. Sie verliebten sich sogleich ineinander. Madschnun stürzte des Morgens früh zur Schule, um sie zu sehen. Leila schrieb seinen Namen immer wieder überall auf ihre Schiefertafel. Die Lehrer waren besorgt, weil die beiden ihre Studien vernachlässigten, und sprachen mit den Eltern. Man nahm Leila von der Schule, und schließlich mussten auch Madschnuns Eltern ihren Sohn von der Schule nehmen, weil er so abgelenkt war. Seine Eltern zogen Ärzte, Wahrsager, Heiler, Magier hinzu und legten ihnen Geld zu Füßen. Sie fragten sie, ob es irgendein Heilmittel gebe, das den Gedanken an Leila aus Madschnuns Herz reißen würde. Doch wie sollte das gehen? Es gibt keine Heilung für die Liebeskranken.

Sie nahmen Madschnun mit auf eine Wallfahrt nach Mekka. Als sie sich der Kaaba näherten, versammelte sich eine Menschenmenge, um sie zu sehen, denn sie hatten von der großen Liebe Madschnuns zu Leila gehört. Seine Eltern beteten, das Herz ihres Sohnes möge von der Qual dieser Liebe erlöst werden, damit er sich auf seine Studien konzentrieren konnte. Schließlich sandten sie Leilas Eltern, die einem anderen Glauben anhingen, eine Nachricht: »Wir haben alles getan, was in unserer Macht steht, um die Sehnsucht nach Leila von Madschnun zu nehmen, doch ohne Erfolg. So bitten wir Euch um Euer Einverständnis zur Hochzeit.«

Leilas Eltern antworteten: »Auch wenn es uns die Verachtung unseres Volkes eintragen sollte – weil Leila Madschnun auch nicht für einen einzigen Augenblick vergessen kann, werden wir sie ihm zur Frau geben. Wir möchten ihn kennen lernen und uns davon überzeugen, dass er ein guter, vernünftiger Mann ist.«

Nun war Madschnun ein Dichter mit großer Begabung, doch niemand wusste oder verstand das. Seine Leidenschaft für Leila war so groß, dass die Leute glaubten, er sei des Wahnsinns. Daher änderten Leilas Eltern ihre Meinung und nahmen Leila von ihm weg. Madschnun war verzweifelt. Er streifte durch die Stadt und fragte jedermann, wo er sie finden könne.

Niemand wollte es ihm sagen, bis er eines Tages einen Mann mit einem Kamel traf, der ihm sagte, er sei auf dem Weg zu Leilas Eltern. Madschnun bat ihn, Leila eine Botschaft zu überbringen. Er ging neben dem Mann her und sprach davon, wie sehr er Leila liebe. Dafür brauchte er so lange, dass sie einhundert Meilen gelaufen waren und den

Ort erreicht hatten, an dem Leila lebte. Der Kamelmann sagte Madschnun, er solle sich in einer verfallenen Moschee außerhalb der Stadt verstecken, und er werde Leila sagen, wo Madschnun sei.

Obwohl die Eltern Leila im Haus festhielten, gelang es dem Kameltreiber, ihr zuzuflüstern, dass Madschnun in der Nähe und vor Liebe zu ihr ganz schwach sei. Daher ließ sie ihm durch ihre Dienerin Essen bringen. Als die Dienerin zur Moschee kam, näherte sich ihr ein fetter Mann. »Ich habe hier dieses Essen für Madschnun.«

»Das bin ich«, erwiderte der Mann, und er nahm das Essen. Jeden Tag sandte Leila Madschnun zu essen. Der wurde selbst immer schwächer, während der fette Mann immer dicker wurde. Endlich fragte Leila: »Warum schickt Madschnun mir keine Botschaft?«

Die Dienerin erwiderte: »Er ist zu fett.«

Leila fragte, ob bei der Moschee vielleicht noch ein Mann sei, und die Dienerin sagte: »Ja. Da ist ein bleicher Dichter außer dem Mann, der das Essen nimmt.«

»Das ist der falsche Mann. Morgen nimmst du nur ein Messer mit und bittest Madschnun um einige Tropfen seines Bluts für Leila, die krank sei.«

Und so tat die Dienerin am nächsten Tag, aber der fette Mann weigerte sich und sagte: »Der arme Junge da ist Madschnun.« Als Madschnun Leilas Bitte hörte, hieb er nach seinem Arm, sodass Blut floss. Es lief an seinem Arm hinab und troff auf die weißen Blumen, die vor der Moschee wuchsen, und färbte sie rot.

Leila sandte eine letzte Botschaft – Madschnun solle sie in der Wüste treffen. Er ging hin und wartete wie eine Statue, die Augen fest auf den Horizont gerichtet. Endlich kam sie zu ihm und sagte: »Madschnun, ich bin hier.«

Er nahm ihre Hände, presste sie an seine Brust und sagte: »Leila, du wirst mich doch nicht mehr verlassen?«

»Madschnun, ich konnte nur für kurze Zeit hinausschlüpfen. Wenn ich länger fortbleibe, werden meine Leute mich suchen, und dein Leben ist nicht mehr sicher.«

»Mein Leben ist mir gleich«, rief er. »Du bist mein Leben! O bleib doch, verlasse mich nicht mehr.«

»Ich werde zurückkehren und bei dir sein, das verspreche ich«, sagte Leila. Doch die Dienerin erzählte Leilas Eltern, sie habe Madschnun getroffen, und sie schlossen ihre Tochter ein. Leila kehrte nicht zurück.

Madschnun, der schon so lange von seinem eigenen Fleisch und Blut gezehrt hatte, konnte sich nicht mehr aufrecht halten. Er fiel rücklings gegen einen Baumstamm und blieb so liegen. Er lebte nur noch von der Hoffnung. Die Jahre vergingen, und Madschnuns Körper war der Kälte, der Hitze und dem Regen ausgesetzt. Seine Hände, die die Zweige hielten, wurden selbst zu Zweigen, sein Körper wurde ein Teil des Baumes.

Eines Tages gelang es Leila, sich allein davonzustehlen und Madschnun zu suchen. Sie hatte nur noch die eine Hoffnung, dass sie ihr Versprechen der Rückkehr einlösen könnte. Als sie die Stelle suchte, an der sie ihn verlassen hatte, traf sie einen Holzfäller, der sagte zu ihr: »Geht nicht dort entlang. Dort lebt ein Geist.«

Leila fragte: »Was für ein Geist?«

»Er ist ein Baum und zugleich ein Mann. Als ich mit meinem Beil einen Ast dieses Baumes schlug, hörte ich ihn mit einem tiefen Seufzer sagen: ›Ach Leila.‹«

Diese Worte rührten Leila unbeschreiblich. Als sie zu der Stelle kam, sah sie, dass Madschnun zu einem Baum geworden war. Sie rief: »Madschnun!«

»Leila!«

»Ich bin hier, wie ich dir versprochen hatte, liebster Madschnun.«

Er erwiderte: »Ich bin Leila.«

»Nein, ich bin Leila. Sieh mich an.«

Madschnun fragte: »Bist du es wirklich? Nun denn, wenn ich nicht Leila bin, dann bin ich tot.«

Als Leila diese seine vollendete Liebe sah, konnte sie keinen Augenblick weiterleben. Sie rief Madschnuns Namen, fiel nieder und starb am Fuß des Baums. Und durch die Blüte der Wüstenrose gerät die Liebe von Leila und Madschnun nie in Vergessenheit.

»Oh, wie traurig, und was für eine schöne Geschichte«, seufzte Sami.

»Der Baum und die Geschichte sind da auf deiner Teppichtasche«, sagte Gussie, der eine Träne über die Wange lief.

Leila zerdrückte die rote Blüte in ihren Händen. »Wie Madschnun habe auch ich meine Lieben verloren.«

Sami spürte, wie ihr Herz Leila zuflog. Instinktiv legte sie ihr einen Arm um die Schultern und lehnte ihren Kopf an Leilas. So verharrten sie ein Weilchen. Leila ließ zu, dass Sami sie zu trösten versuchte. Aber Sami war unsicher, was sie angesichts dieser furchtbaren Tatsache sagen sollte.

»Geschichten sind Wege, die Wahrheit zu sagen«, meinte Gussie und brach damit das Schweigen. »Seht ihr, da hinten, an dem kleinen Sandhügel, der dicke Felsen da, das ist 'ne Traumzeitgeschichte. Darüber, wie der hierher kommt. Wir erzählen ihre Geschichten, und sie bleiben lebendig, kapiert ihr?«

Gussie ging die anderen Frauen suchen. Sami und Leila machten sich schweigend auf den Rückweg zur Siedlung. Plötzlich huschte ihnen eine Rotschopftaube vor die Füße, deren Kopf im Rhythmus ihres komischen Watschelgangs ruckte. Sie gab ein erschrockenes »kuu« von sich und flog davon. Sami lächelte. In der vergangenen Woche hatte sie so etwas oft erlebt; sie begegnete der Natur hier in einer neuen Intensität. Es war, dachte sie, als entdeckte man etwas Spirituelles, das die eigene Sicht auf die Welt um einen herum völlig umkrempelte. Die Traumzeitgeschichten bezogen sich auf so viele Dinge, die sie hier erlebt hatte. Sie stellten ein bedeutsames kulturelles Erbe dar, das auch ihr gehörte. Genau wie die Geschichte, die sich hinter der afghanischen Wüstenrose verbarg, ein Teil von Leilas Erbe war.

Bobby rief Lily an, sobald er wieder in Broome war. Von Farouz richtete er ihr aus, dass Sami die Gesellschaft der Künstlerinnen genieße. Lily war dankbar, denn sie hatte nichts von Sami gehört, seit diese sich in die Wüste aufgemacht hatte.

»Hast du eine Ahnung, wann sie zurückkommt?«

»Farouz meinte, sie würde noch ein paar Tage da draußen brauchen. Wir sind gestern Abend spät zurückgekommen.«

»Sie fährt allein durch die Wüste zurück?« Lily war ebenso überrascht wie beeindruckt.

»Ja. Farouz macht sich deswegen keine Sorgen. Er hat gesagt, Sami bekommt die Rückfahrt problemlos hin. Es ist nicht gerade eine Autobahn, aber sie ist die Strecke ja schon einmal gefahren.«

»Bestimmt ruft sie mich an, wenn sie wieder näher an der Zivilisation dran ist. Was machst du jetzt, Bobby?«

»Ich dachte, wenn ich meinen Onkel im Dorf gesehen habe, könnte ich zu dir hochfahren?«

»Prima, komm vorbei! Bleib ein Weilchen, wenn du magst. Warte, hast du Lust, Mika mitzubringen? Sie möchte sich die Farm ansehen.«

»Ja, gute Idee. Es wäre schön, sie auf der Fahrt dabeizuhaben«, sagte Bobby, dankbar für Lilys Vorschlag. »Soll ich dir irgendwas mitbringen?«

»Hm, ein paar Zeitungen, damit ich auf dem Laufenden bleibe. Und ein bisschen Salat und frisches Gemüse käme nicht ungelegen.«

»Okay. Übermorgen sind wir da, es sei denn, Mika hat andere Pläne.«

»Bis dahin, Bobby.« Lily machte sich im Geiste eine Notiz, für Mika eine Unterkunft vorzubereiten. Bobby konnte bei den Jungs schlafen. Sie wandte sich wieder Daves Tabellen und Aufzeichnungen zu. Er hatte darin vermerkt, wann welcher Partie Muscheln Kerne eingesetzt worden waren, und wann man sie umgedreht hatte, damit sich der Perlensack gleichmäßig ausbildete. Sie wollte auch überprüfen, ob die Muscheln in sämtlichen Abschnitten planmäßig gereinigt worden waren.

Sie hofften, dass sie an der Stelle vor den Lacepedes wilde Muscheln von guter Qualität finden würden. Allerdings lag die Obergrenze ihrer Ernte bei zehntausend, bis sie expandierten und »sich bewährten«, wie der Mann von der Fischereibehörde erklärt hatte. Viele große Farmen arbeiteten sehr erfolgreich mit der Aufzucht von Muschellaich in Brutanstalten. Die noch kleinen Muscheln wurden dann ins offene Meer gebracht. Dort wuchsen sie, bis sie die richtige Größe hatten, um ihnen Kerne einzusetzen. Vielleicht sollten sie mit einer dieser Brutanstalten zusammenarbeiten, dachte sie. Verschiedene Perlenfarmen taten das bereits. Eine ehrgeizige Idee, die man aber erst mit den Investoren besprechen musste.

Lily drehte ihren Stift zwischen den Fingern und sah aus dem Fenster auf den Creek. Er führte zu ihren Pachtgründen am anderen Ende der Bucht. Tim war überzeugt, dass der Creek zu viel Süßwasser in die Bucht geführt und sich so der Salzgehalt ihrer Zuchtgründe verändert hatte. »Das Wasser ist nicht nährstoffreich genug. Wir müssen uns nach neuen Betten für die Babys umsehen«, so hatte er es formuliert. Dave, der schon viele Zyklone erlebt hatte, machte sich wegen des Wetters mehr Sorgen als wegen der Wasserqualität.

Sie massierte ihre Stirn mit beiden Händen, um die Spannung im Kopf zu lindern. Es gab so viel zu bedenken! Sie hatte ja keine Ahnung gehabt, wie verletzlich Austern sind, wie anfällig für Parasiten und Bakterien, die die Perlenproduktion verhinderten oder die Auster sogar töteten. Lily musste außerdem einen Bericht für die Investoren schreiben, in dem sie die Japaner über ihre Fortschritte und die kurzfristigen Pläne unterrichtete. Die beiden mussten erfahren, dass sie an einer neuen Stelle wilde Austern fangen wollten. Vielleicht konnte Mika einen Begleitbrief auf Japanisch verfassen. Das wäre eine nette Geste, fand Lily.

Sie wandte sich wieder den Papieren auf ihrem Schreibtisch zu, hielt inne, sah sich um und lächelte. In wenigen Monaten hatte sie ihr Leben völlig neu geordnet – sogar die Sorgen und den Stress. Die Herausforderung, hierher zu kommen und etwas Neues zu beginnen, zu beweisen, dass sie einer Aufgabe gewachsen war, die die meisten ihr nicht zutrauten, all das war noch befriedigender, als sie gedacht hatte. Das wirtschaftliche Denken und die Verantwortung für das Unternehmen fesselten sie über alle Maßen. Ihre frühere Arbeit, ihr altes Leben schienen schon Lichtjahre entfernt zu sein.

Dale ebenfalls. Bei seinen häufigen Anrufen drängte er sie entweder zur Rückkehr nach Broome, oder drohte ihr an, seinerseits zur Farm zu kommen. Bisher hatte Lilly ihn hingehalten, was ihr bei dem Arbeitsaufkommen auf der Farm nicht schwer fiel. Dale passte nicht hierher – auch nicht für ein Wochenende. Die Farm war ihr Revier, und ihr Engagement dort erforderte eine enge Zusammenarbeit mit Menschen, die nicht in Dales Welt passten. Ihr war klar, dass sich die Basis ihrer Beziehung verschoben hatte.

Sie konnte den Gedanken nicht ertragen, dass er auf der Star Two herumlaufen und alles und jedes seinem kritischen Blick unterziehen würde.

Bobby holte Mika in ihrer einfachen Unterkunft ab, und im alten Geländewagen seines Vaters verließen sie Broome. Sie war viel entspannter als bei ihrer ersten Verabredung. Erst ein paar Wochen zuvor war Mika von einer Reise an die Ostküste zurückgekehrt. Ihre Reiseroute hatte sie von Cairns nach Sydney geführt, dann in den Westen und schließlich mitten durchs Zentrum und durch Alice Springs nach Broome zurückgebracht.

»Ich kann's immer noch nicht fassen, dass du wieder hergekommen bist, nachdem du so viele Orte im Osten besucht hast«, meinte Bobby, als sie abfuhren. »So interessant kann dieser Geschichtskram, den du da im Museum studierst, eigentlich nicht sein.«

»Für mich ist es etwas Besonderes, weil ich aus einer Gegend in Japan komme, die eine lange Perlenzuchttradition hat«, erklärte Mika. »Gestern habe ich mir den japanischen Friedhof angesehen. Hochinteressant, aber auch sehr traurig.« Sie verließen den Asphalt und kamen auf die unbefestigte rote Straße. »Ah, das echte Outback, stimmt's?«, sagte sie enthusiastisch. »Das kann meine Familie zu Hause nicht verstehen.«

»Was denn?«, fragte Bobby. »Was ist daran so schwer zu verstehen?«

»Das besondere Gefühl, das diese Gegend hervorruft.« Sie warf einen Blick um sich, auf die Straße und den Busch. »So viel …« Sie hielt inne, um das passende Wort zu suchen. »So viel Nichts.«

Bobby nickte verständnisvoll. Dann ergänzte er: »Aber es ist nicht nichts, es ist nicht leer, falls du das meinst. Da draußen ist ganz viel.« Doch es schien nicht der richtige

Moment zu sein, um ihr zu erklären, wie das Land in den Augen der Aborigines aussah. »Ist das dein erster Besuch auf einer Perlenfarm hier?«

»Ja, abgesehen von dieser Touristenfarm in der Nähe von Broome. Die habe ich mir angesehen, als ich gerade angekommen war. Ich freue mich schon sehr auf Mrs. Bartons Farm.«

Bobby wollte sie schon fragen, ob sie den Hovercraft-Ausflug mitgemacht und sich die Creeks, das Watt und das Wrack des Catalina-Flugboots angesehen hatte, das im Zweiten Weltkrieg von japanischen Flugzeugen zerstört worden war. Doch dann überlegte er es sich anders. Besser den Krieg meiden, sagte er sich.

»Schau, da genau vor uns im Busch. Ein Emu.« Mika griff nach ihrem Fotoapparat.

»Ich halte an, dann kannst du besser fotografieren. Warte.«

Sie kurbelte ihr Fenster herunter. »Meine Eltern lieben solche Fotos«, sagte sie und sah nach, wie viele Bilder noch auf dem Film waren.

»Möchtest du ein bisschen durch den Busch spazieren? Man weiß nie, was man hier findet.«

»Hier? Da durch?« Unsicher besah sie sich das Gestrüpp.

»Na komm. Eine Fünfminutensafari.« Bobby fuhr an den Straßenrand, und sie stiegen aus. »Zum Glück trägst du vernünftige Schuhe.« Er warf einen Blick auf ihre Wanderschuhe und die schlanken Beine. Sie trug Shorts und ein T-Shirt. Ihr glänzendes schwarzes Haar hatte sie zu einem Pferdeschwanz gebunden, der hinten unter ihrer Baseballkappe hervorschaute.

Er zeigte ihr ein Termitennest, und als er rund um einen kleinen Baumstamm Spuren eines Tieres in der Erde entdeckte, kippte er ihn rasch um. Zum Vorschein kam ein

Schnabeligel, der sich im Nu zu einer stacheligen Kugel zusammenrollte. Mika war fasziniert. »Ooh, sieh mal, die Blumen da. Die muss ich fotografieren.« Sie deutete auf einen gelbblühenden Busch, der in niedliche federnartige Blüten gehüllt war.

»Warte, ich mache das Foto, du stellst dich neben den Busch. Das ist ein Wongai, eine Akazie. Die riecht gut.« Er nahm Mika ins Visier, die einen Zweig an ihre Nase zog und daran roch. Bobby drückte genau in dem Moment ab, als sie niesen musste, was beide zum Lachen brachte.

»Wird bestimmt preisverdächtig, das Foto«, meinte Bobby.

Dann führte er sie über einen Trampelpfad durch den Busch und wies sie auf Spuren weiterer Tiere hin. Mika ging in die Hocke, um ein Loch unter einem Baumstamm in Augenschein zu nehmen. Da griff Bobby plötzlich von hinten nach ihr und stieß sie zur Seite. Sie schrie leise auf.

»Schlange! Geh rückwärts!«, brüllte er und tat es selbst auch. Er wandte den Blick nicht von der Schlange ab, die aus einem Gewirr toter Zweige am anderen Ende des Stammes gekrochen war. »Okay. Rühr dich nicht«, fügte er hinzu, und sie starrten beide die große olivbraune Schlange an. Er nahm ihre Hand und drückte sie zur Ermutigung. »Sie wird jetzt nicht angreifen. Sieht nach einer Mulgaschlange aus.«

»Sind die gefährlich?«, flüsterte sie.

»Und wie. Sie muss in der Sonne geschlafen haben. Die können ziemlich aggressiv sein. Die meisten Schlangen verschwinden nämlich, wenn sie dich kommen hören. Komm, genug Dramatik für eine Wanderung.«

»Schade, dass ich kein Foto von ihr habe. Aber ich kann ja die Geschichte erzählen, wie du mir das Leben gerettet hast«, verkündete sie, als sie zurück zum Auto gingen. Bobby widerstand dem ersten Impuls, seine Rolle herunterzuspielen. Es fühlte sich einfach zu gut an, in Mikas Augen ein Held zu sein …

»Kauf dir in Broome eine Postkarte. Hier, ein Andenken.« Er brach einen Zweig von einer Staude ab, die mit rosafarbenen Blütenähren übersät war. »Mulla Mullas. Die halten ewig.«

»Dann behalte ich sie. Danke.« Sie lächelten sich zu. Bobby pfiff vor sich hin, als sie weiter nordwärts fuhren.

Nach der Fahrt mit dem Logger verbrachten Ross und Palmer mehrere Tage im Dorf. Als sie zurück auf die Farm kamen, schwärmten sie in den höchsten Tönen von ihrer Zeit bei Schwester Angelica. Beim Mittagessen auf Lilys Veranda enthüllten sie die Einzelheiten dessen, was Ross als den »großen Palmer-Plan« vorstellte.

Palmer bemühte sich um eine etwas bescheidenere Auslegung, doch er sah recht zufrieden mit sich aus, als er ihnen den »großen Plan« im Einzelnen darlegte. »Als ich das letzte Mal da war, erzählte Schwester Angelica mir, dass einige der jungen Männer mit schlechten Berufsaussichten in Broome in Schwierigkeiten geraten waren oder sich in Derby selbst ins Jenseits befördert hätten.«

»Ja, beim Boab Festival oder immer, wenn's ein Rodeo gibt, sind die Jungs nicht mehr zu halten«, meinte Ross.

»Neben der Langeweile, dem mangelnden Willen der Politiker, Gesundheits-, Lese- und Schreibproblemen fehlt es an Unterstützung, damit sie irgendeine Form von Ausbildung durchhalten. Da braucht es Geld und Hilfe seitens engagierter Menschen«, sagte Palmer.

»Was ist also der Plan?«, fragte Tim.

Palmer erwiderte: »Ich kenne in Perth ein gut gehendes Unternehmen, das einmal Geld für ein Forschungsprojekt von mir gespendet hat. Vor ein paar Wochen war ich mit dem Boss Mittagessen, und dabei kamen wir darauf zu sprechen, dass man Geld bereitstellen müsste, um den jungen Aborigines zu helfen und die Aussöhnung voranzutreiben. Aber ohne die Bürokratie von Universitäten und Behörden. Wir brauchen mehr Unternehmen, die in indigene Gemeinschaften investieren, vorausgesetzt, die Kontrolle bleibt bei der Gemeinschaft und das Projekt entspricht wirklich den Bedürfnissen der Leute. Und sein Unternehmen will jetzt meinen Plan unterstützen.«

»Könnten die nicht 'ne Perlenfarm unterstützen?« Dave lachte.

»Das ist nicht so abwegig, Dave. Mit dem Geld soll einem klar definierten Kreis von Jugendlichen in dieser Gegend geholfen werden. Das Geld soll nicht in einem Großprojekt versickern. Auf Anraten von Schwester Angelica und der Ältesten hier hat die Firma nun einen Ausbildungsfonds für Aborigine-Jugendliche in den Kimberleys geschaffen.«

»Großartig«, sagte Lily.

»Ah, das bringt auch Pluspunkte beim lieben Gott«, bemerkte Dave ein wenig zynisch. »Was für eine Ausbildung? In welcher Branche ist er denn, dieser Boss, Öl oder Bergbau?«

»Sie. Der Boss ist eine Frau. Eine von den wenigen, die es gibt.«

»Klingt, als würde sie innovativ denken. Gut so«, sagte Lily.

»Gut von Palmer, das anzustoßen. Und jetzt ratet mal.« Ross blickte von einem zum anderen und grinste dann breit. »Ich soll den Fonds verwalten. Zusammen mit Schwester A. Der Ältestenrat fungiert als Stiftungsrat. Don gehört auch dazu.«

Ein Chor von Glückwünschen ertönte.

»Schwester A findet, weil die Perlenbranche so wichtig für die Region ist, sollte man dort arbeiten. Unsere Jugendlichen hier vor Ort ausbilden und anstellen. Vom Tauchen und Arbeit auf See bis zu Zimmermannsarbeit und Technik, nicht nur die Plackerei, Muscheln reinigen und so. Sogar Operateure können sie werden, wenn sie sich dazu eignen.«

»Meine Güte«, sagte Tim. »Das ist ein ziemlich ehrgeiziges Vorhaben!«

»Umso besser, dass die Jugendlichen alle Küstenbewohner sind. Viele Leute aus den Gemeinden im Inland hassen alles, was mit dem Meer zu tun hat«, warf Lily ein.

»Schwester Angelica hat das zur Sprache gebracht. Die Ausbildungen bei uns können sie zu einem großen Teil auch in anderen Branchen gebrauchen. Ich war zuerst etwas unsicher, aber Palmer hat mich davon überzeugt, dass ich es kann. Als Erstes muss ich der Perlenbranche die Idee verkaufen, damit wir mit deren Unterstützung die Sache ans Laufen kriegen.«

Tim sah Lily an. »Ich habe das Gefühl, wir sind das erste Opfer!«

»Das will ich hoffen!«

Ross holte tief Luft.

»Also: Das Geld ist zunächst für ein Pilotprojekt bestimmt. Eine kleine Gruppe soll auf einer Farm ein zwölfmonatiges Training absolvieren. Wenn das funktioniert, wechseln einige vielleicht auf eine andere Farm, oder sie suchen sich eine andere Arbeit, und dann fängt der nächste Schwung an. Geld und Unterstützung laufen hoffentlich weiter, wenn das alles funktioniert.«

»Und wer soll sie ausbilden?«, fragte Dave, der über die Sache erst nachdenken musste.

»Hier kommt Ihr Fachwissen ins Spiel, Dave!«, sagte Palmer. »Und Dons auch. Tim, Sie müssen in Indonesien doch auch eine Ausbildung erhalten haben.«

»Sicher. Aber die Kids hier müssen auch arbeiten wollen. Sie müssen motiviert und leistungsbereit sein. Das wird nicht leicht.«

»Das gehört zu meinem Job. Es kann nur hilfreich sein, dass ich ein Aborigine bin.«

»Gut, dass Don einer von den Hiesigen ist«, bemerkte Dave. »Don weiß mehr als sonst jemand darüber, wie man Boote baut und Maschinen repariert. Der ist eine Schule für sich. Ihr würdet das wohl ›Rollenvorbild‹ nennen, stimmt's?«

Lily war begeistert von dem Projekt. Es verlieh ihrem neuen Beruf noch mehr Sinn. »Es klingt großartig. Ich hoffe allerdings, dass auch Mädchen teilnehmen können. Was müsste die Star Two bereitstellen?«

»Leute, die ihre Kenntnisse und Fähigkeiten weitergeben, Kost und Logis, ein paar unentbehrliche Dinge. Die Mittel für all das sind da, auch für die Fahrtkosten der Kids, und für Werkzeug und Ausrüstung. Im Gegenzug bekommt ihr ein paar zusätzliche Arbeitskräfte und jede Menge Ruhm und Ehre, weil ihr die Vorkämpfer für das Ganze seid«, erklärte Ross.

Palmer schlug ihm auf den Rücken. »Schön gesagt, du bist der geborene Verkäufer! Also, was hält der Vorstand davon?«

Tim streckte ihm den erhobenen Daumen entgegen. »Es wird uns noch Kopfschmerzen bereiten, aber es ist eine gute Idee. Über die Feinheiten muss man natürlich noch mal nachdenken. Was denkst du, Lily?«

»Prinzipiell erst mal: fantastisch! Wir wären stolz darauf, dass die Star Two daran beteiligt ist. Aber als Vorstand müssen wir die Sache genau durchdenken, und dann kommt das Ergebnis in meinen nächsten Bericht an die Männer mit dem Geld. Apropos, Bobby soll heute mit Mika ankommen. Erinnert ihr euch an sie? Sie ist eine japanische Rucksacktouristin, die schon ein Weilchen in

Broome ist. Ich habe mir gedacht, sie könnte doch einige der Infos ins Japanische übersetzen, als höfliche Geste.«

Als die Gruppe sich zerstreute, blieb Palmer zurück und half Lily beim Aufräumen. »Das haben Sie also in Perth getrieben, als wir uns dort trafen«, sagte Lily herzlich. »Aus dem bisschen, was Sie dazu gesagt haben, habe ich geschlossen, es ginge nur um die Nachforschungen.«

Palmer lächelte, erfreut, dass seine Idee so gut bei ihr ankam. »Ich wusste ja nicht, ob etwas daraus wird. Aber wenn Schwester Angelica erst einmal das Heft in der Hand hält, dann lässt sie nicht mehr locker. Sie musste ihre Beteiligung daran bei den Kirchenoberen durchsetzen, aber da es eine Privatinitiative ist, haben die da nicht viel zu sagen. In ihren Augen ist es eine gute Möglichkeit, ein paar orientierungslosen jungen Leuten Hoffnung und Halt zu geben. Und junge Menschen sind die Zukunft.«

»Ich denke, Sie haben deutlich mehr dazu getan, als sie zugeben«, meinte Lily.

»Ross ist ein guter Mann. Er hat mir erzählt, dass er in seiner Freizeit mit Straßenkindern gearbeitet hat, als er noch bei der Polizei war. Das habe ich einfach abgespeichert.« Er setzte den abgetragenen Lederhut auf seinen ungebärdigen Haarschopf.

»Was haben Sie denn noch so unter diesem Hut gespeichert?«

»Dies und das. In mir reift gerade ein neuer Plan – dann kann ich mich noch ein bisschen in den Kimberleys rumtreiben.«

»Ich verstehe euch Akademiker nicht. Ihr scheint immer im Urlaub zu sein, und das nennt ihr dann Forschung.«

»Ertappt.« Er grinste. »Danke fürs Mittagessen.«

Sie sah ihm nach, als er den Pfad entlangging. Einmal blieb er stehen und rückte eine große ausgebleichte Muschel am Wegrand gerade. Es freute Lily, dass er künftig vielleicht regelmäßig in der Gegend wäre. Das täte Sami gut und würde sie vielleicht ermuntern, in Broome zu bleiben.

Das Boot mit der sechs Mann starken nachmittäglichen Tauchschicht tuckerte zurück zum Ponton in der kleinen Bucht. Lily erwachte aus einem kurzen Nickerchen in der Hängematte neben ihrem Häuschen. Außerdem hörte sie ein Auto, was auf Besuch hindeutete, aber sie mochte sich noch nicht aus ihrem entspannten Dösen unter den Palmen aufraffen.

»Hallo, Lily, bist du da? Ich bin's, Bobby!«

Sie setzte sich auf und schwang die Beine aus der Hängematte. »Hier bin ich. Du hast mich bei einer Siesta ertappt.«

»Du scheinst dir da einen sehr netten Job gesucht zu haben. Mika, das ist der Boss. Ihr habt euch schon im Pub kennen gelernt, glaube ich.«

»Natürlich. Schön, dass Sie da sind.« Sie reichten sich die Hände. »Und in der Historischen Gesellschaft habe ich Sie auch getroffen. Hatten Sie eine schöne Herfahrt?«

Mika nickte höflich. »Es ist wunderbar hier! Vielen Dank, dass ich kommen durfte. Ja, die Fahrt war schön, nachdem wir die große, tödliche Schlange hinter uns gelassen hatten«, sagte sie mit einem verschmitzten Grinsen. »Bobby hat mir das Leben gerettet.«

Lily lachte über Bobbys verlegene Miene. »Die Geschichte kann warten«, sagte er, und damit war das Thema erledigt. »Ich habe mit Pauline in Perth telefoniert, bevor wir los sind. Sie sagt, sie vermisst alle ihre Freunde und kann es kaum erwarten zurückzukommen.«

»Das ist gut. Ich rufe sie heute Abend wieder an. Vielleicht lade ich sie einfach ein, damit sie sich hier weiter erholen kann. Und jetzt zeige ich euch, wo ihr schlaft. Mika, ich hoffe, es macht Ihnen nichts aus, das Zimmer mit Vivian – Vivi – zu teilen. Sie ist sehr nett, und das Zimmer ist groß. Mit Aussicht.«

»Ich freue mich sehr, dass ich hier bin. Es ist ganz anders, als ich es mir vorgestellt hatte.«

Lily ging mit ihnen zu den Unterkünften. »Viel zu sehen gibt es allerdings nicht. Das Meiste geschieht unter Wasser. Nur ein paar Bojen, die an der Oberfläche dümpeln. Aber wir werden schon dafür sorgen, dass Sie, wenn möglich, ein bisschen was zu sehen bekommen.«

»Ich arbeite auch gern mit«, sagte Mika.

»Nun ja, ich wollte Sie ohnehin bitten, einen Brief auf Japanisch zu schreiben. An unsere japanischen Geschäftspartner, die demnächst herkommen wollen.«

»Natürlich. Es wäre mir ein Vergnügen. Ich habe schon oft übersetzt.«

»Fein. Aber zuerst sehen Sie sich um und gewöhnen Sie sich ein. Heute Abend lernen Sie unsere Mitarbeiter kennen. Es sind ein Dutzend junger Leute aus aller Welt.«

Dann überließ sie die beiden sich selbst, damit sie sich einrichten und danach die Farm erkunden konnten. Vom Creek aus erstreckte sich das Gelände etwa vierzig Hektar landeinwärts, mit Pachtgründen von insgesamt zehn Quadratkilometern draußen in der Bucht – eine solide Grundlage für eine Expansion. Der bevorstehende Besuch der japanischen Investoren erinnerte Lily wieder an den Brief, den Mika übersetzen sollte. Je mehr sie über die Lacepedes nachdachte, desto stärker hatte sie das Gefühl, sie sollten vielleicht doch die zweite Pacht in guten Gewässern aktivieren. Viele der erfolgreichen Perlenfarmen hatten mehrere Pachten. Und sie wusste von einem Perlenfarmer, der auf der anderen Seite des King Sound erfolgreich arbeitete. Tim könnte dorthin segeln und Nachforschungen anstellen. Sie müssten dort allerdings auch ein Basislager für die Mitarbeiter einrichten, damit sie in Schichten die Muscheln kontrollieren und reinigen konnten.

Sie fand Tim in einem der Schuppen und trug ihm ihre Idee vor. »Eins nach dem anderen. Aber du hast Recht, es wäre gut, an einen besseren Platz für unsere Muscheln zu kommen. Ich werde mich dort mal sorgfältig umsehen.«

»Da ist noch etwas. Wir müssen entscheiden, wann wir mit der Ernte anfangen.«

»Und darüber unbedingt Stillschweigen bewahren! Ich glaube, ich werde mich mal mit Ross darüber unterhalten, wie wir die Ernte schützen können. Die Sicherheit macht mir Sorgen. Dave war in diesen Dingen ziemlich nachlässig.«

»Na ja, er hat ja auch direkt von hier an einen Großhändler verkauft. Wir fahren vielleicht besser damit, wenn wir mit einem Handelsmakler Geschäfte machen. Soll der sich doch seinen Kopf zerbrechen. Ich würde auch gerne Pauline nach Ideen zu Designs und Marketing fragen.« Lily betete darum, dass sie ein paar Klasseperlen ernten würden, die Pauline fassen konnte. Das würde ihnen helfen, sich auf einem breiteren Markt einen Namen zu machen. Sie hatte den Plan, die Star Two als Eigenmarke zu vermarkten und sich so als Produzenten von Spitzenware zu etablieren.

»Du könntest Sami fragen, ob sie nicht bei der Ernte aushelfen möchte«, schlug Tim vor. »Sie findet es bestimmt aufregend, wenn wir ein paar ganz Dicke an Land ziehen.«

Lily kreuzte die Finger. »Wir wollen Qualität. Und ich glaube immer noch, den besten Lüster werden wir in neuen Gewässern erzielen.«

»Du klingst wie eine echte Perlenzüchterin. Hab Geduld, Lily. Unsere Austern brauchen zwei Jahre für eine einzige Perle. Wir haben uns hier auf eine langfristige Geschichte eingelassen. Machen wir es ordentlich.«

Lily lächelte den gut aussehenden jungen Mann an. »Du klingst ebenfalls wie ein professioneller Perlenzüchter. Aber an dem Tag, an dem ich meinen Enthusiasmus und meine Begeisterung für diese ganze Angelegenheit verliere – an dem Tag höre ich auf.«

»Der Tag kommt bestimmt noch lange nicht«, meinte Tim.

»Perlen sind wie Frauen«, entgegnete Lily, »schön, geheimnisvoll und schwer fassbar.«

Kapitel siebzehn

Als Sami Leila und die verschworene Gemeinschaft im Außenposten verlassen musste, tat sie dies nur widerwillig. Sie hatte das Gefühl, als bliebe immer noch etwas offen, etwas, worüber sie mit Leila reden müsste. Es war, als versuchte man, Jahre der Freundschaft und des Geschichtenerzählens in wenige Tage zu pressen. Sie sprachen über so vieles. Über Geschwister – wie nahe sich Leila und ihre Schwestern gestanden hatten, wie Sami sich als Einzelkind gefühlt hatte. Und Leila interessierten Mutter-Tochter-Beziehungen – eigentlich war sie besessen davon. Sie sprach davon, wie ihre Mutter sie aufgezogen hatte, indem sie sich zwar den Geboten einer traditionellen Gesellschaft unterworfen, ihrer Tochter aber dennoch ein Gefühl von Unabhängigkeit eingeimpft und auf der besten Ausbildung für ihre Tochter bestanden hatte. Die Augen voller Tränen, rührte Leila an die Träume, die sie für ihre eigenen Töchter gehegt hatte. Sami erinnerte sich daran, wie Leila sie zum ersten Mal nach ihrer Beziehung zu Lily gefragt hatte. »Dann steht ihr beide, du und deine Mutter, euch wohl sehr nahe?«

Sami beantwortete diese Frage ungewöhnlich ehrlich. »Natürlich stehen wir uns nahe. Wir hatten nur uns beide, größer war unsere Familie ja nicht. Ich respektiere meinen Vater, aber er ist eher wie ein entfernter Verwandter. Und meine Mutter … Sie ist bei aller Nähe so ganz anders als ich. Trotzdem habe ich das Gefühl, sie erwartet, dass ich wie sie bin.«

»Wie wirst du selbst deine Kinder erziehen, Sami?«, fragte Leila. »Eine Tochter, solltest du das Glück haben? Was wirst du anders machen als deine Mutter?«

Die Frage brachte Sami ein wenig aus der Fassung. Sie hatte keine Antwort parat. Sicher, es hatte die übliche Serie von Mutter-Tochter-Dramen gegeben, die das Aufwachsen in einer städtischen Umgebung mit sich brachte. Doch diese Konflikte schienen alle völlig normal und verständlich zu sein. Nun versetzte Sami sich zum ersten Mal an die Stelle ihrer Mutter, und ihr ging auf, dass sie die Dinge vermutlich nicht anders handhaben würde. Das verdeutlichte ihr noch einmal, wie anders das Leben der Frau verlaufen war, die neben ihr mitten im Nirgendwo unter einem Baum saß.

Leila sprach über die Liebe – darüber, wie eine Frau weiß, dass sie den Mann getroffen hat, mit dem sie den Rest ihres Lebens verbringen will. »Die Erkenntnis schleicht sich an dich heran«, sagte sie. »Sogar bei einer von den Eltern arrangierten Ehe. Alle Faktoren, die man für vorteilhaft hält, wenn ein Mann und eine Frau verheiratet werden sollen, lassen sich genau feststellen. Aber es gibt immer ein gewisses Etwas, das unerklärlich bleibt.«

»Und man weiß es einfach?«

»Irgendwann.« Leila lächelte. »Und so wächst die Familie und wird stärker.« Sie wollte Sami so gerne verständlich machen, dass die Familie, wie sie es formulierte, alles sei.

»Das ist alles sehr schön, wenn man eine große Familie mit Sinn für Nähe hat«, erwiderte Sami. »Ich glaube, dass unsere moderne westliche Gesellschaft weder die Zeit, noch die Energie oder auch nur ein Interesse daran hat, diese Werte zu pflegen.« Doch ihr war nicht wohl bei diesem Urteil. Leilas bewegte Worte über ihre neue und ihre ehemalige Familie und deren Bedeutung für ihre eigene Identität und Zugehörigkeit stellten es zusätzlich infrage.

Angesichts von Leilas Situation, angesichts der Art, wie diese kleine Gemeinschaft sie aufgenommen, akzeptiert und ihr geholfen hatte, überdachte Sami viele ihrer Standpunkte noch einmal. In Broome ging sie mit Aborigines um, die gebildet waren, eine Galerie führten, unter denen sich ein Jurist befand. Dann war da jemand wie Biddy. Im Kontext dieser Gemeinschaft wusste sie Biddy plötzlich besser zu schätzen. Und diese Familie, die ihre Mutter so mühelos akzeptiert hatte, war eine Realität. Samis Gefühle in diesem Punkt wurden in dem Maße schwieriger, in dem sie sich mit dem Thema auseinandner setzte.

Als hätte sie ihre Gedanken gelesen, ergriff Leila die Hand ihrer neuen Freundin. »Wirf es nicht weg, Sami. Versuch, es zu akzeptieren, und dann freu dich daran.«

Sami wusste, es war an der Zeit zu fahren. Leila ebenfalls. Und sie versprach ihr nochmals, sie werde mit einer Lösung für das »Problem«, wie Leila in Australien ein neues Leben beginnen konnte, zurückkehren. Doch Leila schien es gleich zu sein, wie diese Lösung für sie aussehen würde. »Mir ist wichtig, dass du meine Geschichte glaubst. Hier, wo es so friedlich ist, wo das Land so frei, die Luft so sauber ist, an diesem Ort, den kein Krieg verbrannt hat, hier gibt es so viel, das es zu würdigen gilt. Bei diesen Frauen zu leben, ist für mich ein unglaublicher Traum.«

»Leila, ich spreche mit meinem Cousin über deine Situation, aber ich werde dich auf keinen Fall in Gefahr bringen. In Australien gibt es nun mal Gesetze, und es ist davon auszugehen, dass man dich eines Tages findet. Du kannst doch nicht mit dieser Angst leben, unter diesem Schatten, auch wenn du das in Afghanistan so lange getan hast. Sieh doch, wie hell die Sonne scheint! Du sagst, für dich ist sie ein Symbol, ein Omen. Ich verspreche dir, Leila, hier unter dieser Kimberley-Sonne wirst du sicher sein.«

Sami umarmte sie.

In den langen Stunden, die sie miteinander gesprochen hatten, hatte diese Frau mit der sanften Stimme etwas in Sami geweckt, das sie nie zuvor gefühlt hatte. Es war eine Art Liebe, die sich jedoch von jeder anderen Liebe unterschied, die ihr bekannt war.

Sie liebte ihre Mutter trotz gelegentlicher Reibereien, sie liebte Rakka und – nun ja, sie könnte eine lange Liste von Geliebten aufstellen. Doch ihre Liebe zu dieser Frau beinhaltete Mitleid, eine besondere Verbundenheit von Frau zu Frau, trotz der unterschiedlichen Herkunft. Wichtiger noch: Sie vermittelte ihr das neue Gefühl, dass sie etwas bewirken konnte. Sie war entschlossen, Leila zu helfen. Dies war eine Frau, der alles, was sie gekannt und geliebt hatte, grausam entrissen worden war. Es ging Sami dabei nicht um die internationalen Zusammenhänge. Der Rest der Welt war weit entfernt von der kleinen Oase, die dieser einen Frau Schutz bot. Doch Sami spürte, dass sie, indem sie jemandem in einer solchen Krise half, einen Beitrag leisten würde. Sie war stolz auf diesen Beitrag und fest entschlossen, Erfolg zu haben.

Schließlich war das Auto beladen. Die anderen Frauen im Dorf machten kein großes Aufheben um Samis Abreise. Die meisten nahmen kaum Notiz davon. Sie winkten beiläufig und wandten sich dann wieder ihren Bildern und Knüpfarbeiten zu. Neben dem Auto sagte Sami zu Leila: »Meine Mutter hat mir erklärt, dass es bei den Aborigines nicht üblich ist, sich zu verabschieden. Das heißt nicht, dass sie unhöflich wären, es ist einfach nicht Sitte bei ihnen. Sie gehen lieber davon aus, dass man wiederkommt und sie einen dann begrüßen.«

»Ich verstehe. Aber für mich ist es wichtig, mich von dir zu verabschieden, Sami.«

»Vorläufig.«

Leila deutete auf die Rückbank in Samis Wagen. »Ich möchte, dass du meine Tasche nimmst.«

Sami wirbelte herum und entdeckte zu ihrer Bestürzung die kostbare *Tschowal*-Tasche ordentlich zusammengerollt auf dem Sitz. »O nein. Das kann ich nicht annehmen!«

Leila lächelte und berührte Sami am Arm. Sie sagte sehr ruhig und bestimmt: »Du kennst die Geschichten dieser Tasche. Du weißt, dass meine Schwestern, meine Mutter und ich sie gemeinsam angefertigt haben. Dass mein Bruder die Wolle dafür besorgte. Sie hat die Frauen hier inspiriert. Sie führt jetzt ein Eigenleben und muss von mir fort.« Ein schmerzlicher Ausdruck zuckte über Leilas Gesicht. »Ich habe sonst niemanden, an den ich sie weitergeben kann.«

Sami umarmte sie erneut und kämpfte gegen die Tränen an. »Leila, ich werde sie für dich aufbewahren. Vielleicht wäre es eine gute Idee, sie in Rosies Galerie aufzuhängen – um zu zeigen, was die Frauen zu ihren Knüpfarbeiten inspiriert hat.«

»Wenn du magst. Wenn es den Frauen hier hilft. Aber sie gehört jetzt dir, Sami. Du weißt, wir nennen diese Taschen *Tschowal*. Wir tragen darin unsere Besitztümer von unserem Elternhaus zu unserer Hochzeit, um ein neues Leben zu beginnen. Ich hoffe, eines Tages trägst du darin deine ganz persönlichen Besitztümer in eine glückliche Ehe und ein neues Leben.«

Sami war überwältigt. »Darüber reden wir ein andermal, Leila.« Sie stieg ins Auto.

Durch das offene Autofenster berührte Leila noch einmal sanft die Tasche, die Sami nun so teuer war wie die edelsten Teppiche in den großen Sammlungen der Welt. Sie wusste, welche Hingabe darin steckte, welch schreckliche Reise sie mitgemacht hatte, und sie kannte die kunstvolle Signatur aus Sonne und zunehmendem Mond, die auf die

Einfassung gestickt war und für Leilas Familie stand. »Leila, ich kann nicht …«

»Bitte. Du bist meine Freundin. Alle hier haben mir so viel gegeben … du musst sie nehmen.«

Sami zögerte, ein Anflug von Verstehen durchfuhr sie. Wer hatte noch gleich gesagt, dass man manchmal etwas von sich selbst weggeben musste, um etwas zu empfangen? Indem man von etwas ließ, das einem teuer war, wurde man frei und doppelt bereichert. »Danke, Leila. Du weißt, ich werde sie in Ehren halten, aber sie ist nur eine Leihgabe. Wenn du dein eigenes Haus hast, bekommt sie darin den Ehrenplatz.«

»Im Haus der Sonne gibt es keine Schatten.« Sie küsste Sami rasch. *»Tamam schod.«*

»Ich habe dich lieb, Leila.«

»Vergiss die Liebe nicht, Sami, wohin du auch gehst … Es gibt zu viel Hass. Und Habgier. Denk an das, was Saint-Exupéry geschrieben hat – dass Liebe nicht darin besteht, dass man einander ansieht, sondern dass man gemeinsam in die gleiche Richtung blickt.«

Sie hob zum Abschied die Hand, und nach dieser schlichten Geste drehte sie sich um und ging auf den Sonnenschutz zu.

Sami begann zu weinen. Sie konnte nicht klar sehen, als sie sich auf die lange, staubige Fahrt an die Küste machte. Die Sonne stand hoch, und dies eine Mal tröstete sie die Hitze, das grelle Licht. Dort draußen gab es keine Furcht erregenden Schatten, die Gefahren verbargen, nur die Schatten, die die grellen Konturen abmilderten. Sie kam an einer Kimberley-Rose vorbei, die blutrot am Straßenrand blühte. Ein kleiner, aber kräftiger Baum, der in dieser scheinbar unwirtlichen Umgebung gedieh. Sie setzte zurück, stieg aus und brach einen Zweig ab. Dann stand sie eine Weile einfach da in der stillen Wildnis. Ein Vogel flog von einem Baum auf, sein Ruf klang fröhlich. Sie fühlte sich sicher. Da war etwas, das ihr Geborgenheit vermittelte, das Gefühl, ein Teil von alledem zu sein, und nicht bloß eine fremde Außenseiterin. Zuversichtlich setzte Sami ihre Fahrt fort. Und dabei schoss ihr durch den Kopf, dass eine solche Reise in Leilas Land Afghanistan weder sicher noch angenehm wäre.

Lily war erleichtert, als Sami sie von den Moonlight Bay Apartments aus anrief. »Du bist heil wieder in Broome? Wie war es? Ich habe mir Sorgen um dich gemacht!«

»Ohne Grund, Mami. Ich bin eine ziemlich unabhängige Reisende geworden. Farouz und Bobby sind mit den Kamelen vorgefahren. Ich wollte noch etwas Zeit da draußen haben. Das war etwas ganz Besonderes.«

Lily nahm einen seltsamen Unterton in Samis Stimme wahr. »In welcher Hinsicht besonders?«

»Im Augenblick mag ich nicht darüber reden. Ich bin noch dabei, es zu verarbeiten. Morgen Abend esse ich mit Rosie und Harlan zu Abend – es ist großartig, Rakka wieder um mich zu haben. Ich werde allerdings noch mal in die Wüste fahren.«

»Verstehe.« Lily wusste, wann sie Sami nicht weiter bedrängen durfte. »Hast du Lust, mich hier zu besuchen? In ungefähr einer Woche fangen wir mit der Ernte an. Aber sag das niemandem. Bobby und Mika sind hier.«

»Wie kommt Mika zurecht?«

»Ich glaube, es gefällt ihr sehr gut. Aber das ist schwer zu sagen, sie ist so höflich. Sie und Bobby scheinen sich sehr zu mögen.«

»Wie schön für Bobby!«

»Mika hat uns sehr geholfen, sie hat Korrespondenz und Firmenunterlagen für die japanischen Investoren übersetzt. Die wollen offenbar unbedingt zur Ernte herkommen.«

»Ist doch verständlich, dass sie sehen wollen, was sie für ihre Moneten kriegen! Wie läuft es denn?«

»Es ist harte Arbeit, Sami, ich muss richtig mit anpacken. Jeden Tag sind so viele Dinge zu erledigen, um den Laden bloß am Laufen zu halten, ganz zu schweigen vom Marketing hier oder der internationalen Seite des Ganzen. Aber ich genieße jede Minute, jede Einzelheit.«

»Wann kommst du zurück in die Stadt?«

»Ich werde ziemlich viel hin- und herfahren. Wahrscheinlich gebe ich das Apartment auf und wohne bei Rosie, wenn ich in der Stadt bin.«

»Und was ist mit mir? Allerdings weiß ich noch nicht genau, wie lange ich bleibe. Ich habe hier noch Arbeit für meine Dissertation, und dann hat sich da etwas anderes ergeben.«

»Ach so?« Lily freute sich, dass Sami nicht gleich wieder in den Osten zurückkehren wollte. »Nun, Liebes, ich finde, du solltest auch bei Rosie und Harlan wohnen. Bei Rakka sein. Aber frag sie erst mal, wie sie das sehen. Sie haben immer so viel Besuch. Ich weiß, dass ihnen jede Minute, die sie für sich allein haben, kostbar ist. Aber ich weiß auch, dass du sie nicht stören würdest. Hast du übrigens mit Pauline gesprochen?«

»Ja. Sie klang gelangweilt.«

»Ich habe ihr vorgeschlagen, hier oben noch ein bisschen dem Nichtstun zu frönen. Und sie soll sich mal ein paar Gedanken machen, was sie für die Star Two entwerfen könnte.«

»Super. Dann können wir ja zusammen bei euch rumhängen. Ich bin in einem Tag oder so da. Soll ich das Apartment ausräumen?«

»Wenn es dir nichts ausmacht, gerne. Bring meine Sachen mit, wenn du kommst. Bitte Martin, falls er da ist, oder sonst den Manager, dass er mich anruft, damit wir alles regeln können. Übrigens: Tim segelt hoch zum King Sound, vielleicht kannst du mitfahren!«

»Mal sehen. Ich mache Pläne, wenn ich bei euch bin, Mami.«

Sami beendete das Telefonat. Sie ärgerte sich, dass das Gespräch auf Tim gekommen war, aber immerhin hatte ihre Mutter nicht auch Dale erwähnt. Er würde es vermutlich nur zu gerne sehen, wenn sie bei ihm einzöge. Vielleicht sollte ihre Mutter allmählich über den Kauf einer Wohnung in Broome nachdenken. Sie beschloss, bei Ross vorbeizuschauen.

Ross und Eugene waren beide zu Hause, als Sami am Creek ankam.

»Ich habe Eugene gerade alles über meinen neuen Job erzählt«, sagte Ross. »Dr. Palmer hat das angeleiert. Er ist großartig. Du hast ein Glück, dass du bei ihm studierst, Sami!«

»Ja. Ich bin als Forschungsassistentin eines anderen Professors hierher gekommen, und Palmer sollte mein Mentor vor Ort sein. Aber mittlerweile ist er viel mehr. Er ist auch für mich fast eine Art Schutzengel geworden«, gestand Sami. »Was ist es denn für ein Job?«

Ross berichtete kurz von Palmers Initiative. »Ich möchte ihn nicht enttäuschen. Ich muss mich in Perth hinstellen und Eindruck auf die Lady mit dem Geld machen. Kann ich meine Präsentation mal an dir ausprobieren, Sami?«

»Klar, Ross. Aber zuerst könnten wir Essen gehen! Und danach vielleicht ins Kino? Ich war zu lange fern der Zivilisation«, sagte Sami. Sofort bereute sie das Wort »Zivilisation«. Es erinnerte sie an Leila und den Außenposten im Busch.

Die drei beschlossen, ins Sun-Pictures-Kino zu gehen. In dem Open-Air-Kino ließen sie sich auf den bequemen

Segeltuchstühlen nieder. Die Sterne strahlten am klaren Himmel über der Leinwand, und der Abendflug aus Darwin röhrte in geringer Höhe über sie hinweg.

»Ich mag dieses alte Kino«, sagte Ross. »Mein Onkel kam immer hierher.«

»Mein Ururgroßvater Tyndall auch«, sagte Sami.

»Hmm, und meine Leute mussten immer ganz vorne sitzen«, sagte Eugene. »Damit die Weißen die besten Plätze hinten bekamen.«

»Meine Mutter hat mir erzählt, in der Regenzeit wäre hier mal eine Überschwemmung gewesen, und eine Ratte wäre über ihren Fuß gelaufen.«

»Ich war mal hier, da gab es einen Hundekampf im Durchgang«, erzählte Ross. »Aber ich finde, die beste Geschichte ist immer noch die von dem alten Knaben in den dreißiger Jahren, der voll wie 'ne Haubitze ankam und sich hinten hinstellte, um sich einen Hopalong-Cassidy-Film anzusehen. Als die Indianer angriffen, zog er seine Pistole und schoss auf die Leinwand, um Hopalong zu helfen! Das Einschussloch war jahrelang zu sehen!«

Die Werbung endete, das Licht wurde dunkel, und Sami legte den Finger an die Lippen. »Psst, der Film fängt an!«

Am nächsten Tag ging Sami nachmittags in die Galerie, nachdem sie ihre Habseligkeiten und die Sachen ihrer Mutter aus dem Apartment zu Rosie und Harlan gebracht hatte. Rosie wollte gerade schließen.

»Das ist ja eine nette Überraschung!«, sagte Rosie. »Sind alle Sachen drüben? Hast du dich eingerichtet?«

»Ja, danke, Rosie.«

»Ich bin schon gespannt, was du noch alles über deine Abenteuer in der Wüste berichtest.«

»Na ja, ich habe dir ja erzählt, was Leila macht – mit Harlan habe ich noch nicht gesprochen, das mache ich heute Abend. Aber ich wollte dir das hier zeigen.« Sami rollte ein kompaktes Teppichbündel auseinander – ihre afghanische Tasche. »Sie gehört Leila, aber sie hat darauf bestanden, dass ich sie nehme. Es ist ein kostbares Geschenk. Wenn sie leer ist, kann man sie auch als kleinen Läufer benutzen, siehst du? Aber ich würde im Traum nicht daran denken, darauf zu treten.«

»O Sami, die ist ja exquisit!« Rosie beugte sich über die Tasche und berührte das kunstvolle Herati-Motiv, eine von zwei Lanzettblättern flankierte Blüte, das sich auf der ganzen Fläche des Teppichs wiederholte. Kleinere Blüten und Ansammlungen von Blättern in Kiefernzapfenform wurden von einem endlosen chinesischen Knoten gesäumt, der mit einem schildförmigen Medaillon verknüpft war. In jeder Ecke befanden sich ein zunehmender Mond und eine volle Sonne. »So zierlich, so weiblich, aber die Farben ...«

»Sie hat mir erzählt, wie sie die gemacht haben – Blau kommt aus dem Indigostrauch, dieses Rot aus den Henna-Blättern. Dieses Koschenillerot gewinnt man aus den zerstoßenen Körpern weiblicher Koschenilleläuse, und dieses Rotbraun aus den Wurzeln der Färberröte. Die Aborigine-Frauen konnten damit sofort etwas anfangen und zeigten ihr ihre eigenen Farben.«

»Diese geometrische Schrift am Rand – was ist das?«

»Ein Vers aus dem Koran in kufischer Schrift.«

»Es ist ein bisschen wie das Entziffern der Symbole in der Aborigine-Kunst – Wasserlöcher, Salzpfannen und so weiter. Mir ist klar, warum die Frauen fasziniert waren!«

»Vielleicht möchtest du sie hier aufhängen?«

»Das würde ich gerne. Die Tasche ist etwas ganz Neues. Aber wenn man sie neben die Knüpfarbeiten und Bilder vom Dari-Außenposten legt, sieht man sofort, woher die Inspiration kam. Sag mir einfach, wenn du sie wieder mitnehmen willst. Leila hat dir die Tasche aus gutem Grund anvertraut, Sami!«

»Ich weiß. Deshalb hoffe ich ja auch, dass Harlan helfen kann.«

Harlan lehnte sich in seinem Stuhl auf der Veranda zurück und erhob sein Glas, um auf den Sonnenuntergang über der Bucht zu trinken. »Das bekomme ich nie satt. Nachdem man drei Tage bei Gericht war und einen Stapel Schriftsätze vorbereitet hat, ist das ungemein entspannend. Der perfekte Abschluss für den Tag, besonders für einen so hundsmiserablen.«

»War der Tag wirklich so schlimm?«, fragte Sami und streichelte Rakkas samtige Ohren. Die Hündin saß neben ihr auf dem Korbsofa.

»Hätte besser sein können. Es macht mich immer traurig, wenn sie einen jungen Mann einsperren, der von klein auf keine Chance hatte. Ich muss sagen, mir gefällt Ross' Plan. Vielleicht hilft er diesen Jungs, bevor sie in Schwierigkeiten stecken. Na ja. Weswegen wolltest du mit mir sprechen?«

Sami musterte seine feinen Gesichtszüge, die schwarze Haut schimmerte im rot-goldenen Licht. Er war ein mitfühlender Mensch. Ein liebevoller Vater. Ein welterfahrener Mann, der beschlossen hatte, nach Broome zurückzukehren und für die Rechte der Aborigines zu kämpfen. Rosie hatte ihr erzählt, dass Harlan früher in Perth Richter und Geschworene mit seinen leidenschaftlich vorgetragenen Resümees in seinen Bann geschlagen hatte. »Kurz gesagt, Harlan: Da ist ein Flüchtling, eine afghanische Asylsuchende, die schrecklich gelitten hat. Sie ist in einem Außenposten in der Great Sandy Desert untergeschlüpft. Wenn man sie in ein Internierungslager sperrt, wird sie sterben. Sie hat alles verloren – aber sie bringt den Frauen in diesem Außenposten vieles bei, und sie haben sie in die Dorffamilie aufgenommen. Diese Frau steckt hinter den Bildern und Knüpfarbeiten, die Farouz in die Galerie gebracht hat.«

»Mein Gott, Sami! Das ist ein harter Brocken. Bisher weiß niemand, dass sie dort ist?«

»Nein. Wenn die Leute ihre Geschichte erfahren, würde sie bestimmt niemand wegschicken oder in einem dieser grässlichen Lager einsperren wollen. Sie ist keine Bedrohung. Was würden wir tun, wenn …«

»Halt, Sami. So schwer es dir fällt, lass deine Gefühle außen vor! Du kennst die Gesetze. Ob wir nun damit einverstanden sind oder nicht, wir müssen uns daran halten. Sobald die Behörden auf sie aufmerksam werden, wird sie das gleiche Verfahren durchlaufen müssen wie alle anderen Flüchtlinge.«

»Aber Harlan, sie hat alle verloren, ihre Eltern, ihre Schwestern, zwei kleine Töchter – so alt wie Lizzie! Was würdest du tun? Da ist nichts, wohin sie zurückgehen könnte, und hier fühlt sie sich nützlich. Sie liebt die Wüste. Sie versteht sie. Sie ist gebildet und versucht, nicht wahnsinnig zu werden.«

»Das beantwortet jedenfalls Rosies Frage nach dem Ursprung dieses neuen Kunststils ist.«

»Ja, Leila hat sie das gelehrt. Sie erhält ihre Familie in ihrem Herzen lebendig, indem sie in den Teppichen und Knüpfereien ihre Geschichten erzählt. Es ist eine Art kultureller Austausch. Und Leila hat mir ihren kostbarsten, ihren einzigen Besitz geschenkt, eine Teppichtasche.« Sami hielt inne, als die Größe von Leilas Geste sie erneut überwältigte. »Sie ist glücklich da draußen. Warum können die Gesetze nicht ein paar von den Flüchtlingen erlauben, sich an Orten niederzulassen, die ihrer Herkunft ähneln?«

Harlan blickte nachdenklich drein. »Du bist nicht die

Erste, die das vorschlägt – Flüchtlinge in den östlichen Kimberleys anzusiedeln.«

»Wie meinst du das?«

»Ende der 1930er-Jahre gab es einen Plan, europäische Juden auf der Flucht vor dem Dritten Reich ins Land zu lassen und sie hier in der Kimberley-Region anzusiedeln. Hinter der Idee steckte eine Gruppe namens ›Freeland League‹.«

»Und was geschah?«

»Es gab die übliche Debatte, doch die hielt nicht lange an oder fand nicht viel Gehör. Einerseits dachte man, es würde helfen, den leeren Norden zu bevölkern, und es wäre eine Art internationaler guter Tat. Andererseits wurden Einwände erhoben, Ausländerkolonien seien gefährlich und die Möglichkeiten der Besiedlung des Nordwestens wären begrenzt.«

»Erstaunlich. Nichts Neues unter der Sonne, was?«

»Es wäre schön, wenn wir das Problem ›Flüchtlinge‹ nie gehabt hätten. Aber so viele von uns sind in gewisser Weise Vertriebene. Nimm Farouz. Seine Vorfahren waren Kameltreiber aus Afghanistan; Bobbys chinesische Ahnen kamen wegen der Goldminen hierher; einige aus Ross' Familie stammen von den Inseln. Oder nimm die japanischen Taucher, die hier lebten, dann aber interniert wurden, obwohl sie mit einheimischen Frauen verheiratet waren. Und die Aborigines, die um ihre Landrechte kämpfen. Schlimmer vertrieben kann man kaum sein!«

»Harlan, hör auf!« Sami hielt sich die Ohren zu. »Ich will nichts mehr hören. Bitte, mir geht es nur um Leila.«

Harlan antwortete ruhig und besänftigend. »Sami. Ich werde mich erkundigen, werde sehen, was ich tun kann. Wenn es auch nur die leiseste Chance auf mildernde Umstände gibt, drücken wir das durch.«

»Du darfst niemandem erzählen, wo sie ist.«

»Ich hole ein Notizbuch. Dann kannst du mir alles darüber erzählen, wie sie hierher gekommen ist.« Harlan stand auf. »Erwarte nicht zu viel, Sami.«

»Harlan, wenn ihr irgendjemand helfen kann, dann du, das weiß ich. Das ist mir wirklich ganz wichtig! Ich habe Leila versprochen, mit einer Lösung zurückzukommen.«

»Ich rufe morgen früh ein paar Leute an. Und du solltest die Sache für heute Abend auf sich beruhen lassen, sobald du mir die nötigen Informationen gegeben hast. Richte dich doch erst mal in deinem Zimmer ein! Wir freuen uns, dass du und deine Mutter jetzt bei uns wohnt.«

Als Sami Harlan alles über Leilas Reise von Afghanistan nach Australien erzählt hatte, ging sie zu Biddy. Sie hatte das Gefühl, ihre Nähe würde sie beruhigen. Die alte Dame saß sehr aufrecht in einem Sessel, hatte die Hände in den Schoß gelegt und trug einen leichten Schal um die Schultern.

»Biddy, ich dachte, du wärst im Bett! Wie geht's dir?«

»Hab gewartet.«

»Oh, tut mir Leid, ich habe mich mit Harlan unterhalten. Ich hoffe, er kann einer Freundin von mir helfen.«

Biddy schüttelte den Kopf. »V'leicht. Gibt Dinge, die kann man nicht in Ordnung bringen. Du musst wissen, was für dich bestimmt ist. Ich weiß das.«

Sami setzte sich auf den Bettrand und sah sie an. »Biddy, das ist aber eine ziemlich fatalistische Einstellung. Ich meine, man kann doch nicht immer nur zusehen und die Dinge geschehen lassen. Man muss auch kämpfen, versuchen, etwas zu ändern!«

»Veränder dich erst mal selbst, Mädchen. Du machst 'ne Reise. Auf einem Schiff?«

Sami blinzelte; sie hatte nichts dergleichen vor. Dann fiel ihr ein, dass ihre Mutter morgens Tims Segeltörn die Küste hinauf erwähnt hatte. »Ich weiß nicht genau. Meine Mutter hatte die Idee, von der Star Two aus irgendwo den King Sound hinaufzusegeln.«

»Nah bei meinem Land. Nimmst Biddy mit.«

»Das würde ich gerne, Biddy, aber es ist eine lange Fahrt.« Biddy sah unendlich zerbrechlich aus, doch Sami erkannte einen sehr entschlossenen, sturen Zug in ihrem Gesicht.

»Muss man rechtzeitig fahren. Hol Rosie.« Die alte Frau wandte sich von Sami ab und starrte aus dem Fenster.

Sami ging zu Rosie. »Biddy hat sich in den Kopf gesetzt, mit mir die Küste hinaufzusegeln. Bei einem Ausflug, den ich selbst gar nicht mitmachen wollte. Mami hat heute Morgen am Telefon was darüber gesagt. Habt ihr euch das ausgedacht? Woher weiß Biddy davon?«

Rosie hob eine Augenbraue. »Weißt du das wirklich nicht?« Dann hielt sie inne und kaute auf ihrer Lippe. »Es ist wichtig für sie. Ich habe nicht mit deiner Mutter gesprochen, aber ich habe mit so was gerechnet. Wir werden sie hinbringen müssen.«

»Rosie, du kannst doch gar nicht weg. Harlan auch nicht.« Sami fragte sich, wie sie die alte Dame, die so häufig in der Vergangenheit lebte, von ihrer Idee abbringen konnte. Dann erinnerte sie sich an Biddys Miene. »Sie scheint fest entschlossen zu sein.«

»Es ist ihre persönliche Pflicht«, sagte Rosie. »Sie wird ein bisschen Hilfe beim Gehen brauchen, aber sie ist zäh genug für die Fahrt.«

»Dann bringe ich sie hin.« Die Worte waren heraus, ehe Sami sie recht bedacht hatte. Und dabei ging ihr auf, dass dies etwas war, das wiederum sie tun musste, ihre Pflicht.

Rosie brachte keine Einwände vor. »Wie kommt ihr hin?«

»Mami hat gesagt, Tim segelt dorthin. Ich vermute, sie oder Dave werden mitfahren. Bekommen wir Biddy aufs

Schiff und hinterher wieder runter? Himmel, ich möchte nicht, dass ihr was passiert!«

»Das wird es nicht. Sprich mit deiner Mutter. Du fährst übermorgen hin, stimmt's? Dann nimm Biddy mit. Sie wird sich auch freuen, die alte Missionsstation wiederzusehen. Ich benachrichtige die Familie, damit man sich um sie kümmert. Wir geben euch Vorräte und Decken mit, was immer sie brauchen.«

Anfänglich war Lily bestürzt über diese Neuigkeit, doch sie erkannte rasch, dass es eine besondere Chance für Sami war. Sie erklärte ihr, warum die Reise für Biddy so viel bedeutete. »Es geht um das traditionelle Frauenlager, zu dem ich einmal im Jahr fahre. Du wirst ein Dingi brauchen, um an Land zu kommen, aber auf dem Logger gibt es eins. Du liebe Güte, wie sollst du das hinkriegen? Wir sollten mit Tim reden, er wird der Kapitän sein.«

»Kommst du nicht mit?«

»Ich kann nicht. Wir erwarten die Investoren und bereiten uns auf die Ernte vor. Tim will eine neue Stelle daraufhin prüfen, ob sie als Farm bewirtschaftet werden kann. Wir haben die Lacepedes, aber wir wollen den Japanern noch eine andere Möglichkeit vorschlagen. Hier, ich gebe dir Tim, er hat Biddy kennen gelernt.« Lily setzte ihn rasch ins Bild und reichte ihm das Telefon.

»Hallo, Sami! Das wird ein bisschen knifflig mit Biddy, aber wir kriegen das schon hin. Es war richtig, dass Sie ihr angeboten haben, sie hinzubringen. Das ist wichtig für die alten Leute.«

»Ich versuche mir vorzustellen, wie wir Biddy von der *Georgiana* runter in ein Dingi befördern. Vielleicht ist es doch zu viel?«

»Sie können jetzt nicht mehr zurück. Überlassen Sie mir die Logistik. Ich kenne den Ort, den Ihre Mutter meint.

Wir können Biddy da absetzen, und dann fahre ich weiter Richtung Sunday Island. Auf dem Rückweg sammeln wir sie wieder ein.«

»Ich glaube, es ist besser, wenn ich bei ihr bleibe. Ich fühle mich ein bisschen verantwortlich.«

»Wie Sie wollen. Wir improvisieren einfach. Ich kann jederzeit starten, also kommen Sie einfach her. Sagen Sie Ihrer Mutter Bescheid. Bis dann.«

Und schon reichte er Lily das Telefon wieder. Sami war etwas verstimmt. Einerseits fand sie es nett von ihm, Biddy mitzunehmen. Andererseits: Tim war immer so selbstsicher. Und ihre Mutter hielt ihn offenbar für den Größten.

Sami traf Rosie bei Biddy an, die sehr zufrieden mit sich aussah. »Ich fange heute Abend an, für sie zu packen«, sagte Rosie. »Dann besorge ich morgen, wenn ich die Galerie schließe, ein paar Vorräte in der Stadt. Als Erstes müssen wir den Frauen da oben eine Nachricht zukommen lassen. Sie gehen nur zu besonderen Anlässen in dieses Lager, deshalb muss ich dafür sorgen, dass sie auch da sind.« Rosie richtete sich auf. Sie blickte besorgt drein. »Bist du dir sicher, Biddy? Bist du sicher, dass du jetzt dahin willst? Nicht in ein, zwei Monaten, wenn es wärmer ist?«

Die alte Frau schüttelte den Kopf. »Jetzt. Sami bringt mich.« Sie warf Sami einen scharfen Blick zu.

»Keine Sorge, Biddy, wir fahren da hin«, sagte Sami lächelnd. Wie geschickt Biddy im Manipulieren war!

»Okay.« Rosie legte Sami eine Hand auf die Schulter. »Ich habe Leilas Teppich übrigens in der Galerie aufgehängt. Gut so?« Als Sami nickte, sagte sie leise: »Ich habe das Gefühl, zwischen den beiden – Biddy und Leila – besteht durch dich eine Verbindung. Interessant.«

»Sie könnten nicht verschiedener sein«, meinte Sami.

»Sie sind Frauen auf einer Reise«, kommentierte Rosie im Hinausgehen.

»Also, Biddy. Du bist wirklich sicher, dass du das tun willst? Es wird vielleicht ein bisschen unbequem für dich.«

»Ich geh da hin.«

»Okay. Aber ich will keine Beschwerden hören!« Sami drohte ihr spielerisch mit dem Zeigefinger.

»Werden sehen.« Die alte Frau rümpfte die Nase und schloss die Augen.

In Perth hatte Ross sich mit Pauline zum Kaffee verabredet, ehe er zu Agtron Mining ging, um vor der Chefin Mrs. Nan O'May seine Präsentation zu halten.

»Bist du nervös?«

»Wahnsinnig«, gestand er. Sie saßen in einem Straßencafé. »Ich habe vor ein paar Tagen mit Sami geprobt, aber als Cop habe ich eher Fragen gestellt als irgendwelche Reden zu halten. Weißt du, was ich meine? Und mir ist ganz unwohl, weil ich wieder in einer Großstadt bin. Wolkenkratzer sind mit Bäumen nicht zu vergleichen.«

»Was ist denn mit deinem Sohn? Wo würde er lieber leben?«

»Ich glaube, noch gefällt ihm beides. Wenn er erst ein Teenager ist, möchte er vielleicht lieber bei seiner Mutter bleiben, im Lichterglanz der Großstadt! Was ist mit dir?«

»Ich bin mit Leib und Seele in Broome zu Hause«, sagte Pauline lächelnd. »Hin und wieder ein Ausflug in die Großstadt muss allerdings sein, und ich würde gern öfter ins Ausland reisen.«

»Du bist zu jung, um dich auf Broome zu beschränken. Und alle sagen, du gehörst aufs internationale Parkett!«

»Wie nett. Aber erzähl mir lieber von Palmers Plan für die Kimberley-Kids!«

Ihre warmherzige Art sorgte dafür, dass Ross sich entspannte. Er beugte sich vor, um den Plan zu erläutern. Als er zum Ende kam, applaudierte Pauline beeindruckt. »Ich glaube, deine persönlichen Erfahrungen machen die Präsentation besonders überzeugend!«

»Na ja, meine Aborigine-Familie kommt ja aus Broome, ich weiß, wie es ist, ein Außenseiter zu sein. Trotzdem, ich habe ganz gut Karriere gemacht bei der Polizei. Ich habe einen Sohn und will, dass er im Leben vorankommt, kenne aber auch sein Land und seine Leute. Jugendliche brauchen jemanden, der sie respektiert, ihnen zuhört und ihnen eine Chance gibt. Ohne Handwerkszeug, ohne Kenntnisse werden sie nicht weit kommen.« Plötzlich verlegen lehnte er sich zurück. »Oje, ich klinge, als würde ich auf einer Apfelsinenkiste stehen, was?«

»Gar nicht, das war großartig. Geh einfach da rein und erzähl der Frau und dem Vorstand genau das, genau so. Sprich aus Überzeugung. Du warst gerade großartig. Es ist eine fantastische Idee, und du bist genau der Richtige dafür. Absolut!«

»Jetzt geht's mir gleich viel besser, nach dieser kleinen Probe. Okay. Ich habe meine Notizen, die Statistiken, und das Herz trage ich auf der Zunge.« Er stand auf. »Wann kommst du denn nach Hause?«

»Lily hat mich auf die Farm eingeladen. Ich wäre gern zur Ernte dort.«

»Macht dir der … der Vorfall immer noch zu schaffen?«, fragte er sanft.

»Allerdings. Ich mag nicht wieder in meinen Laden, es läuft mir kalt den Rücken runter, wenn ich daran denke. Dazu kommt das Gefühl, ich müsse ständig hinter mich sehen. Ich werde nie mehr spätabends dort arbeiten.«

»Das ist völlig normal. Ich habe Menschen gesehen, die versucht haben, eine Vergewaltigung oder einen Mord zu verarbeiten, indem sie zurück an den Schauplatz des Verbrechens gegangen sind. Das ist sehr schwer. Du hast Glück gehabt. Was hältst du davon, wenn ich mitkomme?

Mit dir durch den Laden gehe. Ich denke, das würde dir helfen.«

»Danke, Ross, das wäre lieb. Ich fahre rauf zu Lily, und wenn ich wieder in Broome bin, rufe ich dich an. Wenn du dann nicht schon umgezogen bist, heißt das.«

»Ach, ich behalte meinen kleinen Schlupfwinkel in Broome. Kennst du meine Theorie zu dem Überfall? Ich glaube, du bist ein unschuldiger Bauer in einem merkwürdigen Spiel gewesen. Und ich glaube nicht, dass du noch mal überfallen wirst.«

»Meinst du? Wer war das? Warum? Was haben die gesucht?«

»Was sie mitgenommen haben, war reiner Zufall – zu verlockend. Wahrscheinlich war das ein Handlanger, der nach etwas Bestimmtem suchen sollte, das du hattest. Denk mal nach, was war im Safe?«

»Ein paar ungefasste Perlen und Diamanten. Papiere. Ach, und dieses Sonnending von Bobby, aber das ist wohl nicht wirklich wertvoll.«

»Ist es noch im Safe?«

»Ich weiß nicht. Ich war ja im Krankenhaus. Bertrand könnte höchstens mal nachsehen.«

»Es würde mich interessieren. Vielleicht hilft es der Polizei. Okay, jetzt muss ich wohl los, will ja nicht zu spät kommen.«

»Viel Glück. Lass mich wissen, wie es gelaufen ist. Warte mal, willst du mit mir nachher zu Abend essen?«

»Hey, das wäre schön. Ich rufe dich auf dem Handy an und sag dir, wo wir uns treffen können.«

Pauline sah ihm nach. Dann beschloss sie, Lily anzurufen und zu vereinbaren, wann sie zur Star Two fahren würde. In ihrem Kopf sprudelte es nur so von Ideen, und sie hatte das Gefühl, wieder ganz die Alte zu sein.

KAPITEL ACHTZEHN

Der Eingang zur Star Two hatte ein neues Tor, aber kein Schild, aus dem Besuchern hätten ersehen können, dass man sich auf einer Perlenfarm befand. Dale entnahm daher nur seiner Karte, dass er am richtigen Ort war. Er öffnete das Tor und fuhr hindurch. Dann legte er die Sicherheitskette wieder an. Ihm fiel auf, dass der Zaun zu beiden Seiten des Tors neue Pfosten sowie Stacheldraht aufwies. Die neue Führung hat die Grenzbefestigungen verstärkt, sinnierte er. Zweifellos im Rahmen von Lilys ordentlicher Haushaltsführung. Er fragte sich kurz, ob er sich nicht doch hätte ankündigen sollen. Dann kam er jedoch zu dem Schluss, dass eine Überraschung schöner war. Als er sich der Bucht näherte, betrachtete er die spärlich mit niedrigen Bäumen bewachsene Küstenlandschaft, die Sanddünen und die Mangroven. Dann machte der Pfad eine scharfe Wendung ins Landesinnere und verlief entlang der hohen Uferböschung eines Creeks. An dessen Mündung erhaschte er den ersten Blick auf die Farm. Sie wirkte alt und etwas abgenutzt, aber man sah deutlich die Spuren einer Art von Frühjahrsputz. Die Schuppen waren frisch gestrichen, Außenbereiche und Muschelkieswege gefegt, die Ausrüstung ordentlich gestapelt und die Taue aufgerollt. Er konnte sich nicht vorstellen, dass die Farm schon so ausgesehen hatte, als Dave sie noch allein geleitet hatte.

Dale parkte auf dem überdachten Parkplatz neben einem Holzpfeil mit der Aufschrift »Büro«. Als er die Bucht betrachtete, musste er zugeben, dass die Aussicht spektakulär war. Dennoch war es kein Ort zum längeren Verweilen. Ein paar verstreut gelegene Unterkünfte, einige vor langer Zeit gepflanzte Palmen, Schuppen, Werkstätten – das war alles. Das Ganze. Selbst das geruhsame Broome wirkte gegen diesen abgelegenen Ort wie eine Großstadt. Na ja, dachte Dale, Lily hat hier kein Bombengeschäft gemacht. Selbstverständlich wusste er, dass der eigentliche Wert des Betriebs im türkisfarbenen Wasser lag. Doch er sah gerne, wo er sein Geld hineinsteckte, und kam zu dem Schluss, dass ihm Ziegel und Mörtel deutlich lieber waren.

Er ging an den Schlafräumen vorbei, vor denen Schutzanzüge über den Verandageländern hingen, und streifte eine Wäscheleine, die zwischen den Duschen und der Wäscherei gespannt war. Eine junge Frau hängte dort Handtücher auf. »Das ist doch der Weg zum Büro, oder?«, fragte Dale.

»Ja. Aber ich glaube, da ist niemand. Lily hat ein paar Leute zu einem Ausflug auf der *Georgiana* mitgenommen. Sie wollte nach dem Mittagessen zurückkommen.«

»Ein Ausflug ... klingt nicht nach harter Arbeit.«

Die junge Frau fuhr auf. »Sie arbeitet so hart wie jeder hier. Alle Chefs tun das. Kann ich Ihnen helfen?«

»Ich bin ein enger Freund von Lily. Am besten warte ich einfach auf sie. Kann ich irgendwo ein kaltes Bier bekommen?«

»Die Kantine ist da drüben. Gibt aber nur Erfrischungsgetränke, Tee und Kaffee«, erklärte sie ihm.

»Hartes Leben hier oben«, sagte Dale.

»Man gewöhnt sich dran. Bis dann.«

Mit einem kühlen Getränk versorgt, folgte Dale einem Hämmern in der Nähe und sah einen Mann, der an einem neuen Wellblechdach arbeitete. Es war strahlend weiß und bildete einen kühnen Kontrast zu der abblätternden Farbe und den beschädigten alten Wänden. Das Schild »Labor«

passte nicht so recht zu dem Gebäude. Ein weiterer Mann stand mit einer Blechplatte neben der Leiter. Als Dale »Guten Tag« rief, drehte er sich um.

»Na, so was! Hallo, Bobby!«, sagte Dale überrascht. »Lässt Lily dich hier aushelfen?« Er beschattete seine Augen und erkannte Ross auf dem Dach. Sie hatten sich einmal zusammen mit Lily in der Stadt getroffen. »Und Sie auch, Ross! Was ist denn hier los? Ich wusste gar nicht, dass Sie in der Baubranche sind!«

»Hallo, Dale!«, rief Ross fröhlich. »Nur ein paar neue Dächer. So weit bin ich im ersten Jahr meiner Zimmermannsausbildung seinerzeit noch gekommen.«

Dale nickte, doch er war insgeheim verstimmt. Warum bat Lily ihn nicht um Hilfe? Einer seiner Jungs hätte doch das bisschen Bedachung erneuern können. Himmel, es war ein Weilchen her, aber mit etwas Hilfe hätte er das vermutlich selbst geschafft! »Na denn, ich will euch nicht aufhalten«, meinte Dale. »Vielleicht sehen wir uns später zu einem Drink beim Sonnenuntergang?«

»Wir sind dabei«, rief Ross. »Lily ist mit dem Logger draußen, irgendwann heute Nachmittag ist sie wieder da.«

»Hab schon gehört. Danke.«

Sie beschrieben Dale, wo Lilys Häuschen stand. Als er dort die Hängematte entdeckte, legte er sich hinein und döste weg. Lautes Lachen weckte ihn auf. Einen Augenblick lang wusste er nicht, wo er war. Dann setzte er sich auf und erblickte Lily in einer Gruppe, die sich auf der Veranda niederließ. Er sah auf sein Handgelenk. Die Rolex zeigte vier Uhr an.

Lily saß mit Ted Palmer auf einem Korbsofa, und Tim schenkte Getränke aus, als sie Dale auf sich zukommen sahen, der sich linkisch mit der Hand durchs zerzauste Haar fuhr. In diesem Augenblick trafen auch Ross und Bobby ein. Bobby hatte eine hübsche junge Japanerin bei sich.

Lily erhob sich und ging Dale mit einem herzlichen Lächeln entgegen. »Ich habe dein Auto gesehen, aber du hast so schön geschlafen, da habe ich dich in Ruhe gelassen«, erklärte sie.

Es machte Dale rasend, dass sie so wenig Aufhebens um seine Ankunft machte, doch er versuchte, entspannt zu wirken. »Keine Sorge.« Er gab ihr ein Küsschen auf die Wange und winkte den anderen halbherzig zu.

»Ich glaube, du hast alle irgendwann schon mal getroffen«, meinte Lily, »außer vielleicht Mika, einer Freundin von Bobby. Sie hilft uns mit Übersetzungen ins Japanische.«

»Sieht so aus, als hätte ich eine tolle Segelpartie verpasst!«

»Du hättest Bescheid geben sollen, dass du kommst«, sagte Lily kurz. »Wie auch immer, entspann dich und trink was.« Sie nahm Dale am Arm und nahm ihn mit in die Küche. »Wie läuft's denn so in der großen Stadt?«

»Alles ziemlich fad im Vergleich zum Trubel hier.«

»Dale! Nun sei doch nicht so ... das heute Vormittag war eine Ausnahme. Wir haben entschieden, wann wir die Ernte einbringen, und mit dem Ausflug wollten wir spontan feiern, was wir bisher erreicht haben.«

»Was will der Professor hier? Seine Anwesenheit ist für die Ernte ja wohl nicht zwingend erforderlich, oder?«

Lily nahm den Köder nicht an. »Palmer arbeitet hier an einem Projekt mit. Wir haben ihn eingeladen, weil er sich ein fantastisches Programm zur Mitarbeiterentwicklung überlegt hat. Ross betreut das dann vor Ort.«

»Mich hast du nie eingeladen.«

»Weil hier unheimlich viel zu tun war. Wie gesagt, das heute war eine Ausnahme, ich wollte den Leuten hier danken ... Es hat sich einfach so ergeben.« Lily war angespannt; sie sollte sich nicht entschuldigen müssen. »Jedenfalls ist es großartig, dass du hier bist. Mich interessiert deine Meinung zu dem, was wir hier tun! Bleibst du länger?«

»Bin ich denn eingeladen?«

»Natürlich bist du hier willkommen. Allerdings ist die Situation nicht ganz unkompliziert. Ich bin in die Frauenunterkünfte gezogen, weil Sami mit Biddy herkommt, und sie sollen in diesem Häuschen wohnen. Ich dachte, so wäre es bequemer für sie ...« Ihre Stimme verklang.

»Du meinst, du willst nicht, dass ich die Nacht mit dir verbringe?«

»Wir sind dem Personal gegenüber ziemlich streng, was ... das betrifft. Ich will nicht, dass sie glauben, wir messen hier mit zweierlei Maß, und ...«

»Oh, ich hatte schon das Gefühl, dass hier einiges an Nähe besteht ... Ach, vergiss es, Lily. Ich fahre zurück nach Broome.«

»Dale, sei doch nicht so! Es ist alles nicht so einfach hier oben. Wir sehen uns in Broome wieder, wenn ich nicht so viel um die Ohren habe.« Beiden war bewusst, dass sie ihn hinhielt.

Er stellte seinen Drink ab. »Du verkehrst mit ein paar komischen Leuten, Lily. Ich wünsche dir wirklich, dass dieses Geschäft sich für dich auszahlt, aber mach es besser nicht zu deinem Lebensinhalt! Ruf mich an, wenn du wieder auf der Erde bist.« Sein Zorn war verflogen, ein Anflug von Trauer lag in seiner Stimme. Dennoch verließ er das Häuschen ohne ein Abschiedswort durch die Hintertür. Lily zog einen Küchenstuhl heran und setzte sich. Sie zitterte am ganzen Körper. Das Lachen und die Begeisterung, die den Tag erfüllt hatten, waren wie weggeblasen.

Palmer kam herein und sah sich um. »Wo ist Dale? Sie sind ja völlig aufgelöst.« Er setzte sich ihr gegenüber. »Eine kleine Meinungsverschiedenheit?«

»Vielleicht nicht ganz so klein.«

»Es geht mich ja nichts an, aber möchten Sie darüber reden?«

»Eigentlich nicht. Ich bin mir selbst nicht sicher, was genau passiert ist. Vielleicht gibt es gar nicht viel, worüber man reden kann. Ich sollte wieder zu den anderen gehen und diese Feier über die Bühne bringen. Das Fest verschlingt eh so viel Zeit.«

»Na, kommen Sie, Lily, Sie haben doch die ganze Zeit unter Hochdruck gearbeitet! Die Pause heute haben Sie gebraucht. Das rückt die Dinge wieder in die richtige Perspektive.«

»Wie meinen Sie das?«

»Denken Sie mal nach. Diese Umgebung, Ihre Arbeit, Ihre Pläne. Ihr Leben in Sydney, Ihr Leben in Broome, Ihre Tochter, das ist doch alles ganz weit weg. Mit vollen Segeln voraus über die Red Rock Bay … können Sie sich einen Ort vorstellen, wo Sie lieber gewesen wären?«

Ein schwaches Lächeln umspielte Lilys Mund. »Eigentlich nicht. Da kommt einfach nur mein protestantisches Arbeitsethos durch. Und wenn ich ehrlich bin, ist meine Beziehung zu Dale in einer Sackgasse. Es liegt jetzt an mir, ob ich sie wieder belebe oder nicht.«

»Da haben wir's. Das ist ziemlich freimütig. Die Farm ist wahrscheinlich der richtige Ort, um über so etwas nachzudenken. Aber nicht jetzt. Kommen Sie, ich wollte gerade meinen Dudelsack holen.«

»Na, das könnte die Party sprengen.« Lily musste lachen.

Er lächelte. »In diesem Fall genehmige ich mir lieber noch was von dem edlen Tröpfchen.« Er ging zum Kühlschrank.

Sie beobachtete, wie er eine Flasche Wein aus dem Kühlschrank holte.

Dann fragte sie: »Ted, sind Sie nie deprimiert? Fallen in ein Loch, fragen sich, was Sie mit Ihrem Leben tun? Sie wirken so ungezwungen und ausgeglichen. Immer lächeln sie. Wie machen Sie das?«

»Wissen Sie was? Ihre Tochter hat mich das auch gefragt. Und ich habe ihr gesagt, dass ich natürlich auch schlechte Phasen habe. Die verstecke ich hinter Witzen, Gedichten und Musik.«

»Zählt der Dudelsack als Musik?«, fragte Lily ironisch.

»Eigentlich spiele ich besser Klavier als Dudelsack. Aber ich kann schlecht ein Klavier mit mir rumschleppen.«

»Sie stecken voller Überraschungen, Ted. Und kennen keine Reue, wie's scheint.«

»Ach, das würde ich nicht sagen. Wir alle wünschen uns doch, dass manche Dinge anders wären.«

»Mögen Sie mir erzählen, welche Dinge das für Sie sind?« Lily hatte ihn bisher nicht näher nach seinem Privatleben gefragt. Während der gemeinsamen Zeit in Perth hatten sie über Gott und die Welt gesprochen, aber nicht über Persönliches. Er war einfach ein amüsanter, interessanter und anregender Gesellschafter gewesen.

»Ach, das Übliche. Ich wünschte, meine Ehe hätte funktioniert, wir waren zu jung und entwickelten uns ganz anders. Ich wünschte, ich hätte Kinder gehabt.«

»Sami hat mir gesagt, Sie inspirieren viele junge Leute.«

Sein Gesichtsausdruck wurde ganz weich. »Ja, das ist eine lohnende Sache, diese gescheiten Köpfe zu motivieren. Ich mache meine Arbeit gern, deshalb freue ich mich, wenn meine Studenten motiviert sind und meine Begeisterung teilen. Ich liebe diese Region, sie ist wichtig.« Er reichte ihr ein Glas Wein. »Jedes Mal, wenn ich in die Kimberleys komme, entdecke ich etwas Neues und Besonderes. Ganz abgesehen davon, dass ich jedes Mal überwältigt bin, wie kostbar diese Gegend ist.«

»Sie meinen die Felsbilder, die Landschaft?«, fragte Lily.

»Das gehört dazu, aber es geht viel tiefer. Die Kimberley-Region ist ein riesiges Energiedepot: künstlerisch, spirituell, metaphysisch, kulturell – nennen Sie es, wie Sie wollen. Ganz zu schweigen von den besterhaltenen präkambrischen Landschaften, einer wahren Schatztruhe.«

»Mineralien, Diamanten, bewässerte Farmen, Weideland.«

»Sicher. Das Land schafft viele reale Dinge, Ihre Farm zum Beispiel. Aber es ist weit mehr als das. Dieses Land birgt eine Lebensessenz. Wenn man darauf eingestimmt ist, spürt man nach einer Weile seine Kraft und Schönheit und bekommt eine Vorstellung davon, welche Macht und Bedeutung es für die Ureinwohner hat. Es ist Ehrfurcht gebietend. Manchmal sehe ich Felsformationen, eine spektakuläre Landschaft, Wasserfälle und Schluchten, oder auch nur einen Tümpel mit Seerosen, und kann gar nicht fassen, dass das real ist. Kein Wunder, dass die Traumzeit in den Kimberleys so lebendig ist. Da draußen, bei den Leuten, die Sami besucht hat, findet der Dialog mit der Erde noch statt.«

Er brach ab und nahm einen Schluck Wein. Als Lily nichts sagte, fügte er hinzu: »Ich vermute, das klingt alles ein bisschen wie eine Aufwärmübung für eine Vorlesung.«

»Nein, Ted. Ich verstehe, was Sie meinen. Es kommt vor – und das gar nicht mal so selten –, da spüre ich auch, was Sie beschrieben haben. Immer, wenn ich mit meiner Aborigine-Familie in Frauenangelegenheiten unterwegs bin, erhasche ich einen Blick auf diese Welt. Aber ich bin eher eine Küstenbewohnerin«, sagte sie. »Dieses ungeheure Landesinnere, diese riesigen leeren Räume … sie machen mir Angst.«

»Sie sind noch nicht über das Mitchell Plateau gewandert, oder über die Cockburn Range, im Tunnel Creek …«

Er hob die Hand. »Unendlich faszinierend. Ich wünsche mir oft, das festhalten zu können.«

»Fotografisch?«

»Nicht sinnlich genug. Malerei oder Bildhauerei sind offenbar besser geeignet. Auch die Musik, die Traumzeitlieder und -tänze. Man will es einfach anfassen. Ich muss gestehen, ich bin auf die Knie gefallen und habe mit den Händen im Staub gewühlt, meine Wange an einen Fels gelegt, meine Ohren an einen Baumstamm.« Er lächelte verlegen. »So ein Land ist das eben.«

»Ich muss da auch mal hin.« Lily stellte sich vor, die Kimberleys zusammen mit Palmers Augen zu betrachten. Er wäre der ideale Führer; er wusste so viel und so Verschiedenes über diese Region. Vor allem machten ihn jedoch seine ungezügelte Freude und offene Art zu einer faszinierenden Gesellschaft. »Ich bin überrascht, dass Sami mir nichts von ihren Gefühlen für die Kimberley-Wildnis erzählt hat.«

»Ach, Ihr Geist und Ihr Herz sind offen für all diese Dinge. Aber Sami empfand es als Konfrontation. Aus diversen Gründen.«

»Sie hat Ihnen von unserer Familie erzählt?«

»Ein paar Dinge hat sie mir anvertraut«, sagte Palmer vorsichtig. Er wollte Samis Vertrauen nicht missbrauchen. »Sie ist immer noch dabei, sich über einiges klar zu werden. Wenn sie so weit ist, wird sie sich öffnen.«

Plötzlich versetzte es Lily einen Stich. Würde ihre Tochter sich ihr gegenüber öffnen? Oder gegenüber Palmer? Sie brachte das Gespräch wieder auf ihn.

»Also, was ist das für eine Sache, die Sie noch einige Zeit bei uns halten wird?«

»Unter anderem habe ich beantragt, eine Zeit lang die Dinosaurierfunde erforschen zu dürfen.«

»Weiß Sami davon?«

»Noch nicht.« Er sprach mit sanfter Stimme. »Hätten Sie etwas dagegen, dass ich es ihr sage?«

»Natürlich nicht. Sie können das viel besser erklären.« Aber sie spürte, dass Palmer nur diplomatisch war. Sami würde die Neuigkeit wahrscheinlich nicht von ihrer Mutter erfahren wollen.

Palmer berührte sie am Arm. »Es war ein großartiger Tag, Lily. Danke.«

»Ja, nicht? Und den Sonnenuntergang haben wir immer noch vor uns.« Doch als sie sich umdrehte, um zurück auf die Veranda zu gehen, erhielt ihre überschwängliche Stimmung erneut einen Dämpfer: Ihr fiel der Streit mit Dale wieder ein. Im Gespräch mit Palmer hatte sie ihn völlig vergessen. Ach, egal! Mit Dale sowie der Ankunft von Sami und Biddy würde sie sich morgen befassen. Und mit allem Übrigen ebenfalls. Jetzt wollte sie den Sonnenuntergang mit Dudelsack und allem Drum und Dran genießen.

Das Auto war bis obenhin voll mit den Sachen ihrer Mutter, aber auf der Rückbank hatte Sami für Biddy ein bequemes Lager bereitet und hoffte, die Fahrt über die holprige Straße würde nicht zu unangenehm für die alte Frau werden. Biddy war schon beim ersten Tageslicht zum Aufbruch bereit gewesen. Nun war es beinahe acht Uhr, und sie schlief in ihrem Lieblingssessel auf der Veranda.

Rosie kam mit dem schnurlosen Telefon heraus zum Auto. »Es ist die Farm. Tim fragt, ob er hierher kommen soll.«

»Wozu?«, fragte Sami irritiert. Sie nahm das Telefon. »Hi.«

»Hallo, Sami«, grüßte er munter. »Ich habe über Ihre Autofahrt mit Biddy nachgedacht – soll ich Sie beide nicht lieber abholen? Sie werden den Wagen hier oben nicht brauchen.«

»Oh. Nein, danke. Ich habe gerade eine Stunde lang den Wagen beladen.«

»Verstehe. Wie geht's der alten Dame?«

»Biddy ist ziemlich aufgeregt. Sie schläft viel, deshalb hoffe ich, dass sie die Fahrt auch größtenteils verschläft. Tja. Danke jedenfalls.«

»Geben Sie ihr was, damit sie schläft.«

»Ich hoffe, das wird nicht nötig sein.«

»Ich helfe Ihnen dann hier. Ihre Mutter hat ihr Häuschen für Sie beide geräumt. Sie bekommen das Sofa.«

»Das ist lieb von ihr.«

»Gute Fahrt.«

Achselzuckend reichte Sami Rosie das Telefon.

»Aufmerksam von ihm«, meinte Rosie.

»Ich komme schon zurecht«, erwiderte Sami. Doch innerlich hegte sie gemischte Gefühle. Hielt er sie für unfähig, war er wirklich so besorgt, oder hatte ihre Mutter ihn dazu angestiftet?

Als sie aus Broome hinausfuhren, spähte Rakka immer wieder vom Beifahrersitz nach hinten zu Biddy, die bequem auf der Rückbank lag und in einer Mischung aus Bardi und Englisch vor sich hin murmelte. Sami verstand nicht alles, doch offenbar durchlebte Biddy Ereignisse aus ihrer Vergangenheit, als seien sie erst gestern geschehen. Schließlich döste sie ein und schlief eine ganze Stunde. Doch als sie sich der Abzweigung zur alten Missionsstation näherten, war sie plötzlich wieder munter und setzte sich auf. »Ich kenne diesen Platz.«

»Es ist deine alte Missionsstation. Wie lange ist das her, dass du hier warst, Biddy?«

»Ist lange her. Wir sehen Vater. Gehen zur Kirche, okay?«

»Biddy, wir fahren weiter, zur Farm, zu Lilys Farm. Weißt du noch?«

»Tyndall-Farm.« Aufgeregt beugte sie sich vor und klopfte Sami auf die Schulter. »Nein, wir müssen zu der Kirche da. Besuchen alle.«

»Nein, Biddy, wir fahren zur Star-Two-Farm. Wir besuchen Lily und dann gehen wir aufs Schiff und fahren zu deinem Land … besuchen all die alten Leute.«

Knochige Finger krallten sich in Samis Schulter. »Kirche. Kirchhof. Müssen Niah besuchen.«

Sami wollte die Farm so schnell wie möglich erreichen, und ein Abstecher zur Kirche konnte eine lange Verzögerung bedeuten. Doch als sie den Namen Niah hörte, wurde sie schwach. »Du erinnerst dich an Niah?«

»Hübsche, ungezogene Niah. Schlechte Sache passiert. Ich sage Niah, bring Maya zu ihren Leuten. Niah stirbt. Maya wird weggeschickt.«

»Es war nicht deine Schuld, Biddy.«

»Du fahr da rein, da lang.« Biddy ließ nicht locker, winkte, deutete auf die Abzweigung. Sami bog ab und hielt auf die alte Missionsstation zu.

Sie half Biddy aus dem Auto. Biddy ging, auf Sami gestützt, in die alte Kirche. Im Eingangsbereich blieb sie stehen, die Tränen liefen ihr übers Gesicht. »Jeoje. Ach, das sein schön. Guter Ort, genau wie ich mich erinnere.«

Ein Priester – Vater Stoddart – kam aus der Sakristei, als er Biddys Stimme hörte. »Es ist schön, das zu hören, meine Liebe«, meinte er. »Wir arbeiten hart daran, dass sie im Originalzustand erhalten bleibt. Es gibt in Australien keine andere Kirche wie diese, und Menschen aller Glaubensrichtungen kommen, um sie zu bewundern.«

Das Sonnenlicht strömte durch die frisch reparierten Fenster. Sie waren zerbrochen, als der alte Kirchturm in der Regenzeit eingestürzt war. Vom Perlmuttaltar ging ein weicher gelber Glanz aus und tanzte im kühlen Dämmerlicht. Die farbenprächtigen religiösen Ornamente der frühen Pallottinermönche glänzten vor einem blauen und goldenen Hintergrund.

»Gut, gut«, nickte Biddy. »Ich hier zur Schule. Biddy kann nähen und waschen und kochen. Großes Haus. Großer Garten.«

»In den Anfangstagen hat die Mission das gesamte Gemüse für Broome angebaut«, erklärte Vater Stoddart.

»Und Vieh«, fügte Biddy hinzu. Dann schlurfte sie wieder den Mittelgang hinab. »Biddy jetzt mit Niah sprechen.«

Mit kleinen Ruhepausen hielt Biddy die Strecke bis zum anderen Ende des kleinen Friedhofs durch. Sami trat zurück, als Biddy auf zittrigen Beinen vortrat, sich bückte und den verwitterten Grabstein mit der Einlegearbeit aus Perlmutt berührte.

»Also, Mädchen. Biddy spricht jetzt mit dir. Lange nicht mehr gesprochen, was?« Sie gab ein schrilles Lachen von sich. »Menge Leute hier jetzt. Viel Familie, Mädchen. Von deiner Maya Kinder und wieder Kinder sein jetzt hier. Guck, das Mädchen, die ist nach Hause gekommen. Familie besuchen.« Sie winkte in Samis Richtung, während sie mit dem Grabstein sprach.

Sami war erschüttert, wollte es sich jedoch nicht anmerken lassen. Der Anblick dieser alten Frau, die einst stark und muskulös war, nun jedoch wie ein kleines Mädchen mit leuchtenden Augen aussah, berührte sie. Und das Wissen, dass es ein Band zwischen ihr, Biddy und dem Geist der so früh verstorbenen Schönheit gab, die hier begraben lag, brachte sie aus der Fassung. Sofort blitzten – ohne jeden Zusammenhang – Bilder ihres Lebens in Sydney vor ihrem geistigen Auge auf. Es war, als wollte ihr Unterbewusstsein ihren Realitätssinn stärken und ihr Halt vermitteln, damit sie besser mit den Gefühlen fertig wurde, die sie zu überwältigen drohten. Cafés in Double Bay, Treffen mit Freunden in Weinlokalen, Besuche in Bars, die altehrwürdige Aula der Universität Sydney ... Doch die Schlichtheit des Grabes und ihre eigene Verbindung zu ihm zogen sie in ihren Bann.

Biddy sang nun und streichelte den Grabstein. Es war kein trauriger Klagegesang, sondern klang eher wie die fröhliche Anrufung einer geliebten Person. Dann richtete sie sich auf und streckte die Hand nach Sami aus, um sich zurück zum Auto helfen zu lassen. Sie hatte getan, weswegen sie gekommen war, und war bereit zur Weiterfahrt.

Biddy mochte ihren Frieden mit Niah gemacht haben, doch Sami war noch immer zutiefst verstört, und die alte Frau spürte das. »Was los, Mädchen? Warum du so ... nervös? Musst dich nicht sorgen, bist auf deinem Land.«

»So einfach ist das für mich nicht, Biddy. Du kennst das alles. Mir fällt es aber schwer, mich auf diesen Ort einzustellen, an dem ich gerade sein soll.«

Biddy warf ihr einen durchdringenden Blick zu. »Kannst überall sein, solang du dein Land in dir trägst. In deinem Kopf, in deinem Herzen. Und dann musst du wiederkommen und all deine Familiensachen fertig machen. Aufräumen. Wie Biddy.«

Sami war nicht ganz klar, was »Familiensachen fertig machen« bedeutete, doch sie begriff in etwa, was die alte Frau meinte. »Okay. Na dann, fahren wir weiter. Mami wird sich schon Sorgen um uns machen.«

Biddy stützte sich auf Sami. »Ja, ja. Biddy macht richtig.«

Biddy schlief, als Sami die Farm erreichte und das Tor öffnete. Sie ließ Rakka aus dem Auto, damit sie hinter ihnen herjagen konnte. Der Erste, den sie sah, war Tim. Er eilte ihnen entgegen, und Biddy öffnete verschlafen die Augen. »Soso, John Tyndall ... holst die alte Biddy ab, was?«

»Das ist Tim, Biddy. Tim«, korrigierte Sami sie laut und schüttelte ihm kurz die Hand. »Wir haben ein bisschen länger gebraucht, weil wir noch in der Mission vorbeigeschaut haben.«

»Verstehe. Kommen Sie, Biddy, eine Menge Leute hier wollen Sie kennen lernen, und der Tee ist auch schon fertig.« Er hob sie aus dem Auto.

»Okay. Ich kann gehen, weißt du«, verkündete Biddy. Sie sah sich um und nickte, als grüße sie jemanden. »Ja, mein Land hier.«

Sie machten es ihr mit einer Tasse Tee und einigen Keksen im Schlafzimmer gemütlich und gingen dann mit ihren eigenen Bechern auf die Veranda. »Jetzt geht's ihr erst mal gut«, sagte Sami zu Tim. »Sie haben offenbar auf uns gewartet, um mir zu helfen. Danke. Wo ist meine Mutter?«

»Drüben bei Dave. Sie unterhalten sich über die Ernte und dies und jenes. Also, reisefertig?«

»Biddy auf jeden Fall. Sie war großartig heute, auch wenn sie viel über unerledigte Angelegenheiten spricht und hin und wieder in die Vergangenheit zurückfällt.«

»Sie ist sehr alt. Wirklich bemerkenswert. Ich zeige Ihnen auf der Karte, wohin wir sie bringen, Richtung One Arm Point. Übrigens, können Sie tauchen?«

»Ich bin ein-, zweimal getaucht. Aber das hatte ich eigentlich nicht vor. Warum?«

Er zuckte mit den Achseln. »Dachte, vielleicht macht's Ihnen Spaß.«

»Wer kommt sonst noch mit auf die Segeltour?«

»Ich weiß nicht genau. Alle Mann werden bei der Perlenernte gebraucht. Können Sie segeln?«

»O Gott. Das wird ja ein Spaß.« Sie verdrehte die Augen.

»Vertrauen Sie mir. Die *Georgiana* hat einen Motor und Hightechausrüstung, wir kommen schon zurecht. Das Segeln mit einem Logger ist ziemlich einfach. Vielleicht benutzen wir auch nur den Motor. Bis wir zurück sind und Biddy wieder einsammeln, sind Sie ein ganz passabler Matrose!«

Sami zog eine Grimasse. »Ich dachte, ich soll bei Biddy im Lager bleiben. Kommen Sie auch ohne mich aus und sammeln mich auf dem Rückweg wieder auf? Sie bleiben doch nur ein paar Tage weg, oder?«

»Tun Sie, was Sie für richtig halten. Ich finde schon jemanden, der mit uns fährt. Vielleicht können wir Bobby und seine Freundin überreden.«

»Seine Freundin?«

»Die Japanerin. Mika hilft uns ein bisschen. Sie interessiert sich sehr dafür, wie man den Muscheln die Kerne einsetzt. Vivi zeigt ihr, wie es gemacht wird.«

»Veränderung scheint hier in der Gegend der letzte Schrei zu sein«, meinte Sami, als sie sich auf dem ordentlichen Gelände und in den renovierten Schuppen umsah. »Meine Mutter hat gesagt, alle seien sehr beschäftigt gewesen.«

»Das Leben besteht aus Veränderungen, oder?«

Sami nickte höflich, doch sie spürte bereits wieder diese leichte Verärgerung an ihr nagen, die praktisch jedes Mal in ihr aufstieg, wenn sie mit Tim Hudson sprach. »Klar. Na denn, ich gehe mal zu meiner Mutter. Könnten Sie kurz ein Auge auf Biddy haben?«

»Keine Sorge.«

Sami schlenderte davon und bemühte sich um Gelassenheit. Der Himmel wusste, wie sie es an Bord des Loggers mit Tim aushalten sollte. Es musste noch jemand mitkommen, sonst würde sie wahnsinnig werden. Unter einer Palme blieb sie stehen, schloss die Augen und atmete tief durch. Dann ging sie zu Daves Häuschen.

Die ausgebreiteten Papiere und Akten sowie diverse leere Stühle zeigten, dass an der Besprechung zuvor mehrere Personen teilgenommen hatten. Doch nun saßen nur noch ihre Mutter und Palmer am Tisch, dicht beieinander in die Lektüre eines Berichts vertieft. Als sie ihre Schritte auf den Stufen hörten, blickten beide auf.

Lily eilte auf sie zu. »Liebling, du bist heil angekommen. Wie schön, dich zu sehen!« Sie umarmten und küssten sich. »Mensch, siehst du gut aus! Wie geht's Biddy? Wie hat sie die Fahrt überstanden?«

»Es geht ihr gut. Im Augenblick schläft sie. Wir haben einen kleinen Abstecher gemacht. Palmer, dich hatte ich gar nicht erwartet! Wie ich gehört habe, sind Mika und Bobby auch hier.« Sami sprudelte die Sätze hervor und versuchte währenddessen, sich auf die sichtbar enge Beziehung zwischen ihrer Mutter und Palmer einzustellen.

Lily schien das nicht zu bemerken. »Und Pauline kommt aus Perth her. Ross hat sie überredet. Es wird wundervoll! Wir haben so viele Neuigkeiten.«

Palmer umarmte Sami flüchtig. »Hallo, Sami. Wie war die Wüste?«

»Interessant. Schwierig. Ich erzähle dir später davon.«

»Kann's kaum erwarten.«

»Was ist das alles?« Sie deutete auf die Papiere. Ohne die Antwort abzuwarten, fügte sie hinzu: »Offenbar hat hier jeder seine Finger drin.« Sie sah ihre Mutter herausfordernd an. »Halb Broome ist dir hierher gefolgt. Das ist ja das reinste Ferienlager!«

Sofort war Lily unbehaglich zumute. »Sami, bitte sei nicht so. Das sind Freunde, die uns helfen wollen. Und wenn wir etwas zusammen tun können, warum nicht? Es wird der Farm auf lange Sicht nutzen, hoffe ich. Dave und Tim stimmen mir da zu.«

Sami merkte, dass ihr die Beziehung zu ihrer Mutter schon wieder zu schaffen machte. »Super. Tja, dann will ich dich nicht aufhalten. Ich muss noch eine Menge Zeug von dir aus dem Wagen holen.« Mühsam versuchte sie, die Tränen zurückzuhalten.

»Liebes, sei doch nicht albern.« Lily sah zu Palmer hinüber und streckte die Hand nach Sami aus. Doch die entzog sich ihr.

»Hör auf, mich zu behandeln, als wäre ich fünf! Warum musst du immer im Mittelpunkt stehen? Du interessierst dich kein Stück für das, was ich tue!«

»Das ist nicht wahr!« Lily war entsetzt und verletzt. »Sami, lass uns reden. Das ist einfach zu albern.«

»Mami, nimm mich endlich ernst. Du weißt überhaupt nichts von mir!«

»Weil du mir nie etwas erzählst!« Samis Ausbruch machte Lily verlegen, doch Palmer blieb ungerührt.

»Sami, was hältst du von einem Spaziergang durch dieses Ferienlager?«, fragte er. »Deine Mutter muss Biddy begrüßen, und ich habe dir einiges zu erzählen, was ich mir aufgespart habe. Ich wollte warten, bis du vom Kameltreiben – oder was auch immer – zurück bist. Es wird dich freuen, hoffe ich.« Er nahm sie am Arm und führte sie mit sanftem Druck in Richtung Creek. »Gehen wir runter zur Bucht.«

»Weshalb bist du hier?«, fragte Sami.

»Wegen dir.« Er grinste, wurde jedoch sogleich wieder ernst. »Nein, ursprünglich habe ich Ross hergebracht, damit er Schwester Angelica kennen lernt. Kurz gesagt, er hat jetzt den Job, ein Ausbildungsprogramm für junge Aborigines aus den örtlichen Gemeinden zu leiten. Sollen wir?« Er deutete auf eine alte Bank unter einem Baum.

In dem Gefühl, ihr wäre die Luft herausgelassen worden, ließ Sami sich auf die Bank fallen. »Bitte sag jetzt nicht, ich sei albern gewesen.«

»Nein, Gefühle sind nie albern. Es steht mir nicht zu,

mich einzumischen, aber ich vermute, diese Gefühle haben etwas mit der Überraschung zu tun, mich bei deiner Mutter zu sehen. Ich habe sie in letzter Zeit näher kennen gelernt. Das hast du nicht mitbekommen, weil du nicht hier warst. Aber keine Sorge. Ich will nicht der Auslöser für einen Streit sein, also werde ich mich zurückziehen.«

»Und daran bin dann ich wieder schuld!«

»Deine Mutter hat genug mit der Ernte am Hals, der Ankunft der Investoren, dem Versuch, die Muschelkapazität rasch zu vergrößern und mit dem alten Dave fertig zu werden, der allmählich ein bisschen abbaut. Sie verlässt sich sehr auf Tim.«

Sami kaute auf der Lippe. »Ist Tim ein guter Mann? Ich werde nicht schlau aus ihm. Er hat sich hier bei meiner Mutter eingenistet, und ich weiß nicht, ob er ihr gegenüber ehrlich ist oder nur für sich selbst das Beste herausholen will.«

Palmer erkannte die Konkurrenz und die Unsicherheit, die zwischen Mutter und Tochter herrschten. Jeder, der Lily mochte und von ihr gemocht wurde, stahl Sami in ihren Augen die Zeit ihrer Mutter. »Du kannst dir über Tim klar werden, wenn ihr beide Biddy die Küste hinaufbringt.«

»Ja, und ich mache mir deshalb Sorgen.«

»Ich würde ja mitkommen, aber ich habe verschiedene Termine. Hier oben gibt's noch einiges für mich zu tun. Apropos: Wie läuft's denn bei dir?«

Sie musste lächeln. »Ich hatte Post in Broome, die Anmerkungen meines Doktorvaters zur ersten Hälfte meiner Dissertation. Jede Menge Rot, aber ich bin offenbar auf dem richtigen Weg.«

Palmer klopfte ihr auf die Schulter. »Bravo! Ich habe nie daran gezweifelt. Und das Beste kommt noch. Also, jetzt stell dich erst einmal dieser Fahrt mit Tim und begleite

Biddy auf ihrer Reise. Du weißt doch nun, dass deine Zukunft in eine ganz bestimmte Richtung führt. Hast du das deiner Mutter schon erzählt?«

»Noch nicht. Ich schätze, sie wird sich darüber freuen.«

»Sie sorgt sich um dich, Sami. Und sie hat im Augenblick viele Sorgen! Deine Neuigkeiten werden sie aufheitern.«

Sie lächelte ihn dankbar an. »Und werde ich je so eine weise Eule wie du?«

»Wie Doonbi, die Eule?«

Sami lächelte. Ihr fiel die Geschichte wieder ein, die Goonamulli ihnen erzählt hatte, als sie die Bilder einer kleinen Eule, einer Süßwasserschildkröte und eines Buschhuhns auf den Felsen im Wandjina-Land in den Schluchten des Kimberley-Plateaus betrachtet hatten.

Sie fand ihre Mutter bei Biddy, die noch schlief. Sami trat leise ein, doch ehe sie etwas sagen konnte, stand Lily auf und nahm sie in die Arme. »Es ist schon in Ordnung, Sami. Sag nichts. Ich liebe dich mehr als irgendetwas oder irgendjemanden auf der Welt.«

»Ich weiß. Ich weiß auch nicht, warum ich manchmal so ein Ekel bin. Es ist bloß – du bist alles, was ich habe.« Ihre Worte wurden von Lilys Schulter gedämpft.

»Das glaubst du vielleicht, und ich werde immer für dich da sein. Aber viele Menschen lieben dich, Sami. Akzeptier einfach, dass du es wert bist, geliebt und bewundert zu werden.«

»Es tut mir Leid, dass ich dich so angefahren habe. Ich war eifersüchtig. Ich betrachte Palmer als meinen Freund.«

»Und das ist er auch. Mir ist klar geworden, dass er etwas ganz Besonderes ist. Halte dich an ihn. Er ist dir gegenüber sehr loyal. Auch wenn er einen eigenwilligen Humor und einen entsetzlichen Musikgeschmack hat.«

Sami gluckste. »Er sagt, er kann auf dem Klavier Beethoven spielen, und ich glaube ihm.«

»Wann wir gehen auf den Logger da?«

Lily und Sami wandten sich zu Biddy um, die sie ansah.

»Morgen, Biddy. Mit der Flut«, sagte Sami. Sie drückte die Hand ihrer Mutter. Zugleich verschränkten Lily und Biddy ihre Blicke, etwas ging zwischen ihnen hin und her. Da wusste Lily, dass diese Fahrt für Biddy und Sami eine ganz besondere Reise werden würde.

Biddy reckte ihr Gesicht in die leichte Brise und atmete die salzige Luft ein. Sie saß bequem in einem Liegestuhl, den Tim mit Seilen gesichert hatte, damit er nicht wegrutschen konnte. Ein Baumwollplaid lag über ihren Beinen, und über ihr war ein Sonnensegel aufgespannt. Rakka hatte sich zu ihren Füßen zusammengerollt; Sami hatte sie nicht zurücklassen können.

»Sind Sie früher auf Loggern gesegelt, Biddy?«, fragte Tim vom Steuer aus. Sie hatten den Motor angeworfen, da der Wind zum Segeln nicht stark genug war.

»Alf hat mal auf den Loggern gearbeitet. Biddy und Alf fahren in kleinem Boot. Dingi-Boot. Angeln.«

»Biddy ist eine hervorragende Anglerin«, sagte Sami, die neben ihr saß.

»Was ist mit Ihnen? Angeln Sie gerne?«

»In Sydney hatte ich mit so was nichts am Hut. Aber Ross, Eugene und Bobby haben mich zum Krabbenfangen mitgenommen. Ziemlich schmutzige Angelegenheit, aber wir hatten viel Spaß!«

Tim dachte über ihre Antwort nach, dann sagte er beiläufig: »Das ist ein ziemlich bunter Freundeskreis von Ihnen, hier in Broome. Haben Sie in Sydney auch Umgang mit Leuten wie Eugene, Bobby und Farouz?«

Sami entging die Anspielung. »Da gibt es solche Leute

nicht.« Sie lachte. »Die sind typisch für Broome.« Als sie Tims spöttischen Blick auffing, fügte sie hinzu: »Ehe Sie danach fragen – ich fühle mich mit den Menschen hier sehr wohl. Aber es ist nicht meine Welt, verstehen Sie?«

»Wir leben alle in mehreren Welten, so viel ist sicher.«

»Ach ja? Nennen Sie mir doch ein paar von Ihren.« Sami wusste kaum etwas von Tim, abgesehen von dem Wenigen, das ihre Mutter ihr erzählt hatte.

»Meine Vergangenheit ist nicht besonders aufregend. Die übliche Ausbildung, jede Menge Reisen, ein Händchen für die Perlenzucht und ein paar Jahre Erfahrungen in Indonesien. Für die Arbeit war es fantastisch, in persönlicher Hinsicht ... traumatisch.«

»Probleme mit einer Freundin?«

»Ja. Können Sie die Krallenspuren noch sehen?« Er hob einen Arm. »Ein reizendes kleines Ding, süß wie sonst was ... für ein Weilchen. Und dann verwandelte sie sich in einen wilden Tiger mit einem entsprechenden Temperament.«

»Darum halten Sie jetzt Ausschau nach lieben Aussie-Mädchen. Wie Pauline«, kommentierte Sami.

»Ich mag Pauline. Ich mag überhaupt die meisten Frauen hier oben. Hat Biddy es bequem? Sie ist wieder eingeschlafen.«

Sami wandte sich um, um nach ihr zu sehen, und zog die Decke zurecht, ehe sie ihr Gespräch wieder aufnahm. »Ich war nicht sehr nett zu Ihnen, was?«

»Ich kann's verstehen. Sie wollen nur das Beste für Ihre Mutter. Das ist mir recht. Es hätte ja sein können, dass ein eloquenter Betrüger sie übers Ohr hauen will.«

Sami war nachdenklich.

»Wie passt Dave da rein? Ich weiß nicht recht, was ich von ihm halten soll. Ob er einfach nur ein Versager ist, ein einsamer alter Schluckspecht, oder ob er wegen irgendeinem Verbrechen aus England geflohen ist. Oder alles zusammen.«

»Es hat ein Weilchen gedauert, aber ich habe ihm seine Geschichte aus den Rippen geleiert. Aber das bleibt unter uns, ist das klar? Es wäre ihm verdammt peinlich, wenn Ihre Mutter davon erfährt.«

»Du liebe Güte, was für eine Geschichte?«

»Der alte Dave heißt eigentlich David Francis James George und ist der Sohn eines Adligen, des Sehr Ehrenwerten Richard Charteris, Absolvent von Eton und Christ Church in Oxford, einst konservativer Abgeordneter für Haddingtonshire.«

»Nein!«, rief Sami und musste laut lachen, als sie sich Dave vorstellte, wie er für gewöhnlich aussah: ein hagerer, runzliger, sonnengebräunter Mann mit zerzausten Haaren, schmuddeligen Shorts, altem T-Shirt und halb zerfetzten Turnschuhen.

»Dave wurde als Teenager in die Kolonie geschickt. Man hoffte, dass man dort aus einem Waschlappen einen Mann machen würde. Er hat auf irgendeiner großen Farm im Northern Territory gearbeitet und sich da wie in seinem Element gefühlt. Er wollte nicht mehr zurück. Im Gegenteil, von ihm aus konnte sein Bruder gern Gutsherr sein. Seitdem treibt Dave sich im Northern Territory und in den Kimberleys herum.«

»Woher hatte er denn das Geld, um die Star Two zu kaufen? Hat er das Familiengut geerbt, oder hat sein Bruder ihn ausgezahlt?«

»Noch anders: Sein Opa hat ihm den Großteil seines Geldes hinterlassen, und sein Vater und sein Bruder sind deswegen vor Gericht gezogen. Dave nahm einen bescheidenen Vergleich an und zog von dannen – davon hat er die Farm gekauft. Nach dem Tod seines Vaters hat Daves Bruder den Besitz übernommen.«

»Also sollte er eigentlich das House of Lords unsicher machen, statt hier oben auf einer alten Farm zu hausen?« Sami lachte. »Kein Wunder, dass ihn die Rentabilität der Farm nicht so drängt. Wie viel hat er denn wohl von seinem Erbe noch?«

»So weit bin ich nicht vorgedrungen. War ein bisschen zu persönlich.« Tim suchte das Meer ab, warf einen Blick auf den Kompass und zur Küste, dann auf die Karte. »Man weiß nie, wie die Menschen wirklich sind, bis man ihre Geschichte kennt. Sie sind nicht immer das, was sie zu sein scheinen.«

»Ich weiß«, erwiderte Sami leise. »In der Wüste habe ich eine ganz besondere Frau kennen gelernt. Wir sollten nicht über Menschen urteilen, bevor wir ihre Geschichte gehört und die Wahrheit über sie erfahren haben.«

»Einverstanden.« Beide verstummten. Dann deutete Tim zur Küste. »Sehen Sie die Landzunge mit der Felswand? Da ungefähr gehen wir an Land. Nette kleine Bucht, gut geschützt. Wir bekommen Biddy dort relativ leicht ans Ufer.«

»Falls Bridget und Dolly die Nachricht bekommen haben«, meinte Sami.

»Sie werden dort sein. Sie wissen diese Dinge.«

Biddy rührte sich, setzte sich ein wenig aufrechter hin und legte den Kopf schräg, als lausche sie. »Fast zu Hause, Biddy«, sagte Sami.

»Ja. Kann das Land hören, ruft nach mir.«

Kapitel neunzehn

Hand in Hand spazierten Bobby und Mika über einen menschenleeren Sandstrand an der Red Rock Bay. Zwei niedrige Landzungen umschlossen den Strand – er wirkte einsam und verlassen. Doch der Eindruck trog, der Strand gehörte zur Star Two. Allerdings lag er weit vom Hauptlager entfernt und war durch tropisches Dickicht, Palmen und Mangroven abgetrennt.

»Es ist so schön hier«, seufzte Mika und blieb stehen, um den Anblick zu genießen. »In Japan wäre es ein Traum, an einem solchen Ort zu leben.«

»Wir sind doch alle Träumer. Ich versuche immer noch, meine Träume und Pläne zu verwirklichen«, sagte Bobby.

Mika nahm seine Hand, und sie gingen weiter. »An schönen Träumen ist nichts auszusetzen«, beteuerte sie.

»Und wovon träumst du, Mika?«

Sie hob eine kleine Muschel auf und ließ sie in ihre Hosentasche gleiten. »Die Träume japanischer Mädchen sind nicht besonders aufregend. Ich bin gerne Lehrerin. Aber im Allgemeinen bestehen unsere Optionen in einer konventionellen Laufbahn als Sekretärin und so weiter, dann Heirat und Familie.«

»Du kommst mir aber nicht sehr konventionell vor. Deine Forschungen in der Historischen Gesellschaft, das ist doch nicht das, worauf die Rucksacktouristen normalerweise aus sind. Worum ging es dabei eigentlich?«

Mika ließ seine Hand los. »Setzen wir uns ein Weilchen, dann erzähle ich's dir.« Sie setzten sich in den Sand und blickten hinaus auf die Bucht. Mika umschlang ihre Knie mit den Armen und beobachtete eine Seemöwe, die am Himmel Kreise zog. »Ich habe meine Familiengeschichte recherchiert. Zuerst in Japan und jetzt hier in Broome. Meine Familie stammt aus der Präfektur Wakayama.«

Bobby warf ihr einen Blick zu. »Von dort kamen viele japanische Taucher nach Nordaustralien.«

Sie nickte. »Ich weiß. Mein Ururgroßvater Yoshi war die Nummer eins bei Kapitän Tyndall. Ich habe ein Foto, auf dem die beiden zusammen drauf sind.«

»Das glaub ich nicht!«, rief Bobby. »Weiß Lily davon?«

»Nein. Ich habe mich nicht getraut, ihr zu sagen, dass ich im Archiv die Tagebücher ihrer Familie gelesen habe«, sagte Mika. »Sonst denkt sie, dass sie mich irgendwie besonders behandeln müsste. Verstehst du?«

»Aber du bist etwas Besonderes! Sie würde sich darüber freuen. Wow, das ist ja was! Kein Wunder, dass du geschickt mit den Muscheln bist – es liegt dir im Blut.« Er war ganz aus dem Häuschen über diese Neuigkeiten.

Mika legte Bobby die Hand auf den Arm. »Bitte, Bobby. Ich möchte ihr das selbst sagen. Wenn der richtige Augenblick gekommen ist.«

»Klar, Mika, wie du willst! Was hast du denn sonst noch rausgefunden?«

»Das ist eine lange Geschichte. Bitte. Ich möchte nicht, dass jemand davon weiß. Noch nicht.«

»Okay.« Bobby verstand ihre Zurückhaltung nicht, aber er würde tun, worum sie ihn bat. Er nahm wieder ihre Hand.

Im stillen Innenhof des Restaurants in Broome stellte Ross ein Bier vor Detective Karl Howard auf den Tisch. »Willkommen zurück im Paradies«, sagte der Polizist und hob sein Glas. »Und wie macht sich Perth dieser Tage?«

»Nicht schlecht für eine Großstadt. Ich habe ein paar interessante Leute kennen gelernt, ein paar Punkte gesammelt und einiges aufgeschnappt, was dich interessieren könnte. Übrigens habe ich mich da auch mit Pauline Despar getroffen.«

»Wie geht es ihr dort?«

»Gut. Sie kommt bald zurück. Aber erst fährt sie auf Lily Bartons Farm, sie braucht eine Atempause und will sich inspirieren lassen.«

»Fein! Und was sind die echten Neuigkeiten?«

»Es wurde noch etwas aus ihrem Laden gestohlen. Sie hatte das Ding vergessen, bis ich sie danach gefragt habe. Es ist ein altes Medaillon in Form einer Sonne mit großen Strahlen. Bobby bekam es offenbar von Matthias Stern. Pauline hat es sich ausgeliehen, um es für eine Schmuckkollektion mit Himmelsmotiven zu kopieren, an der sie arbeitet oder so – ich kenne mich da nicht aus.«

Detective Howard grinste. »Klar, kann ich mir vorstellen. Und wie viel ist das Ding wert?«

»In Bargeld nicht viel, schätze ich.«

»Aber wertvoll genug, um es im Safe aufzubewahren!«

»Na ja, vielleicht. Kommt wohl drauf an, welchen Maßstab man anlegt, oder? Jedenfalls ist Pauline bald wieder da. Bobby kann dir das Ding genau beschreiben, falls du es eilig hast.«

»Weißt du was? Unser Matthias Stern war gar nicht der umgängliche, zerstreute Professor, als den Bobby Ching ihn beschrieben hat. Na, vielleicht war er das mal, aber er hatte ein Problem – Glücksspiel.«

»Er hatte Schulden?« Ross trank von seinem Bier.

»Und wie. Die deutsche Polizei hat seine Bankkonten und andere Quellen überprüft. Die Ermittlungsergebnisse haben bestätigt, dass er in einem Spielkasino in der Nähe von Kuala Lumpur einen ganzen Batzen gelassen hat. Aber die Schulden wurden getilgt, und dem Kasinopersonal zufolge tat er sich mit jemandem zusammen. Mit einem Kerl, den man in Malaysia gut kannte.«

»Er muss hin und wieder mal was gewonnen haben, oder er hat sein gesamtes Gehalt verpulvert, um da mithalten zu können!«

»Nein, Stern kam vor einiger Zeit in Verruf, und sein Vertrag an der Universität wurde nicht verlängert. Seinem Sohn sagte er allerdings, er hätte etwas in Aussicht. Irgendein Geschäft, das ihm einen Neubeginn ermöglichen würde.«

»Weiß der Sohn, was das war?«

»Entweder weiß er es nicht, oder er sagt es nicht. Ich habe der deutschen Polizei erzählt, was auf der Postkarte steht. Der Sohn bleibt dabei, dass sein Vater danach keinen Kontakt mehr mit ihm aufgenommen habe. Und er selbst wisse nicht, ob das Geschäft, auf das Stern anspielte, tatsächlich zustande kam. Na, was hältst du davon, Ross? Könnte ein Zusammenhang mit seiner Ermordung bestehen?«

»Auf der Karte stand etwas von einem Geschäft an einem Sonntag und irgendeiner Ware, stimmt's? Hm, er hatte nichts Wertvolles bei sich, wenn man das Sonnending nicht mitzählt.«

»Mir ist nicht klar, was ein wertloses Schmuckstück damit zu tun haben soll. Wir müssen uns an den Mann halten, mit dem er sich in Kuala Lumpur zusammengetan hat – und an die plötzliche Reise von Stern in die hinterste Landesecke, zu einem Rendezvous auf einer Farm im Outback.«

»Da kannte sie niemand. Keiner hätte da auch nur Notiz von ihnen genommen. Du interessierst dich jetzt also mehr für den Mann, den er da treffen wollte?«

»Ja. Und vielleicht bringt diese Sonne doch etwas Licht

in die ganze Geschichte«, sagte Howard und grinste, zufrieden mit seinem Wortspiel.

»Noch ein Bier?«

»Warum nicht.« Der Polizist winkte dem Kellner und hielt zwei Finger hoch.

Ross – oder der Polizist in ihm – genoss dieses Gespräch. »Ich vermute, du erwägst eine diskrete Unterrichtung der Medien. Ein hübsches Bild des Sonnenmedaillons zum Beispiel?«

»Auf jeden Fall. Aber erst will ich mit Bobby und Pauline sprechen ... sonst noch mit wem?« Seine leicht erhobene Augenbraue amüsierte Ross, aber er hatte verstanden.

»Palmer, dieser Wissenschaftler, würde sich vielleicht lohnen. Aber erwähn meinen Namen nicht, okay? Er ist an der Red Rock Bay.«

»Keine Sorge. Danke, Kumpel. Zum Wohl.« In gegenseitiger Anerkennung erhoben sie die Gläser.

Die *Georgiana* ankerte so nah am Ufer, wie die Wassertiefe es ermöglichte. Von dem kleinen Strand aus winkten und riefen Dolly und mehrere andere Frauen. »Hey, Biddy? Willst an Land schwimmen?«

»Wird auch Zeit, dass du dein Land besuchst. Sind 'ne Menge Leute hier wegen dir!«

Biddy gackerte, sie genoss es, im Mittelpunkt zu stehen.

»Gott, ist das schön hier«, sagte Sami. »So friedlich. Jetzt würde ich liebend gerne bleiben, Tim – das ist ein tropisches Paradies! Ich verstehe, warum es meiner Mutter hier gefällt.«

»Es hat sicherlich etwas mit den anderen Frauen zu tun, und weil der Platz für Ihre Familie eine solche Bedeutung hat«, sagte Tim vage. Sami merkte, dass Lily ihm von ihren

Aufenthalten hier erzählt hatte. Nach diesem Ausflug würde sie ihre Mutter fragen, was sie hier mit den Frauen in ihrem alljährlichen Lager erlebt hatte. Hier, wo man Lily allmählich in ihre Bräuche und ihre Kultur einführte.

Biddy stand schon bereit und trug ihre kleine Leinentasche. »Jetzt gehen.« Ihre Augen glänzten, sie strahlte mehr Energie aus, als Sami seit langer Zeit an ihr bemerkt hatte.

Tim kletterte über die Taucherleiter ins Dingi und verstaute Biddys zusammengerollte Matratze, ihr Bettzeug und ihre wenigen Habseligkeiten. Während er das kleine Boot festhielt, half Sami Biddy, sich auf den Schandeckel zu setzen und ihre Beine über Bord zu schwingen. Tim hob sie ins Boot. »Halten Sie sich an beiden Seiten fest, Biddy«, wies Tim sie an und ruderte zum Strand.

Sami zog sich bis auf den Badeanzug aus und sprang mit den Füßen voran ins warme Wasser. Sie schwamm so schnell sie konnte, um vor Tim am Strand zu sein. Rakka wollte ihr Frauchen nicht allein lassen, sprang hinter ihr her und schwamm ebenfalls auf den Strand zu.

Die Frauen begrüßten Sami lächelnd, und eine junge Frau stellte sich vor. »Hallo. Ich bin Janet. Ich komme aus Derby, ich arbeite da in der Verwaltung der Aborigine-Dienste. Du siehst deiner Mutter ähnlich, das gleiche Lächeln«, sagte sie.

»Es ist wunderschön hier, kein Wunder, dass ihr hierher kommt«, erwiderte Sami.

»Es ist unser Land! Du wirst auch eines Tages kommen und dein Land erfahren müssen, Sami«, sagte Janet. »Komm, ich zeige dir das Lager.« Sie warf einen Blick zurück: Tim half Biddy an Land und begrüßte die anderen Frauen. »Wir sind dieses Mal ein Dutzend Frauen. Dolly ist eine der Ältesten, sie ist diejenige mit dem Gesetz, sie kennt die Zeremonien, die Dinge, die Biddy tun will. Die Plätze, an die sie gehen muss.«

»Biddy hat gesagt, sie war seit ihrer Jugend nicht mehr hier«, meinte Sami und folgte Janet einen schmalen Pfad entlang, vorbei an einer Lagune mit blassrosa Seerosen.

»Es ist wichtig, dass sie herkommt und ihre Abschlussrituale vollzieht. Ihren Frieden mit den Ahnen macht. Danke, dass du sie hergebracht hast. Es bedeutet viel, wenn jemand aus der Familie sie auf ihrer letzten Reise hierher bringt.«

»Oh. Das habe ich gerne getan. Soll ich bleiben?« Sami war sich bewusst, dass das Protokoll hier oberste Priorität hatte.

»Deine Zeit wird kommen. Rosie hat gesagt, ihr wollt für ein, zwei Tage zum King Sound? Das reicht uns. Wenn du Biddy abholst, haben wir etwas Zeit zusammen. Ich würde gerne etwas über deine Arbeit erfahren. Du schreibst gerade deine Doktorarbeit, nicht wahr?«

»Ähm, ja. Ich sammele hier draußen jede Menge Material. Ich bin an der Uni Sydney.«

Janet nickte. »Gut, gut. Schau, hier ist unser festes Lager, aber wir benutzen es nur zu bestimmten Zeiten im Jahr.« Sie zeigte Sami die Zelte und die einfachen Unterstände aus Rinde, unter denen Bettzeug und Schlafsäcke rund ums Lagerfeuer lagen. »Im Sommer schlafen ein paar von uns in Hängematten oder im Freien in ihrem Bettzeug. Jetzt sind die Nächte kühl, dafür haben wir diese einfachen Unterkünfte.«

»Biddy ist an ein weiches Bett und ein beheiztes Haus gewöhnt«, warf Sami besorgt ein.

»Keine Sorge, wir kümmern uns um sie.« Janet lächelte.

»Ich glaube, sie hat es gut hier«, flüsterte Tim Sami zu. Die beiden beobachteten, wie die Frauen Biddy im Schatten eines Bloodwood-Baums in einen Klappstuhl mit Kissen setzten. Gemeinsam hatten sie sich einen Topf Tee und ein paar Kekse geteilt und waren nun bereit zum Aufbruch.

Sami kniete sich vor Biddy hin. »Biddy, bist du glücklich? Möchtest du, dass ich bei dir bleibe? Rosie und Mami haben gesagt, ich soll mich um dich kümmern!«

»Warst gut zur ollen Biddy. Das meine besondere Zeit, gibt Sachen zu tun. Meine Lieder singen, malen, Geistwesen besuchen, meine Geist-Heimat. Pah, Biddy hat viel Arbeit.«

Sami lächelte. »Wir sind in ein paar Tagen wieder da.«

Biddy beugte sich vor und legte Sami ihre dünne Hand auf den Kopf. »Das sein besondere Zeit für dich, Mädchen. Lernzeit. Musst unsere Bräuche lernen, tu das für Biddy. Lern die Geschichten.«

Sami wusste nicht genau, was die alte Frau damit meinte, doch sie nickte. »Das werde ich, Biddy.«

»Sami, wir sollten jetzt gehen«, sagte Tim leise.

Plötzlich konnte Sami es nicht ertragen, die alte Frau zurückzulassen. Sie rief Rakka zu sich. »Guter Hund. Bleib bei Biddy, bis ich zurückkomme. Pass auf sie auf. Kein Herumstöbern, klar?«

Gehorsam legte Rakka sich Biddy zu Füßen und bettete ihre Nase brav auf ihre Pfoten.

»Kannst du bitte auf Rakka aufpassen, Janet? Da ist ein langes Seil, mit dem kannst du sie anbinden, wenn du das Lager verlässt.«

»Nee, die kommt mit uns zum Jagen. Die sein gut«, sagte eine der anderen Frauen. »Ist kluger Hund.«

»Biddys Hund«, verkündete Biddy und tätschelte Rakka den Kopf.

»Bis dann also.« Bewegt umarmte Sami den knochigen Körper der alten Frau.

»Geh du, Sami. Biddy sein hier, wenn du wiederkommen. Biddy wird immer auf dich aufpassen.« Die Stimme der alten Frau war kräftig.

Tim nahm Sami am Arm und zog sie sanft fort. »Kommen Sie, wir gehen. Bis dann, Ladys.«

Unfähig zu sprechen, nickte Sami zum Abschied.

»Gehen Sie weiter, Sami, nicht zurückschauen«, sagte Tim.

Rakka hob den Kopf und sah ihnen nach, bis sie im Busch verschwunden waren. Dann warf sie Biddy einen ergebenen Blick zu und ließ den Kopf mit einem hörbaren Seufzen wieder auf die Pfoten sinken.

Sami starrte zurück zu der kleinen Bucht, während Tim aufs offene Meer hinaussteuerte und Kurs aufs Kap Leveque nahm. Sie war merkwürdig traurig und fühlte sich mit Tim allein nicht ganz wohl, wenn auch sicher. Er war ein guter Kapitän. Gelegentlich bat er sie, das Steuer zu übernehmen, wenn er unter Deck musste oder am Motor herumbastelte. Sie hatten nicht viel miteinander gesprochen, Tim schien zu spüren, wie es ihr ging. Doch nun rief er fröhlich: »Ist es nicht Zeit für den Nachmittagstee?«

»Okay. Zu Befehl, Sir. Was auch immer.« Sami ging in die winzige Kombüse, zündete den kleinen Gaskocher an, setzte Wasser auf und zog einen Baumwollpullover über. Der Wind hatte aufgefrischt, der Bug der *Georgiana* neigte sich wie der Kopf eines buckelnden Ponys.

Sami war froh, als Tim am späten Nachmittag einen Ankerplatz für die Nacht suchte. »Haben Sie eine bestimmte Stelle im Auge, oder suchen Sie aufs Geratewohl?«, fragte sie, als sie sich der Küste näherten.

»Es sieht zwar aus wie eine zufällige Wahl, aber in Wirklichkeit habe ich den Platz vorher bereits ausgesucht«, gestand er.

»Gut.«

Müde aßen sie die Mahlzeit, die Sami zubereitet hatte, auf Deck sitzend, die Teller auf dem Schoß. Dann ging Sami nach unten und schlief in einer Vorderkoje.

Morgens nach dem Frühstück lichteten sie den Anker.

Der Motor sprang beim ersten Versuch an. Sie umrundeten das Kap und segelten in den King Sound. Delphine tollten um den Bug ihres Schiffes herum. Konzentriert studierte Tim die Seekarte. »Es gibt ziemlich heftige Gezeitenkabbelung hier in der Gegend, darauf müssen wir Acht geben«, sagte er beiläufig und deutete auf die Karte. »Das ist Sunday Island, um die Jahrhundertwende war da eine Missionsstation. Nach und nach sind die Leute nach Broome, Derby und Wyndham abgewandert.«

»Sind sie nicht mehr dahin zurückgekehrt?«

»In den Dreißigern schon, glaube ich, aber die Station war zum Untergang verdammt. Zu abgelegen, keine Unterstützung. Manche überlegen, dort den Problemen im Dorf am One Arm Point zu entkommen, und manchmal fahren Touristen hin, um sich die Ruinen der Missionsstation anzusehen – dafür muss man die Gezeiten kennen. Aber sie ist bis jetzt immer noch unbewohnt.«

»Wo wollen Sie also hin? Die Gegend scheint gefährlich zu sein.«

»Nicht, wenn man sie kennt. Ich habe meine Hausaufgaben gemacht, keine Sorge.«

Er steuerte vorsichtig, und der Tag verging. Als sie Anker warfen, hatte Tim entschieden, welches Gebiet er erkunden wollte. Früh am nächsten Tag wollte er tauchen gehen. Es war eine ruhige Nacht, und sie saßen nach dem Abendessen an Deck und teilten sich unter dem Sternenhimmel eine Flasche Wein. Zum ersten Mal, seit Sami diese Fahrt auf der *Georgiana* angetreten hatte, war sie völlig entspannt. »Jetzt bin ich doch froh, dass ich mitgekommen bin. Mir graute nämlich davor.«

Tim lachte. »Vor mir? Vor der Seereise, oder vor der Verantwortung für Biddy?«

»Nichts für ungut, aber – eigentlich vor allem.«

»So ist das Leben eben. Manchmal stellen sich die Dinge, zu denen man sich überwinden muss, als Pluspunkte heraus. Ich habe gelernt, mich immer wieder zu zwingen, solche Grenzen zu überschreiten.«

»Ich war da bisher eher feige. Habe versucht, Unangenehmes oder Schwieriges zu ignorieren und gehofft, es würde sich in Luft auflösen.« Sami war von diesem Geständnis selbst überrascht; es musste am Wein und am Schauplatz liegen.

»Sie sind eher eine Einzelgängerin, stimmt's?«, meinte Tim. »Sehr unabhängig. Es ist aber nichts dabei, manchmal Hilfe zu brauchen, ehrlich zu zeigen, wie man sich fühlt. Ich habe Sie beobachtet. Sie sind sehr abweisend. Stachelig wie ein Kaktus, in dem sich weiches breiiges Wasser verbirgt.«

Sami warf den Kopf zurück, lachte und versuchte seine Beobachtung, die der Wahrheit ziemlich nahe kam, herunterzuspielen. »Igitt! Das ist ja ein furchtbarer Vergleich.«

»Ich habe das Pingpong zwischen Ihnen und Ihrer Mutter beobachtet, und ich denke, es liegt daran, dass Sie nur sich beide haben. Ihr Vater gehört nicht dazu. Sagen Sie mir, welche Rolle spielt Palmer?«

»Er ist eine Art Schiedsrichter geworden, schätze ich. Ich bewundere ihn und genieße seine Gesellschaft, und ich kann Dinge mit ihm teilen, die ich mit niemand sonst teile. Außerdem ist er mein Mentor. All das, was man sich von seinem Vater wünscht, denke ich.«

»Hmm.« Tim bohrte nicht weiter nach. Die letzte Bemerkung sprach für sich, und ihm war klar, dass Palmer sich in einer schwierigen Lage befand, nun, da er eine enge Beziehung zu Lily hatte. Doch das Bild, das Tim von Sami hatte, änderte sich. Er hatte sie als selbstsüchtigen und aggressiven Menschen erlebt. Nun sah er durch ihre harte, aber hauchdünne Schale. »Ach, lassen Sie die Dinge auf sich zukommen, Sami. Man beurteilt die Leute zu schnell nach dem Äußeren. Ich glaube, auch ich habe so diverse Fehlurteile gefällt.« Er ließ diese Bemerkung offen, damit Sami sie nicht persönlich nahm.

Und die junge Frau überrumpelte ihn ... Sami wagte den Sprung, indem sie leidenschaftlich, doch mit sanfter Stimme sprach: »Tim, kann ich Ihnen ... dir etwas erzählen, ganz im Vertrauen? Es muss aber unter uns bleiben. Ich habe da diese wunderbare Frau kennen gelernt, und ihre Geschichte bricht mir das Herz. Ich möchte ihr so gerne helfen. Sie heißt Leila ...«

Und während das Deck der *Georgiana* sich unter einem weiten Sternenhimmel sanft hob und senkte, erzählte Sami Leilas Geschichte.

Tief bewegt – jedoch nicht nur von Leilas verzweifelter Lage, sondern auch von Samis tiefen, aufrichtigen Gefühlen – hörte Tim ihr zu.

»Also hoffe ich, dass Harlan irgendwelche Fäden ziehen, dass er irgendwie helfen kann«, schloss Sami. »Ich meine, was würdest du tun?«

»Wenn es meine Frau wäre, meine Kinder, mein Leben? Genau dasselbe wie Leila. Ich könnte mich endlos darüber auslassen, was für ein verdammtes Glück wir in diesem Land haben, aber es klingt ein bisschen unglaubwürdig, wenn man weiß, was mit den armen Schweinen passiert, die hierher geflohen sind – legal oder illegal. Ein Flugzeug, ein Schiff, entweder Bestechung oder Schlangestehen – es geht ums Überleben.«

Sami bedachte seine Antwort. »Überleben. Ja. Aber allein zu überleben ist hart – ohne Familie, meine ich. Die Aborigines da draußen waren ein kleiner Trost für sie, aber lange kann sie wahrscheinlich nicht mehr dableiben.«

»Stimmt. Komisch, dass die zuständige Polizei noch nichts mitbekommen hat! Wie geht's jetzt weiter?«, fragte Tim.

»Ich werde vermutlich Harlan zu ihr bringen müssen. Und dann versuche ich, Leila dazu zu bringen, dass sie ihre Situation annimmt. Sie muss aus der Wüste kommen.«

Tim deutete in die Dunkelheit. »Ich frage mich, ob Biddy jetzt, wo sie wieder in ihrem Land ist, über ihre verschiedenen Lebensphasen nachdenkt? Wie man sie aus ihrer Familie entführte, sie in eine Lebensweise und in Lebensumstände drängte, die sie nie haben wollte. Und nun ist sie endlich heimgekehrt.«

»In ihre Geist-Heimat.«

»Genau.«

»Für Leila ist es ein bisschen komplizierter, denke ich«, sagte Sami. »Sie ist weit weg von zu Hause, und sie kann nicht mehr zurück. Das hat sie mir ganz deutlich gesagt.« Sie hielt inne und fragte sich, was Leila jetzt wohl gerade tat. Dann fuhr sie fort: »Das ist es doch eigentlich, was wir alle wollen: wissen, wo unser Zuhause ist. Wir wollen dort sein und die Gespenster und Träume zur Ruhe bringen.«

»Zu Hause bedeutet für mich Familie«, sagte Tim. »Doch heutzutage scheint in weiten Teilen der Welt diesbezüglich große Verwirrung zu herrschen.«

Sami fühlte sich von diesem intensiven Gespräch emotional ausgelaugt. Zum Glück riss ein Platschen ganz in der Nähe sie aus dieser Stimmung. »Himmel, was war das? Ein Hai?«

»Irgendein Fisch. Und zwar ein großer. Wollen wir die Schnur auswerfen? Vielleicht fangen wir was zum Frühstück.« Tim fischte im Handumdrehen das Angelzeug aus einem Spind. In der nächsten Stunde kämpfte Sami mit diversen Barramundis und verlor die meisten wieder, ehe sie mit Tims Hilfe ein Prachtexemplar angelte.

»Das ist ein richtig großer Barramundi, mindestens zwölf Kilo! Der macht uns eine ganze Woche satt«, sagte er.

»Er ist viel zu schön. Bitte, werfen wir ihn zurück.«

Sami versuchte den krampfhaft zappelnden Fisch aufzuheben. In ihrer Stimme schwang das gleiche Mitleid, das Tim gespürt hatte, als sie über Leila gesprochen hatte.

»Okay, du hast ja Recht.« Er löste den Haken aus dem Maul, und gemeinsam hoben sie den Fisch über die Reling. Mit einem silbrigen Aufblitzen tauchte er unter.

In dieser Nacht träumte Sami von dem riesigen Fisch, eben dem Fisch, den sie auch auf einem uralten Felsbild gesehen hatte. Doch der Fisch hatte die Sonne verschlungen, und in seinem Bauch sah sie eine Myriade kleiner lodernder Sonnen.

»Was glaubst du, was das zu bedeuten hat?«, fragte sie Tim am nächsten Morgen beim Frühstück.

»Jesses, ich weiß nicht.« Er war abgelenkt, und Sami hielt den Mund, als er noch einmal die Tauchprozedur mit ihr durchging: wie sie nach seinen Atembläschen Ausschau halten sollte, wie sie der Leine, die als Sicherheitsmaßnahme an seinem Gürtel hing, Spielraum ließ.

Er wies Sami in den Gebrauch des Funkgeräts ein, erklärte ihr das Notrufsignal und wie man den Motor anwarf. »Bloß für den Fall, dass ich nicht vom Einkaufen zurückkomme!« Er lächelte schwach über ihren fragenden Blick. »Wenn ich nicht wieder auftauche«, erklärte er.

Tim hatte längere Zeit auf einen kleinen grünen Bildschirm in der Nähe des Steuers geschaut, und Sami fragte sich, warum er mit dem Schiff gekreist und noch einmal über ein bestimmtes Gebiet hinweggefahren war. Schließlich sah er auf. »Da unten ist etwas Merkwürdiges auf dem Echolot zu sehen. Und es ist wohl auch kein Riff. Ich sehe am besten mal nach.«

»Kein Fischschwarm oder so?«

»Nein. Aber wir werden es bald wissen.«

Im Nasstaucheranzug mit Schwimmflossen und Taucherbrille, die Sauerstoffflaschen auf dem Rücken, Gewichte, Taschenlampe und ein Messer an seinem Gürtel befestigt, sah er für Sami aus wie ein Außerirdischer. Er spuckte in seine Taucherbrille, wusch sie im Meer aus, setzte sie auf und sah dann auf die klobige Uhr an seinem Handgelenk. »Beim ersten Tauchgang bleibe ich fünfunddreißig Minuten unten. Wir treiben, auch wenn ich einen leichten Anker geworfen habe. Siehst du, die Strömung verläuft in diese Richtung. Lass eine Hand auf meinem Seil, und wenn ich dreimal dran ziehe, musst du mich raufziehen – das bedeutet Schwierigkeiten.«

Sami nickte. »Keine Panik.«

Er ließ sich auf dem Schandeckel nieder, setzte das Mundstück ein, ließ sich nach hinten kippen und fiel mit einem Platschen ins Wasser. In einem ganzen Schwall Atembläschen verschwand er. Plötzlich war es sehr still.

Sami sah hinab in das leuchtend blaue Wasser. Ihr fielen die dramatischen Geschichten ein, die ihre Mutter, ihr Taucherfreund Chris und andere ihr erzählt hatten. Die Riesentintenfische, die Haie, die Riesenmuscheln, die Gefahren unter Wasser wirkten plötzlich sehr real. Sie wartete, die Hand auf dem Seil, das im Meer verschwand. Ihre Verbindung mit dem Mann tief unter ihr fühlte sich so schwach an, dass sie dem Drang widerstehen musste, das Seil – und damit auch ihn – festzuhalten und es nicht mehr durch die Finger gleiten zu lassen. Hin und wieder trieb eine Traube Luftbläschen still an die Oberfläche.

Sie trug keine Uhr und hatte sich im Anblick des stillen Ozeans verloren, sodass sie keine Ahnung hatte, wie viel Zeit vergangen war. Als ihr das plötzlich klar wurde, spürte sie Panik in sich aufsteigen. Und im nächsten Augenblick zuckte das Seil in ihrer Hand dreimal! Sami keuchte laut auf und begann hektisch, das Seil hochzuziehen. Es war bleischwer, und sie kämpfte sich verzweifelt ab. »O nein! Was ist passiert?«, schrie sie.

Kurz darauf hämmerte es an die andere Schiffsseite. Sie schrie auf und hätte beinahe das Seil losgelassen. Doch als sie sich umsah, erblickte sie einen grinsenden Tim, der sich ans Schiff klammerte. »Lass nicht los«, rief er. »Ich schwimme rum zur Leiter.«

»Das war gemein, ich habe mich total erschrocken! Aber keine Sorge, meine Rache kommt schon noch! Also, was hängt am anderen Ende des Seils, wenn schon nicht du?«

Tim lachte. »Du wirst es nicht glauben. Es ist unwirklich. Mir wäre beinahe die Luft ausgegangen.«

»Ich fand auch, dass du lange weg warst. Was ist denn da unten?«, fragte sie. Sein Gesicht war gerötet, er wirkte aufgeregt.

»Ich war da unten und habe an nichts Böses gedacht, da taucht doch plötzlich dieser verdammt große Umriss vor mir auf.«

»Ein Hai.«

»Ein Wrack.«

»Ein Schiffswrack!«

»Genau, und noch ziemlich frisch. Sieht aus wie ein indonesisches Fischerboot.«

Sami beugte sich über die Reling und versuchte, im Wasser etwas zu erkennen.

»Es liegt ungefähr fünfzehn Meter tief. Ist beschädigt, der Rumpf ist geborsten. Die Ladung ist teilweise rausgetrieben, ein Haufen Holzkisten.«

»Also hast du eine ans Seil gebunden, und ich habe mich zu Tode erschreckt, weil ich dachte, du bist in Schwierigkeiten!«

»Stimmt. Hör zu. Sieh aufs GPS und zeichne ein, wo wir sind. Sonst finde ich die Stelle nie wieder.«

Sami schrieb ihre Position auf und ging dann rasch zu ihm. Gemeinsam zogen sie das Seil hoch und hievten die Kiste an Bord.

»Sieht ziemlich gewöhnlich aus«, fand Sami, »aber es hat etwas Geheimnisvolles. Das ist richtig aufregend.«

Mit seinem Tauchermesser löste Tim nach und nach die Bretter der Kiste. Drinnen fanden sie verrottendes Sackleinen, dann eine Segeltuchtasche. Tim hob sie heraus und riss das Segeltuch auf. Zum Vorschein kam eine kleine Bleitruhe mit einem seltsamen Vorhängeschloss. Das Schloss war lang und endete auf einer Seite in einem Halbkreis. »Da passt irgendein komischer Schlüssel rein. Tja, Pech, kein Schlüssel da. Also rohe Gewalt.«

Mit Werkzeug aus dem Maschinenraum bekam Tim das Schloss nach einer Weile auf. Dann ging er in die Hocke und sah zu Sami hoch. »Bereit?«

Sie grinste und nickte. »Bestimmt nur irgendwas total Idiotisches wie Autozubehör.«

»Warum dann abschließen?« Er stieß den Deckel auf.

Keiner von beiden war auf den Anblick vorbereitet, der sich ihnen unter einer Decke aus verrottendem Segeltuch darbot. Inmitten von Kartonfetzen lag ein Haufen glänzender Goldmünzen und Schmuck und blinkte geradezu obszön. Das Gold glitzerte wie in Münzen gegossenes Sonnenlicht. »Allmächtiger!«, hauchte Tim.

Sami hatte es die Sprache verschlagen. Zögernd griff sie in die Kiste und klaubte einen dicken goldenen Armreif heraus: er bestand aus zwei Amorfiguren, die auf Delphinen ritten. Sie streifte ihn über. »Mein Gott, der ist ja sagenhaft! Einfach herrlich! Das ist unglaublich!«

Nacheinander holte Tim die Stücke aus der Kiste und legte sie aufs Deck. Sami hatte noch nie solchen Schmuck gesehen: ungewöhnliche Ohrringe, Halsketten mit Drachen- oder anderen Tieranhängern und exquisites Goldgeflecht, teils mit Einlegearbeiten aus Türkisen.

»Das ist völlig ungewöhnlich. Ist das asiatisch? Und das Schiff ist nicht alt, meinst du?«

Tim befingerte eine Münze. Auf die eine Seite war ein behelmter Kriegerkopf in einem gepunkteten Kreis geprägt. Auf der anderen Seite befand sich ein Bogenschütze auf einem Thron. »Genau, aber das Zeug hier ist alt«, erwiderte Tim. »Das muss Diebesgut sein und war irgendwohin unterwegs, als das Schiff unterging. In einem Sturm, schätze ich. Sonst würde man solches Zeug nicht in einem ungekennzeichneten Fischerboot transportieren. Wir müssen die Küstenwache verständigen.«

»Kann denn ein Schiff so dicht vor der Küste sinken, ohne dass jemand was davon mitbekommt, SOS-Rufe oder so?«, fragte Sami. Ein Dutzend Fragen schossen ihr durch den Kopf, auf die sie keine Antwort wusste.

»Ziemlich abgelegen hier. Im Schutze eines Monsunsturms könnte es an der Küstenwache vorbeikommen. Oder auch einfach nur mit etwas Glück, aber das haben sie ja offensichtlich nicht gehabt. Keine Überlebenden, vermute ich, sonst wäre das in den Schlagzeilen gewesen und das Zeug läge nicht mehr hier«, spekulierte Tim.

Völlig versunken untersuchte Sami Stück für Stück den Fund. Ein kunstvoll graviertes flaches Plättchen am Ende einer Halskette erregte ihre Aufmerksamkeit. Als sie den Baum, auf dem Vögel saßen, und eine Göttin inmitten von Tieren näher betrachtete, begriff sie, warum ihr die Gravierung so bekannt vorkam. Sie ähnelte einem Muster auf Leilas Teppich sowie einem weiteren, das sie für die Aborigine-Frauen aufgezeichnet hatte. »Sieht persisch aus«, sagte sie überrascht.

»Entzückend! Das macht die Sache noch geheimnisvoller«, rief Tim.

»Tim! Sieh dir das an!« Samis Hand zitterte, als sie ein Abbild der Sonne hochhielt, deren Strahlen sternförmig vom zentralen Himmelskörper ausgingen. In der Mitte befand sich ein kleiner Verschluss. »Das ist das gleiche Ding wie das, was Bobby hatte, nur aus Gold.« Sie machte sich kurz daran zu schaffen, dann sprang der Verschluss auf und enthüllte ein kleines Fach. Darin befand sich eine aufgerollte Haarlocke, die mit einem roten Baumwollfaden zusammengebunden war. Völlig verblüfft sahen sie einander an.

»Das muss etwas mit diesem Stern zu tun haben«, sagte Tim leise. »Für das Zeug hier würde man jemanden umbringen!«

»Vielleicht sollten wir es dann lieber für uns behalten«, meinte Sami. »Damit es nicht auf die Titelseiten kommt.«

»Trinken wir eine Tasse Tee, und danach versuche ich, zurück zum Wrack zu kommen und noch ein paar Kisten hochzubringen. Im Rumpf könnten noch mehr sein.«

»Geh besser kein Risiko ein, Tim! Überlass das den Behörden«, sagte Sami besorgt.

»Ja. Du hast vermutlich Recht. Dann sehen wir uns diese Sachen mal genauer an.«

»Mir gefallen die Amorfiguren auf den Delphinen ganz besonders«, seufzte Sami, als sie den Gaskocher anzündete. »Die könnte ich einfach so mitgehen lassen.«

»Bitte Pauline, sie zu kopieren.«

Sami streckte den Kopf aus der Kombüse. »Das ist eine ausgezeichnete Idee! Ich mache ein paar Fotos.«

»Mannomann! Ich hoffe, Lily hat schon den hübschen neuen Safe. Die Ernte ist gerade etwas wertvoller geworden!«

»Tim, ehe du von dem Schiffswrack abgelenkt wurdest … was hältst du von dieser Stelle für eine Farm? Mami wird das wissen wollen.«

»Ich weiß. Ich habe nicht vergessen, weshalb ich hier bin. Wir sehen uns noch ein paar andere Stellen an, und dann treffe ich die endgültige Entscheidung. Aber hier könnte es gehen.«

Der Rückweg zum Frauenlager verging wie im Fluge – weit schneller, als Sami der Hinweg vorgekommen war. Sie und Tim sprachen unaufhörlich über das Wrack, den Goldschatz und die Eigentumsrechte daran. »Mehr Träume, als wir bewältigen können«, war Samis Fazit, als sie die Kiste in einem Spind unter Tauen und Ersatzsegeln verstauten.

»Kein Wort zu niemandem«, warnte Tim, als sie an Land ruderten, um Biddy im Lager zu treffen.

Auf dem Pfad zum Lager überraschte sie ein Aborigine. Er stellte sich vor sie. »Privatgrundstück. Da könnt ihr nicht hin«, sagte er barsch. Seine nackte Brust war mit Initiationsnarben übersät.

»Alles in Ordnung, ich will Biddy und Dolly und die anderen treffen«, sagte Sami. »Sie kennen mich.«

Er trat beiseite, sah jedoch zu Tim. »Was mit ihm? Er Familie? Er machen Zeremonie?«

Tim blieb stehen. »Ich habe kein gutes Gefühl dabei, Sami. Ich denke, ich gehe am besten zurück und warte im Boot.«

»Okay. Ich komme später und erzähle dir, was los ist.«

Als Sami und der Mann das Lager erreichten, war es verlassen, doch in der Ferne hörte sie Gesang. Er bedeutete ihr, sie solle dem Pfad in Richtung des Gesangs folgen. Schließlich kam sie zu einer Lichtung und blieb entgeistert stehen. Eine Zeremonie war im Gange, deren Mittelpunkt ein Baum war. Um den Baum saßen Männer, die sich den Körper mit Ocker bemalt hatten, und intonierten einen tiefen, volltönenden Sprechgesang. Die Frauen saßen ein Stück entfernt mit dem Rücken zu ihnen und schlugen mit Stöcken den Takt. Sie hatten sich alle Gesicht, Brust und Arme mit weißem und braunem Ocker bemalt. Janet saß an einer Seite. Als sie Sami erblickte, stand sie auf und ging zu ihr.

»Ach, Sami«, sagte sie ernst und nahm ihre Hände.

»Was geht hier vor? Wo ist Biddy?« Sami sah Biddy nirgends.

»Sie ist da drüben, diese Zeremonie findet ihr zu Ehren statt«, sagte Janet sanft. Sami suchte erneut die Frauen ab. »Biddy ist gestorben, Sami. Wir konnten dich nicht erreichen.«

»Nein. O nein. Es tut mir so Leid ... ich hätte sie nicht allein lassen sollen.« Tränen traten ihr in die Augen und liefen ihr übers Gesicht. »Oh, die arme Biddy.«

»Es ist alles in Ordnung, Sami. Sie hat sich das so ausgesucht. Biddy hat alles zu Ende gebracht, was sie tun wollte, und dann hat sie sich unter den Baum da gelegt und ist einfach eingeschlafen.«

»Wirklich? Einfach so?«

»Es war Biddys Entscheidung. Die Männer singen ihren Geist aus ihrem Körper und bringen ihn auf den Weg. Komm, setz dich zu uns.« Sie führte Sami an den Rand der Lichtung, wo in Dosen und Gläsern Ocker bereitstand. Rasch malte sie Sami weiße Streifen auf Gesicht und Arme und führte sie in den Kreis.

»Wo ist Biddy?«, brachte Sami hervor.

»Sie ist in Rinde gehüllt, da auf dem Baum.«

Sami entdeckte Biddys verhüllte Gestalt zwischen den kahlen Ästen. Und Rakka saß geduldig am Fuß des Baumes. Ihre Blicke trafen sich. Die Hündin stellte die Ohren auf und legte den Kopf schräg. Sami bedeutete ihr mit der Hand, sie solle sitzen bleiben, und Rakka rührte sich nicht.

»Rakka ist Biddy nicht von der Seite gewichen. Der Hund hat neben Biddy geschlafen, als wir sie morgens fanden«, sagte Janet, als sie und Sami sich zu den anderen in den Kreis setzten.

Zwei Stunden später beendeten die Männer ihren Gesang. Sami saß mit trockenen Augen und völlig ausgelaugt da. Das rhythmische Klopfen und die gesamte Atmosphäre hatten eine reinigende Wirkung auf sie gehabt. Sie hatte zurück an ihre Zeit mit Biddy gedacht, an die Schwierigkeiten, die sie mit der verhutzelten alten Frau gehabt hatte, weil sie wusste, dass zwischen ihnen ein familiäres Band bestand. Aber jetzt und heute war sie stolz darauf, Biddy gekannt zu haben. Diese starke Frau, die ein schweres Leben gehabt hatte, deren Humor und Kraft aber dennoch nie nachgelassen hatten. Sami fragte sich, ob Rosie und Harlan von Biddys Tod wussten. Sie kam zu dem Schluss, dass sie es – zumindest intuitiv – spüren würden. Ihr fiel wieder ein, wie traurig Rosie beim Abschied gewesen war. Sie hatte damit gerechnet.

Die Männer unterhielten sich.

»Sie warten, bis sie sicher sind, dass der Geist ihren Körper verlassen hat«, erklärte Janet. »Biddy bleibt so lange hier, bis es Zeit ist, sie zu ihrer Grabstätte zu bringen.«

»O Gott«, flüsterte Sami. Dann pfiff sie leise nach Rakka, die glücklich auf sie zusprang. Sami kniete nieder und umarmte ihre Hündin. »Gutes Mädchen, braver Hund, hast auf Biddy aufgepasst. Arme Biddy.« Und dann wurde Sami von ihren Gefühlen übermannt.

Sie weinte nicht nur um Biddy, sondern auch aus Erleichterung, dass ein kleiner Damm in ihr plötzlich weggerissen war, und mit ihm eine Blockade, ein Hindernis. Ihr Leben würde von nun an leichter und glücklicher sein.

Kapitel zwanzig

Die rostige Klimaanlage im Fenster des alten Schuppens klapperte. Lily und Mika sahen zu, wie Vivian, die Chefoperateurin der Farm, eine große *Pinctada-maxima*-Auster in die Klemme auf ihrer Werkbank schob. Es war ein mit Spannung erwarteter, aufregender Augenblick: der Beginn der Ernte.

Heute sollte der erste große Schwung Muscheln aus der Bucht geöffnet werden. Niemand sprach, als Vivi die Auster rasch und sicher öffnete und ihre Arbeitslampe auf das Muschelinnere richtete. Behutsam führte sie die gekrümmte Sonde ein, machte einen Einschnitt im Perlensack und zog eine glänzende, schimmernde Perle aus dem schleimigen Gewebe.

Sie ließ sie in eine flache Schale fallen. Lily stieß einen leisen Schrei des Entzückens aus und lächelte Mika zu. Vivi machte sich unterdessen gelassen daran, der Muschel einen neuen Kern aus einem Stück Perlmutt einzusetzen, das von einer Mississippi-Muschel stammte. Schon dieser Kern war äußerst wertvoll.

»Genau davon wollen wir noch mehr sehen«, sagte Vivi, »eine entzückende runde Fünfzehn-Millimeter-Silberweiße. Topqualität. Kein schlechter Anfang, wenn ihr mich fragt! In zwei Jahren bringt diese Auster wieder eine hervor, vielleicht noch größer.« Vivi tätschelte die Muschel und legte sie in das Becken neben sich. »Sie ist heil und gesund, man kann ihr bestimmt noch zwei Kerne einsetzen.«

»Es ist wirklich ein erhebender Augenblick, wenn man sieht, wie etwas so Schönes, eine solche Naturschönheit aus ihrem Versteck kommt«, meinte Mika.

»Möchtest du es mal versuchen, Mika? In Ordnung, Lily?«, fragte Vivi und steckte die nächste Auster in die Halterung. Sie stand auf, und Mika nahm nervös ihren Platz ein.

»Nur Übung macht den Meister«, sagte Lily. Doch sie hielt den Atem an, als Mika die Sonde in die Muschel einführte. Sie musste ein bisschen herumtasten, ehe sie unter Vivis Anleitung den Perlensack fand, einen Einschnitt machte und das Gewebe auseinander klappte. Ein goldener Schimmer drang durch das Mantelgewebe, und eine dicke Perle kam zum Vorschein. Noch ehe Mika sie aus der Muschel geholt hatte, wussten Lily und Vivi, dass diese Perle eine Schönheit war.

»Gut gemacht, Mika! Es ist eine prachtvolle Goldene, seht nur den Lüster!« Sie reichten die Perle herum. Das dicke Kügelchen wirkte beinahe lebendig, so intensiv war die Farbe, so sehr leuchtete es von innen heraus.

»Du bist ein Naturtalent, Mika! Du bringst uns Glück«, sagte Vivi und glitt wieder auf ihren Platz, um der Muschel einen neuen Kern einzusetzen. Sie arbeitete rasch und sicher, jahrelange Praxis führte ihr die Hand.

»Das ist wie die Geburt eines Babys«, meinte Mika.

»Es hat etwas davon. Du musst die Muscheln wie Babys behandeln, musst sie sauber und gesund halten, sie ernähren, ständig auf sie aufpassen«, sagte Lily lachend. »Wenn die Leute wüssten, wie pflegeintensiv und empfindlich Perlenaustern sind, würden sie Perlen noch höher schätzen. Mein Gott, sie wird atemberaubend sein als Zentrum eines Schmuckstückes!«

Die nächsten Muscheln waren nicht so lohnend. »Die haben ihr Haltbarkeitsdatum schon überschritten. Sind vielleicht noch für Mabeperlen zu gebrauchen«, erklärte Vivi. »Dein Patient, Mika.«

Mika bekam langsam Übung darin, wie man den älteren Muscheln Kerne einsetzte. Aus diesen wurden dann Halbperlen, die für weniger teuren Schmuck verwendet wurden. Mika hatte die Prozedur innerhalb eines Tages erlernt – man klappte das Mantelgewebe zurück und klebte sechs oder sieben abgeflachte Plastikperlen in verschiedenen Formen auf die Innenseite der Muschel. Nach etwa neun Monaten hatte die Auster sie mit Perlmutt überzogen und man würde die Halbperlen herausbohren, wobei die Auster getötet wurde. Deshalb nahm man dafür nur alte Muscheln.

Dave brachte die nächste Kiste Muscheln zur Ernte herein. »Wie sieht's aus?«

»Mika hat gerade eine Schönheit an Land gezogen. Sieh dir die hier an, Dave!« Lily hielt die goldene Perle hoch, und Dave stieß einen leisen Pfiff aus.

»Dafür lohnt es sich doch!« Lily war in Hochstimmung. Jetzt konnte sie die gespannte Erwartung nachvollziehen, die zur Erntezeit von den Mitarbeitern Besitz ergriff. Sie hoffte, Tim und Sami kämen bald zurück und würden das miterleben.

Später brachte Dave mehrere Schalen Muscheln zu Lily in ihr Häuschen, wo sie im besten Licht einen Tisch zur Graduierung der Perlen aufgestellt hatte. Er hatte die Perlen flüchtig poliert, um sie vom restlichen Schleim zu befreien. Lily hatte von Damien Lake eine kurze Einführung in das Sortieren der Perlen bekommen und war immer wieder fasziniert von der Vielfalt der Formen, Größen und Farben. Es gab unregelmäßig geformte Barockperlen, Keshiperlen, die keinen Kern hatten und von manchen Austern spontan erzeugt werden, boutonförmige und geringte, ovale und tropfenförmige Perlen. Sie alle kamen deutlich häufiger vor als die vollrunden Perlen. Manche besaßen Rosa- und Grünschattierungen. Je nach Stärke der Perlmuttschicht reflektierten sie das Licht unterschiedlich, wovon Lüster und Schillern abhingen.

»Das ist was anderes, als Eier oder Tomaten anzubauen, was?«, bemerkte Dave, als Lily bei einer blassrosa- und cremefarbenen Perle verharrte.

»Ich sehe jede Einzelne als Schmuckstück vor mir, weil ich weiß, dass sie irgendeiner Frau lieb und teuer werden kann. Wobei heute ja auch Männer Perlen tragen«, setzte sie hinzu.

»Ich nicht.« Dave verzog das Gesicht. »Aber Ihr Urgroßvater hatte doch einen Perlenohrring.« Er scharrte mit den Füßen und machte sich an der Waage und der Schieblehre zu schaffen. Schließlich sagte er: »Lily, der nächste Schwung ist nicht so toll. Eine Menge Vernarbungen. Die Jungs holen immer noch Muscheln rein, vielleicht läuft es also Ende der Woche besser. Sehen Sie sich diese hier an.« Er streckte ihr eine Hand voller Perlen hin.

»Hmm, keine gute Qualität, nicht wahr?«, meinte Lily. »Wie viele sind so?«

»Eine ganze Menge. Das ist ein Anzeichen für Verunreinigung, zu viel Süßwasser. Gut, dass wir nach neuen Zuchtgründen Ausschau halten. Tim hatte Recht.«

Lily rieb sich die Augen. Plötzlich fühlte sie sich erschöpft. »Ich hoffe nur, wir können unsere Kosten decken. Wir brauchen noch ein paar Perlen wie die, die Mika gefunden hat.« Sie versuchte, sich ihre Enttäuschung nicht anmerken zu lassen. Sie hatte Kopfschmerzen, weil sie ihre Augen so angestrengt hatte. Und die Aussicht, Geld zu verlieren, wenn die Qualitätsunterschiede weiter so drastisch blieben, war erschreckend. »Dave, die Japaner kommen in zwei Tagen. Ich muss sie in Broome abholen, herumführen und sie dann hierher bringen. Wir müssen einen guten Eindruck machen! Sie haben Geld in dieses Projekt gesteckt, wir müssen ihnen zeigen, dass wir gut produzieren und nächstes Jahr noch besser abschneiden. Hoffentlich bringt Tim gute Neuigkeiten mit und kann eine kleine Präsentation über unsere Aussichten in neuen Zuchtgründen halten.«

Dave zog sich einen Stuhl vor und setzte sich. »Glauben Sie nicht, wir übernehmen uns ein bisschen? Sehen Sie doch nur, welche Probleme wir mit den Muscheln hier haben. Noch eine Farm, noch mehr Kopfschmerzen!«

»Dave! Dafür ist es jetzt ein bisschen zu spät! Wir wissen, dass diese Ernte wegen der veränderten Wasserqualität einiges zu wünschen übrig lässt. Dem müssen wir begegnen. Wir müssen die Muscheln gründlicher reinigen, wir müssen hier alles picobello halten.«

»Regen Sie sich nicht auf, Lily. Sie haben gesehen, dass die Dinge hier ein bisschen vernachlässigt waren, als Sie sich eingekauft haben, und dann haben Sie und Tim wahre Wunder gewirkt. Dafür hatte ich nie genug Geld, fürchte ich.«

»Es braucht mehr als nur finanzielle Investitionen. Wir müssen auch mit der Zeit gehen, von Besseren lernen und etwas Neues riskieren, zum Beispiel auf neue Zuchtgründe setzen.« Jetzt hör dich mal reden, dachte Lily. Was habe ich noch vor sechs Monaten über Perlenzucht gewusst? Nichts! Sie sah, dass Dave in seine Verdrießlichkeit abtauchte, was mit einer leeren Flasche Rum und einem Kater enden würde. »Keine Sorge, Dave! Wir ziehen gemeinsam eine gute Schau ab für Mr. Komiatyi und Mr. Tobayashi und beeindrucken sie mit unserem Potenzial und unseren Ideen.«

»Prima Idee«, murmelte Dave mit übertrieben englischer Aussprache. »Ach, Lily, bei dieser Schau muss ich aber nicht mitmachen, oder? Zum Theaterspielen tauge ich nicht. Ich ziehe mich in solchen Situationen wie eine Schildkröte in meinen Panzer zurück.«

»Ach, kommen Sie, Dave, Sie können großartig Geschichten erzählen! Wir lieben Ihre Geschichten aus dem Busch.«

»Das ist was anderes. Aber vorne vor Leuten stehen? Vergessen Sie's. Man hat mir mal krankhafte Schüchternheit bescheinigt, die an Paranoia grenzt. Die Japse rennen schreiend davon, wenn ich den Mund aufmache.«

Lily wusste nicht, ob er das ernst meinte, aber vielleicht war es ja tatsächlich so. Das würde erklären, warum er seiner Heimat England den Rücken gekehrt hatte und die Abgelegenheit der Kimberley-Küste vorzog. Er war nicht gerade der geborene Menschenführer. Deshalb überließ er auch Tim und Lily die »Bühnenauftritte« und delegierte die Leitung des Tagesgeschäfts an Don und Serena. Dave hatte in seinem Leben eine kluge Entscheidung getroffen: sein Erbe für den Kauf der Star Two zu verwenden. Doch er war der Erste, der einräumte, dass seine Träume stillstanden. Es war an den neuen Teilhabern, die Farm zu einem wirklich erfolgreichen Unternehmen zu machen, das auf einem hart umkämpften Markt bestehen konnte.

»Dave, seien Sie einfach ganz Sie selbst«, sagte Lily. Dann fügte sie hinzu: »Wir sollten uns für unsere Besucher lieber in Schale werfen. Ich meine, ziehen Sie sich was Anständiges an.«

Dave streckte sich. »Ich weiß, was angemessen ist. Mein Kindermädchen hat mir das beigebracht«, sagte er ein wenig steif und schlenderte davon. Lily lächelte.

Sie fuhr mit der Graduierung der Perlen fort und versuchte, sich keine Sorgen wegen der Qualität der Ernte zu machen. Da rief Rosie an. »Lily, ich habe Nachricht von der Küste, es geht um Biddy. Sie ist gestorben – ruhig und friedvoll. Ich habe so etwas geahnt, tief drinnen war mir klar, dass sie deshalb auf dieser Reise bestand.«

»Oh. Wie traurig. Es tut mir so Leid, dass ich nicht da war.« Lily fühlte sich wie betäubt. Zunächst konnte sie gar nichts weiter sagen. Dann fragte sie: »Wie hat Sami es aufgenommen? Das muss schwer für sie gewesen sein!«

»Sie war nicht dabei, kam aber rechtzeitig zur Zeremonie zurück, zum traditionellen Ritual. Mir tut es auch Leid, dass wir nicht dabei waren. Wir planen eine kleine Feier in Broome. Biddy wollte in ihrem Land sterben, und das hat sie getan. Ich denke, es war wichtig, dass Sami sie auf diesem Weg begleitet hat.«

»Merkwürdig, wie manche Dinge sich entwickeln.«

»Vielleicht geschehen die Dinge aber auch nur so, wie sie geschehen sollten«, meinte Rosie. »Das Haus kommt mir jetzt sehr leer vor. Ich sehe dich dann in ein, zwei Tagen.«

Die Neuigkeit setzte Lily mehr zu, als sie sich eingestehen mochte. Sie stand unter Druck, war körperlich erschöpft und machte sich Sorgen wegen der Investoren. Biddys Tod brachte das Fass zum Überlaufen. Sie schloss das Häuschen ab – etwas, das sie noch nie getan hatte, doch mit Perlen im Wert von Tausenden von Dollars darin war sie lieber vorsichtig. Dann ging sie zum Creek. Sie wünschte sich Sami und Tim zurück, doch die *Georgiana* wurde erst bei Sonnenuntergang erwartet. Auf dem einsamen Pfad ging sie die menschenleere Düne entlang. Sie fragte sich, ob die großen, die erfolgreichen Perlenbarone auch solche Zweifel und Ängste gehabt hatten wie sie in diesem Augenblick?

Lily setzte sich in den Sand, umschlang ihre Beine mit den Armen, legte das Kinn auf einen Arm und starrte hinaus auf das ruhige Wasser. Eine sanfte Berührung am Kopf riss sie aus ihren Träumereien. Erschrocken sah sie hoch und erblickte Palmer.

»Ich wollte Sie nicht erschrecken! Ich möchte mich nur

verabschieden, weil ich für ein Weilchen zurück nach Broome fahre. Das Uni-Team trifft demnächst ein. Sie werden den Fossilienfundort überprüfen und einen Bericht darüber schreiben. Unsere Geldmittel sollten dann folgen.«

»Die Dinosaurier?«

»Hm-hm.« Er setzte sich neben sie und legte ihr den Arm um die Schultern. Sie lehnte sich an ihn. Das war tröstlich, warm, liebevoll. »Ich habe von Biddy gehört. Es tut mir Leid.«

»Danke. Sie sind ein lieber Mensch, Ted.«

»Biddy war ja wohl ein wichtiges Bindeglied in Ihrer Familie! Man ist nie darauf vorbereitet, einen besonderen Menschen zu verlieren.«

»Sie war die erste Aborigine, mit der ich je zusammengesessen und mich unterhalten habe, damals, an meinem ersten Tag in Broome. Und als ich dann von ihrer Verbindung zu Tyndall, unserer Verwandtschaft erfuhr …« Sie atmete tief durch. »Ich bin nur froh, dass Biddy ihre letzten Jahre so angenehm bei Rosie und Harlan verbringen konnte.«

»Vielleicht war es genau richtig, dass Sami auf ihrer letzten Reise dabei war. Eine Verbindung zurück zu Ihnen und jenen vergangenen Tagen.«

»Das habe ich auch gerade gedacht. Sami mag ja ihre Aborigine-Verwandtschaft von sich weisen, aber Biddy hat von allen den stärksten Eindruck auf sie gemacht, glaube ich. Und zwar positiv.«

»Samis Kultur unterscheidet sich von unserer. Sie ist jung, gehört zu einer anderen Generation, lebt in anderen Zeiten. Wenn sie zurück nach Sydney fliegt, schiebt sie all das vielleicht an den Rand ihres Lebens. Aber es ist da, und sie wird sich damit befassen, wenn sie dazu bereit ist.«

»Ich fürchte, sie wird sich jedes Mal damit befassen

müssen, wenn sie hierher kommt. Ich ziehe nämlich nicht mehr weg«, seufzte Lily.

»Das freut mich«, sagte Palmer sanft.

Lily sah ihn an, und mit einem Mal wurde ihr die unwiderstehliche Wirkung seiner blauen Augen und seines breiten Mundes, seines hageren Gesichts, das ihn wie einen zerknitterten Filmstar aussehen ließ, voll bewusst. Meist war er lässig gekleidet und unrasiert, sein Lederhut und eine Sonnenbrille verbargen seine Züge, sodass sie ganz vergessen hatte, wie gut er aussah. Etwas Grau an den Schläfen, einige interessante Fältchen, ein schlanker Körper – vermutlich war die Hälfte seiner Studentinnen in ihn verliebt, dachte sie. »Und Sie, was haben Sie für Pläne?«

Er wandte den Blick ab von Lilys grün gesprenkelten Augen und ihrem anmutigen Gesicht und dachte, dass ein Mann sich leicht in diesen weichen dunklen Haaren verfangen konnte. »Ich werde ein Weilchen in der Gegend bleiben und meine langsame, gewissenhafte Forschungsarbeit vorantreiben.« Er grinste.

»Gut.« Sie lächelte zurück, und wie von ungefähr trafen sich ihre Lippen, zunächst tastend, dann in einem hungrigen, verzehrenden Kuss, der sie beide überraschte.

Als sie einander losließen, schüttelte Palmer den Kopf. Er wirkte mehr als verdutzt. »Ich hätte nicht gedacht, dass ich mich noch einmal wie ein leidenschaftlicher, liebestrunkener Schuljunge fühlen könnte.«

Lily blickte ihn an. Nahm seinen Anblick in sich auf, fragte sich, warum sie ihn nicht schon früher in diesem romantischen Licht gesehen hatte. »Ted, ›liebestrunken‹ ist ein gutes Wort. Ich wusste nicht, wie ich dich einordnen sollte, als ich dich kennen lernte …«

»Ich habe dich irritiert«, sagte er ruhig.

»Ja. Aber mit der Zeit hat deine Persönlichkeit mich erobert. Es macht viel Spaß, und das Leben ist ein bisschen interessanter, wenn du da bist. Vor allem aber bist du ein guter Freund geworden.« Sie blickte zu Boden, und Palmer beugte sich zu ihr und küsste sie nochmals zärtlich. »Wird das hier eine schöne Freundschaft ruinieren?«, fragte sie endlich.

»Nur, wenn wir das zulassen! Und das kann ich mir nicht vorstellen.« Er zog sie enger an sich. Mit einem Mal fühlte sie sich sicher und geschützt und sehr ruhig. Der Druck und die Verwirrung fielen langsam von ihr ab. Palmer spürte, wie ihr Körper sich entspannte.

»Bleiben wir bitte einen Moment hier sitzen. Du hast mir durch eine schwere Zeit hindurchgeholfen. Biddy, die Familie, das Abenteuer der Perlenfarm. Warum habe ich das getan? Warum habe ich nicht einfach meine Ersparnisse sicher investiert und blättere jetzt die Reiseprospekte durch?«

»Weil du dich schon nach einer Woche nicht mehr leiden könntest. Du bist eine energiegeladene Frau, die gerade erst die kreative Phase ihres Lebens eingeläutet hat. Du warst bereit, deine gesamte Erfahrung und Lebensweisheit einzusetzen und dich kopfüber in etwas Neues zu stürzen.«

»Vorhin hatte ich einen schwachen Moment. Ich konnte nicht fassen, was ich hier tue. Tim ist nicht da, Dave wirkt plötzlich, als wäre er nicht von dieser Welt, und dann verliere ich auch noch Biddy. Und mache mir Sorgen um meine Tochter.«

»Ja. Sie ist auch meine Freundin«, sagte Palmer ein wenig besorgt. »Und das könnte jetzt zum Problem werden.«

Lily biss sich auf die Lippe. Ted hatte Recht – sie verliebte sich gerade in einen engen Freund ihrer Tochter! »Wie sieht Sami dich, was bist du wirklich für sie, Ted? Sie hat so heftig reagiert, als sie uns nur miteinander reden sah, was wird ... das zwischen uns bei ihr auslösen?«

»Eifersucht, Wut, Verletztheit vermutlich. Sie möchte

der Mittelpunkt des Universums sein. Von mir möchte sie, dass ich ihre Bedürfnisse befriedige, und zwar als Akademiker und als Freund. Vielleicht nicht ganz als Vaterersatz, aber doch als reife weise Eule. Kinder erarbeiten sich ihre Beziehungen gern auf eigene Faust.«

Lily nickte zustimmend. »In den letzten zehn Jahren war es nicht leicht, den Durchblick zu behalten, als sie immer selbständiger wurde. Unsere Familie besteht ja nur aus uns zweien, und unsere Beziehung ist immer mehr zu einem Konkurrenzkampf geworden. Sie ist nicht mehr das Kind, wenn du weißt, was ich meine. Herrje, das wird nicht einfach.«

Mit einem Mal musste Lily an ihre früheren Liebhaber, ihren Ex-Mann denken. Samis Vater, ihre Beziehung zu Dale. Und dann sah sie Palmer an. Sie hätte beinahe laut herausgelacht. Es war so klar und deutlich, so richtig. Ted war eine unmögliche, aber so unabdingbare Wahl. Alles, was sie sich bei einem Mann wünschte, war hier in dieser Wundertüte namens Dr. Ted Palmer versammelt: Philosoph, Lehrer, liebenswürdiger Mann; humorvoll, poetisch und musikalisch, dennoch von dieser Welt und körperlich attraktiv. Er wurde von den verschiedensten Menschen respektiert, von den traditionellen Aborigine-Ältesten wie auch von Arbeitern und Studenten. Er fühlte sich im Busch genauso heimisch wie unter Intellektuellen, Unternehmern und abgehobenen leitenden Angestellten.

»Ich habe immer getan, was ich für das Beste und das Richtige für meine Tochter hielt. Ich bin stolz auf sie, ich liebe sie, und sie ist das Kostbarste, was ich habe«, sagte Lily.

»Das sollte sie auch sein. Darf ich dennoch vorschlagen, dass du auch auf dich achtest? Auf dein ureigenes Leben?«

»O Gott. Ich kann nicht. Ich weiß nur, dass ich diesen Verlust von Biddy gespürt habe, dass ich wie betäubt war, und dann kamst du des Wegs und hast mich geküsst, und plötzlich schien alles ganz wundervoll.«

Er küsste sie, drückte ihre Schulter und stand auf. »Denk darüber nach. Ich werde in meinem Haus in Broome sein. Du rufst an. Aber ich werde immer dein Freund sein – Freunde sind manchmal wichtiger als die Familie.«

Seite an Seite gingen sie zurück ins Lager. Dave kam ihnen auf halbem Wege entgegengelaufen. »Tim hat sich gerade vom Schiff aus gemeldet. Sie sind eher zurück, als wir dachten. Er sagt, er hätte ganz erstaunliche Neuigkeiten, und wollte unbedingt wissen, ob Sie noch hier sind, Palmer. Ich habe gesagt, sie wären auf dem Sprung. Die beiden wollen, dass Sie auf jeden Fall bleiben und sich ansehen, was sie gefunden haben. Alles ziemlich mysteriös.«

Palmer zuckte mit den Achseln und blickte Lily an. »Gut. Ist ja keine Strafe, bei euch zu bleiben!«

Sie trafen sich bei abgeschlossener Tür, laufender Klimaanlage und heruntergelassenen Jalousien in Lilys Häuschen. Lily saß am Tisch und betrachtete einen Anhänger mit der Lupe. Sami, Tim, Dave und Palmer kauerten auf dem Boden um die geborgene Bleikiste herum und hatten den Schmuck vor sich auf dem Boden ausgebreitet. Dave besah sich die Münzen.

»Sie sehen nach griechischen Münzen aus. Drittes bis fünftes Jahrhundert«, erklärte er. »Mein Vater besaß eine ganz ansehnliche Sammlung, und für mich waren sie eine Verbindung mit der antiken Geschichte, die ich lernte. So ziemlich das Einzige, was mir in der Schule Spaß gemacht hat.«

Palmer nahm einige der Münzen in die Hand. »Sie könnten Recht haben. Ein paar der Schmuckstücke sehen indisch aus, aber ich stimme Sami zu, der Schmuck ist vorwiegend persisch«, sagte Palmer. »Und verdammt alt. Aber wo er herkommt, wo er hinsollte, und wer ihn auf einem indonesischen Fischerboot geschmuggelt hat – das sind im Moment die wichtigeren Fragen.«

»Was sollen wir also tun?«, fragte Lily.

»Es dem Zoll und dem Strandvogt melden«, schlug Tim vor. »Wir vermuten, dass ein Zusammenhang besteht zwischen dieser Beute und dem Sonnensymbol, das Bobby von Matthias Stern hatte.«

»Da gibt es ganz offensichtlich einen Zusammenhang«, erklärte Palmer. »Das Medaillon sieht aus wie das, das Stern mit sich herumtrug – und das irgendjemand haben wollte. Vielleicht so sehr, dass er dafür gemordet hat. Die Notiz darin muss eine verschlüsselte Nachricht gewesen sein. Vermutlich mit der Information, wann die Bootsladung ankommen sollte. Ross hat mir von einer Postkarte erzählt, die Stern seinem Sohn geschickt hat. Darauf stand irgendwas von Sachen empfangen … an einem Sonntag«, sagte er und versuchte, sich an die Einzelheiten zu erinnern.

»Sagten Sie ›Sonntag‹?«, fragte Tim nach.

»Ja.«

»Das Wrack liegt nicht weit von Sunday Island!« Die Sonntagsinsel! »Das ist ein Inselchen, das man leicht übersehen kann, in trügerischem Gewässer. Wenn es einen Sturm gab und sie vom Kurs abgekommen sind, wollten sie vielleicht das Festland erreichen, sind aber gesunken.«

»Sunday Island!«, rief Dave. »Das ist eine verlassene Missionsinsel. Der ideale Ort, um illegale Waren anzulanden!«

»Jede Wette! Das erklärt auch, was jemand wie Stern hier trieb. Wen auch immer er getroffen hat, er wählte sehr abgelegene Orte für ihre Treffen«, meinte Palmer.

»Als dann Bobby statt Stern beim Rennen auftauchte, riss sich der andere Typ Sterns Rucksack unter den Nagel, weil er dachte, das Sonnenmedaillon wäre auch darin«, sagte Tim. »Du hast den Kerl getroffen, Lily, erinnerst du dich noch an ihn?«

»An seinen Namen erinnere ich mich nicht. Er war schwer greifbar, hat nur ausweichend geantwortet. Olivenfarbene Haut. Dass er eine Art Kunsthändler ist, war so ziemlich das Einzige, was ich aus ihm herausbekommen konnte.«

»Das macht Sinn. Wenn auch einen ziemlich abstrusen«, fand Sami. »Mami, wer war noch bei dir, als du ihn getroffen hast?«

»Ich wüsste niemanden. Das Pärchen vom Campingplatz, Kev und Bette, war auch bei dem Rennen, aber sie haben nicht mit ihm gesprochen.«

»Vielleicht sollten Ross und ich mit ihnen sprechen! Nur für den Fall, dass sie sich an etwas erinnern«, schlug Palmer vor.

»Ich glaube, wir sollten lieber sofort die Polizei verständigen«, meinte Sami. »Ein Mord, diverse Einbrüche und ein Schlag auf Paulines Kopf! Dieser Typ meint es todernst.« Sie zog das Telefonbuch unter Lilys Papierstapel hervor, um die Nummer der Polizei von Broome herauszusuchen.

»Wer auch immer mit Stern verabredet war, hat vermutlich vor Ort Schläger fürs Grobe angeheuert, die nach dem Medaillon suchen sollten. Denen musste er nicht erzählen, warum oder wozu«, meinte Tim. »Und ich bezweifle, dass er noch in der Gegend ist.«

»Wenn es hiesige Leute waren, ist es wichtig, wie die Behörden die Meldung unseres kleinen Fundes behandeln! Ich stimme Sami zu, wir müssen die Polizei anrufen, aber wir sollten auch Ross um Rat bitten«, schlug Palmer vor. »Wenn ich mit der Polizei rede, können wir das hier vielleicht noch ein bisschen unter Verschluss halten«, sagte Palmer. »Könnte aus verschiedenen Gründen ganz nützlich sein. Und ich frage meinen Kunsthistoriker-Kollegen von der Curtin-Uni, wo dieses Zeug seiner Meinung nach herkommt.«

»Es wird langsam spät«, sagte Tim. »Ich möchte mir den nächsten Schwung Muscheln ansehen.«

»Und ich mache mich lieber auf den Weg. Darf ich mit Ross darüber sprechen?«, fragte Palmer. Alle nickten.

»Okay.« Er stand auf und küsste Lily zwanglos auf die Wange. »Viel Glück mit euren Investoren. Vielleicht sehen wir uns ja in Broome.«

So kurz diese Szene auch war, sie entging Sami nicht. Eine Augenbraue von ihr zuckte.

»Sami, bring mich doch zum Wagen«, bat Palmer herzlich, und die beiden gingen nach draußen. »Wenn das Leben sich wieder beruhigt, müssen wir über deine Dissertation sprechen.«

»Das Problem ist, das Leben will sich offenbar nicht beruhigen«, versetzte Sami. »Mir begegnet ein Drama nach dem anderen. Ist das hier oben immer so? Ich dachte immer, die Kimberleys wären der entspannteste Ort unter der Sonne.«

»Doch siehe da: internationale Machenschaften, Gemetzel und Wahnsinn!«

»Aber auch Reichtum und Liebe«, sagte Sami und sah ihn von der Seite an.

»Ich hoffe, die Reichtümer laufen deiner Mutter noch über den Weg. Sie macht sich Sorgen um die Ernte. Aber die ist seit zwei Jahren im Werden, also kann sie da nicht viel tun. Frag sie heute Abend mal danach.«

»Okay, mal abgesehen von den Reichtümern scheint sie immerhin die Liebe gefunden zu haben.« Samis Stimme klang angespannt. »Möchtest du mir vielleicht erzählen, was los ist? Ich habe ihren Blick gesehen, als du sie gerade geküsst hast.«

»Das war doch nur ein Kuss auf die Wange!«

»Ach, komm schon, Palmer!«

»Ich könnte sagen, kümmere dich um deine eigenen Angelegenheiten. Aber alles, was mit deiner Mutter zu tun hat, betrifft natürlich auch dich. Also nur so viel: Lily wird diese Sache alleine entscheiden.«

»Welche Sache? Ich war vier Tage weg. Und es ist ganz offensichtlich, dass sich die Beziehung zwischen dir und ihr stark verändert hat. Ich kann mir nicht helfen, ich bin ein bisschen überrascht. Wenigstens bessert sich ihr Geschmack, was Männer betrifft!«

»Das alles ändert nichts zwischen uns zweien!«, sagte Palmer.

»Natürlich nicht! Warum sollte es?«

Palmer schüttelte den Kopf. Frauen waren unerklärliche Geschöpfe. »Großartig. Wundervoll. Aber mit dir ist auch etwas geschehen. Du hast dich ebenfalls verändert.«

»Meinst du?« Sie gab den scherzhaften Tonfall auf und sagte leise: »Die letzten Tage waren folgenschwer, in mehr als einer Hinsicht. Nur wie genau, das ist mir noch nicht klar.«

Palmer berührte sanft ihre Hand. »Versuch nicht, es zu analysieren. Das mag jetzt unwissenschaftlich klingen, aber zum Teufel! Leben wir einfach ein bisschen! Gib auf dich Acht, Sami.«

Am nächsten Morgen gingen Sami und Lily zu Samis Wagen. Rakka saß vorne, warf jedoch immer wieder einen Blick auf die Rückbank, als wollte sie nach Biddy sehen. »Ich hoffe, alles geht gut! Schalte für die Investoren einfach deinen Charme ein, Mami.«

»Danke. Du wirst schon draußen in der Wüste sein, wenn ich nach Broome komme. Treffen wir uns dann hier wieder?«

»Ich bin so gespannt, was Harlan für Leila erreicht hat! Wir fahren direkt zum Dorf und ich glaube, er freut sich darauf, dem Gericht in Broome mal ein Weilchen zu entfliehen.«

»Ich wohne dann bei Rosie. Hilft ihr jemand mit Lizzie, solange Harlan weg ist?«

»Es ist alles organisiert. Da gibt es doch immer irgendeinen Cousin oder Verwandten von Biddy. Rosie veranstaltet eine Ausstellung mit den Bildern und Knüpfarbeiten der Dari-Frauen.«

»Schade, dass Leila nicht dabei sein kann, stimmt's?«

»Ja, aber wenn die Presse darauf aufmerksam wird, stellt womöglich jemand unangenehme Fragen. Wenn die Leute Leilas Geschichte und ähnliche Schicksale kennen würden, dann würden sie noch einmal darüber nachdenken, wie wir Flüchtlinge behandeln.« Sami küsste Lily. »Viel Spaß beim Perlenernten!«

»Rate mal, was du zu Weihnachten bekommst!« Beide lachten. Als Sami abfuhr, fühlte sie sich ihrer Mutter so nahe wie schon lange nicht mehr.

Zurück im alten Haus ließ Rakka sich vor Biddys Zimmertür nieder. Sami war in die Stadt gegangen, um Ross und Pauline zu treffen. Gemeinsam hatten die beiden Paulines Ausstellungsräume besucht. Dank Bertrand lief das Geschäft auch ohne Pauline reibungslos weiter, aber sie hatte etwas Angst vor dem ersten Betreten nach dem Einbruch gehabt. Der kräftige, fröhliche Ross hatte ihr dabei geholfen, diese Schwelle zu überwinden.

Sami umarmte ihre Freundin. »Du siehst fabelhaft aus!« Sie bewunderte den Minirock und das kurze Oberteil, die Pauline in Perth erstanden hatte.

»Danke. Ich freue mich schon darauf, in Kalifornien so richtig einkaufen zu gehen! Aber erst gönne ich mir auf der

Farm bei deiner Mutter und Tim noch eine kleine Auszeit. Tim sagt, er hätte da ein paar Sachen, die meine nächste Kollektion inspirieren könnten. Er hat sehr geheimnisvoll getan! Aber vorher soll ich die japanischen Geschäftspartner deiner Mutter kennen lernen.«

»Der Schmuck hier müsste sie eigentlich umhauen«, meinte Ross, der sich die Arbeiten in den Schaukästen ansah.

»Ganz anders als die Durchschnitts-Perlenketten, hoffe ich. Die Sachen zeigen, was man mit Perlen sonst noch machen kann!«

Als Ross zu Bertrand ging, um sich mit ihm zu unterhalten, nahm Sami Pauline beiseite. »Pauline, die Sachen, von denen Tim gesprochen hat, sind vielleicht nicht mehr da, wenn du zur Farm kommst, aber er hat massenweise Digitalfotos davon gemacht. Die sprechen für sich. Aber hör mal, kann ich dich etwas anderes fragen? Was läuft zwischen dir und Tim? Ihr seid ein paar Mal zusammen ausgegangen, ich meine, ist da was zwischen euch?«

Pauline sah sie entgeistert an. »Natürlich nicht! Wir waren immer in einer Riesenmeute unterwegs. Er ist nur einer aus der Gruppe, das weißt du doch. Warum? Was ist passiert, als ich weg war?« Sie sah Sami scharf an, die prompt vor Unbehagen errötete.

»Die Woche hatte es in sich! Wir waren zusammen auf dem Schiff, es ist nichts passiert, aber – na ja, wir hatten ein paar tief schürfende Gespräche.«

»Tief schürfende Gespräche! Unter dem Sternenhimmel, fern der übrigen Welt, die beiden einzigen Menschen im Universum. Du redest, er redet. Ging's ans Eingemachte?«

»Ja. So in etwa.«

»Und es ist nichts passiert? Das tut es nämlich normalerweise, wenn du jemandem so nahe kommst, dich verletzlich fühlst und eins zum anderen führt. Mir kannst du's doch erzählen, Sami!«

»Na ja, wir sind uns nicht so nahe gekommen, wie du vielleicht denkst. Körperlich. Aber ich habe ihn jedenfalls näher kennen gelernt. Und ich mag ihn viel besser leiden. Wir werden ja sehen, wohin das führt.« Da war ein Anflug von Erleichterung in Samis Stimme. »Ich sehe dich dann auf der Farm, oder später hier. Harlan und ich fahren raus in die Wüste.«

Pauline umarmte sie. »Viel Glück. Danke für alles.«

»Ich habe doch gar nichts getan. Für meine Mutter und mich gehörst du zur Familie.« Und Sami meinte es auch so. Sie war froh, dass ihre Mutter Pauline unter ihre Fittiche genommen hatte. Ihre Freundin war talentiert und würde sich zweifelsohne einen Namen machen, vielleicht sogar ins Ausland gehen, aber sie wusste, dass der Kontakt nie abreißen würde. »Ich wünschte bloß, sie hätten diesen Dreckskerl gefunden, der hier in der Stadt nach dem Sonnenmedaillon gesucht hat.«

Ross gesellte sich wieder zu ihnen. »Hey, wir arbeiten daran! Ich gehe Kevin und Bette besuchen, und dann will ich noch ein paar anderen Spuren nachgehen.«

Ross trat aus Paulines Geschäft hinaus in den gleißenden Sonnenschein und setzte die Sonnenbrille auf. Dann machte er sich auf den Weg zum Buccaneer-Campingplatz.

»Hallo, Kevin, Zeit für ein Tässchen Tee oder ein Bier?«

»Ross! Schön, Sie zu sehen. Klar doch. Kommen Sie rein.«

Bette schaukelte in einer Hängematte und las ein Buch. »Wir wollten nachher angeln gehen, kommen Sie mit?«

»Allzeit bereit! Vielleicht mal wieder eine Partie Golf, Kev?«

»Klare Sache. Mein Terminkalender hat dieser Tage fast

nur leere Seiten, aber es ist immer irgendwas los. Ich weiß gar nicht, woher ich früher die Zeit zum Arbeiten genommen habe. Also, was gibt's Neues?«

»Ich bin gerade von der Star-Two-Perlenfarm zurück. Wir hatten dort über verschiedene Dinge gesprochen, die mit den Einbrüchen und dem Mord an Matthias Stern zu tun haben. Waren Sie beide nicht auch beim Rennen? Nachdem Sie Bobby gefunden und Stern gerettet hatten?«

»Wir wollten sowieso da hin, und wir waren die Ersten, die vorbeikamen. Kev und Bobby sind gemeinsam auf die Suche nach Stern gegangen«, sagte Bette.

»Und dann wurde Stern nach Broome ins Krankenhaus gebracht, und Bobby beschloss, mit Ihnen beiden zur Bradley-Farm zu fahren«, sagte Ross.

»Das stimmt. Er machte sich Sorgen wegen dem Burschen, den Matthias treffen wollte. Es schien Matthias so wichtig zu sein. Aber das war's wohl doch nicht«, fügte Kevin hinzu.

»Wie kommen Sie darauf?«

»Der Typ war ziemlich mürrisch. Wir haben ihn kurz gesehen, und dann war er weg.«

»Sie haben ihn gesehen? Haben Sie mit ihm gesprochen?«

»Nein. Er hat sich nur mit Lily unterhalten. Bobby hatte uns von ihm erzählt. Er sah wie ein ziemlich unerfreulicher Zeitgenosse aus. Sogar auf den Bildern.«

»Sie haben ein Foto von ihm?«, fragte Ross ungläubig.

»Klar. Wollen Sie's sehen? Wir haben auf der Farm einfach auf die Menschenmenge draufgehalten.«

»Auf jeden Fall! Würden Sie es mir jetzt gleich zeigen? Es könnte wichtig sein.«

»Sicher«, sagte Kevin. »Es ist schon eigenartig, dass Stern einfach aus dem Krankenhaus verschwindet, sich bei niemandem meldet und so. Bobby hatte ihm doch gesagt, dass er ihn besuchen und ihm seine Tasche zurückgeben wollte.«

»Aber dann hat sein Freund oder Partner oder was auch immer die Tasche mitgenommen, als er von der Bradley-Farm abgereist ist«, ergänzte Bette.

»Das müssen Sie mir erklären«, bat Ross.

»Ein paar Kinder hatten auf der Farm die Sachen durchwühlt, ein bisschen Kleinkram gestohlen, wurden erwischt und mussten alles zurückgeben. Lily hat uns das erzählt«, sagte Bette. »Aber da war dieser Kerl schon mit dem Versorgungsflugzeug und Sterns Tasche auf und davon. Er wusste wohl nicht, dass sie geplündert worden war.«

»So kam Bobby nämlich an dieses Sonnenmedaillon. Das, was er Pauline zum Kopieren gegeben hat«, schloss Kevin.

»Ich würde gerne das Foto sehen«, bat Ross.

»Bette ist eine große Chronistin«, sagte Kevin, als er Ross einen Stapel Fotos reichte.

Auf den Bildern sah man Szenen, die sich auf der Bradley-Farm abgespielt hatten: Bobby, wie er das Kamel sattelte, wie er das Rennen gewann, Fotos von der Menschenmenge und verschiedene Gruppenfotos.

»Hier, das ist er. Dicht bei Bobby«, sagte Bette und deutete auf Hajid. »Dieses Bild ist besser, das war am ersten Tag.«

Ross kniff die Augen zusammen. »Was dagegen, wenn ich mir das ausleihe, Bette? Ich will sehen, ob jemand diesen Burschen kennt. Sind Sie sicher, dass das der Knabe war, den Stern treffen wollte?«

»Eindeutig. Bobby hat mit ihm in einem Zelt geschlafen. Er konnte nicht verstehen, was Stern von ihm wollte, weil er so ein Griesgram war.«

»Aha. Danke. Bis dann.«

Sami hörte Harlans Schritte auf der Veranda und drehte sich erwartungsvoll um. Doch schon sein Gesicht sagte ihr, dass er keine guten Nachrichten hatte. Er setzte sich in Tyndalls bequemen alten Stuhl – eine robuste Art Liegestuhl aus Holz –, schwang die Beine über die ausklappbaren Armlehnen und schloss die Augen. »Ich habe alles versucht, Sami. Da ist nichts zu machen! Die Behörden können einfach keine Ausnahme machen. Sie muss das Verfahren durchlaufen wie alle anderen auch. Das kann Monate dauern, Jahre. Und vielleicht kommt sie nicht einmal damit durch«, schloss er ganz offen.

»Aber sie hat da drüben nichts mehr!«

»Die Behörden argumentieren damit, dass ihr Heimatland wieder auf die Beine kommt, auch wenn es zwischendurch ins Stolpern gerät. Die unmittelbare Bedrohung sei vorbei. Und sie hat das Gesetz gebrochen.«

»Sie hat versucht, sich und ihre Kinder zu retten«, versetzte Sami verbittert. »Hast du nie das Recht gebrochen, Harlan?«

»Natürlich. Vielleicht nur im Kleinen, aber ich habe unweigerlich das Recht des weißen Mannes und auch das des Schwarzen gebrochen.« Harlan wandte den Kopf und betrachtete Sami im Licht des späten Nachmittags. »Leila und ihre Leidensgenossen sind nicht die Einzigen, die man enteignet hat! Sie sind nicht die einzigen Menschen, die von der Gesellschaft ausgestoßen wurden. Ich bin Anwalt geworden, um unserem Volk zu helfen, und es ist noch ein weiter Weg. Die alten Männer singen kaum noch«, resümierte er schlicht.

Sami atmete tief durch. »Und was soll ich Leila erzählen?«

»Die Wahrheit. Aber wir werden ihr sagen, dass wir sie weiter unterstützen, ihr helfen und ihre Freunde sind«, sagte er leise.

»Wir?«

»Ich komme mit. Ich möchte Leila das alles gerne erklären. Ihr sagen, dass ich sie vertreten werde, dass ich an vorderster Front für sie kämpfe.«

»Danke, Harlan. Also fahren wir morgen früh wie geplant los?«

»Es tut mir Leid, dass wir ihr keine bessere Nachricht bringen können, Sami. Und es gibt so viele Frauen wie Leila!«

Rosie hatte ihnen Malutensilien, Lebensmittel, Wasser und Gebäck sowie die Campingausrüstung eingepackt. Sami und Harlan fuhren abwechselnd. Alle paar Stunden hielten sie an, damit Rakka Auslauf bekam, und ließen die vollständige Stille der Wüste auf sich einwirken. Ab und zu erblickten sie eine Eidechse, einen Adler, der hoch am Himmel seine Kreise zog, einen Ball aus trockenem stacheligem Gras, der über die rote Erde rollte. Sie sprachen während dieser Spaziergänge kaum, beide versunken in die Zeitlosigkeit des Raums und in ein Gefühl von Freiheit.

Einmal bemerkte Sami: »Man kann verstehen, warum die Leute denken, das hier sei Niemandsland, unberührt. Unsere Fußspuren werden verweht sein, ehe wir bei Webster ankommen.«

»Aber es ist nicht leer. Überall um uns herum sind Geschichten und Lieder, Sami. Auf den Karten der Weißen beginnt hinter dem neunzehnten Breitenkreis vielleicht die Great Sandy Desert, aber unter unseren Füßen, in der Luft, in den Felsen steckt das uralte Wissen um die Traumpfade und die Zeremonien dieses Stammeslandes. Manche Kulturen ehren ihre Denkmäler und bestimmte Bauwerke, aber wir, wir ehren die Erde selbst. Aus dem Land kommen wir und dorthin kehren wir zurück.«

»Ich habe bei Biddys ... Abschied angefangen, das zu

begreifen«, sagte sie, um ein treffenderes Wort verlegen. Als sie an dieses Erlebnis dachte, kam ihr die Zeremonie überhaupt nicht wie eine Beerdigung oder Trauern vor. »Da musste ich wieder an dieses Familienthema denken«, sagte sie verlegen.

»Das ist okay. Du musst keine Entscheidung treffen, du musst nicht verkünden, wo du stehst und wie es dir geht. Miss der Verwandtschaft in Broome und mit uns Aborigines keine zu große Bedeutung bei! Allerdings möchte deine Mutter offensichtlich, dass du dich auf eine bestimmte Weise dazu bekennst. Einfach etwas Bewusstsein und Wertschätzung für alle Aspekte des Themas, dich damit wohl fühlen, wer du bist – das ist wichtig!«

»Danke, Harlan. Das ist wahrscheinlich der beste Rat, den ich je bekommen habe.«

Sie sah den gut aussehenden Aborigine an.

»Ich bewundere dich und Rosie.«

»Weil du uns verstehst, wir passen ja bequem in deine Welt. Biddy war eine größere Herausforderung für dich, trotzdem scheinst du ihre Gesellschaft genossen zu haben. Ich glaube, du wirst überrascht sein, was du hier alles aufgeschnappt hast, wenn du wieder nach Hause fliegst.«

»Mami hofft immer noch, dass ich hier bleibe. Aber wie soll das gehen? Ich muss meine Diss an der Uni fertig machen, und meine Berufsaussichten liegen auch eher in Sydney als in Broome. Auch wenn ich später vielleicht herkomme, so oft es geht.«

»Um deine Mutter und uns zu besuchen? Oder noch jemanden?«

Sami lächelte. »Na ja, vielleicht ist da noch jemand … Ich habe Tim Hudson auf der Schiffsreise besser kennen gelernt. Es war alles sehr gefühlsbeladen, deshalb will ich jetzt erst mal abwarten, bis ich ihn unter normalen Umständen wiedersehe.«

»Klingt vernünftig.« Sie kehrten um und gingen zurück zum Wagen.

Bei Sonnenuntergang hielt Harlan an. Sami erwachte und folgte mit dem Blick seinem Zeigefinger. Die kahlen Konturen eines voluminösen Baobab-Baums ragten in den spätnachmittäglichen Horizont.

Sami konnte sich gut vorstellen, dass in seinem enormen Bauch und den seltsamen, stummelartigen Ästen Kobolde und mythische Geschöpfe lebten.

»Das Wahrzeichen der Kimberleys«, sagte Harlan. »Liefert Nahrung, Wasser und manchmal eine Zufluchtsstätte in seinem hohlen Stamm. Und natürlich wurden gefangene Aborigines darin häufig angekettet.«

»Ja, wie in dem außerhalb von Wyndham! Sind manche dieser Bäume nicht mindestens tausend Jahre alt?«

»Gut möglich. Auf mich wirken sie immer eher wie tierische als wie pflanzliche Lebewesen.«

»Das glaube ich gern. Ich möchte in keinem von denen schlafen, egal, wie kalt die Nacht ist.« Sami fröstelte. »Glaubst du an Geister, Harlan?«

»Und du? Hast du welche gesehen?«, konterte er.

»Ich glaube ja«, antwortete Sami vorsichtig.

»Das bedeutet, du bist akzeptiert und auf die Gegend eingestimmt. Es ist ein gutes Omen«, meinte er. »Tja, wir sollten machen, dass wir weiterkommen. Aber ich dachte mir, dass dir der Anblick gefallen würde.«

Sami war, als gäbe noch mehr zu den Geistern, den Gespenstern und den Schöpfungsgeschichten zu sagen – ein andermal.

Sie übernachteten bei Webster und seiner Familie und erfuhren, dass Farouz wenige Tage zuvor vorbeigekommen war. Sami blickte verdutzt. »Das ist aber komisch. Er hat mir nichts davon gesagt. Ich habe ihm mehrmals die

Nachricht hinterlassen, dass ich mit Harlan herkomme. Hat er was über seine Reise erzählt?«

Webster schüttelte den Kopf. »Nö. Hat überhaupt kaum was gesagt. Irgendetwas schien ihn völlig in Anspruch zu nehmen; er hatte es eilig, zum Außenposten zu kommen. Zum ersten Mal, seit ich ihn kenne, hat er nicht mal über Kamele gesprochen, und das will was heißen! Was wollt ihr zwei denn da draußen?«

Sami sah Harlan fragend an. Der nickte.

»Wir wollen uns mit der afghanischen Frau im Dorf unterhalten«, sagte sie ohne weitere Erklärung, denn Webster hatte mittlerweile sicher von Leila erfahren und würde diskret sein. »Offenbar können wir nicht viel für sie tun, innerhalb unseres Rechtssystems.«

Webster kratzte sich im Nacken, während er diese Neuigkeit verdaute. »Das überrascht mich nicht. Es war nur eine Frage der Zeit, wann die reale Welt sie einholt. Man kann nicht ewig davonlaufen, sag ich immer. Nach dem, was Farouz mir erzählt hat, ist sie eine richtig nette Person.«

Sie ließen das Thema fallen, konzentrierten sich auf Maggies Abendessen und diskutierten über Gott und die Welt. Webster und Maggie waren hingebungsvolle Hörer von ABC Radio und schienen sogar über Vorgänge in den entlegensten Ecken der Welt Bescheid zu wissen.

Früh am nächsten Morgen machten sie sich mit einer Botschaft von Webster für Farouz auf den Weg. »Sagt dem ollen Halunken, dass gerade eine große Herde wilder Kamele aufgetaucht ist und 'ne Menge Schaden bei den Wasserlöchern und auf den Salzpfannen anrichtet. Vielleicht möchten seine Kumpel vom Außenposten die ja zusammentreiben.«

Als sie den Dari-Außenposten erreichten, war es dort sehr still. Nichts war zu sehen von den sonst immer umhertollenden Kindern und Hunden, nichts von den Männern und Frauen, die sonst in Gruppen dasaßen und sich unterhielten, kochten oder an ihren Kunstwerken arbeiteten. Doch als sie vorfuhren, streckte Gussie den Kopf aus der Tür des Hauptgebäudes und winkte, als sie Sami sah. Rakka hüpfte aus dem Wagen, sobald Sami die Tür geöffnet hatte, und sprang auf Gussie zu. Die hob den Fuß, um ihr einen Tritt zu versetzen. »Keine verdammten Hunde im Haus!«

»Sie gehört mir, Gussie. Rakka ist kein Gebrauchshund, sie ist ein verwöhntes Haustier. Entschuldige. Wo sind denn alle?« Sami ging ihr entgegen. Harlan lehnte sich an den Wagen und blickte sich um.

»Hab gehört, dass du kommst. Sie sind alle da irgendwo. Farouz ist gekommen. Ist wieder weg.« Gussie war nicht sehr mitteilsam.

»Wo ist Leila?«

Gussie sah weg. »Wer der Kerl?«

»Mein Cousin. Er ist Anwalt. Er wird Leila helfen.«

»Leute vom Central Land Council waren da. Haben gesagt, wir kriegen Ärger, weil wir uns um sie gekümmert haben.«

Samis Herz setzte kurz aus – die Aborigine-Behörden waren aufmerksam geworden! »Harlan, kommst du bitte mal«, rief sie. Gussie beäugte seine schicke Kleidung misstrauisch, seinen modischen Haarschnitt und seine kultivierte Ausstrahlung, die der eines Weißen glich.

Harlan begrüßte sie höflich. Als er auf Kukatja mit ihr sprach, wurde Gussie sofort weich, und sie unterhielten sich lange und ernst.

Sami hörte mehrfach den Namen Leila, sonst verstand sie nichts. Schließlich nickte Harlan Gussie zu und sprach auf Englisch weiter. »Okay. Überlass das mir.« Dann wandte er sich an Sami und nahm ihre Hand.

»Was ist los?«, fragte sie, und eine schlimme Vorahnung überkam sie. »Ist Leila mit Farouz mitgefahren?«

Harlan schüttelte den Kopf, doch ehe er zu Wort kam, fuhr Sami fort: »Sie hat sich doch nicht gestellt, oder? Ich habe ihr versprochen, dass du ihr hilfst, dass ich wiederkomme …«

»Sami.« Harlan unterbrach sie abrupt. Er fasste sie an den Armen und zwang sie, ihn anzusehen.

Sie versteifte sich. »Ja?«

»Leila ist tot.«

Sami starrte ihn an, unfähig, seine Worte zu begreifen. Schließlich schüttelte sie den Kopf. »Nein. Nein, das stimmt nicht. Das kann nicht sein! Nach allem, was sie durchgemacht hat. Was ist passiert?« Sie blickte aufgelöst um sich. »Wann? Wo ist sie?«

»Eines Abends ist Leila verschwunden. In die Wüste gelaufen, an einen Ort, der ihr etwas bedeutete. Und hat sich die Pulsadern aufgeschnitten. Die Frauen glauben, dass sie das schon lange vorgehabt hatte.« Er schlang die Arme um die zitternde Sami und drückte sie an sich.

»Sie hat mir keine Chance gegeben, ihr zu helfen.«

»Sami, tief im Innern muss sie gewusst haben, dass ihre Situation hoffnungslos war. Du hast ja gesagt, dass sie keine engeren Angehörigen mehr hatte. Die Frauen sagen, sie hat ihre Dinge in Ordnung gebracht. Sie hätte darüber gesprochen, dass du diese Teppichtasche bekommen hast.«

Sami begann zu weinen, rang jedoch um Fassung. »Irgendwo im Hinterkopf hatte ich gedacht, sie könnte hier ein neues Leben beginnen. Jemanden kennen lernen, irgendwie eine neue Familie gründen. Leila war doch nicht viel älter als vierzig.«

Sie machte sich von Harlan los, nahm das dargebotene Taschentuch und tupfte sich die Tränen von den Wangen. »Es geht schon, danke«, flüsterte sie. Dann nahm sie seine

Hand und führte ihn zu dem Unterstand, wo eine Gruppe Künstlerinnen schweigend arbeitete.

Er trat beiseite, als Sami sich zu ihnen setzte. Sie lächelten, nahmen sie zur Kenntnis, arbeiteten jedoch weiter. Sami sah, dass sie alle traditionelle Kunst anfertigten. Verschiedene Gemälde waren auf der roten Erde ausgebreitet, um in der Sonne zu trocknen. Einige geflochtene Körbe waren fertig. Eine ungewöhnliche Knüpfarbeit in Purpur und Rot, auf der ein Totemzeichen abgebildet war, lehnte an einem der Pfähle, die das Dach trugen.

»Rosie Wallangou hat euch Materialien geschickt. Eine Menge Malsachen«, sagte Sami nach einer Weile.

»Gute Farbe? Leinwand, keine Pappe?«

»Sehr gute Materialien. Sie mag eure Arbeiten. Sie kommt und setzt sich zu euch. Will über das Geschäftliche reden. Rosie wird sich um euch kümmern. Sie ist anständig. Das da ist ihr Ehemann.«

»Sie hat diese Galerie in Broome. Guter Laden, hm?«

»Stimmt.« Schweigen trat ein. Sami saß da und beobachtete sie bei der Arbeit. Sie erinnerte sich an Palmers Rat: sie solle sich einfach zu den Leuten setzen. Es sei nicht nötig zu plaudern. Weißen war bei diesem Schweigen oft unbehaglich zumute, doch allmählich löste sich der Knoten in Samis Brust. Schließlich deutete sie auf die Arbeiten. »Ihr macht eure eigenen Sachen. Nicht den neuen Stil, hm?« Sie sah von einer Frau zur anderen und fragte: »Irgendwelche Knüpfarbeiten?«

»Machen das nicht mehr.«

»Oh. Rosie mochte die letzten Sachen – sie waren etwas ganz anderes.«

»Sonderposten. Nicht mehr.«

Sami begriff. Aus welchen Gründen auch immer – und sie nahm an, Rosie würde es wissen und es ihr sagen – malten sie ohne Leila nicht mehr ihre Geschichten. Leila war dahingegangen, ein Kapitel im Leben dieser Frauen war zu Ende, und nun fuhren sie mit dem fort, was sie kannten: ihrem eigenen Stil. Vielleicht würde eines Tages in einem Kunstwerk die Geschichte der einsamen Afghanin in Erscheinung treten, die aus einem Land weit jenseits des Ozeans in die Wüste gekommen war, ihre Träume geteilt hatte und dann fortgegangen war zu den Geistern ihrer Kinder.

Sami stand auf und ging zu Gussie, die Harlan gerade Tee aus der großen geschwärzten Teekanne am Rand des glimmenden Lagerfeuers eingoss. »Wo lang, Gussie?«

Die wies ihr mit dem Teelöffel die Richtung.

»Ich brauche nicht lange, Harlan.« Er nickte und verstand: sie wollte allein sein.

Rakka lief ihr voraus, als sie das Lager verließ und nach Osten ging. Die Hündin schnüffelte am Boden und schien zu wissen, wohin sie wollten, obwohl sie noch nie dort gewesen war. Doch Sami wusste den Weg. Sie waren hier entlanggegangen, Sami und Leila.

Die Nacht, in der Leila allein hier herausgekommen war, um nicht mehr zurückzukehren, musste bitterkalt gewesen sein. Ein klarer Himmel mit den vertrauten Sternen. In der Ferne durchbrachen die rosafarbenen Dünen, die wie Brüste aussahen, die gerade Linie des Horizonts. Ein wenig Spinifex, ein spindeldürrer Woolly-Butt-Eukalyptus, die fragil wirkenden, aber zähen Akazien. Dann der kleine Bloodwood-Baum, unter dem sie so oft gesessen und sich unterhalten hatten. Und der kleine Baum mit den blühenden Kimberley-Rosen. Bildete sie sich das ein, oder waren auf den abgefallenen Blüten am Fuß der Pflanze braune Flecken, Blutflecken, zu sehen?

Ein Felsblock diente als Grabstein. Eine volle Sonne und ein zunehmender Mond sowie die arabischen Zeichen, die den Namen Leila ergaben, waren hineingemeißelt. Farouz'

Handschrift war unverkennbar. Sie hatten sie in aller Stille hier begraben, um Ärger zu vermeiden. Doch sie hatten um sie geweint.

Ein einsamer Ort, so fern dem Land, das Leila innig geliebt hatte, in dem sie voller Träume und Hoffnungen aufgewachsen war, sich verliebt und Kinder geboren hatte. Ein Ort der Kultur und des Glaubens, an dem die Menschen Fremde willkommen hießen, weil sie glaubten, dass Gäste ein Geschenk sind.

Sami setzte sich ans Grab und berührte den Stein. »Du warst ein Geschenk für uns, Leila. Ich verspreche, wir werden dich nie vergessen.«

Kapitel einundzwanzig

Lily fuhr den Pfad von der Farm zum Tor hinab. Wie vertraut ihr alles geworden war ... die Bäume, das Unterholz, jede Kurve. Sie sah ein paar Rinder, die dem Dorf gehörten und sich auf ihr Land verlaufen hatten. Im Geiste machte sie sich eine Notiz, sie dorthin zurückzubringen. Ross konnte dafür sorgen, beschloss sie. Es war gut zu wissen, dass Ross demnächst ganz in der Nähe wohnen und Don, der ja ein Bardi war, in das Aborigine-Jugend-Projekt miteinbeziehen würde.

Ja, dachte Lily, während sie langsam aufs Tor zufuhr, es gab so viel, wofür sie dankbar war. Und nicht zuletzt das, was sie unter den Strandtüchern auf dem Rücksitz verborgen hatte: flache Kartons, in denen sich die Perlen befanden. Es handelte sich um die Auslese ihrer bisherigen Ernte. Pauline sollte daraus die Perlen für den Schmuck auswählen, den Lily bei ihr in Auftrag gegeben hatte. Vorteilhaft in Paulines Ausstellungsraum auf schwarzem Samt drapiert und geschickt beleuchtet, würden sie die japanischen Investoren weitaus stärker beeindrucken, als wenn sie nur auf dem Arbeitstisch ihres Häuschens lagen. Zusätzlich hatten sie mehrere Austern beiseite gelegt, bei denen Aussicht bestand, dass sie Ausnahme-Perlen beherbergten. Die würde man erst im Beisein der Japaner öffnen.

Lily schloss das Tor hinter sich. Als sie wieder ins Auto stieg, hatte sie das unheimliche Gefühl, dass jemand sie beobachtete. Sie warf einen Blick über die Schulter, sah jedoch niemanden. Doch als sie weiterfuhr, sah sie Munda am Wegrand stehen. Ehe sie abbremsen oder anhalten konnte, grinste er und hielt ihr den erhobenen Daumen hin. Sofort darauf wandte er sich ab und schlenderte zurück in den Busch, aus dem er Sekunden zuvor aufgetaucht war.

»Du kleiner Halunke«, sagte sie laut, und irgendwie hatte sie das Gefühl, dass seine kecke Geste ihr Glück bringen sollte. Dass er auf sie, auf die Farm Acht gab. Sie musste Ross Bescheid geben, dass das Gelände über einen etwas sonderbaren Beschützer verfügte – sofern man ihn grüßte und ihm Gastfreundschaft anbot, wenn er auftauchte. Vielleicht war dies Daves Fehler und Tims Glück gewesen. Schließlich hatte Munda als Erster die Lacepedes als mögliche neue Zuchtgründe erwähnt. Merkwürdige kleine Person. Andererseits waren in den letzten Monaten so viele merkwürdige Dinge geschehen, dass Lily sie allmählich als normal hinnahm.

Sie bog auf die Straße zum Kap Leveque ab, um nach Broome zu fahren, und musste laut lachen.

Wie sehr hatte ihr Leben sich doch verändert, seit sie Sydney vor einigen Monaten verlassen hatte! Sie wusste, dass ihre Zukunft hier oben in ihrer Rolle als hart kämpfender, demnächst jedoch hoffentlich erfolgreicher Perlenzüchterin lag. Wie fern und erstickend Sydney nun wirkte! Die berufliche Tretmühle, ein Leben, das ihr jetzt seicht und bedeutungslos vorkam, mit Freundschaften, die häufig oberflächlich geblieben waren. Hier jedoch spürte sie eine Freiheit des Geistes. Die Freiheit, ganz sie selbst zu sein, sich selbst zu entdecken. Sie hatte so sehr gehofft, dass Sami die gleiche Erfahrung machen würde! Und als sie nun an ihre Verwandtschaft dachte, ging ihr auf, dass die ganze Gegend hier wie eine Familie war. Broome war eine Kleinstadt, in der die Beziehungen sich überlappten und im engen Miteinander andauernd erneuerten, genau wie in einer Familie. Trotz der Kämpfe bei ihrem Kopfsprung in den Neuanfang, trotz ihrer Ängste und der Startschwierigkeiten sagte ihr Herz, dass sie genau das Richtige getan hatte.

Lily musste an Palmer denken, wie so oft in letzter Zeit, und auch das war ein angenehmes Gefühl. Sehr angenehm. Er wollte so viel Zeit wie möglich in den Kimberleys verbringen. Wohin würde sie beide das führen? Sie hätte nicht gedacht, dass sie noch einmal so empfinden würde. Ihr Körper fühlte sich lebendig an, zum ersten Mal seit Jahren waren alle ihre Sinne aufnahmebereit.

Ein entgegenkommendes Auto, das eine Staubfahne hinter sich herzog, riss sie aus ihren Gedanken. Beide Wagen wichen einander auf der roten Staubpiste aus, und man hob flüchtig zwei Finger zum Gruß. Lilys Gedanken wandten sich wieder ihrem Leben und seinen Veränderungen zu. Dale erschien auf ihrer geistigen Agenda – in Broome erwartete sie eine schmerzliche Verabredung. Doch sie musste Dale gegenüber offen sein, wenn es für sie und Palmer eine Zukunft in Broome geben sollte, das war ihnen klar.

Sie hatte Dale bereits angerufen und ihm ihr Kommen angekündigt. Seiner Stimme nach zu urteilen, hatte er wohl erraten, woher der Wind wehte.

Ross stellte die beiden einander vor. »Dr. Ted Palmer – Detective-Sergeant Karl Howard.« Die Männer gaben einander die Hand und setzten sich an den Tisch in Howards Büro.

»Ich habe mit dem Chefredakteur der Zeitung gesprochen, er gestaltet die Titelseite der Donnerstags-Ausgabe um«, sagte der Detective. »Er braucht noch ein paar Details, die Sie uns hoffentlich liefern können.« Er sah Palmer an.

»Was wir Ihnen am Telefon erzählt haben – die geborgenen Schmuckstücke und so weiter – muss in diesem Stadium unter uns bleiben«, erwiderte Palmer. »Die Leute von der Bundesbehörde sind unterwegs, aber bis sie hier sind, soll nicht alle Welt wissen, dass unter Mrs. Bartons Bett auf der Farm eine kleine Goldmine liegt.«

»Klar. Aber Sie haben sich doch was zusammengereimt, das die Geschichte etwas greifbarer macht. Und vielleicht fördert es die Hinweise zutage, die wir jetzt unbedingt brauchen. Vor allem: Wer ist dieser Typ?« Howard schnipste das Foto von Hajid über den Schreibtisch. »Und danke noch mal, Ross, dass du das aufgetrieben hast!«

»Was habt ihr bisher mit dem Foto gemacht?«, fragte Ross.

»Im ganzen Land verteilt, und über Interpol auch ins Ausland, bisher ohne Ergebnis. Ich setze darauf, dass ihn jemand auf der Titelseite erkennt.«

»Wenn die Geschichte hier bekannt ist, werden auch die übrigen Medien darauf anspringen«, meinte Ross. »Andeutungen über einen Schatz, internationaler Kunstraub, eine Leiche im Busch, da ist alles drin.«

»Sehen Sie sich das an«, warf Palmer ein und nahm eine Mappe aus seiner Aktentasche. »Hier ist ein Foto von dem Medaillon, das genau wie das von Pauline aussieht. Und das da sind Fotos, die ich per E-Mail von meinem Kollegen an der Curtin-Uni bekommen habe. Er ist Fachmann für Numismatik – beschäftigt sich unter anderem mit Goldmünzen. Und wir haben außerdem eine Übersetzung der Nachricht in dem Sonnensymbol.«

Der Detective und Ross besahen sich die Fotos von den Goldmünzen. Ross reagierte als Erster. »Sehr hübsch, Palmer. Okay, was steht drin?«

Howard schloss sich der Frage an. »Überraschen Sie uns!«

»Die Sachen unter Lilys Bett sind ziemlich gut dokumentiert und katalogisiert. Sie sind der Öffentlichkeit weitgehend unbekannt, aber die Museen und die Kuratoren für alte zentralasiatische Kunst kennen sie sehr wohl«, begann Palmer. »Es gibt ganze Bücher über diese Stücke. Wer auch immer sie gestohlen hat, wusste genau, an welche privaten Sammler er sie verkaufen kann. Und da gibt es jede Menge, die keine unangenehmen Fragen stellen. Sie können mir folgen?«

»Wo sind die Sachen denn abhanden gekommen?«, fragte Howard.

»Afghanistan, vermutlich aus dem Museum in Kabul. Die Taliban haben einige ganz hervorragende Kunstsammlungen zerstört. Nicht nur die großen Bamiyan-Buddhas. Die Nachricht in der Sonne enthält ein paar Details zu der Sammlung, die Tim gefunden hat: wo sie von den sowjetischen Archäologen 1978 in Tillja-Tepe ausgegraben wurde, und eine Wegbeschreibung zu einer Stelle auf Sunday Island.«

»Meine Güte, das ist ja unglaublich«, rief Howard. »Das Verbrechen in Broome steigt jetzt wohl in die internationale Liga auf. Aber sagen Sie mir: Warum sollte man die Sachen auf irgendeine kleine Insel im King Sound bringen?«

»Kennen Sie einen besseren Ort?«, entgegnete Palmer. »Völlig verlassen, keine Überwachung, nah an internationalen Absatzmärkten. Es sind ganz erstaunliche Sachen auf den Markt gekommen, als die Leute verkauften, was sie nur konnten, um während des Taliban-Wahnsinns außer Landes zu kommen.«

»Wäre es nicht einfacher oder sicherer, das Gold einzuschmelzen?«, fragte Howard.

Palmer schauderte es.

»Bitte, erwähnen Sie das nicht einmal! Man befürchtet, dass genau das mit einigen der verloren gegangenen Schätze passiert ist. Es ist viel zerstört worden, aus den verrücktesten Gründen. Aber intakt sind die Sachen weitaus wertvoller.«

»Also, worum handelt es sich?«

»Mein Kunsthistorikerfreund hält die Sachen für baktrisch – Baktrien war ein Reich auf der baktrischen Ebene, die heute zu Nordafghanistan gehört. Die Baktrer wanderten dort im zweiten Jahrtausend vor Christus ein. Eine Zeit lang war Baktrien griechisch besetzt, dann gab es ein unabhängiges griechisch-baktrisches Königreich, das schließlich von den Kuschana überrannt wurde – Nomaden aus Südsibirien. Das da auf der Münze ist vermutlich der Kopf eines baktrischen Königs.«

»Da fragt man sich doch, was sonst noch so im Umlauf ist«, meinte Ross. »Was passiert mit den Sachen?«

»Sobald sie eindeutig identifiziert sind, werden sie dem Museum zurückgegeben. Die werden begeistert sein, dass sie auch mal was zurückbekommen! Viele wertvolle Stücke wurden versteckt, deshalb kann es sein, dass die Sachen hier gestohlen wurden, als die Lage so chaotisch war«, antwortete Palmer. »Leider keine Bergungsrechte für Tim Hudson.«

»Pauline kann es gar nicht erwarten, die Sachen zu sehen«, sagte Ross. »In dem, was Lily angedeutet hat, sieht sie schon die Grundlage einer ganz neuen Schmuckkollektion – Perlen zusammen mit altem griechischem Design und nomadischen Einflüssen.«

»Tja. Na ja, mein Anliegen ist nicht so glanzvoller Natur. Wie stellt man einen Zusammenhang zwischen dem Diebesgut, diesem mysteriösen Kerl und Stern her – und zwar so, dass alles wasserdicht ist –, und löst dabei hoffentlich auch den Mordfall?«, meinte der Detective und griff zum Telefon. »Mal sehen, wie die örtlichen Nachrichtenspürhunde reagieren. Netter Zusatzeffekt, ein paar Fotos zu haben, mit denen man die Story aufpeppen kann. Das sollte Bewegung in die Sache bringen!«

»Wie sehe ich aus?« Lily wirbelte herum und sah Rosie an. »Jetzt könnte ich den bissigen Rat meiner Tochter gebrauchen! Wie kleidet man sich, wenn man eine Beziehung beenden will?«

»Ich dachte, du willst deinen Besuch beeindrucken!«

»Ich fahre gleich nach diesem kurzen informellen Kaffeetrinken zum Flughafen. So habe ich auch einen Vorwand zu entkommen.« Sie wandte sich wieder dem Schlafzimmerspiegel zu und zupfte ihre Seidenbluse und den Leinenrock zurecht. Olivias prachtvolle Perlenkette schimmerte auf der cremefarbenen Seide.

»Ach, Lily, könnt ihr nicht Freunde bleiben? Das wird so schwer für euch beide – in dieser kleinen Stadt zu leben.«

»Dale ist eher der Ganz-oder-Garnicht-Typ. Und wenn es um seinen Stolz oder sein Ego geht, gibt es keine Zwischentöne, fürchte ich.«

»Aber er muss etwas ahnen. Ihr habt euch seit einer Ewigkeit kaum gesehen und ...« Rosie brach ab. »Du siehst großartig aus. Sehr ladylike, die Perlen werden deine Investoren umwerfen! Du kannst mit gutem Recht sagen, dass sie von deiner Farm stammen, auch wenn das noch die Star of the Sea zu Tyndalls Zeiten war!«

»Was wolltest du gerade sagen?«, hakte Lily nach. »Etwas über Dale?«

»Nein, nichts. Das spielt jetzt keine Rolle.«

»Rosie, verschweig mir nichts! Du hast es doch selbst gesagt: Jeder tratscht hier, ich werde es sowieso erfahren.«

»Ich war mit den Mädels vor Chinatown Music Kaffee trinken, und Dale fuhr mit einer jungen Frau im Auto vorbei.«

»Das kann irgendwer gewesen sein. Eine Freundin von Simon.«

»Ähm, nein. Gaye und Wendy haben sie im *Matso's* zu Abend essen sehen. In trauter Zweisamkeit. Sie wirkte jünger als Sami.«

Lily schwieg.

»Geht's dir gut? Macht es dir was aus?«

Sie dachte kurz darüber nach. »Nicht wegen mir. In gewisser Weise erleichtert es mir die Sache sogar. Ich werde nichts davon sagen, keine Sorge. Aber für Dale tut es mir Leid.«

»Was? Warum? Menschenskind, Lily!«

»Der dumme Kerl hat sich immer über das Syndrom ›ältere Männer mit jungen Frauen‹ lustig gemacht. Er hat gesagt, zusammen mit ihrer Würde verlieren sie auch ihr Geld. Und jetzt macht er das selbst.«

»Glaubst du nicht, dass er das absichtlich macht? Um dich aus der Fassung zu bringen? Er muss wissen, dass das irgendwann rauskommt. Ich meine, warum in der Öffentlichkeit zu Abend essen?«

»Was weiß ich? Und ich werde nicht danach fragen. Jetzt ist es zu spät, um meine kleine Rede zu ändern. Okay, ich gehe dann. Wünsch mir Glück mit den ehrenwerten Investoren!«

»Mach ich. Und viel Glück bei Dale.« Rosie sah ihr nach. Dann ging sie in Biddys altes Zimmer, in dem Lizzie auf dem Boden lag und völlig versunken malte, die Zunge im Mundwinkel.

»Was malst du denn, mein Schatz?« Rosie bückte sich und betrachtete die seltsamen Figuren mit den Teddygesichtern. »Wo hast du die gesehen, Lizzie?«, fragte sie leise.

»Hier, in Biddys Zimmer. Die tanzen nachts. Und spielen im Garten lustige Spiele.«

»Das sind schelmische kleine Geister. Du hast Glück, dass du sie sehen kannst.« Rosie betrachtete das Bild. Ob Lizzie die Rai-Geister nun gesehen hatte oder nicht – es war unverkennbar, dass ihre Tochter hervorragend zeichnen konnte.

Dale war höflich. Er begrüßte Lily mit einem freundschaftlichen Kuss auf die Wange und rückte ihr den Stuhl zurecht, als sie sich im Teahouse Café zu ihm setzte. »Der passende Ort«, bemerkte Lily. »Ich hole nämlich gleich die Investoren ab und zeige ihnen die Stadt.«

»Und die Farm?«

»Die natürlich auch. Da haben sie schließlich ihr Geld hineingesteckt.«

»Wie läuft's denn?«

»Mal gut, mal schlecht, mal ist es der reine Wahnsinn. Wir haben alle Hände voll zu tun.«

»Erzähl mir davon!«

»Möchtest du das wirklich, Dale, oder bist du nur höflich?«

»Komm schon, Lily, glaub mir doch. Ich mag ja am Anfang mit dieser Idee nicht einverstanden gewesen sein, aber ich bewundere dich dafür, dass du durchhältst.« Er nahm die Karte von der hübschen Kellnerin entgegen, einer skandinavischen Rucksacktouristin im Kimono.

»Und wie ein Pferd schufte. Als ich sagte, dass ich mit Hand anlegen will, habe ich mir nicht vorgestellt, dass ich Kisten und Drahtgestelle mit Muscheln durch die Gegend schleppe.« Sie betrachtete wehmütig ihre Fingernägel.

»Ist es das wert? Bist du zufrieden, dass du mich für eine heruntergewirtschaftete Perlenfarm und ein paar Durchgeknallte verlassen hast?« Er lächelte schwach.

»Dale! Das entspricht nicht der Wahrheit.« Sie musste daran denken, wie rasch er sich offenbar mit einem jungen

Mädchen getröstet hatte, aber das behielt sie für sich. Lily entschied sich für Zitronenmyrtetee. »Und ich habe dich nicht verlassen, wie du es nennst. Es ist bloß so, dass wir nicht in die gleiche Richtung reisen, nicht die gleichen Träume haben. Ich möchte, dass wir auf jeden Fall Freunde bleiben. Alles andere wäre albern, findest du nicht?«

Er antwortete nicht, sondern gab die Bestellung auf: »Einmal Zitronenmyrte und einen Jasmintee mit Honig.« Lily war überrascht, dass er Tee statt Wein trank, sagte aber nichts. Er blickte Lily an. »Wozu sind Freunde da?«

»Sie unterstützen sich gegenseitig, sind füreinander da, genießen es, Ideen miteinander zu teilen, die Gesellschaft des anderen …«

Dale hob die Hand. »Schön und gut. Aber ich finde das nicht sehr aufregend. Mir gefiel der Sex, und dass ich mit einer attraktiven Frau gesehen wurde. Ich hatte gedacht, wir würden reisen, Spaß miteinander haben … Wir sind einfach zu verschieden, was? Für mich ist das nichts, im Busch herumzuhängen. Broome ist mir entfernt genug vom Lichterglanz der Großstadt, weiter weg möchte ich nicht.«

»Die Farm ist abgelegen, aber es ist schön dort! In der richtigen Kimberley-Wildnis war ich noch gar nicht. Ich freue mich aber schon darauf.« Sie dachte an Palmers Versprechen, sie an die Stellen zu bringen, über die er und Sami gesprochen hatten.

»Man kann in ein paar Stunden darüber hinwegfliegen und alles sehen. Das ist viel einfacher. Flieg zum Dinner zur El-Questro-Farm.«

Lily lachte. »Ach, Dale, du wirst dich wohl nie ändern!«

»Du hast dich aber verändert.«

»Das denke ich nicht. Ich glaube eher, diese Seite in mir hat schon die ganze Zeit darauf gelauert, ans Tageslicht zu dürfen. Übrigens, wie geht's Simon?«, fragte sie höflich.

»Macht mir Sorgen. Er hat ein kleines Drogenproblem. Ich werde ihn wohl nach Perth zur Reha schicken.«

»Tut mir Leid, das zu hören, Dale. Die Entscheidung fällt dir bestimmt nicht leicht«, sagte Lily aufrichtig.

»Tja, die Alternative ist weit schlimmer.« Er trank von seinem Tee. »Und wie geht's Sami?«

»Die ist beschäftigt. Ich glaube nicht, dass sie hier bleibt. Aber wir müssen eben beide unser Leben leben. Sie hat mit einem Kunstprojekt in der Wüste zu tun. Außerdem ist ihr mit Tim zusammen eine sensationelle Entdeckung quasi vor die Füße gefallen. Die hilft vielleicht, ein paar Fragen bezüglich mancher Vorgänge hier in der Stadt zu beantworten.«

»Was meinst du damit?«

»Sieht so aus, als ob die Kriminalbeamten die Einbrüche in der Stadt mit dem Mord an diesem Stern in Verbindung bringen.«

»Ein und dieselbe Person in beiden Fällen?« Interessiert beugte Dale sich vor.

»Ich darf das eigentlich noch gar nicht erzählen. Lies besser in der Zeitung darüber. Hör mal, ich muss gleich gehen.« Sie trank ihren Tee aus.

»Tja, viel Glück bei den Männern mit dem Geld. Sag ihnen, ich hätte auch ein paar Sachen, in die sie Geld stecken können, falls sie noch mehr anlegen wollen.«

Lily lachte. »Stell dich hinten an! Alle, die von dem Besuch wissen, wollen das Gleiche.« Er erhob sich, und Lily lächelte verlegen. »Ich wünsche dir, dass für dich alles gut läuft, Dale! Auch wenn wir nicht füreinander bestimmt sind, ich werde dir immer eine Freundin sein.«

»Hm, tja, danke.« Er sah nicht übermäßig begeistert aus, eher etwas traurig oder vielleicht abgelenkt, dachte Lily. »Du wirst entschuldigen, dass ich dich nicht hinausbegleite.« In Wahrheit war Dale zutiefst verletzt und fassungslos, dass Lily aus seinem Leben verschwand, aber er würde den Teufel tun, sich das anmerken zu lassen.

»Sicher. Ich fahre jetzt lieber.« An der Tür sah sie sich noch einmal um: Dale unterhielt sich angeregt mit der Kellnerin. Der kommt zurecht, dachte sie. Ist im Nu über mich hinweg, so viel ist sicher. Ich frage mich, was ich je an ihm gefunden habe. Ein Anflug von verletztem Stolz nagte dennoch an ihr, verbunden mit der Erkenntnis, dass sie in Sachen Schönheit mit dünnen blonden Zwanzigjährigen nicht konkurrieren konnte. Aber das wollte sie auch gar nicht. Palmer hatte gesagt, er finde Lily anregend, weil sie engagiert und an ihrem eigenen Leben interessiert sei und sich einer großen Herausforderung gestellt habe.

Lily beschloss, nicht weiter über Palmer oder Dale nachzudenken, und machte sich auf zum Flughafen. Unterwegs übte sie den höflichen Willkommensgruß, den Mika ihr eingehämmert hatte. Sie hoffte jedoch, dass Mika wie versprochen da sein würde.

Lily hatte sich auf die Ankunft zweier Geschäftsmänner eingestellt – dunkle Anzüge, weiße Hemden, seriös, unsicheres Englisch. Welch ein Irrtum! Sie kamen zu siebt. Ehefrauen, zwei Angestellte und ein Sohn von Anfang zwanzig, der Semesterferien hatte – allesamt in Ferienstimmung. Ihre Besucher trugen bunte Freizeitkleidung, sodass Lily sich in ihrer eleganten Aufmachung nicht wohl fühlte. Alle sieben waren bester Laune und sprachen ausgezeichnet Englisch. Sie hatten im Cable Beach Club reserviert. Während Mika die Entourage ins Hotel begleitete, baten Mr. Komiatyi – »Bitte, nennen Sie mich Kom« – und Mr. Tobayashi – »Bitte nennen Sie mich Toby« – Lily, ihnen unterdessen Broome zu zeigen.

Sie fuhr mit ihnen durch die Stadt, servierte ihnen mundgerechte Happen aus der Geschichte, wies auf Sehenswürdigkeiten hin, hielt an, damit sie sich auf dem Streeters Jetty fotografieren lassen konnten, und ging dann mit ihnen in die Perlenabteilung des Juweliers Linneys of Broome, um ihnen Bill Reed vorzustellen. Bill war charmant und unterhaltsam, holte alte Fotografien von Broome hervor, zeigte ihnen den Dampier Creek von seinem Balkon aus und danach auf den Fotos, auf denen er voller Logger im Einsatz war.

Lily merkte, dass ihre Gäste gerne noch länger geblieben wären, manövrierte sie jedoch sachte mit der Ankündigung hinaus, in der Historischen Gesellschaft warte eine speziell für sie zusammengestellte Sonderausstellung. Die beiden Männer wischten sich die Stirn, was ihrer Begeisterung aber keinen Abbruch tat.

Sie fuhren zum Gantheaume Point, und Lily beobachtete, wie die beiden den Küstenstrich, die unverwechselbaren roten Felsen und das leuchtende, beinahe grelle Türkis des Wassers in der Bucht bestaunten. »Es ist wundervoll. Sehr, sehr schön«, sagte Toby. »Ich konnte nicht glauben, dass die Bilder, die Sie uns geschickt haben, echt sind.«

»Ja, man muss es mit eigenen Augen sehen«, stimmte Lily zu.

Als sie die Dampier Terrace entlang zurückfuhren, fielen den beiden Männern die Perlengeschäfte ins Auge, die sich dort aneinander reihten, sowie die allgegenwärtigen Touristen. Vor Pauline Despar Designs hielt Lily an, und ihre Gäste bewunderten die elegante schwarz-rote Außenansicht. Bertrand, der sich für die Besucher ebenfalls in Schale geworfen hatte, schloss ihnen auf.

Lily stellte Pauline und Bertrand vor, und dann folgten die Japaner Pauline zu den Schaukästen, denen sie verschiedene Stücke aus ihrer atemberaubenden Muschelschmuckkollektion sowie ausgewählte Stücke ihrer Himmelskollektion entnahm. Die beiden Geschäftsleute waren beeindruckt. »Eine ausgezeichnete Idee, so schöne Dinge aus den Muscheln zu machen. So entsteht Wertschöpfung«, urteilte Kom.

»Das Austernfleisch ist ebenfalls ein Gewinn bringendes Geschäft«, sagte Lily. »Bisher haben wir unseres verkauft, aber diese Seite des Unternehmens würde ich gerne ausbauen.« Die Männer nickten. In Asien erzielte getrocknetes Perlenausternfleisch enorme Preise. »Wenn Sie auf die Farm kommen, wird Serena, unsere Köchin, für Sie ihre Austernfleisch-Spezialität zubereiten.«

»Ah, wir freuen uns schon darauf, es einmal frisch zu kosten«, sagte Kom.

Sie hatten viele Fragen an Pauline, und dann eröffnete Lily ihnen, dass sie eine Überraschung habe – die erste Ausbeute.

Die besten Perlen wurden auf schwarzen Samttabletts präsentiert, und sogar Lily war überwältigt, wie wunderschön sie aussahen, obwohl sie schon jede einzelne Perle liebkost hatte. Sie erörterten die Qualität, den Lüster, die Größe, den möglichen Wert. »Das hängt sehr von der Nachfrage ab«, erklärte Lily. »Eine Schnur gleich großer perfekter Silbrig-Roséfarbener von fünfzehn Millimetern kann leicht Hunderttausende von Dollars erzielen. Im Augenblick wird Goldlüster modern. Und es macht viel aus, wenn sie mit Argyle-Diamanten und Edelsteinen gefasst sind.«

Die Männer untersuchten die Perlen, rollten sie auf der Handfläche hin und her, und Lily sah, dass ihr Zauber die Fantasie auch dieser knallhart kalkulierenden Investoren beflügelte, die eine Menge über Perlen wussten.

»Unsere Frauen werden die hier unbedingt sehen wollen«, sagte Toby.

»Wir verstehen, warum australische Südseeperlen – Perlen aus Broome – die besten der Welt sind«, räumte Kom ein und fügte grinsend hinzu, »und allem, was in Japan produziert wird, deutlich überlegen.«

»Nun ja, da arbeitet auch einiges für uns. Weitläufiges Gelände, das für die Perlenzucht geeignet ist, unsere sauberen Gewässer und die *Pinctada-maxima*-Auster. Nur hier zu finden«, entgegnete Lily. Sie ergriff die Gelegenheit beim Schopfe und beschrieb ihnen kurz die Ursprünge der Perlenzucht. Es sei ein Australier gewesen – William Saville-Kent –, der um die Wende zum zwanzigsten Jahrhundert auf Thursday Island gearbeitet und Halbperlen erzeugt habe, indem er unechte Perlen auf die Innenseite von Perlmuscheln geklebt habe. Angeblich hatte er die Züchtungstechnik für vollrunde Perlen perfektioniert, veröffentlichte sein Verfahren jedoch nie. Er starb 1906, doch bereits 1904 verkündeten zwei konkurrierende Japaner – der Wissenschaftler Nishikawa und der Zimmermann Mise – gleichzeitig, sie hätten ein erfolgreiches Verfahren gefunden. 1901 hätten Mises Stiefvater und Nishikawa Saville-Kent auf Thursday Island besucht. Australische Perlenzüchter rätselten über der Frage, ob Saville-Kent womöglich schon ein Jahrzehnt früher erfolgreich runde Perlen gezüchtet und sein Wissen dann mit den beiden Japanern geteilt hatte? Die Bekanntgabe der japanischen Erfindung erfolgte auffällig kurz nach der von Saville-Kent .... Lily selbst hatte stets den berühmten Mikimoto mit den Anfängen der Perlenzucht in Verbindung gebracht. Er hatte als Erster Zuchtperlen nach Europa verkauft und man schrieb ihm zu, 1905 ebenfalls ein Zuchtverfahren gefunden zu haben. Olivia hatte ja in ihrem Tagebuch vermerkt, dass Tyndall dessen Farm in Japan besucht habe.

»In der Perlenbranche hat es immer eine hervorragende Zusammenarbeit zwischen unseren beiden Ländern gegeben«, sagte Lily taktvoll. »Ich freue mich sehr, dass wir sie fortsetzen!« Sie verneigte sich leicht, denn ihr war aufgefallen, wie häufig ihre Besucher diese Höflichkeitsgeste vollführten.

Erfreut über das Kompliment, erwiderten die beiden Männer ihre Verbeugung.

»Ich fahre Sie jetzt zum Mittagessen zurück zu Ihrem Hotel. Heute Nachmittag steht Mika Ihnen als Fahrerin und Reiseführerin zur Verfügung. Und morgen früh fahren wir dann zur Star Two. Ich erwarte Sie dort. Wir haben einen klimatisierten Minibus gemietet, der Sie alle hinbringt.« Danke, Bobby, dachte Lily. Er war sofort bereit gewesen zu helfen, als er von Mika gehört hatte, dass der Besuch zahlreicher als erwartet sei. Bobby würde den Männern unterwegs zweifellos eine seiner unzähligen Geschäftsideen unterbreiten.

»Sehr gut, sehr gut.«

»Heute gehen wir an den Strand«, verkündete Toby. »Ich möchte am Cable Beach schwimmen.«

Lily holte ihre Sachen bei Rosie ab und berichtete ihr bei der Gelegenheit von ihrem Treffen mit Dale und dem Besuch der Investoren, der bisher erfolgreich verlief. Nach einem herzlichen Abschied machte sie sich auf den Rückweg zur Farm. Sie kam erst nach Sonnenuntergang an, schenkte sich einen Drink ein und setzte sich auf die Veranda, um die letzten roten und goldenen Streifen der Dunkelheit weichen zu sehen. Hier gab es keine lange violette Dämmerung.

Es klopfte an der Tür. »Wer ist da?«

»David.«

»Oh. Dave! Einen Moment.« Lily öffnete die Tür. »Ich komme mir dämlich vor, immer abzuschließen, aber …« Sie brach ab und starrte Dave verblüfft an.

Er ignorierte ihre Reaktion und trat ein. »Sind unsere Gäste hier?«

»Morgen.« Sie schlug die Hände vor den Mund. Dave war frisch geduscht und rasiert und trug ein gebügeltes Hemd. Saubere kurze Hosen. Sandalen. Die Haare gekämmt. Das i-Tüpfelchen: ein dandyhaftes geknotetes Halstuch. Und baumelte da etwa eine goldene Uhrkette am Gürtel?

Er reichte ihr eine staubige, aber gekühlte Flasche Champagner.

»Eine kleine Spende, um unsere Yen-Männer willkommen zu heißen.«

Sie warf einen Blick auf die Flasche und wurde blass. »Dave! Das ist ein Dom Pérignon, ein Jahrgangschampagner!«

»Zu Hause hatten wir reichlich davon, ich hab einen kleinen Keller voll mitgebracht. Ab und zu plündere ich den. Wer sagt, dass man guten Wein nicht transportieren darf, hat keine Ahnung.«

Lily stellte die Flasche ab. Ganz behutsam. »Ich hoffe, die Japaner wissen ihn zu würdigen.«

»Für den Fall, dass nicht: Wie wär's, wenn wir zwei die Flasche jetzt schon leeren? Zur Feier des Tages!«

»Im Ernst?«

»Sicher. Ich finde sogar, das ist der perfekte Anlass dafür. Es ist sonst niemand da, mit dem ich sie teilen könnte.« Er nahm die Flasche und entfernte den rostigen Draht.

Lily goss den Rest ihres einfachen Weißweines in den Ausguss und griff nach einem Wasserglas. »Dave, ich glaube, das ist eine hervorragende Idee! Es war schließlich ein großer Tag.« Sie machten es sich an ihren Stammplätzen auf der kleinen Veranda gemütlich.

»Eigentlich ist es ein Verbrechen, so ein edles Blubberwasser aus diesen Gläsern zu trinken.« Lily kostete den trockenen Champagner.

»Solange es den Geschmack nicht verändert, sind vornehme Gläser doch nur protzig.« Dave hielt sein Glas ins Licht und bewunderte die golden perlende Flüssigkeit darin.

»Ich mag das Gefühl von edlem Kristallglas an den Lippen.« Lily drehte ihr Glas in den Fingern.

»Kannte mal einen Knaben, der hat Kristallgläser gegessen. Das war sein Party-Gag. Gefolgt von Brot und Käse«, bemerkte Dave. »Er musste dafür betrunken sein, aber die allgemeine Aufmerksamkeit war ihm jedenfalls sicher.«

Beide lehnten sich in ihren Sesseln zurück. Die Sterne erschienen am Himmel, der Mond musste erst noch aufgehen. Die Hitze war abgeklungen, die Luft klar.

Sie hörten die Flut gegen den Rand der Bucht plätschern, und aus den Personalunterkünften drang hin und wieder Gelächter.

»Das ist der beste Teil des heutigen Tages. Prost, Dave. Und danke für – na ja, für alles.«

»Du bist eine großartige Frau, Lily. Als jüngerer Mann hätte ich dir den Hof gemacht … Leider habe ich so eine Frau wie dich nie getroffen. Ich habe ein raues Leben geführt und war manchmal nicht gerade zimperlich – eine Dame wie du hätte mich nicht einmal angeguckt. Aber du hast mich vom ersten Augenblick an freundlich und höflich behandelt.«

»Warum auch nicht? Ich wusste nichts über dich. Aber dieser Ort hat dich verführt. Wie meinen Urgroßvater. Wir haben etwas gemeinsam.«

»Für mich waren bei unserem ersten Treffen die Zeiten, in denen ich etwas darstelle, etwas zustande bringe, vorbei. Ich wollte mich gemütlich ins Grab trinken und hab nur noch wegen der jungen Leute hier weitergemacht. Und vor allem wegen Don und Serena.«

»Wir machen was aus der Star Two, Dave!«

»Das hoffe ich für dich. Und für den jungen Tim. Er sagt

ja nicht viel, aber Don hat er erzählt, dass er die Farm sehr mag. Es ist nicht nur ein Job.«

»Das freut mich. Das mit Tim. Aber Moment mal, du bist auch im Boot. Wir stecken da alle zusammen drin.«

»Ach, da habe ich so meine Zweifel, Lily. Ich gebe zu allem meinen Senf dazu, aber die Farm käme wunderbar ohne mich aus – seit du und Tim hier seid.«

»Dave, das ist Quatsch. Du redest, als wärst du uns nicht ebenbürtig. Ich will so was nicht mehr hören! Du weißt jede Menge über Perlen. Du hast die Farm gerettet. Komm schon, wo möchtest du in zwei, fünf, in zehn Jahren sein?«

Dave lächelte schief. »Ich möchte hier sitzen. Seemannsgarn spinnen, nach einer guten Ernte die Sterne am Himmel betrachten. Und wissen, dass ihr – du, Tim und die ganze Bagage – in der Nähe seid. Wie stehen meine Chancen?«

Er klang nachdenklich, zögerlich, fast zweifelnd.

»Verdammt gut, würde ich sagen.«

Dave leerte sein Glas und nahm die schwere Flasche. »Ich hab neulich Nachricht von zu Hause erhalten. Oft höre ich ja nicht vom alten Familiengut.«

»Ist alles in Ordnung? Du willst doch nicht etwa zurückgehen?«, fragte Lily, bestürzt über diese Vorstellung.

»Kumpel, mein Bruder ist tot.« Dabei verfiel er in den vertrauten Aussie-Slang.

»Ach, Dave, das tut mir so Leid. Du wirst wohl zur Beerdigung fliegen müssen. Wir kommen schon zurecht. Aber komm zurück, sobald du kannst! Wir werden dich vermissen.«

»So einfach ist das leider nicht. Ich bin nämlich derjenige, welcher – na ja, der Nächste in der Erbfolge. Dank irgendeiner Klausel, die mein Vater ins Testament eingebaut hat. Weil ich keine Kinder habe, kann ich den Titel natürlich an den ältesten Sohn meines Bruders weitergeben. Ich mag bloß die Vorstellung nicht, dass diese kleine Ratte, dieser Chelsea-Yuppie, auf dem Besitz herumstolziert.«

»Dave!« Lily versuchte, das Kichern zu unterdrücken. »Was wirst du also tun?«

»Keine Ahnung. Zuerst dachte ich, ich hol den Älteren mal hierher, so, wie sie's damals mit mir gemacht haben. Lass ihn hier auf der Farm so richtig malochen, damit er merkt, worauf es im Leben ankommt.«

»Würde ihm bestimmt nicht schaden«, pflichtete Lily ihm bei. »Dieser Ort verändert die Menschen. Ich glaube, sogar Sami ist weicher geworden und mit einigen Dingen ins Reine gekommen.«

»Das könnte mich ein paar Kröten mehr kosten, aber ich nage ja nicht am Hungertuch. Ich habe auch gedacht, ich könnte Ross für das Projekt mit den Jugendlichen ein bisschen Geld spenden.«

»Dave, das ist eine ausgezeichnete Idee! Vielleicht kann dein Neffe da ja auch ein bisschen Zeit investieren.«

Dave füllte ihre Gläser auf. »Scheint so, als hätten wir heute Abend ein paar Probleme auf der Welt gelöst. Ich weiß allerdings nicht, was mein Neffe davon halten wird. Wer weiß? Apropos: Was hältst du von Kotelett mit Tomate? Serena hat einen köstlichen Eintopf auf dem Herd stehen.«

»Um ehrlich zu sein, ich werde nur ein gekochtes Ei und einen Toast essen und dann zu Bett gehen. Nach diesem wundervollen Champagner braucht man nicht mehr groß zu essen. Ich brauche auch ein bisschen Ruhe. Vielleicht meditiere ich sogar mal«, entgegnete sie leichthin.

»Kannst du mit all dem Gold schlafen? Schätze, wir sind hier oben ziemlich sicher, aber ich kampiere auch vor deiner Tür, wenn's dir dann besser geht.«

»Du bist ein Schatz, Dave, aber das brauchst du nicht.«

Sie räumten die Gläser weg, und Lily stellte die leere Flasche auf die Bank.

»Du siehst großartig aus, Dave, danke, dass du dir so viel Mühe gegeben hast. Das war ein denkwürdiger Abend für mich.« Sie umarmte den älteren Mann. »Das ist erst der Anfang, das weißt du doch?«, meinte sie sanft.

»Schätze schon. Gott segne dich, Lily.«

»Schlaf gut. Ich werde das sicher tun.«

Er vollführte eine formvollendete Verbeugung und wandte sich zum Gehen. »An dieser Stelle könnten wir Palmers Dudelsack für den großen Abgang gut gebrauchen.«

»Den brauchen wir nicht«, sagte Lily. Doch sie sah ihr Bett an und wünschte von ganzem Herzen, Palmer wäre dort. Sie wusste, ihre gemeinsame Zeit war gekommen.

Die japanischen Besucher verwandelten das Farmleben in eine Party; ihr Enthusiasmus war einfach ansteckend. Ihre Neugier, ihre Begeisterung über die Ausfahrt mit der *Georgiana,* ein Angelausflug mit üppigem Fang, ihr Scherzen mit den jungen Tauchern und den übrigen Mitarbeitern, ihr unablässiges Fragen und Filmen, die Tatsache, dass sie von der Schönheit und Lage der Farm fasziniert waren, entzückte jedermann. Selbst die alten Hasen sahen die Farm plötzlich mit neuen Augen. Die positive Ausstrahlung des Besuchs sorgte bei allen für einen Energieschub. Auch Dave trug dazu bei, indem er in seinem Sonntagsstaat die Entwicklungskonzepte für die Farm redegewandt unterstützte. Amüsiert quittierten seine Mitarbeiter den Einsatz ihres Chefs mit verstohlenen Blicken untereinander und lächelten, wann immer Dave ihnen heimlich zuzwinkerte. Im Gegenzug gaben sie sich alle Mühe, einen Dave ebenbürtigen Eindruck zu hinterlassen. Sie waren überaus höflich und arbeiteten unter Hochdruck, sobald die Investoren sich blicken ließen.

Die beiden Japaner verbrachten einige Zeit mit Tim, Lily und Dave in Lilys Häuschen, das zugleich als Büro diente, und gingen die Bücher durch. Sie sahen, was es kostete, eine Auster vom Laich an heranzuzüchten, bis sie zwei Jahre später zur Produktion einer Perle eingesetzt wurde. Sie studierten Hochrechnungen und Pläne. Tim erläuterte ihnen sachlich, weshalb neue Zuchtgründe in besserem Wasser benötigt wurden. Er zeigte ihnen ein Video des Tourismusamtes in Broome, auf dem die Lacepedes, der Buccaneer-Archipel und der King Sound aus der Luft zu sehen waren.

»Nächstes Jahr müssten wir dort Urlaub machen«, sagte Toby. »Es sieht sehr ursprünglich aus.«

»Sie können doch wiederkommen und sich die neuen Zuchtgründe der Star Two ansehen«, schlug Tim grinsend vor.

Die Männer nickten ernst. »Ja, wir müssen expandieren. Mehr Perlen züchten«, verkündete Toby.

Die beiden waren zweifellos von der Betriebsführung und dem unübersehbaren Einsatz der drei Partner beeindruckt und stimmten einer weiteren Kapitalspritze zu, worauf Lily einen unhörbaren Seufzer der Erleichterung ausstieß …

Die Japaner machten sich zufrieden auf den Rückweg nach Broome. Mika und Bobby organisierten für die gesamte Reisegruppe ein großes Abendessen in der Stadt, damit sie typische Speisen und edle australische Weine probieren und Didgeridoo- und Buschmusik hören konnten.

Lily rief Sami an, die mit Harlan wieder bei Rosie eingetroffen war, um ihr alles zu berichten.

»Ich freue mich so für dich, Mami! Du hast hart gearbeitet, es war ein Risiko, und ihr hattet ein paar heikle Momente.«

»Der Risikofaktor ist immer da, das habe ich gelernt.

Perlenaustern sind launische Geschöpfe. Bobby hat die ganze Meute im Bus zurück nach Broome gefahren. Tim und Mika sind mitgefahren, um die Japaner zu verabschieden. Mika war ein echter Schatz. Ich habe ihr eine Stelle als Operateur-Trainee angeboten, sie hat das Zeug dazu. Auf lange Sicht sehe ich sie allerdings eher in unserem internationalen Marketing.«

»Was ist mit Bobby? Gibt es für ihn auch eine freie Stelle?«

»Sein Selbstbewusstsein ist gewachsen. Er muss sich allerdings noch einmal auf den Hosenboden setzen und mehr lernen. Er hat beschlossen, einen Computerkurs zu machen. Wenn er dann vielleicht noch einen Einführungskurs Management macht, lässt sich womöglich auch sein Vater erweichen und finanziert eine seiner tollen Ideen!«

»Genau! Er ist so ein netter Typ, aber irgendwelche Jobs hier und da bringen ihn nicht weiter. Auch wenn sie bei dir sind.«

»Und, Liebes, wie ist es bei euch gelaufen? Was hat Harlan gesagt?«

Mit trauriger Stimme erzählte Sami ihr leise von Leila.

»O Gott, wie schrecklich! Sami, bitte mach dir keine Vorwürfe, du hast es versucht. Wie verzweifelt diese Menschen sein müssen! Es tut mir so Leid, Liebes.«

»Mir auch. Ihr Ende war so traurig wie das ihrer Namensvetterin in der Legende. Ich weiß jetzt, warum ich die geknüpfte Tasche bekommen sollte. Sie bedeutet mir sehr viel.«

»Und die Bilder, sie hat doch diese wundervollen Arbeiten in Rosies Galerie angeregt?«

»Die Frauen machen das nicht mehr. Die Sammlung ist eine einmalige Angelegenheit. Ziemlich wertvoll, vermute ich.«

»Du klingst erschöpft. Kommst du her?«

»Ich habe Harlan und Rosie versprochen, heute Abend auf Lizzie aufzupassen. Sie gehen auf eine Party bei einem Freund. Und morgen treffe ich Palmer, um ein paar Ideen für meine Doktorarbeit zu besprechen. Ich habe so viel Material. Vielleicht sollte ich darüber schreiben, wie die heiligen Geschichten, die Leila beeinflusst haben, sich in ihren Knüpfarbeiten niederzuschlagen.«

»Damit würdest du ihr angemessene Achtung zollen. Ich muss jetzt an die Arbeit, Liebes.« Lily hielt inne, dann sagte sie sanft: »Es scheint mir eine Ewigkeit her zu sein, dass wir das letzte Mal zusammen gegessen haben, nur wir zwei. Ich vermisse dich, Sami!«

»Ich dich auch, Mami! Ich bin froh, dass ich hierher gekommen bin. Und ich bin froh, dass du glücklich bist.«

»Es hat uns beiden gut getan, nicht wahr?«

»Ja. Es war überhaupt nicht, wie ich gedacht hatte. Du weißt, dass ich wiederkommen und dich besuchen werde, so oft ich kann.«

»Ich verstehe, was du sagen willst, Liebes. Vielleicht sollte ich eine Wohnung in den Moonlight Bay Apartments kaufen?«

»Klingt gut. Also dann, bis in ein, zwei Tagen. Ich hab dich lieb, Mami.«

»Ich liebe dich auch, Sami.«

Den Tränen nahe legte Lily auf. Ihre Tochter reiste ab, um ihr Leben weiterzuleben. Aber sie würde nach Hause kommen – in mehr als einer Hinsicht.

Sami deckte Lizzie zu und erzählte ihr die Geschichte von Doonbi der Eule – ihre Lieblingsgeschichte. Danach wanderte sie durch das wunderschöne alte Haus und sah sich erneut die vielen Dinge an, die an Tyndall und Olivia erinnerten. Es war das Haus ihrer Vorfahren, und diese Gegenstände bedeuteten ihr nun viel mehr als zuvor. Nach ihrer

Doktorarbeit würde sie zu einem langen Urlaub hierher zurückkommen und Olivias Tagebücher lesen, die ganze Geschichte in einen Zusammenhang bringen.

Das Telefon klingelte. Es war Tim. Beim Klang seiner Stimme lächelte sie.

»Hallo. Seid ihr den Besuch wieder los? Wenn man meiner Mutter glaubt, hattet ihr alle Hände voll zu tun.«

»Ein ziemlicher Zirkus. Wir hatten viel Spaß mit ihnen, aber wenn's hart auf hart geht, sind sie clever und ausgekocht. Die Frauen haben die halbe Dampier Terrace leer gekauft, wir haben dem Einzelhandel also einen ordentlichen Dienst erwiesen! Über Paulines Zeug sind sie völlig aus dem Häuschen geraten. Kann sein, dass sich daraus für Pauline ein Exklusivgeschäft ergibt.«

»Du meinst in Sachen Design?«

»Zum einen das, aber auch bezüglich Verkauf. Ich glaube, die Japaner sehen schon eine weltweite Star-Two- oder Despar-Designs-Ladenkette entstehen. Hast du schon zu Abend gegessen? Möchtest du ausgehen?«

»Ich passe auf Lizzie auf und wollte mir gerade was machen. Komm doch einfach her! Ich würde mich freuen.«

»Schön. Ich bringe was vom Inder mit. Das geht schneller als kochen.«

»Klingt gut.«

Sami machte sich ein wenig zurecht und ließ dabei mehr Sorgfalt als üblich walten … Sie sprühte etwas Parfüm auf und steckte sich eine Frangipani-Blüte ins Haar. Es würde ihr gut tun, sich gemütlich mit Tim zu unterhalten und ihre Gefühle zu Leilas Schicksal in Worte zu fassen.

Er öffnete den Wein, und sie erhitzte das Essen. Sie lachten viel. »Ich glaube es einfach nicht, dass meine Mutter immer noch diesen Schatz unter dem Bett liegen hat«, meinte Sami. »Palmer hat die Sache ja so ziemlich aufgeklärt. Glaubst du, ihr bekommt was dafür?«

»Einen lauwarmen Händedruck. Wie auch immer, morgen kommt die Geschichte groß in der Zeitung.«

Nach dem Abendessen machten sie es sich auf der Veranda gemütlich und sprachen lange über Gott und die Welt. Sachte bekannten sie sich zu dem engen Band, das sich zwischen ihnen entwickelte. Er hatte ihre Hand genommen und hielt sie, während sie von Leila erzählte und ein wenig weinte. Sie sprachen über die Beziehung zwischen Palmer und Lily. Tim erzählte ihr, dass Dave einen Titel und Vermögen geerbt hatte. Gemeinsam malten sie sich die Reaktion des Neffen auf die Nachricht aus, dass er Zeit auf der Farm verbringen musste, um sich sein Erbe zu sichern.

»Wenn ich nach Sydney zurückfliege, musst du mich über allen Klatsch auf dem Laufenden halten«, bat Sami.

»Wir haben eine Menge gemeinsam, findest du nicht?«, meinte Tim.

Schweigen senkte sich zwischen ihnen herab. Dicht nebeneinander saßen sie auf dem alten Korbsofa. Sami wusste, was Tim dachte. »Ich muss und will meine Doktorarbeit zu Ende schreiben und dann sehen, welche Möglichkeiten mir offen stehen«, sagte Sami. »Ich werde so oft hierher zurückkommen, wie ich kann. Dieses Haus ist mein Zuhause.«

Tim wandte sich zum Haus um, das so viel Geschichte verkörperte, dann betrachtete er Samis Profil im Mondlicht. »Das ist es auf jeden Fall. Und wird es immer sein.«

»Und du? Wirst du hier Wurzeln schlagen? Oder deine Zelte wieder abbrechen und dir exotischere Gefilde suchen?« Sie wandte sich ihm zu, griff nach ihm, und er umarmte sie, als sei es die natürlichste Sache auf der Welt. Er küsste ihre Lippen, ihre Nase, ihr Haar und murmelte: »Ich werde immer hier in der Gegend sein. Ich habe nämlich besondere Gründe dafür.«

Sami spürte, wie in ihrem Inneren, in ihrem Herzen, ein tiefer Friede einkehrte.

Tim küsste sie fordernder, er ließ seinen Gefühlen freien Lauf. Und Sami erwiderte seine Küsse, erfüllt von der Leidenschaft und der Liebe, die sie so viele Jahre zurückgehalten hatte.

Gemeinsam gingen sie über die Veranda zu ihrem Zimmer und umarmten einander auf dem Bett, unter einem Moskitonetzhimmel.

Die Titelgeschichte des *Broome Advertiser* sorgte für Wirbel in der Stadt: »Hängt versunkener Schatz mit Einbrüchen und Mord in Broome zusammen?« Der Artikel war eine Mischung aus allseits bekannten Fakten und Berichten ohne Nennung der Quelle, die eher nach einem Fernsehdrama klangen als nach Broome und seinen Bewohnern. Zu sehen waren Porträtfotos von Pauline und Bobby Ching, ein Interpolfoto von Matthias Stern sowie ein körniges Bild von Hajid – ein vergrößerter Ausschnitt des Schnappschusses von der Bradley-Farm.

»Wer ist dieser Mann?«, lautete die Bildüberschrift über dem Foto von Hajid. Darunter hieß es, die Polizei suche ihn, da er bei den Ermittlungen im Fall Stern behilflich sein könnte.

Es war nicht schwer, zwischen den Zeilen dieser Bildunterschrift zu lesen, dachte Dale, als er den Artikel auf sich wirken ließ. Was ihn vor allem bestürzte, war die Verbindung zu Lily. Sie wurde als eine der Einheimischen genannt, die den von der Polizei gesuchten Mann kennen gelernt hatten. Ferner enthielt der Artikel verlockende Andeutungen auf eine Kiste wertvoller antiker Gegenstände, die in einem Schiffswrack gefunden worden sei und auch mit dem Toten in Zusammenhang stünde. Über den Finder des Wracks und den Verbleib der Gegenstände stand nichts darin, doch Dale wusste, dass Lily genau davon vor einigen Tagen vage gesprochen hatte.

Auch ein Schmuckstück war abgebildet: eine Sonne mit langen Strahlen. Im Artikel hieß es, sie sei von der örtlichen Schmuckdesignerin Pauline Despar entworfen worden und sehe einem von der Polizei gesuchten Stück ähnlich. Das Original, so die Polizei, sei in der Nacht aus ihrem Safe gestohlen worden, in der sie in ihren Räumlichkeiten überfallen wurde. Man zitierte Detective Howard mit der Enthüllung, das gestohlene Medaillon sei antik und stamme aus dem Besitz des Toten.

Dale schob die Zeitung über den Tisch hinweg zu Simon. »Was hältst du davon?«

Simon hatte sich soeben erst mit einer Tasse Kaffee an den Tisch gesetzt und hoffte, der Kaffee würde seinen Kater und das dringende Bedürfnis nach einem Joint lindern. Mit zitternder Hand stellte er die Tasse ab und nahm die Zeitung. Die Schlagzeile und die Fotos waren ein Schock für ihn. Er konnte die Zeitung nicht mehr ruhig halten, sondern musste sie auf dem Tisch ausbreiten und die Hände im Schoß verstecken. Er las den Artikel von vorne bis hinten durch, sagte seinem Vater, er halte das für »reine Sensationsmache«, kippte rasch seinen Kaffee hinunter und verkündete dann, er wolle in die Stadt, ein paar Kumpel treffen.

»Okay. Aber lass um Gottes willen die Finger von jeder Form von Drogen, Junge!«

»Ach, komm schon, Papa! Was ist denn schon dabei, ab und zu mal was zu rauchen?«

Resigniert zuckte Dale mit den Achseln. Er wusste, dass Simons Drogenkonsum im letzten Monat extrem gestiegen war. Freunde bei der Polizei und Geschäftsleute, mit denen er in der Stadt zu tun hatte, hatten ihn gewarnt. Simon überschreite allmählich die Grenzen dessen, was noch akzeptabel sei – aber sein Sohn machte auch gar kein Geheimnis daraus. Eine gute alte Tracht Prügel hätte der kleine Scheißer vermutlich irgendwann einmal gebraucht, aber jetzt ist es ein bisschen spät dafür, sagte sich Dale. Er griff nach der Zeitung und las nochmals die Titelgeschichte.

Bobby und Mika gingen zu Ross' Häuschen, um mit Eugene Kaffee zu trinken. Sie trafen ihn drinnen über seinen Büchern und Aufzeichnungen über Vogelbeobachtungen an. »Hey, lange nicht gesehen, Bobby! Hi, Mika! Wie läuft's auf der Farm?«

»Alle Hände voll zu tun. Die japanische Invasion ist vorüber. Hoppla! Entschuldige, Mika«, meinte Bobby. »Es war ein voller Erfolg. Vielleicht unterstützen sie mich bei einem Geschäft, wenn sie nächstes Jahr wiederkommen.«

Eugene warf Mika einen Blick zu, der besagte: Das habe ich doch schon mal gehört … »Setzt euch, ich mache Kaffee. Möchtest du nachher angeln, Bobby?«

»Klar, warum nicht?«

Eugene ging in die Küche und füllte den Wasserkessel. Das Fenster ging auf den Creek hinaus, die Flut setzte gerade ein. Ja, eine gute Zeit, um im Watt zu angeln, dachte er bei sich. Er wollte sich gerade abwenden, als er jemanden entlang der Fahrrinne im Watt durch die Mangroven kommen sah. Als leidenschaftlicher Vogelbeobachter war Eugene darauf trainiert, auch auf kleinste Details und Bewegungen zu achten, und dieser Mann verhielt sich merkwürdig, verstohlen, als habe er Angst, gesehen zu werden. Er wirkte sehr wacklig auf den Beinen.

»Hey, Bobby, wirf mal einen Blick auf diesen Typ da. Da draußen, genau vor dem Haus. Ist das nicht Simon?«

Mika gesellte sich am Fenster zu den beiden. »Klar. Was macht der da?«, fragte Bobby. »Ohne Angelzeug oder Sachen zum Krabbenfangen.«

»Er trägt irgendwas, aber er hat nicht geangelt«, meinte Eugene.

Simon machte sich an einem kleinen Gegenstand zu schaffen. Es sah aus, als wolle er ihn entzweireißen.

Bobby ging hinaus und schlenderte über den Rasenfleck zum Bootssteg. »Hey! Simon! Was ist los?«, rief er.

Sofort warf Simon den kleinen Gegenstand in die Mangroven, ließ einen anderen fallen und rannte auf den Weg zu, der entlang der Mangroven in die Stadt führte.

Bobby rief nochmals, während Eugene schon startete: »Ich krieg ihn, Kumpel!«

Simon schwankte leicht und brüllte: »Verpiss dich, du Scheiß-Abo! Verpiss dich bloß!«

Eugene beschloss, sich nicht mit Reden aufzuhalten. Er stürzte sich aus vollem Lauf auf Simon und brachte ihn zu Fall. Simon fluchte. Er trat und schlug wild um sich. Eugene war zwar schmächtig, aber stark und behände. Er konnte den anderen am Boden halten, bis Bobby kam. Gemeinsam drehten sie Simon die Arme auf den Rücken.

Bobby warf einen Blick auf Simons Augen. »Der ist völlig zugekokst. Total weg.« Er versuchte, in besänftigendem Tonfall zu sprechen. »Ruhig, Mann, Simon. Warum bist du weggerannt?«

»Lass ihn nicht los! Der tut womöglich sich oder uns etwas an«, meinte Eugene keuchend. Dann rief er Mika zu, die nervös am Haus stand: »Ruf einen Krankenwagen! Schnell!«

Simon wehrte sich heftig, und die beiden hatten alle Hände voll zu tun, um ihn festzuhalten.

»Okay«, meinte Eugene schließlich, holte aus und versetzte Simon einen Kinnhaken. Sein Gegner sackte zusammen.

»Warum hast du das getan?«, fragte Bobby. »Jetzt ist er k.o.!«

»Den Kinnhaken war ich ihm sowieso schuldig.«

»Oh. Stimmt.« Bobby fiel der Vorfall einige Monate zuvor wieder ein. »Das hat er verdient. Da ist er sogar viel zu glimpflich davongekommen!«

Als die Sanitäter kamen und einen Blick auf Simon warfen, schlossen sie sich der Meinung der anderen an: Kokain. Sie schnallten ihn auf die Bahre und fuhren ihn ins Krankenhaus.

»Ich rufe Simons Vater an«, meinte Eugene. »Dem wird das nicht gefallen.«

Mika bebte. »Jetzt kann ich einen Kaffee brauchen!«

»Ich gehe kurz runter zu den Mangroven«, meinte Bobby. »Mal sehen, was er da weggeworfen hat. Vielleicht war's Stoff.«

Mika hatte drei Becher Kaffee eingeschenkt, als Bobby zurückkam. »Und, was hat er da unten gemacht?«, fragte sie.

»Wir sollten lieber zur Polizei gehen und das hier Detective Howard geben«, erwiderte Bobby und zeigte den beiden ein Holzkästchen.

»Was ist das?«

»Das hat Matthias gehört, dem Typ, der ermordet wurde. Aber es geht nicht um das Kästchen, auf den Inhalt kommt es an. Er hat jedenfalls 'ne Menge Ärger verursacht.« Bobby wies auf das Futteral des Kästchens, in das eine sonnenförmige Vertiefung eingearbeitet war. »Schätze, er hat das Medaillon da draußen weggeworfen. Wir sagen den Cops besser Bescheid, damit sie das Ding suchen, bevor die Flut zu hoch ist.«

»Das Sonnending? Das, was heute Morgen in der Zeitung war?«, rief Eugene. »Mann, Simon ist erledigt!«

Die Dünenparty

Die japanischen Investoren waren erst seit einer Woche wieder fort, aber Lily kam es wie eine Ewigkeit vor. Sie fand es an der Zeit, mit einer Dünenparty das Ende der Ernte zu feiern. Und nicht nur das, sondern sie wollte damit auch allen danken: Freunden, Mitarbeitern, Partnern und der Familie.

Die Idee stammte von Sami. Sie hatte mit Farouz gesprochen und ihn überredet, Rosie die überlieferten Geschichten zu erzählen, die auch Leilas Kunstwerke geprägt hatten. Die Knüpfarbeiten der Wüstenfrauen, die davon beeinflusst waren, würden einmalig bleiben. Sie waren allein deshalb von besonderer Bedeutung. Rosie beschloss, die Sammlung nicht auseinander zu reißen. Ein großer westaustralischer Sammler hatte seinen Kurator gesandt, damit der sich die Sammlung ansah. Beiläufig hatte Farouz zu Sami gesagt: »Man kann die Welt vom Gipfel einer Düne aus besser würdigen. Das ist der beste Platz, um den Sonnenuntergang zu betrachten.«

Also waren Einladungen zur »Sonnenuntergangs-Dünenparty – um Kleidung in den Farben des Sonnenuntergangs wird gebeten« herausgegangen. Und nun fuhr man alle Gäste von der Farm aus und an der Bucht entlang dorthin, wo Binsen und Gräser die silbrigen Dünen umgaben. Auf Lily wirkten sie wie gigantische Perlen – weich, schillernd, unberührt.

Rasch belebten Gäste die Dünen und stapften mühsam zum Gipfel. Oben stand alles bereit für eine Feier. Bobby,

Dave, Eugene und Ross waren in Geländewagen über den Strand gekommen und hatten zum Gipfel getragen, was benötigt wurde: kalte Getränke, Essen, Klappstühle und Strandtücher.

Nun saßen sie also wie bunte Vögel über den Dünenkamm verteilt: rote, goldene, orange-, rosa-, lilafarbene, blaue und silberne. Alle hielten Gläser in den Händen und unterhielten sich, lachten und bewunderten den langen Strand, das glitzernde Wasser der Bucht, die Sonne, die allmählich majestätisch im Meer versank. Sämtliche Farmbewohner, Freunde aus der Stadt, Damien Lake, mehrere Männer und Frauen aus den örtlichen Aborigine-Gemeinden sowie Karl Howard und ein Kollege von der Polizei in Broome waren gekommen.

Zwischen den Grüppchen flogen Klatsch und Tratsch hin und her. Alle waren schockiert, dass man Simon wegen Einbruchdiebstahls mit Gewaltanwendung festgenommen hatte. Alles war ans Licht gekommen: dass er sich von Hajid hatte anheuern lassen, der nun von der Polizei gesucht wurde. Hajid hatte Stern in einem Kasino bei Kuala Lumpur ins Auge gefasst. Er war für seine Zwecke ideal gewesen, da er Geld gebraucht und Verbindungen zur Kunstszene besessen hatte.

Die Polizei würde vermutlich nie genau erfahren, wie man den Goldschatz aus Kabul herausgeholt hatte, denn Hajid operierte international mit falschen Namen und gefälschten Pässen. Er war verschwunden und würde irgendwo unter einem anderen Deckmantel und mit neuen Vorhaben wieder auftauchen. Simon konnte der Polizei auch nicht mehr berichten, als dass Hajid Stern rekrutiert hatte, um die Botschaft in dem Sonnenmedaillon zu übersetzen. Aus dieser Nachricht ging hervor, wo die Goldstücksammlung ankommen würde. Stern sollte darüber hinaus deren Verkauf arrangieren. Der Untergang des Schiffs und der

Verlust des Medaillons auf der Bradley-Farm waren Missgeschicke – verrückte Zufälle. Simon sollte für Hajid das Medaillon suchen und wurde dafür gut bezahlt. Als die Geschichte in die Schlagzeilen geraten war, hatte Simon plötzlich einen Anruf von ihm bekommen: »Sieh zu, dass du die Sonne loswirst, aber schnell!«

Die Kunstarchäologen und Historiker hatten die Untersuchung der antiken Schätze noch nicht abgeschlossen. Es ging das Gerücht um, man wolle sie in einer Kunstgalerie in Perth ausstellen, ehe sie an Afghanistan zurückgegeben würden.

Palmer saß neben Lily und bewunderte ihren goldbedruckten Kaftan aus weichem Chiffon. »Keine Frage, du weißt, wie man eine Party gibt! Rollst du die Gäste hinterher einfach die Düne hinunter?«

»Gute Idee! Die Jungs haben ein Freudenfeuer vorbereitet, und es gibt genug zu essen. Na, was sagst du, Palmer?«

»Ich sage, du bist eine Wahnsinnsfrau. Und ich liebe dich.«

»Oha! Ich fürchte, es wird nicht immer alles so glatt gehen, aber im Augenblick finde ich mein Leben einfach wunderbar.« Sie küssten sich, und Lily warf einen schnellen Blick zu Sami, die neben Tim saß und den Arm um ihn gelegt hatte. Rakka saß dicht bei ihnen. »Aber Dale tut mir Leid«, sinnierte sie. »Er wusste, dass Simon in die Drogensucht abrutschte, aber nun ist er auch noch in diese Sache hineingezogen worden. Damit kann er schlecht umgehen.«

»Vielleicht braucht Dale jetzt einen Freund. Können wir irgendwas für ihn tun?«

»Harlan hat angeboten, Simon zu vertreten, obwohl er im Unrecht ist. Aber Dale hat schon irgendeinen wichtigen Anwalt damit betraut. Das ist also geregelt. Wenigstens weiß er, dass wir es ihm angeboten haben.«

»Iss doch hin und wieder mit ihm zu Mittag, wenn ich weg bin«, schlug Palmer vor. »Aber nur zu Mittag!«

»Ich werde dich vermissen. Ich werde Sami vermissen.«

»Du wirst hier genug um die Ohren haben.«

Plötzlich erklangen Jubelrufe: Farouz kam über eine Sanddüne mit seinen Kamelen auf sie zu. »Alles auf die Kamele!«, rief Tim. »Reitet in den Sonnenuntergang, und dann gibt's das Feuerwerk.«

Angeführt von Palmer mit seinem Dudelsack, zogen die Kamele mit den Gästen in einer Reihe über den Strand. Einen Augenblick lang war Lily allein, tief in Gedanken versunken. Dann fragte jemand mit sanfter Stimme: »Darf ich mich zu Ihnen setzen?«

»Mika!«, sagte Lily überrascht. »Sicher! Das ist mal etwas anderes, worüber man nach Hause schreiben kann, nicht wahr?« Sie machte eine weit ausholende Geste.

»Es ist wundervoll. Danke.« Mika setzte sich neben Lily. Sie trug leuchtend rote Caprihosen und eine orange-rosafarbene Seidenbluse.

»Haben Sie mit so etwas gerechnet, als Sie hier Urlaub machen wollten?«

»Nein. Gewiss nicht. Aber ich bin Ihnen sehr verbunden, dass Sie mich aufgenommen und mir geholfen haben«, begann Mika ein wenig förmlich.

»Aber nein, Sie haben uns geholfen!«

»So musste es sein. Schicksal, vielleicht«, sagte Mika feierlich. »Sie wissen ja, dass ich viel über die Geschichte dieser Gegend gelesen habe. Über die alten Perlenfischerzeiten und die Verbindung zwischen Japan und Broome. Ich bin Geschichtslehrerin.«

»Natürlich. Ich vermute, Sie haben sich den japanischen Friedhof angesehen«, antwortete Lily.

»Ja. Das ist ein trauriger Ort. Darf ich Sie nach Kapitän Tyndall fragen? Wo ist sein Grab?«

Die Frage überraschte Lily. »Es liegt auf dem Hügel beim alten Haus. Dicht bei dem großen Poinciana-Baum. Um diesen Baum herum hatte Olivia Erde vom Grab ihres kleinen Sohnes James verstreut …« Ihre Stimme verklang. »Das ist ein Teil meiner Familiengeschichte – einer langen Geschichte, die mit den Tränen des Mondes, einem Anhänger und Perlen begann.«

Mika neigte den Kopf. »Sie gehört auch zu meiner Familiengeschichte. Alle sprechen hier mit solcher Ehrfurcht von Kapitän Tyndall.«

»Er war ein ganz besonderer Mann«, sagte Lily langsam. »Was wissen Sie über ihn?«

»Mein Ururgroßvater Yoshi hat mit ihm zusammengearbeitet. Er war sein erster Taucher.«

»Yoshi!« Lily war völlig verblüfft. »Oh, Mika, die beiden standen sich so nahe! Als Yoshi aufhörte, ging er zurück nach Hause. In Olivias Tagebuch steht nicht viel, aber ich habe mich immer schon gefragt, ob sie in Verbindung blieben. Ich vermute, der Krieg … veränderte die Dinge.« Lily nahm Mikas Hand. »Also sind Sie zurückgekommen! Wussten Sie davon, als Sie herkamen?«

Mika schüttelte den Kopf. »Nicht viel. Zu Hause habe ich ein Foto von Yoshi mit Kapitän Tyndall gesehen, und da wollte ich mehr wissen.« Sie sah so traurig aus, dass Lily sie umarmte.

»Mika, Ihre Geschichte erinnert mich sehr an mich, als ich zum ersten Mal herkam! Und was ich herausfand, war nicht immer leicht zu verkraften. Aber manchmal müssen wir nachfragen und die Kraft, den Mut haben, die Dinge zu akzeptieren, wie sie waren, wie sie sind, und wie sie sein werden.«

»Ich würde Kapitän Tyndall gerne meine Hochachtung, meinen Respekt zollen.«

»Aber gerne. Wenn wir wieder in Broome sind, bringen

wir Sie hin.« Und während Lily zusah, wie die Sonne als Feuerball ins Meer glitt, fragte sie sich, ob Sami Tyndalls Grab bereits aufgesucht hatte. Es war an der Zeit, und Mikas Bitte war der ideale Anlass dafür. Als die Sonnenstrahlen allmählich verblassten, schien es ihr, als wäre ein Kapitel endlich abgeschlossen.

Sami saß im Garten des alten Hauses und blickte auf die Roebuck Bay. Sie dachte an ihre Vorfahren, die so einen großen Einfluss auf ihr heutiges Leben einforderten. Möchte ich wirklich an ihren Gräbern stehen, fragte sie sich. Brauche ich das? Und warum?

Sie gab sich die Antwort selbst: Weil meine Mutter möchte, dass ich sie und Mika begleite. Warum aber widerstrebte ihr das plötzlich? Zum Gipfel der Klippe zu gehen, den Doppelgrabstein aus Sandstein aufzusuchen, der auf den Gräbern von Olivia und Tyndall stand, war doch nichts so Bedeutsames. Bald würde sie abreisen, und die Geste zählte für ihre Mutter viel.

Hinter sich hörte sie leise Schritte, und dann stand Rosie neben ihr und sah hinaus auf die Bucht. »Wunderschön, nicht wahr? So friedvoll. Sie haben dieses Haus sehr geliebt. Es ist ein Ort der Erinnerungen, und sie reichen weit zurück. Bis vor Biddys Zeit zu Minnies Leuten.«

»Du bist die Hüterin der Familiengeschichten, stimmt's, Rosie?«

»Im Augenblick ja. Sie sollten aber weitergegeben werden. Deine Mutter kennt jetzt eure Familiengeschichte. Bald wirst auch du sie ganz kennen. Aber den Zeitpunkt musst du selbst wählen, ihr offenen Herzens und ohne Vorurteile begegnen. Wir können uns nicht vor unserer Vergangenheit verstecken, Sami.«

»Und genau das habe ich versucht … Aber seit ich hier bin, gibt es offenbar kein Entrinnen«, sagte sie lächelnd.

»Ich komme zurück, Rosie. Offenen Herzens. Ich weiß, dies ist mein Zuhause.«

Rosie nickte zufrieden. »Deine Mutter ist so weit.«

Sami und Lily gingen gemeinsam. In der Ferne erkannten sie Mikas zarte Gestalt. Ihr Haar wehte in der Seeluft. Lily blieb stehen und berührte Sami am Arm. »Bevor wir da sind, möchte ich dir das hier geben.« Sie reichte Sami ein Samtbeutelchen.

Behutsam zog Sami daraus eine alte, gravierte Perlmuschel hervor, auf der sie die Kreise und geritzten Gravuren von Niahs Grabstein wieder erkannte. »Hat die Niah gehört?«

»Ja. Ich fand sie mit den Perlen bei den Sachen meiner Mutter, als sie starb. Behalte sie, damit sie dir Glück bringt! Und damit ein Stück der Familie immer bei dir ist, wohin du auch gehst.«

»Danke, Mami. Vielen Dank.« Die Geste rührte Sami. »Ich weiß, sie ist etwas Besonderes. Und ich verstehe auch ihre spirituelle Bedeutung.«

»Du hast auf dieser Reise viel gelernt.« Lily hakte sich bei Sami ein.

»Rosie sagt, es gibt noch viel mehr, was ich verstehen muss. Aber das hat Zeit. Ich komme ja gerade erst damit ins Reine, wer ich bin. Wer wir sind!«

Lily gab ihrer Tochter einen Kuss. Gemeinsam und ohne weitere Worte gesellten sich die beiden Frauen zu Mika, die bereits an den Gräbern stand.

Dort standen sie vor dem einfachen Grabstein, jede in ihre eigenen Gedanken und Gebete versunken.

Kapitän John Tyndall, geboren am 14. November 1868, gestorben am 3. März 1942. Olivia Hennessy Tyndall, geboren am 18. März 1872, gestorben am 15. Juli 1953.

Mika legte eine rote Rose auf den Grabstein und verneigte sich tief.

»Der Geist von Yoshikuri-san erweist Ihnen Ehre, Kapitän Tyndall.« Sie neigte den Kopf.

Sie dachte an ihren Urgroßvater Takeo Yoshikuri, Sohn von Yoshikuri-san, der mit Kapitän Tyndall gearbeitet und ihn geliebt hatte. Und daran, dass der ungestüme, mutige Takeo einer der Piloten gewesen war, die bei dem Luftangriff auf Broome am 3. März 1942 die Zeros geflogen hatten.

Man kann der Vergangenheit nicht entrinnen, dachte Mika. Aber man kann ihr Ehre erweisen.

Sami ergriff die Hand ihrer Mutter. Mit einem Male überwältigte sie der Augenblick, dieses Treffen am Grab. Es war ein ganz schlichter Moment, doch er verband so viele Menschen in verschiedener Hinsicht. Sie fühlte sich als Teil eines Kreises, der sich hier schloss. Sami dachte an Leilas Kunst, ihre Knüpfarbeit, und ihr fiel auf, dass das Knüpfen ein Symbol für das Leben selbst war. Die vielen Kett- und Schussfäden ergaben zunächst ein Muster und am Ende einen wunderschönen Teppich. Jetzt erkannte Sami, wie viele Fäden aus ihrer Vergangenheit, wie viele unterschiedliche Geschichten und Erfahrungen miteinander verknüpft und verwoben waren und sie zu dem Menschen machten, der sie war. Die Vergangenheit konnte man nicht mehr ändern, doch man konnte ihr Ehre erweisen, wie Mika es gezeigt hatte. Sami drückte ihrer Mutter ganz leicht die Hand.

Mein besonderer Dank gilt …

Jim Revitt, einem ungewöhnlichen Onkel, weil er das Erlebnis Broome mit mir geteilt hat, sowie für seine wertvollen Kommentare.

Meiner Tochter Dr. Gabrielle Morrissey und meinem Sohn Nick Morrissey für ihre Liebe, ihren Humor und die Informationen aus ihren jeweiligen Fachgebieten (Partnerschafts-/Sexualberatung und Buddhistische Studien). Ferner Leila Shamsolkottabi für ihre persische Lyrik und ihr Wissen über Persien.

Boris Janjic für seine Geduld, Liebe und konstante Fürsorge.

Den anderen Männern in meinem Leben – dem Verleger James Fraser und dem Anwalt Ian Robertson: allerherzlichsten Dank. Auch, weil es ihnen nichts ausmacht, wenn ich ihren Rat nicht immer befolge.

Meiner gesamten lieben Familie – dieses Buch hat mir verdeutlicht, dass Familie etwas ganz Besonderes ist.

Allen bei Pan Macmillan, die sich gut gelaunt und humorvoll so sehr für meine Bücher einsetzen. Insbesondere danke ich denen, die ich am meisten behellige: Bernadette Foley, Jane Novak, Roxarne Burns und Chrissa Favaloro.

Zudem allen in Broome. Besonders Wendy und Joe Albert, Penny Arrow, Val Burton, Roger und June Colless, Patrick Dodson, Bev Kinney, Pat Lowe, Georgia Morgan, Rod O'Halloran, Jimmy Pike, Martin Peirson-Jones, Bill Reed, Emily Rohr, Gaye Wotherspoon und vielen, vielen anderen, die sich die Zeit nahmen, meine Fragen zu beantworten.

Schließlich gelten meine Zuneigung und mein Dank auch meiner Kimberley-Mentorin Susan Bradley und Milton Cater für seinen fachlichen Rat zum Thema Teppiche und sein Wissen über Afghanistan.